史铁生

著

务虚笔记

人民文学出版社

图书在版编目(CIP)数据

务虚笔记/史铁生著. —北京:人民文学出版社,2023(2025.6重印)
ISBN 978-7-02-017806-3

Ⅰ.①务… Ⅱ.①史… Ⅲ.①长篇小说—中国—当代 Ⅳ.①I247.5

中国国家版本馆 CIP 数据核字(2023)第 031967 号

选题策划	杨 柳	
责任编辑	薛子俊	
装帧设计	刘 远	
责任印制	王重艺	

出版发行　人民文学出版社
社　　址　北京市朝内大街 166 号
邮政编码　100705

印　　刷　三河市龙林印务有限公司
经　　销　全国新华书店等

字　　数　426 千字
开　　本　880 毫米×1230 毫米　1/32
印　　张　15.875　插页 3
印　　数　680001—730000
版　　次　2007 年 1 月第 1 次印刷
印　　次　2025 年 6 月第 21 次印刷

书　　号　978-7-02-017806-3
定　　价　40.00 元

如有印装质量问题,请与本社图书销售中心调换。电话:010-65233595

目　录

一 写作之夜

1

　　在我所余的生命中可能再也碰不见那两个孩子了。我想那两个孩子肯定不会想到，永远不会想到，在他们偶然的一次玩耍之后，他们正被一个人写进一本书中，他们正在成为一本书的开端。他们不会记得我了。他们将不记得那个秋天的夜晚，在一座古园中，游人差不多散尽的时候，在一条幽静的小路上，一盏路灯在夜色里画出一块明亮的圆区，有老柏树飘漫均匀的脂香，有满地铺撒的杨树落叶浓厚的气味，有一个独坐路边读书的男人曾经跟他们玩过一会儿，跟他们说东道西。甚至现在他们就已忘记，那些事在他们记忆中已是不复存在，如同从未发生。

　　但也有可能记得。那个落叶飘零的夜晚，和那盏路灯下一个孤单的身影，说不定会使他们之中的一个牢记终生。

　　但那不再是我。无论那个夜晚在他的记忆里怎样保存，那都只是他自己的历史。说不定有一天他会设想那个人的孤单，设想那个人的来路和去处，他也可能把那个人写进一本书中。但那已与我无关，那仅仅是他自己的印象和设想，是他自己的生命之一部分了。

　　男孩儿大概有七岁。女孩儿我问过她，五岁半——她说，伸出五个指头，随后把所有的指头逐个看遍，却想不出半岁应该怎样表达。当时我就想，我们很快就要互相失散，我和这两个孩子，将很快失散在近旁喧嚣的城市里,失散在周围纷纷纭纭的世界上,谁也再找不到谁。

我们也是。我和你,也是这样。我们是否曾经相遇过呢?好吧你说没有,但那很可能是因为我们忘记了,或者不曾觉察,忘记和不曾觉察的事等于从未发生。

2

在一片杨柏杂陈的树林中,在一座古祭坛近旁。我是那儿的常客。那是个读书和享受清静的好地方。两个孩子从四周的幽暗里跑来——我不曾注意到他们确切是从哪儿跑来的。他们跑进灯光里,蹦跳着跑进那片明亮的圆区,冲着一棵大树喊:"老槐树爷爷!老槐树爷爷!"不知他们在玩什么游戏。我说:"错啦,那不是槐树,是柏树。""噢,是柏树呀。"他们说,回头看看我,便又仰起脸来看那棵柏树。所有的树冠都密密地融在暗黑的夜空里,但他们还是看出来了,问我:"怎么这棵没有叶子?怎么别的树有叶子,怎么这棵树没有叶子呢?"我告诉他们那是棵死树:"对,死了,这棵树已经死了。""噢,"他们想了一会儿,"可它什么时候死的呢?""什么时候我也不知道,看样子它早就死了。""它是怎么死的呢?"不等我回答,男孩儿就对女孩儿说:"我告诉你让我告诉你!有一个人,他端了一盆热水,他走到这儿,哗——得……"男孩儿看看我,看见我在笑,又连忙改口说:"不对不对,是,是有一个人走到这儿,他拿了一个东西,刨哇刨哇刨哇,咔!得……"女孩儿的眼睛一直盯着男孩儿,认真地期待着一个确定的答案:"后来它就怎么了呀?"男孩儿略一迟疑,紧跟着仰起脸来问我:"它到底怎么死的呢?"他的谦逊和自信都令我感动,他既不为自己的无知而羞愧,也不为刚才的胡猜乱想而尴尬,仿佛这都是理所当然的。无知和猜想都是理所当然的。两个孩子依然以发问的目光望着我。我说:"可能是因为它生了病。"男孩儿说:"可它到底怎么死的呢?"

2

我说："也可能是因为它太老了。"男孩儿还是问："可它到底怎么死的呢？"我说："具体怎么死的我也不知道。"男孩儿不问了，望着那棵老柏树意犹未尽。

现在我有点儿懂了，他实际是要问，死是怎么一回事？活，怎么就变成了死？这中间的分界是怎么搞的，是什么？死是什么？什么状态，或者什么感觉？

就是当时听懂了他的意思我也无法回答他。我现在也不知道怎样回答。你知道吗？死是什么？你也不知道。对于这件事我们就跟那两个孩子一样，不知道。我们只知道那是必然的去向，不知道那到底是什么，我们所能做的一点儿也不比那两个孩子所做的多——无非胡猜乱想而已。这话听起来就像是说：我们并不知道我们最终要去哪儿，以及要去投奔的都是什么。

3

窗外下起了今年的第一场秋雨，下得细碎，又不连贯。早晨听收音机里说，北方今年旱情严重，从七月到现在，是历史上同期降水量最少的年头。水，正在到处引起恐慌。

我逐年养成习惯，早晨一边穿衣起床一边听广播。然后，在白天的大部分时间里，若是没人来，我就坐在这儿，读书，想事，命运还要我写一种叫做小说的东西。仿佛只是写了几篇小说，时间便过去了几十年。几十年过去了，几十年已经没有了。那天那个女孩儿竟然叫我老爷爷，还是那个男孩儿毕竟大着几岁，说"是伯伯不是爷爷"，我松了一口气，我差不多要感谢他了。人是怎样长大的呢？忽然有一天有人管你叫叔叔了，忽然有一天又有人管你叫伯伯了，忽然有一天，当有人管你叫爷爷的时候你作何感想？太阳从这边走到那边。每一天每一天我都能看见一群鸽子，落在邻居家的屋顶上咕咕地叫，或在远远近近的空中悠悠地飞。你不特意去想一想的话你会以为几十年中一直就是那一群，白的、灰的、褐色的，飞着、叫着、活着，一直就是这样，一直都是它们，永远都是那一群看不出有什么不同，可事实上它们已经生死相继了若干次，生死相继了数万年。

4

那女孩儿问我看的什么书（"老爷爷你看的什么书？""不对，不是爷爷是伯伯。""噢，伯伯你看的什么书？"），我翻给她看。她看看上面有没有图画。没有。"字书。"她说，语气像是在提醒我。"对，字书。""它说什么？""你还不懂。"是呀，她那样的年龄还不可能懂，也不应该懂。那是一本写给老人的书。

那是一个老人写下的书：一个老人衣袖上的灰／是焚烧的玫瑰留下的全部灰烬／尘灰悬在空中／标志着这是一个故事结束的地方。

不不，令我迷惑和激动的不单是死亡与结束，更是生存与开始。没法证明绝对的虚无是存在的，不是吗？没法证明绝对的无可以有，况且这不是人的智力的过错。那么，在一个故事结束的地方，必有其他的故事开始了，开始着，展开着。绝对的虚无片刻也不能存在的。那两个孩子的故事已经开始了，或者正在开始，正在展开。也许就从那个偶然的游戏开始，以仰望那棵死去的老树为开始，借意犹未尽来展开。但无论如何，必有一天他们的故事也要结束，那时候他们也会真正看见孩子，并感受结束和开始的神秘。那时候，在某一处书架或书桌上，在床头，在地球的这面或那面，在自由和不自由的地方，仍然安静而狂热地躺着一本书——那个以"艾略特"命名的老人，他写的书。在秋雨敲着铁皮棚顶的时节，在风雪旋卷过街巷的日子，在晴朗而干旱的早晨而且忘记了今天要干什么，或在一个慵懒的午睡之后听见隐约的琴声，或在寂寥的晚上独自喝着酒，在一年四季，暮鼓晨钟昼夜轮回，它随时可能被翻开被合起，作为结束和开始，成为诸多无法预见的生命早已被预见的迷茫。那智慧的老人他说：我们叫做开始的往往就是结束／而宣告结束也就是着手开始。／终点是我们出发的地方。那个从童年走过来的老人，他说：如果你到这里来，／不论走哪条路，从哪里出发，／那都是一样／……／激怒的灵魂从错误走向错误／除非得到炼火的匡救，因为像一个舞蹈家／你必然要随着节拍向那儿"跳去"。这个老人，他一向年轻。是谁想出这种折磨的呢？他说：是爱。这个预言者，在他这样写的时候他看见了什么？在他这样写的时候，这城市古老的城墙还在，在老城边缘的那座古园里，在荒芜的祭坛近旁，那棵老柏树还活着；是不是在那老树的梦中，早就有了那个秋天的夜晚和那两个孩子？或者它听见了来自远方的预言，于是坦然赴死，为一个重演的游戏预备下一个必要的开端？那个来自远方的预言：在编织非人力所能解脱的／无法忍受的火焰之衫的那双手后面。／我们只是活着，只是叹息／不是让这样的火就是让那样的火耗去我们的生命……这预言，总在应验。世世代代这预言总在应验总在应验。一轮又一轮这个过程总在重演。

5

　　我生于一九五一年一月四日。这是一个传说，不过是一个传说。是我从奶奶那儿，从母亲和父亲那儿，听来的一个传说。

　　奶奶说：生你的那天下着大雪，那雪下得叫大，没见过那么大的雪。

　　母亲说：你生下来可真瘦，护士抱给我看，哪儿来的这么个小东西一层黑皮包着骨头？你是从哪儿来的？生你的时候天快亮了，窗户发白了。

　　父亲便翻开日历，教给我：这是年。这是月。这是日。这一天，对啦，这一天就是你的生日。

　　不过，一九五一年一月四日对我来说是一片空白，是零，是完全的虚无,是我从虚无中醒来听到的一个传说,对于我甚至就像一个谣言。"在还没有你的时候这个世界已经存在了很久"——这不过是在有了我的时候我所听到的一个传说。"在没有了你的时候这个世界还要存在很久"——这不过是在还有我的时候我被要求接受的一种猜想。

我在一篇文章中这样写过:我生于一九五一年。但在我,一九五一年却在一九五五年之后发生。一九五五年的某一天,我记得那天日历上的字是绿色的,时间,对我来说就始于那个周末。在此之前一九五一年是一片空白,一九五五年那个周末之后它才传来,渐渐有了意义,才存在。但一九五五年那个周末之后,却不是一九五五年的一个星期天,而是一九五一年冬天的某个凌晨——传说我在那时出生,我想像那个凌晨,于是一九五一年的那个凌晨抹杀了一九五五年的一个星期天。那个凌晨,奶奶说,天下着大雪。但在我,那天却下着一九五六年的雪,我不得不用一九五六年的雪去理解一九五一年的雪,从而一九五一年的冬天有了形象,不再是空白。然后,一九五八年,这年我上了学,这一年我开始理解了一点儿太阳、月亮和星星的关系,知道我们居住的地方叫做地球。而此前的比如一九五七年呢,很可能是一九六四年才走进了我的印象,那时我才听说一九五七年曾有过一场反右运动,因而一九五七年下着一九六四年的雨。再之后有了公元前,我听着历史课从而设想着人类远古的情景,人类从远古走到今天还要从今天走向未来,因而远古之中又混含着对二〇〇〇年的幻想,我站在今天设想过去又幻想未来,过去和未来在今天随意交叉,因而过去和未来都刮着现在的风。

6

往事,过去的生活,分为两种:一种是未被意识到的,它们都已无影无踪,甚至谈论它们都已不再可能。另一种被意识到的生活才是真正存在的,才被保存下来成为意义的载体。这是不是说仅仅这部分过去的生活才是真实的? 不,好像也不。一切被意识到的生活都是被意识改造过的,它们只是作为意义的载体才是真实的,而意义乃是现在的赋予。那么我们真实地占有现在吗? 如果占有,是多久?"现在"你说是多久? 一分钟? 一秒钟? 百分之一秒抑或万分之一秒? 这样下去"现在"岂不是要趋于零了? 也许,"现在"仅仅是我们意识到一种意义所必要的时间? 但是一切被意识到的生活一旦被意识到就已成为过去,意义一旦成为意义便已走向未来。现在是趋于零的,现在若不与过去和未来连接便是死灭,便是虚空。那么未来呢? 未来是真实的吗? 噢是的,未来的真实在于它是未来,在于它的不曾到来,在于它仅仅是一片梦想。过去在走向未来,意义追随着梦想,在意义与梦想之间,在它们的重叠之处就是现在。在它们的重叠之处,我们在途中,我们在现在。

7

　　但是,真实是什么呢? 真实? 究竟什么是真实?

　　当一个人像我这样,坐在桌前,沉入往事,想在变幻不住的历史中寻找真实,要在纷纷纭纭的生命中看出些真实,真实便成为一个严重的问题。真实便随着你的追寻在你的前面破碎、分解、融化、重组……如烟如尘,如幻如梦。

　　我走在树林里,那两个孩子已经回家。整整那个秋天,整整那个秋天的每个夜晚,我都在那片树林里踽踽独行。一盏和一盏路灯相距很远,一段段明亮与明亮之间是一段段黑暗与黑暗,我的影子时而在明亮中显现,时而在黑暗中隐没。凭空而来的风一浪一浪地掀动斑斓的落叶,如同掀动着生命给我的印象。我感觉自己就像是这空空的来风,只在脱落下和旋卷起斑斓的落叶之时,才能捕捉到自己的存在。

往事，或者故人，就像那落叶一样，在我生命的秋风里，从黑暗中飘转进明亮，从明亮中逃遁进黑暗。在明亮中的我看见他们，在黑暗里的我只有想像他们，依靠那些飘转进明亮中的去想像那些逃遁进黑暗里的。我无法看到黑暗里他们的真实，只能看到想像中他们的样子——随着我的想像他们飘转进另一种明亮。这另一种明亮，是不真实的么？当黑暗隐藏了某些落叶，你仍然能够想像它们，因为你的想像可以照亮黑暗可以照亮它们，但想像照亮的它们并不就是黑暗隐藏起的它们，可这是我所能得到的唯一的真实。即便是那些明亮中的，我看着它们，它们的真实又是什么呢？也只是我印象中的真实吧，或者说仅仅是我真实的印象。往事，和故人，也是这样，无论它们飘转进明亮还是逃遁进黑暗，它们都只能在我的印象里成为真实。

真实并不在我的心灵之外，在我的心灵之外并没有一种叫做真实的东西原原本本地待在那儿。真实，有时候是一个传说甚至一个谣言，有时候是一种猜测，有时候是一片梦想，它们在心灵里鬼斧神工地雕铸我的印象。

而且，它们在雕铸我的印象时，顺便雕铸了我。否则我的真实又是什么呢，又能是什么呢？就是这些印象。这些印象的累积和编织，那便是我了。

有过一个著名的悖论：

> 下面这句话是对的
> 上面这句话是错的

现在又有了另一个毫不逊色的悖论：

> 我是我的印象的一部分
> 而我的全部印象才是我

二　残疾与爱情

8

　　很多年了，我还是常常怀疑：C坐在轮椅上，他是不是在跟我开一个玩笑？

　　在我纷纭的印象里最先走来的就是他。一幅没有背景的画面中，我看见C坐在轮椅上，宽厚的肩背上是安谧的晨光，是沉静的夕阳，远远望去像是一个玩笑。他转动轮椅的手柄，轮椅前进、后退、转圈，旋转一百八十度、三百六十度、七百二十度……像是舞蹈，像是谁新近发明的一种游戏，没有背景，没有土地甚至也没有蓝天，他坐在那儿轻捷地移动，灵巧地旋转，仿佛这游戏他已经玩得娴熟。远远地你想喊他，问他："喂！什么呀，这是什么呀？这玩意儿是谁的？"他回转头来笑笑，驱动着轮椅向我走来。你想喊他，想跟他说："嘿下来，快下来，哪儿来的这玩意儿？你快下来让我玩玩儿……"

　　但是你走近他，走近C，于是发现他两条塌瘪的裤筒随风飘动，那时你才会慢慢想到发生了什么。尤其是如果你见过他赤裸的下身——近乎枯萎的双腿，和，近乎枯萎的整个下半身——那时命运才显露真相。那时，画面里就有了背景。在他的车轮下有了土地，在他的头上有了蓝天，在他背后和周围有了山和海一样的房屋与人群。在我的印象中或者在C的形象里，有了生命，有了时间。

我记得，在一个难忘的夏天，有一个双腿瘫痪的男人结束了他四十年的独身生活。在写作之夜在我的印象里，这个人，他就是C。

那个夏天，他结了婚。

他结了婚——这四个字听上去多么简单。

9

那年北方的夏天来得早，才进四月，海洋上的热风便吹上了陆地。与此同时，一个散失久远的梦想又回到C的心里——他远方的恋人写信来说，她就要在这个夏天回来。信上说，一俟那边的事可以脱身她立刻就启程，就回来，就再也不走了，永远不再走了，不再分离。多少年了呀，C以为这梦想就怕永远是梦想了，可忽然梦想就要成真。C的头上已经有了斑斑白发，他的恋人X也已不再年轻，但是等了这么多年到底是等来了这一天。

那是个不同寻常的夏天。整个城市都像是处在热恋中，人们都不待在家里，条条大街上都是人的河流，在宽阔的地带聚成人的海洋……似乎是那阵阵热风，忽然掀动了人们悠久的梦想……C摇着轮椅在街上走，被人流裹挟着，冲卷着……喧嚣的人声仿佛是那辽阔的阳光和风中固有的音讯。C停下轮椅，坐在河边，心里想：也许梦想都是相似的路途，都是同一种神秘的指使……

什么？在这写作之夜我问他：你说什么？什么神秘的指使？

他埋头想了一会儿，然后我听见他在那河边说：生命本身的密码。很可能，这颗星球上的一切梦想，都是由于生命本身的密码……

他痴迷的眼睛里是涌动的人群，继而是深阔的蓝天。他仰头冥望。我知道，他必是刹那间又看遍了自己的四十年。

我轻声问他：那密码是什么呢？

C久久不语。

我轻声问他:残疾? 还是爱情?

我等着,直到我看见,他的目光从深阔的蓝天上降落,涌动的人群重又在他眼睛里升起,他才点点头——声音传进我的写作之夜:是呀,是残疾也是爱情。

阳光任意挥洒,路面上、楼窗上、低矮的屋顶上、古老的城楼上、每一片新绿的树叶上……到处都是炽烈的光线,炽烈地喧嚣震荡、飞飞扬扬。C给X写信去,让她那边的事一结束就快回来吧,真怕又会有什么事阻碍了他们盼望多年的团聚。人流如潮,在这座古老的城市里冲涌回旋,像汛期的河水要涨出狭窄的河道。他给X拍去电报让她快来吧,立刻就来!

鬼使神差他们真是选了个千载难逢的日子。X回来的那天城里的交通也断了……紧张的气氛使他们的重逢相形见绌,使渴望已久的亲吻不合时宜。激动被惊讶和忧虑冲淡了,他们站在人声鼎沸的街头互相望着:你还是这样,你也还是这样。他们在万头攒动的人群中走,时而在拥挤的地方停下来,再互相看看:你有些变了,你也有些变了,是的我们都已不再年轻。躁动的阳光使团聚的欢乐微不足道。他们穿街过巷,她推着他的轮椅走,徒步回家。

那天夜里躺在床上,他们整宿地睁着眼睛,手拉着手无心做爱。手拉着手,仿佛担心又会在这黑夜里互相失散;紧张地听着街上的声音,分辨着空气中的每一丝颤动,心里不住地祈祷。闷热的黑夜密不透风。掀开窗帘望出去,家家门口都有默坐的和悄移的人影,偶尔嘁嘁嚓嚓地交谈,然后长久地凝望星空。

一连很多天都是这样。在我的印象里,那个季节这座城市里没有人结婚。C和X一天天推迟着婚期。

…………

10

然后,在我的记忆里或者我的印象中,夏天的雷声由远而近,风尘飞扬,树叶被风刮得苍白,但没有人声,没有以往风雨欲来时人们匆忙回家去的吵嚷,没有母亲在阳台上召唤贪玩的孩子快快回家的呼喊。雨,毫不知趣地自己来了,倾泻、飘洒,敲打着一切,但那声音也似与以往不同,单调、沉闷,甚至无聊,如同落进了无人的旷野。没有人来。雨中没有人来,等雨过去,也没有。

阳光又走进屋里,显得空幻,在墙根儿那儿折上去,爬到老挂钟上,钟摆左右摇闪。

很久,不知他们谁对谁说:"我出去看看,你就待在家里。"

无论是谁对谁说,"家"这个字忽然从遥远或是陌生中走出来,使他们感动得几乎落泪。"家"——甚至这个发音,在弥漫无边的空寂之中余音袅袅,让他们感动涕零。

他们一同出去。关上家门,关上,就是说它暂时等在这儿,家,等在这里。斜阳中的一座小屋,随时等你们回来。他们一同离开,回头又看一眼,不说但心里都有一个"家"字。jiā——空寂之中这声音多么动人。

五六点钟,夏天,雨后的太阳很干净,就像是初生的孩子头一次发现这个世界时的目光,很干净,略略有一点儿惊讶。很久都不见一个人,雨水未干的路面上只有他们俩的影子。高楼林立,所有的门窗都关着,燃烧的夕阳从这块玻璃跳到那块玻璃,像是照耀着的一群模型。阳台上甚至没有晾晒物,没有女人鲜艳的衣裳,没有孩子飘扬的尿布,只有坚硬的水泥和它们灰色的影子。楼群巨大的阴影朝一个方向扑倒,整整齐齐,空空旷旷。

C说:"这情景,我好像见过。"

"是吗?"X问,"什么时候?"

C不说,但他想起来了:是在梦里,在他与X分别的长久岁月里的他的梦里。

他们沿着河边走,落日涂染着河边砖砌的护栏,上面有孩子画下的鸟儿和波浪。远处,立交桥如同一个巨型玩具摊开在那里无人问津,仿佛游戏的孩子走开了,抱着他们的玩具车跑走了;而他们走来，C 和 X 走进来，仿佛他们被缩小了千万倍走进了这个被弃置的玩具中。唯独河水还在流动，晚霞在河面上渐渐地灿烂，雾霭在河面上渐渐飘浮。也许是这条河，也许是他们随着这条河一起流入了一段奇怪的时间，于是看见了一座远古城市的遗迹。

C 说："这情景我肯定见过。"

X 说："什么时候呢？不不，不可能。"

是的，这样的情景太阳从没有见过，夕阳从没有见过，甚至月亮也没有见过。但是 C 见过：在他的梦里，在他们长久分别的年月，在他去寻找 X 的梦中。但他没说。

他们往回走。回家。回家去。仿佛在一片亘古至今的空寂之中，忽然有了一个女人的脚步，和一个残疾的男人的轮椅声。他们沿着一座庙宇暗红色的围墙往回走，心中也全是那鲜明而沉寂的红色，没有界线。

"结婚吧我们，好吗？"

"好吧。"

"什么时候？"

"明天。"

这时，不知从哪儿飞起一群鸽子，在昏暗了的暮天之中，雪白，甚至闪亮，时远时近盲目地盘旋，一圈又一圈地飞，飞得很快，但没有声音，一点儿声音都没有，轻灵流畅似乎都不与空气摩擦。他们伫步仰望，他们的眼神好像是说：这群鸟儿是不是真的？

待那鸽群消失，等那鸽群又不知落在了哪里，他们的目光也缓缓降落，落在对方的脸上，久久地互相凝望，好像直到这时他们才想起互相好好地看一看。那互相凝望的目光好像是问：我们呢，是不是真的？我们是不是真的一伸手就可以互相摸到？

11

实际是十三号。但那个负责结婚登记的老太太说：就写十四号吧,好不好? 十三号不吉利,十四号你们说好不好? 行吧,行。那双已经苍老的手便又写下一个吉利的日子。不知有多少对男女是经她这双手登记成婚的。窗外的墙阴里,一丛丛草茉莉悄悄地膨胀着花蕾,要在黄昏到来时放出淡远的苦香。那个老太太端坐在一条长桌后面,任劳任怨地查对着每一张表格,神情和蔼又平静,好像没有什么特殊的事发生过,一切都是必然的,好像她认定自己今生今世就是为发放这些结婚证书而来的。骄阳如火的下午,到处都有什么东西被烤干了的味儿。

那个院子正是 C 童年居住的地方(七岁那年全家搬离了这儿),结婚登记处所在的那排房正是他的落生地。这一点自从他们要去登记时我就知道,但是直到他们登完记往出走的时候,我才忽然意识到这一点。C 来到人间,一睁开眼看到的就是这个院子。四十年前他哭喊着来到这儿,四十年中他到哪儿去走了一圈呢?(都是哪儿呢? 总之走得不算轻松,走到了轮椅上。)四十年后他又回到这儿,竟是来这儿登记结婚,这样的安排挺有新意,未必只是巧合。C 指给 X 看:那是我奶奶当年住的屋子,那是我和我父母当年住的屋子,两棵枣树现在还剩一棵,原来还有一排榆树矮墙现在没有了,所有的门窗都换过了,但房基和台阶的青石还都是原来的。我记得这些台阶很高,这个院子很大,从院子这头跑到那头,对年幼的 C 来说很是一件辛苦又渴望的事,从那高高的台阶上往下跳("一、二、三!"往下跳,"预备——齐!"往下跳),则是兼着恐惧和激动的壮举。当然当然,你曾经还很小。那时 C 还小,但是未来已经存在。或者是,过去并未消失。在这六月,我仍能看见个小男孩儿,一丝不挂,就站在那台阶前,青青的枣花洒在他脚下,细细碎碎洒得一地。赤身裸体的小男孩儿看见太阳落在肩上,落在胸前,暖洋洋地落在肚皮上一起一伏一起一伏,肚脐的凹陷处留一点阴暗,收一口气,太阳无比安详地照耀了那朵小小的男人的标志。微风轻拂,或许是风把他的影子吹落地上? 男孩儿弯腰在地上摸那影子,把红褐色的小屁股眼儿肆无忌惮地悬在太阳里。过去并未消失,而未来已经存在。我仍能看见男孩儿扶着台阶的青条石走,新鲜而茁壮的两条小腿交替着向前。男孩儿发现墙脚下毛茸茸的青苔,发现石缝中的蚂蚁东奔西跑,发现一缕阳光在屋檐下变幻形状,仰头看一群鸟儿呼叫着在庭院的空中飞过……男孩儿无可非议无从挑剔地接受这样一个世界,接受他的这一份存在。

　　C的生命就从这儿进入世界。也许是,世界徐徐飘来,在这儿萌生出一个欲望的视点(我们把他叫做C),借此得以延伸拓展:树　风　房屋　街道　日月山川　天深地远　啦啦啦　你会唱歌了走出屋门走到街上走着童年　啦啦啦你唱着歌唱着天上的一条路与云中的一条船唱过了少年的痴骏　啦啦啦　啦啦啦　一个瘦高单薄的青年　路过村落　路过田园　路过雨雪中的车站　路过旷野高原落日孤烟　啦啦啦啦歌声正美好正有一缕诱人的神秘和激动扑面而来但是音调一变　你正要走进爱情但是你先一步走进了残疾　于是都变了一切都变了　几分钟之前你还蹦着跳着啦啦啦满怀梦想地走向爱情几分钟之后你掉进了残疾　在你必经之路上残疾早已排在爱情之前等你到来　无从防备无以逃避你必须接受　就像时间的不可逆一切都无可挽回了　就像年龄　过来了就不能退回去　就像死不能复生……　坐在轮椅上很多年　很多年中你记得看过一个电影　电影中的监狱或者集中营　逃跑的人被抓回来绞死　狱卒对活着的人喊"想逃出去吗你们死了这条心吧"　那一声喊切中要害　那一声喊也许并不比死更可怕　但也许比死更可怕　所以有人为它死　就是死也要逃　"想逃出去吗死了这条心吧"　那一声喊惊魂动魄　让你看见了时间　不能退回去　时间才真是这样想"逃出去吗死了这条心吧"　那两条几近枯萎的腿不可能再变回到过去变得像原来那样健康结实漂亮你已经不是以往的你再不可能是以往的你了死了这条心吧　时间不可逆转……

　　时间是个怪物,最令人不解的谜。

12

X在屋里填写结婚登记表格的时候,那老太太不声不响地溜出来,微笑着走到C身旁。轮椅进不了屋,C独自坐在西房山墙下的阴凉里,正纳罕着另一间屋门上的标牌——"爱委会",莫非爱情也有一个专门的委员会来管?是不是爱情也要登记呢?那么,都得填写些什么样的表格才能获准去爱呢?谢天谢地,那老太太说:"啊,这个嘛,是'爱国卫生委员会'的缩写。"老太太凑近他,压低声音问:你们双方都愿意吗?当然,他说。你的身体检查过了?当然,检查证明您不是看了吗?看了看了,但是,嗯……老太太的神情有些犹豫,欲说又止。C已经明白。这时他已经明白。毫无疑问,这时我已经知道老太太想的是什么了。当然那不大容易启齿,老太太"嗯嗯啊啊"地寻找着恰当的表达——难为她了,在汉语词典里历来没有更为美好的词汇用以表达那种事。但是我没料到,C竟还是有些心慌,有些羞愧,甚至有些愤怒。他和那个老太太都沉默了一会儿,各自把目光投向别处。墙阴中的草茉莉一如既往,缀满花蕾,要在整个夏天里一夜一夜地开放。我原以为用了这么多年时间C已在心中把那残疾的阴影扫除干净,现在我才相信,那将是他永生永世的际遇。他居然傻里傻气地对那老太太说:很多医学专家都认为,现代医学认为……残疾人是可以结婚的,也是可以……老太太说我知道我知道,连连点头。不过我相信这老太太并不知道,她什么也不知道。性爱,说到底并不属于医学。这老太太想问的是:性,性功能,和截瘫者的性功能障碍。事实上老太太想的是:C将如何做爱?("做爱",这个词汉语词典里没有。汉语词典里只有"行房"。行房:指夫妻性交。老太太很可能极不习惯"做爱"这个词,只能容忍"行房"这一更为平静的表达。)但她找到了一个更为模棱的说法:夫妻生活。这方面……你们……嗯?没什么问题么?我想,那是一个永恒的问题。但是C说:可以。

我想:"可以"都是指什么呢?我想 C 不必再傻里傻气地多说什么了,那些事是不能够教会也不能够论证的,那不是技术很可能那就是艺术,性爱和艺术都是永恒的问题。谁能告诉我艺术是什么,什么是艺术?我怎么也记不起 C 和 X 最初是怎样成功的了,但绝不是因为什么高明的技巧,而是一个细节,是因为一个不曾料想的细节突然扩展进 C 与生俱来的梦想,一个细微的动作,毫不经意,坦然无防的表达,与由来已久的梦想连接、扩展得无边无际。不曾料想,因而,想不起是什么了。那是不能学会和掌握的,不可模仿,譬如梦。残疾使他不能经由触动而迸发,不能靠小心翼翼的配合,不能指望一个明确的目的,不能预先设计。不能设计,因而想不起是什么了。但归根结底那不是技术,不是一套严谨的操作程序。而是,一丝一缕而至迷离飘漫的一群幽灵,无遮无拦一群携手的幽灵,借助一个不期而至的细节显化了生命由衷的梦想,使那受伤的花朵在寒冷中开放……C 不再说什么。老太太也不再说,她可能忽然意识到了当时的场合,在登记结婚的时候这样的话题使大家都显得不够清白。但老太太仍旧站在 C 身旁,看看他,又看看墙根下即将开放的一簇簇茉莉花蕾,然后再看着他,张了一下嘴很快又闭上,冲他笑一下,转身走开。她走开时必定满腹狐疑,我知道她必定什么都没理解,她走开时依然在设想 C 的"夫妻生活",设想着他们怎样"行房"或"做爱",设想他枯萎的双腿,和那被伤残殃及的男人的花朵……他能否盛开、跳荡……那勃动的力量从何而来……我知道那样的设想必定一点儿都不能扩展,必定在遵循了千万年的规矩里陷入迷茫。那老太太必将终生猜测而不得其解。很多人都曾这样设想、猜测,很多人仍在屡屡设想、猜测,私下里悲怜地对 C 叹息,对 C 的爱情乃至婚姻果断地摇头,但都不说,当着 C 都不说,回避这个人爱情的权利,回避这个话题。回避不仅仅是回避,而是否决。写作之夜我曾听 C 说过:那是未经审理的判决。写作之夜我曾听见 X 对 C 说:"这不要紧,这没关系,我知道我知道,这还不够吗?……"但是,不够。那老太太的表情我再熟悉不过。把那怀疑的表情扩充千倍万倍，把那无言的回避扩充千倍万倍，否决便获通过，便足够 C 和 X 天各一方互相思念多年。若再把那同情和摇头转换为对坚强与乐观、无私与奉献的千倍万倍的赞许，便是一个人渴望爱而又不敢爱、指望死却又不能去死的可靠处境了……

13

那么，爱情是什么？

阻止不住的梦想冥顽不化。但那到底是什么？

是的是的我们都相信，性，并不就是爱情。但从中减去性，爱情还是爱情么？

当然不。那是不能分开的。

性呢？性，都是什么？那欲望单单就是性交（或叫"房事"）吗？

那不泯的欲望都是从哪儿来呀，要到哪儿去？欢乐的肌肤相依一向都是走在怎样的路途上？那牵魂摄魄的所在，都是什么啊？

问题，很可能，在提出的时候，答案已经存在。

如果答案存在，我想这答案应该也包含着对画家的妻子猝然赴死的理解。如果答案存在，越过万千迷障，这答案必定也包含了那个死亡序幕的关键。

三 死亡序幕

14

在我的印象里,深夜,被一阵急促的喊声和捶门声叫醒的那个医生,就是 F 医生。

闷热的夏夜,急救车到来之前,惊慌失措的人们忽然想起的那个医生,我想,他会不会就是 F 医生?

据说一位住在邻近的医生,匆忙赶来,推开众人直奔画家妻子的床前,指望能从死亡手中把她抢出来。当我听到这个传闻,眼前立刻浮现出 F 医生雪白的头发。因而在写作之夜,那个匆忙赶来的医生就是 F:四十七八岁,满头白发。

但是已经太晚了。

F 摸摸画家妻子的脉搏,看看她的眼睛……其实 F 医生刚一触到她的身体就已明白,晚了,一切都太晚了。可以肯定,她已经把她想做的事做成了:瞳孔散大,心动消失,体温一会儿比一会儿更低下去。F 医生用一秒钟时间又注视了一下那张美丽而苍白的脸,然后转身离开床前。

"多久了?"F 医生问。

有人回答:"听说十几分钟前还是好好的。"

回答的人向另一间屋里张望了一下,画家坐在那边一声不响。

"她吃了什么?"

"会不会是安眠药?"回答的人再向画家那边望一眼,画家仍无反应。

"不,不可能。"F医生说,"没有那么厉害的安眠药。"

F医生环视四周,在纸篓里捡起了一个小玻璃瓶。"这个小瓶子刚才就在这儿吗?不是你们谁丢的吧?"

众人摇头。

小玻璃瓶上没有标志。F拧开瓶盖,嗅一嗅,在桌上铺一张纸,把瓶子倒过来在上面磕几下,掉落出几片什么东西的碎屑。F用镊子夹起一片碎屑,凑近灯下看了很久,然后又装进那个小玻璃瓶。

"她是做什么工作的?"F医生问。

有人回答:"教师。"

"教生物?"

"不,教历史。"

F医生没再说什么,像所有在场的人一样束手无策地站着。F医生仅比其他人多知道了一件事:她是真的想死,其赴死之心由来已久。

另一间屋子里,另一些人陪伴着画家。画家一动不动地坐着,脸色并不见得比他妻子的好,但目光比死者的多着困惑。我感到,那困惑之深,倘不走向疯狂,就势必走向与日俱增的茫然。

两间屋子里,人们站成两个弧,分别围着那两个默不作声的人。

很久,两个弧才有所松散、变形,无序地游移。

两间屋子里还有走廊里,几乎看不见墙壁,到处都挂满了画家的作品。F医生顾不上看那些画作,但还是能感到它的动荡——说不清具体在哪儿,总有一缕缕彻骨的冷色似乎在飘展,即便闷热的夏夜也不能抵消它。

正是一年中最热的季节,屋里人又多,虽已是后半夜,仍然不见凉爽。窗户都开着,偶尔飘进来的花香立刻被人的汗味淹没。人们毫无表情地走来走去,分散开。人群用最低的声音,在屋子里,在走廊中,在阳台上,在楼梯的拐弯处,断断续续地探询和描绘事情的经过。偶尔可以听清的总是这么一些循环交替的字句:……为什么……谁……是吗……怎么会呢……不知道……可到底因为什么……噢……那么那个人呢……不,不知道……但是这些稍显清晰的字句刚一冒头,便仿佛立刻被凝滞的空气阻断、吸收掉了。紧跟着是沉默。正是黎明前最寂静的时候,低语和轻喘,细碎又沉重。人们不时在其中侧耳寻找急救车的音信。

F医生背对众人,背对正在萌动的飞短流长,一直注目着角落里安卧的死者。那个角落幽暗、清寂,与周围世界相连处像是有着一道边缘,像是有另一种存在在那儿重叠,或是现世的时空在那儿打开了一个出口,女教师的形神正由那儿隐遁进另一种时空,另一维世界正把她带走。死,F医生记不清见过多少次了,但每一次都同样使他惊讶,使他怀疑,他总不能相信:死,怎么可以把一个人那么多那么多不容轻蔑的痛苦、愿望、期盼,也许还有幸福,就那么迅速、简单、轻而易举地统统化为零了呢?死是什么?还有灵魂,那个刚刚离去的灵魂这会儿在哪儿?我甚至看见F医生四处张望了一下。死是什么,也许正像爱是什么,不知在哪儿但必定有其答案。

但这一次,是女教师那张忧郁却淡远、柔弱又决绝的脸,给了F医生更为深刻的印象。还有:她已经穿戴整齐,她已经为自己选好了素朴而优雅的行装。未来,当F医生也要从这个世界上离开的时候,我想他不会不想起这个女人,不会不想起这张消退了血色与凡尘的脸。

我作出这一判断的理由是:

当急救车的笛声终于在暗夜的深处出现,众人再次慌乱之时,F医生猛地转过身来,但是停了一会儿,说:"要是不想让更多的眼睛分食她的尊严,依我看,就把什么急救车之类的玩意儿都打发回去吧。"我想F医生是这样说的。他说这话的声音很低,说得很慢,但是我想画家在另外的屋子里还是能听到。

然后,F医生挤出人群。他离开之前,把那个小玻璃瓶放在桌上最醒目的地方,说:"警察来了,交给他们。"

15

　　F医生回到家,夫人告诉他:那个画家叫Z。他妻子,对,那女教师,叫O。夫人接着告诉他:她早就看出那女人不是很正常。
　　"从哪儿?"
　　"不从哪儿,"夫人说,"不一定非得从哪儿。"
　　夫人说:"事实证明我没看错。"
　　夫人说:"别看她表面上那么文静、随和。但是她,心不在焉。"
　　"心不在焉?"
　　"对,你注意过没有?"夫人说,"她很漂亮,可是她心里有事。"
　　夫人说:"她心里有事,我们都看出来了。"
　　"谁们? 谁? 有多少人?"
　　"我! 我骗你吗? 当然还有很多人!"
　　夫人告诉他:很多人都知道,女教师总是独自到那个荒弃的园子里去看书。很多人都见过,很晚很晚,她一个人从那个园子里出来,回家。
　　夫人一边准备重新入睡,一边告诉他:女教师把书放在腿上,有时候并不看,光是两眼空空地望着别处。倒是没见有别人和她在一起。
　　夫人告诉他:女教师老是一个人在那片老柏树林子里。她老是坐在那棵枯死的老柏树下。没人记得是从什么时候开始,她老是到那儿去。那儿草很深,很旺。那儿,树很高树冠很大,叶子很密,但即使这样也还是能看出来有一棵已经死了,她常常就是坐在那棵树下。那儿晚上有灯,四周很暗但灯下很亮。雨天雪天也有人见她在那儿。不管她是埋头看书,还是把书放在腿上瞪大着眼睛张望,你走过去,你走过她眼前,她也看不见你。

夫人说:"我没猜错,她心里有事。"

夫人说:"我上下班,有时穿过那园子。有几次我跟她说过话。"

夫人告诉 F 医生:在街上,在车站,也许还在什么地方,她跟她说过几次话。其实女教师人挺随和,她笑的时候很甜,那一笑甚至就像孩子。

夫人说:"不过我什么都看得出来。"

夫人:"她好像挺喜欢跟你说话,可是很快你就发现她在想着别的,说着说着她不知道你说到了哪儿,你也弄不清她想到哪儿去了。"

夫人:"我肯定这个人不太正常。"

夫人:"你还不信吗?"

这时又有人敲门。

16

一个疲倦的警察,两个还在发抖的街道积极分子。两个发抖的人轮流把一个疲倦的人的身份、姓氏、职务和来意介绍了一遍。警察试图用拳头拦截一个来势迅猛的哈欠,也许喷嚏。

警察问:"依你看这肯定不是他杀?"

"我不是法医。"F 说。

"这我们知道。不过我们也想听听你的意见,你是第一个到场的医生。"

"一切都做得有条不紊,泰然自若。"

"就是说,你认为肯定不是他杀?"

"如果是,那么被杀者一定很配合。"

"什么意思?"

"依我看,这又是一件与法律无关的事。"

"你说什么,与法律无关?"

"一个人不想再活下去,有哪条法律规定过他该怎么做吗?这不过是一个……涉及了一条鱼的故事。"F指指警察手里的那个小玻璃瓶。

"鱼?"疲倦的人拧开瓶盖,看里面那几片碎屑,"这是鱼?"

"我想是。"

"什么鱼?"

"很漂亮的鱼。不过它的内脏和皮肤都有毒,毒性剧烈,比氰化物还要厉害。"

"你怎么知道?"

"我刚好知道。"

"到底是什么鱼?"

"化验师也许能告诉您它的确切的名字。我猜,是河豚的一种。"

"哪儿有这种鱼?"

"海里,只有海里。"

"我们这儿离海很远呀?"

"它肯定不是自己游来的,您说呢?"

"啊,当然当然。"

"鱼已经焙干了,或者是晾干了,研碎了,看样子已经保存很久了。"

警察拧紧瓶盖,终于打响了一个哈欠,不是喷嚏。

一个疲倦的人和两个发抖的人走后,F夫人继续告诉丈夫:"据说,这事,几天前就开始了……"

F医生拉开窗帘,天蒙蒙亮了。阳台上的夜来香在蔫缩起黄色的花瓣,牵牛花正展开紫色的花蕾。

17

晦涩的晨曦从几座巨大的黑影后面浮现。或者说,昏黑的夜空,是从一些庞然大物的边角处开始褪色。

据说几天前的晚上,画家和女教师的家里来了一个朋友,对,一个男人。现在,谁也猜不出这个人到底是怎么一回事。现在,那个男人已经无影无踪……

幢幢庞大的建筑脚下,暗淡的路灯骤然熄灭,明显的电力不足,路灯熄灭后暗蓝色的夜幕仍然沉垂厚重,层层叠叠。印象中宽阔的长街,像一条僵卧的细虫。灰色的建筑群,深浅不一绵延漫展,如同一望无际的荒岗。

有玻璃的地方开始发光,灰白闪亮,像大大小小的盐的晶体。

街上,刚刚醒来的人群还稀疏,还沉闷,动作迟缓。城市还很安静。也没有鸟叫。

据说,那个男人是女教师 O 的朋友,或者是她和画家 Z 共同的朋友。这应该不会错。那个男人差不多是六点钟来的,Z 和 O 和他一起共进晚餐。他们一块喝酒喝到很晚,可能是因为太晚了误了末班车,那男人就在另一间屋子里住下了……

没有鸟儿,到处都没有,早就没有了。

只好干等着城市自己醒来。

有人说那个人是从挺远的地方来,但也有人说他可能就住在这个城市里。

据说,整个晚餐的过程中,三个人的谈话都没有什么特别的地方,很普通,甚至很平淡,互相都很客气。酒喝得也很沉闷。酒虽然喝到很晚,但 O 和那个男人并没有真正说过什么,只是互相问一些别人的事,讲一些别人的事。三个人一起闲聊罢了。讲到过一些不可思议的传闻,比如人体特异功能,比如飞碟和外星人,比如这宇宙中也许存在着更高级的智慧,据说只在这时 O 认真地问了一句——更高的智慧又能怎样呢?据说这样,酒一直喝到很晚,那个男人要离开的时候发现末班车的时间已经过了……

清晨来临时没有鸟叫,谁也说不准这是从哪年开始的。人们很少注意到清晨里已经没有了鸟叫。这儿已经没有鸟的栖息之地。连乌鸦也逃离在别处。

一天一度的黎明,仿佛是从肠胃里卷起的一阵阵咕噜噜的欲望。在影影绰绰的楼群后面,从这浩瀚都市的腹地那儿,一副巨大的肠胃或是一架巨大的发动机开始呻吟、轰鸣、喧嚣,那声音沿着所有刚性物体的表面流传、聚积、碰撞、冲天而起再四散飞扬……但如果你走进去,走进网膜一样黏稠的街道中去,你找不到,无论是那副辘辘饥肠还是那架永动的机器你都找不到;你以一个微弱的"咕噜噜"参加进去而已。

你简直不能相信。这真是件奇怪的事。但你不能不信。到处都在传说:那个夜里,丈夫醒来,妻子不在床上,屋门开着,画家起身走进厅廊,厕所的门开着,厨房的门开着,还有阳台的门,开着。这下你应该猜到了,哪个门关着……

楼与楼之间,有着峡谷一般的裂隙,白昼之光从那些地方升腾,扩展。被豢养的鸽群成为唯一的鸟儿,它们的祖辈因为一次偶然的迷失被带进城市,从此它们就在这儿飞来飞去,飞来飞去,唯唯诺诺期期艾艾地哼咏,在空中画一些或大或小的圈儿。从楼峰厦谷中可以看见一段规整而污浊的河,黑绿色的泡沫像一条没头没尾的大舢板在河面上漂移,平缓地隐没在土堡一样的矮房群中,在朝阳灿烂的光辉里熏蒸,与千家万户的炊烟一起升腾。远远近近的蝉鸣开始响亮。老人们在蝉歌中回首往事,年轻人兴奋地走出家门为昨夜的好梦去奔波一生。

女教师和另外那个男人在一起,对,只有那间屋的门关着。关紧着的门里很静,偶尔传出断续的低语。众说纷纭。他们——O和另外那个男人,当然,也许不一定就在床上,但他们之间到底发生了什么,到了什么程度,众说不一。因为邻居们从梦中惊醒纷纷跑来时,只见所有的门都开着,画家正冲着他的妻子大喊大叫,声色俱厉,女教师一声不吭。O目光迟滞地望着她的丈夫,什么也不解释。另外的那个男人站在近旁,脸色惨白,不久他就消失,不知什么时候溜走了……

除画家之外，没人能证明当时的细节。但细节无关紧要。

据说这之后女教师到死只说过一句话，她只坚持一点：她今生今世只爱画家。画家，懂吗？她的丈夫。

提到那个男人，那个逃走的家伙，据说女教师只似有或无地笑了一下。

有人说：没见过她笑得那么不屑和冷漠。有人说：在当时那场合很难相信她会笑得那样轻慢。有人说她还说了："那个人嘛，不用谁为他担心……"

灰色的蚯蚓像一条彩色的蜈蚣那样动起来，五颜六色的车流像一条条艳丽的蛇。当金碧辉煌的烟尘里一条沙哑的歌喉，模仿着哀愁，东一句西一句兴冲冲地唱遍各个角落的时候，城市的白天才算正式开始。

车站的晨钟，一下一下，清朗悦耳。

几天后，对，就是昨天深夜，有另外的人在场的时候，画家和他的两个朋友在另一间屋子里说话的时候，女教师走进卧室，关上门，找出一个小玻璃瓶，镇静地拧开瓶盖，把一些什么东西的碎屑倒进了嘴里。

据说是一条鱼。一条毒性非常剧烈但色彩相当漂亮的鱼，晾干了，研碎了，可能已经保存了很久。

据说画家和他的两个朋友发现时，女教师的呼吸已经很困难了。她示意画家看桌上的遗书。向妻子俯下身时，Z 的眼睛里全是困惑，从未有过的困惑。O 呢，至死都盯着画家那双眼睛，用尽最后的力气说："不，你不要……不要，你千万不要……"不知道她这是指什么，"不要"到底指什么，她究竟不要他怎样？

18

这样的事不可能不流传。对于 O 的死，对于她与那个男人的关系，以及她是否如她所说还爱着她的丈夫，众说不一猜度纷纭。

O的自始至终什么也不解释,使人们倾向于相信,她与那个男人之间确是发生了越轨的行为。那个男人的逃走,更使这种猜测占了上风。

要是一个女人瞒着她的丈夫,在深夜和另一个男人关起门来在一起——当然不是简单地在一起——这怎么说?一般来说,是这个女人已经不爱她的丈夫了。最通常最简单的理解是:要么她已经无可逃脱地迷上了另一个男人,要么就是她在两性关系上持一种过分即兴的态度。

但在O的朋友中,没有人不认为O在性行为方面一向是严格的,是信奉传统价值的。事实显然也不支持那种占上风的猜测,如果O是那种随随便便就可以同一个男人上床的女人,她也就不会那么果断尤其那么镇静地去死了。她的朋友们说,如果她需要情人,她早就可以有不止一个更为精彩的情人,但是她只需要一个爱人和不止一个朋友。她的朋友们说,在她的异性朋友中有人对她抱有多年的幻想,这她知道,他们知道她知道,她知道他们知道她知道。但是那个夏夜的事件毕竟是发生了。事情发生在O身上,发生在与那样一个庸卑畏怯的男人之间(他竟那么迅速地逃之夭夭并且再没露过面),这不仅使那些对她倾慕多年的人蒙受痛苦,而且令她所有的朋友大惑不解。也许"庸卑畏怯"不过是嫉妒生出的偏见?也许那个男人真有什么不同凡响的魅力,他看中哪个女人,哪个女人就在劫难逃?也许O真是迷上了他,爱上了他?

但是了解O的人(看来只是自以为了解)无一例外地相信,至少在爱情上O是一个撒不了谎的人,况且她既已决定去死,又何必撒谎呢?在O的遗书上只有写给画家的一句话,仍是她在最后的几天里唯一强调的那句话:在这世界上我只爱你,要是我有力量再爱一回,我还是要选择你。我宁愿相信这话的真实。我的直觉告诉我,这是她最终唯一想说的,也是唯一能够说得清的。就像一句禅语,听不听得懂要看听者的悟性了。

我不怀疑,她的朋友们谁也不怀疑,O恰恰又是那种绝不能与不爱者维持夫妻关系的人，一分钟也不能。在这点上她并不遵从传统，完全不遵从，而是发自本性地认同现代观念。她以前的那次离婚给大家留下的这种印象相当深刻。

<h1 style="text-align:center">19</h1>

七年前，当O遇到了画家，爱上了画家，并且根本不知道画家可不可能爱上她的时候，她就离开了她当时的丈夫。那是O第三次去画家的画室里看他作画之后，从那间简陋昏暗的画室里出来，骤然走进四月午后的阳光里，那时成熟的杨花正在到处飘摆到处垂落，也许是那杨花强烈而虚幻的气息所致，O感到心里（而不是头里）一阵昏眩，这昏眩并不使人要摔倒，而是让人觉得空间和万物都在飘散，一切都颤动着震响着飘散得无边无涯。我感到她有点儿想喊，有点儿想跑，想哭，在我的印象中她强忍着这突如其来的激动，在路边坐下，希望弄清楚在这从未有过的情绪背后都是什么。在那儿坐了将近三小时，能够弄明白的只有一点：她以往并没有爱过，在这之前她从未真正体验过爱情。

太阳快要下去的当儿，耳边有人问她，要不要一张到某个地方去的卧铺车票？她环视四周，发现自己是坐在火车站的近旁。（这件事她至死都觉得神秘，画家的画室离火车站足足有十公里，她是怎么走过来的？后来她常常以为那或许是一幕幻景，随后的旅行不过是一个梦，可是她明明还保存着那张车票。）她把那张退票买了下来。她给学校拨了电话，说远在千里之外的祖母病危，种种缘故总之"只好我去"。不能说谎和不会说谎是两码事。然后，她竟然想得周到还给她当时的丈夫打了电话。"出差？""对。""这么急吗？""是，火车就快开了。""去哪儿？"她又掏出车票看了看才记住那个地方，一个十分钟之前对她来说并不存在的地方。

她不知道甚至也还没来得及去想：画家会不会爱她，会不会接受她的爱。似乎，此时此刻这并不重要。坐了一夜火车，其间她似睡非睡再什么也没想。天将亮时车停了她懵懵懂懂地下了车,她以为到了那个地方,随着下车的人们一起下了车。火车继续往前开走时她才看出,这是另一个她从未听说过的地方——一座小镇,小镇的名字与车票上的那个地名完全不是一码事。她在空空的站台上坐下,坐了好一会儿才慢慢地清醒了。是小镇清寂的黎明消散了她的梦?还是她梦进了这小镇黎明的清寂?我想,这也不是重要的事。

她在小镇上漫无目的地走。画家此刻在哪儿?在干什么和想什么?不知道。但这也仍然不重要。她来这儿不是为了找到什么,她来这儿不如说是为了逃离。逃离一种与她的梦想不相吻合的形式,逃离与她真确的心愿不相融洽的状态。那是什么?那是什么我已经明白:她要逃离的是那个她曾经称之为家的地方,是那个她曾与之同床共衾的人,是她的合法丈夫,她要逃离的是一个无辜的男人。逃离、欺骗、不忠、背叛,这些词她都想到了,甚至变成声音她都听见了。伤害、折磨、负疚,对一个无辜的人和对她自己,这些她都想到了,变成画面她都看见了,变成一缕味道她已经闻见了,而且知道这一切注定要成为现实永远都不能消灭了。但是别无他法。必须得这样,别无他法,正如那间简陋的画室里的味道再也不能消灭一样。很久以后,在她成了画家的妻子的很多年里,她会经常想起这座小镇,那时她便闻到两种味道:远方小镇上空气的清新,和画家小屋里油彩的浓重。

至于那小镇上的景物,她一直也没有看清楚,因而在她的记忆里或在我的印象中只是纵横的几条虚幻而冷清的小街,或者干脆只是一些参差排列、色彩单调的几何形体。太阳升起来的时候,她走到了小镇的边缘。她爬上一段颓败的城墙,看见了辽阔如海的一片绿色,那是还没有长大还没有开花的向日葵,新鲜稚嫩的叶子牵连起伏铺地接天,晨风和朝阳里闪闪耀耀的新绿如潮如浪,仿佛地荡山摇。她像小时候那样旁若无人地跪下来,跪在城墙沿头的荒草里,呆呆地望着。眼前这情景她好像见过,但不知是在哪儿,也想不起可能是在哪儿见过。也许是在过去,也许是在未来,过去遗留在梦里,或者未来提前走进了梦中吧。我有过类似的体验:一种情景,或者一种感觉,仿佛曾经有过,发生过或者经历过,但是想不起由来,甚至明明知道那是不可能见过的,但无疑又是多么熟悉。这怎么解释呢?也许是前世所见?但更可能是一个久已忘怀了的梦,一个从开始就没有记住的梦,或者是一个白日梦——未来,在你的心中的造化。但那梦景变成情绪弥漫在心灵中而没有留在大脑里,凭智力很难把它找回来。

女教师O跪在荒草丛中,她很幸运——我为她找回了一幅梦景,因而她的一个久已疏淡了的梦想不召而至:那绿色也是这样地飘缭摇荡,那天空也是这样浩瀚无涯,但没有一点儿声音,天上都是灿烂的云彩,一只白色的鸟儿舒展地飞入画面,翅膀一张一收一张一收也没有一点儿声音,从天的这边飞向天的那边,在远处的地平线上就有了一座老屋,鸟儿正是朝那儿飞的,那鸟儿飞得洒脱、优美而真切,飞得无拘无束毫不夸张,但那老屋却相当虚幻、缥缈,仿佛只是一种气息的凝结,唯那一种古老房舍的气息确凿存在,鸟儿正是朝那儿飞的,那只白色的鸟儿,飞得没有一点儿声音……这个梦也许她对我说起过,也许没有。但在我的印象里或在写作之夜,分明有这样一幅属于她的梦景。这究竟是我的梦还是女教师O的梦呢?无关紧要。究竟是过去的经历呢还是对未来的憧憬?都无关紧要。但梦中那老屋的样子只好在醒后凭借希望才可描述。我有时猜想,在O的南方老家,或者在她对南方的思念里,必有那样一座老屋。O弄不清这梦的原因,也记不准是在什么年龄上开始做的了,总之很早,那只鸟很早就飞进过她的梦里,那古老房舍的气息流进她的梦里肯定更早,这梦她做过很多次,但有很久没再做了。

O在那小镇上待了三天。最后一天她又做了那个梦,与以往大为不同的是那个梦境变成了一幅画——挂在美术馆中的一幅画。那幅画挂在一个不为人注意的角落里,美术馆是一座辉煌飘逸的现代建筑,厅廊回转层层叠叠可能根本走不出去,阒无一人,光亮宽坦的地面上只有她自己的影子和脚步,脚步声渐渐被巨大的空旷所吞噬,她却找不到那幅画了,到处找也找不到它了,但能闻见它的气息,虚缈而确凿的气息到处弥漫随处可闻……

"是否就是那座老屋的气息?"多年以后我问 O。

"不,不不,一点儿都不,"她说,"跟那气息完全不同。"

醒来,她以为她一下子就明白了这次梦的含义。她懵懵懂懂坐了一会儿,心想对画家如此魂牵梦萦到底算什么?是崇拜,还是爱情?她相信是后者;如果这仍然不是爱,她想像不出爱还能是什么。在以后的七年里她将不断地遵循这个逻辑而不断地得出同样的结论,直到死。一直到死。不过她第一次感到死的诱惑,恰是在她得出上述结论的同时。她离开那座小城回来,列车越近终点,死亡越是像一头温存的怪鸟(当然不是白色的,而且也不会飞)在她心里不住声地取媚邀宠,驱赶不去。她见过死,我也见过,七岁见过一个老人寿终正寝,十五岁见过一个中学老师跳进了十几米高的烟囱,二十岁在农村见过一个妇女死于难产和一个结实的汉子死于塌方,开始是惊骇、仓皇、深不见底的湮灭和悲恐,然后便只是偶尔的沉郁,再后来就不多想,死和生一样成了怅然常驻的疑问便不再去多想。O 却从未像现在这样,想到死竟生出丝丝缕缕的柔情,觉得轻松觉得安泰,仿佛静夜中一曲牵人入梦的笛箫。不不,O 绝不是想如果画家不接受她的爱她就去死,不,绝不是,而是:如果她当时的丈夫执意不肯跟她离婚的话,她想她总归活不成。至于画家,她甚至还没来得及去想需不需要向他表白。

20

她回到家里。看见那个还是她丈夫的人,她首先想到的是:她睡在哪儿?最紧迫的问题是:她今夜睡在哪儿?她不再能做到与眼前这个男人同在一个房间里过夜了。这当然不是个法律问题,甚至也不是感情、良心或欲望问题。若说感情,她现在甚至愿意以死来安慰他,使他快乐使他免受伤害,让他幸福。若说良心,她现在并不对画家负有什么责任,因而是完全可以与这个还是她丈夫的人同床共衾的。欲望呢?她看着眼前这个男人,相信自己对他过去没有现在也仍然没有什么生理上的厌恶,如果换一种心境,她相信她仍然是可以和他做爱的。但现在不能。是否从现在起永远不能了呢?也许吧,但不知道。为什么呢?似乎仅仅是个形式问题,是形式的障碍,或者是仪式问题是仪式的错位,至少眼下是这样。就好比说,你绝不能在婚礼上采用葬礼的仪式,也绝不能在葬礼上播放婚礼进行曲。这时候,形式,是至关重要的。但她自己也想不通为什么这样看重形式,这样苛刻地对待一种形式。很可能是因为:比如一个骗子,别人不知道他在骗人,但他自己不可能不知道他是在干什么,因而他无法再用同样的方式骗自己。关键就在这儿——任何形式都是要说话的,都是一种公开的或悄悄的告白,一种形式不是表达一种真意,就是变卖一种真意。你可以闭目塞听,但你无法关闭心灵的耳目,谁也逃不脱这形式的告白。比如性,那赤裸的相见,不是赤裸地表白爱的真诚、坦荡,就是赤裸地宣布对爱的轻蔑和抹杀。

"我太累了我想早点儿睡了,今晚我自己在客厅睡。"

她说这话的时候不敢看她的丈夫,什么都不敢看哪儿都不敢看,急转身走进客厅,那样子想必是又孱弱又委琐又狼狈又滑稽。那一夜她痛痛快快地厌恶着自己,诅咒自己,死亡整宿都在她心里扑打着翅膀喋喋不休。她想,这必就是爱情了?那形式躲避开一个合法的婚姻,一定是给爱情保留着了?那她对身边这个无辜的人也许从前是但现在肯定不是爱情了?可她又是多么希望他不受伤害,希望他快乐和幸福呀——这是真的,确凿无疑是真的,这样的感情不是爱情吗?是什么呢?哦,死,人们为什么会认为死是最可怕的呢?她像个十五六岁的小姑娘那样,怀着恐惧和迷茫或者还有激动,问自己:爱情,到底是什么?爱情不是法律,对,不是。

爱情不是良心，对，至少不是由良心开始和由良心决定的。爱情不仅仅是生理的快乐，对，不仅仅是那种事。那么，爱情也不是爱护的感情吗？不是。至少不全是。主要不是。从根本上说，不是。否则，爱情的对象就可以是很多人了。爱护的感情，加上性欲，就是了吗？当然不，至少那绝不是一个加法的问题。那么到底是什么呢？

我也是这样问自己。

破晓时分，O听见那个无辜的人在她门前徘徊了很久，差不多两个小时，她一动不动大气不出。那脚步声离去之后她开始无声地流泪。那脚步声出了家门，下了楼，听不见了，听不见了……她望着墙上他和她的照片，恍如隔着千载光阴，一切关于他的记忆都已变成了概念，没有了活泼的内容。她认识他；她知道他的名字；他是她的丈夫，是的，是过；她与他有过夫妻生活，对，性生活，也叫做"行房"或"做爱"；他们没有过孩子，因为她自己执意不要，他陪她去做过两次"人流"……这些都像是一份档案材料，仅仅是些毫无活气的铅字记录了。一份落满尘灰，纸张已然变黄发脆的文字记录，历史悠久。她使劲回忆与他的上一次耳鬓厮磨肌肤相依是在哪一天？什么时候？什么方式？却怎么也记不得了，忘了，完全忘了，她相信他也不会记得，然而那却是最后一次，没有意识到这一点是个遗憾，无法给它一点点纪念了确实是个无法弥补的遗憾……她光着脚在总共两间屋的家里慢慢走，随心所欲地哭，在墙根儿下蹲一会儿，在地板上抱拢双膝坐一会儿，让眼泪肆无忌惮地流淌，心里却明白一切都已无可挽回：她得跟他离婚。

21

关于那个无辜的人，我一无所知。我没有见过他。有人说他是个心地善良、宽厚而近于窝囊的人，只要狠一狠心谁都可以轻易把他甩掉，他无从反抗也无以诉说。也有人说，他绝不是个软弱可欺的人,相反,他的自制力太强了,他早已觉察了 O 的变化但是不问,只等她自己说,他太自视清高了,O 刚把自己的想法说了个开头,他就转身去收拾了自己的衣物,说声"好,我不会麻烦你",就拖起个大旅行袋走了。办理离婚手续的那天两个人又见了一面,但他一句话也没说,一句 O 的解释也不听,以后 O 再也没见过他。还有人说,那个无辜的人看似豁达大度但骨子里并非如此,他实际上是说了:"很好,但我会报复。不过你放心,我的报复不会那么小气。"但是没有谁说过那无辜的人不爱 O,或者对 O 的离去无所谓,也没有人认为 O 应该爱他,从始至终没人说起过 O 离开他是对还是错。人们在说起 O 的时候顺便提起他,对他作一点儿很不深入的推测,仅此而已,其余的时间里他不存在。至少在我的印象里,还没有他再次出现的丝毫迹象。

四 童年之门

22

我想,作为画家,Z 的生命应该开始于他九岁时的一天下午,近似于我所经历过的那样一个冬天的下午。开始于一根插在瓷瓶中的羽毛。一根大鸟的羽毛,白色的,素雅,蓬勃,仪态潇洒。开始于融雪的时节,一个寒冷的周末。开始于对一座美丽的楼房的神往,和走入其中时的惊讶。开始于那美丽楼房中一间宽绰得甚至有些空旷的屋子,午后的太阳透过落地窗一方一方平整地斜铺在地板上,碰到墙根儿弯上去竖起来,墙壁是冬日天空一般的浅蓝,阳光在那儿变成空蒙的绿色,然后在即将消失的刹那变成淡淡的紫红。一切都开始于他此生此世头一回独自去找一个朋友,一个同他一般年龄的女孩儿——一个也是九岁的女人。

那是一座我们不曾进过的楼房。我们,我和 Z 或许还包括其他一些孩子,我们看着它建立起来,非常美丽,我们都曾想像它的内部。但在几十年前,那还是一种平民家的孩子所无从想像的内部。

在大片大片灰暗陈旧的房群中,小巷如网。积雪在路边收缩融化得丑陋不堪,在上百年的老房的房檐上滴淌得悠闲自得。空气新鲜,冬天的太阳非常远,空气清冽刺骨。独自一人穿过短短长长的窄巷,独自一人,走过高高矮矮的老房,两手插进袖筒里,不时焐一焐冻疼的耳朵再把手插进袖筒里。东拐西弯绕来绕去,仍是绵延不断的窄巷和老房,怀疑到底是走到了哪儿,正要怀疑正在怀疑,豁然入目一座橘黄色的楼房那就是它,不高,但很大,灿烂如同一缕晚晴的夕阳。一座美丽而出乎意料的房子,九岁那年我几乎迷失其中。我以为进了楼门就会找到一条笔直的甬道,就能看见排列两侧的所有房间,但是不,那儿甬道出没曲回,厅室琳琅迷布,空间傲慢而奇异地分割。处处都是那么幽雅、凝重,静谧中透着高贵的神秘,使人不由得放慢脚步屏住呼吸。

我从未见过那么多的门,所到之处都是关闭着的门,有时候四周都是门有七八个门有数不清的门,门上也没有窗,我好像走进那个残酷的游戏中去了(来呀试一试,看看哪个门里是美女哪个门里是猛虎)。拉开一个门,里面全是衣服,一排排一层层全是男人的领带和大衣,全是女人的长裙和皮鞋,淡淡的樟脑味。推开一个门,四壁贴满了淡绿色的瓷砖,透明的帷幔后面有一张床,以为是床但不是,幽暗中旋起一股微香,是一只也是淡绿色的浴盆。推开另一个门,里面靠墙站了一圈矮柜,玻璃的柜门里全是艺术品:麦秸做的小房子呀,石头刻的不穿衣服的女人呀,铜的或者玻璃的瓶子呀,木头雕的人头像呀……更多的东西叫不出名字。退出来,再推开一个门,里面有一只猫有一万本书,一只酣睡的猫,和一排排书架上排列井然的一万本书。另一个门里又有两个门,有一道淡薄而明亮的光线,有一盆又安静又热烈的花。花旁的门里传出缓缓的钢琴声,敲了敲,没人应,推一推,开了,好大的地方!在一座座沙发的那面,在平坦宽阔的地毯尽端,远远地看见一个女人端坐的背影,问她,她什么也不回答,她什么也没听见,她只侧了一下头,散开的长发和散开的琴声遮住了她的脸。不敢再问,退步出来,站在那儿不敢动,站在门旁不知所措,惊诧惊奇惊恐或许还有自惭形秽,便永远都记住了那个地方。但那个地方,在长久的记忆里变幻不住甚至似有若无,唯那惊诧惊奇惊恐和自惭形秽真真确确长久地留在印象里。画家Z必定也是这样,他必定也记住了那样的情景,并在未来把那些门那些窗那些刻花的墙壁那只悠闲的猫和那盆热烈的花,随意颠倒扭曲交错地展示在他的画布上,就像那琴声的自在与陌生(那是他画了上百幅之后仍然不能满意的一幅。几十年后我将看到它,并将因此回想起他和我都可能有的一种经历……)。如果连出去的门也找不到了,如果又已经九岁又已经不能轻易啼哭,我只好沿着曲折的甬道走,推开一座座关闭的门我要回家。总能听见隐约的钢琴曲,走出一道又一道门,我要回家。走出一道又一道门忘记了要找的女孩,一心只要回家。最后走进了那间屋子——写作之夜,仿佛我也跟随着 Z 走进过那间屋子。

　　Z 九岁时走进了那间屋子,看见了那根大鸟的羽毛。逆光的窗棂呈浅灰色,每一块玻璃上都是耀眼而柔和的水雾和冰凌的光芒。没有人,其他什么都没有,唯那只插了一根羽毛的瓷瓶,以及安放了那瓷瓶的原木色的方台。这可能仅仅是 Z 多年之后的印象。经历了岁月的剥蚀,那印象已不断地有所改变。在画家 Z 不知所终的一生中,将无数次试图把那早年的印象画下来,那时他才会发现要把握住那一瞬间的感觉是多么渺茫。没有人,唯独这一个房门敞开着,隐隐的琴声不住地传来,他走进去,以一支梦幻曲般的节奏。除了那个方台那个瓷瓶那根白色的大鸟的羽毛,什么也没有,屋里宽阔甚至空旷,他走进去,以一个孩子天赋的敏觉像是辨认出了什么。或许这就是命运的指引,所有的房门都关着唯此一扇悠悠地敞开着,Z 以一个画家命定的敏觉,发现了满屋冬日光芒中那根美丽孤傲的羽毛。它在窗旁的暗影里,洁白无比,又大又长,上端坚挺峭耸,末端柔软飘逸,安闲却又动荡。迟早都要到来的艺术家的激动引领着 Z,慢慢走近或是瞬间就站在了它的近旁,如同久别,如同团聚,如同前世之缘,与它默然相对,忘记了是在哪儿,忘记了回家,忘记了胆怯,呆呆地望着那羽毛,望着它,呆愣着,一时间孤独得到了赞美,忧郁得到了尊崇,一个蕴藏久远的旋律终于有了节拍。很可能,就在这时画家的前程已定。Z 的小小身影在那一刻夕阳的光照之中一动不动,仿佛聆听神谕的信徒。

仿佛一切都被那羽毛的存在湮灭了,一切都黯然失色无足轻重,唯那羽毛的**丝丝缕缕**在优美而高贵地轻舒漫卷挥洒飘扬,并将永远在他的生命中喧嚣骚动。

23

倘若到此为止,O 说过,结果可能会大不一样。

O 在最后的两年里偶尔抽一支烟。烟雾在她面前飘摇,使我看不清她的脸。

就像那个绝妙的游戏,O 说,你推开了这个门而没有推开那个门,要是你推开的不是这个门而是那个门,走进去,结果就会大不一样。

怎么不一样?

O 说:不,没人能知道不曾推开的门里会是什么,但从两个门会走到两个不同的世界中去,甚至这两个世界永远不会相交。

她指的什么事?或者,指的是谁?

O 故作超然地吹开眼前的烟缕,借机回避了我的目光。

我承认在那一刻我心里有种近乎幸灾乐祸的快意:这是 O 第一次在谈到 Z——那个迷人的 Z——时取了回避的态度。

24

有一次我问 O:Z 最近在画什么?

O 说:事实上,他一直都在画那个下午。

那根羽毛?

不。是那个下午。Z 一生一世真正想画的,只是那个寒冷的下午。

这有什么不同吗?

完全有可能,那个下午并不是到那根羽毛为止。

25

女教师 O,她相信以后的事更要紧,画家 Z 一定还在那儿遇到过什么。

遇到过什么?

想必和那羽毛一样,让他终生都无法摆脱的事。

什么事?嗯?哪一类的事?

除了 Z,没人知道。

可你注意到了没有?Z 到那儿去是为了找一个女孩儿。

是呀是呀,可他此后再没提起过这件事。

26

可能是一个漂亮的女孩儿。她以她的漂亮常常进入一个男孩儿的梦中。如果有一天男孩儿画了一幅画,大人们都夸奖他画得好,如果有一天他画了一匹奔跑的马他相信那是一匹真正的马,他就忽然有了一个激动不已的愿望:让那梦中的女孩儿为之惊讶,先是惊讶地看着那匹马,然后那惊讶的目光慢慢抬起来,对着他。那便是男孩儿最初的激情。不再总是他惊讶地看着那女孩儿——这件事说不定也可以颠倒过来,那便是男孩儿最初去追寻了梦想的时刻。他把那梦想藏在他自己也不曾发现的地方,在一个冬天的下午启程……

也可能那女孩儿并不漂亮。并不是因为漂亮。仅仅是因为她的声音,她唱的一支歌,她唱那支歌时流了泪,和她唱那歌时没能控制的感情。那声音从一个夏夜空静的舞台灯光中一直流进了男孩儿不分昼夜的梦里去。如果是这样。如果他就总在想像那清朗的声音居住的地方,如果对那个地方的想像伴着默默寡欢而层出不穷,如果那个地方竟逐日变得神奇变得高深莫测,如果连那儿的邻居也成为世上最值得羡慕的人,那便是男孩儿心里的第一场骚动。他懵懂不知那骚动的由来,但每一个清晨到每一个黄昏,日子都变得不再像以往,便是那个男孩儿梦途攸关的起点。总归是要有这一个起点,也可能碰巧就在融雪的季节……

但也许是其他原因。可以是任何原因。倘那季节来临,男孩儿幻想联翩会经任何途径入梦。比如那女孩儿的快乐和开朗,或者是她母亲的温文尔雅。比如那女孩儿举止谈吐的脱俗,或者仅仅是她所居住的那个地方意味着神秘或高贵。比如说那女孩儿的勇敢和正义,她曾在男孩儿受人侮骂和嘲笑的时候护卫过他的尊严,或者仅仅以目光表明她与他站在一起。比如说,那女孩儿细腻而固执的同情心,她曾在男孩儿因为什么事而不敢回家的时候陪他一路回家。比如,那女孩儿天赋的异性魅力,她以简单而坚决的命令便使蛮傲的男孩儿不敢妄为。所有这些,还不止这些,都可能掀起男孩儿势必要到来的骚动,使那个男孩儿在一个寒冷的下午出发,去证实他的梦想。

画家 Z 梦想着的那个女孩儿是谁呢?

画家 Z 动身去找那个女孩儿的情景,很像是我曾有过的一次经历。他曾经去找的那个女孩儿,和我曾经去找过的一个女孩儿,在写作之夜混淆不清。

Z 抑或我,那样的时节是不是来得太早了?九岁,似乎是太早了。

九岁的男孩儿以一个小小的计谋作为出发的理由,以一个幼稚的借口开始他的男人生涯。灰矮无边的老房群中小巷如网,有一座美丽幽静的房子。那是座出乎意料的房子,我有点儿怕。那一片空荡的沉重,我有点儿怕。那是一片深不见底的幽雅与陌生,我有点儿自惭形秽我想回家。出没无常的走廊不知道都通向哪儿,数不清的门,数不清的关闭着的门,厅室层叠空间奇异地分割,厚重的屋顶和墙壁阻断了声音吞没了声音,让人不敢说话。那个女孩儿,但是那个也是九岁的女孩儿她不以为然,她叽里呱啦地又说又笑,在前面蹦跳着引领着我(或者也是这样引领着 Z)走。

来呀 到我房间去 走哇Z 来吧 "哈！你怎么会来了?"她快乐地说。 这儿是我阿姨住的 别 别去那儿Z 那儿没人 "嗨！——你怎么会来的?"她快乐地说。 那是我哥哥的房间嘘—— 咱们别理他 我姐姐住这儿 这会儿她不在她在那边练琴呢 听见了吗Z 她的琴声 "你什么时候来的? 哎嗨——你本来要去哪儿?"她快乐地说。 那是我妈妈(温文尔雅) 嘻嘻 她还没看见你来了呢 我爸爸(一万本书,一万本莫测高深的书)他就是我爸爸 噢Z 别打扰他 咱们还是到我房间去吧 走 走呀 "噢——你怎么会来了,你路过这儿吗?"她快乐地说。她的房间。我跟着她走进她的房间。她的房间里要好些,不那么大不那么空旷,不再那么沉重,声音也能如常地流动。她把她的花花绿绿的书拿了出来,一本一本地翻着,兴奋地讲着书中的故事。给我讲吗? 我东张西望,那儿所有的东西都比那些故事更新奇,更具魅力。我没说话。我不知道说什么好。男孩儿忘记了那个小小的计谋。九岁的画家可能并没用上那个筹划已久的借口,那匹"真正的马"一直睡在他的衣兜里。我自始至终也没对那女孩儿说什么。我想不起什么话来。我只是惊奇着,站着,不停地转动着头和眼睛,也坐了,也走到窗台那儿朝外看了一下。那是一段不同寻常的时间。男孩儿听凭那个九岁女人的指挥,她让做什么他就做什么,她问什么他就回答,但那女孩儿都说了什么,他却一丁点儿也没听懂……

　　但是。但是如果这时候远远地琴声停了,一行轻盈的脚步响过来,门开了,女孩儿的姐姐走了进来,无论容貌还是表情都让人觉得冷——冷,但是,美。她看见了男孩儿,她看见了Z但她并不看着Z,只对女孩儿说:"怎么你把他带来了,嗯? 你怎么带他们进来?"(他们,她为什么说他们? 他们都是谁? 我,还有谁? 谁们?)女孩儿的快乐即告消失,低下头嗫嗫嚅嚅。如果,如果她的姐姐走后她的哥哥又来了——一个沉静的青年,或者是沉郁。他只是看了一眼Z,但那一眼看得十分仔细,并不说什么,他什么也没说便转身离去。待房门在他身后轻轻关上,轻轻地只留下一条窄缝,女孩儿就小声对 Z 说:"要不,你回家吧。好吗?要不你先走吧。"男孩儿想说我明天再来。Z 想了一下明天,明天并不太远,而且他希望他会比今天来得更早些,路上走得更快些。接着,外面有个女人的声音在喊她家的保姆:"阿姨——""阿——姨——"那声音优雅且郑重,在深深的走廊里平稳地流漫。Z 会想到那是女孩儿的母亲。但是她的母亲并没出现,进来的是她家的阿姨。阿姨浓重的南方口音响了很久。那嘈杂的南方口音响了很久之后,九岁的女孩儿不声不响地走在前头,送九岁的 Z 离开。甚至,直到这时 Z 的梦境也还是一片纯净的混沌。但是,如果命运执意要为这样一个男孩儿开启另一道门,如果它挑选了 Z 而放弃了我,Z 就可能在走出层叠曲回的厅廊时听到一种我所不曾听到的声音:"她怎么把外面的孩子带了进来……谁让她把他带到家里来的……"很可能是这样的声音。那个冬天下午临近结束的时候,Z 遇到的可能就是这样的声音。我被放弃我已经走出了那座迷人的房子,但是 Z 在同样的经历中稍稍慢了一步,他晚了一会儿,他发现那匹"真正的马"从衣兜里掉出来,飘落在光滑的地板上,他回身去捡,一缕流动的空气便为 Z 推开了另一扇门,那声音便永远留在了这个九岁男孩儿的心里:"她怎么把那些野孩子……那个外面的孩子……带了进来……告诉她,以后不准再带他们到家里来……"(啊,又是他们。这回有点儿明白他们都是指谁了。)如果是这样,画家 Z 的梦想就在九岁那一年的回声中碰到了一个方向。

27

这就是 O 所说的"要是你推开的不是这个门而是那个门,结果就会大不一样"吗?这就是 O 所说的"从两个门会走到两个不同的世界中去,这两个世界甚至永远不会相交"吧?对那个寒冷的下午,O 都知道些什么?已无从对证。

画家 Z 以九岁的年纪走在回家的路上,那时太阳已经落了,天就快黑了,天比来的时候更冷了,沿途老房檐头的融雪又都冻结成了冰凌。

现在,当我以数倍于九岁的年纪,再来伴随着 Z 走那回家的路时,我看见男孩儿的眼睛里有了第一次动人的迷茫。我听见他的脚步忽而紧急忽而迟缓。Z 肯定想起了他的无辜的母亲。我听见他的呼吸就像小巷中穿旋的风,渐渐托浮起缕缕凄凉的怨恨。但 Z 平生的第一次怨恨,很可能是对着自己:你为什么还在回过头去(还在!)眺望那座隐没进黑夜中的美丽的房子。那个寒冷的下午直至黑夜,凄凉的怨恨选中了谁,和放过了谁,那都一样。这似乎并不影响在同一时间的不同地点,有一些温暖的下午和快乐的周末。世界的结构基本不变,寒冷和温暖的比例基本不变。但这并不是说,极地的寒风不会造成赤道的暴雨。上帝的人间戏剧继续编写下去,就没有什么事是不可能的。

28

譬如说,那时候 O 在哪儿? 在那个寒冷抑或温暖的周末,O 在哪儿?

Z 九岁的时候,O 已经存在了,O 可能四岁。当那根优雅飘蓬的羽毛突然进入 Z 的视界,那一瞬间 O 在哪儿? 她大概还在南方,看着溶溶月色,或头一次听见了雨打芭蕉。或者她已经从南方来到了北方,在父母温暖的怀抱里,眼睛睁得大大的,听着窗外呼啸的北风。如果她就在那座美丽的房子里,如果她就是那个小姑娘(但不是九岁而只有四岁),在我的印象里那也没有什么不可能。当 Z 面对那根大鸟的羽毛魂惊魄荡默然无语之际,或者是当后来的事情发生之时,当 Z 走在回家的路上并且恨着他自己的那一刻,小姑娘 O 正在做什么? 正在想什么? 她会做着会想着一个四岁的小姑娘可能做可能想的一切事,但她不可能知道,一个与她的命运息息相关的事件正在这个世界上发生了。虽然还要过很久,还要过几十年,还要经过谁也数不清的因缘,那事件震起的喧嚣才会传到她的身边才会影响她的生命,但就在几十年前那个寒冷的下午,小姑娘O的归宿已不可更改。如果你站在四岁的O的位置瞻望未来,你会说她前途未卜,你会说她前途无限,要是你站在她的终点看这个生命的轨迹你看到的只是一条路,你就只能看见一条命定之途。所有的生命都一样,所有的人都是这样。

我们都是这样。

无论我们试图对谁的历史作一点儿探究,我们都必得就"历史"表明态度。我曾相信历史是不存在的,一切所谓历史都不过是现在对过去(后人对前人)的猜度,根据的是我们自己的处境。我不打算放弃这种理解,我是想把另一种理解调和进来:历史又是存在的,如果我们生来就被规定了一种处境,如果你从虚无中醒来(无以计量的虚无)看见自己已被安置在一团纵纵横横编就的网中,你被编织在一个既定的网结上(看不出条条脉络的由来和去处,这是上帝即兴的编织),那就证明历史确凿存在。这两种针锋相对的理解互相不需要推翻。

29

那无以计量的虚无结束于什么?结束于"我"。

我醒来,我睁开眼睛,虚无顷刻消散,我看见世界。

虚无从世界为我准备的那个网结上开始消散,世界从虚无由之消散的那个网结上开始拓展,拓展出我的盼望,或者随着我的盼望拓展……

30

我还记得我的第一次盼望。那是一个礼拜日,从早晨到下午,一直到天色昏暗下去。

那个礼拜日母亲答应带我出去，去哪儿已经记不清了，可能是动物园，也可能是别的什么地方。总之她很久之前就答应了，就在那个礼拜日带我出去玩，这不会错；一个人平生第一次盼一个日子，都不会错。而且就在那天早晨母亲也还是这样答应的：去，当然去。我想到底是让我盼来了。起床，刷牙，吃饭，那是个春天的早晨，阳光明媚。走吗？等一会儿，等一会儿再走。我跑出去，站在街门口，等一会儿就等一会儿，我藏在大门后，藏了很久，我知道不会是那么简单的一会儿，我得不出声地多藏一会儿。母亲出来了，可我忘了吓唬她，她手里怎么提着菜篮？您说了去！等等，买完菜，买完菜就去。买完菜马上就去吗？嗯。这段时光不好挨。我踏着一块块方砖跳，跳房子，等母亲回来。我看着天看着云彩走，等母亲回来，焦急又兴奋。我蹲在土地上用树枝拨弄着一个蚁穴，爬着去找更多的蚁穴。院儿里就我一个孩子没人跟我玩儿。我蹲在草丛里翻看一本画报，那是一本看了多少回的电影画报，那上面有一群比我大的女孩子，一个个都非常漂亮。我蹲在草丛里看她们，想像她们的家，想像她们此刻在干什么，想像她们的兄弟姐妹和她们的父母，想像她们的声音。去年的荒草丛里又有了绿色，院子很大，空空落落。母亲买菜回来却又翻箱倒柜忙开了。走吧，您不是说买菜回来就走吗？好啦好啦，没看我正忙呢吗？真奇怪，该是我有理的事呀？不是吗，我不是一直在等着，母亲不是答应过了吗？整个上午我就跟在母亲腿底下：去吗？去吧，走吧，怎么还不走呀？走吧……我就这样念念叨叨地追在母亲的腿底下，看她做完一件事又去做一件事。我还没有她的腿高，那两条不停顿的腿至今都在我眼前晃动，它们不停下来，它们好几次绊在我身上，我好几次差点搅在它们中间把它们碰倒。下午吧，母亲说，下午，睡醒午觉再去。去，母亲说，下午，准去。但这次怨我，怨我自己，我把午觉睡过了头。醒来我看见母亲在洗衣服。要是那时就走还不晚。我看看天，还不晚。还去吗？去。走吧？洗完衣服。

这一次不能原谅。我不知道那堆衣服要洗多久,可母亲应该知道。我蹲在她身边,看着她洗。我一声不吭,盼着。我想我再不离开半步,再不把觉睡过头,我想衣服一洗完我马上拉起她就走,决不许她再耽搁。我看着盆里的衣服和盆外的衣服,我看着太阳,看着光线,我一声不吭,看着盆里揉动的衣服和绽开的泡沫,我感觉到周围的光线渐渐暗下去,渐渐地凉下去沉郁下去,越来越远越来越缥缈,我一声不吭,忽然有点儿明白了。我现在还能感觉到那光线漫长而急遽的变化,孤独而惆怅的黄昏到来,并且听得见母亲咔嚓咔嚓搓衣服的声音,那声音永无休止就像时光的脚步。那个礼拜日。就在那天。母亲发现男孩儿蹲在那儿一动不动,发现他在哭,在不出声地流泪。我感到母亲惊惶地甩了甩手上的水,把我拉过去拉进她的怀里。我听见母亲在说,一边亲吻着我一边不停地说:"噢对不起,噢,对不起……"那个礼拜日,本该是出去的,去哪儿记不得了。男孩儿蹲在那个又大又重的洗衣盆旁,依偎在母亲怀里,闭上眼睛不再看太阳,光线正无可挽回地消逝,一派荒凉。

我平白地相信,这样的记忆也会是小姑娘 O 的记忆。无论在南方,还是在北方,小姑娘 O 必会有这样的记忆,只是她的那个院子也许更大、更空落,她的那块草地也许更大、更深茂,她的那片夕阳也许更大、更寂静,她的母亲也如我的母亲一样惊慌地把一个默默垂泪的孩子搂进怀中。不过 O 在其有生之年,却没能从那光线消逝的凄哀中挣脱出来。总是有这样的人,在残酷的春天我常感觉到他们的存在,无论是在繁华还是偏僻的地方这世界上处处分布着他们荒凉的祈盼。O,无论是她死了还是她活着,从世界为我准备的那个网结上看,她都是蹲在春天的荒草丛中,蹲在深深的落日里的执拗于一个美丽梦境的孩子。

O 一生一世没能从那春天的草丛中和那深深的落日里走出来,不能接受一个美丽梦境无可挽回地消逝,这便是 O 与我的不同,因故我还活着,而 O 已经从这个世界上离开。Z 呢?在那个冬天的下午直至夜晚,他并没有落泪,也没有人把他搂进怀中,他从另一扇门中听见这世界中的一种消息，那消息进入一个男孩儿敏感的心，将日益膨胀喧嚣不止，这就是 Z 与我以及与 O 的不同。看似微小的这一点点儿不同，便是命运之神发挥它巨大想像力的起点。

五　恋人

31

画家九岁时闯进那座迷宫般美丽的房子要去找的那个女孩儿,她是谁?也许我也许无论哪一个男孩儿,平生第一次怀着男人的激情去找过的那个女孩儿,她是谁呢?或者,在未来,在所有留给我深刻印象的女人当中,在写作之夜,谁是那个如梦如幻的女孩儿的继续呢?

N。我有时候感到她就是 N。对,女导演 N。

在某些时间、某些地点、某些事件和我的某些思绪里,那女孩儿变成 N,变成 F 医生从童年开始就迷恋着的那个女人。那飘忽不定的悠久的幻影,走过若干年,走过若干人,在经过 N 的时候停一下,在 N 的形象和身世中找到了某种和谐,得以延续。于是,又一种虚无显化成真,编进了 N 的网结——准确地说应该是,编织进一张网的 N 结上,从而有了历史。

(虽然算起来,N 与那个小姑娘年龄不符,但思绪是没有年龄的。因而,她并不一定就在这 N 结上永远停留,在这之前、之后,或与此同时,她也可能是别的女人,比如是 T,是 X,比如也许很简单她就是 O。没人能预先知道,思绪会把她变成谁。)

N 最早出现在那本电影画报里。就是我蹲在一片春天的草丛里所翻看的那本画报。在没人跟我玩的时候我常常翻看那本画报,看那上面一群漂亮女孩儿的剧照。从童年,到少年,我多次去看过那个电影。奶奶问我："你又去看什么电影？"或者："你又看了个什么电影呀？"我随便编出一个片名骗她。实际我看的全是那一个。百看不厌。看她们童话般的美貌，看她们童话般的校园和教室，童话般的夏令营、篝火、鸽子、葵花和白杨树……看她们以童话般的纯真所眺望的童话般的未来。不知那电影院售票的老人——我愿意把好几个售票者想像成一个老人，一个近乎于为教堂守门的老人——他是否注意到了，有个男孩儿一次次去看那个电影，一次次散场之后男孩儿童年的欣羡变成了少年的痴哀。那个男孩儿，那个缥缥缈缈的男孩儿就像是我，就像是所有男人的童年记忆，在传说般的往昔岁月，在巨大的云彩和天空下不经挑选的一条小路上，也许是在梦里，也许是在往昔直至今日的向往之中，他缥缥缈缈地走着，但也许他真的冒过雪后寒冷的风，走进过一座美丽的房子。下午的阳光里传送着小贩或者手艺人孤单而悠扬的叫卖声，一直到阳光渐渐地消逝，那时他心里想着去找的，应该就是那群女孩儿中的一个。

没想到将来，他真的与那群女孩儿中的一个相识。

那一个，她就是 N。

我认识 N 的时候，她已近中年，在一家电影厂做着导演。她身材修长，她依然美貌。她四十岁生日那天我在她家喝酒。醉人的酒。我问她还记不记得她小时候住的那座房子。她说当然记得。我说，那座房子，简直，简直就像个宫殿！她说怎么你去过？你在那儿认识谁呢？我说你的姐姐还弹钢琴吗？她说，什么？她说她没有姐姐。我说，还有你的哥哥，他太安静了，他好像挺忧郁是吗？她说噢好了，你别再喝了。她夺过我的酒杯说，她没有姐姐，兄弟姐妹她都没有。我看着她心想她到底是谁？我近乎无礼地看着她心想她是谁这不要紧，她还是那么美，温文尔雅像她的母亲虽然我几乎没有见过她的母亲，她还是那么美但不像她的姐姐（她的姐姐美，但是冷），虽然她说她并没有姐姐。不管她是谁这确实没什么关系，她还是那么需要一个教堂守门的老人来守护，四十岁算什么,八十岁也埋没不掉她脸上的童话。我说这没关系,真的,没关系。同时我想像着她爱的时候必定疯狂无比炽热灼人。

我说:"那天他走后,你父母骂你了吗?"

"为什么骂我?"

"他们错了。那是他们的错儿。你父母,还有你的姐姐和哥哥,甚至你家的保姆,是他们的错儿。"

"我看你是不是睡一会儿?"

"他们在第四章里,以为画家是个野孩子。就是说——坏孩子。真的,他们错了。"

"好了好了,你躺下,什么第四章不第四章,对,就躺在这儿,躺下来。"

"噢没关系,真的我没关系。但是画家却对这件事耿耿于怀。"

"画家?哪个画家?你说谁?"

"这不重要。画家那时候和所有的孩子一样。所有的孩子都一样,不是吗?但是画家并不走运,他把这件事记得越来越深。我知道他,我知道他为什么总在画那根羽毛,那根越来越飘逸越来越冷峻越来越孤傲不群的羽毛。我甚至知道 O,为什么离开这个世界……"

"你睡一会儿吧,好吗?"

"为……为什么睡……睡一会儿?"

"你已经在做梦了。"

我望着她,很久(甚至直到今天,甚至会到永远),都不敢确定她到底是在童话中,还是已经从童话中不小心走进了现实。

"那么,当我蹲在那片春天的草丛中看你的时候,你正在干什么?"

"不知道。也许,那时我的父亲正在写一本书,我正看着他写。"

"那些童话吗?"

"不,他正在虔诚地写着一部足以葬送全部童话的书。"

32

写作之夜,N 所以是女导演 N,所以在我的印象中有了这一种职业,是因为在那个早来的夏天,传说她忽发奇想,借来一部摄影机,请来一对青年演员,在人潮如涌的大街上,拍摄了三本胶片。她相信,无论过去还是将来,任何导演都不可能再现如此浩大壮观的场面。女导演 N 所要拍摄的情节非常简单,只是男女主人公在万头攒动的人群中忧心如焚地互相寻找。她给两个演员的提示也很简单:"第一,男女主人公正在初恋的狂热之中。第二,他们不小心在这动荡的人群中互相丢失了。"演员问:"接下去呢?"N 摇摇头,说:"不知道。""剧本在哪儿?""没有。没有剧本,甚至连故事都还没有。现在除了这对恋人在互相寻找,什么都还来不及想。""那你凭什么相信,这情节,在你将来的故事里一定用得上呢?"N 说:"因为我相信不管什么时候,我们可能丢失和我们真正要寻找的都是——爱情!"N 说:"就是现在,我也敢说在我们视野所及的范围里,至少有几千对恋人正在互相寻找,正在为爱情祈祷上苍。"N 站在一辆平板三轮车上,把定摄影机,对准那两个青年演员,在人的海洋中缓缓行进,跟拍这一对焦灼地相互寻找着的恋人。一群记者追着她问:"你认为,你的这部片子什么时候能够公映呢?"N 回答:"这不是问题。"记者问她:"你是否想过,你一定能把它拍完吗?"N 回答:"我早晚会把它拍完。"记者问:"如果那时这两个演员已经不合适了呢? 比如说,他们已经老了呢?"N 思忖片刻,说:"对爱情来说,什么年龄都合适。只要我那时还活着,我还是要把他们请来,我将拍摄两个白发苍苍的老人互相亲吻着回忆往昔,互相亲吻着,回忆他们几十年中乃至一生一世历尽艰辛的寻找。"人群中有个声音问:"喂,女导演,光是亲吻吗? 在您的爱情故事里打不打算出现性场面呢?"人群中于是有些窃笑。女导演回答:"是的先生,您提醒了我,那动人的爱情当然需要有一个无遮无拦的美丽仪式,不可或缺!"笑声于是淹没在刹那的肃静中,和由肃静中突然爆发的掌声里。记者接着问:"那么从青年到老年,这间隔您打算怎么拍呢?这期间的他们由谁来扮演?"N说:"由所有的人来扮演。"她把摄影机缓缓地摇了三百六十度,说:"由现在一直到那时的,所有的恋人们,来补充!"人群再次报以掌声。传说,掌声中一个年轻的低音忽然唱道:哎哟妈妈,请你不要生气,年轻人就是这样相爱……传说所有在场的青年人都唱起来,不同音部:哎哟妈妈,哎——哟!哎哟妈妈,哎——哟……传说有一个像我这般年纪的人问:"这个女导演她是不是曾经也演过什么电影?我怎么看着她这么眼熟?"传说所有在场的中年人和老人也都跟着唱了:哎哟妈妈,请你不要生气,哎哟妈妈请你不要生气——年轻人就是这样相爱……

33

F医生有二十多年不问政治了,二十多年来他几乎做到了不读书不看报(当然除去医学书刊),不听广播不看电视,也不看电影,除去做手术他很少跟人打交道,除了医学差不多没有第二件能让他着迷的事。不用说,他的医道精湛——这既是涉及一个医生的故事时我们所希望的,又刚好符合这位医生的实际情况。但他至今仍只是个主治医生,不是教授、副教授,不是主任或者副主任,因为他的资历和水平都够了可惜没有相应的著作或论文。他的论文写了十几年了,尚未脱稿。吸引他的是神经细胞、大脑组织乃至精神方面的问题:物质以什么样的结构组织起来就有了感觉,脑细胞以什么样的形式联系起来就能够思想?每当他锯开颅骨看见沟回盘绕的大脑,感到这些白嫩嫩的物质的温度和运动,他总要怀着惊愕和尊敬在心里暗暗地问:这里面已经埋藏了多少幸福和痛苦?这里面有多少希望和梦想?不能把那些痛苦从中剔除,或者把更多的快乐移植进去么？当他带领学生做尸体解剖时，无比的神秘总使他激动不已，从他做学生的时代起这种激动便开始跟随他：把大脑分解开来，都是些常见的玩意儿，那么灵魂在哪儿？灵魂曾经在哪儿？灵魂是以什么方式离开这儿的？看来灵魂是从结构里产生的，灵魂不是物质，或者说灵魂就是全部这些物质的结构。这结构一旦被破坏灵魂也就消失。那么是不是说，只要能把那些必要的物质纳入一种恰当的序列，灵魂的秘密就要泄露了？我们就可以造出我们所喜爱的灵魂？我们就可以像牙科医生把任何难看的牙齿矫正得非常漂亮那样，也把丑陋的灵魂调整得高尚呢？但是他的思路很可能是在什么地方出了差错，或者是因为他需要做的更为实际的手术太多，用于研究上述问题的时间太少，研究和实验的条件也太简陋，十几年来没有多少进展。墨守成规的医学同事觉得他这纯粹是跟自己的论文和职称过不去。在"文革"中，甚至有人为此说他是反对领袖的思想："灵魂？你们这些臭知识分子，老人家早就说过了，政治就是灵魂！"倒是诗人L有一天听懂了他的玄思，对他说："可您别光盯着大脑呀，您曾经对了您已经注意到了结构！但是整个结构中不光有大脑呀，譬如说，还有肛门呢。一个不会拉屎不会放屁的人，您想想，难道能够生存吗？"F相信诗人给了他珍贵的理解，虽然他并不因此就打算与诗人合作。他顺带又问了诗人一句："你对人工智能这件事的前景怎么看？"诗人说："您不见得还想制造永动机吧？"医生呆愣片刻，问道："你怎么想起了永动机？你认为这两件事有什么联系吗？"诗人说："算啦算啦别又这么认真，我不过是说说玩儿的。"F医生问："那，你相信人工可以制造出跟人有同样智能的生命来吗？"

诗人的回答语破天惊："性交，先生，这方法有谁不信吗？"

L是F最亲近的朋友，他们的友谊从L失恋的那年开始。那年，失恋的痛苦使L成了F的病人。某个晚上L不知从哪儿弄到了半斤酒，如数倒进肚里，十分钟后他躺在地上又哭又喊，闹得整个病房秩序大乱。护士们轮番的训斥只能助纣为虐，诗人破口大骂,骂爹骂娘,骂天骂地,骂这个时代骂这颗星球,听得众人胆战心惊考虑是否应该把他送去公安局定他一个反革命宣传罪,但他的骂锋一转,污言秽语一股脑儿冲着他自己去了,捶胸顿足,说他根本就不配活,根本就不应该出生,说他的父母图一时的快感怎么就不想想后果,说他自己居然还恬不知耻地活着就充分证明了人类的无望。护士们正商量着给他一针镇静剂,这时 F 医生来了。

F 医生请护士们离开,然后对 L 说:"有什么话别憋在心里,跟我说行吗?你要是信得过我,我这一宿都可以在这儿。"诗人的哭闹竟声势大减,仿佛转入了另一乐章,这一乐章是如泣如诉的行板,是秋水汤汤的对往日的怀恋,是掉进深渊的春天的回声,是夏日旷野中的焦渴是绵绵冬夜里的幻梦,语无伦次和喋喋不休是这一乐章的主旋律。F 医生从这久违了的交响之中,当然听出了爱神残酷的舞步,他守护着诗人,耐心地(或者不如说享受一般地)听诗人倾诉一直到凌晨。L 终于累了也终于清醒了些,他注意到医生的头几乎低进了怀里。L 等了一会儿,他想医生会不会早已进入了梦乡?有好一会儿听不到诗人的动人的乐章,F 医生这才抬起头来。这一下诗人醉意全消——医生的脸色惨白得吓人。轮到病人问医生了:"您不要紧吧?您去睡一会儿吧。"然后医生缓缓地站起身,嘱咐病人:"是啊是啊睡一会儿吧,我们都是罪孽深重。"L 惊愕地看着 F,相信 F 才应该去写诗。

但是 F 医生非但不写诗,而且不读诗,尤其不喜欢 L 的那些现代诗。L 每有得意之作都要跑来读给 F 听,当他从那场痛不欲生的失恋中活过来以后,他希望自己也能为 F 分担一点儿心事,希望为 F 沉寂的河流能够增加一点儿狂放的诗情,甚至哪怕使它泛滥。然而对于诗人神采飞扬或泣不成声的朗诵,F 一向以沉默和走神儿作答。

只有一次 F 医生的脸色又变得惨白——

> 我等你,直到垂暮之年/ 野草有了/ 一百代子孙,那条长椅上仍然/ 空留着一个位置/ ……

医生连续向诗人要了三支烟。三支烟相继燃尽之后，F说："你认为像这样的话非要说出来不可吗？"

34

二十多年前，青年F已经把一生的话说完了百分之九十，余下的话大致上只属于医学了。

在最后与N分手的那个夜晚，或者那些数不清的夜晚，F医生只是流泪，什么话也说不出来。不管N说什么，怎么说，求他无论如何开开口，都无济于事……

……我什么都不怕，N说，不管别人说我什么，不管他们怎么看我，N说，我都不怕……N从窗边，从夜风吹拂着的一盆无花的绿叶旁走过来，走一条对角线，走到F面前……只要你也不怕，N说，只要你坚持，我相信我们没什么错儿，如果我们是真心相爱，N说我们就什么都不用怕……

……N从那座古祭坛的石门旁转过身，走过那盏路灯，走过明亮的灯光下翻动着的落叶，走过那棵老柏树，抓住他的膝盖蹲下与他面对面……我不想指责别人我尤其不愿意伤害他们，你懂吗我是说你的父母，N说我一向尊敬他们我多么希望我能够爱他们，但是……

……N的脚步声，N和F的脚步声，响彻寂暗的小街，雨停了，收起伞，风把树上的雨水一阵阵吹落，落在脸上也没有感觉……但是我知道我没有错，如果你曾经说你爱我那是真的，如果现在这还是真的，N说我记得我们互相说过，只有爱，是从来不会错的，N说，如果爱是真的爱就不可能错，如果那爱是假的那根本就不是爱……

……N没有来。在车站上等她但是总不见她来。在那座古园里走遍找遍也没有她的踪影。她的窗口黑着，她到哪儿去了呢？半夜回到家，F的书桌上，灯下，有N寄来的一封信……N说，要是我不知道我错在了哪儿，要是我们并没错，我为什么要放弃，我们凭什么要分离……

　　……N走在前面，沿着那座古园荒圮的围墙走在前面，走在月光和墙影之间，淡蓝色的头巾以及攒动的肩膀时隐时现，然后她转回身停下等他，等他走到她跟前，看着他也停下，看着他的目光一直停在她肩头的那块凄迷的月光上……你能不能再告诉我一遍，N说，你曾经告诉我的，是不是真的？N说，请你告诉我，是不是出身可以使爱成为错误？是不是有什么东西可以使爱成为错误？N说我不是指现实我是指逻辑，现实随它去吧我只是想求证……N走进星空下清冷的草地，草地上有一座被人遗忘的大铜钟，一人多高，底部陷进了土里身上爬满了绿锈，常有养蜂人在那儿逗留，在那儿布下蜂箱，搭起帐篷，N远远地望着那座大钟的影子，坐在草丛中，等着他走来，等到听见他在她身后站下，很久……N说我能够承认现实，我也许不得不接受现实，N说，如果我父亲的罪孽注定要剥夺我，N说至少我不想让它再剥夺你，走吧你去苏联留学吧，N说，我不想损害你父母为你安排的锦绣前程，但是我必须得知道这仅仅是现实这并不就是一切的证明……

　　……N站起身，走开，走一条对角线，走向那盆如深夜一般宁静的无花的绿叶，走到窗口旁……现在我想听听你怎么想，你真实的想法是什么，只要是真实的那至少还是美的，你总得有一句确定的回答，我只想证实这个世界上除了现实之外还有没有另外的什么是真的，有还是没有，另外的，我不要求它是现实但我想知道它可不可以也是真的，我求你无论如何开开口好吗？劳驾你，开开口行吗……

　　大概就是从那时起青年F开始明白世间的话并不都是能够说的，或者并不都是为了说的。整个晚上他都像个孱弱的孩子抽抽噎噎地哭泣，肆无忌惮地用手背抹眼泪，哭得尽心尽意津津有味，仿佛万事大吉他单是为了享受这最后的自由哭泣而来。N恨不能揍他。N留给他的最后一句话是："你的骨头，没有一点儿男人!"这句不甚通顺的话,说不定碰巧是一句咒语或偶然与某种符咒同效,F立刻止住哭泣(他的眼泪至此终生告罄),定定地看了N足有半小时像是要把一篇碑文一字不差地背诵下来,然后他缓缓转身,离开,再没回头。路上,他的头发开始褪色。

F用眼泪所演算的一道难题是:如果他立刻宣布与N结婚,那么他父母的心脏就可能立刻停止跳动;如果他想等到他父母的心脏停止跳动之后再与N结婚,那么他父母的心脏可能还要跳上三十年。

他一路慢慢地走,凭习惯迈动着脚步,心中再无所念,但回到家时已是两鬓斑白。他的母亲看见他,先是问:"喂,这位同志您找谁?"继而大惊失色地喊道:"天哪你这是怎么啦?快看看你的头发!"他一言不发,走进卧室纳头便睡,鼾声如雷直到天明。前半宿,他的母亲、父亲、姐姐和妹妹差不多每隔半小时就来看他一次,每一次都惊讶地发现他的白发又添了许多。后半宿,全家人就围定在他的床边一筹莫展地看着他,流着泪,屏住呼吸,看着他的头发分分秒秒地变化,竟以肉眼可以分辨的速度在变白。就这样,一夜之间青年F的一头乌发踪影不留。黑夜开始消退时F醒来,一家人从他的床边缓缓散开,退到不能再退的地方,贴墙根儿站下,心惊胆战地看着那一团白发,不知它最终还会变成什么。F起床、穿衣、下地,黎明在那一团游动的白色四周无声地扩展。母亲最先看出那变化已经结束,至少已经告一段落,便慢慢地退向墙角试图把镜子挡住。F从大伙的神色中知道必是自己的头上出了什么问题,他请母亲让开。镜子里,F的满头银丝如霜如雪晶莹闪亮,在黑夜与白昼的衔接处像一团自由灿烂的冰凌。

窗外的晨鸟像往日一样声声啼啭。窗外的晨光像往日一样,从寂暗中壮大,渐渐地喧器。而在这座城市里在这个世界上N再也见不到往日的F了——那一头茂盛的白发呀,"纵使相逢应不识"!F镇定得如同换了一个人,对着镜子把那头白发翻看了一遍,仿佛对它们白得如此彻底感到满意。"孩子,"母亲终于说,

"你是不是去看看医生?""不用了父母大人,我就是医生,"F说,"有时候头发和心脏一样都不是一个医学问题。"父母愣愣地站着,好像并没有听懂他的话。F又说:"不过你们的账我已经还清,以后你们再犯心脏病那就只是个医学问题,与我的前程无关了。"说罢,他梳理一下满头的白发,有条不紊地走出家门。从此F医生的血液渐渐平静,他不仅没去苏联留学,以后的二十多年里除去有病人的地方他哪儿都不去,二十多年中他就像一条流量均匀的小河,任两岸喧闹抑或荒疏,无喜无怨不惊不废一年四季以同样的速度耐心地流淌,流经在医院与家之间。不久之后他搬出了父母家——大约就是那座美丽得出人意料的房子吧,我想——有了自己的家。他自己也以为他的生命中不再会起什么波澜了。

35

同在一个城市里居住,但自分手后F再没见过N,非常奇怪二十多年里竟连一次偶然相遇的机会也没有,但他没有一天不想起她。一天当中总有闲下来的时候,一个手术做完了或是一顿饭吃过了,总会有暂短的闲暇,他就会想起她:N此刻在哪儿?N正在做什么?N今年多大了?她已经发胖了还是永远都不会发胖?她有些老了吗?她也会老吗?她老了是什么样子?想像不出。在他的眼前,N还是二十多年前的样子,衣着简朴大方,身材健美,脸上找不到一丝皱纹。在上班的路上,在下班的路上,或是读一份病历的间歇,听一场无聊的报告的时候,以及无论为了什么事必须挤在人群中无所作为之际,心里忽然会有一块不大的空隙,F想起N:她不至于忽发奇想改了名字吧?她还是在老地方住吗?从她的窗口望出去,有什么?有一排树,有一条路,那条路的西端是堵死的,有一盏高而暗的路灯。那盏灯被风吹得摇摇欲坠,地上的人影和树影便无声地移动。从树叶稀疏之处能看见她的窗口,站在那些晃晃荡荡的影子里就像站在一叶漂泊的小船上。他曾多少次站在那儿,看见她的窗开着或是关着,看见那儿有灯光或是没有灯光,或是黑洞洞的窗口忽然间光芒四射……

　　……当我～～还没来～～到你的面前,你千～～万要把我呀记在心～～间,要耐心～～地等待我耐心地等待我,姑～～娘！我心像东方初升的红太阳～～呜喂～～,sin-sin-so,sin-sin-so,风儿～～呀吹～～动我的船帆～～,姑娘～～啊我～～要同你见面～～,向你诉～～说心中的思念～～,sin-sin-so,sin-sin-so……

　　那曾经多么近而如今多么远的歌呀……不,这么多年了,F想,N肯定已经搬了家。那么她现在住在哪儿？他要是想知道,那其实很容易,不必费太多力气就能打听到,但是他不想。他知道,空冥的猜想可以负载任意的梦景,而实在的答案便会限定出真确的痛苦。他以为诗人L总在为实现梦想而百折不挠,实在与诗人的逻辑不符。他把这归咎为诗人的年轻。在F看来,梦是自己做的,并且仅仅是做给自己的,与他人无关,就像诗其实仅仅是写给自己的没道理发表或朗诵一样。如果上帝并不允许一个人把他的梦统统忘得干净,那么最好让梦停留在最美丽的位置,在那儿画一个句号,或是一行省略号。所谓最美丽的位置,F医生以为,并不一定是指最快乐的位置,最痛苦的位置也行,最忧伤最煎熬的位置也可以。

36

　　我曾经不知道这是为什么。

　　有时候我怀疑:F不断地想起N,未必一定是思念,那更像是二十多年如一日的生活所养成的习惯,是他平静河流上的一个摆渡,或者更像是一种枯寂的消遣,最多是略带忧伤略带温馨的欣赏——就像是集邮,把往日的收藏拿出来看一看,无论是引出快乐还是引出痛苦,都益于时光的流逝,然后依旧把它们收藏起来,不让它们为非作歹打破一条河流的通畅,包括不让往事把今天弄得脸色惨白。很长的一段时期内,我被这样的怀疑搞得沮丧。只要等到有一天,F医生已不在人世,诗人L也不再年轻,等到诗人L多年的梦想就要实现或者永远地破灭之时,那时诗人才能对我说:你错了,错了,真的你理解错了,你还不懂得什么是幸福的位置。

诗人说:一个幸福的位置,其实就因为它是一个美丽的位置。

美丽的位置?

对了,那必不能是一个从赤诚相见退回到彬彬有礼的位置。

一个美丽的位置?

对了,那必不能是一个心血枯焦却被轻描淡写的位置。

37

二十多年前的晚些时候,F医生结了婚。

N见了F的婚礼。是见了,不是参加。那完全是巧遇。

那天,N与一群大学时的同学在一家餐馆里聚会。席间自然是互相询问着毕业后的经历,询问着未能与会的同学都在何方,在干什么,结婚了没有或是有了儿子还是有了女儿,自然很是热闹。但隔壁似乎更热闹,哄笑声不断,一浪高过一浪总是压倒这边。

"那边在干吗哪?"

"结婚的,这你还听不出来吗?"

"不是新郎就是新娘,家里肯定不一般。"

"何以见得?"

"你们没见门外的轿车?好几辆,有两辆'伏尔加',还有一辆'吉姆'。"

大伙都对新郎新娘的样子发生兴趣,也许是对新郎或新娘的父母抱了好奇,轮流出去看,在那婚宴的门前走个来回。

只有N一言不发,呆坐不动。自打一入席N就听见隔壁的喧闹中有个非常熟悉的嗓音,不久她就听出,那不仅是 F 而且是新郎 F。

出去的人有的看清了,有的没看清。看清了的人回来调侃说,新娘容貌平平,新郎倒是文质彬彬仪表不俗,他未必不能找到一个更好的。N 的味觉几近麻痹,嘴里机械地嚼着和咽着,耳朵里则塞满了隔壁的阵阵哄笑。

终于,她还是借口去方便一下而离席。

她不敢在隔壁的门前停留,走过那儿时竟不敢侧目。她走到院中,在一棵大树的影子里独自站了一会儿,舒一口气,不想回去但还是得回去,总不能就这样不辞而别。回来时她不经意地走进盥洗间,在那儿偶然发现了一个极恰当的角度:盥洗间的门半开着,从穿衣镜里刚好可以望到那个贴了喜字的房门。她在那儿磨蹭了很久,终于等见新郎和新娘从那门里出来送客。那当然是他,是 F,一点儿没变(事实上 F 只是在新婚前夜才把白发染黑,此后再没染过)。N 一动不动站在那面穿衣镜前,看着那对新郎新娘,看着他们与客人不疼不痒地道别,满脸堆笑着送客人出去。N 以为 F 不可能发现她,但是镜子里送客回来的 F 忽然停住脚步,神情惊诧;新娘并未发觉,从他身旁走过独自回屋去了。走廊里只剩下 F 愣愣地站着,朝 N 这边伫望,那表情毫无疑问是发现了她。N 低下头摆弄一会儿衣裳,再抬头,F 仍然站在原地朝她这边望,镜子里四目相对。N 和 F,在那镜子里互相望着,不说话,很久,也都没有表情。那情景就像是在美术馆里,他或者她,面对一幅画,一幅写真的肖像,写真的他或者她,看得忘记了自己也忘记了那幅画。直到新娘出来对新郎说了句什么,F 才猛地转身离去……

就我的记忆所及,这是 N 最后一次看见 F。

N 相信那个女人是爱 F 的,但不相信 F 会爱那个女人,虽然 F 肯定会“对得起她”,但是 N 不相信他对那个女人是出于爱情。

此后 N 也很快地结了婚,与一个刚好在那时向她表达了爱慕之情的人。N 明白,这在她,也不是出于爱情。N 在镜子里与 F 最后望别之时就已决定:从现在开始算起,谁最先向她求婚,她就嫁给谁。真是"来早了不如来巧了",一些多年来对 N 抱着幻想的男子汉只好暗自叹息:N,你这决定应该早些公开才公平呀! N 对此淡然一笑,相信自己今生今世不可能再有什么爱情了,结婚嘛仅仅就是结婚,不过是因为并不打算永远不结婚罢了。

38

关于 F 医生的夫人,我未能从那个婚礼的宴席上得到任何印象。她注定跟 O 的前夫一样,在写作之夜是个被忽视的角色。她的形神以及她的身世,唯可能随着日后 F 医生连绵不断的梦呓而稍有触动,或者,在常常被历史忽略的人群中发现一点儿她存在过的迹象。

F 医生的婚礼进行得很正常,婚后的一切也都合情合理,生活按部就班地运转。已经说过了,随后的二十多年里,他就像一条落差很小且流量均匀的小河,涓涓潺潺四季不废。只有一次他的心被刺痛了一下,感到自己和周围的世界都忽悠悠地昏眩了一会儿,那是因为新婚的窗帘让夜风吹拂得飘动,飘动得舒展、深稳,他忽然想到在这世界上的另一处,蜜月中的窗帘也会这样飘动,N 的窗帘不管这样飘动了没有但时间不停顿地流走这样的飘动总会在某一刻发生,到处的风都是一样,到处的夜风都要吹拂,那样的飘动在所难免。他忽忽悠悠地听着那夜的风天昏地暗刮了一宿,天亮时风平浪静,夫人告诉他:"夜里你叽里咕噜梦话就没停。"自那以后他避免去做这样的细节联想。他办到了。他有效地阻滞了心或脑的这一功能,二十多年来他的心魂愈益平静全赖于此。诗人 L 后来赞扬抑或讥讽地说过他:"F,谁是佛?你!你知道吗你就是佛,风动旗动心不动 F 你已经成佛啦。"

所以,对于 F 医生也忽然激动地走进那个不同寻常的夏天里去,F 夫人惊讶不已。

F夫人二十多年来却有了不小的变化,随着人到中年,她素有的严肃、古板、一本正经的习惯逐年有所消失,以往瘦长而发紧的身材可能原本就埋藏了其他因素,现在舒展了,丰腴了,倒比年轻时还要明朗了。F医生肯定没有注意到这些变化。F夫人在一家机关的资料室里任职。事实上那资料室只由她一个人管理,所谓管理就是不让那成吨的印刷品引起火灾,至于查阅资料的人如何在那儿像一只困兽似的东突西撞,而终于从堆积无序的纸山中夺路而逃,那不是她的责任。F夫人现在喜欢看看电视连续剧,喜欢翻翻各种各样的杂志,喜欢编织和收藏各色各类的毛线,她叫得出所有影星和歌星的名字,并谙熟他们的婚恋史。丈夫的脾气好得不能再好,对她从无挑剔,给他买什么衣服他就穿什么衣服,除了吃饭和抽一点儿烟他再不需要钱。女儿已经上了大学,大致上不用她操心了。不知她从哪儿找来了许许多多奇奇怪怪的杂志,不管是站在厨房里、坐在厕所里、躺在沙发上、趴在阳台的栏杆上她都能看得入迷,真正为那些杜撰的故事动情,有时竟至一整天默默悠悠坐卧不宁,郁郁寡欢直到晚上。这样的时候如果F注意到了,F会惊慌地放下手里的医学书问她:"怎么了你,哪儿不舒服?"或者:"怎么感觉不好?"虽然一字一句都只像是医生的询问,但神情语气之温柔焦虑还是更像病人的家属。这使得夫人屡屡失去对他发火的动力。性情愈益宽厚的F夫人偶尔想过:我的丈夫是医生呢,还是我的医生是丈夫?但这问题一向没有答案。杜撰的故事缠绕着F夫人直到晚上,躺在床上要是她到底按捺不住还是想给F讲一讲书中人物的遭际,最好的结果是听到一阵安详的鼾鸣。要是F为了表明他对文学或对夫人的尊重,从睡魔的法力中挣扎着搭讪,结果倒要坏得多:开始还好,他毕竟还有能力顺从着夫人的思路,但渐渐地他的应答便南辕北辙不着边际了,也可能又是一些类似医疗的用语——中文的、英文的、拉丁文的没有一定,也可能是些不明由来的短句,毫无规则地罗列,颇具诗意地组装。F夫人便知他正在现实和梦乡的边缘徘徊。F夫人兴致全光睡意

全光,月在中天,倒不如听听这个幸福的医生还会说些什么。然而
F的梦语,细听,似都有着不祥的余音萦回缭绕,夹杂着仿佛缺氧
般的喘息抑或是啜泣。有几回F夫人忽发奇想,躺在现实中与这
个梦中人对话,一句一句跟着他的逻辑勾引他说下去,那孤独的梦
者便呈现出从未有过的亢奋,虽一唱三叹般的话语依旧艰涩难解,
却堪称才情横溢文采飞扬,使F夫人时而暗自惊诧,时而满腹狐
疑,时而醋意萌动,时而如坠五里雾中,到后来她不敢再搭腔了,她
觉得一下下毛骨悚然,那梦语中似乎隐含着一个名字,似乎一个不
散的冤魂在一片历史的残迹上空流连不去。她轻轻地唤他,推他,
轻轻地抚摸他,让他平息让他从那个缺氧的地带里回来,她怕他真
的说入非非致使白天也丧失掉安定。不过F夫人的这份担心纯
属多余,自从二十多年前他们结婚的那一天起,F医生的黑夜和白
天从不混淆,他从不把黑夜的梦带进白天。不,不是不把,而是不
能,随着白昼的到来无论什么稀奇古怪的梦都必然消散得无影无
踪,他自己对此也深感迷惑;他记得过去母亲总嫌他做事不稳重,
责备他考虑问题不实际,嘲讽他"迷迷糊糊的白天也像在做梦"。
事实上F夫人明白自己没有理由担心,二十多年的每一天都在表
明,她的丈夫仅是个夜梦者,到了白天他就只在一条固定的河床里
流,不同的时间里翻动着相同的浪花。因而,一想到F忽然泛滥
到那个夏天的潮流里去,F夫人总要下意识地看看周围:这到底是
白天还是黑夜?

<h1 style="text-align:center">39</h1>

　　四月最后几天的一个晚上,F医生很晚才回到家,一切都很正
常他还没有吃饭,一切都符合常规他先去书房再去卧室然后去厨
房,动作有条不紊,打算吃晚饭。倒是F夫人闻声从厕所里出来
时情绪有些低落。
　　"饺子,自己煎煎吧。"F夫人的鼻音挺重。

"怎么了你,有点儿感冒?"

夫人没回答。厕所的门没有完全关上,F看见厕所的暖气上放着一摞杂志,随后注意到夫人腋下夹了一本黑皮的小书。

F的目光在那本小书上停留很久。夫人没理会,顾自走进卧室。

过了好一会儿,F夫人听见走廊里分明有人在说:Love Story。声音很轻很柔很缥缈,但却分明:"Love Story。"

夫人立刻从卧室里出来,惊讶地看着F医生:"你怎么知道?"

F还站在那儿,停在原地未动,目光也停在原来的地方没动。有那么一会儿F完全没有发现夫人在看着他。

"一本……老书。"然后F可能是这样说,说着走进了厨房。

(未来F夫人坚持说,F医生一反二十多年之常态,事实上从他看见那本书时就开始了,只可能比那更早!F夫人回忆说:"他一说出那本书的名字我就觉得古怪,觉得浑身上下一阵冷,就像在夜里那样,我就猜到可能要出事了,这回非要出点儿什么事不可了。")

F夫人等那阵冷过去之后,问:"你看过这本书?"

没有回答。

F夫人又问:"喂,你听见没有!你知道这个故事?"

仍旧没有回答。然后厨房里传出煎饺子的声音。

煎饺子的声音响了好一阵子,照理说不应该响得那么久。(未来,据F医生的儿女推断,就是在煎饺子的时候F从衣兜里摸到了一份印刷品,那是白天别人塞给他的他可能已经忘了,他可能是偶然需要一张废纸才从衣兜里把它摸了出来。但为什么这份印刷品忽然使F医生激动起来,那不是F医生的儿女能够猜到的。写作之夜我猜想,那份印刷品上很可能有女导演N在人山人海中拍摄那部故事片的消息。)

F从厨房里出来时已是神色大变。他步态迟缓地走进卧室,嘴里含含混混地叽里咕噜个不停。(那个夏天之后,F夫人才慢慢听出他叽里咕噜的正是那本《爱情的故事》①中的几句对白。女主人公:"你为什么爱我?"/ 男主人公:"就因为我爱你。"/ 女主人公:"很好,你的理由非常充足。")然后叽里咕噜停止了,F坐在沙发上,面容僵滞,目光恍惚。

F夫人猛然醒悟到,一件从未发生过的事正在发生着:F又在现实与梦境的边缘徘徊,这样的状态终于在白天出现了。F夫人以为这完全是因为那本书,她猜他肯定看过那本书,但他为什么不承认?F夫人相信梦语更近真情,于是她像夜间曾有过的那样与这个梦者谈话,引导这个丧失了警惕的人泄露秘密。

她把那本小书在F眼前晃了晃,确信该人已经进入了梦的诚实,然后问他说:"这病②,现在,有办法治了吧?"

"有一点儿,不多。"

"什么病?那是什么病?"

"白血病。不过你以为真是因为白血病吗?"F梦眼蒙眬地望着夫人。

夫人长吁了一口气,咽喉里微微地颤动。她猜对了:F看过这本书,这本《爱情的故事》,但他不想承认,但他从不说起。二十多年中他对她隐藏了多少事呢?

"对,是,白血病。"她还是说下去。

"可这不是悲剧的原因。"他说。

"唉!——好人总是这样。"F夫人还是说下去,"怎么好人总是这样?"

"悲剧,都是好人与好人之间的事。"

F夫人机智地跟着他的梦路:"那,悲剧的原因,是什么?"

好半天没有回答。

---

① 这是美国二十世纪七十年代的一部小说《Love Story》,中文译为《爱情的故事》。

② 《Love Story》中的女主人公患了白血病。

"你的,或者别人的,是什么?"

这时 F 医生的样子,就好像突然记起一件久已忘怀的大事,惊惧之余,绞尽脑汁追忆着那到底是什么事。到底是什么事呢?

"譬如说你的,你自己的悲剧,是怎么回事?"F 夫人从婚后第二天的早晨就想问这句话了,可一直拖延了二十多年,"说吧,要是你想找人说说,为什么不能跟我说说呢?"

F 的头深埋下去。他真是弄不清这是在白天还是在黑夜了。就在他懵懵懂懂浑然不知所在的当儿,那句消散多年的话又还魂般地聚拢了,并借着他的声带振荡起来:"你的骨头,没有一点儿男人。"

"谁的骨头? 你说谁?"

也许从来就有这样一个秘诀:咒语由被施咒的人自己说出来,就是解除咒语的方法。

窗外星光朗朗,月色溶溶。

F 喃喃地重复着那句话,心中也如外面的夜空一样清明了。

少顷,有一片如云朵般的微笑在他的眼睛里掠过。二十多年的咒语与二十多年的"佛性"便同归于尽。

F 夫人又有点儿害怕了,也有点儿后悔。她靠近他,拍拍他的肩,抚摸他的背,叫他的名字,想把他唤醒回来。但这一次 F 医生没有睡,也再没有醒。

他站起来时说了一句话("我得去看看她了"),声音轻虚得如同自语,F 夫人愣了下神儿那句话已经过去了。但从他的语气之平和、表情之泰然、目光之迷蒙来判断,他都像是说的——"我得去睡一下了"。

40

夏天过后很久 F 夫人想,F 医生最后说的肯定不是"我得去睡一下了",而必是"我得去看看她了"。而且,F 夫人终于知道了那个女人的名字。

那个动荡的夏天之后,女儿在父亲四月间穿过的衣服兜里发现了那份印刷品,拿给母亲看。F夫人看着女导演N的名字,一下子全懂了。"就是她。"F夫人说。毫无疑问,这就是盘桓萦绕于丈夫二十多年梦中的那个名字,云遮雾障年复一年这个名字到底显形露面了,似从洪旷混荒之中脱颖而出。就是这个名字,肯定就是这个人,就是她!刹那间F夫人把丈夫所有的呓语都听明白了。

"不,主要不是因为那本小书。"F夫人说。

"是她,而是因为她。"F夫人说。

"谁?"女儿问。

"因为谁?"女儿问,"她是谁?"

"为什么?"女儿问,"您怎么知道?"

F夫人一声不响,觉得再没有说什么的理由。

"妈妈,你怎么啦?!"女儿喊。

母亲感到女儿此刻看她的眼神,与自己以往在夜间看那个梦者的眼神完全一样。这样,F夫人懂得了丈夫早就懂得了的那件事:世间的话不都是为了说的。

六　生日

41

　　我说过了,我生于一九五一年一月四日。我说过,我接受这个传说。多年来我把这个日期——这几个无着无落的数字,几十几百遍地填写进各式各样的表格,表示我对一种历史观的屈服。

　　有一天我知道了"哥德尔不完全性定理":一个试图知道全体的部分,不可能逃出自我指称的限制。我应该早一点儿知道它,那样我会获得更多的自由。

　　我曾经这样写过:要我回答"世界是从什么时候开始的"这样的问题,一个不可逃脱的限制就是,我只能是我。事实上我只能回答,世界对我来说开始于何时。(譬如说,它开始于一九五五年春天某个周末的夜晚,这之后才有了一九五一年冬天的那个早晨,才渐渐地又有了更为虚渺更为久远的过去,过去和未来便以随机的顺序展开。)因为我找不到非我的世界,永远都不可能找到。所以世界不可能不是对我来说的世界。当然,任何人都可以反驳我,甚至利用我的逻辑来向我证明,世界也是对他们来说的世界,因此世界并不只是对我来说的世界。但是我只能是我,这是一个不可逃脱的限制,结果他们的上述意见一旦为我所同意,即刻又成为世界对我来说的一项内容了。他们豁达并且宽厚地一笑,说那就没办法了,反正世界并不单单是对你来说的世界。我也感到确实是没有办法了,世界对我来说很可能不单单是对我来说的世界。他们就又想出一条计谋来折磨我,他们说,那么依你的逻辑推论,从来就不存在一个世界,而是——譬如说现在——有五十亿个世界。我知道随之而来的结论会是什么,我确实被迫受了一会儿折磨。但是当我注意到,就在我听着他们的意见之时,我仍旧是无可逃脱地居于我的角度上,我于是说:对啦五十亿个世界,这是对我来说的这个唯一世界中的一个特征。

我曾经这样写过:我没统计过我与多少个世界发生过关系,我本想借此关系去看看另外的、非我的世界,结果他们只是给了我一些材料,供我构筑了这个对我来说的世界。正如我曾走过山,走过水,其实只是借助它们走过我的生命;我看着天,看着地,其实只是借助它们确定着我的位置;我爱着她,爱着你,其实只是借助别人实现了我的爱欲。

我真应该早点儿知道那个"哥德尔不完全性定理",那样我就能更早地自由,并且更多自信。

42

我写过一篇题为《奶奶的星星》的小说。其中有一段是这样:

> 世界给我的第一个记忆是:我躺在奶奶怀里拼命地哭,打着挺儿,也不知道是为了什么,哭得好伤心。窗外的山墙上剥落了一块灰皮,形状像个难看的老头儿。奶奶搂着我,拍着我,"噢——噢——"地哼着。我倒更觉得委屈起来。"你听!"奶奶忽然说,"你快听,听见了什么?"我愣愣地听,不哭了,听见了一种美妙的声音,飘飘的、缓缓的,是鸽哨?是秋风?是落叶划过屋檐?或者,只是奶奶在轻轻地哼唱?……屋顶上有一片晃动的光影,是水盆里的水反射的阳光,光影也那么飘飘的、缓缓的,变幻成和平的梦境,我又在奶奶怀里安稳地睡熟……

我从那一刻见到世界,我的感觉从世界的那一幅情景中出生,那才是我的生日。我不知道那是哪年哪月哪天,我分不出哪是感觉哪是世界,那就是我的生日。但我的生日并没有就此结束。

我写过另一篇小说,叫做《一个谜语的几种简单的猜法》。在其中我写道:

奶奶的声音清清明明地飘在空中:"哟,小人儿,你醒啦?"奶奶的声音轻轻缓缓地落到近旁:"看什么哪?噢,那是树。你瞧,刮风了吧?"

我说:"树。"

奶奶说:"嗯,不怕。该尿泡尿了。"

我觉得身上微微的一下冷,已有一条透明的弧线蹿了出去,一阵叮咚咚地响,随之通体舒服。我说:"树。"

奶奶说:"真好。树,刮风——"

我说:"刮风。"指指窗外,树动个不停。

奶奶说:"可不能出去了,就在床上玩儿。"

脚踩在床上,柔软又暖和。鼻尖碰在玻璃上,又硬又湿又凉。树在动。房子不动。远远近近的树要动全动,远远近近的房子和街道都不动。树一动奶奶就说,听听这风大不大。奶奶坐在昏暗处不知在干什么。树一动得厉害窗户就响。

我说:"树刮风。"

奶奶说:"喝水不呀?"

我说:"树刮风。"

奶奶说:"树。刮风。行了,知道了。"

我说:"树!刮风。"

奶奶说:"行啦,贫不贫?"

我说:"刮风,树!"

奶奶说:"嗯。来,喝点儿水。"

我急起来,直想哭,把水打开。

奶奶看了我一会儿,又往窗外看,笑了,说:"不是树刮的风,是风把树刮得动弹了。风一刮,树才动弹了哪。"

　　我愣愣地望着窗外,一口一口从奶奶端着的杯子里喝水。
奶奶也坐到亮处来,说:"瞧瞧,风把天刮得多干净。"

天,多干净,在所有东西的上头。只是在以后的某一时刻才知
道那是蓝,蓝天;那是灰和红,灰色的房顶和红色的房顶;那是黑,
树在冬天光是些黑色的枝条。是风把那些黑色的枝条刮得摇摆不
定。我接着写道:

　　奶奶扶着窗台又往外看,说:"瞧瞧,把街上也刮得多干
净。"
　　奶奶说:"你妈,她下了班就从这条街上回来。"
　　额头和鼻尖又贴在凉凉的玻璃上。那是一条宁静的街。
是一条被楼阴遮住的街。是在楼阴遮不到的地方有根电线杆
的街。是有个人正从太阳地里走进楼阴中去的街。那是奶奶
说过妈妈要从那儿回来的街。
　　玻璃都被我的额头和鼻尖焐温了。
　　奶奶说:"太阳沉西了,说话要下去了。"

因此后来知道哪是西,夕阳西下。远处一座楼房的顶上有一
大片整整齐齐灿烂的光芒,那是妈妈就要回来的征兆,是所有年轻
的母亲都必定要回来的征兆。然后是:

　　奶奶说:"瞧,老鸹都飞回来了。奶奶得做饭去了。"
　　天上全是鸟,天上全是叫声。
　　街上人多了,街上全是人。
　　我独自站在窗前。隔壁起伏着"咯咯咯……"奶奶切菜
的声音,又飘转起爆葱花的香味。换一个地方,玻璃又是凉凉
的。
　　后来苍茫了。
　　再后来,天上有了稀疏的星星,地上有了稀疏的灯光。

那是我的又一个生日。在那一刻我的理性出生，从那一刻开始我的感觉同理性分开；从那情景中还出生了我的盼望，我将知道我的欢愉和我的凄哀，我将知道，我为什么欢愉和我为什么凄哀。而我的另一些生日还没有到来。

43

我从虚无中出生，同时世界从虚无中显现。我分分秒秒地长大，世界分分秒秒地拓展。是我成长着的感觉和理性镶嵌进扩展着的世界之中呢？还是扩展着的世界搅拌在我成长着的感觉和理性之中？反正都一样，相依为命。我的全世界从一间屋子扩展到一个院子，再从一个院子扩展到一条小街，一座城市，一个国度，一颗星球，直到一种无从反驳又无从想像的无限。简单说，那就是一个人的一生。我有时想像那无从想像的无限，发现其实很简单——只是人们并不想老实地承认——那不过是想像力的极限罢了。无限，是极限的换一种说法。无限是极限的一个狡猾的别名。

就像有一架摄影机，缓缓摇过天花板：白色已经泛黄的天花板中央有一圈波纹般的雕饰，从圈心垂吊下一盏灯。孤寂而冷漠的一盏灯。灯罩的边缘如起落的波浪，但不动，安分得很，像一朵被冻僵的花。

接着，摄影机下摇：墙上有一幅年画，那年画想必已经待在那儿很久，已经并不紧贴住墙壁了，风从窗外来，它就哗啦啦地抖，想要招展而终于不能。年画上是一个男孩儿和一个女孩儿，怀里都抱着鸽子，背后的蓝天上也飞着鸽子。见过那幅画的人都会记起，它的标题是"我们热爱和平"。

再横摇：无声地摇过那幅年画，摇过明净的窗，洁白的窗纸和印花的窗帘，窗台上一盆无花的绿叶，再摇过一面空白的墙，便见一张红漆长桌和两只红漆方凳。桌上有一架老座钟，"滴—答—滴—答—滴—答—"，声音很轻，但是很有弹力，"滴—答—滴—

答—当——",最后一下响,声音很厚,余音悠长。

镜头推进,推向那架老座钟:越来越大越来越清楚的一圈罗马数字,和一长一短两支镂花的指针,圆盘是非常精细非常复杂的金色图案,图案中有两个赤裸着身体的孩子,两个孩子在那时间里永远不长大,永远都快乐。镜头在那儿停留也许是一会儿也许是很久,不必考虑到底是几点,两支镂花的指针可以在任何位置。无所谓,具体的时间已经无所谓,不可能记得清了。画面淡出。

据历史记载,有过一场"镇反"运动。可能就是那年。

据历史记载,在朝鲜发生过一场战争。可能就是那几年。

那时候奶奶总在学唱一支歌:"嘿啦啦啦啦啦嘿啦啦啦啦,天空出彩霞～～呀,地上开红花～～呀,中朝人民力量大,打垮了美国兵呀……"

历史在我以外的世界,正不停顿地行进。

另一幅画面淡入:半开着的屋门,露出一隙屋外的世界,明媚动人。然后,如同镜头拉开:棋盘一般的青砖地,一方一方地铺开铺向远处的屋门,从那儿从半开的门中,倒下来一长条边界分明的阳光,平展展地躺倒在方砖地上,空净、灿烂、安详。如同摄影机向前移动,朝着屋门,很不平稳地向前移动:青砖地摇摇晃晃地后撤。忽然那条阳光中进来一个影子进来一个声音,奶奶或者妈妈的声音:"慢点儿慢点儿,哎——对啦,慢一点儿。"很不平稳但是继续前移,慢一点儿或者一点儿也不慢,越过那条齐整的阳光,门完全敞开时阳光变宽了,越过门槛,下了台阶,停住。镜头猛地摇起来:猛地满目令人眩晕的辉煌。然后仿佛调整了光圈,眼前慢慢地清晰了,待景物慢慢清晰了却似另一个世界,一个新的全世界,比原来的全世界大了很多倍的又一个全世界。向东横摇一周,再向西横摇一周:还是那些房屋,走廊、门窗、柱梁、屋檐,都还是那么安静着呆在那里,却似跟原来看到的不尽相同。现在不是从玻璃后面看它的一幅画面,现在是置身其中,阳光温暖地包围着,流动的空气紧贴着你的周身徐徐地碰着你的皮肤,带着花木的芬芳,带着泥土的湿润,带着太阳照射下的砖墙和石阶的热味儿,带着阴凉的屋檐下和走廊上古老的气息,世界就变了样子。那是不是又一个生日呢?摇向天:天是那么深而且那么大,天上有盛开的花朵;摇向地:地原来并不一定都是青砖铺成的呀,地上有谢落的花瓣。可能是暮春时节。

历史记载,曾有过一次"肃反"运动。也许就是那年。

历史记载,有过"公私合营",有过"三反""五反"以及"扫盲"运动。也许就是那几年。

记得那时爸爸妈妈晚上很晚很晚还不回来。奶奶在灯下读《识字课本》:"……中华民族到了最危险的时候,每个人都被迫着发出最后的吼声……"奶奶总是把"吼声"念成"孔声"。

摄影机上摇下摇左右横摇,推进拉开前后移动:视点乱了,目不暇接。就是说,我能跑了。

我能到处跑了。无牵无挂地跑,不知深浅、大喊大笑地跑,但摔倒时那地面坚硬且凶狠,心里涌出无限的惊骇和冤屈,倘奶奶或妈妈就在近旁,那冤屈便伴着号啕愈加深重。我童年住的那个院子里有两条十字交叉的甬道,十字甬道与四周的房基连成一个"田"字,"田"字的四个小方格是四块土地,种了四棵树:一棵梨树,一棵桃树,两棵海棠树。到了春天,白的和粉白的花朵开得满天,白的和粉白的花瓣落下一地。四棵树下种了西番莲、指甲草、牵牛花、夜来香、草茉莉……一天到晚都有花开。我还记得我要仰望西番莲那硕大的花朵,想想那时我才有多高?早晨,数一数牵牛花又开了多少。傍晚,揪一朵草茉莉当做小喇叭吹响。夜来香展开它淡黄色的极为简单的花瓣,我不用蹲下也不用弯腰,走过去鼻子正好就贴近它,确认晚风里那缥缈的清香正是来自于它。想想看,那时我才有多大?还有跟那花香一般缥缈的钟声,一丝一缕悠悠扬扬地不知到底从哪儿传来,早晨、中午、晚上,都听见。直到有一天我走出这个院子,走到街上去,沿着门前那条街走了很远以后,我的印象里才似真似幻地浮现出一座教堂。我见过一座教堂,我也听见过一种钟声,但那教堂和那钟声在我的记忆里分隔了很久很久,很多年以后,那缥缈的钟声才从我印象的角落里找到了那座教堂。

44

我和几个童年的小伙伴循着那钟声走,走进了一座很大很大的园子。推开沉重的铁栅栏门,是一片小树林,阳光星星点点在一条小路上跳跃。钟声停了,四处静悄悄的,能听见自己的脚步,随后又听见了轻缓如自己脚步一般的风琴声。矮的也许是丁香和连翘,早已过了花期。高的后来我知道那是枫树,叶子正红,默默地心甘情愿地燃烧。我们朝那琴声走,琴声中又加进了悠然清朗的歌唱。出了小树林,就看见了那座教堂。它很小,有一个很高的尖顶和几间爬满斑斓叶子的矮房,周围环绕着大片大片开放着野花的草地。琴声和歌唱就是从那矮房中散漫出来,荡漾在草地上又飘流进枫林中。教堂尖顶的影子从草地上向我们伸来,像一座桥,像一条空灵的路。教堂的门开着,看门的白发老人问我们:找什么呀,你们?或者:你们要到哪儿去呢,孩子?

后来那教堂关闭了,园门紧锁,除了黎明和黄昏时分一群群乌鸦在那儿聒噪着起落,园内一无声息。

这更增添了我们对它的神秘感。有一天趁看门的老人打盹的时候,我们翻过园墙,跳进园中游逛。那是冬天,雪地上除了乌鸦和麻雀的脚印就是我们的脚印。北风在冬日静寂的光线里扬起细雪,如沙如雾,晶莹迷蒙。教堂尖顶的影子又从雪地上向我们伸来,像一座桥像一条寂寞的路,我们走进去,慢慢地走进那影子又慢慢地走出来,有点儿怀念往日那悠远凝重的钟声。我们终于弄开一扇窗户钻进教堂,教堂里霉味儿扑鼻,成群的老鼠吱吱叽叽地四散而逃把厚而平坦的灰尘糟蹋得一片狼藉。我们爬上钟楼,用木棍去敲那锈蚀斑斑的大钟。钟声虽然微弱但依旧动人,它在空旷的雪地上回旋,在寒冷的阳光里弥漫,飘摇融解进深远巨大的天空……

45

后来那钟楼倒塌了。继而那教堂也拆除了,片瓦无存,在教堂拆除后的那块空地上建起了一个大国的使馆。后来,那使馆的旁边又建起了一座红色的居民大楼。

我记得几十年前当听说要盖那座大楼的时候,我家那一带的人们是多么激动。差不多整整一个夏天,人们聚在院子里,聚在大门前,聚在街口的老树下,兴致勃勃地谈论的都是关于那座大楼的事。年轻人给老人们讲,男人给女人们讲,女人们就给孩子们讲,都讲的是那座神奇美妙的大楼里的事。那座大楼里的一切都是公共的,有公共食堂、公共浴室、公共阅览室、公共电话间、公共娱乐厅……在那儿,在不远的将来,不必再分你我,所有人都是兄弟姐妹,是一家人,所有的人都尽自己的能力工作,不计报酬,钱就快要没用了,谁需要什么自己去拿好了,劳动之余大家就在一起尽情欢乐……人们讲得兴奋,废寝忘食,嗓子沙哑了眼睛里也都有血丝,一有空闲就到街口去朝那座大楼将要耸起的方向眺望。从白天到晚上,从日落到天黑,到工地上空光芒万丈把月亮也逼得暗淡下去,人们一直眺望,远处塔吊的轰鸣声片刻不息。奶奶很高兴,她相信谢天谢地从此不用再围着锅台转了。我也很高兴,因为在那样一座大楼里肯定会有很多很多孩子,游戏的队伍无疑会壮大。我不知道别人都是为什么而高兴而激动。但后来又有消息说,那楼再大也容不下所有的人,我家那一带的人们并不能住进去。失望的人们就跑到工地上去看去问,才明白那楼确实容不下所有的人,但又听说像这样的大楼将要永远不断地盖下去直到所有人都住上,人们才又充满着希望回来。

据历史记载,有过一次"反右"斗争。想必就是那些年。

据历史记载,有过一次"大跃进"运动。想必就是那一年。

外部世界的历史,将要或者已经与我的生命相遇了。就在我对外部世界一无所知,无牵无挂地消磨着我的童年时光,就在那时候,外部世界已由一团混沌千变万化终于推出一部独特的历史。这样的过程无论需要多久对我来说都是一样。对我来说至关重要的是,它以其一点等待着我的进入了。当你必然地要从其一点进入,我说过了,你就会发现自己已被安置在一张纵纵横横编就的网中,你被编织在一个既定的网结上,并且看不出条条脉络的由来和去处,那就证明历史的确在。

那一年,一九五八年,那是一个确凿的年份。我看见过它。我翻开日历看见了它,黑的、绿的和红色的字:1958。我记得有一天它是红色的字,奶奶、妈妈、爸爸都在我面前,为我整理书包、笔、本子和一身崭新的衣裳,他们对我说:你就要上学了。

46

我的小学的校址,原是一座老庙,红墙斑驳,坐落在一条小街中央。两扇又高又厚的木门,晨光中吱呀呀地开启,暮色下吱呀呀地关闭,依旧古刹般森然威肃。看门并且负责摇铃的,是个老头,光光的头皮仍像是个剃度的僧人;都说他原就是这里的庙祝。进门是一片空阔的院落,墙根、墙头、甬道的石缝中间蒿草蓬生,说不准是散布着颓败还是生机。有几棵柏树,有一棵巨大的白皮松。那白皮松要三四个孩子拉起手来才能围拢,树皮鳞片似的一块块剥落,剥落处滴出黏黏的松脂。再进一道垂花门,迎面是正殿,两厢是配殿,都已荒残,稍加清理装修就作了教室。昔日的诵经声改为孩子们的读书声而已。

我记得我是个怯懦的孩子,是个过分依赖别人的孩子,可能生性如此,也可能是因为我生来受着奶奶太多的爱护。我想我曾经一定是个畏怯得令人厌倦的孩子。我记得,很多天很多天我还不敢独自去上学,开始的几天我甚至不能让奶奶离开,我坐在教室里,奶奶就坐在教室外面的院子里,奶奶一走我就从教室里跑出来跟着她走,老师的断喝和同学们的嘲笑都不能阻挡我,只要我跑到奶奶身边我想就平安了。后来好了些,但去上学的路上还是得奶奶陪着。那条小街上的太阳,那座老庙里的铃声,那棵巨大的白皮松和它浑身滴淌的松脂,以及满院子草木随风沙啦沙啦地摇响,都让我不安。在学校门前跟奶奶分手时我感到像是被抛进了另一个世界,我知道我必须离开奶奶到那个世界里去,心中无比凄惶。那是一个有着那么多陌生人的世界呀。

我说过,我的生日并没有一劳永逸地完成。

也许是我生性胆小,也许那个陌生的世界里原就埋藏着危险。在那儿,在那所小学在那座庙院里,世界的危险将要借助一个可怕的孩子向我展现,使我生命中的孤独和恐惧得以实实在在地降生。

47

我牢牢地记住一个可怕的孩子。我至今没有弄懂,为什么所有的孩子都怕他,都恭维他,都对他唯命是从。现在我唯一明了的是,我之所以怕那棵白皮松,是因为那个可怕的孩子把黏黏的松脂抹在我的头发上,他说否则他就不跟我好。他不跟谁好谁就要孤立,他不跟谁好所有的孩子就都不跟谁好,谁就要倒霉了。他长得又矮又瘦,脸上有一条条那么小的孩子难得的皱纹儿,但他有一种奇怪的(令我至今都感到奇怪的)力量。他只要说他第一跟谁好,谁就会特别高兴;他说他第二跟谁好、第三跟谁好、第四跟谁好……最末跟谁好,所有的孩子就都为自己的位置感到欣慰或者悲伤。他有一种非凡的才能。现在我想,他的才能在于,他准确地感觉到了孩子们之间的强弱差别,因而把他们的位置编排得恰如其分,令人折服。他喜欢借此实现他的才能。但是一个孩子具有这样的才能,真是莫测高深的一种神秘,我现在仍有时战战兢兢地想,那个可怕的孩子和那种可怕的才能,非是上帝必要的一种设计不可。否则怎么会呢?他是个天才。不错,那也是天才。

48

有一天,几十年后的一天,我偶然又从那座庙前走过,那儿已经不是学校了,庙门已被封死不知那老庙又派作了什么用场。忽然我望见那棵巨大的白皮松还在,在墙头和殿顶上伸开它茂盛的枝叶。我站下来,心想,我不见它的这么多年里,它一向就在那儿一块块剥落着鳞片似的树皮,滴淌着黏黏的松脂,是吗?那条小街几乎丝毫未改,满街的阳光更是依然如故,老庙里上课的铃声仿佛又响起来,让我想起很多少年时代的往事,同时我又想起那个可怕的孩子。那个可怕的孩子,他像一道阴影笼罩着我的少年时代,使种种美好的记忆都经受着它的威胁。

他把黏黏的松脂抹在我的头发上,那一次我不知深浅地反抗了。他本来长得瘦小,我一拳就把他打得坐倒在地上,但是他并不立刻起来还击,他就坐在那儿不露声色地盯着我。(我现在想,他是本能地在判断着我到底是强还是弱。现在我想,我很可能放过了一个可以让他"第一跟我好"的机会,因为我害怕了,这样他不仅不必"第一跟我好",而且选定我作为他显示才能的对象了。那个可怕的孩子,让我至今都感到神秘、恐怖和不解。)我本来准备好了也揍他一拳,但是完全出乎我意料,他站起来,挨近我,轻轻地但是坚决地对我说"你等着瞧吧",然后他就走开了,立刻走到所有的孩子中间去说说笑笑了,极具分寸地搂一搂这个的头,攀一攀那个的肩,对所有的孩子都表示着加倍的友好,仿佛所有的孩子都站在他一边,都与他亲密无间。他就这样走到孩子们中间去并占据了中心位置,轻而易举就把我置于孤立了。孤立感犹如阴云四合一般在我周围聚拢,等我反应过来,那孤立的处境已经不是一个普通的孩子能够摆脱得了。现在我说起这件事还感到一阵透心的阴冷。他走到孩子们中间去了，我便走不进去了，我只好一个人玩。有好几天我都是一个人玩，走来走去像一只被判罚离群的鸟儿。我想要跟谁玩，甚至我一走近谁，那个可怕的孩子就把谁喊过去，就非常亲密地把谁叫到他那边去。我已经输了，我现在才看出所有的孩子都在那一刻输给了他，因为没有哪一个孩子愿意落到我的处境，没有哪一个孩子不害怕被孤立。那些天我无论是在学校还是在家，都是郁郁寡欢一个人呆呆地发愣。奶奶摸摸我的头——温度正常，妈妈看看我的作业本——都是五分。"怎么啦你？"我不回答，我不知道怎样回答。但那个可怕的孩子并不就此罢休，他是个天才几十年后我将会懂得世界上确实有这样可怕的天才，他并不想还我一拳也并非只是想孤立我，他是想证明他的力量，让所有的孩子都无可选择地听他的指挥——但愿这不是真的，至少在一个少年身上这不是真的吧。但这是真的。也许生命到了该懂得屈服的时候了，也许我生命中的卑躬屈膝到了应该出生的时候了。那个可怕的孩子，他终于找到一个机会来试验我的软弱也试验他的强大了。这也许是命运所必要的一种试验，上帝把一个扁平的世界转动一下以指出它的立体、它的丰富，从而给我又一个新的但是龌龊的生日。那是在课堂上，当老师背过身去在黑板上写一道题的时候，那个可怕的孩子故意把桌子摇得哐哐响，老师回过头来问："是谁？"那可怕的孩子马上指着我说："是他！"不等老师说话，他就问几个最跟他好的孩子："是不是他？是不是？"那几个孩子都愣了一下，然后有的高声说是，有的低声说是，有的不说话。老师可能不大相信，就叫起一个孩子来问："是谁？"那是个平时最老实的孩子，但是他看看我，低声说："我，我，我没看见。"老师看着我，可竟连我自己都不敢申辩，我又惊又怕满脸通红倒真像是被抓住的罪魁祸首。我看见那个可怕的孩子此时坐得端端正正，双手背后挺胸抬头，全力表现其对纪律的尊重，目光中竟流露着不容置疑的诚实。那天放学回到家，我勉强把功课做完，就又呆呆地坐着一声不吭，奶奶过来问我："你到底这是怎么啦？"我哇的一声哭出来。奶奶说:"说,有什么事就说,哭什么呀?"我的屈服、谄媚、谄媚的愿望和谄媚的计谋,就在那一刻出生了。我抽抽噎噎地说:"我想要一个足球。"我竟然说的是:"我想要一个足球。"我竟然那么快地想到了这一点:"我想要一个足球。"奶奶说:"行,不就是一个球吗?"我说:"得是一个真正的足球,不是胶皮的得是牛皮的,我怕我爸我妈不给我买。"奶奶说:"不怕,我让他们给你买。"

因为那个可怕的孩子最喜欢踢足球。因为我记得他说过他是多么渴望踢一回真正的足球。因为我知道他的父母不可能给他买一个足球。

奶奶带我去买了一个儿童足球,虽然比真正的足球小一些,但是和真正的足球一样是牛皮制作的。从商场回来,我不回家,直接就去找那个可怕的孩子了。他出来,看我一眼,这一眼还没看完他已经看见了我手上的足球。我说:"咱们踢吧。"他毕竟是个孩子,他完全被那个真正的足球吸引了忘记了其他,他接过足球时那惊喜的样子至今在我眼前,那全部是孩子的真正的喜出望外,不掺任何杂质的欣喜若狂。他托着那个足球跑去找其他住在附近的孩子:"看哪,足球!"我跟在他身后跑,心里松快极了,我的预谋实现了。"看哪,足球!""看呀,嘿你们看呀,真正的足球!"那个足球忽然把他变得那么真诚可爱,竟使我心中有了一丝不安,可能是惭愧,因为这个足球不是出于真诚而是出于计谋,不是出于友谊而是出于讨好,那时我还不可能清楚地看见这些逻辑,随着住在附近的孩子们都跑来都为我的贡献欢呼雀跃,我心中那一丝不安很快烟消云散。那个可怕的孩子天生具有组织才能,他把孩子们分成两拨,大家心悦诚服地听凭他的调遣,比赛就开始了。在那条胡同深处有一块空地,在那儿,有很长一段时期,一到傍晚,总有一群放了学的孩子进行足球比赛。那个可怕的孩子确实有着非凡的意志,他的身体甚至可以说是羸弱,但一踢起球来他比谁都勇猛,他作前锋他敢与任何大个子冲撞,他守大门他敢在满是沙砾的地上扑滚,被撞倒了或身上被划破了他一声不吭专心致志在那只球上,仿佛世界上再没有其他东西。他有时是可爱的,有时甚至是可敬的,但更多的时候他依然是可怕的。天黑了孩子们都被喊回家了,他跟我说:"咱们再踢一会儿吧?"完全是央告的语气。我说:"要不,球就先放在你这儿吧,明天还给我。"他的脸上又出现了那种令人感动的惊喜。他说:"我永远第一跟你好,真的。"我相信那是真的,我相信那一刻我们俩都是真诚的。

但是,刻骨铭心的悲哀是:这"真诚"的寿命仅仅与那只足球的寿命相等。

终于有一天我要抱着一个破足球回家。

我抱着那只千疮百孔的足球,抱着一个少年阴云密布的心,并且不得不重新抱起这个世界的危险,在一个秋天的晚上,沿一条掌起了灯的小街,回家。秋风不断吹动沿街老墙上的枯草,吹动路上的尘土和败叶,吹动一盏盏街灯和我的影子,我开始张望未来我开始问这一切都是为什么。我想,那就是我写作生涯的开始。

49

也许,与此同时,画家 Z 也正在一个冬天的晚上从另一条小街上回家。也许那也正是画家 Z 走出那座美丽的房子,把那根白色的羽毛所包含的一切埋进心里,埋下未来的方向,独自回家的时候。

50

也许那也正是诗人 L,在他少年时的一个夏天的晚上,独自回家的时刻。

每一个人或者每一种情绪,都势必会记得从这个世界上第一次独自回家的时刻。每一个人或者每一种情绪都在那一刻埋下命定的方向,以后,永远,每当从这世界上独自回家,都难免是朝着那个方向。

我写过一篇小说《礼拜日》。其中有一条线索,写一个老人给一个女孩子讲他少年时的一段经历。那像是我的记忆,但不是我的经历,我写那段经历的时候想的是诗人L,那是我印象中诗人的记忆。当有一天我终于认识了诗人L,我便总在想,诗人是在什么样的时刻诞生的?我和画家Z都找到了各自的生日,那么,诗人的生日是什么呢?我在《礼拜日》中朝诗人生命的尽头望去,我在《礼拜日》中看见一个老人正回首诗人生命的开端:

"我十岁时就喜欢上一个十岁的小姑娘,"老人对那个女孩子说,"现在我还记得怎么玩'跳房子'呢。"

"我喜欢上她了,"老人对女孩子说,"倒不是因为跳房子,是因为她会唱一支歌。"

女孩子说:"什么歌?您唱一下,看我会不会。"

"头一句是——"老人咳嗽一下,想了想,"当我幼年的时候,母亲教我唱歌,在她慈爱的眼里,隐约闪着泪光……"老人唱得很轻,嗓子稍稍沙哑。

"这歌挺好听。"女孩子说。

老人说:"那大概是在一个什么节日的晚会上,舞台的灯光是浅蓝的,她那么一唱,台下的小男孩都不嚷嚷也不闹了。"

女孩子问:"那些小男孩也包括您吧?"

"在那以前我几乎没注意过她。她是不久前才从其他地方转学到我们这儿的。

"那时候我们都才十岁。晚会完了大伙都往家走,满天星星满地月亮。小女孩们把她围在中间,亲声密语地一团走在前头。小男孩们不远不近地落在后头,把脚步声跺出点儿来,然后笑一阵,然后再跺出点儿来,点儿一乱又笑一阵。

"有个叫虎子的说,她是从南方来的。有个叫小不点儿的说,哟哟哟——你又知道。虎子说,废话,是不是?小不点儿说,废话南方地儿大了。小男孩们在后头走成乱七八糟的一团,小女孩都穿着裙子文文静静地在前头走。那时候的路灯没有现在的亮,那时候的街道可比现在的安静。快走到河边了,有个叫和尚的说,她家就住在桥东一拐弯。虎子说五号。小不点儿说哟哟哟——你又知道了。虎子说,那你说几号?小不点儿说,反正不是五号,再说也不是桥东。和尚说,是桥东,不信打什么赌的?小不点儿说,打什么赌你说吧。和尚说打赌你准输,她家就在桥东一拐弯那个油盐店旁边。小不点儿又说,哟哟哟——五号哇?和尚说五号是虎子说的,是不是虎子?虎子说,反正是桥东。小女孩都回过头来看,以为我们又要打架了呢。"

听故事的女孩子笑着说:"打架了吗,你们?"

老人说:"那年我十岁,她也十岁,我每天每天都想看见她。"

老人说:"那就是我的初恋。"

画家 Z 去找他的小姑娘时是在冬天,诗人 L 的初恋是在夏天,我想他们之间的差别并不在于季节的不同,但他们之间的差别与这两个季节的差别很相似。画家 Z 去找他的小姑娘时是九岁,诗人 L 的初恋是在十岁,我想他们之间的差别并不在这一岁上,但是他们生日的差别意味着他们从不同的角度进入世界,他们的命运便位于两个不同的初始点上。初始点的微小差异,却可以导致结果的天壤之别。人一生的命运,很可能就像一种叫做"混沌"的新理论所认为的那样,有着"对初始条件的敏感依赖性"。

《礼拜日》中的那个老人,继续给那个女孩子讲他少年时的故事:

老人说:"我每天每天都想着她。"

老人说:"她家确实就在桥东,油盐店旁边……站在桥头也能看见。我经常到那桥头上去张望。有一天我绕到石桥底下,杂草老高可是不算密。我用石笔在桥墩上写下她的名字,写得工工整整,还画了一个自以为画得挺好看的小姑娘。头发可是费了工夫,画了好半天还是画不像。头发应该是黑的,我就东找西找捡了一块煤来。”

“煤呀?!”听故事的女孩子咯咯地笑。

“有一天我把这个秘密告诉了小不点儿。我就带他到桥底下去,把那个秘密指给他看。小不点儿说,你要跟她结婚哪?我说,你可千万别跟别人说。他说行,还说她长得真是好看。我说那当然,她长得比谁都好看。然后我们俩就在桥底下玩,玩得非常高兴非常融洽,用树枝划水,像划船那样,划了老半天,又给蚂蚱喂鸡爪子草喂狗尾巴草,喂各种草,还喂河水,把结婚的事全忘了。”

“后来呢?”女孩子问,严肃起来。

“后来不知道为了什么事,快回家的时候我们俩吵了一架,小不点儿就跑到堤岸上去,说要把我告诉他的秘密告诉虎子去,告诉和尚告诉给所有的人去。‘哟哟哟—— 你没说呀?’‘哟哟哟—— 你再说你没说!那美妞儿谁画的?’他就这么冲着我又笑又喊特别得意。‘哟哟哟—— 桥墩上的美妞儿谁画的?’说完他就跑了。我站在桥底下可真吓蒙了,一个人在桥底下一直待到天快黑了。”

听故事的女孩子同情地看着老人。

“一个人总有一天会发现自己是孤零零的一个人。”那老人说。

“他告诉给别人了吗?”女孩子小声问。

“我想起应该把桥墩上的字和画都擦掉,一个人总会有一天忽然长大的。用野草蘸了河水擦,擦成白糊糊的一片。然后沿着河岸回家,手里的蚂蚱全丢了。像所有的傍晚一样,太阳下去了,一路上河水味儿、野草味儿、爆米花和煤烟味儿,慢慢地闻到了母亲炒菜的香味儿。一个人早晚会知道,世界上没有比母亲炒菜的香味儿更香的味儿了。”

这应该就是诗人 L 的生日。诗人 L 在我想像的那个夏天里出生,在他初恋的那个夏天里出生。在爱的梦想涌现,同时发现人与人之间的信任是如此脆弱的那个热烈而孤单的夏天里,诗人出生。他从这个角度降生于人世,并且一直以这个角度走向他的暮年。如果世界上总在有人进入暮年,如果他们之中的一个(或一些)终其一生也不能丢弃那个夏天给他的理想,那么他是谁呢?他必定就是诗人,必定就是诗人 L。

以后还会听到诗人的消息。诗人 L 的消息,还会不断传来。

51

那么,一个曾经被流放的人,生于何时呢?我想像他的生日。我想遍了我的世界,一个被流放者的生日总来与我独自回家的那个秋夜重合,也总来与画家 Z 独自回家的那个冬天的傍晚,和诗人 L 独自回家的那个夏日的黄昏重合,挥之不去。像所有的夜晚必然会降临的黑暗一样,那黑暗中必然存在着一个被流放者的生日。他的生日,摇摇荡荡,飘忽不定就像一只风筝,当孩子们都已回家,他的生日融进夜空难以辨认。但他确凿存在,他飘忽不定的生日必定也牵系在一条掌起了街灯的小路上。也许就牵系在我抱着那只千疮百孔的足球回家的时刻,也许就牵系在画家不能忘怀的怨恨和诗人无法放弃的爱恋之中,甚至牵系着 F 医生、女导演 N 以及那个残疾人 C……摇摇荡荡曾经牵系在所有人的睡梦里,以致使一个被流放者的生日成为可能,成为必不可免。

52

未来的一个被流放者 WR,在其少年时代,或许曾与我有过一段暂短的同行。然后我们性格中小小的差异有如一块小小的石子,在我们曾一度同行的那条路上把我们绊了一下,或者不知是把我们之中的谁绊了一下,使我们的方向互相产生了一点儿偏离。这样,几十年后,他认为唯有权力可以改变世间的一切不公正,而我以写作为生。

但是,多年来我总感到,我抱着那只破足球回家去的时候就是我写作生涯的开始,而与此相似的情绪,也会是WR的生日。因为在那样的情绪里,两个孩子必会以同样的疑虑张望未来。

而未来,当我和WR走在相距甚远(但能遥遥相望)的两条路上时,会引得F医生冥思苦想:我和WR最初的那一点儿性格差异源于什么?上帝吗?F医生或许还应该想:所有的人之所以在不同的季节从不同的路上回家,可以在他们盘盘绕绕的大脑沟回上找到什么原因或者证据?如果诗人的提醒他一直没有忘记,那么,世界上这些不同的人和不同的命运,到底能由他们从头到脚的结构中看出上帝怎样的奇思异想呢?

我曾与WR一同张望未来,朝世界透露了危险和疑问的那个方向,张望未来。那时我们都还幼小,我们的脸上必是一样的悲伤和迷茫,谁也看不出我们之间的差别。但我们还要一同走进另一个故事里去。在那所小学校里,在那座荒残的庙院,另一个故事已经在等待我了,等待我也等待着WR。那是个愚昧被愚昧所折磨的故事,是仇恨由仇恨所诞生的故事,那个故事将把任何微小的性格差异放大,把两个重合在一起的生日剥离,上帝需要把他们剥离开成为两个泾渭分明的角色,以便将来各行其是。

我曾以《奶奶的星星》为题记录过这个故事。一九五九年,那年的夏天,一到晚上奶奶就要到那座庙院里去开会。这时候,一个曾经到处流传的故事,在流传了几千年之后,以一声猝不及防的宣布进入了我的世界:我那慈祥的老祖母,她是地主。天哪,万恶的地主!那一刻我的世界天昏地暗。这个试图阐述善与恶的故事,曾以大灰狼和小山羊的形式流传,曾以老妖婆和白雪公主的形式流传,曾以黄世仁和白毛女的形式、以周扒皮和"半夜鸡叫"的形式流传,——而这一切都是我那慈祥的老祖母讲给我听的。在北风呼啸的冬天我们坐在火炉旁,在星空深邃的夏夜我们坐在庭院里,老祖母以其鲜明的憎爱,有声有色地把这个善与恶的故事讲给我听。但在一九五九年的一个夏夜,这个故事成为现实,它像一个巨大的黑洞,把我的老祖母连同她和蔼亲切的声音一起旋卷进去,然后从那巨大的黑洞深处传出一个不容分说的回声:你的老祖母她是地主,她就是善与恶中那恶的一端,她就是万恶的地主阶级中的一员。我在《奶奶的星星》中写道:

　　一天晚上,奶奶又要去开会,早早地换上了出门的衣裳,坐在桌边发呆。妈妈把我叫过来,轻声对奶奶说:"今天让他跟您去吧,回来时那老庙里的道儿挺黑。"我高兴地喊起来:"不就是去我们学校吗?让我换您去吧,那条路我熟。""嘘! ——喊什么!"妈妈呵斥我,妈妈的表情很严肃。

　　那老庙有好几层院子。天还没黑,知了在老树上"伏天儿——伏天儿——"地叫个不住。奶奶到尽后院去开会,嘱咐我跟另一些孩子在前院玩。这正合我的心意。好玩的东西都在前院,白天被高年级同学占领的双杠、爬杆、沙坑,这会儿都空着,我们一群孩子玩得好开心。……太阳落了,天黑下来,庙院里到处都是蛐蛐儿叫,"嘟——嘟嘟嘟——""嘟嘟——嘟嘟嘟——",东边也叫,西边也叫。我们一群孩子撅着屁股扎在草丛里,沿着墙根儿爬。循着蛐蛐儿的叫声找到一处墙缝,男孩子就对准了滋一泡尿,让女孩子们又恨又笑,一会儿,蛐蛐儿就像逃避洪灾似的跳出来,在月光底下看得很清楚。我们抓了好多好多蛐蛐儿,一群孩子玩得好开心。

　　月光真亮,透过老树浓黑的枝叶洒在庙院的草地上,斑斑点点。作为教室的殿堂,这会儿黑森森静悄悄的,有点儿瘆人。星星都出来了,我想起了奶奶。

　　我走到尽后院。尽后院的房子都亮着灯。我爬上石阶,扒着窗台往里看。教室里坐满了人,所有的人都规规矩矩地坐着一声不响,望着讲台上。讲台上有个人在讲话。我看见奶奶坐在最后一排,两只手放在膝盖上,样子就像个小学生。我冲她招招手,她没看见,她听得可真用心哪。我直想笑。奶奶常说她是多么羡慕我能上学,她说她要是从小就上学,能知道好多事,说不定她早就跑出去参加了革命呢。她说她的一个表妹就是从婆家跑出去,后来参加了革命。奶奶老是讲她那个表妹,说她就是因为上过学,懂得了好多事,不再受婆家的气了,跑出去跑得远远的做了大事。我扒着窗台望着奶奶,我还从未这么远远地望过她呢。她直了直腰,两只手也没敢离开膝头。我又在心里笑了:这下您可知道上学的味儿了吧?……就在这时,我忽然听清了讲台上那个人在讲的话:

"你们过去都是地主,对,你们这些人曾经残酷地压迫和剥削劳动人民,在劳动人民的血汗和白骨上建筑起你们往日的天堂,过着寄生虫一样的生活……"

我的脑袋"嗡——"的一下。再听。

"现在反动的旧政权早已被人民推翻了,你们的天堂再也休想恢复了,你们只有老老实实地接受人民的专政,你们的出路只有一条,那就是规规矩矩地接受改造……"

我赶紧离开那儿,走下台阶,不知该干什么。月光满地,但到处浮动起一团团一块块的昏黑,互相纠缠着从静寂的四周围拢而来……

一九五九年,那年我几岁?但那些话我都听懂了。我在那台阶下站了一会儿,然后飞跑,偷偷地不敢惊动谁但是飞快地跑,跑过一层层院子,躲开那群仍然快乐着的孩子,跑出老庙,跑上小街,气喘吁吁地在一盏路灯下站住,环望四周,懵懵然不知往日是假的,还是现在是假的……

53

那时候 WR 在哪儿?他是不是也在那群孩子中间?未来的被

流放者 WR,他的父亲或者母亲(他也有一个糟透了的家庭出身)是否就坐在我的祖母身旁?

和我一起逮过蛐蛐儿的那群孩子也是一样。他们和我一样,在那个喜出望外的夜晚跟着他们的父亲或母亲,跟着他们的祖父或祖母,一路蹦跳着到那座庙院里去,对星空下那片自由的草丛怀着快乐的梦想,但他们早晚也要像我一样听见一个可怕的消息,听到这个故事,听见自己走进了这个故事。因为在那个晴朗的夏夜,到那座庙院里去开会的人,在那个故事里处于同样的位置。

但在这个并非虚构的故事里,善与恶,爱与恨,不再是招之即来的道德情操,也不再是挥之即去的感情游戏,它要每一个人以及每一个孩子都进入角色,或善或恶,或爱或恨,它甚至以出身的名义把每一个孩子都安排在剧情发展所需的位置上。那群快乐的孩子,注定要在某一时刻某一地点发现他们羞耻的出身,无可选择地接受这个位置,以此为一个全新的起点,在未来长久的年月里,以麻木要么以谋略去赎清他们的"罪孽"。

如果这群少年中的一个不同寻常,不甘忍受这出身二字给他的耻辱和歧视,以少年的率真说破了这个流传千年的故事的荒谬,那么他,那么这个少年,就是 WR。

54

但是为了少年的率真,少年 WR 将孤身一人背井离乡,十几年后才能回来。为了少年的率真,少年 WR 要到罕为人知的远方去饱受磨难,在加倍的歧视下去度过他的青春。

我并没见过少年 WR。我上了中学,少年 WR 已经高中毕业。我走进中学课堂,少年 WR 已不知去向。

"WR,他走了一条白专道路。"

对我来说,以及对我的若干同龄人来说,WR 这个名字只是老师们谆谆教导中的一个警告,是一间间明亮温暖的教室里所隐藏着的一片灭顶的泥沼，是少年们不可怀疑的一条危险的歧路。

"不错，他的高考成绩优异。"老师说，并且沉痛地看着我们。

（十几年后 WR 说：不错这是一句真话，不过我想你们不会再听到第二句真话了。那时他从偏远的地域风尘仆仆地回来，说：但这样一来，我料想，结果马上就要被说成原因了。）

"但是我们的大学不能录取这样的孩子，"老师说，更为严肃地看着我们。

（十几年后的 WR 淡然一笑：为什么，那时老师没有告诉你们么？）

"为什么？"中学生们问，信赖地望着老师。

"因为……因为……"老师垂下眼睛，很久。

（十几年后 WR 坐在他的办公室里，闭起眼睛，静静地听这段他走后的故事。）

"因为，"老师真诚而且激动地说，"因为大学没有录取他，他就说……他就说了一些我不能再重复的话……总之，他就发泄了对我们这个时代的不满……"

（是吧？我的料想不错，WR 说，原因和结果被颠倒了。但是别怪那些老师，十几年后 WR 说，他们有他们的难处。WR 说，这就像安徒生的那个童话，只有一个孩子还不了解那些危险。）

"那个 WR，他到哪儿去了？"中学生们问。

老师不再回答。老师也不知道。

就在 WR 说破这个故事的荒谬之时，我与他分路而行。在少年 WR 消失的地方，我决心做一个好孩子。我暗自祈祷：别让我走那条路别让我走上那条歧途吧，让我做个好孩子。但是我每时每刻都感到，那座庙院夜晚里的可怕消息从过去躲进了未来，出身——它不在过去而在未来，我看不见它躲在了哪儿，我不知道它将在什么时候出来找我，但只要我不可避免地长大我知道我就非与它遭遇不可。它就像死亡一样躲在未来，我只有闭上眼等待，闭上眼睛，祈祷。闭上眼睛，让又一个生日降临，让一颗简单的心走出少年。

七　母亲

55

WR 和 Z,在他们早年的形象中,呈混淆状态。

譬如少年 WR,他听见了那个可怕消息但如果他并不声张,他看见了那个故事的荒谬但如果他知其利害因而对谁也不说,如果少年的警惕压倒了少年的率真,他把这荒谬悄悄地但是深深地藏进心底,那么他就不是少年 WR 他就是少年 Z 了——在我眼前,WR 的形象便迅速消散,在其消散之处即刻代之以少年 Z。反之,要是少年 Z 还未及懂得警惕的必要,少年的率真使他道破了那个故事的荒谬,那样的话少年 Z 便要消散,在同一个位置上少年 WR 又回来。

除此之外,他们俩,由于那流传千年的荒谬故事继续地流传,在我的印象里他们的少年境遇便不断混淆,在写作之夜有时会合而为一。

我知道这完全是囿于我的主观困境。譬如说:我只看见那荒谬故事中的一条少年的来路,但我却同时看见从中走来的两个人。

56

那个冬天的晚上(抑或那个可怕的消息传来的夏夜),九岁的 Z 或者十岁的 WR 回到家,母亲正在厨房里忙着晚饭(抑或是到厨房里去准备明天的早餐），对儿子的情绪变化一无觉察。

Z在厨房门口站了一会儿，看见母亲做了很多很多馒头。蒸汽腾腾之中母亲的面容模糊而且疲倦，只问了他一句："你这一下午都到哪儿去了？"Z本来想问蒸这么多馒头干吗，但没问；厌倦，甚至是绝望，一下子把心里填满。这些馒头，这么多馒头，尤其是没完没了地做它们蒸它们，蒸出满屋满院它们的味儿，心里胃里脑子里都是它们圆鼓呆呆的惨白都是它们庸卑不堪的味儿！Z掉头走开。

WR呢？WR走进卧室，把门关紧，不开灯，趴在床上。

Z回到自己屋里，感到一阵彻骨的心灰意懒。整个下午的情景仍在他心里纠缠不去，满院子蒸馒头的味儿从门窗的缝隙间钻进来，无望的昏暗中那个美而且冷的声音一遍遍雕刻着九岁的心。怨恨和愤懑就像围绕着母亲的蒸汽那样白虚虚地旋转、翻滚、膨胀，散失着温度，也没有力量。

很久，WR起来，在黑暗中心绪迷乱地坐着。夏夜的星空，不与以往有什么不同，但那庙院里的消息正改变着这个少年。

Z肯定是本能地把目光投向了一架老式留声机和一摞唱片，那是父亲的东西，母亲把它从南方带到了北方。然后，少年获救般地走向它，急切地抽出唱片，手甚至抖。音乐响了。乐曲，要么悠缓，要么铿锵，响起来。可能是《命运》。可能是《悲怆》。可能是《田园》或者《月光》。要么优雅，是《四季》或是《天鹅》，是一些著名的歌剧。这些高雅庄重的音乐抵挡住了那个美而且冷的声音，这些飞扬神俊的乐曲使那个女孩儿的父母和哥哥姐姐也不敢骄妄，在这样的旋律中九岁的Z不再胆怯，又能够向那座美丽得出人意料的房子眺望了。借助厨房那边流过来的灯光，他读着唱片套封上的字——那些伟大作曲家的名字他早已熟悉。那是他父亲写的字，清隽，遒劲。Z抚摸它们。

这样的时候WR与Z更加混淆难辨：WR把那些唱片端平，借助夏夜的星光看它们，吹去套封上的灰尘……只是套封上的曲名与 Z 的不同。

比如说，WR 手上的唱片很可能是勃拉姆斯的《安魂曲》，也可能是李斯特的《耶稣基督》，或者是柏辽兹的《幻想交响曲》和德彪西的《大海》。这样的不同并没有什么特别的暗示，只不过因为，这样的音乐在夏夜的星光里回荡，更容易让人去理解死。在我的印象里，那个夏夜，从荒残的庙院里回来后，少年 WR 第一次想到了死。

少年 Z 也想到了死。当然那是在冬夜，在天鹅将死的乐曲中。

少年 Z 或者少年 WR，想到死，都是先想到了父亲。他们都没有见过父亲，这可能是他们在我的印象里不断混淆的主要原因。

父亲是不是已经死了呢？从来没有答案。再想到母亲，他们朝厨房那边看了看，要是母亲死了呢？我不知道他们是否曾跟我一样，有过那么一会儿，由衷地希望他们的出身是搞错了，现在的父母并不真是他们的父母，他们并没有过现在这样的父母，而是……而是什么呢？但我知道他们至少跟我一样曾经希望过，有另外一种家，比如一对光荣的父母，一个"红色"的至少不是"黑色"的家。但昏黄的灯光把母亲操劳的身影扩大在厨房的窗户上，使他们有点儿想哭。无论是我，是少年 Z 还是少年 WR，都从那一瞬间的欲念中看见了自己的可悲。因此他们想到自己，想到所有的人都要死的，自己也要死。要是自己死了呢，会是什么样儿？那就什么都没有了，什么什么都没有了，一切都没有了。那会是什么情景呢？黑暗，黑暗，黑暗，黑暗得无边无涯，只有一种感觉往那无边无涯的黑暗里飘，再什么都没有……那又会是什么呢？

WR 仿佛就坐在那黑暗中，流着泪，感受着无比的孤独。他干脆把那音乐停掉，一心一意地听那夏夜里的天籁之声。

Z 不敢再往下想了，Z 把那音乐弄得更响让它抵挡冬夜的寒冷和漫长，自己仓皇而逃。他跑出黑暗，失魂落魄般地奔向灯光奔向厨房，跑到母亲身旁。

母亲说:"怎么了你?"

儿子愣着,还没有从恐怖或孤绝中回来似的。

母亲说:"好啦,快吃饭吧。"

儿子才长出一口气,像是从心底里抖出许多抽泣和迷茫。

母亲心事重重的,一双筷子机械地捡着碗中的饭菜。

馒头,今天甚至还有肉,有胡萝卜半透明的橘红色,有豆腐细嫩颤动的奶白色,酱色的肉汤上浮着又圆又平的油珠儿,油珠儿闪烁、漂移、汇聚,不可抗拒的肉香很快便刺激起一个正在成长的少年旺盛的食欲。死亡敏捷地回避了,躲藏进未来。现在呢,少年大口大口吃起来。平日并不总能吃上这样的饭菜。

儿子问:"干吗蒸这么多馒头?"

"这几天,"母亲停下筷子,"这几天可能没时间再做饭了。"

"怎么啦?"

"明天咱们要搬家了。"

"明天?"儿子盯着母亲看,"搬到哪儿去?"

母亲把目光躲开,再把目光垂下去,低头吃饭。

这工夫儿子又想了一下那座美丽得出人意料的房子,或者是想了一下那座幽深的庙院。儿子悄悄地去看自己的母亲,他一向都认为自己的母亲是世界上最美丽的女人,现在他想重新再看一回。少年还不懂,他们是想排开主观偏见再来看一回。毫无问题,毫无疑问,穿透母亲脸上的疲惫,剔除母亲心中的憔悴,儿子看到的仍是世界上最美丽的女人。甚至当母亲老了,那时儿子仍这样看过母亲不知几回。甚至在她艰难地喘息着的弥留之际,儿子仍这样看过她最后一回,排开主观的偏见儿子的结论没有丝毫动摇和改变。那个深冬的夜晚,或者仲夏之夜,儿子感到,母亲的疲惫和憔悴乃是自己的罪愆。

母亲说:"你怎么今天吃得不多?"

"妈。"

"快吃吧。再吃点儿。吃完了我有话对你说。"

"我饱了。真的。妈,您说吧。"

母亲沉了沉,小臂平放在桌面上,双手交叉在一起:"明天咱们要搬家。"

儿子已经把这件事忘了。现在他问:"搬到哪儿?"

"搬到……"母亲又把目光躲开,头发垂下来遮住她的眼睛。

"妈,搬到哪儿去呀咱们?"

这一次母亲飞快地把目光找回来,全都扑在儿子的脸上。"搬到,你父亲那儿去。"

"我爸爸?"

母亲的目光都扑在儿子脸上,但不回答。

"我爸爸他在哪儿?"

还是那样,母亲没有回答。

"他回来了吗?他住在哪儿?妈,爸爸有信来了吗?"

母亲说:"他就住在离这儿不远的地方。"

儿子回头看看,四下里看看,然后看着母亲。

"好孩子,"母亲叫他的名字(Z 或者 WR),"去,去看看你自己的东西。"

"他怎么不来?爸爸他怎么不来找我们呢?"

"把你自己的东西,把你要的东西,去,都收拾在一起。"

"妈……"

"去吧。明天一早我们就搬过去。"

母亲起身去收拾碗筷了……

少年回到卧室。父亲这个词使 WR 感到由衷的遥远和陌生,弄不清自己对那个不曾见过的男人怀有怎样的感情,对那个即将到来的男人应该恨还是应该爱,他为什么离开母亲为什么到现在才想到回来。WR 抽出一张唱片放在唱机上,依我想,他最喜欢的是马勒的那部《复活》。那乐曲总让 WR 想到辽阔、荒茫的北方,想到父亲。即便父亲更可能远在南方,但想起父亲这个词,少年 WR 总觉得那个男人应该在相反的方向,在天地相连的荒原,在有

98

黑色的森林和有白茫茫冰雪的地方,父亲应该在天空地阔风高水长的地带漂泊,历尽艰险也要回来,回到他和母亲身旁。

Z把几十张唱片都摆在床上,站在床边看了它们一会儿。他最先想到的就是它们。首先要带的东西就是它们。这些唱片是他最心爱的东西,除此之外这还是父亲留给他的东西,他想,明天应该给父亲看,让父亲知道,他和母亲把它们从南方带到了北方。在唱机上和在Z九岁的心中,缓缓转动着的,我想或许就是那张鲍罗丁的歌剧《伊格尔王》。Z对那张唱片的特殊喜爱,想必就是从这个夜晚开始的。……伊格尔王率军远征,抗击波罗维茨人的入侵,战败被俘。波罗维茨可汗赏识他的勇敢、刚强,表示愿意释放他,条件是:他答应不再与波罗维茨人为敌。这条件遭到伊格尔王的拒绝。波罗维茨可汗出于对伊格尔王的敬佩,命令他的臣民为伊格尔王表演歌舞……Z没有见过父亲,他从这音乐中看见父亲……天苍苍,野茫茫,落日如盘,异地风烟……从那个高贵的王者身上他想像父亲,那激荡的歌舞,那近看翩翩,远闻袅袅的歌舞!从中他自恋般地设想着一个男人。

但是他们还从没见过他们的父亲,从落生到现在,父亲,只存在于Z和WR的设想中。

57

我从一九八八年香港的一家报刊上读到过一篇报道,大意如下:

……一对分别了四十年的夫妻在港重逢,分别时他们新婚未足一载,婴儿才过满月,重逢之日夫妻都已年近古稀,儿子也在不惑之年了。……一九四八年末的一天晚上,是从戎的丈夫在家休假的最后一个晚上,也是他们即将分别四十年的最后一个晚上,那个晚上只有在未来的年年月月里才越来越受到重视,越来越变得刻骨铭心。那个晚上,年轻的夫妇因为一件微不足道的小事头一次拌了几句嘴。那样的拌嘴在任何恩爱夫妻的一生中都不知要有多少回。但是这一对夫妻的这一回拌嘴,却要等上四十个年头把他们最美好的年华都等过去之后才能有言归于好的机会。那个夜晚之后的早晨,那个年轻的军官、年轻的丈夫和父亲,他没跟妻子打招呼就去了军营,那只是几秒钟的一次任性。丈夫走后,妻子抱上孩子回了娘家,也不过是几分钟的一次赌气。

但这几秒钟和几分钟不仅使他们在四十年中天各一方,而且等于是为 Z 抑或 WR 选择了一生的路途。我想,那个尚在襁褓中的孩子,完全可以就是 Z 或者就是 WR。我见过他们的母亲。写作之夜,我借助他们和他们的母亲想像他们的生身之父,但变幻不定,眼前总是一块边缘模糊的人形空白。直到我读过这则报道之后,一个年轻军官才走来,把那空白勉强填补出一点儿声色。

报道中说:

> 那个年轻的丈夫和父亲是个飞行员,他到了军营立刻接受了命令:飞往台湾。"家属呢?""可以带上。"他回到家,妻、儿都不在,军令如山不能拖延,没时间再去找她们了。"下一次再带上她们吧。"他想,他以为还有下一次。但是没有下一次了。下一次是四十年后在香港⋯⋯

或者,对于 Z 和 WR 的父母来说,下一次仅仅是我对那篇报道一厢情愿的联想。

58

Z 曾非常简单地说起过他的父亲:一个老报人。

对 WR 的父亲,我没有印象,我没有听他说起过。因而 WR 要暂时消失,从他与 Z 重叠的地方和时间里离开。但 WR 早年的遭遇仍然与 Z 非常相似。可以借助 Z 的记忆,得到对 WR 童年直至少年的印象。

59

　　Z 的父亲不是什么军官,也肯定不会开飞机,他是四十年代于中国报界很有影响的一位人物,一九四八年他乘船去了南洋,再没回来。父亲最终到了哪儿,Z 不知道,甚至母亲也不知道。先有人说他到了马来西亚和新加坡。后又有人说他死了,从新加坡去台湾的途中轮船触礁沉没他已葬身太平洋。可再后来,又有人说在台北的街道上见过他。母亲问:"你们说话了没有?"回答是:"没有,他坐在车上,我站在路边。"母亲又问:"你能肯定那就是他吗?"回答是:"至少非常非常像他。"所以,母亲也不知道父亲最终在哪儿落了脚,是死是活。那个年轻军官与 Z 无关,这是事实。但那年轻军官的妻儿的命运,在四十年中如果不是更糟,就会与 Z(以及 WR)和他的母亲相似。

　　母亲带着儿子在南方等了三年,一步也没有离开过父亲走前他们一起住的那所宅院。南方,一般是指长江以南日照充足因而明朗温润的地域。我不可能也没必要去核实那所宅院具体所在的方位了。不管是在哪儿,"南方"二字在儿子心中唤起的永远是一缕温存和惆怅的情绪。任何人三岁时滋生的情绪都难免贯穿其一生,尽管它可能被未来的岁月磨损、改变,但有一天他不得不放弃这尘世的一切诱惑从而远离了一切荣辱毁誉,那时他仍会回到生命最初的情绪中去。与这情绪相对应的图景,是密密的芭蕉林掩映中的一座木结构的老屋,雨后的夜晚,一轮清白的月亮……写作之夜我能看见一个三岁的男孩儿蹲在近景,南方温存的夜风轻轻吹拂,吹过那男孩儿,仿佛要把他的魂魄吹离肉体。那男孩儿,形象不很清晰,但我以为那有可能就是 Z。我愿意把我与生俱来的一种梦境与三岁的 Z 共享。于是我又能看见,三岁的 Z 蹲在那

务 虚 笔 记　101

儿,是用石子在土地上描画母亲的容颜。顺着这孩子的目光看,月光照亮老屋的一角飞檐,照亮几片滴水的芭蕉叶子,照着母亲年轻的背影。老屋门窗上的漆皮已经皲裂。芭蕉叶子上的水滴聚集,滚落,吧嗒一声敲响另一片叶子。母亲穿着旗袍,头发高高地绾成髻,月光照耀着她白皙的脖颈儿。那便是南方。或许还有流萤,在四周的黑暗中翩翩飞舞,飞进灯光反倒不见了。"妈!——妈!——"在月光下南方的那块土地上,儿子想画出母亲美丽的嘴唇,不仅是因为她常常带着淡淡的清香给他以亲吻,还因为他以一个男孩儿的知觉早就注意到了她的动人。

"妈!——""妈!——"但儿子看不清母亲的脸。母亲窈窕的身影无声地移进老屋,漆黑的老屋里这儿那儿便亮起点点烛光和香火。母亲想必又在四下飘摇的烟雾中坐下了,烟烟雾雾熏燎着她凝滞而焦灼的眼睛。那就是南方。南方的夜和母亲不眠的夜。儿子偶尔醒来总看见母亲在沉沉的老屋里走来走去。"噢,睡吧睡吧,妈在呢。"母亲走近来,挨着他坐下或躺下。黎明时香火灭了,屋顶的木橼上、墙上、地板上、家具和垂挂的字画上,浮现一层青幽的光。有一种褐色的蜥蜴,总在天亮前冷冷地叫,样子像壁虎但比壁虎大好几倍,贴伏在院墙上或是趴在树干上,翘着尾巴瞪着鼓鼓的小眼睛一动不动,冷不丁"呜哇——"一声怪叫。"呜哇——呜哇——",叫得天不敢亮,昏暗的黎明又冷又长。母亲捂住儿子的耳朵,亲吻他:"不怕不怕。"儿子还是怕。儿子以为那就是母亲彻夜不能入睡的原因。那就是南方,全部的南方。那时,料必 Z(以及 WR)对父亲还一无所知。

Z 从未对我说起过他的南方。

南方,全部的南方一度就是那个温存而惆怅的夜晚。但那不过是我生来即见的一幅幻象。我不知道它的由来。我所以把它认作是 Z 的(或者还有 WR 的)童年,只不过是我希望:那样的南方是每一个男人的梦境,是每一个流落他乡的爱恋者的心绪。

南方,这幻象不一定依靠夜梦才能看见,在白天,在喧嚣的街道上走着,在晴朗的海滩上坐着,或是高朋满座热烈地争论什么问题,或是按响门铃去拜访一个朋友,在任何时间任何场合只要说起南方,我便看到它。轻轻地说"南——方——",那幅幻象就会出现。生来如此。生来我就见过它:在画面的左边,芭蕉叶子上的水滴透黑晶亮,沿着齐齐楚楚的叶脉滚动、掉落,再左边什么也没有,完全的空无;画面的右边,老屋高挑起飞檐,一扇门开着,一扇窗也开着,暗影里虫鸣唧啾,再往右又是完全的空无;微醺的夜风吹人魂魄,吹散开,再慢慢聚拢,在清白的月光下那块南方的土地上聚拢成一个孩子的模样。除此之外我没有见过南方。除此之外,月光亘古不衰地照耀的,是那年轻女人的背影。最为明晰又最为虚渺的就是那婷婷的背影。看不清她的容颜。她可以是但不一定非是 Z 的母亲不可,也许她是所有可敬可爱的女人的化身。在我生来即见的那幅幻象中而不是在我对 Z 的母亲的设想中,她可以是我敬慕和爱恋过的所有女人。说不定前生前世我的情感留在了南方,阵阵微醺的夜风里有过我的灵魂。如果生命果真是一次次生灭无极的轮回,可能上一次我是投生在南方的,这一次我流放到北方。这是可能的。有一次我对女教师 O 说起过这件事,她说这完全是可能的。

"溶溶月色,细雨芭蕉。"O 说,"完全可能,你到过那儿。"

"没有,"我说,"直到现在我还没真正见过南方。"

O 说:"不,我不是指的今生。"

"你是说,前生?"

"对。但也许来世。"

我经常感到女教师 O 和南方老屋里的那个婷婷的身影,虽所处时代相去甚远,却有着极其相似之处。相貌吗?不,至少不单单是相貌。那么,她们到底有什么相似之处呢——这样一想,时间和时代便都消灭,两个形象便都模糊,并重叠一处。单独去想每一个都是清晰的,但放在一起想,便连她们步履的节奏、期盼的眼神,甚至连她们的声音和气息,都纠缠混淆看不清界线了。

由于她们,我又去看我窗外的那一群鸽子。一代又一代,一群又一群,那不过是鸽子的继续,是鸽类继续的方法、途径、形式。就像昼与夜,是时间的继续。就像昨天的你和今天的你,还有明天的你,那是你的继续是同一个人的继续。人山人海也是一样,其中的每一个人,一百年后最多二百年后就都没有了,但仍有一个人山人海在那儿继续,一如既往地喧嚣踊跃梦想纷纭,这之间的衔接就如同昨天的你和今天的你,看不出丝毫断裂和停顿。

O是在南方降生的,她是从那儿来到北方的,我想,她现在一定又回到那儿去了……所有可敬可爱的女人,她们应该来自南方又回到南方,她们由那块魅人的水土生成又化入那块水土的神秘,使北方的男人皓首穷梦翘望终生。

我这样想,不知何故。

我这样希望,亦不知何故。

我大约难免要在这本书中,用我的纸和笔,把那些美丽的可敬可爱的女人最终都送得远远的,送回她们的南方。不知何故。也许只好等到我的心魂途经残疾人C、诗人L、F医生、Z的叔叔(还有谁,还有谁?)的心路之时,只好等到那时才能明了其中缘由。

60

母亲带着儿子在南方等了三年。第三年,就是这一年,传来了父亲随一艘客轮在太平洋上沉没的消息。母亲怀疑了很久,虽然最终相信那不是真的,但在这一年的末尾她还是带着儿子到了北方。

儿子第一次看到了雪。牛车、渡轮、火车、汽车,由南向北母子俩走了七天,看见雨渐渐变成了雪。河水浑黄起来,田野荒凉下去,山势刚健雄浑但是山间寂寥冷落了,阳光淡薄凄迷显得无比珍贵。有一条细细的带状物在山脊上绵延起伏。儿子问:"那是什么?"母亲说:"长城。""我们到这儿来干什么?"

父亲的老家在北方。那时爷爷还活着。那时爷爷孤身一人在北方。

母亲并没把南方的宅院卖掉。她把那所宅院托付给了一个朋友。她确信父亲并没有死,父亲肯定没上那条船,父亲当然会回来,有一天他会突然出现在她和儿子的面前。那条船肯定是沉入了海底,带来这消息的人还带来了当时香港和新加坡的报纸;几份报纸都在醒目的位置登载了那次海难的消息,白纸黑字:"惨绝人寰,数百旅客葬身波涛","航海史罕见惨剧,数百人无一生还"。母亲把那几张报纸看了几遍,问:"他肯定是在这条船上吗?"回答是:"有人说,他是搭乘了那一班船。""那个人,亲眼见他上了那条船吗?""这我不知道,但是有人亲眼见他订了那班船的票。"母亲说:"把这几份报纸都留给我好吗?"母亲仍然不相信父亲已经遇难,不相信会从此见不到他。母亲把那些报纸看了几天几夜,忽然灵机一动,到底为父亲找到了生机:那些报道在几百个遇难的人中,列出了几位在商界、金融界、文化界知名人士的名字,但没有她的丈夫。照理说应该有他。如果他真的在那条船上,那么报纸上尤其应该提到他,她的丈夫在四十年代的中国报界算个有影响的人物,记者们不注意到谁也该注意到他。母亲对自己说:"报纸上不提到谁,也该提到他。"但是没有。偏偏没有他。母亲没日没夜地在那几份报纸上寻找,看遍了每一个字和每一个标点符号,没有,肯定没有父亲的名字。

"如果他死了就该有他的名字,没有他的名字就说明他并不在那条船上。"后来母亲对爷爷这样说。

"谁呀? 妈,你说的是谁呀?"三岁的男孩儿在一旁问。

"你父亲。"母亲说,"你的爸爸。"

"我爸爸?"

"对。他活着,你爸爸他肯定还活着。"

"什么是活着?"儿子问。

母亲便抱起他,亲吻他。母亲的眼泪流到儿子的脸上,仿佛活着倒是一件更需要流泪的事情。

爷爷一言不发。

那时 Z 已经跟随母亲到了北方,和爷爷住在一起。

61

是爷爷不断写信要他们去的。爷爷的信一封封寄到南方,要母亲带着儿子一起到北方来。爷爷说他一个人也孤独寂寞得很,爷爷说"你们母子俩也一定过得很艰难",爷爷说他老了,故土难离,"你们来吧,到北方来我们一起生活"。爷爷的信里说,他已经弃政从农,他决定弃政从农倒主要不是局势所迫,而是这么多年党党派派见得多了,累了,也腻了,且自觉身心俱老,昏聩无能,碍手碍脚的跟不住潮流了。爷爷在信里说,自幼读陶渊明的诗,到了这把年纪方才体会了"采菊东篱下,悠然见南山"的宽坦清静的真境界。爷爷的信里说:"大道废,有仁义;智慧出,有大伪。""绝圣弃智,民利百倍。""夫唯不争,故天下莫能与之争。"爷爷说自古及今,兵伐政治,鹿鼎频争,无非是打天下坐天下,朝朝代代,谁不说着天下为公,可天下几时为公过呢?英杰豪勇,伟略雄韬,争为天下君罢了。为天下君何如"为天下谷"?"为天下谷,常德乃足,复归于朴。"爷爷说,思来想去,莫若退隐归耕。爷爷信中说:他再没有什么亲人了,若能与小孙孙在一起,终日为嬉为戏,也就可以无憾无怨安度晚年了,"含德之厚,比于赤子"。

以后有过一次机会,母亲把这些信拿给 Z 的叔叔看,想让他知道爷爷的心态。叔叔看罢那些信,劝母亲不必担心。叔叔再把那些信扫视一遍,笑笑说:"他发泄发泄不满罢了,无非说明了一个阶级的穷途末路。"叔叔说,像爷爷这个年纪,真要他脱胎换骨也不可能。叔叔说:"别让孩子受了他的影响,这倒是大事。"

爷爷在国民党政权中做过什么官?不详。他要么是做过很大的官,大到解放军来了也不杀他,杀了反而影响不好;要么就是官职太小,小到不足为患,小到属于团结教育之列。但据其信中"退隐归耕"一节推断,他也可能是起义人员,并在新政权中应邀占一个体面而闲适的职位。

叔叔却是共产党的人,一个老党员,我们常说的老革命。但这个人在我的记忆里毋宁说是个概念。在我从少年直至青年的心目中,他曾是一个肃穆、高贵的概念,崇敬之心赖以牵动的偶像,他高高大大不苟言笑坐落在一片恢弘而苍茫的概念里。然后不知何时,我记得我一如既往地仰望他,他却从那片概念里消失掉,我未及多想,又见他从那消失的地方活脱出来。若使他从一个概念中活脱出来,他就不见得还是他,不见得单纯是 Z 的叔叔了,我眼前便立刻出现好几个人的形象,并且牵系着很多人支离破碎的故事。截止到我想把 Z 的叔叔写进这篇小说的时候,那些人都还在,他们都还活着,在半个多世纪的风云变幻中变动着心绪和情感,以不同的方式度着晚年。他们当中的一个,随便谁,都让我想起并且决定写下 Z 的叔叔。他们当中的故事,随便谁的故事,都可能是 Z 的叔叔的以往或继续。

Z 的叔叔高中没毕业便离家出走参加了革命。那年他十八九岁,正逢学潮,他不仅参加了而且还是一方学生的领袖,学潮闹了五六个星期,闹到他被开除学籍,闹到他与 Z 的爷爷同时宣布废除他们的父子关系,闹到官府出动警察镇压并通缉捕拿几个闹事的头头儿。通缉捕拿的名单上有 Z 的叔叔。一天他半夜偷偷回到家,在哥哥(Z 的父亲)协助下隔窗看了一眼病势垂危的母亲,之后,哥哥想办法给他弄了些钱,瞒着家里所有的人送他走了。"你,想到哪儿去呢?""找共产党。""他们在哪儿你能知道?""哪儿都有。哥哥咱们一起走吧,你那些报纸那些新闻不过是帮他们欺骗民众罢了。"哥哥再次阐明了自己一个报人的神圣职责和独立立场,兄弟俩于是在午夜的星光下久久相对无言,继而在夜鸟偶尔的啼鸣中手足情深地惜惜而别,分道扬镳各奔前程。这情景当然都是我的虚拟,根据我自幼从电影和书刊中对那一代革命者所得的印象。

62

我们的生命有很大一部分,必不可免是在设想中走过的。在一个偶然但必须的网结上设想,就像隔着多少万光年的距离,看一颗颗星。

63

几十年后的"文革"中,有人在大字报上揭发出一件事,成为 Z 的叔叔被打倒的重要因素:一九四八年末,大约与 Z 的父亲离开这块大陆同时,Z 的叔叔在解放军全面胜利的进攻途中,特意绕道回家看过一次 Z 的爷爷。他在家只待了一宿,关起门并且熄了灯,据揭发者说,他和他的反动老子嘁嘁喳喳一直谈到天亮。"对,就是他,就是他!"揭发者后来跳上台继续揭发说,"我认得出他,他现在老了,长得越来越跟他的反动老子一模一样。他是个叛徒! 他必须老实交待他都跟他的反动老子说了什么,他都向敌人泄露了我们的什么机密!"造反派们愤怒地呼喊口号:"老实交待! 老实交待! 打倒内奸! 打倒叛徒……"一些虔诚的保"皇"派如梦方醒地啼哭,形势跟当年斗争土豪劣绅异曲同工。揭发者受了鼓舞,即兴地写意了:"他和他的反动老子密谈了一宿,然后为了掩人耳目,趁天不亮跳后墙溜跑了。"台下群情激愤,数不清的胳膊和拳头一浪一浪地举起,把一句反诘语喊出了进行曲般的节奏:"中国有八亿人口! ——""中国有八亿人口……人口……人口……人口! ……""不斗行么?! ——""不斗行么……行么……行么……行么?! ……"我曾经坐在这样的台下。我曾经挤在这样的人群中,伸长着脖子朝台上望。皮带、木棒、拳头和唾沫,劈头盖脸向着一个老人落下去。我曾经从那样的会场中溜出来,惶惶然想起我和画家 Z 都可能见过的那座美丽的房子和它的主人,神秘、高贵的那座房子里优雅的琴声是否还在流淌？但我并没有来得及发现，一个偶像是在哪一刻从他所坐落的那片概念里消失的，抑或是连同那片恢弘而苍茫的概念一同消失的。

当他再从他所消失的地方活脱出来的时候，他已经屈服，他已变为凡人，他孱弱无靠听任造反者们把种种罪名扔在他头上。他想反抗，但毫无反抗能力。

Z的叔叔承认：一九四八年，那个深夜，他劝他的反动老子把一切房产、土地都无偿分给穷人。他说他劝爷爷："然后你不如到什么地方去躲一躲，要不，干脆出国找我哥哥去吧。"他说他对爷爷说："坦率讲，凭你当年的所作所为我没必要再来跟你说什么。"他对他的反动父亲说："我不是为你，懂吗？我是冲着母亲的在天之灵！"Z的爷爷一声不响。Z的叔叔喊："你就听我一句吧，先找个什么地方去躲一躲。否则，坐牢、杀头，反正不会有你的好！"这一下爷爷火了，说："把房产土地平均分给大家，这行。但是我不逃跑，我没必要逃跑！我没做过伤天害理的事我为什么要跑？谁来了事实也是事实！"爷爷老泪纵横仰天长叹："天地作证，我自青年时代追随了中山先生，几十年中固不敢说赴汤蹈火舍死忘生，但先总理的理想时刻铭记于心，民族、民权、民生不敢须臾有忘，虽德才微浅总也算竭尽绵薄了。我真不懂我们是在哪一步走错了，几十几百几千年来这苦难的民族到底是哪一步走错了呀？如今共产党既顺天意得民心，我辈自愧不如理当让贤。如果他们认为我该杀，那么要杀就杀吧，若共产党能救国救民于水深火热，我一条老命又何足为惜？！""文化大革命"中的揭发与交待到此为止。因为台下必定会喊起来：胡说！胡说！这是胡说！这是小骂大帮忙！不许为反动派歌功颂德！肯定会这样。甚至会把那个得意忘形的揭发者也赶下去，或者也抓起来。

但这只是一个故事的上半部。

断章取义说不定是历史的本性。

十年之后在为Z的叔叔举行的平反大会上，这个故事的下半部才被选入史册。……在爷爷自以为清白无辜,老泪纵横地慷慨陈词之后,事实上叔叔的立场绝对坚定。叔叔冷笑道:"你说什么,你没做过伤天害理的事?你敢把这句话再说一遍吗?"爷爷居然不敢。他们同时想起了叔叔是怎样参加了革命的。叔叔说:"那年闹学潮,你都干了些什么?"叔叔说:"你们口口声声民族、民权、民生,为什么人民抗议营私舞弊,要打倒贪污腐败的官僚卖国贼,你们倒要镇压?"爷爷嗫嚅着说:"我敢说我的手上没有血。"叔叔说:"那是因为你用不着自己的手!"爷爷说:"不不,我没想到他们会那么干。这由不得我呀!"叔叔说:"但是他们就那样干了,你还不是依然和他们站在一起吗?"爷爷不再说什么。叔叔继续说:"你又有什么资格去叫喊'天下为公'?你有几十间房,你有上百亩地,你凭什么?你无非比那些亲手杀人的人多一点儿雅兴,吟诗作画舞文弄墨,写一幅'天下为公'挂起来这能骗得了谁?"爷爷无言以对。叔叔继续说:"就在我母亲病重的时候,你又娶了一房小,你仍然可以说你的手上没有血,你可以坦坦荡荡地向所有人说,我的母亲是病死的,但是你心里明白,你心里有她的血!"那时爷爷已是理屈词穷悲痛欲绝了,叔叔站起身凛然离去……平反会开得庄严、肃穆甚至悲壮,主席台上悬挂国旗、党旗,悬挂着几个受叔叔牵连而含冤赴死的老人的遗像,周围布设着鲜花。但是不等大会结束,Z的叔叔就走出了会场。不过他没有再走进那片恢弘和苍茫中去,他就像当年的我——就像一个才入世的少年一般,觉得世界真是太奇怪了。

64

Z第一次见到叔叔是在他刚到北方老家不久。自从叔叔十八九岁离开家乡,好多年里爷爷不知道叔叔到了哪儿。自从一九四八年那次叔叔来去匆匆与爷爷见了一面之后,已经又过了三年,这三年里中国天翻地覆爷爷仍不知叔叔到底在哪儿,在做着什么事。

爷爷从来不提起他。爷爷从来不提起叔叔,不说明爷爷已经把他忘记了,恰恰相反,说明他把他记得非常深。

Z和母亲到了北方不久,夏天,Z记得是向日葵花盛开的时候,是漫山遍野的葵花开得最自由最漂亮的时节,叔叔回老家来过几天。Z不认识他。在那之前就连母亲也没见过他。

叔叔回来得很突然。

有天早晨爷爷对孙子说:"我得带你去看看向日葵,不不,你没见过,你见过的那几棵根本不算。"爷孙俩吃罢早饭就上了路。爷爷告诉他:"咱们的老家其实不在城里,咱们真正的老家在这城外,在农村。"Z说:"农村?什么是农村?""噢,农村嘛,就是有地可种的地方。""它很远吗?""不,不远,一会儿你就能看见它。"Z自己走一阵,爷爷抱着他走一阵。街上的店铺正在陆续开门,牌匾分明旗幌招展。铁匠铺的炉火刚刚点燃,呼哒呼哒的风箱声催起一股股煤烟。粉坊(或是酱坊、豆腐坊)里的驴高一阵低一阵地叫,走街串巷的小贩长一声短一声地喊。Z问:"还远吗?"爷爷说:"不远了,这不都到城边了?"Z再自己走一阵,爷爷又背上他走一阵。"您累了吗爷爷?"爷爷吸吸鼻子说:"你闻见了没有,向日葵的香味儿?"Z说:"您都出汗了,让我下来自己走吧。"爷爷说:"对,要学会自己走。"爷爷说:"多大的香味儿呀,刮风似的,你还没闻见?"Z使劲吸着鼻子说:"哪儿呀?在哪儿呀?"爷爷笑笑,说:"别着急,你慢慢儿就会分辨这香味儿了。"后来还是爷爷背起Z,出了城,又走了一会儿,然后爬上一道小山冈,小山冈上全是树林,再穿过树林。忽然孙子在爷爷的背上闻到了那种香味儿,正像爷爷说的那样,刮风似的扑来,一团团,一阵阵,终于分不出界线也分不出方向,把人吸引进去把人吞没在里面。紧跟着,他看见了漫山遍野金黄耀眼的葵花。几千几万,几十万几百万灿烂的花朵顺着地势铺流漫溢,顺着山势起伏摇荡,四面八方都连接起碧透的天空。爷爷说:"看吧,这才是咱们的老家。"爷爷让Z从他的背上下来,爷孙俩并排坐在小山冈的边缘。"看看吧,"爷爷说,"这下你知道它们的香味儿了吧？这下你才能说你见过向日葵了呢。"Z幼小的心确实让那处境震动了,他张着嘴直着眼睛一声不响连大气儿都不敢出,谁也说不清他是激动还是恐惧。那海一样山一样如浪如风无边无际的黄花,开得朴素、明朗,安逸却又疯狂。(我常窃想,画家Z他为什么不去画这些辉煌狂放的葵花,而总是要画那根孤寂飘蓬的羽毛呢?这确实是一个有趣的疑问。也许答案会像命运一样复杂。)爷爷说:"咱们的老家就在那儿,咱们的村子就在那儿,它让葵花挡着呢,它就藏在这葵林里。"爷爷说:"等到秋天,葵花都收了,你站在这儿就能看见咱们的村子。"爷爷说:"咱们祖祖代代都住在那儿,就种这葵花为生,我正打算再搬回到村子里去呢。"爷爷问Z:"你愿意吗?你看这儿好不好?"Z什么都不说,从一见到这铺天盖地的葵花他就什么话都不说了。直到爷爷又抱起他走进向日葵林里去时,Z仍然连大气都不敢出。向日葵林里很热,没有风,有一条曲曲弯弯的路。那路很窄,看似也很短,随着你不断往前走它才不断地出现。硕大的葵叶密密层层不时刮痛了Z的脸。爷爷却揪一片叶子贴在鼻下细细地闻,爷爷揪那叶子时花蕊便洒落下来,就像雨。到处都听见吱吱唧唧嗡嗡嘤嘤的声音,各种虫鸣,听不到边。就在这时男孩儿看见了叔叔。

一个男人忽然出现在男孩儿和爷爷的眼前,他穿了一身旧军装,他又高又大,他长得确实很魁伟很英武,但他不笑。

他站在几步以外,看着爷爷。他脸上一丝笑意也没有。

男孩儿偎在爷爷怀里感到爷爷从头到脚都抖了一下,再回头看爷爷,爷爷的脸上也没有了笑容。

叔叔和爷爷就这样对望着,站着,也不说话,也不动。

后来还是爷爷先动了,爷爷把孙子放下。

那个男人便走过来看看男孩儿,摸摸他的头。

那个男人对男孩儿说:"你应该叫我叔叔。"

那个男人蹲下来,深深地看着男孩儿的脸:"肯定就是你,我是你的亲叔叔。"

Z觉得,他这话实际是说给爷爷听的。

65

叔叔突然回来了。叔叔回来并不住在爷爷家,不住在城里,他住在真正的老家,就是爷爷说的藏在葵林中的那个小村子。母亲带着儿子穿过葵林,到那小村子里去过,去看叔叔。叔叔其实并不住在村子里,他独自住在村边一间黄土小屋里,住了几天就又走了。叔叔住的那间小屋是谁家的呢?叔叔要不是为了回来看爷爷,他是回来看谁呢?这也是些有趣的谜团。这些谜团要到将来才能解开。

66

男孩儿只记得,叔叔住的那间小屋前后左右都被向日葵包围着。正是葵花的香气最为清纯最为浓烈的那几天,时而雨骤风疾,时而晴空朗照,蜂鸣蝶舞,葵花轻摇漫摆欢聚得轰然有声,满天飞扬的香气昼夜不息。男孩儿只记得,在那花香熏人欲醉的笼罩中,母亲劝叔叔,叔叔也劝母亲。母亲劝叔叔的事男孩儿还完全听不懂,以为是劝叔叔住到爷爷那儿去,但似乎主要不是这件事,中间总牵涉到一个纤柔的名字。然后叔叔劝母亲,劝她不要总到南方去打听父亲的消息。

母亲说:"你哥哥他肯定活着,他肯定活着他就肯定会回来。"

母亲说:"他要是回来了,我怕他找不到我们。他要是托人来看看我们,我怕他不知道我们到哪儿去了。"

叔叔说:"要是他愿意回来,他就无论如何都能找到你们。"

母亲说:"只要他能,他肯定会回来。"

叔叔说:"但是他要是回不来,我劝你就别再总到南方去打听了。这样对你对孩子都不好。"

母亲说:"为什么?我去打听的是我的丈夫,这有什么关系?"

叔叔说:"不不,不是这个意思。"

母亲说:"还有什么?"

叔叔说:"这个嘛,一下子很难说清。但是嫂子,你应该听我的,现在的事我比你懂。"

母亲说:"会有什么事,啊?你知道你哥哥的消息了吗?"

叔叔说:"不不。可是嫂子你别生气,你听我说,要是哥哥他不回来他就是……就是敌人,当然……当然我们希望他能回来。"

母亲愣着,看着叔叔,愣了很久。

"你哥哥他总说,你们兄弟俩感情最好。"

"嫂子你别误会,我想念他并不比你想念得轻。我多想他能回来,能够说话的亲人我也只有他了。但他要是不回来,嫂子,你得懂……"

很久很久,母亲流了泪说:"你有你忘不了的情,我也有我的,不是吗?"

叔叔便低下头,不再言语。

67

母亲不管不顾还是不断到南方去。儿子三到五岁的两年里,母亲又到南方去过四次。儿子哭着喊着不让母亲离开,爷爷抱着他送母亲去上火车,四次,儿子记得清楚极了。母亲回来时还是一个人,四次,Z记得清楚极了,因为母亲没有骗他,母亲每次只去六七天就一定会回来。母亲走的时候总显得激动不安,回来时却一点儿都不高兴,这让男孩儿有些伤心。母亲每次回来都要病倒,头痛,呕吐,吃不下饭,吐的全是水,这真让男孩儿心疼所以儿子记得清楚极了,在他三到五岁期间母亲到南方去过四次。

生活所迫,母亲第四次到南方去时,把那所老宅院卖了。卖价很便宜,因为她不能太在南方耽搁,因为那时候买得起房的人很少。母亲在本来已经很便宜的卖价中再减去一些,以此向买主提出一个条件:要是有一个海外归来的男人到这宅院里来找他的妻子和儿子,请买主务必告诉他,他的妻儿都还在,在北方他的老家等着他。母亲说:"让他立刻就来。"母亲说:"要是有人带他的信来,请立刻转寄给我。"母亲说:"要是他托人来看我们,请那个人跟我们通个信儿,我立刻就来。"母亲说:"要是那个人来不及等我,请千万记住把我们的情况告诉他,再请他一定转告孩子的父亲。"母亲单单没说,要是父亲已经不在人间,要是有人来毫不含糊地证实了这一点,那可怎么办?母亲在意识和潜意识里都坚信着,父亲肯定活着,他肯定不在那条沉没的船上。

68

所以,Z 九岁的那个冬天的晚上,抑或少年 WR 的那个繁星满天的夏夜(此前几年,男孩儿和母亲已离开爷爷,从老家来到了这座大城市),当母亲对他说"明天咱们要搬家……搬到你父亲那儿去……他就住在离这儿不远的地方……"时,Z 或者 WR 心想母亲必定会激动得笑,或者激动得哭。但是母亲却整整一个晚上郁郁寡欢沉默不语,一双失神的眼睛频频地追随而后又慌忙地躲避开儿子的目光,这真让儿子迷惑不解。

有两种方式揭穿这个谜底。

一种是 WR 母亲的方式:

WR 的母亲回到卧室,站在门旁看着儿子,看着 WR 收拾那些旧唱片。母亲终于忍不住流泪,她走过去搂住 WR,然后与儿子面对面坐下,对他说:"孩子,我本想骗你,但我还是不能骗你。明天你要见到的那个人,不是你盼了很多年的那个人,不是你的生身父亲。你懂吗?妈妈需要一个人来帮妈妈,来和妈妈,和你,我们一起过以后的日子。你能理解吗?妈妈需要一个男人,而你也要有一个父亲,因为,因为以后的日子还很长。你要是高兴,你可以叫他,要是你不愿意,你就先不要叫他。他说他能理解。他是个好人。所以我才没跟你商量就这样决定了。你愿意吗?你愿意再有一个男人来和我们一起过吗?你要是实在不愿意,我们明天也可以先不过去,我们可以以后再说。这件事完全可以再考虑……"WR偎依在母亲怀里,很久很久,母亲感到儿子点了点头,母亲泪如雨下。

一种是Z的方式:

Z眼前的谜底要晚一些才被揭穿,但也很快。

第二天搬家的车来了,Z和母亲坐上车,到那个男人住的地方去。在路上,Z问:"他是什么时候回来的?"母亲说:"见了面,你要叫他,你不是早就想叫你的父亲了吗?"谁也没有料到,如此艰深的一个谜,竟被这个只有九岁的孩子轻易猜破,竟被他在见到那个男人的三个小时之后就轻而易举地揭穿。方法很简单:忙乱之中Z瞅准一个机会,把那个男人领到自己的行李跟前,把那些唱片拿给那个男人看,但是那个男人完全不认识它们。那个男人只是摸了摸Z的头,故作亲热地说:"哟哟,你妈还给你买了这么多唱片哪?"Z问:"你没见过这些东西吗?"那个男人说:"过去我在一个英国牧师家里见过这样的东西。"恰这时母亲走了过来,母亲正好看见这一幕,母亲的脸色立刻变得惨白。

69

不过我犯了一个明显的逻辑错误。如今我远离了Z和WR去猜想当年的情景,我看出我犯了一个技术上的错误,那就是:母亲没必要欺骗儿子,她知道,这件事不可能骗过儿子。因为,儿子无论如何应该见过他生父的照片。多年的颠沛流离,母亲丢失了很多东西但她不会丢失父亲的照片,她当然会把爱人的照片时时带在身边。母亲朝思暮想望眼欲穿,她一定会常常把父亲的照片拿出来看,给儿子看,和儿子一起看。不是在南方就是在北方,不是在葵花飘香的老家,就是在这城市车马喧嚣的一条小街上,一个小院里,母亲会指着那照片告诉儿子:"记住,这就是你的父亲。记住他。"所以,我应该改正这个违背真实的错误。至少,Z 的母亲应该像 WR 的母亲一样,犹豫着,但还是把谜底告诉了儿子。

但现在诗人 L 从我的思绪中跑出来对我说:我倒宁愿你保留着你这个真实的愿望。诗人说:你最好不要去写那个母亲是在何时何地和怎样把那次搬家的事实告诉给儿子的。诗人说:是的是的,我不愿去设想,在把事实告诉给儿子之前,那个女人是在何时何地为什么竟放弃了她的梦想?诗人 L 不愿看到甚至不愿去想,一个美好的女人放弃梦想时的惨状。诗人现在甚至希望:

她魂牵梦萦的那个男人确实已经死了,在她放弃她的梦想之前,这个消息已经得到了证实。或者,诗人希望:

在她放弃她的梦想之前,她的梦想已经自行破灭,有确凿无疑的证据表明,那个远在天边的男人能够回来但他并不打算回来。或者,诗人希望:

她的梦想不是被理性放弃的,至少不是被一种现实的利益所放弃的,我宁愿那是被另一个梦想顶替掉的,那样的话,梦想就仍然能够继续。诗人想:我宁愿忍受她已经另有所爱,也不愿意设想这个世界上竟没有一个人能够幸免于从梦想堕落进现实。是的,诗人说,我不喜欢 WR 母亲的方式,我情愿忍受 Z 母亲的逃避尽管也许她无可逃避。

但这时 F 医生在我的心里对诗人说:那倒不如没有梦。F 医生希望:要是一个人不得不放弃他的梦想,上帝应该允许他把那些梦想忘记得干干净净。

诗人反驳道:不得不放弃吗?我看不出有什么事能迫使她这样。

F 医生讥嘲道:那是因为你仅仅是个诗人,更准确地说,你仅仅是一行诗。

　　我知道，但是我知道 Z 的抑或 WR 的母亲为什么放弃了她们的梦想。少年 Z 和少年 WR 那时还不可能知道，只有未来成熟的男人才知道：她是为了儿子的前程。当她带着儿子离开了爷爷的时候，已经证明她终于听懂了叔叔的忠告。她带着儿子到了这座城市，在一所小学校找到了一份教书的差事，一做几十年，其间她再没有去过南方。

八　人群

71

　　但是,母亲,枉费心机。这样一个操劳、隐忍、煎熬着的母亲,这样一个漂亮但已日渐憔悴的女人,枉费了心机。虽然为着儿子的前程她违心改嫁,葬送了自己的梦想,但正如她自己从未忘记最初的那个男人一样,谁也没有忘记 WR 的生身之父。她的前夫,WR 的血缘和出身,原来谁也没有忘记那个沦落天涯至今杳无音信的人。

　　尽管 WR 对其生父一无印象,甚至只是在照片上见过他的生父,但在少年 WR 的档案上,他短暂的历史简直就是一部海外关系史,他那生死不明的生父在这儿确凿地活着,随时都给他一份可怕的遗产:海外关系。海外关系——十几年后这将意味着一种荣耀、一项希望、一份潜在的财富,乃至一条通向幸福之路。这四个字,它的形象、发音,以及这四个字所能触动的一切联想,十几年后就像从东南沿海登陆的强台风,将给这块封闭已久的古老陆地送来春天和渴望,同时送来老年痴呆症式的情欲亢进,如火如荼的交尾季节,甚至使洁身自好的淑女、老妇、僧尼也节节败退,欲火中烧。但十几年前它却声名狼藉如同一群染了花柳病的浪妇,令人避之唯恐不及。少年 WR 和我们一样,和六十年代的所有中国少年一样,提起海外便由衷地恐怖、憎恶、毛骨悚然甚至夜里都做噩梦:深不见底的昏天暗地,泥泞中劳工的哀歌,老人衣不蔽体,妇孺奄奄待毙……一道暗蓝色幽光,风吹草动,暗藏杀机……一团白花花的警笛沿街流窜,一路凄号……珠光宝气,阔腹肥臀,浓妆艳抹的女人,婊子,或是走投无路沦落风尘的不幸少女……镣铐、皮鞭和啜泣,叠印了暗红的如同锈迹斑斑的其实是血腥的一缕狞笑……那就是海外,我童年印象中的海外。

海外关系——WR十七岁的某个潺暑难熬的早晨,母亲将再次心惊梦散,发现儿子仅仅十七年的历史里到处都写着这四个字,或者没有别的只有这四个字,周围人的眼睛里原来时时都闪动着警惕,对这个母亲和这个少年心存戒备。母亲终于明白,就因为这四个字,儿子永远也别想接到大学的录取通知了。

母亲盼了十七年盼的就是这个夏天。这个夏天阳光很少,雨水也很少,阴云凝聚着不动,没有风,一连数日闷热异常。但这不影响母亲快乐的情绪,儿子的功课好,成绩在全学校数一数二,母亲昼夜怀着期待,对儿子报考的几所大学作了仔细的调查研究,相信希望就要成为现实,考上哪一所都好。就像相信WR的生父肯定不在那条沉没的船上一样,她相信儿子肯定能够考上大学,母亲总是这样乐观。在闷热的小屋里,她开始为儿子准备行装,坐在缝纫机前给他做两身像样的衣裳,然后一针一线缝一条厚厚的棉被,缝到一半又拆了,也许需要的是一条薄棉被吧,还不知道儿子是留在北方还是要去南方呢。她笑自己真是糊涂,老了,老糊涂了,也许该死了。她想她总算是把WR拉扯大了,把他送进大学她就是死了也不怕了,死也瞑目,对得起那个生死不明的人了。她一个人轻轻地唱歌,年轻时候的歌,多年不唱了。唱了几遍,忽然一个念头把她吓了一跳:离婚?也许现在可以离婚了?不必再跟眼前这个她并不爱的男人一起生活了,一个人过吧,还是一个人好,还是等着他——WR的生父。她想:他要是活着他总会回来,早晚会回来,不管老成什么样了,老成什么样也不怕,两个人都老了,"纵使相逢应不识"了吧……但是眼前这个人呢?儿子的继父呢?岂不是恩将仇报把他坑害了?不,不行,母亲于是又悲伤起来,独自落了一会儿泪，不行不行啊，千万不能那么做……

七月，WR 以大大高出录取线的分数结束了升学考试。

但是，母亲枉费心机。

等了几乎整整一个八月，WR 没有接到任何大学的录取通知。

WR 十七岁暑假的末尾，也就是母亲苦熬苦盼了十七个年头所等待的那个夏天的末尾，母亲才明白她并未把叔叔早年的忠告真正听懂。为了那个音信全无的丈夫和父亲，为了那个不知在哪儿或许早已又有了妻儿的男人，或者为了那片汪洋之上一缕无牵无挂嗤笑人间的幽魂，这女人可能做的也许仅仅是听天由命了，即便是出卖了最可珍贵的梦想也不能为儿子扭转前程。如果 WR 以大大超出录取线的分数仍不能被任何一所大学录取，母亲她终于明白了，儿子就怕永远也赎不清他的罪孽了。谁的罪孽？啊？谁的？

谁的罪孽啊？

南方那座宅院中吗？南方那间老屋里？还是南方的月光照耀的芭蕉树下？这女人她已经记不得了，那么多次快乐的呻吟现在想来只好像是道听途说，记不得了，就好像是无从考证的一个远古之谜，WR 到底是从哪儿来的？那么多次魂销魄荡的流淌到底是哪一次造就了这永赎不清的罪孽？但必定是其中的一次，那时她正当年，包围着她淑雅苗壮的裸体的是哪儿来的风？摧毁着她的端庄扫荡了她的羞耻鼓动起她奇思狂念的，是哪儿来的风？她对丈夫说让我们到风里去到月光里去到细雨中去到草地上和芭蕉下去那样我们就会有一个更聪明更美丽的孩子，那样我们的孩子就会有好运气……就是那一次吗月光照耀着远山近树鸟啼虫鸣是那一次吗夜风吹拂着老屋的飞檐掀动男人的昂奋是那一次吗细雨滋润了土地混合着女人酣畅的呼喊就是那一次吗……也许，那风中那雨中那星光月色中那一刹那间世界流传的全部消息里，已经携带了儿子在劫难逃的罪孽。那个曾把心魂喷洒进她的生命或是把生命注入她心魂的人，那个和她一起造下了罪孽的男人他如今在哪儿？那个远在天边的人呀或者早已经灰飞烟灭的人，母亲苦笑着对自己说：你想不到我们也不曾想到，原来还有这么多人替我们娘儿俩记着你哪。从溽暑难熬的早晨直到一丝风雨也不来的晚上，母亲思绪绵绵万念俱灰，甚至坐在窗前动也没有动过。追悔莫及，她不该相信她所爱的那个人还活着，尤其不该把这信心向外人袒露。现在她倒是有点儿希望忽然得到 WR 的生父早已不在人世的证明了，不，不，她不知道，她不知道她是希望他已经死去还是希望他仍然活着，但是无论他活着还是他死了的消息都已无从打探，打探就更是罪上加罪，而且无论他活着还是他死了，罪孽依然是罪孽，儿子的血统不能改变。母亲以为，她终于算是完全听懂了那个时代的忠告。但是那个时代让她防不胜防，就在她呆坐的时候太阳从东走到西，她没有注意到儿子一整天都没着家，就在地球按部就班的这数小时的运行中，她万万也没有料到她的儿子 WR 已经在外面闯下了大祸。

72

少年 WR 拿着高考成绩单找到学校，找到教育局，找到招生委员会，要求解释。他被告知：考试成绩有时候是重要的，有时候并不重要。少年 WR 问：什么时候重要什么时候不重要？他被告知：招收什么人和不能招收什么人这是我们的政策，我们按政策办事。少年 WR 说：既然如此，为什么不在考试之前向我宣布这政策？他被告知：一切都是革命的需要，你应该服从祖国的安排。少年 WR 的愤怒非常简单、真切、动人：你们要是在考试之前就宣布这政策我就不用考这个了，"我妈她就不用白白盼了这么多年，她就不必省吃俭用供我上这个学还费那么多钱给我喝三个月牛奶了，你们要是早点儿告诉我，我早就能挣钱养她了！"招生委员会的人黯然无语。

得不到满意的回答，或者说找不到能够拯救母亲希望的方法，最后他走进一座有士兵把守的高墙深院。走过老树的浓阴，走过聒噪的蝉鸣，走过花草的芬芳，走过一层又一层院落，就像曾经走进过的那座可怕的庙院……最关键的是走进了以下几句对话：

"请问，我父亲他到底是什么人？"

"可以明确地告诉你，他是敌人。"

"他干过什么你们说他是敌人？"

"可以简单告诉你，他曾经压迫人民，剥削劳苦大众！"

"那么是谁在压迫我，是谁剥削了我母亲十七年的希望？"这个少年，这个无知的孩子，他说，"请你们告诉我，是谁？"

少年 WR 犯下了滔天大罪。

那个暑假结束，当他的很多同学坐在大学课堂里的时候，当我走进中学，少年 WR 在这个城市里消失。他被送去远方，送去人迹罕至的西北边陲。母亲因此又有了期待，又有了活下去的理由——她开始重新盼望，一天一天盼望着儿子被饶恕，盼望看在他年少无知的分儿上早早放他回来，就像她曾经一年一年地盼望过丈夫的归来那样。

73

Z 的母亲同样枉费了心机。Z 在小学曾是个出类拔萃的好学生，各门功课都在全年级名列前茅，但自从走进中学课堂，成绩一落千丈，以至于留了一级。

现在我想，Z 很可能是我的中学同学。现在我感到，我在中学时代一定不可避免地见过他。Z 那时也是个中学生，至少这一点无可非议。

甚至，画家 Z，曾经就与我同班，这也说不定。

写作之夜，空间和时间中的真实是不重要的，重要的是印象。

Z 留了一级，在我进入那所中学时，他不得不与我同班再上一回初中一年级。坐在我身后的一个早熟的少年，坐在第七排最后

一个位子上的那个任性的留级生,在我的印象里他就是画家 Z。Z
留级的原因是:政治、英语两门不及格。但其他科目他都学得好。
他极爱读书,所读的书尽是我那时闻所未闻的名目。上英语课时
他在下面偷偷地读《诗经》,读《红楼梦》,读唐诗、宋词以及各种外
国小说。上政治课时他读《东周列国》《史记》《世界通史》。而真
正到了上历史课的时候,他以不屑的神气望着老师,在我耳后吹毛
求疵地纠正老师的口误,然后大读其黑格尔、费尔巴哈和马克思。
自习课上他以最快的速度做完作业便开始吟诗作画。他最心爱的
是他那几支廉价的毛笔,津津乐道并心怀向往的是荣宝斋里漂亮
但是昂贵的笔墨纸砚。那时他不画油画,油彩太贵,画布画框也
贵,家境贫寒他只画水墨画,从借来的画册上去临摹齐白石的虾、
徐悲鸿的马、吴昌硕的山水,画些颇近八大山人风格的远山近树、
瘦水枯石。他把随处捡来的纸张揉皱、搓毛,在上面落墨自信有生
宣的效果:"你看,你看看,笔锋尤见其苍健了吧?"(因而"文革"开
始后,我记得他之所以偶尔还在学校里露面,只是为了寻一些写大
字报的笔墨纸张据为已有,悄悄带回家。)无论老师们怎样对他的
功课操心,为他的前程忧虑,他一概以闭目养神作答。但自从他不
慎留了一级之后,他对各门功课都稍稍多用了一点儿心思,不再使
任何一次的考试成绩低于六十分,他知道他必得把这乏味的中学
读完,既然非读不可就不如快些读完它,尤其不能再让母亲多为他
付一年学费了。母亲常常为此叹气连声,黯然神伤。十几年后我
才对少年 Z 的行径略有所悟:必是 WR 的遭遇给了他启示。十几
年后我猜想,Z 那时必曾启发式地劝慰过母亲:"您以为我的功课
好到什么程度才能考上大学?"十几年后我才明白,当 WR 的道路
使我害怕使我虔诚地祈望做一个好孩子的时候,Z 已经看破世态,
看穿无论什么大学都与自己无缘,画家 Z 已经发现了自己的才能
并义无反顾地为自己选定了出路。虽然他相信自己也有不错的音
乐感受力,但纸和笔毕竟比一架钢琴更可能得到,而且不像一位钢
琴教师那般挑剔。他读了司汤达、巴尔扎克、托尔斯泰、契诃夫以

及当时能够找到的所有文学名著,自信未必不可以也成为一个作家,但他对历代的文字狱已有了解,不想再立志去做一个冤鬼。所以他选择了美术。纷纭的世界就在你眼前唤起你的欲望和想像,只要你真正有才能,道法自然,自然就是你的老师,天地之间任你驰骋,任你创造。而且美术,不是随便什么蠢货都能看懂的,你可以对他们做各种无稽的解释,使他们对你放心,那样,你就是把他们画成犹大画成撒旦画成流氓,他们也会荣幸地把它挂在墙上,扭捏或者兴奋地对来访者说"那是我",好像挂在墙上的就一定不是笨蛋。Z对母亲说:"您何必总盼着我上那个大学呢?博士又怎么样,天才有几个?十之八九是蠢材一辈子做个教书匠。高官厚禄帝王公侯又怎么样?'荒冢一堆草没了'。"

继父在枕边对母亲说:"你这个儿子非比寻常。"

母亲说:"这么说你喜欢他?"

继父说:"说不准我倒是有点儿怕他呢。"

"他?他不过是个孩子嘛。"

"就因为他还是个孩子。"

74

我甚至还能看见初中生Z一跳一跳地用嘴去接抛起在空中的炒黄豆的情景。住宿生Z,我记得他的继父是一家大医院的清洁班长,我记得他有一个异父异母的姐姐,然后又有了一个异父同母的弟弟。Z的母亲每月只能给他十元伙食费和三角零花钱。Z虽然非同寻常,但至少有一次他像一般的少年一样渴望有一身运动衣。他羡慕地望着那些穿着色彩鲜艳的运动衣在操场上跑步的同学,目光痴迷得仿佛一位小小的恋人。是那跳动的色彩对未来的画家有着不同寻常的诱惑吧,可是那样一身运动衣恰恰与他一个月的伙食等值。但他性格里的坚忍不拔已经诞生。从他下定决心也要有一身漂亮的运动衣开始,他每月把母亲给他的伙食费储存一半,另外的五元买了面粉和黄豆,把面粉和黄豆炒熟,同学们都去食堂进餐时,他便满怀希望地在宿舍里吃他的开水沏炒面和炒黄豆,声称那是世界上最为明智的食谱。他快乐地把炒黄豆一颗颗抛向空中,然后用嘴接住,嚼得砰然有声。一群同样快乐的少年为他喝彩。有个局级干部的儿子说:"喂,你要能连续接住一百次,我这一个月的饭票都输给你。""真的?"少年 Z 的眼睛瞪得发亮,仿佛看见那身运动衣已经在工厂里织成了。他当然没赢,但他输得很精彩,一整袋黄豆他都是以这种方式吃掉的,一个月当中他至少有七次接近了成功。那一回少年 Z 生性敏感的心并未沾染一丝一毫的屈辱,那确实不过是一次少年们无邪的游戏;况且,大家,包括我和那个局级干部的儿子,都从中感受了 Z 的非凡意志。Z 那时仍不失为一个天真纯洁的少年。Z 那时仍是一个善良快乐的初中住宿生。

但是有一天。有一天他在盥洗室里洗他那身鲜红的或者浓绿的运动衣,那个局级干部的儿子甩给他一件内衣:"喂,顺便帮我洗一件行吗?""可——以!"Z 吹着口哨漫不经意地回答。但几乎与此同时,盥洗室里有一道陌生却又似曾相识的目光开始转向他。局级干部的儿子走后,Z 觉得后背上不时地粘上两只眼睛,就像一对发情的苍蝇在那儿翻上滚下寻欢作乐。画家的感觉生来很少出错。不久,那双眼睛终于耐不住从角落里转到他面前,在非常贴近他的地方停下,得承认那是一双挺秀气而且营养状况非常好的眼睛,但是——美,而且冷;鼻子的结构也相当合理,但是——美,而且傲慢。想必是嘴发出了声音:"还是为了一个月的饭票吗?"那嘴,线条未免欲望太露。"你说什么?"Z 没能马上听懂他的话。那双眼睛以及下面的嘴,以及整个面部便开始轻蔑地笑:"小市民,局级算什么稀罕!你这么愿意给他洗臭裤衩吗?"当少年 Z 终于听懂这些话时,可惜那副嘴脸已经不见了。事过很久,他才弄清了局级的含义,他才了解到,那副嘴脸的所有者也是一个高干的儿子,那双美而且冷的眼睛以及那副嘴脸是由一对级别更高的男女制造的。Z本想找机会当众在那张高级的脸上吐一口唾沫,或者响亮地拍一记耳光,即便为此遭到加倍的报复也完全值得,但他不想为母亲惹事不想再看到母亲为他叹气连声。他忍了又忍,最终是贝多芬那句高傲的名言救了他,使他从此弃绝了少年的鲁莽——"世上的爵爷有的是,但贝多芬却只有一个!"

我想,那身运动衣很可能不是红色也不是绿色,而是向日葵一般浓烈的黄色。在那双蔑笑着的眼睛消失后,很可能只剩 Z 一人留在那间过于安静的盥洗室里,很可能向日葵一般浓烈的黄色在那一刻弥漫得过于深远,勾起他全部童年的记忆,南方的细雨芭蕉和母亲孤独的期待、北方老家的田野、叔叔的忠告,还有他自降生人世便听说的那条船那条沉没在汪洋大海上的轮船……他心中那根柔软飘蓬的羽毛本来也许会随着光阴的进展而消解,但现在又被猛烈地触动了,再度于静寂之中喧嚣动荡起来。小市民与野孩子。少年 Z 敏感而强悍的心,顷刻间从那座美丽得出人意料的房子,从那条冬天夜晚回家的小街,一直串联起画家 Z 对未来不甘人下的憧憬。料必那是一个礼拜日的中午,他留在学校里没有回家,楼道里的歌声断续、游移,窗外的操场上空无一人,向日葵般浓烈的黄色在 Z 眼里渐渐地燃烧。我猜想,就是从那时开始,Z 眼睛里的那一场燃烧再没熄灭过,但在画家 Z 的调色板上却永远地驱逐了那种颜色。(也许我终于为 Z 的画作中永远不出现金光灿烂的色彩找到了原因。当然也可能并非如此,并非这么简单。任何现象,都比我们看到或想到的复杂千倍。)

有一年的家长会(每年一次的家长会)时,操场上停了好几辆高级轿车,我们——我和六七个同学但没有 Z,围着那群轿车看:伏尔加、老奔驰、吉姆、红旗……我们远远地看,又走近去看,很想走到跟前去摸一摸,但不敢,汽车里不苟言笑地坐着司机或警卫。那次家长会上,Z 的母亲也来了。可以感到 Z 的母亲曾经很漂亮,举止谈吐间残留着旧时的礼节,但她的面容憔悴、疲惫、缺少血色,目光中藏着胆怯,手指上一道道黑色的皲裂草草地贴了胶布,脚上的鞋是自家做的。（她让我想起那座美丽房子里的阿姨，就是那个操着南方口音呱呱不休的保姆。）也许那是我第一次见到 Z 的母亲，也许不是，也许我见过她很多次了，但现在我记得当时我轻声问 Z，轻声，但仍可能流露了一点儿惊诧："噢，她就是你的母亲吗?" Z 没有回答，也许是没听见。Z 一声不响地望着母亲离去。那母亲，虽已不再年轻，但仍依稀可见当年的风韵，虽步履匆匆但步态依然文雅，一身整洁的衣衫明显是出门时才穿的，提着的一只菜篮摇摆着摇摆着直至消失在远处。Z 望着母亲的背影，目光里曾一度全部是爱。但忽然我看见，他转过身来盯着我看，看了好一会儿，恨便在那目光中长大，在他的眼眶里渐渐大过了爱，像泪水一样在那里淹没了一个少年。然后他的嘴角忽然弯上去，透出令人发冷的笑：

"不错，那就是我的母亲。"

那一声柔软但是坚忍的宣布之后，我记得，一场史无前例的革命降临人间。

75

与 C 和 X 的重逢相距整整二十三年，也是初夏时节，那时我还没有长到现在的身高，C 未来注定要残废的双腿也还在不舍昼夜地发育成长，同样的暖风一阵阵吹来，二十三年前新鲜的绿树阴里正是少男们开始注意起少女们的时候，少女们的一举一动都牵动着我或者诗人 L 暗自的惊叹与幻想，她们忽然清朗了的嗓音越来越频繁地骚扰少男们的日思夜梦。

那样的季节里，一些以往不曾有过的念头忽然向十五岁的诗人袭来，不分昼夜。一些形象，和一些幻景，使他昂奋不能自制，心惊血热，让他沉湎其中又让他羞愧不安。未来的诗人那时正由一个胖嘟嘟的男孩儿突然猛长，变高，变瘦，既不再是男孩儿了又还算不上男子汉，就像早春翻浆的冻土，蓬勃而丑陋。相貌和嗓音都让他忧虑,对着镜子自惭形秽。尤其是那些美妙的幻景层出不穷之际,尤其是一些可怕的欲望令他不能抗拒之时,他想:镜子里这个丑陋的家伙难道有哪一个姑娘会喜欢吗?

"妈妈,"有一天他对母亲说,"我是不是很坏?"

"怎么啦?"母亲在窗外。

L躺在床上,郁郁寡欢,百无聊赖,靠近窗边,一本打开的书扣在胸脯上,闪耀的天空使他睁不开眼。

母亲走近窗边,探进头来:"什么事?"

小小的喉结艰难地滚动了几下:"妈妈,我怎么……"

母亲甩甩手上的水,双臂抱在胸前。

"我怎么成天在想坏事?"

母亲看着他,想一下。母亲身后,初夏的天空中有一只白色的鸟在飞,很高很高。

母亲说:"没关系,那不一定是坏事。"

"你知道我想什么啦?"

"你这个年龄的男孩子都会有一些想法,只是这个年龄,你不能着急。"

"我很坏吗?"

母亲摇摇头。那只鸟飞得很高,飞得很慢。

"唉,"未来的诗人叹道,"你并不知道我都想的什么。"

"我也许知道。"母亲说,"但那并不见得是坏想法,只是你不能着急。"

"为什么?"

"喔,因为嘛,因为你其实还没有长大。或者说,你虽然已经长大了,但你对这个世界还不了解。这个世界上人很多,这个世界比你看到的要大得多。"

那只鸟一下一下扇着翅膀,好像仅此而已,在巨大的蓝天里几乎不见移动。L不知道,母亲已经在被褥上看见过他刚刚成为男人的痕迹了。

76

在我的印象里，史无前例的那场革命风暴，是在一个风和日丽的早晨，随着一群青春少女懵然无知的叫骂声开始的。

可能就在我和诗人 L 日思夜梦着的时候，就在那只鸟飞翔或降落的当儿，世界上处处发生着的事使一位不能寂寞的伟人有了一个空前的思想。可能是这样。于是在那个夏季来临之际，少女们忽然纷纷抛弃了漂亮的衣裙，把她们日益动人的身体藏进肥肥大大的旧军装。这让诗人 L 暗自失望。但很快少女们便想起在纤细的腰间扎一根皮带，扎得紧紧的，使正在膨胀着的胸围、臀围得以名正言顺地存在。她们光彩照人的容颜和耸落摇荡的身体，傲慢地肆无忌惮地在诗人眼前跳跃，进入阳光，进入绿阴，进入梦境，毫不顾及青春少男的激动和痛苦。然后，所有的长辫子，似乎一夜之间全部消失，齐刷刷的短发在挺拔秀美的脖颈儿之上飘洒，不仅弥补了曾经的那一点点失望，而且以其鲜活奔放令人大吃一惊，更加鼓舞起青春少男们的激情。

就在我经常盼望她们到来的那个初夏的某一天早晨，我记得清楚，她们一群，骑着车，就像骑着马，沿学校门前绿阴如盖的那条小路远远而来。那天早晨与往日没有什么不同，红色的教学楼上落满朝阳，在早饭与第一节课的空隙间我走出校门，在荡漾着浮萍的水渠旁坐下背了一会儿外语单词。那些枯燥的字母让我心烦，想起快要期末考试了就更心烦，但我又盼望快些考试，考完试会有一个长长的暑假，有差不多两个月的时间让我自由挥霍。我想着那个迷人的假期，走上小桥。这时我听见她们来了，水渠边的小路上有了她们朗朗的笑声，远远地听不清她们在喊着什么。然后，在小路尽头的拐弯处她们出现了，越来越近，树阴波浪般在她们身上掠过她们又像是一群快乐的鱼，尚不焦躁的夏日阳光斑斑块块，闪闪烁烁，与她们美妙的年龄交相辉映。诗人心里，为之生气勃勃。

但是她们喊着什么。她们喊的什么？她们一群骑着车就像骑着马，美丽的短发飘扬，美丽的肩膀攒动，美丽的胸脯起伏，她们从我面前飞驰而过她们喊着或是唱着："老子英雄儿好汉，老子反动儿混蛋……谁要是不革命就滚他妈的蛋！滚他妈的蛋！"噢天哪，她们在胡说什么？"就滚他妈的蛋就滚他妈的蛋他妈的蛋他妈的蛋蛋蛋蛋……"噢，这是怎么了你们疯啦？她们在学校门前的小路上像一群漂亮的鱼倏忽远去，狂热地喊叫，骄傲无比，不把诗人放在眼里，不把一切人放在眼里，不把这个世界放在眼里。这是怎么了，出了什么事？

诗人 L 呆呆地在那条小路边站了很久，在我的记忆里"文化大革命"就这样开始。那是公元一九六六年六月，那一天风和日丽。那一天有一副对联震动了四分之一人类的耳鼓。

77

待骄阳如火灿烂灼人之时，我已经站在密不透风的人群中。人山人海，人山人海但是每一个人都无处可藏，都必须表明对那副对联从而表明对革命的态度，表明自己是英雄男女制造出来的好汉抑或是很多次反动事件所遗留的一个个混蛋。在我的视野里，曾经没有一个人能够反对那副对联。F 医生，女导演 N，女教师 O，未来的残疾人 C，我和诗人 L，都竭力表现自己对革命的忠诚，无论是以"好汉"的光荣或惶惑，还是以"混蛋"的勇敢或恐惧，都在振臂高呼，随波逐流。

不过，可能有一个人不是这样。

我想，如果有一个人不会这样，他就是画家 Z。

还有一个人不会这样——WR，但那时他早已不知去向。

Z 就站在我身旁，我想我会看见他一次次举起胳膊但却听不见他喊。我相信或者我认为，Z 会这样。

他像众人一样把拳头举向天空，但他不喊，不出声，不发出任何声音。他脸色苍白,略略侧向我,另一边恰恰有一面彩旗,没有一丝风,玫瑰色的彩旗晒蔫了似的垂挂着,这样就只有我能看见 Z 的脸。他紧盯着我。他知道我看出了他的诡计,他冷酷的目光盯住我惊慌的眼睛,样子相当可怕。我不知道如果他的行动被揭穿他会怎样。画家 Z 说过,"谁要是侮辱了我的母亲我就和他拼命"。也许很多人都这样说过,但我确凿听见画家 Z 这样说过。不过也许他并不敢拼命,但那样的话他非毁了不可。即使现在这样,即使仅仅举起拳头不出声,他差不多也已经毁了——他的心里,全是仇恨。

周围的呼喊渐渐稀疏零落,Z 走出人群。我心惊胆战听不见任何声音仿佛全世界都呆愣了一下。画家 Z 甩给我一缕轻蔑的目光,然后谁也不看,顾自走出人群。他低着头,只看脚下,侧身挤开一面面热汗淋淋的脊背,走出人山人海,或者是走进人山人海就此消失了很多年。

此后好多年,我没有见到他。

但年复一年,我都看见他那缕轻蔑的目光,因而我听见他高举拳头时发出的无声呼喊。那呼喊会是什么呢?

九　夏天的墙

78

在画家暂时消失的时间里,继续着诗人的消息。诗人 L 是一种消息。见没见过他是次要的,你会听到他,感觉到他。空间对诗人 L 无足轻重。他是时间的一种欲望、疑问,和一种折磨。

没有这种欲望、疑问、折磨,也就没有时间。

从他用煤,在那座桥墩上描绘一个小姑娘的头发时起,我听见他的消息。他坦白的心愿遭到嘲笑,草丛中童真无忌的话语成为别人威胁他的把柄,那时,我感觉他已存在。沿着长长的河堤回家,看见偌大的夕阳中注满了温存和忧恐,我想就是从那一刻,诗人的消息已不能埋没。

L 是个早熟的孩子,比其他孩子要早一些梦见女人。

这未必不是诗人的天赋之所在。

L 一岁的时候,奶奶让他坐在草地上,在他周围放了水果、钢笔、书、玩具手枪、钱、一方铜印、一把锤子和一张印了漂亮女人的画片,想试一试这孩子的志向。但是让奶奶失望,还是婴儿的 L 一点儿都没犹豫就抓了那张画片,而且拿在手里上上下下仔细端详。要紧的是,在所有那些东西中,画片离他最远,奶奶特意把那画片放在离他最远的地方,但他对别的东西睬都没睬,直奔那画片爬去。在场的人哈哈大笑,说这孩子将来必是个好色之徒。奶奶叹了口气自慰道:"好色之徒,幸亏他没再去抓那方印,这两样东西一块抓了那才麻烦呢。"一岁的 L 不懂人们为什么笑,坐在草地上颠来倒去地看那画片,众人的笑声使他兴奋,他手舞足蹈,把那个漂亮女人举上头顶拼命地摇,像摇动一面旗帜,哗啦哗啦仿佛少女的欢笑,我记得于是天上灿烂的流云飞走,草地上阳光明媚,野花盛开⋯⋯

我记得母亲抱着 L 立于湖岸,湖面的冰层正在融化,周围有一群男人和女人,他分辨得出女人们的漂亮和丑陋,我想那时 L 大约两岁。冰层融化,断裂时发出咔咔的响声,重见天日的湖水碧波荡漾。那些女人争着要抱抱他,要摸摸他,要亲亲他,并且拨弄他那朵男人的小小的花蕾,我记得 L 先是躲开,缩在母亲怀里把那些女人都看一遍,之后忽然向其中一个张开双臂。那一个,就必定是那一群中最漂亮的。在男人们的笑声中其余的女人不免尴尬,嗔骂,在 L 的屁股上不轻不重地打一下,掐一下,直到他哭喊起来⋯⋯

L,我记得他更喜欢跟女孩子们一起玩,我记得,他童年的院子里有几个跟他差不多大小的女孩儿,小姐姐和小妹妹,五岁的 L 总在想念她们。平时他被奶奶无比地娇惯,说一不二,为一点儿不如意就号啕不止,脾气暴躁甚至喜怒无常,动辄满地打滚儿,提些不着边际的无理要求,奶奶常常暗自怀疑是否有什么妖魔勾引了这孩子。五岁的 L 一身的坏毛病。但只要奶奶说"看哪快看哪,小姐姐和小妹妹们来啦她们都来看你啦",五岁的 L 便从无端的烦恼中走出来,从天翻地覆的哭喊中立刻静下来,乖乖的,侧耳谛听,四处张望,精神焕发。"L!——L!——小 L 你在家吗?"太阳里,天边,很远,或者很近就在门前的绿阴间,传来她们悠扬的呼唤,"L 小哥哥——L 小弟弟——喂,L 你在干吗呢?"在变化着的云朵里,在摇动着的树叶上,或者月光下矮墙的后面,或者午后响亮的蝉歌中,要么就在台阶上,细雨敲打着的伞面移开时,很远和很近,传来女孩儿们呼唤他的声音。L 他便安静下来,快乐起来,跑出门去,把那些女孩儿迎进来,把他所有的好东西都拿出来摊在桌上倒在地上扔得到处都是,毫不吝惜。五岁的 L 就像换了个人,和和平平安安稳稳地跟女孩儿们一起玩耍,五岁的诗人就像个小听差,像个小奴仆,对女孩儿们言听计从忠心耿耿。奶奶又笑着叹气说:"唉!这孩子呀,将来非得毁在女人手里不行。"我记得那时,L 相信奶奶说得对,奶奶的话非常正确,就要那样就应该是那样,那个"毁"字多么美妙迷人,他懵懵懂懂感到:是的是的,他要,他就要那样,他就是想毁在女人手里……

七岁的 L,七岁的诗人,不见得已经知道"真理"这个词了,但我记得他相信真理都在女孩子们一边,在女孩子们手中,在她们心里。尤其是比他大的女孩子,比他大很多,她们是真理的化身。他整天追在一群大女孩儿屁股后面,像个傻瓜,十三四岁的大女孩儿们并不怎么理会他,不怎么理解他。这没什么,七岁的诗人并不介意。她们走到哪儿 L 跟到哪儿,她们当中的一个也许两个甚至讨厌这个只有七岁的小男孩儿,但是 L 喜欢她们,要是那时 L 就知道世界上有"真理"这个词,我想在他而言,跟着她们就是正确,看着她们就是全部的真理了。她们要是也不介意,L 就饭也不吃一直跟在她们身旁,无论奶奶怎么喊也喊不得他回家。那些大女孩儿,她们要是讨厌他了他就远远地退到墙根儿下去站着,看着她们游戏,一声不响,喜她们之所喜,忧她们之所忧,心里依然快乐。她们如果需要他,比如说她们缺了一个助手,噢,那便是诗人 L 最幸福的时光,那便是真理光芒四射的时候。他帮她们摇跳绳、牵皮筋,帮她们捡乒乓球。他把皮筋牵在脑门儿只相当于她们牵在腰间,他踮起脚跟伸直胳膊把皮筋高举过头顶,也只与她们把皮筋牵在的耳边一样高,再要高呢,他就站在凳子上,还要高呢他就爬上了树。大女孩儿们夸奖他,于是七岁的诗人备受鼓舞,在树上喊:"还想再高吗你们?那很简单,我还可以坐到墙上去你们信吗?"所以,再逢大女孩儿们不理会他的时候,忽视了他,他就爬上墙去。这一下,不料大女孩儿们震天动地地惊叫起来。L 以其诗人的敏觉,听出那惊叫之中仍隐含着称赞,隐含着欣赏和钦佩,他就大摇大摆地在墙上走,豪情满怀一点儿都没想到害怕。大女孩儿们就像小女孩儿一样吓得乱喊乱跳了,停了她们的游戏,紧聚成一团,仰望诗人,眼巴巴地开始真正为他担忧了:"小心啊!——小心点儿L!——""下来吧!——快下来吧小L!——"既然这样L又爬上房,在房上跳,像是跳舞,还东一句西一句唱着自编的歌,期望女人们的惊叫和赞美更强烈些,期望她们的担忧更为深切。但是大女孩儿们忽然严肃起来:"你要再不下来,我们就都走啦不管你!"诗人停下来,心中暗自揣测,然后从房上下到墙上,从墙上下到树上,灵机一动把树上未熟的果实摘下来抛给他的女人们。树下的大女孩儿们又是欢声笑语了,漂亮的衣裙飘展飞扬,东一头西一头争抢着酸涩的果实。"再摘些!L——L——再摘些!""喂——小L,多摘些,对啦摘些大的!""喂喂,L——我还没有呢!我要几个大的行吗小L?——"多么快乐,多么辉煌,多么灿烂的时光!树叶间的L和蓝天白云中的诗人感到从未有过的甜蜜和骄傲……可是功亏一篑。我记得,L从树上下来的时候裤带断了,小男孩L的裤子瀑布般飘落下来,眨眼间一落到脚,而且七岁的诗人竟然没穿裤衩儿。功亏一篑差不多是葬送了大好河山!我看见,我现在还能看见,他那朵尚未开放的男人的花蕾峭立在光天化日之下。L万万没料到,几分钟前的光辉壮举还没来得及细细品味,竟以几分钟后这空前的羞辱为结束。他相信那是莫大的羞辱,他真不懂为什么会忽然这样大难临头。在大女孩儿们开心的讪笑声中,诗人一边重整衣冠,一边垂头落泪……

79

十岁。L十岁,爱上了一个也是十岁的小姑娘。

那是诗人的初恋。

如果那个冬天的下午,融雪时节的那个寒冷的周末,九岁的Z在那座出乎意料的楼房里,在那个也是九岁的女孩儿的房间里,并未在意有一个声音对那女孩儿说——"怎么你把他带进来了,嗯?谁让你把他们带进来的?"如果 Z 并未感到那声音的美而且冷,而是全部心思都在那个可爱的女孩儿身上,那么完全可能,他就不是九岁的 Z 而是十岁的 L。

那个女孩儿呢,也就不再是跟画家一样的九岁,而是跟诗人 L 一样,十岁。

如果在那个下午临近结束的时候,九岁的 Z 走出那座梦幻般美丽的房子,没有再听见那种声音——"她怎么把外面的野孩子带了进来……怎么能让她把他们带进来呢……"那么他,就是十岁的 L。或者他听见了——"……她怎么把那个孩子……那个外面的孩子……怎么把他们带了进来……"但他不曾理会,不曾牢记,或者一直都没来得及认为这样的声音很要紧,他站在台阶上一心与那女孩儿话别,一心盼望着还要再来看她,快乐,快乐已经把这男孩儿的心填满再没有容纳那种声音的地方了,那么这样的一个男孩儿,就不再是九岁的画家 Z,而成为十岁的诗人 L。

那个冬天的下午呢,也便不再是冬天的下午。

十岁的 L 告别十岁的女孩儿,那时不再是冬天,那个融雪时节的寒冷的周末迅即在我眼前消散。L 走过一家小油盐店,走过一座石桥,沿着河岸走在夕阳的辉照里,我记得那时满目葱茏,浩大的蝉歌热烈而缠绵,一派盛夏景象……

但如果这样,那个如梦如幻的女孩,她又是谁呢?

这样的话,她也就不再仅仅可能是未来的女导演 N。

她是另一种情绪了。

她既像是未来的女导演 N,又像是未来的女教师 O。另一种情绪,在少女 N 和少女 O 之间游移不定。这情绪有时候贴近 N,有时候贴近 O,但并不能真正附着于她俩中的任何一个。这样,在少年诗人初恋的目光中,我模模糊糊地望见了另一个少女——T。当 O 和 N 在我的盛夏的情绪中一时牵连、重叠,无从分离无从独立之时,少年诗人狂热的初恋把她们混淆为 T。

这情绪模模糊糊地凝结成 T,是有缘由的:有一天,当我得知诗人 L 不过是单相思,T 并不爱他,T 爱的是另一个人,那一天,O 和 N 就还要从模糊的 T 中脱离出来,互相分离,独立而清晰;爱上 F 的那一个是 N,爱上 WR 的那一个是 O。那一天 L 的初恋便告结束,模糊的 T 不复存在。至于模糊的 T 能不能成为清晰的 T,能不能是确凿的 T、独立的 T,现在还不能预料。

现在,沿着河边的夕阳,沿着少年初恋的感动,沿着盛夏的晚风中"沙啦啦……沙啦啦……"树叶柔和爽朗的呼吸,诗人一路吹着口哨回家,一路踢着石子妙想联翩,感到夕阳和晚风自古多情,自己现在和将来都是个幸福的人。诗人 L 一路走,不断回头张望那座美丽的房子,那儿有少女 T。

80

可能有两年,或者三年,L 最愿意做的事,就是替母亲去打油、打酱油打醋、买盐。因为,那座美丽的楼房旁边有一家小油盐店。

几十年前有很多那样的小油盐店,一间门面,斑驳的门窗和斑驳的柜台,柜台后头坐一个饱经沧桑的老掌柜。油装在铁皮桶里,酱油和醋装在木桶里,酒装在瓷坛里,专门舀这些液体的用具叫做"提",提柄很长,慢慢地沉进桶里或者瓷坛里,碰到液面时发出深厚的响声,一下一下,成年累月是那小店的声音。那深厚的声音,我现在还能听见。小油盐店坐南朝北,店堂中不见阳光。店堂中偶尔会躲进来一两个避雨的行人。

L 盼望家里的油盐早日用光,那样他就可以到那家小油盐店去了。提着个大竹篮,篮中大大小小装满了油瓶,少年诗人满面春风去看望他心中的小姑娘。那房子坐落在河对岸,一直沿着河岸走,灌木丛生垂柳成行,偶尔两三杆钓竿指向河心,垂钓的人藏在树丛里,河两岸并没有现在这么多高楼,高一声低一阵到处都是鸟儿的啼啭,沿着河岸走很久但这对诗人来说是最幸福的时刻,并不觉得其路漫长。然后上了小石桥，便可望见那座橘红色的房子了，晚霞一样灿烂，就在那家历尽沧桑的小油盐店旁边。

老掌柜一提一提地把油灌进 L 的瓶子里。把那么多瓶子都灌满要好一阵子，少年 L 便跑出油盐店，站在红色的院墙外，站在绿色的院门前，朝那座美丽的楼房里忘情地张望，兴奋而坦率。不，他对那座房子不大留心，灿烂的色彩并不重要，神秘的内部构造对他并不重要，因为现在不是画家 Z，现在是诗人 L。在诗人 L 看，只是那女孩儿出现之时这房子才是无比地美丽，只是因为那女孩儿可能出现，这房子才重要，才不同寻常，才使他渴望走入其中。自那个冬天的下午之后，画家 Z 虽然永远不会忘记这座房子但他再没有来过。画家 Z 不再到这儿来，不断地到这儿来的是诗人 L。单单是在学校里见到她，诗人不能满足，L 觉得她在那么多人中间离自己过于遥远，过于疏离。L 希望看见她在家里的样子，希望单独跟她说几句话，或者，仅仅希望单独被她看见。这三种希望，实现任何一种都好。

有时候这三种希望能够同时实现：T 单独在院子里跳皮筋儿、踢毽子、跳"房子"。

"喂，我来打油的。"

"干吗跑这么远来打油呢你？"

"那……你就别管了。"

"桥西，河那边，我告诉你吧离你家很近就有一个油盐店。"

"我知道。"

"那你干吗跑这么远？"

"我乐意。"

"你乐意？"女孩儿 T 笑起来，"你为什么乐意？"

"这儿的酱油好。"诗人改口说。

T 愣着看了 L 一会儿，又笑起来。

"你不信？"

"我不信。"

少年诗人灵机一动："别处的酱油是用豆子做的,这儿的是用糖做的。"

"真的呀?"

"那当然。"

"噢,是吗?"

"我们一起跳'房子',好吗?"

好,或者不好,都好。少年 L 只要能跟她说一说话,那一天就是个纪念日。

这样,差不多两年,或者三年。

两三年里,L 没有一天不想着那女孩儿,想去看她。但家里的油盐酱醋并不是每天都要补充。

没有一天不想去看看她。十二岁,或者十三岁,L 想出了一条妙计:跑步。

以锻炼身体的名义,长跑。从他家到那座美丽的房子,大约三公里,跑一个来回差不多要半小时——包括围着那红色的院墙慢跑三圈,和不断地仰望那女孩儿的窗口,包括在她窗外的树下满怀希望地歇口气。还是那三种希望,少年 L 的希望还不见有什么变化。

那女孩儿却在变化,逐日的鲜明、安静、苗壮。她已经不那么喜欢跳皮筋儿跳"房子"了。她坐在台阶上,看书,安安静静,看得入迷……这太像是 O 了。在门廊里她独自舞蹈,从门廊的这边到那边,旋转,裙子展开、垂落,舞步轻盈……这很像是 N。但这是少女 T。在院子里哄着她的小弟弟玩,和小弟弟一起研究地上的蚂蚁,活泼而温厚的笑声像个小母亲……在我的愿望里,O 应该是这样,O 理当如此。经常,她在自己的房间里唱歌、弹琴,仍然是那支歌:当我幼年的时候,母亲教我唱歌,在她慈爱的眼里,隐约闪着泪光……这歌声更使我想起 N。但毫无疑问,她现在是 T。

"喂!"L 在阳台下仰着脸喊她,问她:"是'当我幼年的时候',还是'在我幼年的时候'?"

"是‘当’，"T从窗里探出头，"是‘当我幼年的时候’。你又来打油吗？"

"不。我是跑步，懂吗？长跑。"

"跑多远？"

"从我家到你家。"

"噢真的！一直都跑？"

"当然。是‘当我幼年的时候’，还是‘当我童年的时候’？"

"‘幼年’。当我幼年的时候，母亲……"少女T很快地再轻声唱一遍。

诗人将永远记得这支歌，从幼年记到老年。

"你很累了吧？要进来喝点儿水吗？"

"不，我一点儿都不累，也不渴。"这话一出口，L就后悔了，但不能改口。

"你每天都要跑吗？"

每天都跑。要是并没有看见少女T，L也一点儿都不感觉沮丧，他相信T肯定看见了他，肯定听见了他，知道他来过了。因此L每天准时到达她的窗下，必须准时，使那个时间成为他必然要到达的时间，使那个时间成为他必定已经来过的证明，使那个时间不再有其他意味，仅仅是他和她的时间。要是T没有出现，L相信那是因为她实在脱不开身，比如说因为她的功课还没做完她的父母不准她出来。L起程往回跑的时候，在心里对他的少女说：我来过了。我每天都会来的。你不可能发现哪怕是只有一天我没有来过……

这确实是一条妙计，否则L没有借口天天都到那儿去。这妙计，使得少年诗人每天都有着神秘而美妙的期待。

81

这妙计，得之于L十二岁或者十三岁的一个礼拜日。

十二岁或者十三岁的那个暑假，L整天都钻在屋子里看书。忽然之间好像有一种什么灵感在他心里开放，在他的眼睛里开放，他发现家里原来有那么多的书，而且刹那间领悟了它们，被它们迷醉。竟然有那么多动人的爱情故事一直就在他身边，《飘》呀《简·爱》《茵梦湖》呀，再譬如《安娜·卡列尼娜》《复活》《白痴》《牛虻》，譬如《家》《青春之歌》，还有很多很多，譬如《基度山恩仇记》《卡门》《红字》……还有很多我一时想不起来了。他一边如饥似渴地读，一边懊悔不迭，他怎么会这么久都没有发现它们的存在？他怎么能一向毫无觉察呢？真是件奇怪的事。想到以往的日子里它们默默地与他同在，诗人L竟莫名地感动。他一本接一本地读，躺在床上从清晨直到深夜，被书中曲折、哀伤或悲壮的爱情故事弄得神魂颠倒寝食不安。以至窗外的夏天也是悲喜无常，窗外的夏天，可以是淫雨连绵的晴朗，也可以是艳阳高照的阴郁。L心里的冷暖、眼中的晴朗或阴郁，与气候无关，与风雨无关，与太阳的位置无关，完全根据书中的情节而定。少年诗人"热来热得蒸笼里坐，冷来冷得冰凌上卧"，打摆子似的享受着那些故事的折磨。母亲在窗外的夏天里喊他："L，别看啦！出去，喂，到外面去走走。""L，听见没有？出去跑一跑，书不是你那么个看法。"

　　最让L不能释手的当然会是《牛虻》。他最钦佩甚至羡慕的，自然是那个历尽苦难但是无比坚忍的亚瑟，那个瘸了一条腿、脸上有可怕的伤疤的"牛虻"。他最留恋、热爱、不能忘怀的，是那个心碎的琼玛，最让他锥心一般地同情的，不用说，一定是那个美丽而苍白的琼玛。母亲在夏天的晚风中喊他："听见没有L！这样看下去你要成书呆子啦！眼睛要看坏啦！出去，不管到哪儿去跑上一圈儿不好吗？"L把那本书合起来，放在胸脯上，在夏天辽阔的蝉歌里想，自己可不可能是那个亚瑟？可不可能经受住那样的痛苦？那座梦幻般美丽的房子里的小姑娘，会不会为了不让列瓦雷士看见一轮血红的落日而悄悄地把窗帘拉上？母亲在窗外夏夜的星空下不知在对谁说："真没见过这样看书的孩子，唉，真是拿他没办法。"然后喊他:"L!——把灯关了,快来这月亮底下坐一会儿,夜来香都开了,有多香啊。"那个泪流满面的琼玛呀,L想,那个苦难的亚瑟他的苦难应该得到安慰了,他为什么不能更宽容一点呢。少年诗人想,如果我是亚瑟,我相信我会告诉琼玛我就是谁,应该让她那颗苦难的心最后也得到些安慰。L在夏天的月光里,在心里,把那些已经结束了的故事继续讲下去。母亲在雨后初晴的夏天的清晨里叫他:"L,L! 快起来,快起床出来看看,外面的空气有多新鲜……"

L被母亲拉扯着出来,伸着懒腰打着哈欠。母亲在他屁股上搂一下,就像对付一匹小狼,母亲说:"跑吧!"母亲说:"跑吧随便哪儿,半小时内不许回来。"

L先是满腹心事地走,似醒未醒的状态。是个礼拜日,街上人少,但从每一个门中、每个窗口、每一个家里,都传出比平日喜悦纷杂的声音。路面和屋顶还都是湿的,颜色深暗,树干也是湿的近乎是黑色的,树冠摇动得几乎没有声音但树叶是耀眼的灿烂,一夜的风雨之后河水涨大了,河水载着晴朗天光舒畅地奔流……L满腹心事地走,忽然灵机一动,然后我看见他跑起来。

诗人一跑起来,我发现他就是朝着少女T的方向。

82

但是有一天,谁也不可能记住是哪一天,以往的三个希望忽然间显得那么单薄、简陋,那么不够。仅仅是每天看见那个十五岁的少女已经不够,仅仅是偶尔和她在一起,说几句无关痛痒的话,已经不够。怎样不够? 什么不够? 不够的都是什么? 十五岁的诗人并不知道。但答案已经在十五岁的生命中存在,只是十五岁的少年还未及觉察。答案,在生命诞生的时刻,就已存在。那一天,L离开那座可爱的房子,越跑越慢没有了往日的兴奋,跑过小油盐店,跑过石桥,跑在河岸,越跑越慢没有了以往的快乐。答案已经存在,只是等待少年的发现。答案甚至已经显露过了,就像真理早已经显露过了,但要发现它,却需要:夏日的夕阳沉垂的时刻少年沿着以往的归途,怅然若失。

怅然若失,是少年皈依真理的时刻。

L在河堤上坐下,不想回家。

看着落日在河的尽头隐没,看着两岸的房屋变成剪影,天空只剩下鸽子飞旋的身影,河水的波光暗下去继而消失,只听见汩汩不断的声响。怅然若失之间,这初历孤独的时刻,忽然淡淡的一缕痛苦催动了一阵无比的欢乐。这时我发现,真理的光芒早曾在他的欲望中显露端倪,少女动人的裸体已不止一次走进了诗人黑夜的梦景,和白昼的幻想。这幻想夺魂摄魄般地重新把诗人点燃,这幻想一经出现便绵绵不绝动荡不止,不可违抗,使少年不顾一切地顺从着她的诱惑,她的震撼,追寻着那动人的神秘……诗人L热血沸腾看见了少女神秘的裸体,雪白的一道光芒,在沉暗中显现。一切都被她衬照得失去了色彩。雪白的光芒,但是仅此而已,少年L确凿还没有见过女人的裸体。沉暗中,那光芒向他走来,他极力想看清她,看清每一部分。但那光芒飘忽游移不能聚拢。他能感到她的呼吸、呼吸的气流和声音,能听见她的脚步、走着或者跳着的节奏,能看见她的脸但在那跳荡的光芒中看不清她的表情,看见她美丽的脖颈和身体的轮廓,但无论如何想像不出那些最神秘的部分,他甚至怀疑那些神秘是否存在,是否此时此刻就在某一处空间里坦然成长。在那虚虚实实飘飘扬扬的衣裙里面,难道少年L的痛苦和梦景,一定符合逻辑地存在吗?少年试图描绘那些部分,刻画她们,使那些最诱人最鲜活的曲线真确地呈现,在沉暗与光芒之间独立出来。但他聚精会神激动得发抖也还是徒劳。也还是疑问。少女的胸脯仍不过是书上一段抽象的文字,灿烂缥缈的一团白光刚要聚拢却又消散。L深深地怀疑,自己是否真能有一天与她们相见,他会不会在见到她们之前已经死去?臀部呢?蓬勃明朗的隆起,和,幽深曲回的陷落……L不敢想像与她们欢聚的日子在何月何年。沉醉的幻想中那淡淡的一缕痛苦萦绕不散,那时诗人 L 确信自己罪孽深重,但是无力抵抗,少年娇嫩的花朵在河岸的夏夜里悄悄膨胀。不,"臀部"这两个字多么没有生气,呆板冷漠得让诗人不能接受,这两个字没有性别没有性格,甚至不可能有姓名。应该是另外两个字,虽然那显得有点儿粗俗,但要亲切些,亲近得多,有了生气,有了血肉的温度,气息和感情,有了朦胧的状态。但诗人觉得这两个字,对可爱的女人就怕是亵渎,应该有一个更为美丽的词,单单属于女人的那一部分,那些部分,属于她们,属于真理。

83

然后,一场革命来到了。在少年诗人情窦初开的时节,一位伟大的诗人梦见了一个红色的星球。画家 Z 悄悄走出人山人海又消失在人山人海中,那时,我和诗人 L 随波逐流,高喊着那副对联。革命,无论如何是富于诗意的。L 像 Z 一样,不喜欢学校里的大部分课程,不喜欢没完没了的考试。革命的到来最令诗人兴奋的,是不必上那些索然无味的课了,不必总坐在一间狭小的教室里没完没了地背书了,诗人 L 隐约感到,真正的生活提前到来了,还有真正的革命。

二十几年前的那些日子里,L 每天早晨一睁眼就激情满怀。梦境刚一消失,他便精神抖擞,白日的幻想纷纭而至。看着窗上渐渐明亮,感到今天——就在太阳落下去之前一定要发生什么事了,好运正向他走来,一些神秘而美妙的事情即将出现。一些温馨的情绪,一些悲欢和缠绵的故事,一些凄艳甚至哀怨的光线,将接踵而来缠绕不散。以心相许的告别、指日可待的团圆、灼热的眼神、迟疑的话语、纤柔而奔放的脚步……都要到来都要到来。脚步忽然在草地上踌躇、痴迷、羞怯、惊讶,带着急促的喘息突如其来,从天而降,久已隐藏的秘密在夏天的傍晚里开放,把他带上一条背景模糊的小路,一个陌生但是温润的地方,也许南方,而且把他卷进一个故事,并不具体的故事,但肯定与姑娘们有关的故事,与一个女人一生都息息相关的故事。也许……就像琼玛和亚瑟……还有那个慈祥的蒙泰尼里和那个可爱的马梯尼……但琼玛不要嫁给波拉,十三年后等亚瑟回来时一切误会都会澄清……尤其亚瑟不要与那个跳芭蕾舞的女人搞在一起,琼玛和亚瑟都要等待……那条把亚瑟送走的河流也许可以忘记,南美洲血色的落日也可以忘记,杂耍班子里的屈辱——那些"嘭—嚓—嚓—— 嘭—嚓—嚓——"的鼓乐声中驼背的丑角含泪的卖笑也忘记它忘记它吧,但不要忘记童年夏夜里的那一丛常青藤……只要波拉太太走进列瓦雷士孤独黑暗的卧室陪伴着他的痛苦,她就又是琼玛,只要琼玛美丽而苍白的脸上泪水无声地流淌,亚瑟就会回来……直到枪声响了……那时亚瑟——我或者 L 的希望——应该提醒琼玛,应该告诉她,可爱的马梯尼多年来对她一往情深……

L,很显然,这时还不是一个真正的诗人。

我和 L,挤在人山人海中随波逐流喊着那副对联,是一九六六年七月。然后八月,我的老祖母离开这座城市,只身一人被送去农村了。我在《奶奶的星星》中写过这件事,写过我的悲伤和惶惶不可终日。从那个夏夜庙院里传出可怕的消息,直到这个八月奶奶离开我们,我常常是这样:想起未来感到危机四伏,害怕,非常害怕,不知如何是好,怎样才能安全。奶奶走时我没有见到她。我记得整个七月我一直没回家,不敢回去,我不知道我应该如何对待我的老祖母,我知道我爱她,我又知道她曾经是地主我应该恨一个地主,如果我并不恨她那么我是什么呢?我在喊那副对联的时候心里想的全是这件事。我对所有我的同学都隐瞒着这件事,怕他们发现,怕他们问到我的祖母是什么人,什么阶级?什么成分?于是大家就不再理我,就像小学校里那个可怕的孩子,使我处于孤立境地———只被判离群的鸟儿。我感到那个可怕的孩子也已长大,一直都跟着我,无处不在,决不放弃我,而我永远不是他的对手。

随时随地都要警惕,但是这种隐瞒让我每时每刻都感到自己有罪,不诚实,虚伪,狡诈。我很想在私下里对诗人说说我的罪孽,就像我已经知道了他对女性的不轨的想法而我已经原谅了他那样,也得到他的理解。但是他好像听不懂我的话,他还不是一个真正的诗人。

八月,炽烈的太阳,满天满地红色的标语和旗帜,尘土、口号、麦克风刺耳的噪音之后便是一条条骇人听闻的消息,千万条流汗的臂膀和拳头举向天空。人山人海散尽之时我孤零零地仍然站在广场上,不知道怎样才能逃避开我的罪孽。终于在一道矮墙的阴凉里坐下,开始幻想……我要是一个没有出身的孤儿多好……也许我真是一个孤儿吧……一对革命先辈的遗孤,他们临刑前把我托付给了我现在的父母,他们请我现在的父母不要告诉我真情,在我懂事之前不要泄露我的身世,他们崇高的心会这样为我着想……但是现在可以了,现在不能不说了,有一天,我现在的父母把我叫到跟前,对我说"孩子,我们必须得告诉你了,你不要难过,你是真正的革命接班人,红色后代,所以呀你要坚强,你的亲生父母他们是为了正义为了天下人都平等自由幸福而死的",然后他们拿出那一对革命先辈的遗物……但也可能那一对革命先辈并没有牺牲,大家都以为他们已经死了而事实上他们还活着,他们死里逃生,这么多年来他们一直在寻找他们丢失了多年的儿子,他们终于找到了我现在的父母,从而找到了我。当然他们是为了找到我,是为了找到他们自己的儿子才一直寻找我现在的父母的。"叫呀快叫他们呀,叫爸爸,叫妈妈呀……"啊不不,千万可别,还是不要这样吧,我还是要我现在的父母,那一对先辈还是牺牲了的好……或者,那一对先辈为什么不会是我的叔叔和婶婶(或者舅舅和舅母)呢?就像 Z 的叔叔那样,忽然回来了,老革命,高干,他会帮帮我们,改变奶奶和我们的处境……(多么可笑,历史有时候过于滑稽,二十年后我知道也还有人作着类似的幻想,只不过他们希望的不再是革命先辈,而是海外关系了,希望他们海外的父母终于找到他们,或者希望忽然从天而降一门海外的亲戚,从而改变他们的处境。)我坐在那矮墙下幻想,就像诗人坐在河岸的暮色中幻想着性爱。但是诗人娇嫩的花在夏夜里热烈地开放之时,我的幻想却在烈日下以渐渐地冷却告终。我知道我的幻想仅仅是幻想,不可能成为现实,我长得既像我的父亲又像我的母亲,而且也像我的老祖母,毫无疑问。夕阳西沉,广场上的彩旗开始在晚风中轻轻飘扬,远远近近的高音喇叭数重唱般地响起来,开始播放一个反革命女人伤风败俗的丑闻,说她和她的反动丈夫在卧室里非但不拉上窗帘而且有时还开着灯,说她常常只穿裙子不穿裤衩站在阳台上,令革命群众无比厌恶……

这时我看见母亲在广场的另一边向我招手。

母亲说:"城里,好多地方在抄家了。"

母亲说:"听说有的地方打人了。"

母亲告诉我:"咱们那条街上还没什么事。后面的街上,有一家给抄出了两箱绸缎,还有一块金条。"

母亲推着自行车,我跟在她身旁走。我一声不响。

"那家人都给推上卡车,和那两箱绸缎,所有的家具,一块儿都拉走了。"

"听说只剩下那家的小儿子。那孩子,都说平时可看不出他能这样,才十一岁,那些人让他上车的时候,那孩子哭着央求,说他没罪,说他并不知道他的父母藏了这些罪恶的东西。那些人问他,你恨不恨你的父母亲?那孩子点点头。那些人就给了他一条皮带,那孩子就抽了他的父亲,又抽了母亲。那些人走了,邻居们问那孩子,你一个人到哪儿去呢?那孩子说,他要一个人留在这城市里,他不再要他那个家,什么家不家呀,他不要,他只要革命,他一个人也要继续革命……"

母亲说:"我们把奶奶送走了,送回农村老家了。"

母亲说:"听说有的地方打死人了。"

母亲说:"让奶奶去躲一下,然后再接她回来。"

我立刻大松了一口气。

那个晚上我回到家,觉得轻松了很多。平安。平安的感觉。仿佛一个噩梦终于消散。安谧的夏夜,灯光也比往日柔和。安全感。夜里,躺在床上,满天的星星在窗外老海棠树的枝叶间闪烁,我想了一下奶奶,奶奶她这会儿在哪儿?她只身一人会碰上什么?但是我不使自己想下去,我想明天,明天我不用再那么害怕了,我与地主没关系了,我可以请同学到我家里来了,学校里将不会有人知道我是奶奶带大的了。我不再想奶奶,我使自己不再想她,不再想她一个人此时正在何方,以及她会不会想起我……"那才是你的罪孽啊。"很多年后诗人 L 对我说。很多年后奶奶去世了,想起那个晚上,诗人对我说:"那才是你真正的罪孽呀。"我说是的。

但是你知道吗?很多年前的那个晚上我就已经知道,那才是我的罪孽,那是真正的罪孽,不要说 WR 的勇敢,即便是画家 Z 的愤恨也要比这干净得多。

但是你仍然感到轻松了。

是的。感到安全。

虽然丑恶依然是丑恶,但是别人并不知道,是吗?

正是这样。

于是安全了,是吗?为了安全,我们得小心掩盖我们的羞耻。

否则怎么办?

诗人看着我,很久很久沉默不语。

84

诗人 L 沉默不语。很久很久之后他忽然问道:"可是为什么,性,会是羞耻的呢?"

我一下子没懂,思路怎么一下子跳到这儿来了?

他问得非常认真,出人意料:"从什么时候,都是什么原因,性,成为羞耻了呢?自然的欲望,男人和女人的那些美丽的部位,从什么时候和因为什么需要遮盖起来?"

真不明白,为什么忽然想到了这个问题。

诗人说:"你敢说一说你的性欲吗?或者叫做肉欲,或者还叫做淫欲——听听吧,已经都是贬义的了。"

诗人说:"可是为什么呢?人体那些美丽的地方,怎么会成为羞耻的呢?从什么时候,乳房、腰腹、动人的大腿和茁壮的屁股需要隐藏?蓊郁烂漫的毛丛中男人和女人的器官——啊想想吧,他们可曾有过意味着赞美的名字吗?没有,除了冷漠的科学用语就是贬义的不堪入耳的称谓,使他们毫无生气,使他们丑陋不堪。啊,我现在就找不到符合我心愿的他们和她们的名字,因为没有,从来没有,没有这样的词汇这样的语言,但这是为什么呢?他们其实和健壮的臂膀一样美呀,她们其实和纤柔的脚趾一样美和温柔的双唇一样美呀。脱去精心设计的衣装那才是真正的美丽,每一处肌肤的滚动、每一块隐约的骨骼、每一缕茂盛的毛发那都是自然无与伦比的创造,矫饰的衣装脱落之时美丽才除净了污垢,摆脱了束缚,那明朗和幽暗,起伏、曲回、褶皱,处处都埋藏着叫喊,要你贴近,贴近去吸吮她呼吸她,然后观看,轻轻地动走起来互相观看,步履轻捷,每一步都是从头到脚的一次和谐的传递,舒畅的流动,人体这精密的构造,自在地伸展、扭摆、喘息、随心所欲,每一根发梢都在跳跃,这才是真正的舞蹈,全部的美妙连成一体为所欲为,坦荡的毛丛中那是男人和女人的天赋和灵感,爱的花朵,爱的许诺,生死攸关的话语。恨,还有虚伪,不能使他们挺拔,怀疑不会让他们开放……男人和女人昂扬盛开的花朵那是最坦诚的表达呀,可是从什么时候因为什么要遮掩起来?甚至不能言说?连想一想都是羞耻?男人和女人,为什么必须躲避起来才能纵情地渴求,流淌,颤抖,飘荡,相互呼救?自由自在狂放不羁的千姿百态,最纯洁无邪的心醉神驰,只有互相的需要,不顾一切地互相需要,忘记了差别弃绝了功利互相彻底给予,可为什么,为什么那倒是见不得人的?"

诗人百思不得其解。

诗人说："亚当和夏娃懂得了善恶,被逐出伊甸园,为什么他们首先感到赤身露体是羞耻的? 他们走出那乐园,走入人间,开始走入人间同时开始懂得了遮掩——用一片叶子遮住那天赋的花朵,为什么,走入人间和懂得遮掩这两件事同时发生呢?"

诗人说："我知道人的丑陋和罪孽,因而我知道人会有羞耻之心。但是我不懂,为什么亚当夏娃首先要遮蔽那个地方? 羞耻为什么以此为最?"

我看着诗人,心里相信,L就要成为真正的诗人了。

我从镜子里看着他,心想,在这些话语后面,诗人的思绪正在走向什么地方,诗人的消息有了多久的流传?

我从玻璃上,借助月光,看见诗人并不出众的身体,朦朦胧胧他年轻的花朵低垂着满怀梦想,我感到诗人的目光里必是流露着迷茫,我想,从那个八月之后,诗人L怎样走到了今天……

85

很多没有改造好的阶级异己分子被送去农村,有些反动分子不甘心失败而被打死了,有些"混蛋"妄图报复因而也被打死了,有些老革命被发现原来是假的(原来是内奸、特务、叛徒)也被打死了,很多人被抓起来,有些人被打得受不了从楼上跳下去摔死了,那个八月里死了很多人。那些血淋淋的场面我有幸没有目睹。只是打死了这三个字像小学校里的读书声那样传来,曾让我心底一阵阵颤抖,十五岁的少年还说不清是为什么颤抖,但留下了永不磨灭的阴冷和恐怖。很多年以后我才明白,是因为那三个字的结构未免太简单了,那三个字的发音未免太平淡,那节奏未免太漫不经心了。人们上街买菜,碰见了,说谁谁给打死了,然后继续排队买菜,就这样。亲朋好友多日不见,见了,说某某某被打死了,或者跳了楼、卧了轨、喝了敌敌畏,就这样。死了? 死了。然后说些别的事,随随便便说些别的事。打死了,这三个字很简单,说得平平淡淡。多年以后,我习惯了每天早晨一边穿衣服一边听广播,我听见广播中常常出现这三个字,在越南和柬埔寨、在阿富汗、在拉丁美洲、在中东、在所有进行着战争的地方,广播员平平静静地报告说在那儿:"昨天,××游击队打死了××政府军××人。"或者:"前天夜间,××军队在与××组织的一次交火中,打死了对方××人。"听起来就像是说打死了多少只老鼠和打死了多少多少只苍蝇。小时候我还是个少先队员的时候,我和我的小伙伴们每天就是这样互相询问的:"你又打死了几只?""我打死了××只。"每个星期就是这样向老师汇报的:"我们小队本星期消灭了××只老鼠,打死了××只苍蝇。"可那是"只"呀,多少多少只,听起来要合情合理些,不是"人"。"打死了多少多少人""多少多少人被消灭了",好像那些人生来是为了被消灭的,除了麻烦各位把我们消灭之外我们再没有什么事好做,好像人都难免是这样一种害虫,以备在恰当的时候予以打死。当然,这些,十五岁的少年还想不到,那一阵颤抖很快就过去了。

十五岁的诗人对那副对联没有再多的印象,他的出身不好也不坏。革命,最初正如他所盼望的那样,诗意盎然。譬如说:大串联。全国的大串联。全国,几乎所有的铁路线上都运载着革命师生,日日夜夜风起云涌,车站上和旅店里住不下了就住到教室里和车间里,老太太们也都动员起来为串联大军做饭、缝被子,公路上到处都能看到串联的队伍,狂热的青年们高举着领袖像,唱着歌,意气风发地行进,无论是晴空下还是风雨中,高举着各式各样"战斗队"或者"战斗兵团"的旗帜行进,红色的旗帜,和璀璨的年华,和广阔且神奇的未来……那正是 L 梦寐以求的。诗人 L、F 医生、女导演 N、女教师 O、T,甚至画家 Z,我们都曾为没能赶上革命战争年代而遗憾,我们都相信,如果需要的话我们也能悲壮赴死,保卫红色江山和无产者的天下,如果敌人是那般猖狂我们会大义凛然走向刑场。L 从家里拿了十元钱,给妈妈留了一句话,写在纸条上用图钉钉在门上:"妈妈,太棒了,我要去串联啦!来不及当面告诉你了,我现在就得走了。这一次革命让我赶上了,妈妈,我不会无所作为!"那年诗人十五岁,相信是离家去革命,像Z的叔叔当年那样,像一辈辈历史上的英雄那样。我想,如果敌人给你用刑呢你怕不怕?L说我不怕,随即L眼前出现了一群少女,对,他的战友,她们为他流泪,也许她们会闭起眼睛,为他唱歌,喊着或者是心里喊着他的名字……诗人说:我不怕。敌人用鞭子抽你,像电影里那样,几个彪形大汉,鞭子都蘸了水,我说,那样的话你怕吗?L说我不怕。那些少女,那些漂亮、善良、柔弱的女人,女难友,隔着铁窗向他投来深情的目光,对他寄予厚望,从他的宁死不屈中理解着爱情……L想我不怕,我什么都不怕。他们要是,用烧红了的烙铁,烙你呢?吱吱的,有一股血肉被烧焦了的味呢?诗人说:"我,我想我可能……不过,他们为什么不杀害我呢?"不,他们要你招供,要你变节、背叛,如果敌人用竹签子扎你的手指呢?不断地扎你的十个手指呢?L看看自己的手指……诗人没有回答。

诗人L不再想这些事。他那时多么简单,那种年龄,乐得想什么就想什么,想怎样想就怎样想,不愿意想什么就可以不想。

他跑过河岸,跑过石桥和那家小油盐店,他想问一问T去不去串联,愿不愿意和他一起去?诗人L想像着和她在一起,一块儿离开家乡的情景,以及此后的境遇。在飞驰的列车上她就坐在他身边,车窗外日落月出她仍然和他在一起,在异地他乡,日日夜夜,在陌生的城市,偏僻的乡间,在大江大河,海边和海上,无边无际的原野,大森林,走不尽的莽莽群山,她都和他在一起,在危险里当然也在胜利里,在理想和革命中,他和她在一起……但是她不在家。

"她已经走了呀,"她家的阿姨说。

"走了?走哪儿去了?"

"去串联了呀。"

"什么时候?她什么时候走的?"

"三天啦,对呀,三天了呀。"

"啊,是吗?"

"你是谁呀?找她有什么事呀?"

"我……啊没事。那她,她去了哪儿?"

"那我可不知道呀。她还能去哪儿呀?总归是中国呀,全中国……"

不错,全中国。诗人在车站的广场上等车的当儿,翻开地图,全中国,巴掌大的那么一块地方(比例尺是 1:40000000),L 无心去想那七个零意味着什么,诗人只是相信,少女 T 就在这里,在这里一定能够找到她。但这里一厘米等于四百公里,这里有九百六十万平方公里。

这又是一个征兆,一种密码的透露。有一天,诗人的消息就将在这块土地上到处流传,时间一般连贯的诗人的欲望和痛苦,在这块广袤而古老的土地上到处流传,随时设想着和他的恋人不期而遇,蓦然重逢。

86

在那次远行中,一定发生了什么不同寻常的事。绝不仅仅是他又长高了,那时他每个月都长高一厘米,他在隆隆震响的列车上度过了十六岁生日,不是这样的事,绝不这么简单。那次革命大串联回来,L 的心情或者思绪,有了不为人注意但是明显的变化,他一定遇到了什么特别的事。他炫耀甚至带几分吹嘘地讲他在那几个月中的经历,演讲、辩论、巧妙地驳倒对方啦、夜以继日地刻印传单啦、南方的芭蕉和竹林、草原上的马群还有大西北的不毛之地,还有真正的战斗——武斗,和不幸成为俘虏,不过这没什么他们又如何如何机智地化险为夷……但滔滔不绝之际他会忽然沉默,心不在焉,心事重重,这是以前所没有的;目光无比迷惘、惆怅,以前可是没有过;目光垂下去呆呆地定在一点,很久很久仿佛其中又闪动起激情和兴奋,但刹那间目光又散开了,像一只受惊的鸟儿很久很久无处着落……

到底发生了什么事?

从诗人后来的消息中推测,他必是在那几个月里走出了童贞。那几个月里,某一猝不及防的时刻,他迈过了一道界线。

谁呢?点破了他的童贞的那个女人,是谁呢?

不知道。没人知道。永远无法知道。

L自己也没有看清她,不知道她的名字,在昏暗的车厢里只知道她是一个成年女子,也不曾问过她最终要到哪儿去。车厢里只有两盏马灯,由此来看那可能是一辆运货的闷罐车,而且是夜里。车窗很小,只打开一道窄缝儿,从L的角度偶尔可以看见一颗很亮的星。列车在大山里走,山时而遮蔽了那颗星,时而又放出那颗星。夜幕漆黑看不见山,那颗星忽然隐没便知道那是山的遮蔽,忽而它又出现便知道山在那一段矮下去。两盏马灯,东一盏西一盏有节奏地晃荡,有谁站起来移一下位置,巨大的影子便晃荡得四壁全是。大家都躺在地板上,挨得很紧,挤着。马灯近旁的人一直在喊喊喳喳地谈话,有时大声地笑。其余的角落都很静,或有鼾声。L睡不着,他身旁睡着一个姑娘,一个成年但是非常年轻的姑娘。除了母亲,L还从未如此贴近过女人的身体,心里动荡得不能入睡。只隔着两层单衣,L感到了她肉体的温热和弹性。开始很紧张,希望她不认为这是有意的,希望别人不认为他是有意躺在她身边的,完全是偶然,他希望别人也都注意到这一点:另一边就是墙了,他已经紧贴着墙了,他真是没有办法,否则他会与她再分开些的。L笔直地躺着,一动不敢动,不敢翻身,呼吸也放轻。但是他非常清晰地感觉到了姑娘的身体,闻到了女人的气味,不一定是香味,幽幽渺渺的让少年惊奇,让诗人身心震动,无法拒斥恰恰就像不能不呼吸。L的角落离灯光很远,昏暗得分不清睡着多少人。L试着放松一下浑身的肌肉,感到和那姑娘的接触面扩大了,慢慢地扩大着,更富弹力和温柔了,随着车厢的颠簸,能感觉到她某些部位的丰满和某几处骨骼的坚实。心嗵嗵地跳，L又赶忙抽紧身子。姑娘依然睡着，呼吸均匀，有节奏地吹拂他的皮肤。L再试着放松，一直抱在胸前的双臂放下来，再放下来，放在他与她之间，这样他的一只手触到了她。手毕竟最为敏感，手背也可以认出那是丰盈的女性的腿，但是手指不敢动，竭力用皮肤去感觉她的真确。河岸上的幻想又活跃起来，夏夜里的花含苞欲放。姑娘动了一下。L屏住呼吸。列车转弯时车厢剧烈地晃动、摇摆，那个姑娘，女人，随着车厢的倾斜她更紧地和L贴着了，车轮变换轨道车厢猛地倾斜一下，女人沉甸甸的肉体压住了L的胳膊，他想抽出来，想把胳膊慢慢地抽出来不要把她弄醒，但就在这时另一只手把L的手捏住了。L一惊，未及想出对策，却感到那只手在他的手里轻轻地扭动，揉搓，是女性的手，是她的，她的五个手指和他的五个手指渐渐绞在一起，L听见姑娘呼吸的节奏变了，她分明是醒了，或者一直是醒着，或者一直是在梦的边缘。L还是怕。L还是把胳膊抽了出来。昏暗中，L想看看她，但是看不清，不敢多看，但从那呼吸和手指上L猜想她一定很漂亮。她不动，也不躲开，没有一点儿声音。车轮轧得铁轨"咔哒哒——咔哒哒——"在他们身下震响，铁和铁摩擦的声音，尖厉，甚至有些恐怖。L再试着把手放下来，放在原来的位置，在那儿，她，那只女性的手仍在等着他。他把她抓住，她便又在他的手中轻轻地扭转，五个手指对五个手指，捏着，攥着，都有了汗，绞绕着不知如何是好似的。序幕不可能太久，激情朝着必然的方向推进，L的手慢慢向她的身上移动，向她的胸前摸索，她不反对，她一直都不阻挡，她是允许的。于是L触到了丰硕的胸，两个年轻的乳房，隔着乳罩，不很大，但是挺耸、充盈，顶部小小的突起那必是乳头了，一阵风暴似的东西刮遍了诗人全身。但L忽然又把手挪开，抱在自己胸前，腥臊和犯罪感在他心里掠过。他把手挪开，她不制止，那意思是相信他还会回来。不错，她的判断完全对，真理难以抗拒，那是真理。再回来时，乳罩松开了，他的手在整个光滑细腻的胸脯上畅行无阻，在微微的汗水上走过，走过颤动的隆起和凹陷。火车"咔哒哒——咔哒哒——咔哒哒——"
奔驰在黑夜的群山中,"空通通——空通通——空通通——"那是
在过桥,"轧轧轧——轧轧轧——轧轧轧——"是钻过隧洞,少年
的花朵在这动荡的节奏中昂扬开放。L在那缠绵温润的腰腹上停
留,彳亍良久,正要走向另一处最为致命的梦境——更为沉重的山
峦和更为深邃的渊壑,但这时,另外那只手制止了他,对他说:
"啊,你还这么小。"那双一直微合着的眼睛,一定是在昏暗中睁开
了,看着他。L心慌意乱无地自容。"咔哒哒——咔哒哒——"声
音渐渐地小下去,渐渐扩散得缥缈,可能,火车走出了大山。那花
朵很快收缩合拢了。

"啊,你还这么小。"

"你几岁了?你还太小。"

"你也就是十六七岁吧?"

L不记得是否回答了她。L害怕,心里不知在想什么。

列车忽然停了,临时停车。人们都下车去,方便方便,透透气,
询问这是到了什么地方。四周是黑色的森林,林涛声,和被惊醒的
夜鸟不安的啼叫。L随着大家下了车,离开了那姑娘,从此永远离
开了她。未来,在处处稠密的人群里,谁说得准不曾再与她相遇过
呢?但是肯定,那时,谁也认不出谁。

L在夜风中站着,直到火车的汽笛声响了,绿色的信号灯在黑
暗中画着圆圈,他才又上了车。他换了个位置,但一路上他不断朝
原来的那个角落偷望。他再没有看见她。天亮了,车窗打开,是个
晴朗的天气。人们都坐起来,高声说笑,整理行装,终点站就要到
了。L看见那个角落里没有她,虽然他并未看清她的脸,但是诗人
相信那儿没有她。如果有,他一定能从目光中认出她,目光总会泄
露出哪一个是她,但是没有那样的目光,没有。

为此,诗人,是惋惜呢,还是庆幸?

87

想起 T——L 心心念念的那个少女,诗人暗自庆幸没有发生更糟糕的事。火车之夜已成过去,已经结束,无人知晓。已经安全。火车上的那个姑娘已经消失,永劫不复,虽然她肯定就在这个世界上但 L 不知道她是谁,再也不可能知道她是谁。虽然她会记得火车上一个春情初动的少年,但她也再找不到他了。悲哀呢?还是安全?只要诗人自己把这件事忘掉了,这件事就如同不曾发生。

我曾多少次坐在火车上这样想:眼前这些人,这些旅伴一个个多么真实,多么靠近,互相快乐、自由、善意,甚至倾心交谈,那一刻他们是互相存在的,但是很快你就和他们永别,再也找不到他们,他们从哪儿来到哪儿去都与你无关,他们的存在与你毫不相干。我曾多次坐在火车上,与一个个偶然相遇的旅伴东拉西扯胡言乱语(和熟人可不敢这样),觉得安全,不怕有人出卖你,不怕有人看不起你,因为陌生是一种保障,车到终点大家就各奔东西互不存在了。熟人有一种危险,陌生倒可以安全,这确实有点儿滑稽。

好啦,火车之夜如同从未发生,L 心魂稍定,小心地看看四周。四周夏日依旧。

少年诗人初恋的季节,在我的印象里永远是夏天,河水静静地蒸腾,树叶在炽烈的阳光中微缓地翻动,风速很慢有时候完全停止,天气很热。我记得那季节里一幅永恒的情景:少女 T 走上阳台,阳光使她一下子睁不开眼,她伸展双臂打一个小小的哈欠。眼睛、牙齿、嘴,太阳在那儿照亮水的光影。她赶紧又捂住张开的嘴,同时目光变得生气勃勃,无烦无恼那样子真是可爱。她打哈欠的当儿睡裙吊上去,年轻的双腿又长又美光彩照人,一样有水波荡漾的光影。那是因为远处有一条河。她一只脚踏着节拍,柔软的风吹拂她,那样子无猜无防真是迷人,料必她心里有一条如河的旋律,有一片如水的荡漾。她倚在栏杆上在斑斑点点的树影中,双臂交叉背在身后,久久地凝望那条河,凝望太阳下成群成片的屋顶,眼睛里于是又似有一丝忧郁,淡淡的愁苦那样子刻骨不忘……所以我记得诗人仰望她的季节永远是夏天。要感谢那次临时停车,感谢命运之神及时的阻挡,否则不知还会发生什么事呢,那样的话诗人想,他就会失去他的心上人,失去梦幻般的那个女孩儿——对,少女 T。这样想着,便是诗人忽然沉默不语的时候。

但是,否则还会发生什么事呢?这又让诗人频频坠入幻想,微微地激动,甚至惋惜。至少有一点儿惋惜。夏日的长昼里,火车上那个诱人的夜晚不断跳出来,令 L 意马心猿。诗人暗自希望那个夜晚不妨重演,L 不妨冲破那五个手指的阻挡,冲破她的阻挡更进一步,走向最惊心动魄的地方走进舍生忘死的时间,走进全部的神秘,那样就会走进全部的秘密了,他就可以亲吻她,会的,他会那样,一定,多么好,多么好呀多么诱人,感受异性的亲吻是怎样的温存、骚动、销魂,他要好好看一看她,看遍她并且记住,体尝一个女人欲动情驰毫无保留地把自己交给一个男人的美妙……唉,可是那次停车,那次可恨的临时停车,真讨厌!这便是诗人的目光定于一处,痴思迷想之时。

罪恶,但这是罪恶呀!十六岁或者十七岁,诗人的目光于是又惊惶四散,简直罪恶滔天,怎么会是这样?一面庆幸那个夜晚的消失,一面又惋惜它的夭折,一面梦想着少女 T,一面又为那个萍水相逢的女人心动旌摇,L 你怎么会是这样?十七岁,或者十八岁,诗人的目光像一只惊飞的鸟儿,在那永恒的夏天,不能着落……

L,他到底爱谁呢?爱哪一个?

这是爱情吗?哪一个是?

什么是爱情?

真的只是花期吗?雄蕊和雌蕊的交合?

借助风、蜜蜂和蝴蝶?

千古之问。

88

永恒的夏天,狂热的初恋季节,L开始给T写信。

闷热的夏夜六神无主,无所作为,诗人的心绪无着无落。在灯下翻开日记本,想写些什么。拿起笔又放下,拿起笔,摘去笔帽,想写些什么但又放下,夏天仿佛使心迹漫漶。心好像没有边缘,不在一个固定的位置上,潮汐一般推波助澜心绪漫溢得很深很远,很大,又似很空,因而想写些什么,很想写。笔尖触到纸面,但还不知想要写什么,桌上的老座钟"滴—答—滴—答—滴—答……"也许只因为笔尖不能在那儿停留太久,于是T T T T……她的名字流出在纸上了。原来如此,原来是她的名字,原来是这样啊写她的名字竟使空洞的心渐渐饱满,如此地亲切,亲近,前所未有好似洪蒙初开,一遍遍地写:T T T……各种字体,端庄漂亮的她的名字写满好几页纸。母亲又在夏夜里喊他了:"L! ——L! ——你在干吗呢?"再翻开一页,浅蓝的横格,盯着第一行看很久,形同祈祷,星移月走诗人的生命潮涌潮落,笔尖离纸面一毫米,颤抖,下一个决心,写下——

亲爱的T:

L的第一封情书仅此而已。往下千头万绪不知该写什么。这几个字,就是诗人的第一首诗作。

母亲在窗外的晚风中喊:"L,L! ——你就不知道热吗? 又中了什么魔啦?"

L又翻开一页,诗情满怀,写下——

亲爱的T:
　　我爱你!

这是第二首诗,两行。这两行字让L端详不够,惊讶它们的平实、尊贵,这两行字仿佛原本带着声音,在纸面上一遍一遍地发出轻轻的呼唤。

母亲走来,推推儿子的门,推不开。门和窗都关着,窗帘也拉严。

"L,L! 你没病吧?"

"妈妈你别打扰我。"

"L,你就不热,你是在过冬天吗?"

"随便,随便你妈妈,冬天就冬天吧。"

再翻一页,第三首写的是——

我亲爱的 T:

我爱你,已经很久。

爱你已经,一万年!

才华毕露。诗人 L,我至今都认为这是他最好的作品之一,真正的诗。这首诗不要有题目,不要额外再加一个名字,诗——就是它的名字。

母亲在夏夜的星空下喊他:"L,快来呀,快出来看看,天河,看看今晚的天河有多么清楚!"

诗人挥汗如雨,浩荡诗情一发而不可收。整整那个夏天,L 都在给 T 写信;或者是说这个季节,夏天这种季节,注定就是向梦幻般那个少女表达爱恋的时候。永恒的夏天,永不倦怠的爱情,在我的印象里年年如此,年年的热恋永不消逝。夏天,是热恋的换一种说法,毫无疑义。那些个夏夜,L 的小屋一直亮着灯光,星汉迢迢,万家灯火,一点点一点点闪烁,又一点点一点点都熄灭,诗人的灯光通宵达旦。所有的夏夜里,响着母亲一遍遍呼唤儿子的声音:"L,L,歇歇吧孩子。""该睡啦,睡一会儿吧 L。不管是为什么,人总是要睡觉的呀。""唉,诗是你这么个写法吗孩子? 奶奶当年说对了,你非毁在女人手里不可。"诗人不停地写。

写什么? 一切,当然是一切。

这个诚实的 L,他把心里的一切都写在了纸上。把他的向往、他的心愿、他的幻想、火车之夜、忏悔和忏悔也不能断绝的诱惑、美丽的和丑陋的、一切燃烧的欲望一切昼思夜梦，都原原本本写在他的日记本上，白纸黑字。诗人相信，爱，需要全部的真诚，不能有丝毫隐瞒，他不懂得白纸黑字的危险，他还不懂得诗的危险。

89

　　这些诗写在日记本上，这些信，不知何时寄出。L只是写，还没想过何时寄出。写了这么多，竟没有让他满意的，一封也没有。没有一封真正值得给她看，给T看。一封一封地写，诗人总认为自己的心还不够坦白，还不够率真，不够虔诚。整个夏天，语言总不能捉住心绪，漫溢的心绪也许注定无以表达，语言总是离他的心愿太远。因此这些信，诗人想，还远远配不上T的眼睛，不配给那双圣洁的眼睛看。L把那个本子带在身边，把随时闪现的诗句记下来，随时的灵感，随时的梦幻，随时的纯情和欲念，迷茫和忏悔，向她诉说，向T，向那双神圣的眼睛真理的目光，如同一个信徒对着他的神父，然后在夏夜，一遍遍地修改那些信，那些诗，一遍一遍把他的情书写得越来越长，越来越长，但越不满意。

　　但是有一天，诗人走进学校，忽然发现他的诗贴在墙上，L摸摸书包，那个日记本不见了。

　　墙根儿前挤满了人，那个日记本被一页页撕开，贴在墙上的大字报栏里。L在发现他的诗被贴在墙上的同时发现他的日记本不见了，或者是在他发现那个本子丢失了的同时发现他的情书被公布于众，我不记得这两件事哪一件发生在先，也许一分一秒都不差，是同时。同时，L感到所有的眼睛都看着他，同时L听见一个声音："就是他，看呀就是他，臭流氓！——"然后是很多声音，嗡嗡嘤嘤，越来越多的声音："就是他呀，原来就是他呀……流氓，不要脸……"那声音越来越响，喧嚣，愤怒："真不要脸，真不知羞耻，不知天下有羞耻二字……真没想到会是他……肮脏的灵魂，真是肮脏透顶,丑恶……他叫什么……L,对对,L,就是他,L……流氓,流氓,流氓臭流氓……"

我记得某一个夏天就要结束了,那一天诗人成为"流氓"。

我记得他站在人群中惊惶失措。我记得他的眼神就像个走失了的孩子,茫然四顾,马上就要哭出来了。

那目光中最深的疑问是——那个本子怎么会丢了的?什么时候丢了的?怎么跑到墙上去了?谁?谁把它撕开贴到墙上去的?是谁呢?

最后,临时革命委员会来人把 L 带走了。我看见他跟在一个临时革命委员身后走,一边还不断在自己的书包里摸,把书包翻得底儿朝天想找到那个本子。当然没有,当然找不到了。那个初恋的夏天,被人贴在了墙上……

十　白色鸟

90

不,事实上,是我的那些信没有寄出。我的那些昼思夜梦早已付之一炬。而诗人 L 的信已经寄出了,封好信封贴上邮票,庄重得像是举行一个仪式,投进邮筒,寄给了他的心上人。

我没有寄,我甚至没有写,那些和 L 一样的欲望我只让他藏在心里。我知道真情在这个世界上有多么危险。爱和诗的危险。当我的身心开始发育,当少女的美丽使我兴奋,使我痴迷,使我暗自魂驰魄荡之时,我已经懂得了异性之爱的危险,懂得了隐藏这真切欲望的必要。我不记得是从什么时候开始,我懂得了这些事。仿佛这危险与生俱来。我只记得第一次发现少女的美丽诱人,我是多么惊讶,我忍不住地看她们,好像忽然发现了这个世界的神奇和美妙,发现了一个动人的方向。

那是一个期末的中午,我在老师的预备室里准备画最后一期黑板报,这时她来了,她跟老师谈话,阳光照耀着她,确实使人想到她是水,是水做成的,她的眼睛真的就像一汪水,长长的睫毛在抚弄那一汪水,阳光勾画出她的鼻尖、双唇、脖颈和脖颈后面飘动的茸茸碎发。阳光,就像在水中荡漾,幻现出一阵阵和谐的光彩,凝聚成一个迷人的少女。她的话很少,略带羞涩地微笑,看看自己的手指,看看自己的脚尖,看一眼老师又赶忙扭过脸去看窗外的阳光。七月的太阳正在窗外焦躁起来,在沿街的围墙上,在空荡荡的操场上,在浓密的树叶间和正在长大的花丛里,阳光仿佛轰然有声。屋子里很安静,只有我的粉笔在黑板上走出"滴滴答答"的声音。我渐渐听出她是来向老师告别的,她比我高两个年级,她已经毕业了,考上了中学。就是说,她要走了。就是说她要离开这儿。就是说我刚刚发现她惊人的存在她却要走了,不知要到哪儿去了。未及思索,我心里就像那片空荡荡的操场了,就像那道长长的被太阳灼烤的围墙,像那些数不清的树叶在风中纷纷飘摆。

那空荡荡的操场上,有云彩走过的踪影。我生来就是一个不安分的男孩儿。那道围墙延展、合抱,因而不见头尾。纷纷飘摆的树叶在天上,在地上,在身外,在心里。我生来是一个胆怯的男孩儿,外表胆怯,但心里欲念横生。

后来我在街上又碰见过她,我们迎面走过,我的心跳加速甚至步履不稳,时间仿佛密聚起来在我耳边噪响使我什么也听不见。我怕她会发觉我的倾慕之心,因为我还只是一个男孩儿,我怕她会把我看成一个不洁的男孩儿。我走过她身旁,但她什么也没有发现,甚至没有一点儿迹象表明她是否认出了我,她带着习以为常的舒展和美丽走过我。那样的舒展和美丽,心中必定清明如水,世界在那儿不染一丝凡尘。我转身看她,她没有回头,她穿一件蓝色的背带裙,那飘动的蓝色渐渐变小,只占浩瀚宇宙的一点,但那蓝色的飘动在无限的夏天里永不熄灭……

我一直看着她,看着她走进了那座橘黄色如晚霞一样的楼房。

对,就是小巷深处那座美如幻景一般的房子。我或者诗人 L 每时每刻都向往的那个地方。我或者诗人 L,每天都为自己找一个理由到那儿去,希望能看见她。我或者诗人 L 徘徊在她窗前的白杨树下,仰望她的窗口。阳光和水聚成的美丽,阳光和水才有的灿烂和舒展,那就是她。那个少女就是她,就是 N,就是 O,因而也就是 T。使我或者诗人 L 的全部夏天充满了幻想,充满了历险,充满了激情的那个少女,使我们的夏夜永不能安睡的那个少女,就是她,仿佛是 N 又仿佛是 O,由于诗人盲目而狂热的初恋,她成为 T。

诗人把他的书包翻得底朝天,以为不小心把那些信弄丢了,他竟一时忘记,他把那些文思如涌的夜晚和痴梦不醒的白昼,都寄给了他的心上人。我没有写,我也没有寄,我又侥幸走过一道危险的门。我眼看着诗人L无比虔诚地走了进去,一路仍在怀疑那些夏天的诗歌是怎样丢失的。

<h2 style="text-align:center">91</h2>

至于哪件事发生在先,哪件事发生在后,是毫无意义的。历史在行进的时候并不被发现,在被发现的时候已被重组。

比如说,女教师O已经死了,但如果死去的人都不能复活,我们便没有历史。比如说,女导演N现在在哪儿,我不知道,但如果消失的人不能重现,我们便无历史可言。因而现在,这个由N和O凝聚而成的T,她既可以仍然带着N和O的历史,又可以有完全不同于N和O的经历,她既可以在F和WR(以及后来的Z)的怀念之中保留其N和O的形象,也可以在L的初恋之中有了另一种音容笑貌。因而T,她仍然是个少女,仍然是个少妇,仍然是个孩子,仍然已经死了,仍然不断地从死中复活,仍然已经消失,仍然在消失中继续,成为我的纷纭不居的印象,成为诗人生命的一部分,使诗人L的历史得以行进。

甚至谁是谁,谁一定是谁,这样的逻辑也很无聊。亿万个名字早已在历史中湮灭了,但人群依然存在,一些男人的踪迹依然存在,一些女人的踪迹依然存在,使人梦想纷呈,使历史得以延展。

过一会儿,我就要放下笔,去吃午饭,忘记O,忘记N,暂时不再设想T,那时O就重新死去,那时N就再度消失,那时T就差不多是还没有出生。如果我吃着午饭忽然想到这一点,O就势必又会复活,N就肯定还要继续,T就又在被创造之中,不仅在N和O的踪迹上,还会在一些我不知其姓名的少女的踪迹上复活、继续、创造。

92

晚上,父亲问女儿:"听说你把一个男同学给你的信交给了老师,是吗?"

"是,"T说,"交了。交给了革委会。"

"为什么?"

"为什么?你知道他都写了些什么?无耻,我都说不出口。"

"可这一来他可麻烦了。他在别人面前没法抬头了。"

T低头很久不语。然后说:"只要他改了,就还是好孩子,不是吗爸爸?"

"是。的的。照理说应该是这样。"但是父亲想,事实上未必这么简单,知道这件事的人会永远记住这件事,也许有人永远要提起这件事让那个叫做L的孩子难堪,将来也许有人会用这件事来攻击他,攻击那个叫L的人。再说,要那个男孩子改掉什么呢?改掉性欲还是改掉爱欲?如果他不得不改掉什么的话,那么他改掉的不可能是别的,他改掉的必定是诚实,是坦率,是对别人的信任,学会隐瞒,把自己掩盖起来,学会的是对所有人的防范。

父亲一时无话可说,带着迷惑回到卧室,呆呆地坐着,想。

"你跟她说了?"母亲进来。

父亲"嗯"了一声。

母亲刚刚洗完澡,脱去浴袍,准备换衣裳。母亲在父亲面前脱去浴袍,在灯光下毫不介意地袒露着身体,并且专心地擦干自己的身体。父亲看着她。

"你怎么跟她说的?"

父亲不回答。也许是不知该怎么回答。

女人赤裸着身体,这儿那儿地挑选她要穿的衣裳,神情无比坦然。她在一个男人面前走来走去,仿佛仅仅因为是夏天,因为一点儿也不冷,所以不需要穿衣裳。男人看着她,有些激动,但父亲知道那不完全是性欲,而是这个女人对这个男人的毫无防范之心使他感动,使他惊叹,使他按捺不住地要以什么方式表达这种感受,以某种形式确认和肯定这感受,以某种极端的语言来响应她,使她和他都从白天的谎言中倒戈反叛出来,从外面回到家中,从陌生的平安回到自由的平安里来。而这时,那极端的语言就是性,只能是性,虽然这语言仍然显得非常不够……

父亲似乎刚刚发现,母亲已经老了,她有点儿老了,正朝向老年走去,她在发胖,腰粗了,肚腹沉重,岁月使她不那么漂亮了。你还爱她吗?如果她已经不再年轻不再那么性感,你还爱她吗?当然,毫无疑问。为什么?父亲从来没有试图回答过这样的问题。只有父亲他自己知道,他曾与一个年轻的女人互相迷恋过,那个女人,比母亲年轻也比母亲漂亮,没有哪点儿不如母亲,父亲借口出差到她那儿去住过……那个女人要他作出选择,选择一个,"你应该有点儿男子汉气概,到底你最爱的是谁?是我还是别人……"这件事没人知道。这件事我也不知道,我只是知道世上有这样的事,过去有过,现在和将来还会有,男人或者女人都可能有,是谁并不重要。母亲不知道这件事,她没有发觉,为此父亲至今有着负罪感。最终父亲作出了选择,还是离开了那个女人,回来了,回到母亲身边。为什么?男人自问,但无答案,或者答案仅仅是他想回来,确实想回来。这就是爱吧。如果不是因为那个女人不如这个女人,如果不是因为他不得不回来,而是因为他确实想回来,父亲想,这就是爱情。

"女儿,她说什么?"母亲问。

妻子回头看丈夫,发现男人的目光在摇荡,女人才发现自己的样子,低头会意地笑一下。然后她披一件睡袍在自己赤裸的身上。并不是为了躲藏,也许是为了狡猾或是为了隆重。

男人记起了南方,在南方,若干年前的一个夏夜,他第一次看见这个女人的裸体时的情景。那时女人羞得不肯解衣,男人欲火中烧甚至有些粗暴,女人说"别别,别这样",她挣脱开他,远远地站着，远远地看他，很久，喃喃地说"让我自己，好吗？让我自己，让我自己给你……"然后在男人炽烈的目光下，她慢慢敞开自己，变成一个无遮无掩的女人。"让我自己给你"，这句话永远不忘，当那阵疯狂的表达结束后，颤抖停止，留下来的是这句话。永远留下来的，是她自己给了你，她一心一意地给你，那情景，和那声音。她要你，她要你要她，纷乱的人间在周围错综交织，孤独的地球在宇宙中寂寞地旋转，那时候，她向你敞开，允许你触动她，触动她的一切秘密，任凭你进入她，一无牵挂，互相在对方全部的秘密中放心大胆地呼吸、察看、周游和畅想。在那南方的芭蕉树下，月色或者细雨，在那座只有虫鸣只有风声的南方的庭院里，"让我自己给你"，正是这句话，一次又一次使男人兴奋、感动、狂野和屈服，留给他回味和永不枯竭的依恋。

父亲和母亲开始做爱。

他们要创造一种前所未有的形式，凡间所未有的形式，外界所不容的自由的诉说和倾听，让一切含羞的花草都开放以便回到本该属于他们的美丽的位置。

那就是他曾经流浪，但最终还是要回来的原因吧？

那就是她曾经也许知道了他的沦落，但终于不说，还是救他回来的原因吧？

男人在喷涌，女人在流淌。

夏夜，星移斗转，月涌月落。

父亲，和母亲，在做爱。

这样的时候，女儿一天天长大。

父亲和母亲听见，女儿，那夜很晚才睡，女儿屋里的灯光很久很久才熄。

父亲想起那个名叫L的男孩儿，想起自己和他一样年纪的时候，父亲像我一样，为自己庆幸，我们躲开了一道危险的门，我们看见L走了进去。

父亲问母亲："为什么，性，最要让人感到羞辱？"

母亲睡意已浓："你说什么？哦，是的。"

父亲问："真的，很奇怪。人，为什么会认为性，是不光彩的呢？最让人感到羞辱的为什么是性而不是别的？为什么不是吃呢？这两件事都是生存所必须的，而且都给人快感，可为什么受到这么不同的看待？"

母亲睁开眼，翻一个身："哦，睡吧。"

"你不觉得这很奇怪吗，嗯？"

"是，很奇怪。睡吧。"

父亲问："女儿，她应该懂得爱情了吧？这样的年龄。喂，你像她这年龄的时候，懂了吗？"

"我忘了。"

"至少，对男孩子，你们开始留意了吧？"

"可能吧。可能有一点儿。"

"什么感觉？主要是什么样的感觉？"

母亲那边响起鼾声，且渐渐沉重。她年轻时不这样，那时她睡得轻盈优美。

半夜，男人从梦中醒来，依在女人肩头，霎时间有一个异常清晰的灵感："喂，喂喂，我想是这样，因为那样的时候人最软弱，那是人表达自己软弱的时候。"

母亲睁开眼睛，望着窗外的星空，让父亲弄得睡意全消。

父亲："表达自己的软弱，即是表达对他人的需要。爱，就是对他人的依赖，对自由和平安的依赖，对依赖的依赖。所以……所以……"

母亲："所以什么？"

父亲："所以那是危险的……"

母亲："危险的？"

父亲："你不知道他人会不会响应。是响应还是蔑视，你没有把握。"

父亲和母亲，男人和女人，他和她，或者我和你，默默无语遥望星空……

93

因此,模糊的少女 T,在诗人 L 初次失恋的夏天重新分裂为 N 和 O。这最先是因为少女 O 爱上的是少年 WR。

少女 O 这清晰的恋情,使模糊的少女 T 暂时消散。

WR 跟着母亲从农村来到这座城市,在那所庙院改成的小学里读书,他的第一个朋友就是 O。待他高中毕业,闯下大祸,又不得不离开这座城市的时候,我记得他的最后一个朋友,还是 O。

很多年后,时代有所变迁,WR 从罕为人知的西部边陲回来,我们一起到那座庙院里去过一回。那时,我们的小学已经迁走,往日的寺庙正要恢复。我们在那儿似乎察看我们的童年,看石阶上熟悉的裂缝和残损,看砖墙上是否还有我们刻下的图画,看墙根儿下的草丛里是否还藏着蛐蛐儿,看遍每一间殿堂那曾是我们的教室,看看几棵老树,短暂的几十年光阴并不使老树显示变化。每一间教室里都没有了桌椅,空空的,正有几个僧人在筹划。僧人问我们来干吗,从哪儿来。我们说,我们在这儿的每一间屋子里都上过课。一位老和尚笑着点头,说"希望你们以后还来",其他几个和尚看样子年纪都不超过我们。

"你是在每一间里都上过课吗?"

"每一间。你呢?"

在不同的时间里,我们曾在同一个空间里读同样的书,在相同的时间里,我们在不同的空间里想近似的事。时间或者空间的问题罢了。印象与此无关,不受时空的妨碍,我现在总能看见,在那所小学里我与 WR 同窗就读。如果这样,我又想起那个可怕得让人不解的孩子,当然他也就与 WR 同班。那时,夏天过去了很久,庙院湿润的土地上被风刮得蒙上一层细土,太阳照进教室的门槛,温暖明亮的一线在深秋季节令人珍视。他来了,男孩儿 WR,站在门外的太阳里,向教室里看。有人说:"看,一个农村来的孩子。"一看便知他来自农村,衣裤都是黑色土布缝的,身体非常强健。老师进来,对全班同学说:"从今我们又多了一个新朋友。"他迈过门槛,进来,站着。老师说:"告诉大家你的名字。"他说了他的名字,声音很大,口音南腔北调,引起一片哄笑。老师领他到一个空位子上坐下,那位子正与小姑娘O相邻。我记得小姑娘O没有笑,或者也笑了,但又忍住,变成对WR欢迎似的微笑。O柔声细气地告诉WR应该把书包放在哪儿,把铅笔盒放在哪儿,把铅笔盒放在课桌前沿正中,把课本放在桌子右边。

"老师让你把书打开,你再把它拿过来打开,"小姑娘O对他说。

"好了,"小姑娘O说,"现在就这样,把手背到身后去。"

"你叫什么?"男孩儿WR问,声音依旧很大。

O回答他,声音很轻。

有人发出一声怪笑。我知道,肯定是那个可怕的孩子。随即有人附和他。

"是谁?谁这么没礼貌?"老师问,严肃地看着整个教室。

O看看WR,一副替别人向他道歉的眼神。

那个季节,也许老白皮松上的松脂已经硬了,那个可怕的孩子不能把松脂抹在WR头发上,不能用对付我的方法来试验WR的实力了。也许是这样,因为松脂硬了。总之那个可怕的孩子选择了另一种方法。他先是发现WR的口音是个弱点,下了课,老师刚走出教室,他就怪腔怪调地学着WR的口音叫WR的名字。WR以为这是友好,问他:"你叫什么?"可怕的孩子不回答,继续变换着腔调喊WR的名字,通过谐音使他的名字有另外的意思,有侮辱人的意思。于是全班的男生都这样叫起来,高声笑着叫来叫去。我也喊他,笑他,我确实觉得好玩,我喊他笑他的时候心里有一丝阴冷的东西掠过又使我同情他,但我不能停止,我不愿意从大家中间被孤立出去。WR没弄懂其中意味,不吭声,看着大伙,觉得很奇怪:真有那么好笑吗?也许真那么好笑,WR 有点儿惭愧,偶尔尴尬地笑笑,不知该说什么。

小姑娘 O 站出来,站在 WR 身边,冲所有的男生喊:"干什么你们,干什么你们欺负新同学!"

我,和其他好几个男生都不出声了。WR 有点儿懂了,盯着那个可怕的孩子看。上课铃响了。

放学时,大家走在路上,那个可怕的孩子忽然把 WR 和 O 的名字一起喊,并且说:"嘿,他们俩是一对儿呀。"所有的男生又都兴奋起来,跟着他喊。"他们俩要结婚啦!""他们俩亲过嘴啦!"WR 走过去,走到那个可怕的孩子面前,看了他一会儿,然后非常简单,一拳把他打倒在地。可怕的孩子坐在地上镇定地看着 WR。但这一回他碰上的不是我,是 WR。WR 也看着他,问他:"你再说不说了?"可怕的孩子站起来,狠狠地盯着 WR。但是仍然非常简单,WR 又是一拳把他打倒。这是可怕的孩子没想到的,他站起来,有那么一会儿显得有些慌。WR 揪住他不让他走:"我问你听见了吗,你以后再说不说了?"可怕的孩子也有着非凡的意志,他不回答,而且他有着不同寻常的心计,他知道打不过 WR 所以他不还手,他要赢得舆论的同情,他扭过头去看着大伙,这样,既是对 WR 的拒斥,又是在说"你们大家都看见了吧"。又是一拳。又是一拳。可怕的孩子坐在地上不起来,又恢复了镇定,他要为明天的告状赢得充分的证据。所有的男孩子都惊得站在原地不动。那个可怕的不可思议的孩子,现在我想起当时的情景我还是不能相信他只是个孩子。我非常害怕,为 WR,也为自己。小姑娘 O 和几个女孩子走来,把 WR 拉开了。可怕的孩子还是赢了,他没有屈服,这使得其他的孩子对他又钦佩又畏惧,而且他没有还手,他赢得了舆论并且手中握有一份必然的胜诉。

WR 仍然掉进了被孤立的陷阱,他一个人走回家去。可怕的孩子在大家中间,男孩子们跟着他走,在他周围,我也在,我们跟着他走,像是要把他护送回家的样子。最后他说:"明早上学谁来找我？咱们一块儿走。"明天,好几个孩子都会来的,跟他一块去上学,肯定。

有很多天,我和那个可怕的孩子在一起,在大家中间,远远地望着被孤立的 WR。没有人跟他一起玩,他觉得很奇怪,但他好像不大在意。他刚刚来到这座庙院,一切都很新奇,他玩了双杠玩攀登架,独自玩得挺开心。他有时望着我们,并且注意地看那个可怕的孩子。可能就在这时候,小姑娘 O 成了他的朋友,他在这座城市里的第一个朋友。他从小姑娘 O 那儿借来很多书,课间时坐在窗台上,一本又一本看得入迷。他竟然认识那么多字,看书的速度就像大人。

"你真的每一个字都看了吗?"老师问 WR。

"都看了,老师。"

"看懂了?"

"有些地方不太懂。"

"谁教给你这么多字的呢?"

"我妈。"

94

"那,你爸爸呢?"小姑娘 O 问。

这是星期天,在 O 家,在那座漂亮的房子里。

"我也不知道。"男孩儿 WR 说。

"你没见过他?"

"没见过。也许我没有爸爸。"

O 的母亲走过这儿,停下。

"我想,也许有的人有爸爸,有的人压根儿就没有爸爸。"

O 的母亲弯下腰来看 WR,问:"谁跟你这么说的?"

"就像有的人有弟弟,有的人没有弟弟,有的人有两个弟弟,还有姐姐妹妹哥哥,有的人只有母亲。"

O 的母亲忍俊不禁，开始喜欢这个男孩儿，心中无限怜爱。

小姑娘 O 抬头看她的母亲："他说得好像不对，是吧妈妈？"

O 的母亲，脸上的笑容消失。

WR 说："我是我妈生的，跟别人无关。"

O 的母亲说："我想一定是你妈妈这么告诉你的吧？"

"您怎么知道？"

"哦，你不是说只有妈妈吗？"O 的母亲摸摸 WR 的头，叹一口气，走开。

这是 WR 第一次走进那座梦幻般美丽的房子。小姑娘 O 披散着头发，又喊又笑像个小疯子，男孩儿 WR 的到来让她欣喜异常。"嘿，你怎么来了？"她把他迎进客厅，"哎，你要到哪儿去，你本来是要去哪儿？"她风似的一会儿消失一会儿出现，拿来她喜欢的书和玩具，拿来她爱吃的糖果，招待 WR。"你就是要来找我的吗？不去别处就是到我家来，是吗？"男孩儿被她的情绪感染，拘谨的心情一扫而光。这是冬天的一个周末，融雪时节，外面很冷，午后的阳光透过落地窗一方一方平整地斜铺在地板上，碰到墙根儿时弯上去竖起来，墙壁是浅蓝色，阳光在那儿变成温和的绿色，有些地方变成暖洋洋的淡紫。逆光的窗棂呈银灰色，玻璃被水雾描画得朦胧耀眼。宽阔的地板上有一个男孩儿静立的影子，有一个小姑娘跳动的影子，还有另一团影子在飘摇，那是一根大鸟的羽毛。窗边，一只原木色的方台，上面有一只瓷瓶，瓶中一根白色的大鸟的羽毛，丝丝缕缕的洁白无时不在轻舒漫卷，在阳光下像一团奇妙的火焰——不过它并没有引起男孩儿的注意，因为他不是 Z 他是 WR。

男孩儿剥开糖果。男孩儿翻来覆去地琢磨一个拼图玩具。糖果的味道诱人，男孩儿又剥开一颗。男孩儿和小姑娘时而坐在沙发上，时而坐在地板上，时而坐上窗台。男孩儿听小姑娘东一句西一句地讲，并不知她都在讲什么。小姑娘东一句西一句地问，男孩儿有问必答。自从离开农村，WR 还没感到过这么快乐。

O 的母亲到另一间屋子里,坐在钢琴前,沉稳一下心绪。O 的父亲走进来随便看看。母亲说:"那个男孩子挺好,我真喜欢他。""可是,"母亲又说,"他说他没有爸爸。""怎么?""他说,就像有的人没有弟弟,他没有爸爸,压根儿就没有。"母亲没有笑。父亲也没笑。父亲走出去之后,母亲开始弹琴。

琴声缓缓,在整座房子里回旋,流动。

"喂,我可以到别的屋子去看看吗?"WR 问。

"你看呗。哦对不起,我要去一下厕所你自己去看吧。"小姑娘很有礼貌。

伴着琴声,男孩儿在整座房子里走。

让 WR 惊讶的是,这里有那么多门,推开一扇门又见一扇门,推开一扇门又见几扇门,男孩儿走得有些糊涂了。

"哎,O!——你在哪儿?"

"我在这儿,我在厕所。你再等一会儿好吗?我本来只想撒尿,可现在又想拉屎啦!"有礼貌的小姑娘天真无忌地喊。

再推开一扇门,里面全是书架,书架与书架之间只能走过一个人,书架高得挨着屋顶,可能有一万本书。走过一排排书架,窗台上有几盆花,有一只睡觉的猫。WR 不惊醒那只猫,让他兴奋的是这儿有这么多书,他静静地仰望那些书,望了很久,想起南方,想起妈妈说过,在南方那座老屋子里有很多很多书,"是谁的""一个喜欢读书的人留下的""现在那些书呢""全没有了""哪儿去了""嗯……哦,又都让那个人带走了""全带走了吗""你喜欢读书吗""喜欢"……

琴声流进来,轻捷的脚步,O 走进来。

"我是谁?"小姑娘捂住男孩儿的眼睛。

"哈,我知道,我听见你来了。你拉屎拉得可真快。"

"我从来都拉得这么快,才不像我爸爸呢,拉呀拉呀,拉一个钟头。"

"你别瞎说了,那么长?"

"我干吗瞎说呀,不信你问他自己去。爸,——爸!——"

"什么事?"O 的爸爸在另一间屋子里应着。

"是不是你拉屎要拉一个钟头?"

"你说少了,我的闺女,最高纪录是一个钟头又一刻钟。不过我同时看完了一部长篇小说。"

两个孩子大笑起来。

"我没瞎说吧?因为他不爱吃青菜。"

男孩仰望那些书。

"这么多书,都是你爸爸的吗?"

"差不多。也有我妈的。"

"能让我看几本吗?"

"你能看懂?"

男孩儿羞愧地不说话,但仍望着高高的书架。

"爸!——妈!——"小姑娘喊,"你们能借几本书给我的同学吗?"

O 的父母都进来。父亲说:"很可能这儿没有你们喜欢的书。"父亲说:"跟我来,这边可能有。"父亲指着另一排书架说:"看看吧,有没有你想看的?"

WR 找到一本。我想可能是一本小说,是《牛虻》。

母亲说:"喔,这你能看懂?"

"这像是一本打仗的,"WR 指着封面上的图画说,"这么厚的书我看过好几本了。"

父亲和母亲相视而笑。

父亲说:"让他试试吧。"

母亲说:"谁教会你那么多字的?"

"我妈。"

小姑娘 O 说:"好啦,借给你啦!"

男孩儿 WR 走在回家的路上,那时太阳已经落了,天就快黑了,天比的时候更冷,沿途老房檐头的融雪又都冻结成了冰凌。

借助昏黄的路灯,他一路走一路看那本书,不断呵一呵几乎要冻僵的手。我还记得那书中的几幅插图,给我印象最深的是其中的两幅:一幅是牛虻的脸色忽然变得可怕,在窗口探身,看街上正走过的一队演杂耍的艺人;一幅是牛虻把头深深地埋进琼玛的臂弯,浑身都在发抖,那时琼玛要是问一句"你到底是谁",她失去多年的亚瑟也许就会回来了。未来,我想,WR 在遥远的西部边疆,会特别记起另一幅:亚瑟用他仅有的钱买通水手,在一个深夜坐着小船,离开故乡,离开那座城市,离开十三年才又回来。

<h2 style="text-align:center">95</h2>

WR 问我:"你真的喜欢他吗?"他是说那个可怕的孩子。

我愣了一下,没回答。

沿着河岸,沿着落日,我们到那座院庙里去。奶奶要去那儿开会,WR 的母亲也去。WR 说,晚上那儿特别好玩,没有老师,光有好多孩子,有好多蛐蛐儿,看门的老头才不管我们呢。

WR 说:"你真的跟他好吗?"他还是说那个可怕的孩子。

我说:"他现在跟我好。"

老庙有好几层院子,天还没黑,知了在树上"伏天儿——伏天儿——"地唱个不住。大人们都到尽后院去开会,嘱咐我们一群孩子好好玩别打架。孩子们都爽快地答应,然后喊声笑声压过了知了的叫声。看门的老人摇一把芭蕉扇,坐在老白皮松下喝茶。男孩子们玩骑马打仗,满院子里"杀"声一片,时而人仰马翻;WR 是一匹好"马",背着我横冲直撞所向披靡。女孩子们踢踢踏踏地跳房子,跳皮筋,不时被男孩子们的战争冲得四散,尖细的嗓音像警报那样响。看门的老人顾自闭目摇扇,唱几句戏,在"战乱"中偶尔斥骂一声,张开手维护他的茶盏。

"你真的愿意跟他好?"WR 还是问我。

跑累了,我们坐在台阶上,WR 用报纸卷一些小纸筒儿,预备装蛐蛐儿。

我说:"你呢?"

WR 以他固有的率真说:"我讨厌他。你呢?"

我以我的胆怯回答:"我也不知道。"

这就是我们性格中那一点儿与生俱来的差别。

WR 说:"你怕他,你其实一点儿也不喜欢他,对吗? 大伙都怕他,其实谁也不是真的喜欢他。"

我不做声,但我希望他说下去。

WR 说:"你们都怕他,真奇怪。那小子有什么可怕?"

我说:"你心里不怕吗?"

WR 说:"我怕他个屁! 要是他再那样喊我的名字,你看我还会揍他。可是你们干吗都听他的?"

我忽然想起,那个可怕的孩子再没有拿 WR 的名字取笑过。

太阳完全落了,天黑下来,WR 说:"嘘——,你听。"庙院里开始有蛐蛐儿叫,"嘟嘟——""嘟嘟——",叫声还很轻。

WR 说:"这会儿还不多呢,刚醒。"说罢他就跳进墙根儿的草丛里去。

月光真亮,透过老树浓黑的枝叶洒在院墙上和草地上,斑斑点点。"嘟——嘟嘟——""嘟嘟——嘟嘟嘟——",这边也叫,那边也叫,蛐蛐儿多起来。男孩子们东儿一堆西儿一伙,撅着屁股顺着墙根儿爬,头扎进草丛,耳朵贴近地面,一动不动地听一阵,忽又"刷刷刷"地快爬,影影绰绰地像一群猫。庙院里静下来,空落落的月亮里只有女孩子们轻轻巧巧的歌谣声了:"二五六,二五七,二八二九三十一……"她们没完没了地跳皮筋。WR 找到一处墙缝:"嘿,这家伙个儿不小,叫声也亮。"说着掏出小鸡儿,对准那墙缝滋了一泡尿。一会儿,一只黑亮亮的蛐蛐儿就跳出来,在月光下愣愣地不动。

那晚,我们抓了很多蛐蛐儿,都装在纸筒儿里。那晚,我们互相保证,不管那个可怕的孩子跟不跟我们好,我们俩都好。后来又有两个男孩子也加入到我们一起,我们说,不管那个可怕的孩子不跟我们之中的谁好,我们互相都好。看门老头打起呼噜。到处还都有蛐蛐儿叫。女孩子们可能打算跳到天明去,"八五六,八五七,八八八九九十一……"月亮升高变小,那庙院就显得更大更深,我心里又高兴又担忧。

几天后,我听到一个喜人的消息:那个可怕的孩子要走了,要跟着他家里到外地去了。

"真的么?"

"真的,他家的人已经来给他办过转学手续了。"

"什么时候?"

"前天,要么大前天。"

"我是说他什么时候走?"

"不知道,可能就这几天。"

我再把这消息告诉别人。

一会儿,那个可怕的孩子出现在我面前:"你很高兴是不是?"

我愣在那里。

"我要走了,你很高兴吧?"他眯缝起眼睛看我。

我愣愣地站着,不知怎样回答。

"你怎么不说话啦? 你刚才不是还挺高兴吗?"

我要走开,他挡在我面前。

这时 WR 走来,把我护在身后,看着那个可怕的孩子:"反正我很高兴,你最好快点儿滚蛋吧。"

可怕的孩子恨恨地望着 WR,WR 也毫不含糊地望着他。

在我的印象里,他们俩就那么面对面站着,对视着,互不示弱,什么话也没有,也不动,好像永远就这样,永不结束。

96

与此同时我想起,在那间有一万本书的屋子里,WR 和 O 也曾面对面站着,什么话也没有。

中间隔着高高的书架。从一层层排列的书之间他们可以看见对方,但都低头看书,谁也不看谁。左手端着翻开的书,但从一层层排列的书之间,他们的右手拉在一起。那是他们即将高中毕业的那一年。

那时他们都长高了。少年更高一些。少女薄薄的衬衫里隐约显露着胸衣了。他们一声不响似乎专心于书,但两只拉在一起的手在说话。一只已经宽大的手,和一只愈见纤柔的手,在说话。但说的是什么,不可言传,罄竹难书。两个手指和两个手指勾在一起,说的是什么?宽大的手把纤柔的手攥住,轻轻地攥着,或使劲攥一下,这说的是什么?两只手分开,但保持指尖碰指尖的距离,指尖和指尖轻轻地弹碰,又说的是什么?好半天他们翻一页书,两只手又迅速回到原处,说的是什么?难道真的看懂了那页书么?宽大的手回到原处但是有些犹豫,纤柔的手上来把他抓住,把拳头钻开,展开,纤柔的手放进去,都说的是什么呢?两只手心里的汗水说的是什么?可以懂得,但不能解释,无法说明。两只手,纠缠在一起的十个手指,那样子就像一个初生的婴儿在抓挠,在稚气地捕捉眼前的惊讶,在观看,相互询问来自何方。很安静,太阳很安静,窗和门也很安静,一排排书架和书架两边的目光都很安静,确实就像初生之时。两只拉在一起的手,在太阳升升落落的未来,有他们各自无限的路途。

WR 的目光越过书的上缘,可以看见 O 的头顶,头发在那儿分开一条清晰的线,直伸向她白皙的脖颈。O 呢,从书的下缘,看见那两只手,看见这一只比那一只细润,那一只比这一只黝黑、粗大。我想不起他们是怎样找到这样的形式的,在那间书架林立的屋子里,他们是怎样终于移动成这样的位置的。那必是一段漫长的时间,漫长如诗人 L 的夏夜,甚至地球的温度也发生了变化,天体的结构也有了改变,他们才走到了现在的位置。

但发生,我记得只是一瞬间,不期而至两只手偶然相碰,却不离开,那一瞬间之后才想起是经过了漫长的期待。

我不记得是从哪一天起,WR 不再贪馋地剥吃小姑娘的糖果了。也不记得 O 是从哪一天起才不再坐在厕所里对男孩儿大喊大叫了。尤其不记得是从什么时候,少年和少女互相开始彬彬有礼,说话时互相拉开至少一米距离,有时说话会脸红,话也少了,非说不可的话之外很少说别的。躺在沙发上,滚到地板上,蹿到窗台上,那样的时光,没有了。那样的时光一去不再。不曾意识到它一去不再,它已经一去不再。周末,O 的母亲仍然喜欢弹那支曲子,她坐在钢琴前的样子看上去一点儿都没变。琴声在整座房子里回旋,流动。少年 WR 来了,有时少女 O 竟一直待在自己的房间里。他来了,直接到那间有一万本书的屋子里去,常常都见不到她。有时 WR 来了,在路上碰见 O 的母亲,O 的母亲把家门的钥匙给他,说:"家里没人,你自己去吧。"有时 WR 来了,O 正出家门,他问:"家里有人吗?"她说:"我妈不在,我爸在。"然后擦肩而过。WR 走时,要是 O 还在自己的房间里,母亲就会喊她:"WR 要走了,怎么你也不出来一下?"她出来,可他已经走了。他走了,在那间有一万本书的屋子里待了整整一下午,然后回家。他走时常常借走好几本书。再来时把那些书还回来,一本一本插进书架,插进原来的位置。

O 的父亲说:"嘀,你要把我的书全读完啦。"

O 的父亲说:"关键不是多,是你有没有真正读懂。"

O 的父亲说:"承认没有读懂,我看这态度不坏。"

O 的父亲问:"那么,你最喜欢哪些书?"

O 的父亲问:"为什么?"

O 的父亲问:"将来你要学什么呢?将来,干什么?想过吗?"

…………

O 的母亲坐在钢琴前。O 的父亲走进来:"WR,我很喜欢他。"母亲停止弹奏,扭脸看父亲。父亲说:"他诚实。"母亲又翻开一页乐谱。父亲说:"他将来或者会大有作为,或者嘛……"母亲又扭过脸来。"或者会有,"父亲说,"大灾大难。""怎么?你说什么?""他太诚实了,而且……""而且什么?""而且胆大包天。""你跟他说了什么?""我能说什么?我总不能劝他别那么爱看书,我总不能说你别那么诚实坦率吧?"

有一天 WR 走进那间放书屋子,看见 O 也在那儿,看见好几架书都让她翻得乱七八糟,地上、窗台上都乱堆着书。她着急地问他某一本书在哪儿。他很快给她找到。他说:你要看这本的话,你还应该先看看另一本。他又去给她找来一本。他说:你要有兴趣,还有几本也可以看看。他东一下西一下找来好几本书,给她。他一会儿爬到高处,一会儿跪在地上,说还有一本也很好,哪儿去了呢?"噢,我把它拿回家了,明天我给你带来"。

她看着他,看着那些书,很惊讶。

他也一样,在她惊讶地看着他的时候,他好像很久才认出她来,从一个少女茂盛的身体上认出了当初的那个小姑娘,或者是想了很久才断定,那个小姑娘已经消逝在眼前这个少女明媚的神情之中了。

站在那惊讶里回溯,才看见漫长的时日,发现一段漫长的时日曾经存在和已经消逝。那漫长的时日使我想起,诗人 L 在初夏的天空里见过的那只白色的鸟,飞得很高,飞得很慢,翅膀扇动得潇洒且富节奏,但在广袤无垠的蓝天里仿佛并不移动。WR 和 O 站在惊讶里,一同仰望那只鸟,它仿佛一直在那儿飞着,飞过时间,很高,很慢,白得耀眼,白得灿烂辉煌,一下一下悠然地扇动翅膀……

97

天上,白色的鸟,甚至雨中也在飞翔。

雨,在窗前的大树上响,响作一团,世界连成一片听不到边际。只有这雨声,其他都似不复存在。WR 绕过面前的书架,绕过一排排书架———一万本书,绕过寂静地躺在那儿的千年记载,在雨声中走进诗人 L 屡屡的梦境。

"哦……会不会有人来？我怕会有人来……"

"不要紧，我只是看看，你的手……"

"我的手？哦，不是就这样儿……我怕也许会有人来……"

"今天他们，都不出去吗？"

"谁？啊，早晨我妈好像是说要出去……你的手这么热，怎么这么热？哦别，会有人来的……"

贴着灰暗的天穹，那只鸟更显得洁白，闪亮的长翅上上下下优美地扇动，仿佛指挥着雨，掀起漫天雨的声音。

"他们说要去哪儿？"

"好像是要去看一个什么人。"

"喔，你的手这么小。"

"早晨他们好像是说，要去看一个朋友。什么？啊，比比。"

"这样，手心对手心。"

"唉，——为什么我们的这么小，你们的那么大？"

"你听，是谁……"

雨声。雨声中有开门声。隆隆的雨声中，开门声和脚步声。

"噢，是爸爸。爸爸出去了。"

铃声。是电话。脚步声，妈妈去了。电话不在这边，在客厅里。

"你的头发真多。我见你有时把头发都散开……"

"好吗？"

"什么？"

"散开好吗？还是这样好？哦别，哎呀哎呀我的头发……"

"嗯？怎么了？"

"我的头发挂住了，你的钢笔，挂住你的钢笔了……"

白色的鸟，像一道光，像梦中的幻影，在云中穿行，不知要飞向哪儿。

"哦，你的脸也这么热……哦轻点儿……妈妈还在呢。"

"她不来。她很少到这儿来。"

"也许会来。哦哦……你干吗呀,不……"

"没有扣子?"

"不。别。不。"

"没有扣子吗?"

"没有。"

"在哪儿?"

"别,你别……她也许会来那就来不及了……"

门响,妈妈房间的门。脚步声。厕所的门响。雨声,远远近近的雨声。马桶的冲水声。"喂,我也走啦,"母亲在过道里喊,"家里就你们俩啦,别光看书看得把吃饭也忘了。喂,听见了吗?""听见啦。""下挂面,总会吧?""会!你走吧。"开门声。关门声。是大门。脚步声,下楼去了,脚步声消失在雨里……

雨声。世界只剩下这声音,其他都似不复存在。

"在哪儿?"

"哦你,干吗要这样……"

"在哪儿?"

"后面……你干吗……在背后,别……"

"哪儿呢?"

"不是扣子,是钩起来的,哦……一个小钩儿……"

那只猫,在过道里、客厅里、厨房里轻轻地走,东张西望。那只猫走到阳台,叫两声,又退回来,在钢琴旁和一盆一盆的花间轻轻地走,很寂寞的样子。那只猫,在空空的房子里叫了一会儿,跳上窗台,看天上的雨。天上,那只鸟在盘旋,穿云破雾地盘旋,大概并不想到哪儿去,专是为了掀起漫天细雨……

"我怕会有人来,哦……你胆子太大了,也许会有别人来……""你真的喜欢……真的这么想吗……""喔,你怎么是这样……""不知道。""一直都是这样吗,你?……""不知道,我也不知道……是不是,男人,都喜欢这样?""从什么时候? 喔,你一直这样么……这么……""你真这么想这样吗……""想。嗯,想。你呢?""不。不,我不知道……我只想靠着你,靠在这儿……哦,我也不知道……可我只是想靠在这儿,你的肩膀真好……""你看不见你自己。因为,你看不见你自己,有多漂亮。""是吗?""当然是。""哦是吗,真的?""不骗你,我不骗你。""真的吗,我?""你,可不是你?你自己不知道?你不知道你有多好看吗?""不知道。我不好看。我不知道……真的,我不知道……""我想让你把裙子……""我真长得好看吗?你说你觉得我很漂亮?""我想让你全都脱掉好吗?全都……""噢不!不,我不。""我想看看你。""不,不,我不,我不敢。不……""让我看看你。我想把你全看遍。""哎呀,不!那太不好了……""喔,我要看看你……"

那只猫卧在窗边,闭一会儿眼睛,看一会儿天上那只鸟。电话响了。雨声很大,雨大起来。电话响了三下,猫叫了三声。没人来。

"那……你别动。除非你不动。"

"哦我不……除非你别动,你离远点儿。"

"不,我不。你真的觉得我……哦……那你别过来,让我自己给你……"

电话响了七下。猫跳下窗台,回头看电话,电话不再响了。猫又看见那只鸟,看着它在大雨中飞……那时,WR 看见了诗人 L 的全部梦景。

"不,你别过来……你别动你别过来……""你真觉得我很漂亮?哦,你别过来!哦——!""哦哦……哦……我丑吗?""你真美,真的不骗你……""真的吗?""你怎么了?干吗哭?怎么了?""就这样,那你就这样,搂紧我就这样,别动就这么搂紧我……哦,就这样就这样……""把头发也散开,好吗?""嗯。""都散开。""让我自己,不,你不会……""你的头发真多,喔,这么密这么黑,喔……你真白,你这么白……""搂紧我,哦搂紧我搂紧我,吻我……""好吗?""不知道……""你不高兴?""别问我,吻我,吻我

186

别说话……"

门开了,那只猫推开门轻轻地走进来。

"喵呜——"

"噢!——猫!"

"去去!去,出去!"

猫看看他们,绕过他们,跳上窗台,从这儿看天上那只鸟。那只鸟还在盘旋,在雨中,或在雨之上,划一个很大很大的圆圈,穿云破雾地飞着。如果它不愿意离去,我想,在它下面,也许是南方。

"搂紧我,哦,搂紧我……"他们一同仰望那只白色的鸟。看它飞得很高,很慢,飞得很简单,很舒展,长长的双翅一起一落一起一落,飞得像时间一样均匀和悠久。我怀疑,这也许是南方。在南方,在那座古老的庭院里。曾经,母亲也是这样说的:"让我自己给你。"如今,女儿也是这样说:"让我自己好吗,让我自己给你。"一代代,可亲可爱的女人,都是这样说的。时间和空间无关紧要,因为她们,都是这样说的。雨,曾经是这样的雨。雨声,现在还是,这样的雨声。我有时祈盼那只鸟它盘桓不去它会飞下来,说这儿就是南方,说:这永远是南方,这样的时间就是南方,这样美丽的身体就是南方。

98

南方不是一种空间,甚至不是时间。南方,是一种情感。是一个女人,是所有离去、归来和等待着的女人。她们知道北方的翘望,和团聚的路途有多么遥远。与生俱来的图景但是远隔千山万水,一旦团聚,便是南方了。

比如说 Z 的叔叔,画家 Z 五岁那年在北方老家见过他一回,在向日葵林里见他风尘仆仆地归来,又见他在向日葵环绕的一间小土屋里住过一阵。那时,正是北方的向日葵盛开的时节,漫天漫地葵花的香气中隐含着一个纤柔的名字,因此那便是南方。葵花的香气,风也似的在那个季节里片刻不息,灿烂而沉重,那个纤柔的名字蕴藏其中,那样的情感就是南方。

那时叔叔劝母亲,劝她不要总到南方去打听父亲的消息。母亲说:"你哥哥他肯定活着,他肯定活着他就肯定会回来。"母亲说:"他要是回来了,我怕他找不到我们。他要是托人来看看我们,我怕他不知道我们到哪儿去了。"很久很久,母亲流了泪说:"你有你忘不了的情,我也有我的,不是吗?"叔叔便低下头不再言语。叔叔低头不语,因为这时,叔叔也在南方了。

离开那间小土房,五岁的儿子问母亲:"叔叔他为什么一个人住在那儿?"

母亲说:"他曾经在那儿住过。"

穿过向日葵林,回去的路上儿子问母亲:"叔叔他不是在等一个人吧?"

"谁? 你怎么知道,爷爷告诉你的?"

"不是。爷爷他什么也不说。是我自己猜的。"

"那你猜他在等谁?"

"他在等婶婶吧?"

母亲叹一声,说:"不,不是。你的婶婶不是她。"

向日葵林走也走不尽,儿子问母亲:"那她是谁?"

"她本来可以是你的婶婶。她本来应该是你的婶婶。"

"那现在她是谁呢?"

"啊,别问啦,她现在是别人的婶婶。"

"那我见过她吗?"

"见过,你看见过她。"

"谁呢?"

"别问啦。你见了她,你也不知道那就是她。"

无论她是谁,无论见没见过她,无论见了她是否能认出她,都并不妨碍那是南方。葵花的香气昼夜不息漫天飞扬,那个纤柔的名字如果也是这样,对于一个男人是无处不在无时不在,那么这个男人,他就是在南方。

99

但是 WR 惹下大祸,不得不到遥远荒僻的西北边陲去,在那儿度过他的青春年华。一切正像 O 的父亲所预感的那样,只是没想到来得这么快。"他将来,或者大有作为,或者嘛……"O 的父亲现在更加相信是这样,如果眼前这个孩子,这个青年 WR,他能从大灾大难中活过来的话,包括他的心,主要是他的心,他的诚实和锐气也能从这灾难中活过来的话。

WR 把所借的书都还回来,一本一本插进书架。

O 的父亲说:"你喜欢的,随便挑几本吧。"

"不用了,他们不让带书。"

"是吗,书也不让带?"

"不让自己带。需要看什么书,他们说,会统一发的。"

火车站上,少女 O 从早晨一直等到下午,才看见 WR。从早晨一直到下午,她找遍了所有的站台,所有开出的列车的窗口她都看遍了,她不知道 WR 要去哪儿要乘哪趟车。WR 也不知道,没人告诉他要去哪儿,只告诉他要多带些衣服,要带棉衣。从早晨到下午,太阳一会儿出来一会儿消失,疏疏落落的阳光斜照在墨绿色的车厢上。O 终于看见 WR 排在一队人中间来了,一队人,每人背一个背包,由两个穿蓝制服的男人带领着走进站台。O 冲他招手,他没看见。O 跟着这一队人走到车头,又跟着这一队人走到车尾,她冲他招手,她看见 WR 看见了她,但 WR 不看她。一队人站住,重新排整齐。两个穿蓝制服的人开始讲话,但不说要去哪儿。另一条铁道上的火车喷放蒸汽,非常响。O 听不大清楚那两个人都讲了些什么,但听见他们没说这一队人最终要去哪儿。一团团白色的蒸汽遮住那一队人。一团团蒸汽非常白,非常响,飘过站台,散漫在错综交叉的铁轨上。

那一队人上了车，O从车窗上找到WR，悄悄对他说："我爸爸说，如果可能，我们会给你寄书去。"然后她再想不起说什么。

　　火车就要开动时O才想起最要紧的话。

　　O说："我们不会搬家。真的我们老住在那儿不会搬家，你听见了吗？"

　　O说："肯定，我们家肯定不会搬走。要是万一搬家我会告诉你的。万一要是搬家我肯定会提前把我们的新地址告诉你。"

　　O说："要是没法告诉你，嗯……那你就到我们现在住的地方去找我，我会在那儿的墙上留下我们的新地址，或者我把我们的新地址留给那儿的新房客。"

　　O说："要是那儿没人住了，要是那座房子拆了的话，那……那你就记住那块地方，我每个星期都会到那地方去看看的，你能记住那块地方吧？每个星期最后一天，对，周末，好吗？下午三点。"

　　O说："不过我想不会，我不会没法告诉你的。万一因为什么我没法告诉你的话那肯定每个星期六下午三点我准在那儿，记住了吗？要是我们搬了家又没法告诉你我们的新地址你就到我们现在的家那儿去找我，每个星期六，下午三点，我准在那儿。"

　　O说："三点，一直到七点，我都在那儿。"

　　O说："不过不会的，我们肯定不会搬家，要是非搬不可的话你放心，我肯定能把新地址告诉你……"

　　火车开了，WR离开这座城市，离开O，离开他在这座城市里的第一个朋友和最后一个朋友。但是他留给O的信上说："……不过我不会把我的新地址告诉你。"

十一　白杨树

100

F 医生平静的小河泛滥进那个动荡的夏天,我想,不大可能是因为政治。F 医生不问政治是众所周知的。F 医生一向只关心他的医学,以及医学以外的一些神秘事物,比如灵魂的由来和去处。他越来越相信:大脑和灵魂是两码事,就像电脑和利用电脑的人是两码事,就像推理和直觉是两码事,就像理性和欲望是两码事,就像写作和写作所要追寻、所要接近的那一片无边无际的感受是两码事。有一回 F 医生对诗人 L 说:你的诗是从哪儿来的呢?你的大脑是根据什么写出了一行行诗文的呢?你必于写作之先就看见了一团混沌,你必于写作之中追寻那一团混沌,你必于写作之后发现你离那一团混沌还是非常遥远。那一团激动着你去写作的混沌,就是你的灵魂所在,有可能那就是世界全部消息错综无序地纺织。你试图看清它、表达它——这时是大脑在工作,而在此前,那一片混沌早已存在,灵魂在你的智力之先早已存在,诗魂在你的诗句之前早已成定局。你怎样设法去接近它,那是大脑的任务;你能够在多大程度上接近它,那就是你诗作的品位;你永远不可能等同于它,那就注定了写作无尽无休的路途,那就证明了大脑永远也追不上灵魂,因而大脑和灵魂肯定是两码事。这是题外话。我主要是想,F 对任何一派政治家都漠不关心、敬而远之,甚至望而生畏,那么他走进那个动荡的夏天必是旧情泛滥所致,只能这样理解和想像,他只是要去寻找他旧日的恋人——女导演N。

　　以后,F夫人坚持说:F医生一反二十多年之常态,事实上从他看见那本黑皮小书——《Love Story》时就开始了,只可能比那更早! 这判断不全错也不全对,F医生的旧情泛滥可以说始于此时,但绝不比这更早,其实真正的泛滥发生在F医生走进厨房之后。F医生的儿女后来推断说:就是在煎饺子的时候他从衣兜里摸到了那份印刷品,那是白天别人塞给他的他可能已经忘了,他可能是偶然需要一张废纸才从衣兜里把它摸了出来。这推断也是不全错又不全对。F医生站在煤气灶前煎饺子,"嗞嗞啦啦"的声音里全是那本黑皮小书掀动的往事。他总看见少女N捧着那本黑皮书,为书中男女主人公悲惨的爱情故事感动得流泪,总听见青年F对少女N一遍一遍发出的誓言,说他会像书中的男主人公一样违抗父命同她相爱、同她结婚、永不分离。旧情于那时开始不断地涌动,F医生并不是偶然需要一张废纸才摸出那份印刷品,他是要找些什么可读物来抵挡住旧情的风暴,可找到的却偏偏是那份印刷品,上面有N的名字,说是这位女导演如何如何以及正在怎样怎样拍摄一部连剧本还没有的故事片。F读罢,呆愣了很久,仿佛听见了一种不祥的声音,一团一片喧嚣不息的声音,就像年年除夕的爆竹响,是什么呢? 他也说不清,但他明确感到了一种危险。

　　F医生从厨房里出来,已是神色大变。他步态迟缓地走进卧室,坐在沙发上嘴里含含混混叽里咕噜地不停,面容僵滞目光恍惚。F夫人以为:一件似乎无望发生的事正在发生着,从不使昼夜颠倒的F正进入昼夜不分的状态——他又在现实与梦境的边缘徘徊了。F夫人便像夜里曾经有过的那样,引导这个丧失了警惕的梦者泄露秘密。她把那本小书在F眼前晃了晃,确信该人已经进入了梦的诚实,便问他:"这病,现在有办法治了吧?""有一点儿,不多。""什么病? 那是什么病?""白血病。可你以为真是因为白血病吗? 可这并不是悲剧的原因。"F夫人机智地跟随着他的梦路问:"那,悲剧的原因是什么?"好半天F没有回答。F夫人紧追不舍:"你的,或者别人的,悲剧,是什么?"这时 F 医生的样子,就好像突然记起一件久已忘怀的大事,惊惧之余,绞尽脑汁追忆着那到底是什么事。到底是什么事呢? 于是他又听见了未来的不祥之音,甚至闻到了一种可怕的味道。F 夫人仍不放过他:"譬如说你的,你的悲剧,是怎么回事?"F 的头深埋下去,他真是弄不清这是在白天还是在黑夜了。就在 F 懵懵懂懂浑然不知所在的当儿,那句消散多年的话又还魂般地聚拢并借助他的声带振荡起来:"你的骨头,从来不是个男人。"……也许从来就有这样一个秘诀:咒语由被施咒的人自己说出来,就是解除咒语的方法。窗外星光朗朗,月色溶溶。F 喃喃地重复着那句话,心中也如外面的夜空一样清明了。少顷,有一片如云朵般的微笑在他的眼睛里掠过。二十多年的咒语与二十多年"平静的小河"便同归于尽。F 夫人又有些害怕了,靠近他,拍拍他的肩,抚摸他的背,叫着他的名字,想把他唤醒回来。但这一次 F 医生没有睡,也再没有醒,他站起来时说了一句话,声音轻虚如同自语,很久以后 F 夫人以为听清了那句话,其实并不,那句话并不是"我要去看看她了",而是:"我得去保护她了。"

但是二十多年不见了,音信皆无,在哪儿能够找到 N 呢?

101

有一条小路。有一排白杨树。背景是一座三层的楼房,芜杂零乱的楼区依然如故。

除去那排白杨树比过去明显地高大了,一切都没有变。

(给我的感觉是:舞台设计者无计可施,那排树是对时间的强行说明。)

F 医生倚着自行车站在小路上。小路西端也还是那样堵死着,有一根电线杆和一盏摇摇欲坠的路灯。从 F 的位置(还是这个位置,还是当年的位置,也可以认为:还是上一场的那个位置),

透过白杨树的枝叶,可以望见那个久违了的窗口。F 张望那个窗口,甚至连张望的姿势都没有改变。

（很像是剧场休息了一刻钟,在这一刻钟里有人擅自想像过一些莫须有的故事,现在,排定的戏剧继续演出。要不就是仅仅换了一回幕,舞台灯光熄灭了一会儿,F 医生趁机钻到后台去改了一下装,灯光再亮时观众已从拙劣的字幕说明上循规蹈矩地认可:这是二十多年以后。）

具体时间是暮春的一个黄昏,下班的时候。

这儿是一块相对安静的地带,远处（抑或幕后）,市声喧嚣。

（出于对生命变迁的暗示,也可能是出于对生命轮回的暗示,或者是考虑到生命本身就随时随地提供着这类暗示,戏剧编导没忘了在离 F 不远的地方安排下一个老年男人。）一个老人不断扭转头看 F,神色中流露出猜疑。F 早已认出了这个老人,或者这还是当年的那个老人,或者——时光流逝得无情啊——这老人已经是当年那个老人的儿子了。

当年 N 的母亲将 F 拒之门外,他不得不在这条小路上徘徊,那时在他的前后左右就总有这样一个目光警惕的老人。当年那老人,比现在多着一条红袖章。当年那老人指指自己臂上的红袖章,问 F:

"你是什么人?"

"中国人。"F 回答他。

"别废话,我没问你这个。"

"那您是问我什么呢?"

那老人想了想,说:"我问你总在这儿,想干什么?"

"那么您总在这儿想干什么呢?"

那老人愣愣地看着 F,心里一时有些糊涂,但很快清醒过来了,说:"我问你呢,不是让你问我。"

"您凭什么问我?"

"我注意你好多天了,你总在这儿走来走去鬼鬼祟祟地东张西望,以为我没发现吗?"

"我是问您,您有什么权力问我?"

那老人就又指指自己的红袖章:"就凭这个问你!"

F摸摸那红袖章,说:"您在执行任务是吗?那么我告诉您,我的任务比您的重要一百倍。您的权力是这条红袖章,我的职业却让我不能随便暴露自己的身份,您懂了吗?"

那无辜的老人先是目瞪口呆,继而面有愧疚之色:"这么说,您是……"

F不忍心折磨他了,说:"我们各自恪尽职守吧,别再问了。这件事,最好不要张扬。"

当年,那可怜的老人,便在很长的一段日子里,远远地向F医生投来怀疑而又恐惧的目光。因为,F在与N分手前的最后一段日子里,N的母亲几次将他拒之门外,让他独自在那白杨树下苦苦地徘徊……

N的母亲:"你就不要再来了,不要再来找她了。"

那个慈祥但是憔悴的母亲:"走吧走吧,你们就别再折磨她了。我只剩了这一个女儿了。"

你们,她是说的你们,不是你而是你们。

那个历尽坎坷的母亲:"不不不,我懂,不用再说什么了,我什么都能理解。"饱经沧桑,备受艰辛的那个母亲:"是的是的,很可能你父母的考虑是对的,何况我们也不愿意影响你的前途。"

这一回是我们,她不是说我,而是说我们。

对此她做了一点补充:"我们,N还有我,我们并不想危害任何人的前途。"

任何人,没错儿她是说的任何人。

不容分辩,那个傲骨依旧的母亲不容分辩:"好吧就这样吧。"她的眼睛看着门外,示意那是你应该撤步的方向。"不不,不用再见,到此为止。"

N的父亲,一九五七年的右派,曾经是作家,一位知名的作家,一九五七年被定为极右分子开除了公职,后来像 WR 一样不得不离开这个城市,比少年 WR 更早地远离故乡。我对他仅存一点儿依稀的印象:一个身材高大笑声爽朗的男人,膂力过人。我记得在那座美丽得出乎意料的房子前面,在那个绿草如茵花木繁茂的院子里,他两臂左右平伸,儿时的 F 和 N 各攀其一臂。"好了吗?""好啦!"他便把两个孩子抡起来,天转地转,阳光跳跃白云飞走,直到 N 喊起来"放下我放下我,快放下我呀,啊妈妈——你看爸爸呀,我都晕啦",然后 N 的白裙子像降落伞那样展开,落地,在那男人爽朗的笑声中男孩儿 F 和女孩儿 N 搂在一起,等待世界平稳下来。世界平稳下来了。世界平稳下来了,但那爽朗的笑声没有了,那个高大的身影不见了,N 和母亲搬离了那座美丽的房子⋯⋯

N 的母亲带着 N 离开了那座美丽的房子,住到这片芜杂零乱的楼区里来。N 的母亲,脸和手日渐粗糙,但举止依然斯文,神情依然庄重尊贵。N 的母亲,穿着依然整洁素雅不入时俗,依然在夜晚、在礼拜日弹响那架老式的钢琴,弹奏她历来喜欢的那些曲子。那钢琴声在这片芜杂的楼群里流开,一如既往,不孤不傲,不悲不戚,独独地更显得悠长和容易被踩碎⋯⋯

那个坚强的母亲:"好了好了,我们唯一的安慰就是我们没有欺骗谁。她的父亲是这样,她和她的母亲也是这样!"那个正气浩然的母亲把门关上,把年轻的医生拒之门外:"我们也从没有打算欺骗谁,对对,尤其是爱情!"

⋯⋯⋯⋯

F 像个被识破的骗子那样退出来,像个被抓住又被释放的小偷儿那样,低着头退出来,在这条小路上站了很久不知何去何从。那时,在离他不远的地方就有一个老人,就是目前这个老人要不就是这个老人的父亲,如此惟妙惟肖的眼神只能归功于遗传基因。那时的一排白杨树都还细弱,暑假已经过去但蝉鸣尚未低落,此起彼伏叫得惶惶不可终日。那些日子,那些个漫长的分分秒秒,他不得不在这条小路上徘徊张望,等待 N 从家里出来或从外面回来,等待她的出现好再跟她说几句话,把昼思夜想的那些话都告诉她,把写了而没有发出的信都给她看。

(至此,戏剧的发展有两种方案。一种是 N 很快地出现,那样 F 就可能不是现在的 F,他就会疯狂地倾诉、号啕、呐喊,炽烈的语言如果决堤泛滥就会激活他的另一种禀性把他锻造成一个舍生忘死目空一切的恋人。当然还有一种方案。)

日复一日乃至夜复一夜,他以他的全部勇敢在那个老人警惕的目光下踱来踱去等候着 N,并且准备好了随时迎候警察的盘问。但他没能得逞,这戏剧采纳了另一种方案。

(另一种方案是:如果 N 出现得太晚,F 的疯狂就要耗散,在日复一日夜复一夜的等待中他那软弱求全苟且偷安的禀性就又要占了上风,堤坝一旦不能冲决便要等到二十多年以后了,所有那些炽烈奔涌的话语都将倒灌回心中,只在夜梦里发出些许残断的回响,F 就仍是今日之 F。)

人永远不是命运的对手,N 有一个多月没回家。F 忘了,那正是 N 大学毕业前的最后一个学期,当 F 夜以继日在这条小路上徘徊的时候,N 正在几千里外的西北高原上访贫问苦,在黄土窑洞的油灯下筹备她的毕业论文。我想,N 之所以选择了那么远的实习地点,正是想借助空间的陌生来逃避时间的苦难。

而现在,F 呢,他又站在这条小路上,站在苦难的时间里窥望那些熟悉的空间。

窗口还是那个窗口,"人面不知何处去"。他从午后望到了黄昏,那窗口里和那阳台上唯有夕阳慢慢走过,唯有栉风沐雨的一只箩筐转移着影子,冷清幽寂了无声息,没出现过任何人。如果出现了会怎样呢?

(喂喂,如果出现了会怎样呢?冥冥之中的编导者问:如果 N 出现在阳台上,会怎样呢?阳台的门开了,N 走出来,倚在栏杆上看书,那会怎样?阳台的门开了,N 走出来,深呼吸,做几下体操,会怎样?阳台的门开了,N 和一个陌生的男人走出来,晾衣服,那会怎样呢？N走出来,和她的孩子,一起浇花一起说笑,这个尘世的角色F他又会怎样呢?)

那样的话,我想,F医生他肯定会躲进白杨的树阴里去,躲在白杨树粗壮的树干后面去,远远地张望她们,或者仰脸凝视白杨树的叶子和楼群间狭窄的天空。他对梦景的嗜好有着近乎受虐般的情结。他将远远地张望,或在天际里察看他那形容全非了的往昔的恋人,以及与她相关的一切。按照我的理解,F绝不会立刻上楼去找她。回家的鸟儿收藏起夕阳,万家灯火舒展开夜幕,如果我的理解不错,F不会上楼去找她。对于重逢的形式,我们怕的不是残忍我们怕的是平庸。F医生必定只是默默地张望,不会挥手也不会召唤,他必定会像我所希望的那样希望旧日的恋人:

一、根本就没注意到他。

二、注意到了他,但是没有认出他。

三、认出了他但并不理睬他,转身回去。

四、她看见了他,忽然认出那是他,于是不管她正在干什么都立刻停下来,一动不动,笑容慢慢融化,凝望他,像他一样,不招手,也不召唤,互相凝望,直至夜色深重谁也再看不见谁。

但千万不要是五:她忽然看见他,认出了他,呆愣了几秒钟然后冲他招招手,然后下楼来,"哎——,你怎么在这儿?"明知故问,"好久不见了,你好吗?""啊,挺好,你呢?""我也挺好,上去坐坐吧?""不啦,伯母也好吗?""你忙吗? 上去坐坐吧? 我们还是朋友,不是吗?"于是只好一起上楼去……

千万不要是五:走过无比熟悉的甬道,走进无比熟悉的那间小屋,看见完全陌生的陈设,"我介绍一下,这是我的丈夫,这是我们的孩子,妈,您看谁来了,您不认识他了?"不认识了,一旦走进那小屋就一切都不认识了,连茶杯也不认识了,连说话的语气也不认识了,连空气的味道也不认识了,"抽烟吗?"她递过烟来,保持着得当的距离……

千万不要是五:"你还是少抽点儿吧,好吗?"她不是说他,是说另一个男人，"啊，他的心脏不太好，"客气地解释，然后脸上掠过一丝外人看不出来的嗔怒，"喂，你听见没有，你少抽点儿，我说错了吗？"没错没错，那个男人的心脏不太好而这个男人的心脏你已无权干涉，"不信你问问他，他可是大夫，"嗔怒很懂礼貌地退却，换上微笑，"大夫的话你总应该信吧？""可大夫也在抽呀？"于是都笑，虽然并不幽默虽然一点儿都不可笑……

千万不要是五：然后没话找话说，"哦，你身体还好吗？""还好，还行，还凑合。""忙吗？这一向在忙什么？""噢，一般，自己也不知道瞎忙什么。你呢？你们呢？""都一样，还能怎么样呢？"又找不到话题了，其实不是找不到，是躲着一些在心里已经排好了的句子……

千万不要是五："哎，你知道××现在在哪儿？"谢天谢地，总算又碰到一件可说的事，"×××在干什么呢？""×××呢，最近你见过他没有？""没有，没有，这么多年一点儿他的消息都没有，怎么样，他？""几年前倒是在街上碰见一回××，听他说×××已经当上局长了。""不错，那家伙倒是个当官的料。""你呢？该是教授了吧？""惭愧惭愧，不过一个主治医生，跟剃头匠似的整天动刀子。""……啊，不早了，不多打扰了。""也好，那，以后有时间常来吧。""哎哟，怎么说走就走？真这么忙？那好吧，认识你真高兴……"

哦天，千万不要是这第五种。只要不是这第五种，前四种都可以，只要别这么有礼貌，前四种中的哪一种都是可取的，对F医生都可以算作一种宽慰。宽慰不排除爱也不排除恨甚至不排除"纵使相逢应不识"，而只排除平庸，只排除不失礼数地把你标明在一个客人的位置上，把你推开在一个得当的距离之外——对了：朋友。这位置，这距离，是一条魔谷，是一道鬼墙，是一个丑恶凶残食人魂魄的老妖，它能点金成石、化血为水，把你舍命的珍藏"刷拉"一下翻转成一场漫不经心的玩笑。

是的是的，我相信F医生必定如此：倘若那彬彬有礼的局面是可能的，他唯一的选择是不给它出现的机会。他抑或我——我们将默默地凝望,隔着咫尺空间,隔着浩瀚的时间,凝望生命的哀艳与无常,体味历史的丰饶与短暂。他抑或我,不动声色却黯然神伤。他说你看见了吗？我说我看得见:亲近,刹那间只是刹那间已呈疏远。他抑或我,强作镇静但四肢冰凉,他说你听见了没有？我说我能听见:殷殷心血依旧流淌得汩汩有声我说我能听见,悠悠心魂又被啃咬得簌簌作响我说是啊是啊我能听见。我说 F 医生这情景这声音你梦过了二十多年,这已不足为奇。他说可是你再看看你再看看,他说站在阳台上的那不是她,那不是她们那是个陌生人,我说是吗我说好吧好吧我说这没关系这不重要,什么都是可能的我说七千七百个黑夜这样的场面你梦见得还少吗？可不是吗他说什么梦我们没做过还有什么梦我们没来得及做过呢,我们早已不是少见多怪的年华了。F 抑或我,我们将静静地远远地久久地眺望,站在夕阳残照中,站在暮鸦归巢的聒噪声中,站在不明真相的漠漠人群中,站到星月高升站到夜风飒飒站到万籁俱寂,在天罗地网的那个结上在怨海情天的一个点上,F,抑或我,我们眺望。

（如果冥冥之中的编导者问:你们望见了什么？这两个尘世的角色唯有告诉他:那么这世界上都有什么？这是你而不是我们应该回答的。）

如果这舞台的灯光照亮着你,如果我们相距得足够近,你的影像映入我的眼帘,这就叫做:现实。

如果这舞台的灯光照亮过你,当我回来你的影像已经飘离,如果你的影像已经飘进茫茫宇宙,这就叫做:过去。

如果我已经回来,如果你已经不在,但我的意识超越光速我以心灵的目光追踪你飘离的影像,这就是:眺望。

如果现实已成过去,如果过去永远现实,一个伤痕累累的欲念在没有地点的时间中或在抹杀了时间的地点上,如果追上了一个飘离的影像那就是:梦。

那就是梦。

二十多年,或永生永世,无非如此。

102

那个窗口在三层。N 的窗口。N 当年的窗口。

这儿的楼都是三层,同样高,同样宽,同样长。

这片楼区必定出于一个傻瓜的设计,所有的楼都是灰色的,一模一样的长方形,黎明前像是一段段城墙,入夜后仿佛一座座荒冢,白天呢,喧喧嚣嚣如同一支难民船队,每个窗口都招展开斑驳灿烂的旗:被单、衬衫、尿布、老人的羊皮袄以及女人的花裤衩。像一首歌中唱的:"从前是这样,如今还是这样……"

从前。从前。

从前青年 F 跟随着他的恋人走进过其中的一座……

走进去,走廊昏暗狭窄有如墓道,两旁等距离排开一个个房门。(唔,这才是九岁的画家或者九岁的我所能理解的那类楼房呢!)公用厕所日日夜夜释放着让人睁不开眼睛的气体。每层的公用厨房里都有八只火炉,表明这座楼里有三八二十四个家,煎炒烹炸之声黎明即始入夜方歇。青年 F 第一次跟着他的恋人走进这片楼区,其惊讶的程度绝不亚于我或者 Z 当年闯进那座迷宫般美丽的房子。青年 F 跟着 N 走进其中的一座楼,走进 N 的家,战战兢兢大气都不敢出,那情景,想必就像是一个九岁的男孩儿跟随着一个也是九岁的女人。此后大概有好几个月,F 每次来找 N,都要骑着车在那楼区中转来转去辨认好久,寻找 N 的家门。他本能地不愿意熟悉这儿,不愿意承认这儿,不愿意接受 N 就住在这儿的事实。在青年 F 的心目中 N 是一切神圣和纯洁的化身,是他每时每刻的良心,是清晨醒来时的希望和夜晚安眠前的祈祷,甚至干脆是他的信念本身。有好几年,F 只有走进 N 的房间看见 N 安然无恙依旧生气勃勃,他才能确信 N 只不过是搬离了旧居,从那座美丽而幽静的房子里搬出,住到这里来了。当晴空朗照他还没有见到她时,或夜幕沉垂他又离开她时,他总惶惶然地怀疑:他是否还能再从这片楼区中找到她。

F不止一次地梦见自己在这片楼区中迷了路，东奔西走地寻找，寻找唯一那个可爱的窗口，寻找唯一那个温暖的楼门和那个小房间，但是找不到，怎么也找不到了，他真像走进了一座迷城，误入了一片无边的墓地，陌生的人们告诉他：不，不，这儿根本就没有你要找的这个人！或者并没有什么人告诉他，四处无人，所有的门窗都关着，燃烧的夕阳从这块玻璃跳到那块玻璃，像是照耀着一群楼房模型。阳台上甚至没有晾晒物，没有女人鲜艳的衣裳，没有孩子飘扬的尿布，只有坚硬的水泥和它们灰色的影子，没有生命的迹象。楼群的阴影都朝一个方向扑倒，整整齐齐，空空洞洞……不过是空空的风中凄凄迷迷挟裹着一缕声音：没有，没有，这儿根本就没有你要找的那个房间根本就没有你要找的那座楼房根本没有你要找的那个姑娘……F大喊一声醒来，愣很久，不再睡了，起身走上阳台。

在F医生根深蒂固的愿望中正如在我无以对证的印象里，N应该还是如童年和少年时代那样就住在他家楼下。对，那座神奇、美丽、如梦如幻的楼房，F和N就曾住在那里。F住在它的左上角（二层的最左边），N住在它的右下角（一层的最右边）。F从自己卧室的阳台上，一俯身即可看见N的窗户是开着还是关着，N是在家或是还没回来。天天他都能看见她，看见她在朝霞里或在夕阳中，看见她在雪地里不断地哈着手跳皮筋儿，看见她在烈日下披散着湿漉漉的头发游泳回来，看见她在雨里打着一把鲜红的雨伞去上学，看见她仰起脸来喊他"嘿F，快下来，你快下来吧你这个胆小鬼！"看见她不在的时候她家门前那片寂寞的阳光……他此生第一次看见她，就是这样伏在阳台栏杆上看见的。但也许不是，也许那时他还没长大，还没有长高到可以伏在阳台的栏杆上，还没有发觉她对他的必要，有可能他是从阳台栏杆的空隙间第一次看见她的，还没有感觉到一种命运的来临。

青年F走上阳台，无论是出于他根深蒂固的愿望还是源于我无以对证的印象,他不免又伏在栏杆上朝那座楼的右下方眺望:仿佛 N 没有搬走,尤其并没有搬到那片楼区里去,她还是同他一起住在那座美丽而优雅的房子里……

103

就是在少女 N 刚刚考上戏剧(或电影)学院的那一年,N 的父亲以其一部童话和其后他为这部童话所作的辩护,成了"人民的敌人",被命令离开妻儿,离开文学,离开故乡,到西北的大山里去改造灵魂。

104

若干年前的一个节日,也许是"六一"也许是"七一",总之是在一个什么节日的晚会上,舞台的灯光是浅蓝的,女少先队员 N 走上舞台开始唱歌。那歌的第一句是:"当我幼年的时候,母亲教我唱歌,在她慈爱的目光里,隐约闪着泪光……"她这么一唱,台下的小男孩儿们都不嚷也不闹了,那歌声从柔和的舞台灯光中流进了晴朗安谧的夏夜星空。

那时女少先队员 N 十岁,跟随父母刚刚从南方来到北方。

晚会结束了,孩子们快乐地蹦跳着往家走,满天星星满地月亮。女孩儿们把 N 围在中间,亲声密语的一团走在前头。男孩儿们不远不近地落在后头,把脚步声踩出点儿来,然后笑一阵,然后再踩出点儿来,点儿一乱又笑一阵。有个男孩儿说:"她是从南方来的。"另一个男孩儿说:"哟哟哟——你又知道。"第一个男孩儿说:"废话,是不是?"第二个男孩儿说:"废话南方地儿大了。"这些话,N 都听到了。小男孩儿们在后头走成乱七八糟的一团,小女孩儿都穿着裙子文文静静地在前头走。那时候的路灯没有现在的亮,那时候的街道可比现在的安静。快走到河边了,第三个男孩儿说:"她家就住在桥东一拐弯儿。"第一个男孩儿说:"五号。"第二个男孩儿说:"哟哟哟——你又知道了。"第一个男孩儿说:"那你说几号?"第二个男孩儿说:"反正不是五号,再说也不是桥东。"第三个男孩儿说:"是桥东,不信打什么赌的?"这些话女孩儿 N 都听见了,她抿着嘴暗笑,但心里永远记住了这些可爱的朋友和满天闪闪的星光。第二个男孩儿说:"打什么赌你说吧。"第三个男孩儿说:"打赌你准输,她家就在桥东一拐弯儿那个油盐店旁边。"第二个男孩儿又说:"哟哟哟——五号哇?"女孩儿们都回过头来看,以为男孩儿们又要打架了呢……

只有一个男孩儿自始至终一声不响。只有他确切地知道 N 住在哪儿——就住在他家楼下。但他不说。这个男孩儿就是 F。男孩儿 F 听着那些男孩儿们的争论,心里无比自豪。一阵阵自豪和幸福感在他心里骚动,使他几次想说出这个准确的消息。他还是没说。他激动地看那星空,忽然无端地相信:那儿绝不会仅仅是冷漠、空冥、虚无。N 不住在别处,N 从南方来到北方就住在他家楼下,几年以后青年 F 感到,这正是那高深莫测的天空里和浩瀚无边的星云中早已存在的一份安排,那安排借助夏夜一缕动人的歌声把他与 N 牵连。

但那一份安排并非仅此而已。那一缕歌声还惊动了一位著名的电影导演。那老先生正好住在离那会堂和舞台不远的地方,他循声走来,站在窗边听了一会儿,又进到会堂里看看那唱歌的女孩儿。这样,不久之后,我就在一本电影画报里见到了女少先队员 N。我一年一年地看那本画报,看她演的那部电影,看她的美丽与纯真,跟着她的梦想去梦想,而那时,N 要做一个导演的心愿也一年年地坚定。

105

少女 N 终于考上了戏剧(或电影)学院。她住在学校里,每到星期天才回家。F呢,正在医学院读三年级,也是住在学校里,也是每星期天才回家。就是说,只有到了星期天,他们才可能见面。戏剧(或电影)学院和医学院相距并不远,但是他们很少在校园里见面;那时,大学生谈恋爱是要受处分的,甚至开除学籍。

一个周末,F从学校回到家。那既不是画家Z的隆冬的周末,也不是诗人L的盛夏的周末,而是大学生F的深秋的周末。院墙上攀爬植物的叶子都变成了紫色和褐色。梧桐树宽大的叶子正随风掉落,离开树枝时发出一阵阵感叹,掉进草丛里悄悄地不做声响。草地上还有一片片流连不去的绿色,草都及时地结籽了。秋光正好,院子里却不见一个人。石子路上的落叶不可避免地被踩破了,细听那破裂的声音其实很复杂。廊柱的影子长长地倒在台阶上,折断了的样子,人的影子也是一样。

家里人都不在。这样的情况不多,但对F来说,父母不在意味着轻松和自由,没有什么害处。他到处搜寻了一阵,然后站在厨房里把一听罐头、半条红烧鱼和三个馒头往胃里装。(少年Z猜错了,在这座美丽如梦的房子里也是要有馒头的。)他一边吃一边摇晃着身体,眼睛望着窗外正在低落的太阳,两只脚轮流在地上踏出节拍,似乎那样可以让食物通过得更流畅,更迅速。要是母亲在,又要骂他整天神不守舍,干什么都像是在做梦了。他想马上出去,去找N,中间不必再回来吃晚饭了,一直和她待到必须回家睡觉的时候——这便是轻松和自由的主要价值。看来母亲说得实在不错,至少有半个F是在做着梦——他希望打开的是一听午餐肉,而实际打开的是一听番茄酱;因此整个进食的过程中他总感到有什么地方不大对劲。直到三个馒头都已通过食道,他才看见那听午餐肉还在橱架上享受着安详的秋阳。

但是N家里也没有人。按了门铃但没人应,推一下门,开了。

满地都是书。

一万本书,像山倒下来似的铺满在地上。所有的房门都开着,但是没有人。窗也都开着,风,翻看着一本本写满了字的稿纸。风把零散的稿纸吹起来,让它们像蝴蝶那样飞来飞去,在一座座书的山丘上掠过,在山巅上招展并发出欢笑,或又滚下山谷去沉睡。那只猫像张望一群鸟儿那样地张望飞舞的稿纸,转着头仰视它们,或扑向它们,或被它们惊得逃窜,躲在山洼里依然保持着对它们的欲望。

F叫着N的名字,在那只猫的陪伴下走遍所有的房间。但是没人应,哪儿都没有人。他想给家里打个电话,报告这儿的情况,问问父母知不知道N家出了什么事。但电话里什么声音都没有,电话被掐断了。到底发生了什么事?F坐在书山上,抱着那只惊魂未定的猫,一直等到阳光退出窗外,N还是没回来,N的父母也没回来。他把窗一一关上,把门一一关上,在倾倒的书山中推开一条路。他把门厅里的壁灯扭亮,给N留下一张字条插在壁灯上:我来过了。不知出了什么事。猫先跟我去,它饥肠辘辘。

106

过了三天,N和N的母亲回来了。

那三天里,F每天下了课就往N的学校跑,N不在,N的同学说她这几天都不住在学校,F转身就走,骑上车飞奔回家。那三天晚上,F回到那座美丽的房子,不让父母知道,直接到N家去,但看见的只是那张字条孤独地插在壁灯上。那三个冷清而惶恐的夜,F与那只猫在一起,不开灯,躺在书山上不断地从噩梦中惊醒。第四天晚上,他一走进院门就看见N家有灯光。他大步跑进N家,见N和N的母亲正坐在孤零零的饭桌前吃晚饭。那些书大多不见了,一本本写了字的稿纸也不见了,一排排的书架都不见了,只剩很少的几件家具码放在角落里。

F愣愣地站了一会儿,问:"你们也得走吗?"

N和N的母亲互视,无言。

"你们要到哪儿去?你们也得跟伯父一起去吗?"

N 的脸上没有表情。N 的母亲请 F 坐下,坐下说。

那只猫跳到他怀里。

"我们不过是,"N 的母亲说,"要搬出这个院子,到别处去住。"

"哪儿?"

"不远。还在这座城里。"

"真的? 不到西北的大山里去吗?"

"不。如果要说方向嘛,倒正巧是东南。"N 的母亲神情自若,甚至面带微笑。

"东南,这座城的东南角。换个环境,不好吗?"

N 把那只猫接过去,一心一意地爱抚着它。

"可我不相信伯父他会是……"

"嘘——"N 的母亲示意 F 不要再说。

那一声"嘘"很轻,但在空空荡荡的屋子里仿佛响了很久,仿佛全世界都在屏息聆听它。三个人都不再说什么,目光投在三个方向。屋子显得很大,甚至辽阔,窗和门相距遥远。四壁空空,仿佛没有被踩过的雪。

那只猫"喵呜——喵呜——"地叫着,在四壁间震起回声。

"以后再到我们家来,可能,你应该加一点儿警惕了。"

"不,不会。伯母,我不会的。"

"你……唉,你们俩可真是年轻。"N 的母亲看看 F,又看看 N。

"伯母,我不会那样的,我不是那种人。而且我相信伯父他不是……"

"如果你相信,"N 的母亲又急忙打断他,"只要你相信他是坦诚的就够了。他如果错了,你相信,他可能错在很多地方,但他没有错在良心上,这就够了。不要再多说了,我想你们……毕竟也是不小了。"

"以后,要是你还愿意来看看我们,你就到……哦对了,我给你一个我们的新地址。"

"什么时候搬？"

"礼拜日。"N说。N和那只猫一起看着F。

"那我来帮你们搬。"

"不行。"

"为什么？礼拜日我没有事呀？"

"我说了——绝对不行！"

"怎么啦，伯母？"

"那天这座楼，所有的窗子后面都有眼睛。"

"我不怕。"

"可我怕。"

107

礼拜日，天还没亮，F就骑上车到N的新家去了。

这是他头一次走进这片灰暗芜杂的楼区，此后的三年中他将要百次千次地到这儿来，有时候一天中就要来好几次。而且未来，有一个万死不悔的夜晚在那儿等着他，但只一夜，疯狂而辉煌的一夜。

F找到了那座楼。楼前有一群孩子在游戏，又脏又快乐，以后F将常常看见他们并羡慕他们。他找到了三层上的那套房间。八个房门中的七个都传出礼拜日早晨嘈杂的家庭交响曲，只有一个锁着，寂无声息，这一个显然就是N从今往后的家了。他在那门前站着，一无作为甚至一无思想。八个门中的七个不断地有人出来，或提着拖把、或攥着手纸、或端着尿盆从他面前走过，一路向他行注目礼，甚至在拐进卫生间两手向腰中摸索裤带时还回头再把他审视一回。以后，F将要在这样的目光中经受三年考验，而最终与他们不辞而别。

搬家的车到了。N的母亲看见F，只对他说："那就别站着，动手搬吧。"F被这句话感动着，整整那一天他再没有站过或坐过一分钟。

N 的母亲看见，从昨天到现在，F 和 N 的目光时常相遇，但互相没有说过一句话。N 的母亲想到，这正是所谓"风暴眼"吧，又差不多是一场战争前的沉寂，但可惜他们不可能永远都待在那一块平安的地带和纯净的时间里。N 的母亲知道，未来是不可阻挡的，不管那是什么。

里外间，两间小屋，都安顿好了，N 住里间，母亲住外间，不多的家具安排得很紧凑。看样子还不坏。两个年轻的大学生站在门口往那屋里看，看他们平生的第一回创作。光线渐渐地昏暗了。因为匆忙中忘记买灯泡了，少女 N 点起了一支蜡烛。三个人围着那烛光坐下，开始吃冷面包和一条冷熏肠。

N 的母亲说："这倒很像是一次圣餐。"

N 的母亲说："确实像基督徒们说的，感谢主赐给我们食物。"

N 的母亲说："好像还应该有一点儿音乐，是吗？"

N 的母亲说："要不要我给你们弹支曲子？"

N 说："妈，你累了。"

F 说："要不，放张唱片吧？"

N 把电唱机端出来，随便拣了一张唱片。我想，也许正巧就是画家 Z 最喜欢的那一张——天苍苍，野茫茫，落日如盘异地风烟中的那激荡的歌舞，那近看翩翩远闻袅袅的歌舞……

三个人啃面包的速度都渐渐放慢，目光都盯在那一点摇动的烛光上。N 的眼眶里，两团晶莹的东西一点点涨大。N 扔下面包，跑上阳台。

"别，别管她，"N 的母亲把 F 按在椅子上，"到现在，她一直都忍着呢。"

108

再次想起点亮那支蜡烛，是另一个夜晚，是母亲不在家的日子,母亲去西北探望父亲却终于没有见到父亲,是她在回程的列车上泪水不干的那个长夜。酷热的八月,暑假的最后一天。

N不像O或T那样胆小。F不像WR那么胆大。

两间房子没有独自的卫生间。

F来时,里屋门关着。

"喂,我能进来吗?"

"哦,不,等一会儿,我洗澡呢。"

F心里一乱,但老老实实地坐下来等着。

"你吃过晚饭了吗?"

"我就是来给你送晚饭的。"

"什么呀? 好吃的吗?"

"但愿你会认为是好吃的。反正,反正总比煮挂面强吧。我可不想再跟你一起吃那玩意儿了。"

"那你就赶快去找一个会做饭的吧,跑这儿来干吗?"

"我,我不是那个意思。我是说……"

里屋传出水声和笑声:"老天爷,你要是能有一点儿幽默感,说不定我现在就想嫁给你了。"

F的心嗵嗵地跳,哪儿还去找幽默感呢。现在,现在,现在……F坐在那儿设想着N的现在,现在,此时此刻,N的美丽动人……但设想不出,或者是不敢相信,觉得生理学和解剖学上那些烂熟的名词和形象不能与她符合,对她甚至是亵渎。还谈什么幽默呢。他坐在那儿一声不响,大气也不敢出,生怕N会窥见他庸俗的欲望。

"喂,你走了?"

"哦,没。什么事?"

又是水声和笑声:"我还以为你走了,或者死了呢。"

远远的,在很远的地方,一只白色的鸟正朦胧地舒展翅膀。

"喂,我真想去游泳。可惜这附近哪儿都没有个能游泳的地方。"

"你知道吗,小时候在澡盆里我就学会游泳了。爸爸把我按在水里,说游吧,把我吓得直哭。"

"那时候我们在南方。南方,我跟你说过,到处都能找到可以游泳的小水塘。我还记得我和好多小男孩儿、小女孩儿在小水塘里游泳,一丝不挂可真痛快呀,累了就趴在池塘边晒太阳,热了就又跳到水里去……"

南方,那只白色的鸟儿鼓动翅膀,起飞了,在暮天中,在青年医生的心里和身体里,一下一下扑打起翅膀。

"有一次我和爸爸妈妈到山里去玩,住在爸爸的一个朋友那儿,那个朋友是看林人。晚上我躺在床上,听见满山的树像浪涛一样地响,有时候传来几声鸟儿叫,我问是什么鸟儿叫,妈说是猫头鹰。我有点儿害怕。妈说你怕吗?我不说话,我真是有点儿怕。爸说你怕吗?我说有点儿。爸说,那我们去走走吧,看看'怕'是个什么玩意儿吧。妈说好极了我们去看看那到底是怎么回事,妈说我们去吹吹夜风,去闻闻夜里山是什么味儿,月亮、树、草都是什么味儿。你说他们俩是不是都有点儿精神病?

"我们就走出去,月光很亮,走在那山林里,到处都很静了,听得见很多小昆虫在叫,我们一路走一路又笑又喊又唱,绝对的——仨精神病患者。我们使劲喊,亮开嗓子唱,妈说太好了多亏你爸想出这个主意,爸说那你们就喊吧唱吧这儿没有人管你们,妈说太好了真是太好了,人真是难得这样,难得有这样的机会。

"后来我们到了一个小水塘边,妈说我们何必不游它一泳?我说我们没带游泳衣呀?妈说这儿没有别人天黑了这山里没人来,怕什么?爸说好主意绝对是个好主意,我们都快让衣服给勒死了,都快不知道风吹在屁股上是什么滋味儿了。妈说那就让风吹吹我们的屁股吧,让月亮照耀照耀我们的屁股吧。爸说唉,真可惜,我们的女儿可是已经大了。妈说真糟糕你怎么这么快就长大了呢?妈对我说,那只好你一个人到那边去,我跟你爸在这边。我说,咦?这就奇怪了,应该我们两个女人在这边,让爸到那边去他是男人呀？爸和妈都给逗笑了,我说笑什么笑,我说的不对吗……喂喂,你听着呢没有?"

"噢,听、听着呢……"

又是水声、笑声。水声和笑声中,白色的鸟儿振翅高飞,从南方飞来北方,从南方到北方都是那鸟儿飞翔的声音……

"那……"F说,"那我,先去把吃的东西热一热吧。"

F回来的时候,N好像不那么快活了。N穿着一件旧睡袍,坐在桌前呆呆的。F把饭菜放在桌上,要去开灯。

"别,别开灯,"N说。

"天黑了。"

"那也别开灯。"

她可能是在回想童年的那个山林之夜,因而想起父亲,想起母亲现在去看他但不知是否见到了他。

N猛地站起,睡袍在幽暗中旋展一周,她找到了过去的那支蜡烛。把蜡烛点亮,放在他们俩中间——他和她面前。烛光摇摇跳跳,她盯着那一点灿烂看。很久,她脸上又活泼起来。

她说:"你不想……不想看看我吗?"

他看着她,一动都不敢动。

她站起来,睡袍拂动,走出烛光之外,走进幽暗。

他垂下眼睛,不敢去惊动她,不敢惊动那脆弱的时间。

那只老座钟"滴滴答答"地响着,让人想起它从来没有停过。

"抬头看我。

"看看我。

"看我一个人的时候是什么样子。"

他抬起头。睡袍,沿着一丛新鲜挺秀、蓬勃、柔韧而又坚实的光芒掉落下去,掉落进幽暗。

"不,别过来。

"对,就这样看我。

"就这样。

"放心大胆地看看我。

"我想让你，胆大包天地看我。

"我一个人的时候就想让你来这样看着我。

"我想在你面前，就跟我一个人的时候一样。我想不知羞耻地让你看我。"

她慢慢地走来走去，那光芒在幽暗中移动、舒展、屈伸、自在坦荡。那是幽暗中对我们的召唤。我，或者F，或者他人。那是自己对他人的希望，和自己对自己的理想。是个人对世界的渴求，是现在对永远的祈祷。看吧这就是我，一览无余，她是在这样说。看看我，不要害怕，她是在这样说，要放心，要痴迷，不要羞愧。这不是一件羞耻的事，这是粉碎羞耻的时刻。看看，这耸动的胸脯，并不是为了呼吸而是为了激动才被创造的呀，这腰腹不是为了永远躲在衣服里面的，恰恰是为了扫荡那隔膜才一直等待在这儿的，这健康苗壮的双臀难道不应该放她们出来栉风沐雨么？不能让她们在永远的秘密中凋谢，千万不能！不能让她们不见天日，不能让她们不被赞叹，不能让她们不受崇拜，因为她们，不正是凡俗通往圣洁的地点么？她就是这样说的。在喧嚣嘈杂的千万种声音里，可以分辨出她的声音，我，F，或者还有别人，我们可以听见她就是这样说的，这样宣告。所以来吧，此时此地她们不是一触即灭的幻影，她们尊贵但不傲慢，她们超凡但并不脱俗，她们有温度，有弹性，有胳痕，有汗，是血肉，但那血肉此时此地恰是心魂的形态……

F冲过去，双唇压住N的双唇，然后走遍她的每一处神奇和秘密，让她软弱地喘息，让他们俩在喘息中互叫着对方的名字，让两个肉体被心魂烧得烫烫的……

"我一个人的时候，你为什么不来？"

"你一个人的时候就总是我和你在一起的时候，记住，以后也是这样。"

"我一个人的时候，你就胆大包天地来过我的房间里吗？"

"是的，来过，在梦里。"

"不，不是在梦里，是真的，我要你爱我，我要你对我有欲望，你就来了，你就也看见了我的欲望。"

"是，是的，那是真的，我忽然觉得我好像没有过一个人的时候，我一个人的时候就是我在想你的时候，就是我看见了你的时候。"

老座钟滴滴答答地响着。他们如是说。他们必如是说：

"你看见我，是什么样子？"

"就是现在这样子。"

"就是现在这么赤裸着？"

"就是。"

"就是现在这么毫不知羞，毫不躲藏，这么目光毫不躲闪地躺在一个男人怀里吗？"

"就是，那个男人就是我。"

"就是这么孤独这么软弱这么哭着？"

"不，你从来都不哭。"

"不，我常常哭，哭得好痛快哭得好难看，你没看见？"

"看见了，你哭得好勾人。"

"就是现在这样么？"

"是。"

他们如是说。老座钟不停地走着。他们必如是说：

"就像一个勾人魂魄的妖精吧？"

"和一个被勾去了魂魄的家伙。"

"一个坏女人把他勾引坏了吗？"

"对，勾引坏了，然后她后悔莫及。"

"她要是死也不悔呢？"

"但愿如此。"

"她要是欲壑难填，那么他呢？"

"他万死不辞。"

…………

214

109

"我是不是一个坏女人?"她在他耳边轻轻说。

"我是不是太不文雅端庄?"她的头靠在他的肩上,轻声说。

他看着车窗外的天空,那只白色的鸟,稳稳地飞着。他知道她并不要他回答,她只是要说,要沉在那自由里。

"我算不算是一个放荡的女人?

"我想我可能就是。没准我妈我爸也是,两个疯子。

"我们,是不是太没有规矩了,啊?你和我,是不是一对淫荡的爱人?"她在他耳边轻声地笑。

火车隆隆的声音使别人听不到她的话,所以她大胆地在他耳边说着。她想,周围那些人肯定想不到她在说什么,想不到这个漂亮文雅的女人竟这样引羞为荣,她觉得这实在是一件很感人的事。

"我淫荡吗?"

"不。一般来说,'淫荡'是贬义的。"

"那,什么才是淫荡?"

他没回答。

火车奔驰在旷野上,显得弱小,甩动着一条银灰色的烟缕。他们想不出这个词的含义。我相信,热恋中的人会在这个词面前惑然不解,猜不出它的含义。

未来,F才能对这个词有所理解。在他不得不放弃真诚的爱恋时,在他一言不发,对N的迷茫默不作答时,他理解了这个词。父母要他不再与N来往,不要再与一个右派的女儿来往,不要任性要想想自己的前程,那时他相信世界上真是应该有这么一个词。但是他自己呢?他不得不吗?他不是万死不辞吗?他不是仍然爱着她吗?这样想着的时候,他相信以往人们都把这个词错认了,真诚的一切里面都没有它,背弃真诚的一切理由里面都是它,它不是"不要任性"它可能常常倒是"要想想自己的前程"。有人用前程来开导他的时候,有人用眼泪用心脏病来要挟他的时候,有人整天在观察他在监视他在刺探他,那时他看见并理解了那两个字。在他终于为了两颗衰老的心脏而背离了自己的真心之时,在他终于为了两份残年的满足而使 N 痛不欲生之时,在他终于屈服在威胁和哀求之下离 N 而去之时,一头乌发忽如雪染的那个夜晚,他感到那两个字无处不在,周围旋卷缠绕着的风中淫淫荡荡正是那两个字的声色。

F 和 N 坐在火车上。火车的终点是一个素不相识的小镇。F 陪 N 去那儿堕胎。F 的一个同学毕业后在那小镇上的医院里当医生,幸亏这个同学帮忙。

F 忧心忡忡,他知道那会是怎样令人难堪的局面,医生和护士们的冷眼,窃窃地议论,背后指指点点,甩过来一句软软的但是刻薄的话,用那些冰冷的器具折磨她美丽的身体同时甩给她更为冰冷的讥讽,整个小镇都会因此兴奋因此流传起种种淫秽的想像。

"我不怕,"她在他耳边说,"你放心好吗?我什么都不怕。"

自从发现怀孕以来她一直是这样说。她甚至说她不怕要下这个孩子。她甚至说她不怕挺着大肚皮在人前走,那是生命,是爱,是真诚的结果,不是淫荡。她甚至说,为什么不在我们的结婚典礼上,让他或者她,也伸出小手接受一枚小小的戒指?为什么不让这个孩子,来证明我们的自由真诚呢?为什么不让他或者她,亲眼看见自己庄严的由来?

当然不可能。这世界不允许。

她说过:"只有这一点,我觉得遗憾。"

她曾说:"他,或者她,是在最美丽的时刻被创造的呀!"

她说:"因此,他们与众不同!"

她曾在日记中写道:"如果得请你们先回去,请你们先等一等,请你们别急晚一些再来,那,肯定是我们还太软弱,但我们保证:我们还要在那样的美丽时刻创造你们。你们有权利那样希望,希望自己不是来自平庸。"

车窗外有了灿烂的金黄色,有了一阵强似一阵的葵花的香风,那个小镇就要到了。

<h1 style="text-align:center">110</h1>

时隔二十多年,F医生在那片灰暗芜杂的楼区里徘徊了很久,朝那个牵心动魄的窗口张望多时,不见N的踪影也没有她的消息。这时,那个老人走过来。

"您,怕不是要找N吧?要找那母女俩,是吧?"

"是。"

看来还是当年那个老人,并不是那老人的儿子。

"她们搬走好几年啦。"

"搬到哪儿去了?"

"N的父亲回来了,平了反,落实了政策,他们搬走了。"

"搬到哪儿去了,您知道吗?"

"她父亲原来是个有名的作家,现在还是。是什么还是什么。"

"您不知道他们搬到哪儿去了吗?"

"您可是大变了模样儿了。除非是我,谁还能认得出您来?"

"没人知道他们搬到哪儿去了吗?"

"没有。我要是也不知道,这儿就没人能知道了。这么多年了,您可还好吗?"

"哦,这些年您也还好?您有七十了吧?"

"八十都多啦。好好,好哇。怎么还不都是活着?可话又说回来了,末了儿怎么还不是都得死?谢谢您啦,还惦记着我。"

F离开那片芜杂的楼区,没有回家,直接走进那个夏天的潮流里去。他从老人那儿明白了一件事:凭这头白发,很少还有故人能认出他来了。他可以放心大胆地到N身边去了,去提醒她,保护她。那道符咒顷刻冰释,男人的骨头回到了F身上。他想:现在,他应该在 N 的身边。他想：她不会认出他来了,这真好,"纵使相逢应不识",这着实不坏。这样,他就不至于受那种客套、微笑、量好的距离,和划定的界线的折磨了。他一路走一路想：他要在她身边,在危险的时候守在她身边,在她需要他的时候不再离开她,这是他唯一可做的事了。

111

因而未来——数月后或数年后,不管女导演 N 在哪儿（在国内还是在国外）,如果她拍摄的那几本胶片没有丢失,已经洗印出来,她对着阳光看那些胶片时她必会发现,在那两个青年演员左右常常出现一头白发,那头白发白得那么彻底那么纯粹在炽烈的阳光下熠熠生辉。如果 N 对那头白发发生了兴趣,赞叹这个老人的激情与执著,想看清他的模样,那么她必会发现,这个人总是微微地低着头,那样子仿佛祈祷仿佛冥思仿佛困惑不解。如果 N 放映这几本胶片,她就必会发现,这个一头白发的男人似曾相识,他的一举一动都非常熟悉,他低头冥思不解的样子好像是在演算一道难题,那神情仿佛见过,肯定是在哪儿见过。但无论如何,无论哪一种情况,不管 N 是在哪儿看那些胶片,都一样——那时 F 医生已不在人世。如果有人认出了他,如果时隔二十几年 N 终于认出了他,大家记起了二十几年前那个乌发迅速变白的年轻朋友,那么,F 将恢复男人的名誉,将恢复一个恋人的清白,将为一些人记住。否则人们会以为他那平静的水面下也只有麻木,从而无人注意他那一条死水何时干涸,年长日久,在被白昼晒裂的土地上,没人再能找到哪儿曾经是 F 医生的河床。

十二　欲望

112

早在诗人 L 与 F 医生初识的那个夜晚,即 L 痛不欲生,把一瓶烈酒灌进肚里的那个病房之夜,L 就曾问过 F:"你看我是不是一个淫荡的家伙? 我是不是最好把这个淫荡的家伙杀掉?"

"这话从何说起?"

"医生,我看你是个信得过的人。"

"这个嘛,只好由你自己来判断。"

"我想你送走的死人一定不算少了,但你未必清楚他们走的时候都在想些什么,还在希望什么。"

"要是你想说说,我会守口如瓶。"

"那倒不必,我甚至想把自己亮开了给全世界都看看。我怕的只是他们不信。我只是希望你能相信我,相信我既是一个真诚的恋人,又是一个好色之徒。我希望你能相信这是真的,哪一个都是真的,真诚的恋人和好色之徒在我身上同样真切。出家人不打诳语,要死的人更是不打诳语。"

113

诗人说:我生来就是个好色之徒。我生来的第一个记忆就是,我躲在母亲怀里,周围有许多女人向我伸出手,叫着我的名字要抱抱我,那时我三岁,我躲在母亲怀里把她们一一看过,然后向其中的一个扑去,那一个——我大之后才弄懂——正就是那一群中最漂亮的。我不记得有过一岁和两岁,我认出自己的时候我已经三岁。我最早被问到几岁时,我伸出三个手指说:"三岁。"我三岁就懂得女人的美丽,圆圆的小肚皮下那个男人的标志洁白稚嫩,我已经是个好色之徒了。

　　诗人说:可我生来就是个真诚的恋人。我把我的糖给女孩儿们吃,把我所有的玩具都拿出来随便她们玩,随便她们把糖吃光把玩具弄坏我都会愿意,我只是盼望她们来,盼望她们别走,别离开我。我想把我的婴儿车也送给一个大女孩儿,她说"我可真的拿走了呀",我担心地看看奶奶,不是怕她真的拿走,而是怕奶奶会反对,奶奶要是反对我将无地自容。我咿咿呀呀叽里咕噜地跟一个大女孩儿说我的事,我想把我所有的心思都告诉她,我想跟她说一句至关重要的话,但我还太小,说不清楚。

　　诗人说:那时候我三岁,找不到一个恰当的词表达我的心意。但那心意已经存在,在那儿焦急地等待一个恰当的词。女孩儿们离开时我急得想哭,因为我还是没找到一个恰当的词,那句至关重要的话无依无靠无从显现。女孩儿们走后,周围的光线渐渐暗下去,渐渐地凉下去沉郁下去,越来越远越来越缥缈。我现在还能感觉到那光线漫长而急遽的变化,那孤独而惆怅的黄昏到来。我一声不响独自细听心里那句至关重要的话,想听出它的声音,但它发不出声音,因为我给它找不到一个词。母亲发现,三岁的男孩儿蹲在早春的草丛里,一声不响蹲在落日的前面,发现他在哭,不出声地流泪。母亲一定不知道这是为什么,而我无以诉说,那句话找不到一个恰当的词因而发不出声音。这真急人。这真难过。我依偎在母亲怀里,闭上眼睛不再看太阳,光线正无可挽回地消逝,一派荒凉。

　　诗人说:所以后来我一见到那个词,我立刻大舒一口气,仿佛挖掘了几千年的隧道非常简单地崩塌下最后一块土方,豁然开通了。那个词一经出声——爱情——我就惊得回过头来。"爱情，爱情!"就像听见有人叫我的名字那样我立刻回过头来认出了她，知道我寻找了多年的那个词就是她。就是这两个字，就是这声音，毫无疑问。

诗人说：那时候我除了盼望女孩儿的美丽，并没有其他念头。那时我可能五岁，或者七岁，我对女孩儿的身体并没有特殊的关注，我觉得她们的身体和她们的脸、和她们的微笑、和她们的声音一样，都让我感到快乐和晴朗。和她们在一起充满希望。我跟在一群女孩儿身后跑来跑去，听凭她们调遣，心里充满希望。希望什么呢？现在我知道，是希望那亲密的时光永不消逝，希望她们高傲的目光依然高傲但不要对我不屑一顾，希望她们尊贵的声音总是尊贵但不会让我走开，希望她们跟我说话也听我说话，那时我就会把我心里所有的秘密都告诉她们，我希望任何时候她们都不避讳我都不丢弃我，不会转脸就把我忘记，亲密而欢乐的时光不会因为我只是去吃了一顿饭回来就变了样子，变得凄冷、陌生。我害怕忘记，我害怕那两个冷漠的字，"忘记"这两个字能使一切珍贵的东西消灭，仿佛不管什么原本都一钱不值。

（诗人可能还会想起我的那个足球。我想，L会不会也认识一个可怕的孩子？当然，对L来说那是一个残酷的夏天，诗人最初的欲望被那个夏天的末尾贴在了墙上。）

诗人说：而这一切希望，现在我知道，全是为了有一天我能把我的一切心意原原本本地告诉她们，让她们看见我的美好也看见我的丑恶，看见我的纯洁、我的污秽、我的高尚和我的庸俗，看见我的欲望多么纷纭可我的希望多么纯洁。一切希望，我现在知道，就在于她们看清了我的真相而依然不厌弃我，一切欢乐都不改变。否则我总担心那欢乐会倏忽消逝。我怕我是一个假象，我害怕我会欺骗了她们，我怕我会辜负了她们的信任，我怕不小心我的假象会被戳穿。我害怕这害怕本身，我害怕小心谨慎乃至提心吊胆会使每时每刻的欢乐都变质。总之，我怕她们一旦看清我的真相就要让我走开,我盼望她们看清了我的真相而我们的亲密依旧……

诗人说:从生到死,我的一切希望和恐惧,莫不于此。

诗人说:所以,我对我的恋人说,我既是一个真诚的恋人,我又是一个好色之徒。我对她说,我不能离开她,我不能想像离开她我可怎么办……但我对她说了我对所有美好的女人也都着迷,我让她看见了我的真相,而她,就离开了我……

114

诗人,和他的恋人,从镜子里面,观看自己。

一点烛光,稳稳地,不动。并不要求它固定在哪儿。

那一点光明在两面镜子之间扩大,照亮幽暗中他们的裸体。

他们独立地站着,同时看见自己和对方,看见一个男人和一个女人的欲望。

他们不约而同把头扭向对方,激动、惊讶。

人很少能够这样观看自己。

像这样,一起观看他们。自己在他们之中。他们就是我们自己。

他们扭动一下身体,证实那就是我们。证实那就是你,和我。证实两个常常必须互相藏起来的形象和欲望,正互相敞开,袒露给对方。

在两面镜子之间,转动、屈伸、舒展,让两个形象的差别得到夸张。

让男人和女人的不同,被证明。

你,和我。你和我的,不同。真的,世界上有这么不同的你和我,有两种多么不同的花朵。

让明朗的和含蓄的都到来。让粗犷的和细腻的、昂耸的和荡漾的,都开放。让不同的方式都被承认。

诗人和他的恋人,互相牵一牵手。牵着手转换位置,确信这不是幻觉这是真实,确信这一时刻的不同平常。

换一个位置或者再换一个位置。突然,紧贴……跪下……扑倒……

随后,料必无比疯狂。

那疯狂不能描写。不是不敢,是不能。

是语言和文字的盲点。

那疯狂很难回忆,无法诉说。因为它,没有另外的方式可以替代。

它是它,或者不是它,别无蹊径。

它本身就是词汇,就是语言,就是思想,就是想像的尽头。

如果它足够疯狂,它就消灭了人所能够制造的、所有可以归为光荣或归为羞耻的语言。因为那时它根本的欲望是消灭差别。

两面镜子之间是无限的空阔。当然那要取决于光的照耀。我有时想,两面相对的镜子之间,一支烛光会不会就是无限的光明,一点黑暗会不会就是无限的幽冥,一个男人和一个女人会不会就是人间,一次忘我的交合会不会就是一切差别的消灭……

叫喊、呻吟、昏眩。之后,慢慢又感到夜风的吹拂。

慢慢地,思绪又会涌起,差别再度呈现。躺在烛光和幽暗中,他们,到底还是两个人。是具体的:一个男人和一个女人。

因之,在他们以外必有一个纷纭繁杂的世界。

必定有一些不可把握的事物让人担忧。

她说:"你是不是,爱我?"

我想,诗人会说:"当然。"

她说:"你,是不是只爱我?"

我想诗人会说:"是,当然是这样。"

她说:"但那是否,只是情欲?"

诗人会说:"不。"他会说:"那是爱情。"

她说:"可要是,要是没有我呢?"

诗人 L 侧转脸,看她的表情。

她说:"要是我还在南方,并没有到北方来呢?"

她说:"要是我到北方来,可并不是到这座城市来呢?"

她说:"要不是那天我在美术馆里迷了路,我就不会碰到你。"

她说:"我推开了右边的门,而不是左边的门,所以我顺着一条走廊向西走,那时夕阳正在你背后,我看见你迎面走来,那时我们谁也不认识谁,我们谁也想不到我们马上就要互相认识了。"

她说:"我完全是因为走迷了路。我完全可能推开左边的门而不是右边的门。要是那样的话,我们可能就永远错过了。"

她说:"这很神秘是不是?"

她说:"两个人,可能只有一次相遇的机会,也可能一次都没有。"

她说:"我们迎面走来,在一幅画前都停下来。那幅画,画的是一根巨大的白色的羽毛,你还记得吗?"

她说:"我看着那幅画,不由得打了个冷战。你就看看我,笑了,说'真对'。我说'你笑什么,你说什么真对'? 你说'真的,这画让人觉得无比寒冷'。我们就一起在那幅画前站了很久,说了很多,称赞那位画家的天赋,猜测他高傲的心里必是有一缕像那羽毛一样的寒冷不能摆脱。"

她说:"其实,我完全可能推开左边的门,然后顺着向东的走廊走……"

我想诗人会欠起身来看她,看她的光洁和朦胧,看她的实在,看光明和幽暗在那儿起伏、流漫,风在那儿鼓动。我想,L应该知道她想说的是什么。

她想说的是:"我对于你,是一个偶然。"

她想说的是:"可女人,对你来说却是,必然。"

她想说:"那为什么,你不会对别的女人也有这样的欲望呢?"

我想,这样的时刻,男人必定只能扑在女人独特的气息里,迷茫地在那儿吻遍。

115

诗人知道,随即她想说的必然还有:"那为什么你说,你只爱我呢?"必然还会有:"如果那不是因为我,而是因为我是女人,为什么那不直接叫做情欲,而要叫做爱情?"然后还有:"那么你是不是只对我有这样的情欲呢? 如果只对我才这样,要是没有我呢?"还有:"要是我们没有那个偶然的机会相遇,你的情欲怎么办呢?是不是总归得有一个实现情欲的机会呢?"还会有:"那时,你会不会对另一个女人也说'这是爱情',说这是唯一的,说'我只爱你一个'呢?"

多年来让诗人害怕追问的东西,随着夜风的吹拂,纷纷飞来。他不由得抬起身,离开她,跪在她身旁不敢再触动她。

并非是她、她的每一部分,或她的某些部分,神圣不可触动。而是她的全部,这样坦然的赤裸,这样平安、舒缓的呼吸,这样不经意甚至是放肆的姿势,平素的高雅矜持和此刻的放心自在,使谎言不能挨近,使谎言粉身碎骨。男人的谎言,在她安逸、蒙眬的睡意旁,在童年般无猜无忌的夜风里,被捉拿归案。

因而我清楚地看见,诗人对很多女人都有欲望,在过去有过,在将来而且还会有。我早就知道他是个好色之徒。他为此厌恶自己,诅咒自己,但他本性难移。他感到他永远都会这样。让自己变成一个纯洁的人,他甚至没有什么信心。任何时候,他都能在人群中一眼就发现那些漂亮的女人,还没来得及诅咒自己的幻想,幻想已经到来,已经不着边际地编织开去了。十几岁的时候他就对母亲说过:"妈妈,我怎么老在想坏事?"那时天上飞着一只白色的鸟,我记得那只白色的鸟飞得很高很慢,永不停歇。诗人的幻想也是这样,也是永不停歇。

L 向他的恋人承认:"我是个无可救药的好色之徒。"

L 对她坦白:"吸引我的女人并不止一个,并不止十个。

很多。"

他说："看见她们，我就感到快乐，感到兴奋。"

他说："感到她们的存在，才感到一切都有了希望。我每时每刻都在幻想里。除了幻想，我百无一用。"

诗人对他的恋人说："我幻想她们独处时的样子，幻想闯进她们独处时的自由里去，幻想她们并不因为我的闯入而惊惶，而躲避，而斥骂。为此我甚至希望我也是女人，但就怕那样反而见不出她们的美妙。我幻想她们的裸体、她们的声音、她们的温度、她们的气息，幻想与她们纷纷谈情做爱……"

他说："我的幻想一分钟都不停止，我的欲望一秒钟都不衰竭。但请你相信，我……"

他说："我并不曾胡作非为。"

"不是因为你不想，而是因为你不敢。"恋人平静地说。

他说："我不知道。不知道是不敢，还是不想。但是我爱你，这我知道。"

他说："如果是不敢，也是因为怕失去你。因为怕失去你，我甚至不想。"

他说："为了不失去你，我不想那样做，也不想那样想。"

他说："你别离开我，永远别离开我。"

他说："但我还是常常那样想，那幻想无法摆脱。毫无办法。"

他说："真的是毫无办法。在梦里，我梦见所有我喜欢的女人。没有人像我这样无可救药。"

他说："奶奶早就说过，我要毁在女人手里。"

"或者是女人毁在你手里。"恋人平静地说。

她安静地肆无忌惮地躺着。他跪在她身边。

在光明和幽暗中，诗人看自己那朵低垂的花，心想他真的是不是罪恶之源？

"你怎么不来？"她轻声地问。

"哦……什么？"他胆怯地看她。

"你不是甘心毁在女人手里么?"

"嗯?"他以询问的目光看她。

"你不是要让我,毁掉他吗?"她的声音很轻,但是急促。

随即的疯狂更是无可遏制,无法描绘。因为那独一无二的方式无以替代。

"哦……"在那疯狂中他说,"你原谅我吗?"

"我喜欢,我喜欢你的诚实。"

"你饶恕我了?"

"是的,哦,是的,"在那极度的欢乐中她说,"我喜欢你这么野蛮。"

甚至无从记忆。只能推想在那一刻,在宇宙全部的轰响里,应该包含他们的呼喊……

<h1 style="text-align:center">116</h1>

但在另一种时间,L 的恋人会有另一种情绪。另一种情绪,会使她对诗人 L 的坦白有另一种想法。

无法使恋人们的狂欢之夜无限延长。激流奔涌过崇山峻岭,冲进开阔地带变得舒缓平稳的时候,另一种情绪势必到来。所有的海誓山盟都仅具现在性,并不能保障未来。与其认为这是海誓山盟的悲哀,不如看清这是海誓山盟的起源。对于别人的情绪,我们无从把握,我们害怕在别人变化了的情绪里受到伤害,所以我们乞灵于海誓山盟。海誓山盟是掩耳盗铃式的恐惧。海誓山盟证明孤独的绝对。这并不怪谁,这是我们的处境。就像童年那个秋天的夜晚我抱着一只破足球回家的时候。因此我们一天天学会防备,学会把握自己。要袒露还是要隐藏,自己可要慎重。还有一个词,"自重",说的好像也是这个意思。但诗人,他宁可毁掉自己。他不仅要袒露的肉体他更要袒露的心魂,此人执迷于真相。

但另一种情绪,会是一样地真切、强烈、不可遏制。不一样的是,它要越过袒露本身去看袒露的内容,便又在那内容里看见别人的不可把握,看见因此自己可能受到的伤害,看见了孤独的绝对。

另一种情绪随时可能产生,甚至并不听由自己把握。具体而言,是诗人和他的恋人在一间借来的小屋里同居了很久之后,是诗人L终于得到一套属于自己的房子之时。诗人说:"也许我们不妨结婚吧?"他的恋人说:"为什么?"那时女人忽然有了另一种情绪,便跨越过诗人的袒露去看那袒露的内容:那个如梦如幻的小姑娘是谁?在酷热的夏夜他一遍遍地给她写信的那个少女,她是谁?那个"不要说四十岁,八十岁也埋没不掉她脸上的童话"的女人,是谁?那些纷纷走进诗人梦里的她们,都是谁?她们曾经在哪儿?现在她们到哪儿去了?有一天她们会不会回来?

接着是阳光明媚的礼拜日早晨,他们一起去看那套两居室的住房,一路上女人一声不响。诗人像一只亢奋的雄鸟,叽叽咕咕地描绘着筑巢的蓝图,女人在自己变化了的情绪里忽然又发现出一个严重的问题:我与许许多多的那些女人的区别是什么?在他心上,在他的欲望里,和在他实际的生活中,我与她们的区别是什么?是什么样的区别?

一座灰色的三层楼房,坐落在一片芜杂的楼区里。这儿的楼都是三层,一样的颜色,一样的形状,一样的姿态,像是一条条停泊的也许再不能起航的船。每个窗口都招展开斑驳灿烂的被单、衬衫、尿布、老人的羊皮袄以及女人的花裤衩,仿佛一支难民船队。走进去,走廊昏暗狭窄,两旁等距离排开一个个家门,除去一个锁着的寂无声息,其余的门中都传出礼拜日早晨独有的欢闹。那一个锁着的,就将是他们的家了。

诗人大步走在前面。

女人忽然想起以往,他们在借来的小屋里同居,在众目睽睽下同居,她问他:"家是什么?"他的指尖在两个人赤裸的身体之间的月光里走一个往返,说:"家就是你和我,没有别的,就是你和我在一起的时间和地点。""那么爱情呢,是什么?"他的指尖再次在两个赤裸的胸脯之间的寂静里走一个来回,说:"爱情就是从这儿到这儿互相敞开,完全畅通。""那为什么就是你和我?""因为恰恰是这样,恰恰是你和我。"

其余的门里不断地有人出来,或提着拖把、或攥着手纸、或端着尿盆从他们面前走过,一路向他们行"注目礼",甚至在拐进卫生间两手向腰中摸索裤带时还回头再把这对新邻居审视一回。诗人颤抖着好久不能把钥匙插进锁孔。他的恋人轻声说:"可为什么,恰恰是这样?""你说什么?"L没听懂她的话,一心一意开那把老锁。

两间房,中间一个门相通,还有一个阳台。除了卫生间和厨房是公用的,其他无可挑剔。门窗无损,墙也结实,屋顶没有漏雨的迹象。诗人里里外外地巡视,吹着口哨,盘算着应该怎样把这个家布置得不同凡响。她呢,她大概地看了一下,就走上阳台。

她从那儿向四周的楼群张望。

诗人在屋里说墙壁应该粉刷成什么什么颜色的,大概是说一间要冷色的,一间要橘黄色的。"喂,你说呢?"

"哦,不错。"她应道。

诗人站在屋子中央又说家具,好像是说除了写字台其余的东西都应该吊到墙上去,向空中发展。"要让地面尽量地宽阔,是不是?"

"行,可以。"她说。

诗人好像是躺在了里间屋的地上,说床也不必要,把地上都铺上草垫到处都可以睡,电视固定在屋顶上屏幕朝下。"怎么样你看,啊?你怎么了?"

诗人走上阳台,走到恋人身旁。

"你干吗呢?"

她说:"你随便选定一个窗口看。"

"怎么?什么意思?"

"随便一个窗口,里面肯定有一个故事。你不知道那儿正在发生着什么,但肯定正在发生着什么。你不可能知道是什么事,但那件事,非常具体。"

诗人逐一地看那些窗口。

"你再看那些树。"

诗人看那些树,再扭转头询问般地看他的恋人。

"所有那些树,"她说,"树叶肯定有一个具体的数目,但是没人知道到底是多少。永远没人知道,但有一个数字非常真实。"

说罢,她转身走开。

诗人跟进屋里,见她坐在墙根儿下,抱拢双膝一声不响。

"怎么了,你?"

"我们也许,"她说,"并不是爱情。"

他走近她。但她走进里间,关上门。

她在里间说:"你能告诉我吗,我与许许多多那些女人的区别是什么?"

他还在外间:"哪些女人?"

"所有你喜欢的那些。和她们在一起,你也会感到快乐和兴奋的那些。让你幻想的那些,让你幻想和她们做爱的那些。"

他推开里间的门,看她:"你没有宽恕我。"

"不是这个意思。"

他走进来,走近她:"你说过你原谅我了,你说你理解。"

她走开,走出去:"不。我只是忽然不明白,我与她们的区别是什么。"

诗人回答不出。

她在外间:"你需要我,你也需要她们。你否认吗?"

他在里间:"我不否认,但这不一样。"

"什么不一样?"

"我爱你,这你知道。"

"我知道吗?可怎么证明?用什么来证明?"

"我想这不需要证明。"

"但这可以证明。我是性的实现,而她们只是性的幻想,对吗?"

　　他站在里间的门旁:"可我爱你,我们除了性更重要的是爱。"

　　"那,你对她们为什么不是爱? 因为你对她们的幻想不能实现,是吗?"

　　"我不会与我不爱的人有性关系。"

　　"你可以与你爱的人有性关系?"

　　"当然。这是问题吗?"他走近她。

　　"这不是问题。可这正是我与她们的区别,也许还是唯一的区别。爱与不爱,请问,还有什么别的区别吗?"她走开,又走进里屋。

　　很久,两个人都再没有说什么。在我的印象里,那是很长的一段时间,在那段时间里太阳升到了很高的位置。

　　她在里间:"是不是说,爱情就是,性的实现? 是实现性的一条稳妥的途径?"

　　她在里间走来走去:"是不是说,你的爱情仅仅由性的实现来证明?"

　　她在里间,在窗前停下:"还是说爱情仅仅是,受保护的性权利,或者受限制的性权利?"

　　她离开窗前,走到门边:"如果你的幻想能够实现,我和她们的区别还有什么呢?"

　　他在外间,面壁喊道:"可我并不想实现,这才是区别。我只要你一个,这就是证明。"

　　"幻想如果是幻想,"她说,"就不会是不想实现,而仅仅是不能实现,或者尚未实现。"

　　诗人糊涂了。我想,这很可能就是诗人常常对自己的追问和回答,实际上诗人的每次的追问也都是结束于这样的糊涂之中。

　　"那,你能不能告诉我,"诗人问,"爱情是什么?"

　　"我曾经知道,"她摇摇头说,"但现在忘了。"

"那么曾经,对你来说,我与许许多多的那些男人的区别是什么?"

"看见他们就想起你,看见你就忘记了他们。"

在我的迷茫里或在我的羞愧中,诗人走向阳台走得很慢,他的恋人从里间走到外间背墙而立,看着他。在我的印象中,或在写作之夜,诗人站在阳台上伏在栏杆上,他的恋人慢慢坐下坐在外间屋的墙根儿下抱拢双膝,直到落日西沉,直到暮霭四起,直到苍茫之中灰色的楼群如同一望无际的荒岗……

117

L的恋人离开了L。——这就是"看见你,就忘记了他们"吗?

离开,那过程必定很复杂,但结果总是很简单。

就像一棵树,在暴风中挣扎,在岁月中挣扎,但如果折断那只是刹那间的事,"咔嚓"一下简单得让人伤心。或者它焚毁,或者它被伐倒,结束都太简单。结束总是太简单,也许全部的痛苦仅在于此。

她给他留下一封信。只记住其中一句就够了:"你从来就不是爱我,我现在已经不再爱你。"

(我有时猜想,画家Z想起死来便不知所措,必也是因为害怕这简单。千般万般都不免结束于一秒,这太滑稽,至少不够严肃。)

L的恋人去了哪儿,我想这不重要,重要的是她离开了诗人。她可能回到了南方,也可能还在北方,可能在很远,也可能很近,这不重要,重要的是她没有留下地址。重要的是:如果有一个人想去找他离去的恋人,但是不知道她在哪儿,只知道毫无疑问她就在一个叫做地球的地方。

不用说诗人痛不欲生,饮食无味,长夜难眠。但这是诗人L的历史上最为纯洁的一段时期。他不再注意别的女人,一心只想着一个姑娘。走在街上,他甚至分辨不出男人和女人,只能分辨出人山人海之中并没有他要找的那个人。所有美丽的女人都不再能引动他的幻想,他只幻想独一无二的那张面庞、那道身影,幻想着那片笑声随时会从哪儿钻出来,那缕气息于是扑面而来。

L迷茫地在人群里走,幻想也许只要一转身,她就在他身后,朝他微笑,或委屈地看着他怨他怎么就一直没有发现她……

L木然地排在车站上等车,车来了,他幻想也许车门一开她就从那趟车上下来,然后车走了,车站上只剩下他和她默然相对……

下雨了,L在路边商店的门廊下躲避,眼前五颜六色的雨伞碰碰撞撞仿佛在浪上漂流。他幻想也许哪一顶雨伞忽然一歪她便瞬间出现,他冲进雨中,她低头不语,雨把他们淋透,他们毫无知觉……

L站在烈日下,靠在路边一只发烫的果皮箱上,垂目看着路面上滚滚而过的车轮,他幻想猛然感到有一辆自行车似曾相识,定神想一下,不错那就是她,在千万辆自行车中他也能认出她的那一辆,他追上去,她如果不停他就一直追下去一直追到筋疲力尽趴倒在马路上,那么她就会停住就会回来……

但是说什么呢?真要见了她说什么?怎么说?说"你别离开我"?可凭什么?说"因为我爱你"?但是怎样证明?说"因为我只爱你一个"?当然,敢这么说,诗人敢说这不是假的。但是敢说"我只对你一个人有欲望"吗?敢说"只有与你在一起我才感到快乐,别人,不管是什么人都不可能让我心动"吗?敢吗?那是真的吗?我能不能真的是那样?诗人在我的心目中是诚实的化身,所以L,即便在他最为纯洁的那段时期里他也清清楚楚地知道自己是个欲望滔滔的家伙,让他心神向往的女人绝不止一个,不止十个、百个。说"我只是好色而已,幻想纷纭而已,但我不是个胡作非为的家伙,我信仰专一的爱情"?简直连这一点诗人都不敢确定了,他越想越糊涂,这个世界到底是怎么回事,自己究竟是个什么东西……可真是捉弄人呀。

诗人独自走在暮色里。河岸上漫步着对对情侣。诗人眼前倏地出现一幅可怕的幻景：某一对情侣中的一个竟是她，他认出了她同时她也看见了他，她不由得站下来，那陌生的男人并不理会继续往前走，她与他四目相对欲言又止，那陌生男人不明缘由在远处喊她，她来不及说什么或简单地说一句"你还好吗"就匆匆走了……

　　诗人走在河边。落日涂染着河边砖砌的护栏，上面有孩子画下的鸟儿和波浪。他在"鸟儿"和"波浪"旁坐下，心里布满恐惧。落日在河的尽头隐没，两岸的房屋变成剪影，天空只剩下鸽子飞旋的身影，河水的波光暗下去继而消失，但汩汩不断的声响并不在黑暗中消失。诗人的恐惧愈演愈烈，与其说是害怕那幅幻景成真，莫如说是害怕那幅幻景永不磨灭。我记得有一位哲人说过：真正的恐惧，是对恐惧的恐惧。诗人因此明白，他恐惧的是那幅幻景从今以后总要袭来，在所有的时光里都潜伏着那可怕的景象。而且那幻景还会逐日发展、丰富，幻景中她向 L 投来的目光日益冷漠、遥远，她向另一个人投去的目光日益亲近、温馨。在这两种目光之间生命刹那间失去重量，世界显露其无比的不可信任，仿佛只要人们愿意转过脸去就可以使随便什么都变得分文不值。心血枯焦也是枉然，不过像一张被没收的伪币。在这幅图景里，恐惧必不可免地走向怨恨。"这个薄情的女人！""这么轻迁易变的人心！""这个人皆可夫的骚货！"……我能听见 L 心里的千声咒骂。

　　路灯亮了，星星亮了，月亮又使河水泛起波光。传说那夜晚河边有一个醉鬼躺在河堤上又哭又骂，我想那就是诗人。街上的人少了，路上的车没了，河边的对对情侣都离去了。夜静更深，如果河岸上有个疯子骂不绝口闹得附近的居民不能入睡，我想那就是诗人 L。如果忽然，那个醉鬼或者那个疯子停止了哭骂，骤无声息，我想那必是因为 L 骂到"人皆可夫"之时想起了自己是不是"人皆可妻"（不是在行动中而是在他的幻想里）。诗人在我的愿望里是诚实的化身，所以他会想到这一点，因而忽然明白他的恋人为什么总是问："那么，我与许许多多那些女人的区别是什么？"

区别！就像生与死的区别！

诗人躺在黑夜里，我想：如果，她对诗人来说与许许多多那些女人没有区别，为什么她的离去会让诗人痛不欲生？如果她是独一无二的，那么她那天在美术馆里要是推开了左边的门，诗人是不是就不会有现在这样的痛苦了呢？

诗人躺在黑夜里，我想：什么是专一的（忠诚的，始终不渝的）爱情？如果那是普遍的、固有的、自然而然的事，人类又为什么要赞美它？如果幻想纷纭（或欲望纷纭）是真实的、不可消灭的，人类又为什么主张专一的爱情？如果爱情是一种美好的感情，又为什么只应该一对一呢？

诗人躺在黑夜里，我想：那必是由被抛弃者的痛苦奠基起来的赞美，是由于人人都可能成为被抛弃者才广泛建立起来的主张。我想：那是害怕被他人抛弃，而对他人预先的恭维和安抚，威吓和警告。

诗人躺在黑夜里，我想：如果"专一"只是对他人的要求，而不是对自己的控制，这专一为假。如果"专一"不管是对他人还是对自己，只是出于控制，这专一为恶。如果欲望纷纭为真，又为什么要控制，为什么不允许纷纭的幻想变为纷纭的现实？但如果那样，爱情又是什么？爱情与性欲与嫖妓的区别何在？人与兽的区别何在？爱情的不可替代的魅力是什么？这人间为什么，除了性之外又偏偏有一种叫做爱情的东西呢？偏偏有一种叫做爱情的东西，而且被赞美，被渴望，被舍生忘死地追寻？

诗人躺在黑夜里，我和诗人百思不得其解。

诗人的咒骂于是转向自己，他不哭也不喊，坚信自己是个好色之徒是个淫荡的家伙，无可救药。河岸上的野花在黑夜里含苞待放，万籁俱寂，甚至能听见野草生长的坦然之声。诗人忽然亲切地感到，他活着并不使这世界有丝毫增益，他死了也不会使这世界有丝毫减损，他原本是一个零。但这个活着的零活得多么沉重，如果这个圆圆的零滚到河里去趁黑夜漂走，那个死去的零将会多么轻松。诗人想到死,想到死竟生出丝丝缕缕的柔情,觉得轻爽、安泰,仿佛静夜中有一曲牵人入梦的笛箫。

　　早晨,人们在河岸上发现了一个昏迷不醒的男人,高烧,说胡话,叫着一个显然属于女人的名字(就像 Z 的叔叔的话语中,时隐时现的那个纤柔的名字),我想:不管他是谁他必是诗人。人们把他抬到了医院,我想:不管他是谁他完全可以就是诗人 L。那家医院呢,我想,不妨就是 F 医生供职其间的那家医院。

118

　　"F 医生,你没想过死吗?"

　　"想过,想不大懂。"

　　"就像睡着了,连梦都没有,什么都没有了,毫无知觉。"

　　"但那是你醒后的回顾,是你又有了知觉时的发现。而且那时你还会发现:一切都存在,毫无改变,那段毫无知觉的时间等于零,那圆圆的零早已滚得无影无踪了,等于从未存在。"

　　"所以不要再醒来。像睡着了一样,只是不要再醒来,那就是死。多么简单哪 F 医生,那就是死,就什么都没有了。"

　　"你是说绝对的虚无,是吗?"

　　"什么什么都没有了,对,绝对的虚无,一切都没有了。F 医生,那是多么轻松啊!"

　　"首先,什么什么都没有了也就没有轻松……"

　　"随便,那无所谓,我不在乎。"

　　"其次,根本就没有那回事。绝对的虚无根本不可能有。"

　　"怎么不可能有?"

　　"如果有,那又怎么会是绝对的无呢?"

　　病房之夜,间断地传来病人凄厉的呻吟。寂静和呻吟交替。呻吟在寂静与寂静之间显得鲜明,寂静在呻吟与呻吟之间显得悠久。

"有,才是绝对的。依我想,没有绝对的虚无,只有绝对的存在。"

　　"F医生,那……死是什么?"

　　"不知道。也许是又一次开始,另一种开始。也许恰恰是醒来,从一种欲望中醒来,醒到另一种欲望里去。"

　　"为什么一定是欲望?"

　　"存在就是运动,运动就有方向,方向就是欲望。"

　　"啊……我可不想再要什么欲望,不想再有任何欲望。"

　　"你想有,或者你想无,那都是欲望。"

　　"我不如是块石头。"

　　"石头早就在那儿了,你劳驾低头看看这地面。"

　　"我是说我,我最好是一块石头。"

　　"'我'总也是不了石头。石头不会说'我',意识到'我'的都不是石头而是欲望。石头只能是'它'。"

　　"我会变成一把灰的,这你不信吗?"

　　"烧成一把灰,再凝成一块石头,这我信,你早晚会这样的。但是,'我'不会。"

　　"你说什么,你不会死?F医生你清醒吗?"

　　"我并没说F医生,我说的是'我',我是说欲望。欲望是不会死的,而欲望的名字永远叫做'我'——在英语里是'I',在一切语言里都有一个相应的字,发音不同但表达相同的意思。这欲望如果不愧是欲望,就难免会失恋,这失恋的痛苦就只有'我'知道。至于'我'偶然有怎样一个人间的姓名,那不重要,是F,是L,是C,是O,是N,那都一样,都不过是以'我'的角度感受那痛苦,都不过是在'我'的位置上经受折磨。"

　　"F医生,您不必弄这套玄虚来劝我活。"

　　"那你就死吧,看看会怎么样。"

　　"你也不用这么激我。一个想死的人什么都不在乎。"

　　"这我信,而且一个真正想死的人也不在乎死是什么,他死就是了,不会还这么絮絮叨叨声明自己多么想死,想摆脱欲望,想成为一块石头,一把灰,说不定还想成为一块美丽的云彩,一阵自由的风……"

"你是说我并不想死,我是在这儿虚张声势?"

"不是虚张声势,是摇尾乞怜。别生气,一个真正想死的人不会再计较别人说什么。一个拿死说来说去的人,以我的经验看,其实并不是真的想死,而是……"

"而是什么?"

"而是还在……还在渴望爱……"

119

以上对话的双方,有三种可能:

一,F医生与诗人L。

二,F医生与F医生自己。

三,F医生与残疾人C。

如果是一,接下来诗人L必哑口无言,他翻开地图册,一页页翻看,世界都在眼前,比例尺是1:40000000或1:30000000。诗人知道那七个零意味着什么,不过是一厘米等于三百或四百公里罢了,他把那地图册揣进衣袋,仿佛已经把他恋人的行踪牢握在手。

然后诗人L告别了F医生,在我的视野里消失,在我的世界上变成一个消息,诗人的消息于是在这块土地上到处流传。时间一般连贯诗人的欲望和痛苦,在这块广袤而古老的土地上到处流传,并不随时碰撞我们的耳鼓但随时触响我们的心弦。从那并不随时碰撞耳鼓但随时触响心弦的消息里,辨认出诗人无所不在的行踪,或到处流浪的身影。

如果是二,F医生将就此把渴望藏进夜梦,融入呓语。

F 医生很清楚白昼与黑夜的区别,但他其实并不大弄得懂梦境与现实的界线。对于 F 医生,现实是一种时时需要小心谨慎的梦境,梦境呢,则是一种处处可以放心大胆的现实。

他曾对诗人 L 说过:如果一个人闭着眼睛坐在会堂里听着狗屁不通的报告,另一个人闭着眼睛躺在床上入情入理地说着梦话,你怎么区分哪一个是醒着哪一个是梦着呢? 如果一个人睁着眼睛上楼,上到楼顶纵身一跃,跳了下来,另一个人睁着眼睛梦游,望见一个水洼轻轻一跃,跳了过去,醒和梦可还有什么令人信服的区别么? 如果有,就只有等等看,因为一个安详的梦者总会醒来成为一个警惕的醒者,而一个警惕的醒者总要睡去成为一个安详的梦者。所以醒与梦的区别仅仅在于,一个是紧张而警惕的,一个是自由而安详的。

诗人不同意这样的区分,说:"那么在噩梦里,阁下您还是安详的么? 相反,在做爱的时候您要是还有所警惕,您极有可能落个阳痿的毛病。"诗人指出了另一种醒与梦的区分:醒着的人才会有梦想,因而他能够创造;在梦里的人反而会丧失梦想,因而他只可屈从于梦境。诗人 L 还向 F 医生指出了梦想与梦境的区别:梦想意味着创造,是承认人的自由,而梦境意味着逃避,是承认自己的无能。诗人 L 对 F 医生说:"所以我是醒着的,因为我梦想纷纭,而你是睡着的,因为你,安于梦境。"

F 医生沉默良久,忽然灵机一动明白了一件久思未解的事:人为什么可以创造,而机器人只能模仿? 因为欲望! F 医生击额顿足,奇怪自己怎么会没想到这一点:生命就是欲望我一向是知道的呀! 人有欲望,所以人才可以凭空地梦想、创造,而机器人没有欲望,所以它没有生命,它只能模仿人为它设计的一套梦境。医生心里一凉,感到他的多年的研究怕是要毁于一旦了:是的,欲望这东西,怕是不可人为的,人既不可以消灭它,又不可能改造它、设计它,因为它不是有限的梦境,它是无限的梦想呀!

如果是三，残疾人 C 肯定被一语击中要害，一时无言以对。

F 医生接着会问："你还在梦想着一个女人，不是吗？"

"是的。"C 说。

F 医生接着会问："你仍然怀有性爱的欲望，不是吗？"

"是的。"C 说。

F 医生接着会说："那么，你就没理由怀疑你爱的权利。"

C 默然垂泪。多年来，这是他第一次听见有人对他这样说。

F 医生接着会对坐在轮椅上的 C 说："那么你就会发现你并没有丧失性爱的能力。"

"你相信吗？"残疾人 C 说，"你真的这样相信？"

"如果触动不能使他勃然迸发，"F 医生说，"毫无疑问，梦想可以让他重新昂扬激荡。"

120

我记不清 C 是怎样成功的了。记不清那伤残的男性是怎样苏醒，或者，近乎枯萎的现实是怎样又疯狂入梦的了。

但绝不是因为什么高明的技巧，而是因为一个细节。不期而来的一个细节掀动了无边的梦想。不期而来，但是如期而至。具体那个细节，难于追忆。一个细微的动作，毫不经意的举动，随心所欲无遮无拦，如时光一样坦然，像风过林梢一样悠缓但又迅猛。

那是不能设计的，不能预想，那不是能学会和掌握的。不是技术，因而不能操作。想到技术，想要依靠技术，那就完了。他的伤残使他不能经由触摸而迸发，不能靠小心翼翼的配合，不能指望一个明确的目的。

直接走向性，C 不行。

那是深不见底的痛苦，恐惧，和绝望。

也许是在镜子里，也许是在烛光中，冷漠的纺织物沿着女人热烈的身体慢慢滑落，那是一片梦境。渴望已久，渴望千年。男人颤抖着扑进那片梦境,急切地看那现实,惊讶而焦灼地辨认:她丰盈的胸,她光洁修长的腿,肩膀、腰腹,动荡的双臀向中间隐没,埋藏进一道神秘的幽谷……哦,男人知道那是女人的召唤,是女人的允诺……

可是,C不行。面对女人的召唤,他浑身发抖,但是,不能回应。触摸不能使他迸发,不能,只能更加使他焦灼、惊骇、恐惧。那花朵不能开放。

他千年的渴望竟似无从诉说。就像丢失了一种性命攸关的——语言。

深不见底的黑暗飘缭不散,埋没了那种语言。近乎枯萎的现实,依然沉寂。

现实不能拯救现实。那近乎枯萎的现实不能够指望现实的拯救,甚至,也不能指望梦境。正如诗人L所说:梦境与梦想,并不等同。

我怀疑那性命攸关的语言是否还能回来。几乎所有的人,都这样怀疑,C那天赋的花朵是否还能开放。

她搂住他,像是搂住一个受伤的孩子。"没关系,这没关系。"她轻轻说。她抚摸他的枯萎的双腿、消瘦的下身,看着那沉垂的花轻轻说:"这不要紧。"

他推开她,要她走开。

她便走开,从烛光中慢慢走进幽暗,远远地坐下。

时钟滴滴答答,步履依旧。夜行列车远远地长鸣,依然如旧。拉紧的窗帘外面,世界想必一如既往。

那伤残的花朵还是沉睡。那花朵要在辽远的梦想里,才能找回他的语言。直接走向性只能毁掉无边的梦想。那梦想在等待自由和平安的来临,那梦想要靠一个细节的催动。

要靠,凝望。

不,并不是目光的凝聚,并不是注目于现实或拘泥于梦境。而是相反,是目光的扩散是心神的漫展,是走进遥远和悠久,是等待目光从遥远的地带一路归来,心神从悠久的时间里回首现在……那凝望里,现实会渐渐融化。

那凝望里,是教人入梦的万语千言。

女人从幽暗中走出来,走进烛光,并不把那些纺织物披挂起来,步态悠缓但周身的肌肤坦然流荡。那是一种诉说:在这儿,不用防备。

女人在烛光中漫步,身影轻捷,绕过盆花,光光的脚丫踏过掉落在地上的花瓣,咬开一个发卡推进鬓边,安详如平素地梳妆打扮,那是一种诉说:这儿,你看这儿,这是我们自己的地方呀这儿没有别人,这儿只有我和你,只有我的自由和你的目光,我嘛,我不怕你的目光,一点儿都不怕,你尽管那样惊讶地看我吧,痴迷地看我吧,怀着无边的欲望看我吧,你不是别人,你和我再不是别人。

女人坐下来,坐在地毯上抱拢双膝,自由自在像一个孩子,不知危险的孩子,入神地看那一点烛火,看那小小的火焰,呼吸吹动它了,四壁光影摇动,她可能在想,在问:那么这是在哪儿?这是何年何月? 她可能在想,在回答:这就是我梦想的地方,这就是梦想的时间,是我梦想中的生命。

烛光里,女人的肩膀微微地耸动,洁白的光芒轻轻地喘息,把乌黑的长发从胸前撩开,铺散向脊背铺散向腰间,跪起来,吹灭烛火,跪着,看一缕细烟袅袅飘散。然后她走向窗口,拉开窗帘,让淡淡的月光从容地进来,让微拂的夜风平安地进来,让铺向远方的万家灯火呈现眼前,我想那是在说:我们还在人间,但我们不再孤独,世界依旧,但这是不再孤独的时候。

女人光洁的背影伏在窗台上,有节奏地轻轻晃动,星空和灯火时而在她的肩头隐没时而在她的身旁闪现,她心里大概有个旋律,光光的脚丫踏着节拍,踏着一个随意的旋律。她认真地看着窗帘上的一个洞,那是男人抽烟时烧的,她看着那烧痕,像个专心阅读的孩子,专心地阅读竟至忘记了自己赤裸的肌肤处处都在荡漾,我想那是说:此时此刻世界上只有你和我,此时此地我就是你你就是我,全部人间那就是你和我呀……

那时,深不见底的黑暗才有可能慢慢消散。仿佛风吹草动,近乎枯萎的现实里有了蓬勃的消息。

那时残疾人 C 看着他的女人,全心全意地看着她的裸体。不,那绝不像大理石,更不像什么雕塑,那仅仅是真实,是普通,不是冷峻的高贵而是温馨的平凡,是亲近,是一个女人鲜活的肌肤,有褶皱,有弹力,还有硌痕,在静谧的夏夜里,那是天宇中亘古流涌的欲望在地上人间凝聚而成的残酷和美丽……

然后一个细节不期而来。那个细节,如期而至。

那是什么呢? 只能记得,是一个不假思索的细节轰然触动了万缕生机。

也许是无拘的话语越过了禁忌,也许是无忌的形态摈弃了尊严,也许是不小心轻蔑了人间的一个什么规矩,一种在外人面前不应该有的举动,一个猝不及想的呈现,猝不及想如同一道按捺不住的笑声,多少带着狂荡和放肆猝然降临……多么美好的一个不小心哪! 那是一个象征:一切防御都在那一刻彻底拆除,一切隔离骤然间在世界上崩塌,无需躲藏也无处躲藏,没有猜忌也无需猜忌,不必小心,从此再不需要小心,从此我们就待在这不小心里面,不小心得像两个打翻了人间所有规矩的坏孩子,浪子,我们是死也不回头的浪子,我们就是江湖大盗我们就是牛鬼蛇神,肆无忌惮放浪不羁或者你就管那叫做淫荡吧……

那很像是一个,仪式。

一种象征。

她转回身来,也许是赧然微笑,也许是怅然流泪,也许是目光的迷离灼烫,那是一个仪式,那是说:看哪,这就是我,我们在黑暗中互相找到了,在孤独中我们互相找到了……那是个仪式那是说:看哪这就是我,我的灵魂我的肉体,我的胸,我的腰,我的腿我的脚丫,我的屁股,我的旺盛我的茂密我的欲望,我的被埋藏和忽略了数万年的全部秘密如今一心一意向你敞开……那是说:看哪,这就是你的放浪的不知羞的女人,她从那叫做羞耻的黑暗里回来了,从那叫做羞耻的孤独中回到你这儿来了……那是说:看看你的女人吧,她已经没有秘密已经没有保留,有的只是像你一样的饥渴和平凡,这饥渴的肉体和灵魂她跟你一样,很久以来她就跟你一样,很久以来就向往在你的眼前恢复她的平凡……

那便是爱的仪式。

C 或者我,想:性,原是上帝为爱情准备的仪式。

这仪式使远去的梦想回来。使一个残疾的男人,像一个技穷的工匠忽然有了创造的灵感,使那近乎枯萎的现实猛地醒来,使伤残的花朵刹那间找回他昂然激荡的语言……孤独消散孤独消散,孤独消散我们看见爱情,看见羞耻是一种罪行,还有防备、遮掩、规矩,都是罪行,是丑陋。如醉如痴的袒露如癫如狂的交合,才是美丽。放浪跟随着欲望,"羞耻"已沉冤昭雪,自由便到来……走过寒冷的冬天、残酷的春天、焦灼的夏天,到了灿烂的秋天了,也许生命就是为了等候这一场狂欢,也许原野和天空就是为了筹备这个盛典,昂耸和流淌的花朵是爱的最终的语言、极端的语言,否则再说什么好呢?再有什么才能表达爱人的心意呢?再有什么能够诉说往日的孤寂和此刻的欢愉呢?再有什么才能在这纷纭而隔膜的世间表明一块神圣的极乐之地,再有什么才能证实此时此刻的独一无二呢?感谢上帝,感谢他吧,感谢他给爱留下了这极端的语言……现在,世界借助这语言驱逐了恐惧只承认生命的自由,承认灵与肉的奇思异想千姿百态胡作非为……一切都化作飘弥游荡的旷野洪荒的气息,成为风,成为光,成为战栗不止的草木,寂静轰鸣的山林,优雅流淌的液体,成为荡然无存的灰烬……

等 C 明白了的时候,他和他的恋人都明白了的时候,才知道那伤残的花朵已经得救。他们静静地躺着,睁着眼睛,听天地万籁之声和自己的喘息融为一体。他们静静地躺着,从镜子里看自己。

他们不仅要看见对方,他们要同时看见他们两个——看一个男人的女人和一个女人的男人。看一个人和另一个人,之间没有

244

阻隔没有距离。他们要看见并且要羡慕镜子里那两个交了好运的男人和女人……

他们看着镜子里的他们,直到看见身置其中的夜色不知不觉地淡褪,周围的星光和灯火渐渐寥落,晨曦从浩瀚的城市的边缘慢慢升起。那时,一群鸽子开始在灰蒙蒙的晨空中盘旋,雪白、闪亮,一圈又一圈飞得很快,但没有声音,一点儿声音都没有,轻灵流畅似乎都不与空气摩擦。他们仰望那鸽群,他们的眼神好像是说:这群鸟儿是不是真的?待鸽群消失,不知又落向了哪里,他们的目光也缓缓降落,落在对方的脸上,好像是问:我们呢,是不是真的? 你是不是近在眼前? 我们是不是,一伸手就可以互相摸到? 他们把手伸向对方。男人的手伸向女人,C 的手伸向他的恋人……

但是。

但是在我的印象里,就在 C 的手伸向他的恋人之际,无边的梦想变成了一个具体的噩梦。他的手向她伸去但是那儿空空的,空空的,C 什么也没有摸到。在她曾在的地方,似乎还留着她的体温她的气息,但她已经不在。她已远走他乡。相隔千山万水,他们已是天各一方。

空空的她的位置上只有寥落的星光和灯火、淡褪的夜色、浮涌的晨曦和千里万里的虚空。C 徒然地向那虚空中伸手向她,于是在我的记忆中,千里万里的虚空中开始万头攒动人声踊跃,但重重叠叠的眼睛都是对 C 无声的谴责和无可奈何的劝慰,喧喧嚣嚣的声音对残疾人 C 重复着一句话:你不应该,你不应该,你不应该你不应该你不应该,你——不应该……

"你爱她,你就不应该让她爱上你。"

"你爱她,你就不应该同她结婚。"

"你爱她,你就不应该拖累她。"

"你爱她,你就不应该毁掉她的青春。"

…………

可为什么会是这样呢?

没有回答。

我为什么不能使她幸福呢？

没有回答。

我被剥夺了爱的权利了么？一个没有了爱的权利的人还会有什么权利呢？他应该怎样呢？一个丧失了爱的领空领海领土的人他应该到哪儿去呢？

没有回答。仿佛没有必要回答。

仿佛没有必要去想这件事。就像没有必要去想：为什么活着就一定比死好。

C慢慢地穿起衣裳。窗外下起了雨，下得细碎，又不连贯。收音机里说今年旱情严重，今年是历史上降水量最少的年头。收音机里说，人在地球上越来越多，水在地球上越来越珍贵，水，正在到处引起恐慌。C习惯在早晨一边穿衣起床一边听广播，听着地球上的种种消息，心里像诗人L一样明白：他的恋人不管在哪儿，但肯定就在这个叫做地球的地方。

十三　葵林故事（上）

121

　　当 C 无边的梦想变成了一种具体的噩梦，那时，以及在那样的情绪里，我经由诗人的消息听见了葵林里的故事。

　　诗人 L 成为消息，在这个叫做地球的地方流传。有一年，他在葵花盛开的季节走进了北方的葵林。

　　北方，漫山遍野的向日葵林里散布着很多黄土小屋，荆笆和黄土砌成的墙，荆笆和黄土铺盖的顶。那是养蜂人住的。黄土小路蛇似的钻在葵林里，东弯西拐条条相连，蜂飞蝶舞，走一阵子便能看见一间那样的小屋，或者有养蜂人住着，或者养蜂人已经离开，空空的土屋里剩一张草垫和一只水缸。养蜂人赶着车拉着他们的蜂箱，在那季节里追随着葵花的香风迁徙，哪儿的葵花开得旺盛开得灿烂开得漂亮，他们就到哪儿去，在那儿的小土屋里住些日子。几十只也许上百只蜂箱布置在小屋四周，数万只蜂儿齐唱，震耳欲聋，使养蜂人直到冬天耳朵里仍然是起起落落的蜂鸣，上瘾似的梦里也闻见葵花的香风。

　　诗人 L 在这个叫做地球的地方到处流浪，每时每地都幻想他的恋人忽然出现在他眼前。有一天他走进了北方无边无际的向日葵林，从日出走到日落，在葵花熏人欲醉的香风中迷了方向。天黑时他走到一个养蜂老人的小土屋，在那儿住了一宿。

　　养蜂老人问："你这是要到哪儿去呢？"

诗人L说:"没一定,随便哪儿。"

老人笑笑,说:"我不信。"

老人拿来干粮和新鲜的葵花蜜让诗人充饥,不再多问。

L贪馋地吃着,说:"我不是要到哪儿去,我是哪儿都要去。"

老人微笑着摇头,闭目听着门外他的蜂群陆续归巢。

L说:"真的,要是我不能走遍地球,那不可能是因为别的,只是因为我来不及。"

老人说:"我可不管什么地球不地球。我是问你,心里想着要去找什么?"

诗人不语,看着养蜂的老人。

老人暗笑,吹熄了灯,不再问。

月光似水,虫鸣如唱,夜风吹动葵叶浪涛似的一阵阵地响。

诗人不能入睡,细细地听去,似乎在虫鸣和叶浪声中,葵林中这儿那儿隐隐约约似有一种更为熟悉的声音。

他问老人那是什么声音。

养蜂的老人说:"笑声,要不就是哭声。"

L问:"谁呀?怎么回事?"

养蜂的老人笑道:"年轻人,谈情说爱呢。"

老人说:"葵花叶子又都长得又宽又大了,这会儿,密密层层的葵花叶子后头少说也有一千对儿姑娘小伙儿在赌咒发誓呢。"

养蜂的老人说:"这地方的孩子都是在这葵林里长大的,都是在这茂密的葵林里知晓人事的。"

养蜂的老人说:"这儿的姑娘小伙儿都是在这季节,在这密不透风的葵花叶子后面,头一回真正看见男人和女人的。"

老人说:"蜂儿在这季节里喝醉了似的采蜜,人也一样,姑娘小伙儿都到了时候。"

老人说:"父母认可的,到这儿约会,说不完亲不够,等不及地要看看女人的身子。家里反对的呢,到这儿来幽会,说呀哭呀一对泪人儿,赌咒发誓死不分开。可女人心里明白,这身子也许难免要给了别人,就在这葵花下自己做主先给了自己想要给的男人。"

老人说:"那就是他们的声音。"

老人说:"我在这儿养蜂儿养了一辈子,听的见的多啦。有的后来成了亲,有的到了还是散了,有的呢,唉,死啦。"

养蜂的老人说:"真有那烈性的男人和女人,一个人跑到这儿喝了毒药,不声不响地死了。也有的俩人一块跑到这儿,把旧衣裳都脱了,再亲热一回,里里外外换上成亲的衣裳整整齐齐漂漂亮亮,一瓶毒药俩人分着喝了,死在这密密匝匝的葵花林子里一夏天都没人知道。"

养蜂的老人说:"这一辈子听的见的数不清。有多少性命是在这儿种下的,有多少性命是在这儿丢下的呀,世世代代谁能数得清?"

养蜂老人讲了一宿这葵林中男人和女人的故事。其中一个,似曾相识。

122

当年,葵花林中的一个女人,也是(像 O 曾经对青年 WR)那样说的:"我不会离开这儿,你听见了吗?"她说:"只要葵花还是葵花我就还在这片葵花林里。你要是回来了,要是我爹我娘还是不让你进门,你就到那间小土屋去找我。"

葵花林中的一个男人说:"用不了几年我就回来。那时不管你爹你娘同不同意,我们就成亲,就在那间小土屋里。有你,有我,有那间小土屋就够了。"

葵花林里的女人说:"我就在这儿,哪儿也不去,我就在这葵花林里一直到老,等你。"

葵花林中的男人说:"不会的,用不了那么久,最多三年五年。"

那女人说:"一百年呢,你等吗?头发都白了你还等吗?"

那男人说:"不,我不等,我一回来我就要娶你。最多七年八年。"

"要是我爹我娘不让我在这儿,要是我们搬到城里,我也会常到那小土屋前去看看,看你回来没。"

"我会托人给你捎信来。"

"要是你没法捎信来呢?"

"我总能想办法捎信来的。"

"你的信往哪儿捎呢?"葵花林里的那个女人说,"我们要是搬了家,你回来,就到那间小土屋去找我。在屋里的墙上有我的住址。我搬到哪儿去我都会把我的住址写在小屋的墙上。然后你就给我捎信来,你就在那间小土屋住下等我来,我马上就来,我爹我娘他们不知道那间小屋……"

我想,这小土屋可能就是 Z 五岁那年跟着母亲去过的那间小土屋。这女人呢,就是 Z 的叔叔和 Z 的母亲谈话之间说起的那个女人吧(她有一个纤柔的名字)。那么,这男人就是 Z 的叔叔了。

123

诗人问:"后来呢?他回来了吗?"

养蜂老人说:"回来过。"

诗人问:"女人呢,还在等他?"

养蜂老人说:"女人死啦。"

诗人问:"死了?她爹娘逼的?"

养蜂老人说:"未必像你想的那么简单。"

养蜂老人说:"那姑娘她爹是这地界的大地主,这方圆几百里的葵花地都是他的。"

老人说:"先是姑娘的爹妈不让她跟那么一个不老老实实念书领头闹学潮的人好。那时候他们俩常来这葵林里见面,我碰上过,那男的魁魁伟伟真是配得上那姑娘。后来政府张榜捉拿领头闹事的学生,那男人跑了,一走好几年不知道去了哪儿。再后来,咱们的队伍打赢了,那男人跟着咱们的队伍打过来,打赢了,都说这下好了,真像那古书上说的穷秀才中了状元,这下姑娘她爹还有什么说的?可谁料想,男的这边又不行了。"

L问:"他不要她了?"

老人说:"那倒不是。"

L问:"那,为什么?"

老人说:"阶级立场。阶级立场你懂吗?男的这边的组织上,不让他跟那么个大地主的闺女成亲。"

老人说:"他们就又来这葵花林子里见面。夜里,蜂儿都回窝了不叫了,月亮底下,葵花的影子里,能听见那女人哭。听不见那男人说话但听得见他跟那女人在一起,光听见那女人一宿一宿地说呀说呀,哭呀,那男的什么话都不说。好多日子,夜夜如此。直到后来,组织上说这影响不好,把男的调走了。"

老人说:"那男人走了。那女人就死在这葵花林里,死在那边一间小土屋子里。人们把她的尸首抬出来,就地埋了。我亲眼见了,那姑娘如花似玉可真是配得上那男人。"

诗人问:"以后呢?"

养蜂老人说:"有好些年,那间小土屋子里就闹鬼。"

诗人问:"真的?"

养蜂老人说:"第二年,有个也是养蜂的人住在那儿,半夜里睡得好好的忽然就醒了,听见有女人哭,听见那女人就在小土屋外的葵花林子里哭,像是一边走一边哭,一会儿在这儿一会儿在那儿,可是不离开那小土屋周围。那个养蜂的想爬起来看看,可是动弹不得,心里明明白白的可就是动弹不得。那女人的哭声真真儿的,可那个养蜂的一动也动不了,还听见那女人说'原来你的骨头没有一点儿男人'。"

"什么,她说什么?"

"她说'原来你的骨头没有一点儿男人'。"

诗人 L 问:"这是她说的吗? 你没有记错?"

老人说:"不是她还有谁? 那就是她呀。"

诗人说:"唔,老天! 她真是这么说的吗? 她还说了什么?"

老人说:"她只说这么一句。'原来你的骨头,没有一点儿男人……原来你的骨头没有一点儿男人……'翻来覆去就这么一句话。这话听着蹊跷,像是有些来由,说不定是一句咒语,那个养蜂的听得清清楚楚可是想动弹怎么也动弹不得。直到月亮下去,那女人才走,那女人的哭声没了那个养蜂的才能动弹了。"

养蜂老人说:"那个养蜂的第二天来跟我说,说他不敢住那儿了,要跟我一起住。我不信他说的。第二天夜里我跟他换了地方住。"

诗人问:"怎么样呢?"

老人说:"一点儿不假,真的。"

诗人问:"真的? 你不是做梦吧?"

老人说:"我就没打算睡,想看个究竟。"

诗人问:"不是她还活着吧?"

老人说:"不,她死了。她还是死了的好。"

养蜂老人说:"月亮上来时我出去撒了泡尿,四周的葵花林子里只有蛐蛐儿呀蛤蟆呀不住地叫,葵花叶子像平时一样,让风吹得摇晃,发了水似的响。刚回到屋里躺下,可就动弹不得了。我听见她来了,听得真真儿的。她在那屋前哭一阵子,又到那屋后哭一阵子,左左右右总不离开那屋子周围,也不进来,还是那句话,'原来,你的骨头没有一点儿男人','原来你的骨头,没有一点儿男人',呜呜咽咽地就这么一句话颠来倒去地说。那个养蜂的没瞎说,我想爬起来瞧瞧,可说不清怎么的,一点儿也动弹不得。动不得,可我心里清清楚楚的,我估摸那时辰正是当年她和那男人幽会的时候。"

养蜂老人说:"月亮下去天快亮时她才走。我看见月亮光慢慢儿地窄了,从窗户那儿出去了,我听见屋外的风声小了,哭声停了，我觉着身子轻了些，能动弹了。我坐起来，扒着窗户瞧瞧，葵花林子静静儿的像是什么事都没有，天蒙蒙地要亮了。我出来瞅瞅，在她哭过走过的地方瞅瞅，瞅不出有什么特别的。脚印儿都没有，一点儿痕迹都没留下。"

L问："后来呢？"

老人说："天亮时那个养蜂的来了，问我怎么样。我说咱俩一块去报告吧，互相作个证明。"

老人说："我们跑到乡政府报告了。来了一个排长，带了一个兵，俩人在那儿住了一宿。"

L问："怎么样呢？"

老人说："一个样儿。俩人都带了枪，可是听见那女人的哭声，俩人就都不能动弹，想摸枪，枪就在身上可是人动不了，想喊也喊不出来。"

诗人L问："他们也听见那句话了吗？"

养蜂的老人说："一模一样，一字不差还是那句话。天亮了那排长去报告了连长，连长报告了营长，营长报告了团长。当天晚上团长来了，那团长大半不是个凡人，一个人在那儿睡了，卫兵也不要，真也怪了，一宿安安静静的什么事也没有。结果那个倒霉的排长给撤了职。"

124

养蜂老人讲的那个男人，看来并不是 Z 的叔叔，或者似是而非，似非而是。

因此就我的印象而言，葵花林里的那个男人，也可以是 Z 的叔叔，也可以不是 Z 的叔叔。比如说，也可以是 F 医生的父亲，或者别的什么人。比如说也可以是——不论为了什么事业、什么信仰，不论为了什么缘故，不得不离开了葵花林里的一个女人的其他男人。

如果那个男人，像养蜂老人所说，他回来过，但是不能与葵花林里的那个女人结婚，于是又离开了那块葵花盛开的土地，他很有可能就是 Z 的叔叔。如果那个女人没死，一直还在这个世界上，在这片无边无际的葵林里，那个男人，就是 Z 的叔叔。但如果那个女人，像养蜂老人所说，已经死去，在那个男人走后独自跑到葵林里去死了，那个男人就不再是 Z 的叔叔，而是别的什么人了。

　　Z 的叔叔那次回到故乡，正是漫山遍野的葵花开得最自由最漂亮的时节。那天 Z 跟着爷爷去看向日葵，在向日葵林里与叔叔不期而遇，Z 偎在爷爷怀里感到爷爷从头到脚都抖了一下。叔叔站在几步以外看着爷爷，脸上一丝笑意也没有。叔叔和爷爷谁也不说话，也不动，互相看了很久。后来爷爷把 Z 放下，叔叔便走过来看看 Z，摸摸他的头。叔叔对 Z 说："你应该叫我叔叔。"叔叔蹲下来，深深地看着 Z 的脸："肯定就是你，我是你的亲叔叔呀。"Z 觉得，他这话实际是说给爷爷听的。

　　爷爷心里明白，叔叔是为谁回来的。爷爷当然知道，但爷爷不敢告诉叔叔，葵花林里的那个纤柔的名字——那个女人，已经是别人的妻子了。

　　叔叔对 Z 说："回去告诉你妈妈，说我回来了，让她到我这儿来好吗？"

　　Z 说："你这儿是哪儿？你不跟我们一起回家吗？"

　　叔叔站起身，看着爷爷，看了很久，问了一声"您身体还好吗"，就朝葵林深处去了。

　　Z 问爷爷："叔叔他要去哪儿？"

　　爷爷不回答，眼泪流进心里。但是爷爷心里有了希望：只要葵花林里的那个女人活着，他就还有机会再看见自己的儿子，不管那女人嫁了谁只要她不离开这儿，儿子他就还会回来。爷爷相信必是会这样，他知道自己的儿子。所以他就又想起 Z 的父亲，Z 的父亲至今不回来，肯定是他想回来但是没法回来，要不就是他真的死了。爷爷的眼泪流进心里。

爷爷在葵林边的土埂上坐下,空空地望着叔叔消失于其中的那片葵林,望着已经升高的太阳,把孙子搂在怀中。

"爷爷,叔叔他去找谁?"

"孩子,你将来长大了,爷爷只要你记住一件事,不要把自己的秘密告诉别人,也不要知道别人的秘密。"

"什么是秘密?"

"这你长大了自然就会懂得。爷爷只要你记住,不要去听别人的任何秘密,要是别人想告诉你什么秘密的事,你不要听。要是别人想对你说什么秘密,说那是秘密不能泄露给其他人,那样的事,你干脆不要知道,你不要让他告诉你,你不要听,如果别人要对你说,你别听,你走开,不听。记得住吗?"

"为什么?"

"你将来会懂的,那是比死还可怕的事。在你没有弄懂之前,记住爷爷的话行吗?千万记住,你的秘密不要对别人说,别人的秘密你也不去听。嗯?能记住吗?"

125

因为,葵花林里的那个女人,是叛徒。

"×××是叛徒。"这样的话我们非常熟悉。比如说,是很多电影里的台词。葵花林里的那个女人就是这样,是叛徒,而且不是冤案。

我们因此想像一个叛徒的故事,即一个革命者不慎被敌人抓住,被严刑拷打,被百般威胁,然后成为叛徒的经过。怎样想像都可以,都不为过,只要她终于屈服,成为叛徒,她就是葵花林里的那个女人。

因为我听说世界上有这样的人,有这样的女人。

至于葵花林里的那个女人成为叛徒的经过,Z 的叔叔从来不曾说起。所以需要想像,根据古往今来数不尽的这类故事、这类传说,去想像一种经历。

那个女人是那个男人的初中同学,两个人十三四岁的时候在一所学校里念书,在北方那座县城的中学,同在一个班上。初中毕业后那女人不再上学,Z 的叔叔继续读高中、读师范。初中毕业后两个人很少相见。但对于一个日益成为女人的少女来说,对于一个正在长成男人的青年来说,很少的相见足以创造出不尽的梦想了。很少的相见,会使他们记起两小无猜的儿童时代,记起他们在葵花林里跑迷了互相喊着对方的名字,记起他们一起在月移影动的葵花林里捉蛐蛐儿,手拉着手在骄阳如火的葵花林里逮蝈蝈,记起女孩儿纳罕地看着男孩儿撒尿惊讶他为什么可以那样撒尿,记起他们在密密的葵林深处忽然发现了他们的哥哥,然后又在哥哥的怀里发现了他们的姐姐。很少的相见,但每一次都令他们心惊神荡,看见对方长大了,发现对方身体的奇妙变化,那光景大致很像诗人 L 的夏天吧。

有一天(当然是有一天),少女在葵花林里走着,青年忽然跳出在她面前,把她吓了一跳。他呢,满脸通红窘得说不清话,很久她才听清,他是说他要借给她一本书,他说她应该看书,说可以不上学但不可以不看书,不应该不关心世界上正在发生着什么。当然,肯定他还说了些别的什么,那情景可以想像,大约又与 WR 和 O 很相似,与 WR 和 O 在一排排书架间再次互相发现的时刻相似,但周围不是林立的书架和一万本书,只不过换成了万亩葵林和葵花阵阵袭人的香风。

是的,可能会有一只白色的鸟正飞在天空。永恒地飞在这样的时刻。

他不断地借书给她,她不断地把书还来,在密密的葵林里,越走越深。直到天上那只白色的鸟穿云破雾,美丽的翅膀收展起落,掀动云团,挥洒细雨。那时,如果另外的两个孩子碰巧走进葵林,在宽大重叠的葵花叶子下避雨,就会看见并且会饶有兴致地问自己——他们在干吗?他们的姐姐怎么会跑到了他们的哥哥怀中?

经由那些书,男人把女人带进了一种秘密,那种秘密被简单地称做:革命。女人,开始在那间小土屋前为一群男人放哨。当然,她心甘情愿,那秘密所描画的未来让她激动不已,憧憬联翩。她独自在小土屋周围走来走去,停下来细听虫鸣的变化,走到葵林边,拨开葵叶四处眺望,阳光明媚或者雷雨轰鸣或者月走星移,她感到奇妙的生活正滚滚而来因而感到从未有过的骄傲。(我想,几十年后少年诗人去做"革命大串联"的时候,必也是这样的心情吧。一代一代,那都是年轻人必要的心情。)以后她又为他们送信,传递消息和情报,便不可避免地参与进那种秘密,知道了也许是她的软弱所不应该知道的事情。但她的软弱并不排斥那秘密中回荡着的浪漫与豪情,她真心地相信自己走进了真理,那真理不仅可以让所有的人幸福,而且也可以使她坚强,使她成为她所羡慕的人,和他所喜欢的人,使她与她所爱的男人命运相连,使她感到她是他的同志、他们的自己人。

这豪情,这坚强,或者还有这浪漫,便在那男人不得不离开北方老家的那个夜晚,使这女人一度机智勇敢地把敌人引向迷途,使男人脱离危险;那大智大勇,令男人惊讶,令敌人钦佩。

那夜晚,Z的叔叔最后看了一眼病重的母亲,与Z的父亲告别,之后,到了葵花林中的那座小土屋,女人正在那儿等他。男人的影子一出现,女人便扑上去。两个影子合为一个影子。寂静的葵林之夜,四处都是蟋蟀的叫声,各种昆虫的歌唱。时间很少了,他们只能互相亲吻,隔着衣服感到对方身体的炽热和颤抖。时间太少了,女人只是说"我等你,我等你回来,一百年我也等",男人说"用不了那么久,三年五年最多七年八年,我就会回来,我回来我就要娶你"。时间太少了,况且大部分时间都用于亲吻,感受对方丰满或强健的身体,感受坚韧与柔润的身体之间炽热的欲望和颤抖着的向往,所以不见得能说很多话。

女人说:"回来,就到这小土屋来找我,要是我搬了家,地址,会写在这墙上。你说一遍。"

男人说:"回来,就到这小土屋来找你,要是你搬了家,地址会写在这墙上。"

女人说:"要是这小屋没有了,你还是要在这儿等我,地址,我会写在这周围所有的葵花叶子上。你说一遍。"

男人说:"要是这小屋没有了,我还是到这儿来等你,你的地址,会写在这周围所有的葵花叶子上。"

女人说:"你回来,要是冬天,要是小屋没有了,葵花还没长起来,我的地址会写在这块土地上。"

男人说:"我回来,要是在冬天,要是小屋没有了葵花也还没长起来,你的地址,就写在这块土地上。"

这时,葵花林中的虫鸣声有些异常。男人和女人轻轻地分开,他们太熟悉这葵花林子的声音了,他们屏住呼吸四目对视,互相指出自远而近的异常变化:仿佛欢腾的世界开始缩小,仿佛乐队的伴奏逐步停止,一个声部一个声部地停下去,寂静在扩大随之欢腾在缩小。他们搂在一起又听了一会儿。毫无疑问,远处的虫鸣正一层层地停下去,一圈圈地停下去,一个寂静的包围正在缩紧。不用说,有人来了。分明是有人来了。不止一个,不止几个,是一群,很显然是敌人来了,从四面而来。

惊慌的男人拉起女人跑。

软弱的女人瞬间明白,这是她应该献身的时候。很久以来她那浪漫的豪情中就写下了"献身"这两个字。

女人挣脱男人,匆忙向他嘱咐几句话,之后转身向另一个方向跑。男人一把没拉住她,她已经跑开了。纤柔的身体刮动得葵花叶子响,她有些怕,伸手安抚一下层层叠叠的葵叶,于是获得灵感,知道了这响声的妙用,这是能够拯救她的男人的响声呀,她便愈加放浪地跑起来,张开双臂,像一只在网中扑打的鸟抑或一条在池塘里乱蹦的鱼,她故意使葵花叶子如风如浪地喧嚣……

她停住脚步听一听,男人似乎远了,敌人似乎近了,在小屋前放哨时的骄傲感于此时成倍地扩大。她怕男人走得还不够远,怕敌人来得还不够近,她站在那儿说起话来,"啊,我是你的,我是你的,我从头到脚都是你的呀……"从来想说而羞于说的话,现在终于说出口,感觉真好,这感觉无比美妙,她继续说下去,"啊吻我,吻遍我吧,我永远都是你的你知道吗,哦,你随便把她怎么样吧那都是你的……"她激动地呻吟,不断地说下去,"啊,我的人呀,你多好,你多好看,你多么壮啊,你要我吧,你把我拿去吧,把我放在你的怀里,放在那儿,别丢了,和我在一起,永远,别丢了,别把我丢了呀……"没有虫鸣的月光多么难得,没有虫鸣的葵林之夜千古难寻,养蜂的老人说过,那夜出奇的寂静,只有一个女人的话语,清清朗朗,在地上,在天上,一个女人的声音在向日葵的每一片叶子上面。

没有虫鸣,一点儿也没有了。敌人近了,她知道。我相信那时候她未必是一个革命者,在那个时间里她只是一个恋人,一个炽烈的恋人或者:一个,疯狂的诗人。

枪声响起来了,乒乒乓乓四周都响起了枪声,有些子弹呼啸着从她的头顶上飞过,穿透葵叶,折断葵秆,打落葵花……她竟一点儿也没怕,又跑起来,在月光下掀动得葵叶也在呼喊:"等等我,你等等我呀,我在这儿你拉我一把呀……噢,你慢点儿吧,我跑不动啦……不,我不用你背我,不,我不用,我还行……"喊声并不扩大,并不扩大到让远去的男人听见,只喊给来近了的敌人听,为敌人指引一条迷途,指向一个离开她的恋人越来越远的方向。到底是什么方向,没时间去想,她满怀激情地跑,跑在皓月星空之下,跑在绿叶黄花之中,跑在诗里,她肯定来不及去想:这也许真正是离开她的恋人越来越远的方向,从此数十年天各一方……

我的想像可能太不实际,过于浪漫。成为叛徒的道路与通向理想的道路一样,五光十色奇诡不羁,可以想像出无穷无尽罄竹难书的样式。但这些故事,结尾都是一样,千篇一律。诗情在那儿注定无所作为,那是一片沙漠,或一眼枯井,如此而已,不给想像力留出任何空间。那儿不再浪漫,那儿真实、坚固,无边的沙砾或者高高的井壁而已。从古至今,对于叛徒,世界没有第二种态度,对叛徒的归宿不给予第二种想像。一个叛徒,如果不死,如果活着,除了被千夫所指万人唾骂之外没有第二种后果。人们一致认为,叛徒比敌人更可怕,更可憎恶,叛变是最可耻最可鄙视的行为。对此,全人类的意见难得地一致。自从我睁开眼睛看见这个世界,我日复一日地看它,一天又一天地走向它,试图接近它,谛听它的深处,但除去对叛徒的看法,迄今我没有发现再有什么事可以使全人类的意见如此统一。在这件事情上,没有持不同意见者,包括叛徒本人。所以,葵林深处那个女人的故事,不可能有第二种继续。就在她激情满怀,在葵林里说着跑着喊着伸开双臂兴风作浪之时,她已经死了。即便她不被敌人杀死,也不被"自己人"除掉,她也已经死了,在未来的时间里她只是一个叛徒,一个可憎可恶可耻的符号,一种使英雄豪杰志士仁人得以显现的背景比照。未来的时间对于她,只是一场漫长的弥留了。

126

敌人审问她,严刑拷打她,必然如此。听起来简单,但那不是电影中的模仿,是实实在在无止无休的折磨。无所不用其极的刑法,不让你死只让你受的刑法,让你死去活来,让你天赋的神经仅仅为疼痛而存在。刑法间歇之时,进化了亿万年的血肉细胞尽职尽责地自我修复,可怜的神经却知道那不过是为又一次疼痛做的准备。疼痛和恐惧证明你活着,而活着,只是疼痛只是恐惧,只是疼痛和恐惧交替连成的时间。各种刑法,我不想(也不能)一一罗列,但那些可恶又可怕的东西在人类的史料中都有记载,可以去想像(人类在这方面的想像力肯定超过他们的承受力,因为这想像力是以承受力所不及为快意的),可以想像自己身历其一种或几种,尤其应该想像它的无休无止……

也许,敌人还要当众剥光她的衣裳,让她在众人面前一丝不挂,让各种贪婪的眼睛猥亵她青春勃发的骨肉。但这已不值一提,这与其他刑法相比并无特殊之处。猥亵如果不是经由勾引而是经由暴力,其实就只有猥亵者而没有被猥亵者,只有羞辱者而没有被羞辱者。

也许,狱卒们在长官的指使下会轮奸她?也许会的。但她无力反抗无法表达自己的意志,在她,已经没有了责任。她甚至没有特殊的恐惧,心已僵死心已麻木,只有皮肉的疼痛,那疼痛不见得比其他刑法更残酷。她不知道他们都是谁,感觉不到他们之间的差别,甚至辨认不出周围的嘈杂到底是什么声音,身体颠簸、颠簸……她感到仿佛是在空茫而冷彻骨髓的大海上漂流……所以对于她,贞操并没有被触动。

暴行千篇一律。罪恶的想像力在其极端,必定千篇一律。

(未来,我想只是在未来她成为叛徒之后,在生命漫长的弥留中,她才知道更为残酷的惩罚是什么。)

在千篇一律的暴行中,只有一件独特的事值得记住:她在昏迷之前感到,有一个人没有走近她,有一个狱卒没有参加进来,有个身影在众人狂暴之际默然离开。她在昏迷之前记住了那双眼睛,那双眼睛先是闭上,然后挤出人群,在扭歪的脸、赤裸的胳膊、腿、流汗的脊背,和狂呼怪叫之间挤开一条缝隙,消失不见。(这使我想到几十年后,少年 Z 双唇紧闭,不声不响地走出山呼海啸般狂热的人群时的情景。)

127

葵花林里的那个女人,她确实有过一段英勇不屈的历史。

在那段时间里,家家户户不大在意地撕去了几页日历,葵花籽多多少少更饱满了一些,气温几乎没有变化,葵花林里蜂飞蝶舞,昆虫们昼夜合唱激情毫不衰减,但她,在那段时间里仿佛度过了几个世纪。

我们可以想像她的煎熬，想像的时候我们顺便把身体在沙发上摆得更舒服些，我们会愤怒，我们会用颤抖的手去点一支烟，我们会仇恨一个黑暗的时代和一种万恶的制度。我们会敬佩那个女人，但，这是有条件的。如果葵籽多多少少饱满了一些之后，那女人走向刑场英勇赴死，那几天的不屈便可流芳百世，令我们感动令我们缅怀。但如果气温几乎没有变化，那个女人终于经受不住折磨经受不住死的恐吓而成为叛徒，那几个世纪般的煎熬便付之东流在历史中不留任何痕迹。历史将不再记起那段时间。历史无暇记住一个人的苦难，因为多数人的利益和欲望才是历史的主人。

历史不重过程，而重结果。结果是，她终于屈服，终于说出她并不愿意说的秘密，说出了别人让她知道但不让她说的那些秘密。她原以为她会英勇不屈到底，她确实有过那么一段颇富诗情画意的暂短历史，但酷刑并不浪漫，无尽无休的生理折磨会把诗情画意消灭干净。

何况世界还备有一份过于刁钻的逻辑：如果所有人都能英勇不屈，残暴就没有意义了；残暴之所以还存在，就因为人是怕苦怕疼怕死的。听说，什么也不怕的英雄是有的，我常常在钦佩他们的同时胆战心寒。在残暴和怯弱并存的时间，英雄才有其意义。"英雄"这两个字要保留住一种意义，保留的方法是：再创造出两个字——"叛徒"。

她成了叛徒。或者说，成了叛徒的一个女人恰好是她，是葵花林里的那个女人。这使另外的人，譬如我，为自己庆幸。那些酷刑，在其灭亡之后使我愤怒，在其畅行时更多地让我庆幸——感谢命运，那个忍受酷刑和那个忍受不住酷刑的人，刚好都不是我。

几十年中很多危险的时刻，我记得我都是在那样的庆幸中走过来的。比如在那个八月我的奶奶被送回老家的时候，比如再早一些，当少年WR不得不离开母亲离开家乡独自去远方的时候，我就已经见过我阴云密布的心在不住地庆幸，在小心翼翼地祈祷厄运不要降临于我。

128

葵花林里的女人成了叛徒,这不是冤案这是事实。

一种可能是,面对死的威胁,她没能有效地抵制生的欲望。她还没来得及找到——不,不是找到,是得到——她还未及得到一条途径,能够使她抵挡以至放弃生的欲望。这途径不是找到的,没有人专门去找它,这途径只能得到。有三种境界能够得到它。一是厌世;她没有,这很简单,没有就是没有,不能使她有。二是激情,凭助激情;比如说在那个没有虫鸣的葵林之夜,在敌人的枪声中她毫无惧色,要是敌人的子弹射中了她,她便可能大义凛然地死去,但是那机会错过了,在葵籽更为饱满了的那些日子里,敌人留给她很多时间来面对死亡。三是坚强的意志,把理想和意志组成的美德看得比生命更重要;她不行,不行就是不行,有的人行有的人不行,葵花林里的这个女人恰恰不行,她也许将来能行,但当时她不行。她贪生怕死。虽然每个人都有生的欲望和生的权利,但在葵林故事里,在葵林故事并不结束的时间和空间里,贪生怕死注定是贬义的、可耻的,是无可争辩的罪行。

贪生怕死——今天,至少我们可以想一想它的原因了。

也许是因为她还想着她的恋人,想着他会回来,想着要把她的地址写在小土屋的墙上,想着如果他回来,在葵花林里找不到她,他会怎样……想着他终于有一天回来了,她要把自己交到他的怀里,她还没有闻够那个男人的气味儿,没看够那张英武的脸,没有体会够与他在一起的快乐和愁苦,没有尝够与那个结实的体魄贴近时的神魂飞荡……

当然也可能非常简单,仅仅因为她对虚无或对另一种存在充满恐惧,对死,有着无法抵挡的惧怕。

再有一种可能是,她无能权衡利弊,无能在两难中比较得失。比如说,敌人把她的亲人也抓了来(我们听说过很多很多这类"株连"的事），把她的母亲和妹妹抓了来，威胁她，如果她不屈服，她的母亲和妹妹也要有她一样的遭遇。那时候她没能够想到人民、更多的人的长远利益、社会的进步和人类的方向，就像她没有得到拒绝生的方法一样，她也没有找到在无辜的人民和无辜的亲人之间作出取舍的方法，没有找到在两个生命的苦难与千万人的利益之间作出选择的逻辑。看着母亲，看着妹妹，两个活生生的性命，真实的鲜血和号叫，她的理智明显不够。或者是智力，人的智力于此时注定不够。我常想，如果是我，如果我是她呢我怎么办？怎么选择？我能想到的唯一出路是死，我去死，不如自己先去死，一死了之，把后果推给虚无，把上帝的难题还给上帝。但是，如果万恶的敌人不让你先死呢？你不能一死了之呢？你必须作出选择呢？我至今找不到答案。两个亲人两个鲜活的性命真真切切在她眼前，她选择了让她们活下去让她们免受折磨……为她们，葵花林里的那个女人说出了秘密。

当然还可以有很多种设想，无比的浪漫，但无比的浪漫必要与无比的现实相结合。

129

Z的叔叔第一次回到老家，差不多可以算是没有见到他当年的恋人。他走进葵花林，找到了当年那间小土屋。小屋很破败了，像是多年没有人用过的样子。在那小土屋的墙上，没有她的地址，没有她留下的话，没有她的一点点痕迹。一切都与当年一样：太阳，土地，蜂飞蝶舞，无处不在的葵花的香风，和片刻不息的虫鸣。好像他不曾离开，从未离开过。蜜蜂还是那些蜜蜂？蝴蝶也还是那些蝴蝶？无从分辨。它们没有各自的姓名，它们匆匆地或翩翩然出现，又匆匆地或翩翩然消失，完全是它们祖辈的形象和声音。葵花，照旧地发芽、长大、开花，黄色的灿烂的花瓣，绿色的层叠的叶子，世世代代数不尽的葵花可有什么不同么？太阳和土地生养它们,毁灭它们,再生养它们……它们是太阳的功能?是土地的相貌?还是它们自己呢?虫鸣声听久了,便与寂静相同,让人不安,害怕自己被淹没在这轰隆隆的寂静里再也无法挣脱。太阳渐渐西沉,葵林里没有别人来,看样子不会有谁来了。仿佛掉进了一本童话书,童话中一个永恒的情节,一个定格的画面。小时候我看过一本童话书,五彩的图画美丽而快乐,我不愿意把书合起来,害怕会使它们备受孤寂之苦。Z的叔叔试着叫了一声那个纤柔的名字,近旁的虫鸣停下来,再叫两声,更远一点儿的虫鸣也停下来。有了一点儿变化,让人松一口气。他便更大声些,叫那纤柔的名字,虫鸣声一层一层地停下去,一圈一圈地停下去。

晚风吹动葵叶,忽然他看见一个字,一张葵叶的背面好像有一个字。他才想起与她的另一项约定,因为小土屋并未拆除,他忽略了那一项约定。

他走过去把那张葵叶翻转,是个"我"字。再翻转一张,是个"不"字。再翻转一张,是"等"字。继续翻找,是:"叛""再""是""你""徒""要"。没了。再没了。

他把有字的叶子都摘下来,铺在地上,试图摆成一句话。但是,这九个字,可以摆成好几句话:

1. 我是叛徒,你不要再等。

2. 你是叛徒,我不要再等。

3. 我不是叛徒,你要再等。

4. 你不是叛徒,我要再等。

就不能摆成别的话么?

太阳沉进葵林,天黑了。

他摸着那些叶子,怀疑它们是不是真的。

至少,在月光下,那些叶子还可以再摆成两句话:

5. 你我是叛徒,不要再等。

6. 你我不是叛徒,要再等。

130

　　养蜂老人告诉 Z 的叔叔,那女人昨天——或三天前,或一个月前,总之在 Z 的叔叔回来之前,在符合一个浪漫故事所需要的时刻——已同另一个男人成亲。

　　葵花林里的女人从狱里出来,到那小土屋去,独自一人在那儿住了三年。葵林,在三年里一如在千百年里,春华秋实周而复始,产生的葵子和蜂蜜销往各地,甚至远渡重洋。她一天天地等待 Z 的叔叔回来,等候他的音讯。她越来越焦躁不安,有多少话要对他说呀,简直等不及,设想着如何去找他。当然没处去找,不知他在何方。她向收购蜂蜜的商贩们打听,听商贩们说外面到处都在打仗,烽火连天。没人知道他在哪个战场。

　　焦躁平息一些,她开始给男人写信。据养蜂的老人说:一个年轻的女人,在葵花的香风中默默游荡,在葵林的月色里,在蜂飞蝶舞和深远辽阔的虫鸣中,随处坐下来给远方的男人写信。据养蜂的老人说:在向日葵被砍倒的季节里,在收尽了葵花的裸土上,一个女人默默游荡,她随时趴下来,趴在土地上,给不知在何方的那个男人写信。用眼泪,而后用誓言,用回忆和祈盼,给那男人写信。她相信不管他在哪个战场上,他必定活着,必定会回来,那时候再把这些信给他看吧。

　　这样,她平平安安地过了一年。据养蜂的老人说:敌人认为她已经没用了,自己人呢所谓自己人呢,相信她大概是疯癫了,战争正打得火热胜利就在眼前,顾不上去理会一个疯子。于是她过得倒也太平。春天,又一代葵籽埋进土里,她才冷静下来,葵籽发芽、长大、开花,黄色的灿烂的花瓣,绿色的层叠的叶子,这女人才真正冷静了。她忽然醒悟,男人不管在哪个战场上,他必定活着,他必定回来,但必定,他不会再要她了,他不会再爱一个叛徒。她是叛徒,贪生怕死罪恶滔天。她就是这样的叛徒,毫无疑问,铁案如山。

这时她才看清自己的未来,看清了叛徒的未来,和未来的长久。据养蜂的老人说:此后那女人,她不再到处游荡,白天和黑夜都钻在那间小土屋里,一无声息。就像无法挣脱葵林里轰隆隆的寂静,她无法挣脱叛徒的声名,无法证明叛徒应该有第二种下场,只能证明:那个男人会回来,但不会再要她。

就在我的生命还无影无踪的时候,一九四九年,我的生命还未曾孕育的时候,这世界上已经有一个女人开始明白:未来,只是一场漫长的弥留。

革命的枪炮声越来越近,捷报频传,收购葵子和蜂蜜的商贩们把胜利的消息四处传扬。夏天的暴雨之后,女人从那小土屋里出来,据养蜂的老人说,只有这时候她出来,认真地在葵林里捡蘑菇。据养蜂老人说:这葵林里有一种毒蘑菇,不用问,她必是在找那东西,她还能找什么呢?据养蜂老人说:见有人来了,不管是谁来了,她就躲起来,躲在层叠的葵叶后面,或是失魂落魄地跑回小土屋。

她躲起来看外面的人间,这时候她抑或我,才看到了比拷打、羞辱、轮奸更为残酷的惩罚:歧视与孤独。

最残酷的惩罚,不是来自野兽而是来自人。歧视不是来自敌人,而是来自亲人。孤独,不是在空茫而寒冷的大海上只身漂流,而是在人群密聚的地方,在美好生活展开的地方——没有你的位置。也许这仍然不是最残酷的惩罚,最残酷的惩罚是:悔恨,但已不能改变(就像时间不可逆转)。使一个怕死的人屈服的惩罚不是最残酷的惩罚,使一个怕死的人想寻死的惩罚才是最残酷的惩罚。

她在雨后的葵林里寻找那种有毒的蘑菇。据养蜂的老人说,就在这时候,另一个男人来了。老人说:这男人一直注意着这女人,三年里他常常出现在小土屋周围,出现在她所到之处,如影随形,躲在她看不见的地方注视她。他希望看到她冷静下来,打定主意要等她终于去找那毒蘑菇时才走近她。现在他走近她,抓住她的手,烫人的目光投向她,像是要把她烫活过来。

在写作之夜,诗人 L 或者 Z 的叔叔问:"他是谁?"

我想，他可能就是没有参加轮奸的那个狱卒。

写作之夜，养蜂的老人说："对，就是那个狱卒，除了他还能是谁呢？"

诗人 L 或者 Z 的叔叔，问："他要干什么？"

养蜂的老人说："他要娶她。"

诗人 L 或者 Z 的叔叔，问："他爱她？"

养蜂的老人问："什么是爱？你说，什么是爱？"

养蜂的老人说："他想和她在一起，就这样。他想娶她。"

葵花林里的女人想了一宿。一切都将永远一样：月夜、烛光、四季来风、百里虫鸣。那虫鸣声听久了，便与寂静相同，让人恐怖，感到自己埋葬在这隆隆不息的寂静里，永远无法挣脱，要淹死在这葵林里面了。她试着叫了一声 Z 的叔叔的名字，近处的虫鸣停止，再叫一声，远些的虫鸣也停止，连续地叫那名字，虫鸣一层层一圈圈地停下去。但是，如果停下来，一旦不叫他了，虫鸣声又一层层一圈圈地响开来，依旧无边的喧嚣与寂静。无法挣脱。毫无希望。她想了一宿，接受了那个狱卒的求婚。

131

Z 五岁那年，叔叔站在葵林边，望着那女人的家。

鸡啼犬吠，土屋柴门，农舍后面的天缓缓地褪色，亮起来。他看见一个男人从那家门里出来，在院子里喂牛，一把把铡碎的嫩草撒进食槽，老黄牛摇头晃脑，男人坐在食槽边抽烟，那男人想必就是她的丈夫。屋后的烟囱里冒出炊烟，向葵林飘来，让另一个男人也闻到了家的味道。

Z 的叔叔向葵林里退几步。

那个有家的男人走回屋里去，过了一会儿端了一大碗粥出来，蹲在屋门前"吸溜吸溜"地喝。一只狗和几只鸡走来看他喝，侧目期盼但一无所得。这时太阳猛地跳出远山，葵花都向那儿扭过脸去,葵叶上的露水纷纷闪耀。

Z 的叔叔蹲下,然后坐在葵花下湿润的土地上。

那个有家的男人喝饱了粥,把大碗放在窗台上,冲屋里说了一声什么,就去解开牛,扛起犁,吆喝着把牛赶出柴门,吆喝着一路如同歌唱,走进玫瑰色的早霞。

Z 的叔叔站起来,走几步,站到葵林边。

狗冲着他这边连声地嚷起来,农舍的门开了。

他想:躲,还是不躲? 他想:不躲,看她怎样?

所以,那女人一出屋门就看见了他。

她看见葵林边站着一个男人,尚未看清她就已经知道他是谁了。还能是谁呢? 其实她早听见他来了。夜里,在另一个男人连绵不断的鼾声中,她已经分辨出他的脚步声了。那时她已经听见,一个熟悉的脚步声穿过葵林,穿过月色,穿过露水和葵花的香风,向她走来。

他看见她的肚子不同寻常地隆起来,就要为别人生儿育女了。

他不躲避,目光直直地射向她,不出声。

她也不躲避,用自己的眼睛把他的目光全接过来,也不言语。

他想:看你说什么,怎么说?

她差不多也是这样想,想听见他的声音,听见他说话,想听他说什么,怎么说。

她想:要是你问我为什么不等你,那么你还要我吗? 要是你还肯要我,我现在也敢跟你走。

她想:要是你骂我是叛徒,那你就把我杀了吧。那样最好,再好没有了,再没有什么比你把我杀了更好的了。

她想:但也许,他什么都不说。就怕他什么都不说……

果然,他什么也没说,转身走进葵林。

时间在沉默中走得飞快,朵朵葵花已转脸向西,伫望夕阳了。

他们什么也没说。女人一动不动站在柴门前,望着男人走进葵林。像当年那个没有虫鸣的深夜一样,他又消失在层层叠叠的葵叶后面。葵林边,几只蜜蜂和蝴蝶,依旧匆匆或翩翩出没而已。

十四　昨天

132

我听人说起过一个人，"文化大革命"开始时失踪，如石沉大海音信全无，十年后忽然活着回来，家人叫他的名字他不应。叫名字，他置若罔闻，唯叫"××号"他才作出反应。不管是谁叫："××号!"他就站起来作立正的姿势，目光呆滞地看着叫他的人。××，是他狱中的编号。他的家人说："他好像还活在昨天，恐怕他再也走不出昨天了。"

一个人，可以无视今天，没有明天，但他总会看见昨天。没有昨天等于没有生命。昨天，可以是指今天的前一天，也可以是指今天以前的所有时间。

我听人说起过另一个人，在遥远的鲜为人知的地方度过了二十几年，走时一头乌发，归来两鬓霜染。他回到家见到家人，并无久别重聚的欢喜和激动，仿佛什么也不曾发生，平静的神情就像是不过在外面住了几天。他的家人说，就像二十几年前每次出差回来时一样，他吃了饭就走进书房，在书桌前坐下，愣愣地稍显出一点儿怀疑，继而问家人道："昨天，我不在家时，谁动过我的东西?"家人含泪地看他，说："你要找什么?""我昨天没写完的那部书稿，在哪儿? 怎么不见了?"

我想，这位老人，他就是 N 的父亲。他的记忆丢失了二十几年。跳过二十几年，把二十几年勾销，他的记忆与离开这书桌前的那个秋天的周末衔接。

　　昨天,飘忽不定,可以是不久之前,也可以是很久以前。F医生说,这取决于记忆,取决于他是"近期记忆丧失"还是"远期记忆丧失"。

　　"你说昨天,那么昨天你在哪儿?"母亲问他。

　　"在山里。"父亲说,"在大山里。"

　　"还有呢?"

　　"山很大,很静,没有人,静得能听见每一根草动……"

　　"后来呢?"

　　"没有人来,一个人也不来……"

　　"我是要去看你的。"母亲说,"我去了,可是我没有找到你,因为……"

　　"月光很亮,那山里没有人……"父亲说,"我们走到一个小水塘边,你说,我们干吗不游游泳呢?"

　　"你是说,昨天?"母亲吃惊地看他。

　　"女儿说,可我们没带游泳衣呀!你说这儿没有别人我们怕什么呢?你说就让风吹吹我们的屁股吧,让月光看看我们的身体。可是女儿大了你说,你就让她自己到那边去。我们跳进水里,我们在水里游,水有些凉,可我们的身体很热我们就很想,很想亲热……可是你说别,你说这怎么行,女儿大了她已经懂事了。可我还是想,我那时多么想有你呀,在那山里我每时每刻都在想你,想贴紧你温热的身体不让你走开,想进到你的身体里去不再离开,可是你不来,可是你不来……你说女儿已经懂事了,她就在那边不远……"

　　"可那是昨天吗?"母亲说,声音控制不住地颤抖。

　　"是啊,就在昨天。我们听着林涛,我和你,我们看着月色,感觉到无处不在的风……我说你看看你自己,从水中,从月光里,看看你是多么动人,你的每一寸皮肤都在风里你是多么自由。我说你来呀,你来呀贴贴我的身体你看看他是多么焦灼滚烫,他这么盼你你怎么不来呢？这水塘都要被他的焦灼滚烫煮开啦这样的时候怎么能不做爱呢？可是，你没来，你说女儿已经长大了，你说女儿就在那边她已经懂事了……"

F医生说，这在医学上称为"近期记忆丧失"。但通常，F医生说，这样的人"远期记忆"却保留。

父亲顾自说着："可是女儿她懂什么呢？不，其实她根本不懂。否则，她怎么能把那个男孩儿给她的情书交到革委会去，她怎么能那样干？她不懂，那是一个男人最最诚实的时候，那是诗，是他最纯洁的心愿，那也是一个人最容易受伤害的时候呀！女儿她说'只要他改了他就还是个好孩子'，可那个男孩儿你要他改掉什么呢？性还是爱？不，他能改掉的只有诚实，只有对人的信任，只有对人间的热忱。女儿她还什么都不懂呀，那个男孩儿也许因此要在心里留下一片永远也消散不了的黑暗，也许别人永远要说起这件事，用这件事来羞辱他……唉唉，为什么，为什么性竟会是一件令人羞愧的事？为什么一个人对一个人的渴望与坦诚，竟会成为别人攻击你的把柄？那些人怎么会想到要把一个少年的诗一般的情书贴到墙上去呢？他们想干吗？想达到什么呢……"

母亲忍着眼泪，把眼泪慢慢地吸收回去，吸收进心里。

"你再想想，"母亲说，"你也许是偶然记糊涂了，那怎么会是昨天呢？"

父亲顾自说着："我独自在那山里，一年又一年我看着野兽的团聚，看见狼的家园，看见水鸟谈情说爱，看见雄鹿和雌鹿们的婚礼。每年秋天，山林里寂静又灿烂，它们聚拢来，它们为生存奔波了一整年现在它们走进久已盼望的欢乐，在草地上在溪水边炫耀它们的力量和美丽，炫耀它们的性感倾诉它们的思念，毫不掩饰它们的倾慕之情和难耐的渴望，随心所欲地追逐、角斗、号叫、拜倒，恭敬而忘死地交合，虔诚而且自豪……唯独没有羞辱。坦荡而平安，没有羞辱。在它们那儿我看见从来没有羞辱，在阳光下和月光里坦荡地表达它们天赋的欲望，在天地之间卖弄风情，迷狂地拥有和给予,交合,交合……掏干了自己全都交给梦想,在那样的秋天里它们醉生梦死,啊,那时我才发现'醉生梦死'其实是多么美丽的境界……我远远地看着它们,看着它们轰轰烈烈地享乐,自由自在地纪念自己的生命,我远远地看着它们不觉得我有什么不礼貌,毫无猥琐,我满怀敬意,它们似乎也是这样认为,它们不相信世上有'羞辱'二字,它们更不会想到这美丽的情怀在人间的尴尬处境,它们,这些纯真的造物,还没有被逐出伊甸园……"

"可是你说'一年又一年',你是说'每年秋天',"母亲提醒他,"那怎么会是昨天呢?"

父亲不理睬,顾自说着:"不,女儿她还不懂。可是你也不来。你说了要来可是你没来。我等了很久,那山大极了我走不出去,山里很静,除了我那儿没人。月亮落下去太阳升起来,太阳落下去月亮又升起来,可是你没来。你说了昨天要来可是你没来……"

母亲说:"我去了,可是我没见到你。是他们不让我见你。可是我去了,我真的是去了,只是你没有见到我。"

父亲顾自说着:"那月光真好,可是你不来,不来跟我亲热。你在水里游,像一只白色的鸟在飞,那样子又自由又放荡,可是离我很远,我摸不到,那样子又美妙又残酷,我游过去可是你又游开,我游过去可是你又不在那儿了,依然离我很远,总是那样……"

母亲说:"你再想一想,如果是昨天,昨天我怎么会没来呢?我们在一起游泳不是吗?那夜里我们回到住所,我们不是立刻就做爱吗?女儿累得马上回到她屋里睡着了,我们急不可待地就做爱不是吗?那次多么好,好极了,不是吗?你是一时弄糊涂了,如果是昨天,如果昨天我不在你身边,我们怎么能亲热呢?"

母亲终于忍不住流泪了。

母亲流着泪说:"如果是昨天,昨天我不是还很年轻么?可是现在你看看,看看我,我是不是已经老了?"

父亲愣愣地看着母亲。

"我们都已经老了,你看不出吗?"母亲说。

很久，父亲说："那是因为，你昨天穿的是一件紫红色的旗袍，你的头发高高地绾起来，绾成髻，你的脖颈就会很长，很长而且没有皱纹。因为昨天，在南方那老屋里点起了蜡烛，你的影子就会跳跳荡荡，你的眼睛就会痴迷地燃烧。因为那时下了雨，你说让我们到外面去，到雨里去，雨水就打湿了你的头发，乌黑的头发就能贴在你雪白的身体上了……"

"可是你看看，看看我的头发，你没看见它们已经白了吗？"

她把白发翻动给他看。

他惊愕地看了一会儿，焦躁地掐着自己的额头像是有一个问题总也想不清楚。但不久，他的目光投向远处，投向窗外那排高大的白杨树，紧皱的眉头便重新舒展开无视她的白发了。

这就是 F 医生说的，"近期记忆丧失"，越近的事情忘记得越快。

"雨停了，"他又顾自说起来，"月光照亮老屋的一角飞檐，照亮几片滴水的芭蕉叶子，芭蕉叶子上的水滴透黑晶亮，沿着齐齐楚楚的叶脉滚动、掉落，敲响另一片叶子。因为昨天我们在南方。老屋高挑起飞檐，一扇门开着，一扇窗也开着，暗影里虫鸣唧啾，流萤在四周的黑暗中翩翩飞舞，飞进灯光反倒不见了。因为那时你站在月影里，站在芭蕉下，你说'你别动，你别过来，让我自己，让我自己给你'……"

这就是 F 医生所说的，"远期记忆"却保留，越远的事越记得清楚。

"但是，昨天我来了吗？"

"昨天你说来，可是没来。"

"昨天我没来，我可怎么给你呢？"

父亲低下头，又苦苦地想着。

"想想看，昨天你一个人在哪儿？"

"我，一个人，在哪儿？"父亲抬起头盯着母亲，像是要从母亲的脸上找出答案。

但不久，他的眉头再度舒展开，满脸的神气就像个初恋的少年。"哦，昨天……我在街上走，你没有看见我，我一个人，就还在街上走，因为你没有看见我。我们迎面走过，我的心里很紧张甚至步履不稳，我从你身边走过，除了心跳什么也听不见，我怕你会看出我对你的欲望。我走过你身旁，但你什么也没发现，甚至没有一点儿迹象表明你是否认出了我，你带着习以为常的舒展和美丽走过我。那样的舒展和美丽，我想你必定心中清明如水不染凡尘，你要是知道了我对你的欲望你一定会鄙视我，从此离开我。我转身看你，你没有回头，你穿一件蓝色的背带裙，那飘动的蓝色渐渐变小，你走进小巷深处，走进了一座美如幻景的房子，只剩我一个人在街上走……"

母亲不再说什么了，她开始承认这个事实，终于接受这个事实了：父亲的记忆出了问题。父亲的记忆丢失了二十几年，跨过那二十几年他的记忆逆着时间越走越远了。母亲擦擦眼泪，退出书房，退到门边又站下来看看父亲，轻轻叹一声，心想恐怕这样也好，他不必再受那二十几年痛苦的折磨了。但那二十几年都是什么呢？是什么东西把她的爱人变成了这样，把那样一个快乐豁达的人变成了现在这样的呢？母亲不敢去想。

父亲坐在书桌前，铺开稿纸，定一定神，立刻文思如涌，发狂般地写起来。直到天黑，直到深夜，N的父亲挥墨不停。

N和母亲听着父亲房里的动静，听见笔在纸上刷刷地走，一秒钟都不停，稿纸一页页地翻响，差不多十分钟就翻过一页。

"这样走笔、翻纸的声音，有二十几年没听见了，"母亲说，"可是……"

"可是什么，妈？"女儿问。

"可是他从来也没有写得这样快过。"

"爸他，要写什么？"

"不，不知道。"母亲说，"如果他的记忆逆着时间越走越远的话，我想他大概还是要写他曾经没能写完的那部童话吧……"

早晨,母亲和女儿走进父亲的房中,父亲睡着,睡得安安稳稳。母亲和女儿看见他已经写满了几十页稿纸。几十页,没有一处涂改,但也没有一个她们能认得的字。仔细再看:没有一个字是中文,也没有一个字是这个星球上有过的文字。母女俩面面相觑,可以肯定:这不是文字,这只是任意地走笔、毫无规律的线条、随心所欲的涂画……

　　父亲夜夜写到凌晨。一年之中,就写满了整整九千页稿纸。父亲的身体很好,每天按时起床、吃饭、散步、品茶、和妻子女儿谈一刻钟、接待半小时友人,其余的时间都用于写作。

　　母亲守着他。自从父亲回来之后,母亲就哪儿也不去,一步也不离开他。父亲走到哪儿她就跟到哪儿,跟他说东道西,故作自然地谈笑,但言语中尽量避免牵涉到时间概念。一牵涉到时间概念,父亲的思绪立刻就混乱,仿佛不小心按住了录像机的倒退键,屏幕上的画面便发疯似的朝着过去越跑越远。只有当父亲在书房里写作的时候,母亲才有机会独自轻松地待一会儿。她一面做着自己的事,一面警醒地支棱着耳朵,只要门铃一响她就赶紧迎出去,怕的是有人来会对父亲说破真相,会对他说"你写的字,地球上没有第二个人能看懂呀"。母亲守卫着父亲,提醒每一个来访的朋友:"不要问他写的是什么好吗? 不要问他写的到底是什么文字,好吗? 就让他写下去吧,就让他随心所欲地写吧,不让他写就是要让他死呀,他不会活得太久了就让他心安理得地写写吧。"但我想,母亲寸步不离地守着父亲,可能还有一个原因:她希望父亲有一天会忽然醒过来,有一天忽然发生奇迹,父亲一觉醒来记忆完全恢复正常。如果那样,母亲想,那时她必须在他身旁,不能再让他以为她没来,不能再让那空空的山风吹进他焦灼的等待,否则他又要在时间里走迷。母亲想,那时她必须就在他左右并且立刻同他做爱,让两头白发缠绕一处,两个布满皱纹的身体紧紧贴靠,依偎、亲吻、抚摸,不顾老命地像年轻时那样翻滚、冲撞、战栗,两朵垂暮的花在冬天濒死地昂扬和开放……母亲对着镜子看自己,深信她的身体里和心魂中依然埋藏着不尽的欲望,可以无穷无尽地交给他和收容他……

133

所谓"昨天",也许不如干脆说"过去"。但是不,这不一样。譬如,说"我们的过去",那只是在陈述一个事实,要是说"我们的昨天"呢,便包含了对那段时光的态度。譬如"我们从过去走来"不过是陈述一种进程,而"我们从昨天走来"却是在骄傲着一种进步。"过去"仅仅是对时间的客观描述,"昨天"却包含了对历史的主观感受。

我记得,N 的父亲回来的那年,WR 也从遥远的地方回到这座城市。时隔多年,WR 和 O 见面的时候必不可免要说起过去。但说起过去,他们都用到了"昨天"二字。

他们沿着河岸走。河水朝着固有方向疲惫地流着,汩汩之声淹没在轰轰烈烈的太阳里。盛夏的河岸,草木葱茏,仍有钓竿从密密的灌木丛中伸出,指向河面,但垂钓的人想必已经换了一辈。但是没有了鸟叫,鸟儿早已迁离。河岸上峰峦叠嶂般地耸立起高大的楼群,太阳火一样的暴晒之下,所有的窗户都关得严严的抵挡热浪,不透出一点儿声音。唯远处的公路上沸腾着车流喧天的聒噪。他们走到了当年那座小石桥所在的地方,默不作声地伫望,目光仿佛越过现在遥望过去,又仿佛从过去一直看过来看见现在。小石桥已经无影无踪,一座钢筋水泥的大桥贯通两岸。

我想,女教师 O 是说:"可是一切,都像是昨天。"

而 WR,我想他的回答却是:"可是一切,都已经是昨天。"

不难听出,O 的"昨天"是在把过去拉近,把过去与现在紧密相连。而 WR 的"昨天",却是把过去推远,把过去推开置于今天之外。

他们必会像我一样,感觉到这两个"昨天"的完全不同。

在这两个完全不同的"昨天"之间,他们面对面站着。在他们之间连一条直线取其中点,他们的目光在那儿时而相碰,时而分开。那样子就好像找不到一个门,就好像两个人之间有一道透明的高墙——两个"昨天",站在一道"今天"的高墙两边,互相能够看见,但是没有门可以相通。或者是,两个完全不同的"昨天"是两把完全不同的钥匙,只能打开两个不同的门。这又让我想起未来的O将要对我说的话了:

　　　　"你推开了这个门而没有推开那个门,要是你推开的不
　　　是这个门而是那个门,走进去,结果就会大不一样。"
　　　　"怎么不一样?"
　　　　"不,没人能知道不曾推开的门里会是什么,但从两个门
　　　会走到两个不同的世界中去,甚至这两个世界永远不再相
　　　交。"

　　看来这样的想法,O并不是途经画家Z时才有的,而是在途经WR时已经埋下。

　　是呀,O不知道WR的昨天都是什么(就像N母不能想像N父的昨天一样),不知道,也许永远不可能真正知道。因为两个昨天甚至是不能互相讲述的,因为很可能那是两种不能互译的语言。

　　他们在那道透明的高墙两边站着,客客气气说些无关痛痒的话,保持着一个固定的距离,那距离便是那高墙的厚度,但要测量这厚度不能用尺寸而要用年月,要用被苦难浸泡得面目全非了的年月。

　　"伯父,他还好吗?"
　　"还好。"
　　"伯母呢?"
　　"也好。她退休了。"
　　"伯父也退休了吗?"
　　"没有,他还没有。"

…………
"那只猫呢,还活着?"

"不知道。"

"不知道? 怎么?"

"它丢了。"

"怎么会丢了,它不会走丢的呀?"

"有一天它没有回来,就再也没回来。"

"什么时候?"

O 看着 WR,摇摇头:"很久了。"
…………

  直到夕阳在河面上荡漾起灿烂的血色,鸽群又在狭窄的暮天里飘动起耀眼的洁白,O 才有些怀疑:可以盼望一个人从遥远的地方回来,但是可以盼望一个人从漫长的昨天里回来吗? 从遥远的地方回来那毕竟是容易的,但从漫长的昨天里回来那可能吗? 血色的夕阳和雪白的鸽群下面,O 渐渐明白:当她在漫长的昨天期盼着与 WR 重逢之时,漫长的昨天正在把 WR 引向别处。因而时隔多年,在这河岸上的又一个盛夏里,他们就像南北和东西的两条路正通过立交桥的交叉点。这只是一个抽象的会合,并没有具体地重逢。

  他们站在当年那座小石桥所在的地方,站在如今这座钢筋水泥的大桥旁边,直到夜色降临。

  "你还,"O 抱着最后的希望问,"过桥去吗?"

  过了桥,WR 知道就会找到那个小油盐店了。在遥远的罕为人知的地方和漫长的罕为人知的昨天,他曾经多少次梦见过那个小油盐店呀,梦见那一间坐南朝北的门面、斑驳的门窗和柜台,梦见老掌柜把长柄的木提探进油桶时发出深厚的响声……梦见他快乐地转身跑出店门,朝那座美丽的房子张望……但是没有,在梦里不仅没有少女 O,而且也没有了那座美丽的房子,那座房子已经拆毁仿佛晚霞已经消失,唯残砖断瓦之中荒草飘摇……可现在,只要过了桥,顺着东拐西弯的小胡同走一会儿,WR知道,就又能看见那座美丽的房子了,它依旧坐落在那儿,像是在等待他归来,像是在为他精心地保存着一段幸福快乐的时光。

但是WR说:"噢,不了,我还有些别的事。"

他向她伸出手来。给人的印象是:要补上多年前分别时,由于年少无知而忽视了的一个礼节。

他们握手告别。

她的手又在他的手里了,这是她在所有的昨天里都在等待的。

"可,这是为什么?"O终于说,终于含着泪问出了声音。

"我会去的,"他说,"我总要去看看伯父伯母的。"

"如果你,"他犹豫了一下说,"如果你愿意,我想我们还可以是朋友。如果你觉得可以,我也会时常去看你。"

"你不能告诉我,这……到底,是为什么吗?"

"我想不如简单些。"他说,"简单些,也许,会更好些。"

她抬头仔细看他,比多年前分别时看得还要仓促,好像随着黄昏飞快地消逝进黑夜他也就不复存在。

"至于为什么,"他故作轻松地微笑,迎接她的注视,"我怕也许没有谁,能懂……"

O含泪离开,或者是流着泪走过桥去。WR仍站在河岸上。

她飘动的裙子埋没进嘈杂的人流,他在河边的水泥护栏上坐下,在一丛浓密的灌木后面仍然望着她走去的方向,想着她如何走在东拐西弯的小胡同里,想着她如何茫然若失甚至是昏然无望地走着,走过一盏盏暗淡的街灯,走过一道道老墙上孩子的图画,走过一排排老屋檐头风雨播种的荒草,流着泪,让泪水任意地流淌,走过陌生行人的注目和猜想,走过那家小油盐店,停下来,擦干眼泪,不能让父母看见眼泪因为他们不是在等候着女儿的眼泪,她站在那排白杨树下等着风把泪迹吹干,然后走进那座美丽的房子。不管她在白杨树下徘徊多久,她总要走进那座美丽的房子,那么她的父母就总是要问的:"他呢,他怎么没来?"不管她是否回答,不管她掩饰还是不掩饰,她的父母都会猜到发生了什么⋯⋯

WR,坐在深夜的河岸上想:我是不是一个无情无义的人?我是不是必须做一个无情无义的人?我是不是敢于做一个被人斥骂为"无情无义"的人?

134

我和 O 一样,不知道 WR 的昨天都是什么。自从多年前,载着他的那列火车缓缓地启动继而风驰电掣地驶离这座城市,我和 O 一样就再也没有见过他。火车抛下云团似的白色蒸汽,在午后空洞的阳光里翻卷、纠缠、丝丝缕缕地牵连然后被风扯散,从那时起我和 O 一样再没得到过一点儿 WR 的消息。错综交织的铁轨不动声色地铺向远方,世界上仿佛已经没有了这个人。

"这么些年,你都在哪儿?"我问 WR。

"我吗,"他说,"跟你的感觉一样,在这个世界之外。"

我们坐在深夜的河岸上。我,和 WR,面对面坐在城市暂短的宁静里,黑夜使我看不清他的模样但我能感觉到他的表情。偶尔岸旁的高楼上亮起一点灯光,照耀过来,我看见他脸上正如我感觉到的那样有一缕滑稽的微笑。

"或者,就在这个世界的隔壁。"他说。

"很像是在隔壁,"他说,"但那是一道特别的墙,从那边能听见这边,在这边却听不见那边。不管我在那边怎么喊叫也是徒劳。"

"喊呀叫呀,哭哇,使劲敲墙想让这边听见,"他说,"可是没用,这边很热闹,这边好像永远都在庆祝着什么节日,锣鼓喧天号炮齐鸣没有人能听见我的声音。"

"我只好安静下来。一个烦人的孩子哭累了喊累了你甭理他他自己就会安静下来。有机会你可以试试看,对付一个烦人的孩子,这是个挺有效的办法。"

"这孩子,他安静下来了他就又长大了一点儿了。"他说,"这烦人的孩子在墙根儿下坐下,慢慢地有点儿明白了。"

"明白了什么?"

"童话是,没有说完的谎言。我坐在墙根儿下忽然想起来了,安徒生这个骗子他其实总是说半句话,那个说破了'皇帝的新衣'的孩子后来怎样了安徒生他没说,他不说,他只想让那个孩子说但他自己不敢说……"

"我不这么看……"

"你不这么看你就最好先闭上你的臭嘴,你就别说皇帝是光着屁股的,因为……因为皇帝的屁股比你的臭嘴有用得多!"

我听见他一把一把地薅着河岸上的野草,把野草扯碎,午夜的宁静中每一根纤维断裂的声音都清晰可闻。然后那声音停止了,我感到他在使劲地闻着那些扯碎的野草,把它们捧起,闻着它们清纯沁凉的芬芳。

我想我应该说一句什么了。我说:"后来呢?"

"你是说安徒生的那个孩子还是说我?噢噢,反正是一回事。但我想那个孩子未必有我幸运,他大概已经死在隔壁了。"

他把扯碎的野草撒进河里。

"你听说过中国古时候有一种监狱的墙吗?"他的语气平静下来,"那是双层的夹壁墙,中间灌满了沙子。这设计真是再英明伟大不过了,不用担心囚徒会破壁而逃,因为,因为你真要是能在那墙上凿开一个洞那沙子就会不断地流出来把你埋了。"

"你那墙就是这样的墙?"

"不,我那墙里不是沙子,是和沙子一样的人,是能够不断地流出来把我埋掉的一个时代。"

他淡淡地一笑:"我万万没料到,我又会回到这个世界来。"

岸边的高楼里传来一阵婴儿的啼哭,然后一个窗口亮了,然后哭声戛然而止,想必是母亲的奶头堵上了婴儿贪婪的小嘴。很久很久,我面前的这个人和我心里的这个人,他一声不响。

"你想什么?"

"我想,要是我现在没有回来要是我到底也没有回来,其实那隔壁就等于没有人。所以我想,很多我们以为没有人的隔壁,正有人在那儿哭喊……"

"你打算怎么办呢,今后?"

"我打算——你最好有些精神准备否则你会吓坏了的,我要当官!"

"当官?你说你要当官?"

"不是问号,是惊叹号。其余的你一点儿都没听错。"

"当什么官?"

"当然是越大越好。"

"为什么?"

"因为我在隔壁待着的时候实在没有什么事可做,我就听着你们这边的声音,从我能听清的只言片语中想一想,看有什么办法能够不使任何人被送到世界的隔壁去。"

"什么办法?你认为有什么办法?"

"一个被遗忘在隔壁的人能有什么办法呢?那时不过是想着玩玩儿,一种消磨时光的办法罢了。跟老百姓的办法一样,不过是饱暖之后做一做希望的游戏,但那得是一个快乐的游戏,没人愿意去做一个危险的游戏。还有什么学者呀作家呀,他们的办法不过更煞有介事而已,煞有介事的一种逻辑体操,那不过是一种生活习性,无论如何他们总能找到一块地方来演练那些愉快而又高尚的体操。"

"我不知道你到底要说什么。"

"只有权力,能够真正做成一点儿什么事。尽管那也许是,皇帝的又老又丑的屁股。"

"什么事?你指的什么事?"

"一切事。比如不再把任何人送到世界的隔壁去。"

"你这么相信权力?"

"除此之外你让我相信什么？民主，是不是？可是民主并不是由民主创造的，这是一个非常非常简单的逻辑，就像你不是你自己生的一样。还有什么自由哇平等啊法制呀，当它们都还是一个体操项目的时候它们不过是那么几个人获取金牌的机会。"

　　"我不想跟你谈政治，我已经看够了那些把戏。"

　　"噢我想起来了政治是肮脏的。刚才我一时忘记了，得请你们多多包涵。是呀真的，你们可别弄脏了自己，你们珍贵的灵魂一定要供奉在一个叫做圣洁的地方，那样你们就可以非常自信而且光荣地站在那儿往四下里看了，就可以一会儿流着泪赞美这个，一会儿捂着鼻子嫌恶那个，一会儿说多么多么想吻穷人脚上的牛粪，一会儿又说他们就跟牛粪一样麻木愚昧简直是半死的东西，待在屋子里你们赌咒发誓说自己要做人民的儿子，可走到街上却发现到处都是俗不可耐猥琐不堪的嘴脸。当然当然，最能衬比那圣洁的就是肮脏的政治了，还有商人，他们权欲熏心唯利是图，一群小人，尔虞我诈鼠目寸光，他们不过是一群令人作呕的市侩是根本不懂得生命价值的畜生是……还有什么？总之这些家伙只配下地狱去。可你们是天使，是圣人，是背负着十字架的圣徒，所以你们的痛苦是高尚的痛苦，你们的快乐是非凡的快乐，你们的哭和笑、愁和怨、悲伤和愤怒、穷酸和寂寞都是美丽的，别人看不到这美丽只能证明他们无可救药。可偶尔你们也掉进自己的圈套里去，比如，当你们说'我们才是真正的富有'的时候你们到底是要说什么呢？说你们是幸运者呢，还是说你们是不幸的人？如果是后者，你们就自己推翻了自己的价值观，不过是吃不到葡萄说葡萄酸罢了。如果是前者，你们这些幸运者又是怎么想起来要傲视那些不幸的人呢？幸运者傲视不幸者，这简直就是恃强凌弱以富欺贫了吧？你们的圣洁岂不就很可疑了吗？说真的，我同意说灵魂的丰饶和圣洁那才是真正的富有，我羡慕那样的人，我从小就是多么的羡慕那样的人呀，所以我拼命地读书一心想做那样的人。可是我不明白，那样的幸运者他们干吗要傲视那些灵魂的穷人？尤其干吗要对他们皱起眉头、捂着鼻子,挖苦、嘲讽、厌恶和轻蔑的目光就像一盆一盆的污水往他们头上倒?所以会有灵魂的穷人,你们圣洁的心怎么会不知道那正是因为有灵魂的强盗呀……噢噢,现在我又有点儿明白了,不这样可怎么衬比得出你们的富有和圣洁呢?不使肮脏的地方更肮脏,怎么能使圣洁的地方显得更圣洁呢,没有灵魂的战争可怎么有灵魂的胜利者呢……"

"你也许说对了,但是……"

"也许?你是说'也许'吗?"

"好吧,你说对了,"我说,"但是不见得有谁宁愿肮脏吧?"

"我是说 O 的事!"不等他回答,我说,"那么 O 呢?你真的不爱她了吗?"

他不回答。

这突如其来的问题让他愣住了,一时不知如何回答。

晦涩的晨曦从巨大的黑色的楼群后面渐渐浮现。昏黑的夜空从岸边峭壁一样的高楼的边角处,慢慢褪色。黎明,是以河水泛起灰白的闪光作为开始的。

"你不回答,因为你不敢回答。"我说。

"但是不回答,实际就是回答。"我说。

"你骗不了我,"我说,"你爱她,你现在仍然爱她。"

"这么多年了,"我说,"不管你在哪儿你都在想她,这你骗不了我!"

"她也一样。"我说,"你不知道这么多年有多少人追求她可是她不答应,她一直在等着你的消息吗?"

我感到他的眼睛里有了泪光,像黎明的河水一样闪烁。但是他说:"你们这些圣洁的人真是厉害,好像没有什么能瞒得过你们。"

"那为什么你,要对她这样?你以为就只你一个人受了苦,所以你就……"

"这回你说错了——当然,这是圣洁的人们之美丽的错误。"

"我想提醒你，你也在挖苦，你也在傲视别人。"

"哦，真的，这可是怎么回事呀？而且将来，不不不，也许就是现在，正有一个人把你我都写进一本书里去，把你我都彻底地挖苦和嘲讽一通以显示他的圣洁。多有意思呀你不觉得吗？你说，我们不应该预先也给这个写书的家伙来一点儿嘲讽吗？"

"这种时候我希望你严肃点儿，"我在那黎明中喊，"直接回答我，你为什么要那样对待 O？"

"对我来说其实非常简单，"WR 说，"我只是想，怎么才能，不把任何人，尤其是不把那个看见皇帝光着屁股的孩子，送到世界的隔壁去。其他的事都随它去吧，我什么都可以忘记，什么都可以不要，什么骂名都可以承担，单是不怕死那不过是一首诗还是让 L 去写吧……"

"这么说你才是一个圣洁的人，对吗？"

"你又说错了。告诉你，我很快就要结婚了。"

"谁？"

"别急，你很快就会知道了。很快就要在圣洁的人们中间传开了，然后遗臭万年。"

"你爱她？"

"我需要她。"

135

我跟 O 一样，不知道 WR 的昨天。但是多年之中我听说过一些关于犯人的故事。我听到这些故事，总感到那里面就有 WR，或者，那就是 WR。古往今来关于囚徒的故事，在我的记忆里形成 WR 的昨天。

我听说过一个人初到监狱就被同牢房的犯人打断锁骨的故事。那是一个起因于尿桶的故事。一间窄小的牢房住八个人，八个人共用一只尿桶，一天到晚那尿桶挥发着让人睁不开眼的气味。

挨着尿桶的位置永远是新来者的位置,这是犯人们自己的法律。新来者似乎给寂寞的牢房带来了娱乐的机会,老犯人们把百分之九十五的尿撒在桶里,其余的故意撒在桶外,以便欣赏新来者敢怒而不敢言的动人情景。但是这个新来者却不但敢怒而且敢言——这也很好或者更好,这不见得不是枯燥的时间里一个改善口味的良机,七个人立刻向他围拢过来,脸上挂着兴奋的微笑,那样子就像百无聊赖的孩子发现了一只新颖的玩具……平素的屈辱蓄积成现在的发泄,以往的压抑变成了此刻的手痒难耐,十四只老拳不由分说兜头盖脸朝着这个不知天高地厚的雏儿打来,很快就把他的锁骨大致变成了三块。我感到这个新来者有一双天真而惊奇的眼睛,他就是 WR,他倒在墙角里嘴上都是血,但浑身的疼痛并不如眼睛里的惶惑更为剧烈……

我听人说起过牢房里关于床位的故事,那其实是关于地位和权力的故事。牢房只有一个小小的窗口,紧挨窗口的地方是八个床位中最舒适的床位,离尿桶最远,白天可以照到太阳,晚上可以望见星星,有新鲜的微风最先从那儿吹来,那是八个人中"头儿"的床位。当然,这个床位的意义主要不在于舒适,(到底它能够舒适到哪儿去呢?)而在于对比其他七个床位的微弱优越,但这点儿可怜的差别一样可以标明尊卑贵贱,一样可以启用为权力和服从的象征——谁占据了那个床位,谁就可以在看守之外颁布这间牢房里的法令。也许它最美妙的意义还在于:谁占据那个床位并不由看守决定,而要由囚徒们认可。看守的决定在这个故事里是一句废话,除非看守永远看守着他的决定。看守可以惩罚那个"头儿",但无法罢免那个"头儿",久而久之看守也就不去自寻烦恼。看守的命令于此遭到轻蔑这里面带着反抗的快慰,同时,囚徒们的意志得以实现这里面包含着自由的骄傲。但是,要得到那个位置,靠什么呢?我听说在某个犯人到来之前,主要靠的是拳头,是亡命之下的勇猛。但我听说有一个年轻而文弱的犯人到来不久,靠心计,靠智谋,很快便从挨近尿桶的位置换到了紧挨窗口的位置,而且一当他得到了这个位置他就废除了这个位置。当然他不能在空间中把这个位置取消,他废除这个位置的方法是宣布:这个位置由八个人轮流占有!我想像这个年轻而文弱的犯人不可能是别人,他就是 WR。

我听说过男犯人们渴望女人的故事。讲这个故事的人说:"牢墙上那小小的窗口的美妙并不止于太阳、月光和微风的来临,从那儿还可以望见远处田野里的一个女人。"春天,小窗外是辽阔如海的一片绿色,那是还没有长大还没有开花的向日葵,晨风和朝阳里新鲜的绿叶牵连起伏铺地接天,天空浩瀚无涯静静地没有声音,灿烂的云彩变幻不住,这时候就会有一个女人走进画面,像一条鲜活自由的鱼在那绿浪里游。远处的地平线上有一座房子,很小很缥缈,那女人想必就是从那儿走来的。八个脑袋挤在窗口十六只眼睛早已等在那儿,屏息静气地张望,看她走来,看她锄地,看风吹动她的衣裳,八张嘴紧闭着或微张着,盯着她衣裳里沉甸甸颤动的胸脯,盯着她弯下腰时胀鼓鼓的臀部,想遍她美妙身体的各个部分。日头慢慢升高,那女人忽然扔开锄头走到绿叶浓密的地方双手伸进腰间动了几下然后蹲下去,讲这个故事的人说:"她蹲下去你懂吗?她蹲下去到她再站起来,那窗口里响起一阵发情的公狗一般的呻吟。"日在中天时,田野上又来了一个人,一个男人,那女人的丈夫,那男人来了挨着那女人坐下,两顶草帽下面他们吃喝谈笑,吃喝谈笑差不多半点钟。"这半点钟,"讲这个故事的人说,"那窗口里射出的目光简直能把那个男人烧死。""别讲了。""不,你听下去。"那饥渴的目光,无奈的十六只眼睛,望着天上,那儿飞着一只白色的鸟,从天的这边飞向天的那边,翅膀一张一收一张一收,朝着地平线上的那座房子飞,飞得没有一点儿声音。讲这故事的人说:"这时田野上男人和女人忽然不见了。"那男人一把搂过他的女人倒在绿叶里,那一团绿叶簌簌地响,浪一样地摇荡不止。讲这故事的人说:"这时那窗口上呢,一只眼睛也没有了。"那窗口里面,和外面的天空一样寂静,直到深夜才响起梦中的哭声……向日葵长高了,越来越高了越来越看不见那个女人了,那时窗口里的日子倒要平静一些,八个人的心绪倒要安逸些。我想,这八个人中有没有 WR?我希望他不在这里面。讲这故事的人说:"后来有一天,八个人中的两个得到一个机会走近了地平线上的那座房子。"两个人拉着粪车走过那座房子,他们停下来想把那女人看看清楚,那女人不在家,柴门半掩院子里没人,但院前晾晒着花花绿绿的女人的衣裳,他们慌慌张张拿了一件就跑。不,他们当然不是因为缺一件衣服。讲这故事的人说:"那天夜里,八个人轮流吻着这件衣服,有人流着泪。"他们闻着那件纺织物,闻着那上面的女人味儿,人的味儿,人间的味儿,闻见了地平线上那座房子里的味儿,闻见了自由的味儿……他们知道这东西藏不住,天亮时他们把它撕开,撕成八块。讲这故事的人问我:"你猜,他们怎么着?""怎么?""吞了。""吞了?""每人一块把它吞进了肚里。""哦,别说了。"我立刻又想起了 WR,我想那八个人中没有他,我希望没有他。我说:"不可能。""你不信?""不,我不是指的这件事。""你指什么?"我对自己说:那不是他,那里面没他,没有 WR。我常常想起这个故事,对自己说:WR 不在那八个人里面,不在,他不在那儿,他在另外的地方……当然我知道,这仅仅是我的希望。

我希望他在另一个故事里。因此我希望他走进另一个故事,他跳过无论是什么样的昨天,走进这部书里的 WR 中去。

136

事实上,WR 立志从政,那不过是由于我的一种顽固的感觉,是我全部生命印象中的一个摆脱不开的部分。或者说,是我在那部分印象中所展开的想像、希望、思考和迷惑。这些东西成年累月地在我心里漂浮纠缠,期待着凝结成一个形象,它们总在问"一个从政者他是谁?一个立志从政的人他是谁?诸多从政者中的一个,他要使所有的人都不再被送到世界的隔壁去,那么,他就像是谁呢?"它们曾屡屡地飘向当年那个大胆而且诚实的少年,但很多年里它们像我一样看不见那个少年,找不到那个少年,甚至以为那个少年已不在人世。但是有一天,当那个少年又回到这座城市,他已不再是一个少年他以一副饱经沧桑的面孔出现在我眼前时,那些漂浮着的想像、希望、思考和迷惑终于找到了他,不容分说地在他身上聚拢起来,终于凝结成一个形象了。

真的,我不认为我可以塑造任何完整或丰满的人物,我不认为作家可以做成这样的事,甚至我不认为,任何文学作品中存在着除作者自己之外的丰满的人物,或真确的心魂。我放弃塑造。所以我放弃塑造丰满的他人之企图。因为,我,不可能知道任何完整或丰满的他人,不可能跟随任何他人自始至终。我经过他们而已。我在我的生命旅程中经过他们,从一个角度张望他们,在一个片刻与他们交谈,在某个地点同他们接近,然后与他们长久地分离,或者忘记他们或者对他们留有印象。但,印象里的并不是真确的他们,而是真确的我的种种心绪。

我不可能走进他们的心魂,是他们铺开了我的心路。如果在秋雨敲着铁皮棚顶的时节,在风雪旋卷过街巷的日子我又想起他们,在一年四季的任何时刻我常常会想起他们,那就是我试图在理解他们,那时他们就更不是真确的他们,而是我真确的思想。如果在晴朗而干旱的早晨而且忘记了今天要干什么,在慵懒的午睡之后听见隐约的琴声,或在寂寥的晚上独自喝着酒,在我一生中的很多时刻如果我想起他们并且想像他们的继续,那时他们就只是我真确的希望与迷茫。他们成为我的生命的诸多部分,他们构成着我创造着我,并不是我在塑造他们。

我不能塑造他们,我是被他们塑造的。但我并不是他们的相加,我是他们的混淆,他们混淆而成为——我。在我之中,他们相互随机地连接、重叠、混淆,之间没有清晰的界线。就像那个秋天的夜晚,在游人散尽的那座古园里,凭空而来的风一浪一浪地掀动斑斓的落叶,如同掀动着生命给我的印象。我就是那空空的来风,只在脱落下和旋卷起斑斓的落叶抑或印象之时，才捕捉到自己的存在。

我不认为只有我身临其境的事情才是我的经历（很多身临其境的事情早已烟消云散了如同从未发生），我相信想像、希望、思考和迷惑也都是我的经历。梦也是一种经历，而且效果相同。常听有人说"那次经历就像是一场梦"，那为什么不能说"那场梦就像是一次经历"呢？我经常，甚至每时每刻，都像一个临终时的清醒的老人，发现一切昨天都在眼前消逝了，很多很多记忆都逃出了大脑，但它们变成印象却全都住进了我的心灵。而且住进心灵的，并不比逃出大脑的少，因为它们在那儿编织雕铸成了另一个无边无际的世界，而那才是我的真世界。记忆已经黯然失色，而印象是我鲜活的生命。

那个诚实而大胆的少年，以及所有到过世界的隔壁一旦回来就决计要拆除它的人，在我之中跳过他们各自的昨天，连接成 WR 的真实。

十五　小街

137

　　女教师 O 与 WR 在河边分手时,久违的画家 Z 的消息,便又在我的耳边隐隐涌动了。他在哪儿？其实他就在 O 走去的方向,在河对岸那片灰压压的矮房群中,无论是"过去"还是"昨天"Z 都在那儿,离 O 不远的地方。现在他离 O 更近了——不是指空间距离而是指命运的距离有了变化。这变化预先看不出一点儿迹象,但忽然之间他们的命运就要合为一路了。只有上帝看得见,由于 WR 与 O 的分手,在 O 走向 Z 的几十年的命途上,最后一道阻碍已经打通。

　　上帝从来是喜欢玩花样儿的,这是生命的要点,是生活全部魅力之根据,你的惊奇、不解,你的喜怒哀乐,你的执迷和所谓彻悟,全系于上帝的这种爱好。

　　我时常想,O 若是取一条直线就走向 Z 呢(从那个融雪时节的下午,那个寒冷的冬夜,不经过 WR,不经过十几年的等待或者耽搁,小姑娘 O 一直走向 Z,走进少年 Z 直至青年 Z 的生活,那会怎样呢)？那,很可能,Z 就不是今天的 Z,就不是画家 Z,O 也就不会是现在的以及将来的 O。也就是说:O 取一条更近的(或另一条)路走向 Z——这个命题是不成立的。生命只有一次,上帝不喜欢假设。O 只能是一种命途中的 O,只能是这样命途中的 O,Z 也只能是如此命途中的 Z,你就是你的命途,离开你的命途就没有你。

正是 O 向 Z 走来而尚未走到的若干年中，Z 成为画家，成为 O 可以走到的 Z。

138

Z 生来渴望高贵和美丽，但他生来，就落在平庸或丑陋之中。

九岁的那个冬夜之后，他所以再没有到那座美如梦幻般的房子里去找那个也是九岁的女孩，未见得全是因为那儿的主人把他看做"野孩子"，当然这是重要的原因，但不是全部。如果他能够相信，他有理由不被他们看做"野孩子"，那么，深深的走廊里流过的那一缕声音也许就会很快地消散。如果他有理由相信，他的位置只是贫穷但并不平庸并不丑陋，那缕声音就不会埋进他的记忆，成年累月地雕刻着他的心了。如果母亲没有改嫁，没有因此把他带进了一种龌龊的生活，那样的话，当那些飞扬神俊的音乐响起来也就可以抵挡那一缕可怕的声音了，画家 Z 就可能与诗人 L 一样，仍会以少年的纯情去找那个如梦如幻的女孩儿了。

但母亲的改嫁，把一个男孩儿确定为 Z 了。

139

母亲的本意是改嫁一个普通工人，她逐年逐日地听懂了叔叔的忠告，相信唯此可以利于儿子的未来。但是，Z 的继父是一个工人却并非一个普通工人。母亲所谓的"普通工人"其实是一个抽象概念，我想，在她的心目中恰如在当时的报纸书刊里，只是一个阶级的标本或一种图腾的刻画，然而 Z 的继父却是一个血肉的现实，有其具体的历史、心性和爱好。比如我记得，他除了是一个工人还是一个戏迷加酒鬼，二胡拉得漂亮以及嗜酒如命。

在老城的边缘，在灰压压的一大片老房与残损的城墙之间，有一条小街,在我的印象里Z的继父从生到死都住在那儿(他说过,他的胞衣就埋在他屋前的地下)。这小街的名字并不需要特别指出,若干年前这城市里有很多这样的小街,名字并不能分清它们。所谓小街,不宽,但长,尘土和泥泞铺筑的路面,常常安静,又常常车马喧嚣,拉粮、拉煤、拉砖瓦木料的大车过后留下一路热滚滚的马粪。我记得那样的小街上,有个老人在晨光里叫卖:"烂~糊芸豆——"有个带着孩子的妇女在午后的太阳里喊:"破烂儿~我买——"有个独腿的男人在晚风中一路唱着:"臭豆腐~酱豆腐——"我记得那样的小街上通常会有一块空地,空地上有一处自来水供半条街上的居民享用,空地上经常停着两辆待客的三轮车,车夫跷着脚在车座里哼唱,空地上总能聚拢来一伙闲人慢慢地喝茶、抽烟,或者靠一个膀阔腰圆的傻子来取得欢笑,空地的背景很可能是一间棺材铺,我记得有两个赤膊的汉子一年四季在那儿拉大锯,锯末欢欣鼓舞地流下来,一棵棵原木变成板材,再变成大的和小的棺材。那样的小街上总会有一两棵老槐树,春天有绿色的肉虫凭一根细丝从树上垂挂下来,在空中悠荡,夏天有妇孺在树下纳凉,年轻的母亲祖露着沉甸甸的乳房给孩子喂奶,秋天的树冠上有醒目的鸟儿的巢穴。那样的小街上,多数的院门里都没有下水设施,洗脸水和洗菜水都往街上泼,冬天,路两旁的凹陷处便结起两条延续数十米的冰道,孩子们一路溜着冰去上学觉得路程就不再那么遥远。那样的街上,不一定在哪儿,肯定有一个卖糖果的小摊儿,乌蒙蒙的几个玻璃瓶子装着五颜六色的糖果,一如装着孩子们五颜六色的梦想。那样的街上,不一定在什么时候,肯定会响起耍猴戏的锣声,孩子们便兴奋地尾随着去追赶一个快乐的时光。我记得那样的街口上有一展旗幡,是一家小酒店。小酒店门前有一只油锅,滚滚地炸着丸子或者炸着鱼,令人驻步令人垂涎,店堂里一台老式的无线电有说有唱为酒徒们助兴,掌柜的站在柜台后忙着打酒切肉,掌柜的闲下来时便赔着笑脸四处搭讪,一边驱赶着不知疲倦的苍蝇。傍晚时分小酒店里最是热闹,酒徒们吆三喝四地猜拳,亮开各自的嗓子唱戏,生旦净末丑,人才济济。这时,整个小酒店都翘首企盼着一位"琴师",人们互相询问他怎么还不来,他不来戏就不能真正唱出味道。不久,他来了,瘦瘦高高的,在众戏迷争先的问候声中拎一把胡琴走进店门。在我的印象里,他应该就是 Z 的继父。众人给他留着一个他喜欢的座位,他先坐下来静静地喝酒,酒要温得恰当,肉要煮得烂而不碎,酒和肉都已不能求其名贵,但必要有严格的讲究。据说 Z 的继父的父亲以及祖父,都曾在宫廷里任过要职。酒过三巡,众望所归的这位"琴师"展开一块白布铺在膝上,有人把琴递在他手里,他便闭目轻轻地调弦,我猜想这是他最感到生命价值确在的时刻。众戏迷开始兴奋,唱与不唱的都清一清喉,掌柜的站到门边去不使不买酒的戏迷进来。不要多久店堂里琴声就响了,戏就唱了,那琴声、唱声撞在残损不堪的城墙上,弹回来,在整条胡同里流走,注入家家户户。

我曾被那样的琴声和唱声吸引到那样的一家酒店门前,在老板的疏忽之间向店堂里探头,见过一个瘦瘦高高的拉琴的人全身都随着琴弓晃,两条细长的腿缠叠在一起,脚尖挑着鞋,鞋也在晃但绝不掉下来,袜子上精细地打着补丁。我想他就是 Z 的继父,袜子上精细的补丁必是 Z 的母亲所为。

小酒店里的戏,每晚都要唱很久。

小酒店里的戏通常是以一两个醉鬼的诞生而告结束。人们边唱边饮,边饮边唱,喧喧嚷嚷夹笑夹骂,整条小街上的人都因之不能安枕。忽然间哪个角落里的唱腔有了独出心裁的变化,或唱词中有了即兴的发展,便是醉鬼诞生之兆。这样的醉鬼有时候就是 Z 的继父。如果琴声忽然紧起来,琴声忽然不理会吟唱者的节拍,一阵紧似一阵仿佛杀出重围独自逃离了现实,那就是 Z 的继父醉了。"琴师"的醉酒总是这样,方式单调。众人听见这样的琴音便都停了唱段,知道今宵的杯该停了戏该散了,越来越紧的琴声一旦停止,就单剩下"琴师"的哭诉了。我曾见一个又高又瘦的男人在小酒店昏黄的灯下独斟独泣,涕泪满面絮絮不休,一把胡琴躺在他脚下。我感到这个人就是 Z 的继父。没有人听得懂他在说什么，久而久之也没有人去问他到底要说什么。众人渐渐散去，由着他独自哭诉。众人散去时互相笑道：他家的废酒瓶今夜难免要粉身碎骨了。这样的预言很少失败。

Z 的继父哭着说着，忽觉左右没了人影，呆愣良久，再向掌柜的买二两酒，酒瓶掖在腰间，提了琴回家。一路上不见人，唯城墙在夜空里影影绰绰地去接近着星斗，城墙上的衰草在夜风中鬼鬼怪怪地响，Z 的继父加紧虚飘的脚步往家跑。进了家门见家人各做各的事似乎都不把他放在心上，悲愤于是交加，看明白是在家里更觉得应具一副威风，就捡几个喝空的酒瓶在屋里屋外的墙上和地上摔响。绝对可以放心，他醉得再厉害也不会糊涂到去砸比这再值钱的东西。

头一次见他撒酒疯，Z 的母亲吓得搂紧 Z，又用身体去挡住 Z 的毫无血缘关系的姐姐。但是那个仅比 Z 大三岁的姑娘——Z 的异父母姐姐 M，却似毫无反应，不慌也不哭，只是有些抱歉般地望一望她的继母。M 是个早熟的女孩儿。

事后 M 对继母说："老是这样，没事儿，他不会再怎么闹，最多是连着睡上两天。"

其时 Z 的继父正一动不动地睡着，鼾声已经连续响了二十四小时。

"你的亲生母亲得的什么病？怎么会那么年轻就……"继母问 M。

M 这时才落泪，无声地落泪很久，说："她没死。她活着。她带着我的六个妹妹，回南方去了。"

"为什么？"

"他，"M 示意那睡者，"他挣的钱，也许，还不够他一个人喝酒的呢。"

"干吗，你不跟你的亲妈走？"

M 低下头，噙着泪摆弄自己的手指。忽然她醒悟到了什么，抬眼看着继母说:"可我爸,他不坏。"那眼神那语气,都像是为她的父亲说情,而且不见得是为一个父亲,更像是为一个男人,一个已经被抛弃过的男人。

Z 母一时不知如何应答。M 之懂事,令 Z 母怀疑她的实际年龄。

不过我以为实际年龄是不重要的,对于一篇小说尤其是对于我的一种印象而言,那是不重要的,甚至是无意义的。

这时九岁的 Z 插话进来:"他为什么不坏?"

"他是个好人。"M 对 Z 说。

"他哪儿好? 好个屁!"

母亲喊 Z:"不许胡说!"

M 吃惊地望着这个弟弟。很久,她扭过脸对继母说:"我爸,他连做梦想的都是,我能有个弟弟。"

母亲搂住这对异父异母的姐弟,对 Z 说:"你有了一个,好姐姐。"

Z 看着 M,不言语。十二岁的 M 拉一拉 Z 的手,看样子九岁的 Z 不反对。

这时,屋子里忽然蹿起一阵臭气,而且一阵阵越来越浓重几乎让人不能呼吸。

Z 最先喊起来:"是他,是他!"喊着,向屋外逃跑,其状如受了奇耻大辱。

原来是那醉者,在沉睡二十四小时之后感到要去厕所,他挣扎着但是尚未能挣脱睡魔的控制,自己先控制不住了……

140

Z 对那一阵浓烈的臭味印象深刻,以至在随后的岁月里 Z 只要走进继父的家,那种令人作呕的气味立刻旋蹿起来,令 Z 窒息。或者那气味,并不是在空间中而只是在 Z 的嗅觉中,频繁出现,成为继父家的氛围。Z的心里，从未承认过那是自己的家。

那天他跑出屋子，又跑出院子，跑过那条小街，一直跑上城墙。少年Z跪在城墙上大口大口地呕吐，直到肠胃都要吐出来了，那污浊庸卑的味道仍不消散。

城墙残损破败，城砖丢失了很多。附近的民宅很多是用城砖盖的，拥挤的民宅之中，有城砖砌起来的鸡窝狗舍。那古老的城墙，很多地方已经完全像一道黄土的荒岗了，茂盛的野草能把少年Z淹没，其间有蟋蟀在叫，有蛇在游，有发情的猫们在约会，有黄鼠狼的影子偶尔流窜。Z跪在荒草丛中，看着城墙下灰压压的大片民房，点点灯火坚持着亮在那儿，似无一丝生气，但有喊声、唱声、骂声、笑声和哭声从那洞穴似的屋顶下传出，有不过是活着的东西在那洞道一般的胡同里走动，我想Z可能平生第一次怀疑：那为什么肯定是人而不是其他什么动物？

Z开始怨恨母亲，为什么要把他带到这儿来？他想起南方，想起那座木结构的老屋，细雨中老屋的飞檐，滴水的芭蕉，黎明时熄灭的香火，以及天亮前某种怪虫的鸣叫，连那"呜哇——呜哇——"的怪叫也似乎亲切起来。他想起南方月下母亲白皙的脖颈和绾得高高的发髻，母亲窈窕的身影无声地游移在老屋里、庭院中、走廊上，温柔而芬芳的母亲的双唇吻着他……他想求母亲带他回去，他甚至怀恋起北方的老家，怀恋起葵花的香风和葵林中养蜂人的小屋，他想和母亲一起回去，无论是哪儿，回去，不要在这儿，这儿不是我的家，回到我和母亲的家去回到仅仅属于我和母亲的家去吧。但是他知道这不可能，母亲不会同意。少年为此流泪。现在母亲变了，变老了，变得慌张、邋遢、粗糙、委顿，Z认为这全是那个臭气烘烘的酒鬼造成的。母亲怎么会愿意和那样一个丑陋庸俗的人一起生活呢？Z于是想起生父，那个从未见过面的男人，因而不是回忆只能是想像。想像，总是在山高水长的地方，总是在地阔天宽的地方，在北方，森林与荒原连接的地带，或许寒冷，阴郁，阳光在皮肤上和在心底都令人珍惜，阳光很不容易，但即便阴云密布即便凄风苦雨,那个男人也是毫不迟疑地大步走着,孤傲而尊贵,那才是他的父亲,那才可以是他——画家 Z 的父亲。

对此我有两点感想:一是,这想像的图景已经接近未来那幅画作的气氛,想像中那个男人的步履,势必演变为那根白色羽毛自命不凡的飘展或燃烧。二是,那个想像中的男人,未必就是 Z 的生身之父,更可能是 Z 自己,是他的自恋和自赏,是他正在萌生的情志的自我描画。

这样的想像诞生之后,少年 Z 的心绪才渐渐平安下来。他站起身,在那城墙上走,在洞穴一般昏暗的房群中遥望那座美丽的房子。Z 没有忘记那个所在,但现在不能去,那儿与这儿隔着一道鸿沟抑或深渊,也许有一天可以再去,当他跳过了那道鸿沟的时候,当可信的骄傲填平那深渊的时候。Z 在那城墙上走,寻找那座房子,也许找到了而张望它,也许没有找到而张望它的方向,随之,生父留下的那些唱片又在画家的心上转动了……

因而我记得,有一天 Z 的继父又喝醉了酒,空酒瓶子摔在地上和墙上,险些砸坏了 Z 的那些宝贝唱片,Z 便走进厨房抓起一把刀出来,一字一板地对那醉鬼说:"你小心点儿,你要是弄坏了我的唱片,我就杀了你!"那醉鬼于是基本上清醒了过来,永远记住了这个警告。后来有些酒友问 Z 的继父,何至于真的怕那么个孩子呢?继父说:"那个孩子,Z,你们是没有看见哪,那会儿他眼睛里全都是杀机。"

141

Z 倒是喜欢 M。这个与 Z 毫无血缘关系的姐姐,不仅把 Z 当成亲弟弟一样关怀爱护,而且是地球上第一个发现和器重了 Z 之绘画才能的人。

Z 的继父在一个非常重要的机关里当花匠,在花圃或花房里培养观赏花木,使那个机关的门前、路边、走廊、室内三季有花四季常青。因而 Z 的继父的小院儿里也是花草繁茂,在那条差不多只有灰(砖)黄(土)两色的街上,我记得有那么一个小院儿,墙头常露出一团团绿叶和一簇簇血红或雪白的花。我叫不出那么多花草的名字,只记得有两次,整条街上的人争相去那个小院儿看花,一次是昙花开了,另一次是铁树的花开了。Z 的继父第一喜欢酒,第二喜欢花,拉琴嘛倒不要紧。

少年 Z 常常坐在花前藤下画画,但在我的印象里 Z 很少画那些花,这可能是因为凡是继父喜欢的他一概厌恶。M 只要有空闲,总会走来站在一旁惊讶地看着 Z 画画,大气不敢出。M 的目光先是在 Z 的笔端,奇怪他的笔怎么会凭空走出那么准确又美妙的线路,继而 M 的目光转移到 Z 的身上、脸上、眼睛、鼻子和嘴上……半天半天好像要到他的每一个表情里去探询:他才这么小,哪儿来的这本事? Z 从 M 的目光中感到了一个画家最初的自信和满足。一幅画完成了,Z 把它展开在胸前给 M 看。M 说:"把这画给我行吗?"Z 说:"有什么不行? 拿去!"总是这样。M 便拿了弟弟的图画到处去宣扬、展示,骄傲地收获着众人的赞叹。

"你画的?"

"不是。是我弟弟画的。"

"你弟弟,Z 吗?"

M 点头,并提醒别人:"他才九岁!"

(或者"才十岁!""才十一岁!""才十二岁!"姐弟俩一年年长大。)

但这未必只是提醒,更主要的也许是启发,启发别人都来支持她的判断:Z 是个天才,这个弟弟,他将来定会有大作为。

家里买菜一类的事多由 M 负责,她费尽筹划总能从中抠出几分钱来,曾经是为了给自己买一点儿小小的饰物,现在则全数积攒起来给 Z,给他买图画本,买画笔和画彩。Z 拿到这些东西,欣喜且感动地看看 M,但说不出什么。M 呢,只是说:"挺贵,别糟蹋。"Z 使劲点头,把雪白的画纸一页页端详很久,已经看见了变幻无穷的图画,但珍惜着不敢轻易在上面动笔。M 转身对继母说:"家里的活儿都让我来干吧,让弟弟好好画他的画。"母亲感动得鼻子发酸。姐弟俩相处得这么好,母亲始料未及。母亲把 M 当作亲生女儿一样看待。

若不是 Z 的继父又生出一桩见不得人的事,这个家也许会慢慢地温暖起来,光明起来,慢慢地让 Z 能够接受,那一阵污浊的味道会被 Z 的嗅觉遗忘。

142

后母和 Z 没来的时候,家里吃的水全靠 M 去街上拎。一只铁桶近她的腰高,灌半桶水,两只手提着在身前左右悠荡以便留出迈步的空当,桶向左悠迈右腿,桶向右悠迈左腿,桶中泼出的水在路上画出一连串的"Z"字。我记得那条街上有很多这样拎水的孩子,其中的一个小姑娘就是 M。Z 和母亲来了之后,改为姐弟俩抬水,一根木棍穿过桶梁,木棍的两头各在姐弟的臂弯里,这样一次可以抬一满桶。再后来,姐弟俩都长大了些,又改为轮流担水。但是 M 宁愿独自包揽这个任务,在她心里 Z 已经是一个画家。

M 常常到街上去担水,那片空地上的闲人忽然有一天发现她差不多已经长成了女人,扁担颤颤的,M 的身上也颤颤的,空地上闲得难受的目光便直勾勾地瞄向她。遗传因素起着重要作用,尽管粗茶淡饭且常常负重,M 依然长起了修长秀美的身材(由此可以想见她的窈窕美丽的生母),青春的到来再使之丰满、流畅,虽然穿着父亲宽大又暗淡的工作服,也难掩盖处处流溢着的诱惑。闲人们免不了互相说些挑逗的话,故意给 M 听见,挑逗者并不触犯法律,唯望在 M 低头红脸的当儿使欲念获得一点儿有声有色的疏浚。

不料这样的欲念也在 M 亲生父亲的心里生出,且难以疏浚。

M 几次在屋里洗澡的时候,都发现那个生她的人在窗前的花

务 虚 笔 记　301

丛中流连不去,而且醉眼蒙眬地向窗帘的缝隙里注目。继母不在家。M慌忙地擦一擦身,赶紧穿上衣裳。有一次,那个生她的人竟然肆无忌惮地贴近窗口往里瞧。M不敢声张,把这事闷在肚里。她不知道应该把这事跟谁说,当然不能跟Z说,跟继母说呢?又怕继母因此而离开那个生她的人。M知道自己早晚是要离开他的,要是继母也离开他,他可怎么办呢?唯有以后洗澡或者换衣,把窗帘拉得没有一丝缝隙。

终于有一回,那个生她的人借着醉意捅破了窗纸。M喊了一声:"爸!——"那个生她的人却不离开,恨不能把头也钻进来。M吓得抓起衣裳遮挡在身前,不敢动,也不敢出声。Z恰好从外面回来。Z走进院门站住,看不懂继父跪在窗台下又在发什么酒疯。Z的脚步声惊动了那个醉鬼,继父转回头,酒醒了一半,呆愣着看了Z一会儿,爬起来像只猫那样蹿得无影无踪。Z仍不知发生了什么事,见窗纸上破着一个大洞,屋里静悄悄的,便朝那洞里看。Z看见M把衣裳抱在身前,脸色惨白,一动不动站在那儿流泪,Z看见她背后的大穿衣镜里映出一个茁壮鲜活的女人的裸体。Z赶紧离开窗前,喊一声:"姐姐你快穿上,我去杀了他!"

(未来,画家Z将不止一次在梦中喊——"杀了他,杀了他!"夜静更深,沉睡的Z喘息着发出这样的声音,很轻,但是很清晰很坚决。那时我想,Z可能又梦见了他的继父。但是女教师O认为:也可能,并不这么简单。)

十七岁的Z没有去找那个酒鬼。他愤怒地跑出院子,跑上小街,忽然感到自己的愤怒中含着一种男人的痛苦,大穿衣镜中的形象不断地闪现,闪现,让他激动让他的心一阵阵疼痛,他想找到那个坏蛋那个笨蛋把大穿衣镜里的形象从那双下流的眼睛里抠出来……Z猛地停住脚步一下子明白,他对M,早已不止弟弟对姐姐的爱戴。

Z慢慢地走,走过尘土和泥泞,走过车马的喧嚣,走过古老而破损的城墙,走过城墙上的夕阳残照,知道了,他喜欢M,而且对M

有着强烈欲望。但与此同时他感到一阵冰冷袭来,一种深重的恐惧。那是什么?他能感到一种危险的确在,但还看不清是什么?不不,绝不是法律的危险,法律不对他构成危险因为他与 M 毫无血缘关系——唔,他竟早已弄清楚了这一点。

那么,是什么呢?那危险从何而来?其实他那颗敏觉的心是早就知道的,但自尊遮挡着他的眼睛,或者怨恨,让他看不见。

他在小街上徘徊,走过小酒店,又走回来,走过那块空地和空地上永远存在的一群闲人。那群人污言秽语地吵嚷着,人群中间,一个膀阔腰圆的傻子且歌且舞享受着众人的夸奖。这时 Z 有点儿明白了:他在这样的生活里,也许他将永远就在这样的生活里,这样的生活就像那个又唱又跳的傻瓜。Z 有点儿明白了:这人间此时此刻和每时每刻都并存着两种生活,一种高贵的,一种低贱的,前者永远嘲笑着后者,而后者总处在供人嘲笑的位置。因而 Z 有点儿明白了,Z 注定的明智在那一刻彻底醒来,十七岁的男人看清了那危险:如果他爱上 M,如果他将来同 M 结婚,那么从现在起,如梦如幻的那座房子就正离他远去,那根飘展的白色羽毛和它所象征的一切,就会离他越来越远,他将永远不能接近那优雅而高贵的飘展,因为他将永远生活在这儿,与这群闲人同类与那个酒鬼为伍,而那一缕冰冷的声音却离他越来越近,那可恨可恶的评判——野孩子——越来越鲜明越真实,越正确。

Z 又走上城墙,走进荒草丛中。他坐在那儿,看着太阳一点点降落,想:我应该到哪儿去?

不知道。

他哭了。

他哭着看那条灰黄两色的小街。他闭上眼睛,希望自己不属于这儿。闭上眼,使劲听那一缕冰冷的声音,"……她怎么把那些野孩子带了进来……她怎么把那个野孩子带了进来……谁让她把他带到家里来的……告诉她,以后不准再带他们到家里来……"让那声音狠狠地刺痛他的意志,让那被刺痛的意志发出声音:不,我不能在这儿,我不能在这儿,我不能属于这儿,我不能让那声音这么狂妄,这么自信这么得意,我要打败他们,打败他们打败他们打败他们,杀了它……

（O 在将来听出,不是"杀了他",是"杀了它",虽然"他"和"它"在汉语中发音相同。）

143

M 在荒草丛里找到 Z。Z 不敢看她。

M 说:"你别告诉妈。"

Z 点点头。

M 说:"你千万别告诉妈,也别告诉别人,行吗?"

Z 仍是点点头。

M 说:"真的? 你答应了?"

Z 闭上眼睛,摇头说:"我不告诉任何人。"

没料到 Z 这么容易答应,M 迷惑地看着他,浓重的暮色中看不清他的表情。

M 说:"那个人,你不用理他,反正你和他,完全可以没有父子关系。"

Z 不出声。

M:"我是非得走不可了……"

M:"我是说,我非得离开这个家不可了。"

Z 问:"上哪儿去?"

M 说:"也许东北,也许内蒙,也许云南。我决定了,不管是哪儿我也去。"

144

不久,M 去插队了。"插队"二字,未来的词典上应给出狭义的和广义的两条解释。狭义的是专指到农村去,和农民们在一起,即安插在农村生产队里像农民一样劳动和生活。广义的则是对上山下乡运动的泛指,还包括去边疆垦荒的几百万青年;这中间又有农垦和军垦之分,前者叫做农场,后者多称为兵团。由于 M 未来的故事,给我的印象是她去了农场,东北,内蒙,或者云南,这空间上的分别意义不大,在我的印象中早已忽略。

在我的印象里,她是"文革"中最早申请去边疆的那一批。某一项"重要指示"正萌动于心还未及发表之时,M 和十几个男女青年领了潮流之先。这件事惊动了报刊和电台的记者。男记者和女记者纷纷来到城市边缘的这条小街上,踏着尘土和泥泞来寻找必将燎原的星星之火。由于火葬取代了土葬,空地上那间棺材铺早已关张,改做了居民革命委员会的办公室。记者们的光临,使这个小小的居民革命委员会声名大振,那些天它的主要工作就是接待这些采访者。居民革命委员们以及 M 所在中学的领导们发动群众,搜集了 M 从小到大的一切光辉事迹,向采访者证明 M 的行动绝非偶然,这孩子从小热爱劳动热爱工农兵热爱祖国和人民……十八年来其优秀品质和先进思想都是一贯的。记者们飞快地记录着,感到很像是一篇悼词,于是要求去看看 M 本人。领导们和记者们便一同到 M 家里去。M 吓坏了,窘得什么话也说不出,面对咔咔乱闪的镁光灯她甚至吓得直流泪。记者们请她不要过于谦虚,把群众提供的关于她的优秀事迹再陈述一遍,问她是不是这样?M 根本没听清那都是在说谁,但是领导们示意她无论什么问题只要回答"是"。M 于是点头,点头,一个劲点头,还是说不出话,无论人家问什么都点头。这样,没用了几天,M 还没有离开这个城市就已成为知识青年的榜样。

那个酒鬼也因此大大地风光了一阵子,一会儿被称为英雄的父亲,一会儿被叫做模范家长。这酒鬼于是醒悟于是全力支持女儿到边疆去,并且站在那块空地上向众人保证他从此不再喝酒了,为了让离家去革命的女儿放心,为了与"英雄的父亲"或"模范家长"的身份相符。三天之后 M 要走了,这酒鬼说"壮行酒总是要喝一杯的,下不为例",但是后来证明他的戒酒史为期总共三天。

我想,这一年可能是一九六八年。这一年上山下乡运动开始。这一年 Z 十七岁,M 二十一岁。有可能我算错了他们的年龄,不过这没关系,这不重要。重要的是,Z 的异父同母的弟弟 HJ 已经十三岁,这肯定又是一个错误的计算,但对于一篇小说,这错误是可以容忍的,因为这对于写作之夜是必要的。

145

Z 的母亲之所以没有带着 Z 离开那个酒鬼,主要是因为 Z 的弟弟 HJ 已经存在,她不想再让一个儿子没有父亲。至于 HJ 的年龄,则应以我的印象为准,因为在我的印象之外 Z 可能并没有什么弟弟。一九六八年 HJ 已经十三岁,这与 Z 的母亲再嫁的时间无关,而是由于在我的印象里又传来了少女 T 的消息。

少女 O 和少女 N 曾经分别爱上了 WR 和 F,这使得少女 T 一度消散。如今,Z 的同母异父的弟弟 HJ 使 T 的形神重新聚拢,HJ 的诞生,使曾经模糊的 T 得以成为清晰的 T,确凿和独立的 T。就是说,在一九六八年夏天,由于少年 HJ 如诗人 L 一样痴迷的目光,少女 T 重新又走上了那座美丽房子的阳台。

少女 T 走上阳台,阳光使她一下子睁不开眼,她伸展双臂打一个小小的哈欠。太阳在她的眼睛、牙齿和嘴唇上照亮水的光影。远处的河水静静地蒸腾,风速很慢,树叶在炽烈的阳光中缓缓翻动。T 倚在栏杆上,在斑斑点点的树影中,双臂交叉在背后久久地凝望那条河。柔软的风吹拂她,她一只脚踏着节拍,美丽的双腿上也有水波荡漾的光影。这时候十三岁的 HJ 便要从家里启程了,以锻炼身体的名义,长跑。HJ 一跑起来,我发现他就是朝着少女 T 所在的方向。从他家到那座美丽的房子,大约三公里,跑一个来回差不多要半小时——包括围着那座美丽的房子慢跑三圈,和不断地仰望T的窗口。这长跑，一天不停风雨无阻，只是在第五个年头上中断过三天。那一年HJ十八岁了，高中毕业后到一家有名的饭庄里做了学徒，他拿到第一个月的工资先买了一支价格昂贵的金笔，用这笔给T写了第一封情书。

因而在我的印象里，少年HJ有着与少年L一样的形象，有着与L一样的勇敢和痴情，所不同的是诗人L的痴情被贴到墙上去了，而年轻厨师得到了T的回信。

T的回信很简单：我已经爱上了别人。要是你愿意，我们可以做朋友——一般的但是最好的朋友。

少女T爱上了谁呢？这时的T还是模糊的T。如果她爱上的是F她就仍然是N，如果她爱上的是WR她便依旧是O，但如果当她有了与N或O相似的失恋史后，她以为看透了一切，因而有其不同于N也不同于O的独特选择，那么，她就真正是T了。这个T，就与诗人所梦想的T截然不同，就与N或者O都毫不相干，她不再模糊；O将为O，N将为N，T将为T，各有选择各有归宿。

又过了八年，在T有了与N或O相似的失恋史之后，她的独特选择是：为了能出国，就嫁给HJ吧。

这样的选择让HJ欣喜若狂。这样的消息让L备感痛苦。这样的事实让Z嗤之以鼻。

146

青年厨师HJ的长跑总共中断了三天。三天之后他相信他有理由继续跑，并且继续是朝着T的方向。HJ天性快乐，不太看重大脑而是更听信直觉，直觉告诉他只要坚持不懈地朝着那个方向跑下去，T最终必定能够成为HJ的妻子。这样，他又跑了八年。

这八年中，HJ不断地跑向那座美丽的房子，不断地为T修理自行车，不断地期待T能多给他一点儿时间，不断地向T表达爱情和不断地遭到T的拒绝，不断地为T仍然爱着别人而尝尽酸楚,再不断地向 T 保证他虽然爱她但不会违拗她的意愿,他很满足于做她的朋友——一般的但是最好的朋友。除此之外,这八年中他还不断地为此遭到其同母异父哥哥的轻蔑、讥嘲和斥责。

Z 不断地对 HJ 说:"你怎么就一点儿男人的骨头都没有?"

Z 不断地对 HJ 说:"你以为你是什么角色?你知道在他们眼里你是什么吗?"

Z 不断地对 HJ 说:"你不过是一个称职的自行车修理工,充其量还可以作她消烦解闷的一台对讲机。"

Z 不断地对 HJ 说:"你以为她们真的可能爱上你吗?"

HJ 纠正说:"不是什么'她们',是她!与别人无关。"

"那也一样!"

"那是她的事。"HJ 总是这样回答。但是这样的语言,Z 的思维里从来不曾有过,因而他永远也不可能听得懂。

"她顶多是对你存着一点儿好奇心,"Z 对 HJ 说,"她把她家的那座房子看腻了,忽然发现还有人活在像我们这样的一条街上。她周围的人都娇养惯了,颐指气使惯了,所以她惊奇一个叫 HJ 的家伙怎么会这么吃苦耐劳俯首帖耳。画尽了高山流水忽然觉得下里巴人才是标新立异,嘿你懂吗这就像画画,画尽了高雅他们忽然觉得粗俗也挺有味道……听我一句吧,你毕竟是我的弟弟我才这样对你说,你要是真想赢得她你就得站得比她还要高,懂吗?尊严你懂吗?你要想让她爱你,你就得让她仰望你崇拜你……"

"哥,你不是有病吧?你把别人都想成什么了?"这是从始至终 HJ 能够想到的第二句话。说罢他换了运动鞋,快乐地向那座美丽的房子跑去。

最让 Z 不能忍受的还是那个酒鬼。Z 的继父非常赞成小儿子的行动,为他可能为这个小院联结起那么一门好亲戚而兴奋不已。那时候 Z 才明白,能够让继父兴奋的除了酒和花之外,还有所谓"高干",继父敬仰高干甚于敬仰他的酒,当然更甚于他的花。他让 HJ 把他珍爱的花一盆盆一株株不断给 T 送去,因为他有一次听 T 说她的父亲虽然不多喝酒但也是爱花如命。T 的父母都是高干。Z 于是想起在上寄宿中学时所受的一次侮辱。那么 T 的父母是什么级别呢？局级呢还是更高？很可能更高。

T 的父母是谁？可能就是 F 医生的父母，也可能就是 Z 的叔叔和婶婶——不过这可能是我的错觉。但是我没有办法摆脱开我的错觉，我一想起 T 的父亲，飘来的就是 Z 的叔叔晚年的形象。

我只知道 T 的父亲有一段独特的历史，是 Z 的叔叔所没有的。那还是战争年代，在一条河上，T 的父亲和 T 的伯父都是那条河上的船夫。有一天几个红军到了河边要过河去，而且后面有敌人追来。兄弟俩都是穷苦人而且都赞成红军，哥哥对弟弟说：“你的船把红军渡过去，我的船把敌人引开。”就这样 T 的父亲把几个红军渡过河去，想想自己已没有了归路，便跟随那几个红军去参加了革命。T 的伯父九死一生居然逃脱了敌人的罗网，在外乡流落多年，后来仍回到那条河上去摆渡了。除此之外我对 T 的父亲再无所知，除此之外，T 的父亲与 Z 的叔叔混淆不清。甚至 Z 的叔叔晚年的形象，把 F 医生的父亲也牵扯进去，我的印象常把他们混为一谈。

Z 没想到，母亲对弟弟的恋爱也抱了一种好运将临的期待。但在这件事上，母亲甚至不如继父光明磊落。继父自始至终赞成 HJ 的选择，在 T 的父亲蒙冤（被打成叛徒）之时他也未改初衷。而母亲，则是在 T 的父亲平反复职之后，才赞成了小儿子的选择的。终于有一天，历史证明了那个酒鬼的英明，Z 的继父便站在街头那块空地上向人们吹嘘：“我活了快一轮儿了，这点儿事情我能看不明白？忠臣遭贬，奸佞弄权的事我见得多啦！（我想他的那些历史知识，一定来源于京戏。）告诉你们，喝酒的未必都糊涂，不喝酒的也未必就明白。”

那一年可能是一九七七年也可能是一九七八年。青年厨师 HJ 仍然坚持不懈地长跑，朝着 T 的方向。

青年画家在那一年搬离了继父的小院儿，他终于有了属于自己的房子——他所在工厂的一间仓库。Z把那仓库改成了自己的画室兼宿舍。初春，天上地上都是杨花，一年四季画室四周都是商贩们的叫卖声。这画室独自的寂静，将在女教师O的心里吹进一股清风或者引动一场风暴。这画室兼宿舍的阴暗和简陋，将令O感动涕零。画室的主人身居闹市甘于清贫寂寞，一心在他的画布和油彩上，其出众的才华和超凡的意志将赢得O的仰望和崇拜。

147

HJ的长跑中断了三天又继续了八年之后，有一天，那个酒鬼收到了一封从挪威或者丹麦——这不重要——寄来的信。信是用英文写的，幸而HJ八年来一直在学英语，虽然水平徘徊不前，但借助英汉词典总算把那封信大致弄明白了。

"爸，你是不是救过一个英国人的命？"

那酒鬼愣一下。

"你是不是在一个英国人家里干过活儿？"

那酒鬼喊道："放屁！"

"妈，您快让爸去用凉水冲个头吧，我这儿跟他说正事呢。"

酒鬼用凉水冲了头，回来问小儿子："这信，咱是不是得赶紧烧了？"

"干吗？"

"弄不好，再算我个里通外国？"

"哎哟喂，都什么年月了你知道吗？现在的人，都还巴不得有个外国亲戚呢。"

"噢，"酒鬼沉吟半晌，说，"那是好几十年前的事了，我在一个英国牧师家里干过两年，没干别的，也是侍弄花。"

"对对，牧师，是牧师，信上写的是牧师。"

"他还活着？"

"那个牧师已经死了，前几年死的。这信是他女儿写来的。"

"他女儿？啊，那时候她才刚刚会走路哇，她怎么会记得我呢？"

"信上说，她父亲一直想找到你，说是你在最危险的时候帮助过他们，救了他一家人的命，可前些年他没办法找到你，他知道他要是给你写信，要么你收不到，要么反倒会给你惹来麻烦……"

"那是闹日本的时候，日本人不光找中国人的麻烦，也找英国人的麻烦，我带着那个牧师一家人逃到咱们老家去躲了几个月。就这么点儿事。他还说什么？"

"他临终前留下遗嘱，让他女儿继续找你。他写下了你当年的地址，说一旦中国开放了让他女儿一定要想办法找到你。"

酒鬼看看那信封上的地址——歪歪扭扭的一行中国字，于是感叹他在这个小院已经住了半个多世纪。

"找我干吗？"

"信上说，她父亲要她为你做些事……"

"我没事。我有'二锅头'就没事。"

"她还说，你的孩子要是想出国留学，她可以帮忙。"

"我不去。"

"谁说让你去了？说的是我姐我哥或者我。"

"你想去？"

"那还用说？爸，妈，我去留学怎么样？"

"英国？"

"信上说，英国、美国、加拿大和澳洲，哪儿都行！"HJ非常兴奋，"妈，您说我去哪儿？"

母亲一声不响。母亲心里忽忽悠悠地想起了另一件事：应该到南方那座宅院去看看了，快三十年了不知那老屋还有没有，现在开放了 Z 的生父应该能回来了，也许他已经回来过了，也许他到那宅院去找过他的妻儿了，也许那老屋的主人早已换了好几次了因而没人能告诉他我们去了哪儿……是呀我得去一趟南方了，无论如何得去看看了……

148

HJ 与 T 终成眷属。T 坦率地告诉 HJ 说:"我对你,可能仍然不是爱情。"HJ 说:"可我对你是,这就够了。"T 说:"甚至我已经不知道什么是爱情。"HJ 说:"可我知道,这就够了。"T 说:"你知道什么?"HJ 说:"不爱而被爱,和爱而不被爱,我宁愿要后者。"T 问:"就没有爱而且被爱的吗?"HJ 回答:"那可不是人人都能碰上的福气。"

HJ 出了国,继而 T 也出了国——英国、美国、加拿大或者澳洲,这仍然是一个空间问题所以并不重要。重要的是,几年后 T 的母亲也出国投奔女儿女婿去了,那座美丽的房子里只剩了 T 的父亲一个人。厨师 HJ 在国外上了两年学,然后凭着他的烹调手艺在一家餐馆里又干了几年,积攒起资金又有了绿卡,HJ 夫妇在唐人街上自己开了一家中国餐馆。创业艰难,他们把 T 的母亲接来帮助料理家务,三个人同心协力艰苦奋斗,小餐馆日渐发达。HJ 的老丈母娘流连忘返乐不思蜀,因而在国内那座美丽的房子里,只有 T 的父亲独自悄度晚年。

这时 T 的父亲已经离休,一旦无官无权,门庭若市很快变得门可罗雀。他把所有的房门都打开着,经常的行动就是为了追赶一只苍蝇,从这屋跑到那屋再从那屋跑到这屋,跑遍所有的房间,才想到苍蝇采取的是"敌困我扰,敌追我跑"的游击战略。于是他只留一间给自己住,其余的房门都锁上,相当于"坚壁清野"让苍蝇在那锁紧的房门里慢慢去饿死。幸而有他的老亲家常常给他送花来,同他一起饮酒论花。自 HJ 和 T 走后,那酒鬼便亲自来送花。那酒鬼没想到能与这样一位他仰慕已久的大人物促膝而坐,谈天说地议古论今,觉得是平生最大的骄傲。在出国的问题上,两个老头持一样的坚定态度:"不去,哪儿也比不得咱中国好。现在的年轻人不学无术能懂得什么?"于是酒逢知己千杯少,酒鬼照例是每饮必醉,T的父亲每次只喝一两绝不越雷池半步,但他学会了唱戏。

<h1 style="text-align:center">149</h1>

我说过,T的父亲与Z的叔叔乃至与F医生的父亲,在我的印象里混淆不清。他独自在那美丽而空荡的房子里徘徊,形神中包含着这三个人近似的历史。如果Z的继父以亲家的身份常常给他送花来,并陪他饮酒聊天,我觉得他就是T的父亲。如果他想到,早知今日夫人也去外国经营了私人餐馆,何必当初反对儿子与一个右派的女儿相爱呢?我感到,他就是F医生的父亲。如果他在那空荡荡的房子里侍弄花草,有一天把所有的奇花异草都看腻了,慢慢又想起了老家的葵林,想起漫山遍野的葵花,想起葵林里的那个女人而夜不能寐,那么他,就是Z的叔叔。

我的眼前常常幻现出这样一幅情景:在火车站的候车室里,两个白发的老人不期而遇,一个是Z的叔叔,一个是Z的母亲,都提着简单的行李。

"你这是,要去哪儿?"

"我想,回老家看看。你呢嫂子,上哪儿去?"

"南方。好几十年了。"

于是沉默,不用再多说什么,他们知道他们都是去找寻什么。

十六　葵林故事（下）

150

WR一步步取得着权力的时候,他不知道,这个世界的隔壁并不止于他所经历过的那样一种存在。这个世界的隔壁,并不都要空间的隔离。不需要空间的隔离,仍有人被丢弃在这个世界之外。那样的"墙壁"不占有空间,比如说只要语言就够了,比如说只要歧视的目光就足以把你隔离在另一个世界里。WR期待着更高的权力以取消人间的隔壁,这时肯定他还来不及想到,有一种"墙壁"摸不着当然也敲不响,那中间灌满的不是沙子也不是几十年的一个时代,而是历经千年而不见衰颓的一种:观念,甚或习惯。WR未必知道,这样的"墙壁"不是权力能打破的,虽然它很可能是权力的作品。这样的"墙壁"所隔开的那边,权力,鞭长莫及。

比如葵花林里的那个女人,就曾在那边,如果她还活着她就只能还在那边。

151

Z的叔叔坐了一天一夜火车,天亮时又看见了久违的葵花。火车在越来越辽阔的葵林里奔驰,隆隆声越来越弱小,仿佛被海洋一样的葵林吸收去,烟雾甩动在蓝天里,小得如一缕白色的哈气。

火车在小县城的边缘停住,Z的叔叔完全不认得这儿了,若非四野盛开的葵花,Z的叔叔想:难道就凭一个名称来寻找自己的家乡么?车站是一座挺现代的建筑,城里城外正耸立起一座座高楼,塔吊的长臂随着哨声在空中转动,街上到处是商贩们声嘶力竭的叫卖,小伙子开着摩托风驰电掣,尘土飞扬起来又落在姑娘们花了很多钱和很多时间才烫成的鬈发上,落在花花绿绿的裙子和遮阳棚上,落在路边的馄饨汤里和法式面包上然后去千千万万的肠胃里走一遭。事实上老家已经没有了。我想,Z的叔叔对城里没有多少兴趣,他只是在城边的一家小饭馆里吃了点儿什么,歇一歇脚,远远地张望一下那座陌生的小城,之后便起身循着葵花的香风走去。

一切都在变,唯这葵花的香风依旧。

葵林依旧,虫鸣依旧。我想,Z的叔叔走在葵林里,他应该还会产生一个想法:"叛徒"依旧。"叛徒"这两个字的含义,自古至今恐怕永远都不会改变,都是不能洗刷的耻辱,都是至死不完的惩罚。人间的一切都可能改变,天翻地覆改朝换代,一切都可能翻案、平反、昭雪,唯叛徒不能,唯人们对叛徒的看法没有丝毫动摇的迹象。

她怎样了呢,葵花林里的那个女人?

Z的叔叔,他千里迢迢并不是来看什么老家的,他是来寻找那个女人——那个曾在他怀里颤抖过的温热的躯体,那个曾在他面前痴迷地诉说过一切梦想的心魂。往日,像这葵林一样连绵不断,一代一代的葵叶一如既往,层层叠叠地长大,守卫着往日,使往日不能消失。她仿佛还在他怀中,还在这葵林的浓阴下、阳光中或月色里,她依旧年轻、柔润、结实、跳荡,细利的牙齿轻轻地咬着他的臂膀,热泪流淌,哭和笑,眼睛里是两个又圆又小的月亮……那就是她。那就是她,但中间隔了几十年光阴。几十年中,她,一直都在这个世界上吗?听老家来人说起过她,她还在,还活着。可她,是怎么活过来的呢?甚至,为什么,她还活着?她靠了什么而没有……去死?Z的叔叔简直不能想像。他能够想像那几十年时光,在她,是由什么排列成的,但不能想像她的心或者她的命,怎么能够挨过那些时光。在他自己被打倒(也被称为"叛徒")的那些年月,他曾经没有去死,没有从一根很高很高的烟囱上跳下去那是因为还有人知道他是冤枉的,因为妻子和女儿非常及时地对他说了"我们相信你是清白的"。那根烟囱有十几层楼高,就矗立在他家窗外不远的地方,趁天黑爬上去不会有人发觉,跳下来必死无疑,跳下来,肯定无法抢救,只要爬上去,只要一闭眼,就可以告别这个世界,一闭眼这个噩梦一样的世界就可以消散了。仅仅因为,妻子和女儿的那句话,因为那句话的及时,如今他才能够再到故乡。"我们像过去一样爱你,我们知道你不是'叛徒',我们相信你是清白的。"这话让他感动涕零,是他一生中听到过的最珍贵的话语。仅仅因为这个,因为那句话,因为及时,现在这葵林里才有一个踽踽独行的老人和他的影子。可是,她呢?

不不这不能混为一谈,是的,即便在写作之夜这也不容混为一谈。那么好——可她这个人呢?她和你一样的心灵呢?和所有人一样渴望平等、渴望被尊敬,渴望自由、平安、幸福的那颗心呢,她是在怎样活着的呀?

我听人说起过一个叛徒,他活着,他没有被敌人杀掉也没有被自己人铲除,他有幸活了下来,但在此后的时间中,历史只是在他身边奔流,人群只是在他眼前走过,他停留在"叛徒"的位置如同停留在一座孤岛,心中渺无人烟,生命对于他只剩下了一件事:悔罪。这个人,在我的想像中进入北方的葵林,进入一个女人的形象。这个人,可以是一个女人,但不限于一个女人,她可以在北方的葵林里,也可能在这葵林之外的任何地方,与我的写作之夜相隔几十年,甚或几千年,叛徒——古往今来,这是多少人的不灭的名字和不灭的孤岛啊。几十年甚或几千年后,有一个老人终于想起要去看看她。我把希望托付给这个老人,并在写作之夜把这个老人叫做"Z的叔叔",虽然他也并不限于Z的叔叔。

152

从北方老家传来过消息：她的丈夫，那个狱卒，已经死了。死得很简单，饥荒的年代，上树打枣时从树上摔了下来，耽搁了，没能救活，死的时候不足四十岁。

从北方老家传来过消息：她的一儿一女都长大了，都离开了她，各种原因，但各种原因中都包含着一个原因——她是叛徒。她赞成儿女都离开她，希望他们不要再受她的连累，希望他们因而能有他们满意的家——丈夫、妻子和儿女。她希望，受惩罚的只是她自己。独自一人，她守着葵林中的那间黄土小屋，寂静的柴门寂静的院落，年复一年，只有葵林四季的变化标明着时光的流转，她希望在这孤独的惩罚中赎清她的罪孽。

从北方老家传来过消息：对所有的人，她都是赔罪的笑脸，在顽童们面前也是一样。"喂，叛徒！"不管谁喊她，她都站住。"嘿，你是不是叛徒？""你是不是怕死鬼？是不是个自私鬼？是不是个坏蛋？""说呀，你是不是有罪？"不管谁问，不管什么时候什么人问，她都站下来，说"是"，说"我是"，然后在人们的讪笑声中默默走开。她不能去死，她知道她不应该去死，活着承受这不尽的歧视和孤独，才是她赎罪的诚心。

从北方老家传来过消息："文革"中，和几十年所有的运动中，不管是批判什么或者斗争谁，她都站在台上，站在一旁，胸前挂一块"叛徒"的牌子，从始至终低头站着，从始至终并不需要她说一句话，但从始至终需要她站在那儿表明罪孽和耻辱。

从北方老家传来过消息：她一天到晚只是干活，很少说话。所有的农活她都做得好，像男人一样做得无可挑剔。她养鸡、养猪、纺线、织布……自食其力，所有的家务她都做得好，比所有的女人都做得好。她从没生过病，这是她的造化。

从北方老家传来过消息，说：有一回过年，她忽发奇想，要为自己的家门上也写一副春联,但她提起笔,发现她已经几十年不写字几乎把所有字都忘了。她攥着笔,写不出字,泪如泉涌,几十年中人们第一次听见她哭,听见她的小屋里响起哭声,听见她哭了很久。此后她开始写字,在纸上,纸很贵就在地上,在地上不如在葵花的叶子上。有人见过葵叶上她的字,有人把那些有字的葵叶摘下来拼在一起,拼出了一句话——"我罪孽深重,但从未怀疑当初的信仰。"

从北方老家传来过消息:就从那一年,从葵花的香风飞扬的日子开始,茂密的葵林里常常能够找到有字的葵叶。那个女人,她疯了,她可能是疯了吧?有字的葵叶逐日增长,等到葵籽收获的季节,在你伸手就能摘到的葵叶中,十之一二便有那个疯女人写下的字。老人们以此吓唬孩子,孩子们便不敢独自到葵林深处去。幽会的情人们把有字的葵叶揪下来,扯碎,自认晦气。那个女人,她老也老了,又要疯了不成?葵叶上的字,写来写去并不超出那十五个。人们把十五个字拼来拼去,似乎也再连不出其他更为通顺的句子。

153

这很像是一个笑话,但这是一种现实:Z 的婶婶,或者并不限于 Z 的婶婶,已经去国外经营私人餐馆了,但葵花林里的那个女人永远是抬不起头来的叛徒。这很像是一个笑话但这是一种现实:一些人放弃了当初的信仰坦然投奔了另一种生活,乐不思归,剩一个往日的叛徒在葵花林里默默坚守当初的信仰,年年月月甚或日日夜夜,都在为当年的怯弱而赎罪。

不是这样吗?

Z 的叔叔不语,一步一步,走着葵林间的小路。

然后,也许是 Z 的叔叔也许是别人,回答:不不,问题不在这儿。问题在于她贪生怕死,问题在于,她的叛变殃及了别人。

别人？谁？她的母亲和她的妹妹？

不。她的同志。

原来这样。但是敌人只给她两种选择，要么殃及她的母亲和妹妹，要么殃及她的同志，她可，应该怎么选择呢？

Z的叔叔没有回答。或者别的什么人，没有回答。

但是回答已经有了，回答已经存在了几十年甚或几千年：殃及了同志她就是叛徒就应该受到惩罚，而殃及了那两个无辜的人——就像你当年那样——她说不定还可以成为英雄还可以享受着光荣。

像我当年那样？

Z的叔叔惊讶地看着四周熟悉的葵林。无边无际的虫鸣使它更加寂静，但每一朵葵花都在寂静中奋力开放，每一只蜂儿都在葵花的香风里尽情飞舞。

对，像你当年那样。你把她领进了那信仰，然后你跑了，让她独自去面对敌人给她的两种选择。

Z的叔叔在葵林里走，走得很慢，影子在坎坷的土地上变化着形状。

你为什么跑？你怕什么？怕被敌人抓去，对吗？

对，但是……

别说什么但是。你只回答，被敌人抓去有什么可怕？

可是……

没有什么可是。你当然知道，那可怕的，都是什么。

不过，我敢说我并不怕死。

现在谁都敢这样说，可当时你怎么死里逃生了呢？而且，你现在也只是挑选了一种最简单的局面，比她曾经想像的还要简单。而且你现在也明白，那不是一个死字就能抵挡的局面。如果敌人只送你一死，那么不管你是坚强还是软弱你就都可能是一个英雄了。而且现在你也常常在想：如果她在几十年前的那个葵林之夜被追捕的敌人开枪打死，你就不是要抛弃她而是要纪念她了。

务 虚 笔 记　　319

Z 的叔叔在葵林里走着,影子在层叠的葵叶上扭曲、漂移。

不单你知道那局面是怎样的可怕,所有憎恨叛徒的人都知道那是怎样的可怕。所以才有"叛徒"这个最为耻辱的词被创造出来,才有"叛徒"这种永生的惩罚被创造出来。

你听不懂吗?那么,憎恨叛徒的人为什么憎恨叛徒?

对,主要不是因为叛徒背叛了什么信仰。信仰自由嘛。就是说每个人都可以自由地信仰,和自由地放弃任何信仰。

主要是殃及。就是你说的那种——殃及!就是说,叛徒,会使得憎恨叛徒的人也走进叛徒曾面临的那种可怕的处境。

疼痛、死亡、屈辱、殃及无辜的亲人、被扯碎的血肉和心魂……人们深知这处境的可怕,就创造出一个更为可怕的惩罚——"叛徒",来警告已经掉进了那可怕处境中的人,警告他不要殃及我们,不要把我们也带进那可怕的处境。"叛徒"这个词就是这样被创造出来的,作为一种警告,作为一种惩罚,作为被殃及时的报复,作为预防被殃及而发出的威胁,作为"英雄"们的一条既能躲避痛苦又能推卸责任的活路,被创造出来了。

不是这样吗?那,你为什么逃跑?我们,为什么谁也不愿意走到她的位置上去,把她从那可怕的处境中救出来呢?

你知道,那处境太可怕了,是呀我们都知道,所以,但愿那个被敌人抓去的人不要说出你也不要说出我,千万不要说出我们,不要殃及我们。那可怕的处境,就让他(她)一个人去承受吧。

我们是这样害怕被殃及,因为我们心里还有一个秘密,那就是:我们也可能经受不住敌人的折磨,我们也可能成为叛徒,遭受永生不完的惩罚。这是那可怕处境中最为可怕的背景。

否则我们就无须这么害怕被殃及,我们就不必这么痛恨被殃及。否则,那就不是什么殃及了。让软弱的人滚开让坚强的人站出来吧,如果我们相信我们肯定经受得住一切酷刑,还有什么殃及可言呢,那就是一个光荣的机会了。

是呀是呀,如果敌人的折磨不那么可怕,我们去做英雄就是了,谈什么殃及?如果成不了英雄,后果不是更加可怕,敌人的折磨也就没那么可怕,实在受不住的时候我们投降就是了。但是,真可谓"前怕狼后怕虎","叛徒"——这个永生的惩罚被创造出来之后,那处境就更加可怕了,就是完全的绝望了。一个人只要被敌人抓住,他就完了,他就死了,或者,作为人的生命和心魂,就已经结束了。多么滑稽,我们为了预防被殃及而发出的威胁,也威胁着自己,我们竟制造出了人的更为可怕的处境。这时候,人的唯一指望只可能是:不要被敌人抓住,以及,不要被叛徒殃及。

所以那次,你丢下她一个人,独自逃出了葵林。你知道,如果被敌人抓住,一边是死,另一边还是死,或者一边是无休无止的折磨,另一边是永生永世的惩罚。所以你借助那个少女的单纯和激情,借助她对你的爱,自己跑掉了。

别这么刻薄,别这么刻薄吧。我没有那样想,当时我也来不及那样想。我跑了,跑出葵林,那完全是出于……出于本能。

出于求生的欲望?出于逃避折磨,和,逃避永生惩罚的——人的本能?

也许是吧,哦,就算是吧。

那么她呢?

她的求生欲望就应该被忽略,是吗?还有她的母亲和妹妹,她们就应该替你去死,替你去受那折磨?要是她,不忍看着无辜的亲人被杀死、被折磨,她可怎么办呢?总而言之,如果她像你一样,想活着,她就得死;如果她像你一样,不想受折磨,她就得受永生永世的惩罚。是这样吗?

Z 的叔叔,或者并不限于 Z 的叔叔,在葵林里坐下。

很累了,他坐在土埂上。真是很累呀,他扑倒在土地上。向日葵的根须轻扫着他的脸颊,干裂的葵秆依然发散着香气。

他想在那香气中睡一会儿,或者就永远这样睡过去,不要醒,不要醒,只要不再醒这个世界就会消散,就像从那根高高的烟囱上跳下来一样,不过比那要舒服得多了……那根烟囱好高呀,就在他的窗外,不远,每天都能看见它冒着白色或黑色的烟……他曾几次走到那大烟囱下面,在那儿徘徊……有一天,他在那儿碰见两个孩子,男孩儿问:"老爷爷,我敢爬上去,你信吗?"女孩儿说:"你要掉下来摔死的,我告诉妈妈去!"男孩儿问:"老爷爷你敢爬上去吗?"女孩儿却忽然认出了他,喊:"不,他不是老爷爷,他是叛徒(走资派、黑帮、特务……)!"男孩儿问:"叛徒?什么是叛徒?"女孩儿告诉他:"叛徒就是坏蛋!这你都不知道?"男孩儿仰起头来问他:"是吗?"他摸摸两个孩子的头:"是,叛徒是坏蛋,可我不是叛徒。""那为什么我妈妈说你是呢?""你妈妈不知道,你妈妈她,并不了解。""那我去告诉妈妈,您不是。""谢谢你,可她不会相信。""那你自己去告诉她好吗?走哇,我带你去。""不,那也没用。""为什么?""啊,你几岁了,还有你?"男孩儿:"七岁。"女孩儿:"五岁半!"她说,伸出五个指头,然后把所有的指头逐个看遍,却想不出半岁应该怎样表示。"不要上去,"他望望那根烟囱说,"你们还小,不要爬到那上面去,答应我好吗?"……那天,他和那两个孩子,在那根大烟囱下面玩了好一会儿,两个孩子已经把叛徒的事忘了……现在那两个孩子在哪儿?他们肯定已经长大了,那天的事他们可能已经忘了,如同从未发生,但是"叛徒"这个词他们再不会忘了,不管是不是从那天开始记住的,这个词他们也会牢记终生……

他躺在葵林里,把耳朵贴在地上,能听见小昆虫在枯干的葵叶上爬,微合双目,能听见方圆几里之内各种昆虫的欢歌笑语,甚至能听见很远的地方火车正隆隆地驶来又隆隆地远去了,各种声音,多么和平多么安详,多么怡然自得……各种声音慢慢小下去,慢慢虚渺起来漫散开去,细细的但是绵长的声音,就要消失,也许世界……就是这样消失……也许世界的消失……就是这样……如同睡去……沉睡而且没有梦想,一切都沉下去以至消失,或者都漂浮起来以至消散……但他渐渐蒙眬的目光忽然一惊,看见了一张有字的葵叶。

Z 的叔叔坐起来。或者，并不限于 Z 的叔叔。

那个字是：罪。

十五个字中的一个。果真如此。

那字，一笔一画，工整中有几分稚气，被风雨吹打过，随着叶脉裂开成三块。

他看着那个字。很久。

那张叶子，渐渐变红，涂满夕阳的颜色。

"不，这不对！"他站起来，向着暮色沉重的葵林喊，"那是为了事业，对，是为了整个事业不再遭受损失！"

血红色的葵林随风起伏、摇荡。暮鸦成群地飞来，黑色的鸟群飞过葵林上空。

什么事业？惩罚的事业吗？

不，那是任何事业都不可避免的牺牲。

那，为什么你可以避免，她却不可避免？

这样的算法不对，不是我一个，被殃及的可能是成百上千我们的同志。

为什么不能，比如说在你一个那儿，就打住呢？就像你们希望在她一个人那儿打住一样。或者，为什么不能在成千上万我们的同志中的任何一个人那儿打住呢？成千上万的英雄为什么没有一个站到她的那个位置上去，把这个懦夫换下来，让殃及，在一个英雄那儿打住？

如果有人愿意站到她的位置上去，那就谈不上什么殃及。如果没有人愿意这样，一个叛徒的耻辱，不过是众多叛徒的替身，不过是众多"英雄"自保的计谋。

不对不对！她已经被抓去了，就应该在她那儿打住，不能再多损失一个人。

噢，别说了，那只是因为你比她跑得快，或者只是她比你"成熟"得晚。真的，真的别说了。也许我们马上就要称称同志们的体重了，看看谁去能够少损失几斤。就像一场赌博，看看是谁抓到那一手坏牌。

可是,可是不这样又怎么办?一个殃及一个,这样下去可还有个完吗?

这样下去?你是说就怕没有一个人能打得住,是吗?所以大伙就都希望在她那儿打住?

总归是得在一个人那儿打住,这个人,为什么不能是她呢?

噢,是的,这我倒忘了。而且这下,我们的良心就可以轻松些了。

如果在她那儿打住了,我们就更可以轻松了。

如果她被敌人杀死,我们会纪念她,我们会为一个英雄流泪,这时,其实我们的良心还是轻松的。我们会惋惜,我们会说:"她这么年轻就死了多么可惜,我们多么希望她还活着,希望她活着也看看胜利,也能享受人生,她还那么年轻,尤其她的心灵那么美好她的精神那么高尚,她不该死,她有权利享受一切幸福美好的生活。"我们会这么说,我们一定会这么说。但,你注意到一个怪圈了么?注意吧:如果她高尚她就必须去死,如果她活着她就不再高尚,如果她死了她就不能享受幸福,如果她没死她就只能受到惩罚——自从她被敌人抓去,这样的命运,在她,就已经注定了。

可这,是敌人的罪行!

不错,我们要消灭的正是这样的罪行,否则我们要干吗呢?可敌人也是在惩罚呀!世世代代这人间从未放弃过惩罚,惩罚引起惩罚,惩罚造就惩罚,惩罚之后还是惩罚,可是人的价值在哪儿呀?一个人,一个年轻的生命,一颗满怀憧憬的心,一双纯真无邪的眼睛,一种倾向正义的愿望,在这惩罚与惩罚之间早已死去……

不对!方法相同,但目的完全可以不一样。

可以吗?恨的方法,可以实现爱的目的吗?

何况,目的,在哪儿呢?如果它不在方法里,它还能在哪儿呢?在终点吗?我们叫做开始的往往就是结束/而宣告结束也就是着手开始/终点是我们出发的地方。

Z 的叔叔,或者并不限于他,坐在葵林里,坐在月光下:那你说,该怎么办?她该怎么办,我又该怎么办?还有你,我们到底应该怎么办?

葵林又复寂静。

说呀,这回你怎么不说话了?

寂静中埋藏着一个巨大的问题,必定也埋藏着一个艰深的答案。

我不知道。

我只知道,我们应该寻找那个答案。

我只知道——我在 Z 的叔叔耳边轻声说——你是爱她的,这么多年了你一直是爱她的,你一天也没有忘记她。我只知道——我在 Z 的叔叔心里轻声说——你是爱她的所以你还要爱她。

Z 的叔叔,找到了十五片写有不同的字的葵叶。借助月光,他把十五片叶子摆开,拼成一句话:我罪孽深重,但从未怀疑当初的信仰。

然后月光渐渐昏蒙,葵林开始像海涛一样摇荡,风,掀起了漫天的葵花香。

他依旧坐在葵林里,不动,似乎身心俱寂。

一直到风把十五片叶子吹开,重新吹进葵林深处。

一直到,第一滴雨敲响了不知哪一片葵叶。

一直到八月的暴雨震撼了整个葵林,每一片葵叶都像在喊叫。

154

分别几十年后,一个暴雨倾盆的深夜,传说,葵花林里的女人等来了她年轻时的恋人。

诗人 L 周游四方,走进北方的葵林,听见了这个传说,从而传进我的写作之夜。

暴雨中的葵林如山摇海啸,轰鸣不止。但 Z 的叔叔一走近那个柴门虚掩的农家小院儿,年轻时的恋人就听见了他的脚步声。震耳欲聋的暴雨和葵林的轰鸣之中,那女人也能听见是谁来了。Z的叔叔刚在柴门前站下,屋里就亮起了灯光。之后很久,屋里和院外,葵林的喧嚣声中是完全的寂静。

然后,屋门开了。女人并没有迎出门。屋门开处,孤淡的灯光出来,照耀着檐下的雨帘,那意思像是说:"你到底是来了。"

养蜂老人对诗人说:她听见他来了,这不奇怪。

养蜂老人对诗人说:几十年了,她独自听惯了葵林的一切声音,无论是喧嚣还是安详,在她都是一样,在她的耳中和心里都只是寂静。

养蜂老人说:几十年了,从没有人的脚步在深夜走近过她的院前。上万个黄昏、夜晚和黎明,她都听着,有没有不同寻常的声音,有没有人向她走来。几十年了她不知不觉就这样听着,她能分辨出是狐狸还是黄鼬的脚步、是狗还是獾在走,她能听出蛐蛐儿还是蚂蚱在跳、是蜻蜓还是蝴蝶在飞。

养蜂老人说:如果有不同寻常的声音,便是在梦里她也能分辨。如果有人在深夜向她的小院走来,她早就料到,那不可能是别人,必是仍然牵挂着她的那个人,必是几十年前曾经回来曾经站在葵林边向她眺望,而后只言未留转身离开了故乡的那个人。

诗人周游四方,在八月的葵林里住下。葵花不息的香风中,诗人时常可以望见那座草木掩映的小院,白天有炊烟,夜晚有灯光,时常可以看见那个女人吆喝着牲口出门又吆喝着牲口回家,看见她在院中劈柴、推磨、喂猪喂鸡。很少能看见那个男人,同时,小屋的窗上自那个雨夜之后一直挂着窗帘。

葵林一带,认识Z的叔叔的人,死的死了,活着的也都老眼昏花,于是葵花的香风所及之处先是传说:那个女人,熬了这么多年到底是熬不住了,悄悄养下了一个野汉。

虽然人们相互传说时掩饰不住探秘的激动,以及对细节的浓厚兴趣,但人们似乎对这一事件取宽容的态度。可能是因为,这宽容,可以让大家一同受益,让众人黑夜和白日的诸多艳梦摆脱诘难,从一声声如释重负的慨叹中找到心安理得的逃路。这宽容,很可能还包含一种想当然的推断:他们都已经老了,不会再惹出什么肉体上的风流事端。但好奇心不减的一些男人和女人,便在半夜,悄悄地到那小屋的后窗下去听,他们回来时咻咻地笑着说,听见了那两个老人做爱的声音……

真的呀?

不信你们自己去听听,一张老木床嘎吱嘎吱响得就像新婚之夜。

另外的人便也趁月色,蹑手蹑脚到那小屋近旁去听,藏在葵花叶子后面。

可不是吗,整个黄土小屋都在摇晃,那呻吟和叫喊简直就像两头年轻的狼。

他们……互相说什么没有?

女人说,她已经老了,美妙的时光已经一去不返,女人说我已经丑陋不堪。

男人呢,他说什么?

男人说不,说你饱经沧桑的脸更让我渴望,你饱受磨难的身体上,每一条皱纹里,每一丛就要变白的毛发中,都是我的渴望。

女人呢,又怎么说?

女人说,她没想到她还能这样,她原以为她的欲望早已经死尽了。她问男人,你不是可怜我吧?啊?你不是仅仅为了安慰我吧?

男人说你自己看哪,他要女人看他,他说我原以为已经安息了的……又醒来了……我以为早已安息了的就会永远安息了,可他又醒来了……

于是在明朗和阴暗的那些夜里,有更多的人去那小屋周围去听,连一些老人也去听。

是,是真的。听过的人纷纷传说,他们差不多整宿都在做爱,就像夜风掀动葵涛,一浪高过一浪。

那女人喘息着说不,说不不我不配你爱……我是一个有罪的人你应该惩罚我,我罪恶滔天我多么希望你来惩罚我,是你,是你来惩罚我,我不要别人……我不要别人我要你来,你来狠狠地惩罚我吧,打我揍我,侮辱我看不起我吧,我愿意你鄙视我,我喜欢……因为那样,别人就不会来了,他们就不再来了,他们就不再冷冷地看我……那样我就能知道,惩罚我的,一直是你而不是别人,只有你没有别人……那样我的罪孽就尽了,他们就不会来了……

那男人先是一动不动什么声音也没有,很久,他照女人要的做了……那女人,她就畅快地叫喊、哭泣,仿佛呢喃,肆无忌惮地让她的亲人进入她,享受着相依为命般的粗鲁,和享受着一泄无余的倾注……她不停地喃喃诉说……我是叛徒,你知道吗我是可耻的叛徒哇,我是罪人你知道吗?你狠狠地惩罚我吧但是你要我,你不要丢弃我……你还是要我的,是吗?我是个怕死鬼,我是个软弱的人,我要你惩罚我可你还是得要我,你还是要我的是不是?告诉我,你惩罚我但是你要我,你惩罚我是因为你一心想要我……

这葵林的八月传进我的写作之夜,有一件事,刹那间豁然明了:那女人的受虐倾向,原是要把温暖的内容写进寒冷的形式,以便那寒冷随之变质,随之融化。受虐的意图,就像是和平中的一个战争模型,抽身于恐怖之外,一同观看它的可怕,一同庆幸它的虚假。当爱恋模仿着仇恨的时候,敌视就变成一个被揭穿的恶作剧,像噩梦一样在那女人的心愿中消散,残酷的现实如噩梦一样消散,和平的梦想便凝成那一刻的现实了。

那男人,他扑进女人伤痕累累的身体和心中,说:我从来是要你的,几十年了,我心里从来是要你的,我担心的只是你还会不会再要我,你还能不能再爱一个人。

葵林一带,老眼昏花的人们忽然醒悟,随之到处都在传说:那个女人,对,那个叛徒,她当年的恋人回来找她了。

养蜂老人对诗人说:看吧,这下长不了啦。

诗人 L 问:你说谁?那个男人吗?

养蜂老人说:他待不长了,他又要走啦。

诗人 L 问：为什么？

养蜂老人沉默良久，说：还能为什么呢？"叛徒"这两个字不是诗，那是几千年都破不了的一句咒语呀，比这片葵林还要深，比所有的葵花加起来还要重，它的岁数比这葵林里所有人的岁数加起来还要大呢……

诗人 L 走进葵林之夜，走到那黄土小屋的后窗下，站在八月的暴雨里。

诗人听见那女人对男人说："你可还记得南方？可还记得我们年轻的时候？可还记得天上飞着一只白色的鸟吗？"

诗人听见那男人对女人说："白色的鸟，飞得很高，飞得很慢，一下一下扇动翅膀，在巨大的蓝天里几乎不见移动。"

"那只白色的鸟，"女人说，"盘旋在雨中，或在雨之上，飞得像时间一样均匀和悠久，那时我对你说什么你还记得吗？"

"你说让我们到风里去到雨里去到葵花茂盛的地方去，让风吹一吹我们的身体，让雨淋一淋我们的欲望，让葵花看见我们做爱，"男人说，"我们等了多少年了呀现在就让我们去吧。"

"可我怕，我怕外面会有，别人。"

"别怕，那儿只有风和雨，只有葵林，只有我和你。"

…………

诗人于是看见，两个老人走出小屋，走出柴门，男人和女人走进风雨的环抱，走进浪涌般葵叶的簇拥，走进激动的葵花的注目……他们都已经老了，女人的乳房塌瘪了，男人的脊背弯驼了，皮肤皲裂了松弛了，骨节粗大了僵涩了，风雨吹打得他们甚至喘息不止步履维艰，但他们相互牵一牵手，依然走得痴迷，相互望一望，目光仍旧灼烫……八月的暴雨惊天动地，要两个正在凋谢的身体贴近、依偎，要两个已入暮年的心魂重现疯狂，不要害怕，不要羞涩，不要犹豫，那是苦熬了一生而盼来的团聚……他们虔敬地观看对方的身体，看时光走过的地方雨水流进每一条皱纹……男人和女人扑倒在裸露的葵根旁，亲吻、抚慰，浑身都沾上泥土，忘死地交合……坦荡而平安,那是天赋的欲望,坦荡平安,葵林跟随着战栗,八月暴雨的喧嚣也掩盖不住他们无字的呼唤与诉说……诗人远远地看着他们,并不觉得有什么不恭,毫无猥亵,诗人感动涕零满怀敬意……

当然,这只是诗人的梦想。

只是诗人 L 的想像和希望。

过了八月,果然如养蜂老人所料,Z 的叔叔或者不限于他,再度离开葵林。

L 看见,整整一宿,那黄土小屋的灯没熄。

L 听见,那女人说:"你走吧,离开我,离开我……因为……因为我爱你所以我不能连累你……我爱你,我不能把你也毁了……我爱你但是,我不应该爱你……你走呀,离开我离开我吧……你来过了这就够了,记住我爱你,这就够了……放心吧我不会去死,我爱你所以我不会去死……啊,我不应该爱你,我也,不应该去死……不应该不应该不应该……我从始至终就是这样……"

L 听见那男人低声地说:"可是,每一个人,都可能是你。每一个幸福平安的人,都可能是你……"

L 听见那女人回答:"可是,并不需要每一个人都是我……你走吧,离开我,离开这葵林,离开我就是你对我的宽恕……"

L 看见,翌日天不亮,那女人送那男人出了葵林。

诗人无比遗憾。梦想总败于现实,以及,梦想总是要败于现实么?

诗人 L 收拾行囊,也要离开葵林。他拿出地图,再看那巴掌大的一块地方,仍梦想着在数十亿倍巴掌大的那块地方,与他的恋人不期而遇。

155

与此同时在南方,母亲——Z 的母亲或者 WR 的母亲,或者不限于他们的母亲,走进当年的那座老宅院。荒草满院,虫声唧唧,老屋的飞檐上一轮清白的月亮。

母亲拾阶而上,敲一敲门。

门开了。开门的是一个老头,同母亲一样鬓发斑白。

"您找谁?"

"几十年前,我是这座房子的主人。"母亲说,"您认不出我了?"

"噢噢……对不起,您老了。"

"不用对不起。您也是,也老了。"

母亲进到老屋,绕一圈,看它的每一根梁柱。老屋也只是更老了,格局未变。

老头跟在后边,愣愣地望着母亲,像是惊诧于一个无比艰深的问题。

"您还记得我托过您的事吗?"母亲问。

"当然。记得。"老头混浊的眼珠缓缓转动,目光从母亲的白发移向一片虚空,很久才又开口:"这么说,真的是有几十年丢失了?"

"是呀,几十年,"母亲坐下说,"几十年就好像根本没有过。"

老头一声不响,仿佛仍被那个艰深的问题纠缠着。

"这几十年,"母亲问,"可有人到这儿来找过他的妻子和儿子吗?"

"没有。"老头说,"不,我不知道。不过这儿有您的一些信。"

老头拎过一只麻袋,那里面全是写给母亲的信。母亲认出信封上的字体,那正是她盼望了多年的。

"您为什么早不寄给我?"

"我也是才回来。我回来,看见门下堆满了这些信,看见屋里地上,到处撒满了这些给您的信。"

"您,到哪儿去了?"母亲问。

"大山里,我只记得是在没有人的大山里,就像昨天。"老头闭上眼睛。很可能这时,几十年时光试图回来,但被恐惧阻挡着还是找不到归路。

母亲一封封地看那些信,寄出的年月不一,最早的和最近的相隔了几十年。她看那封最近的,其中的一段话是:

> ……一个非常偶然的缘故,使我曾经没有上那条船。那条船早已沉没了,而我活着,一直活到了给你们写这最后一封信的时候。我活着,唯一的心愿就是还能见到你们。可我不知道你们是否活着。如果你们活着,也许你们终于能够看到这封信,但那时我肯定已不在人间。这样,那个偶然的缘故就等于零了——我曾经还是上了那条船……

母亲收好所有的信,见那老头呆坐在书桌前。母亲走近他。
"您在写什么?"
"我要写下昨天。"
书桌上堆满了稿纸。母亲环顾四周:到处都是一摞摞的稿纸,像是山峦叠嶂,几千几万页稿纸上密密麻麻写满了字。母亲走近去细看:却没有一个字是中文,也没有一个字像是这个星球上有过的字。

母亲谢过那老头,抱着那些信出来。黎明的青光中,她听见树上或是荒藤遮掩的地方,仍有儿子小时候害怕的那种小东西在叫,"呜哇——呜哇——"一声声叫得天不能亮似的。母亲在那叫声中坐下,芭蕉叶子上的露水滴落下来打湿了她的衣裳,她再把刚才那封信看一遍,心里对她思念的人说:不,你说错了,当我看到了这封信时,那个偶然的缘故才发生,才使你没有上那条船,才使你仍然活着,而在此之前你已葬身海底几十年。母亲把那封信叠起来,按照原来的叠法叠好,揣进怀里,可能就是在这时候她想:我得离婚了。

这个母亲,当然,可能是 Z 的母亲,也可能是 WR 的母亲,但并不限于他们的母亲,她可以是那段历史中的很多母亲。

十七　害怕

156

谁也都可能是 C。

C，可以与我印象中的每一个人重叠、混淆。

并不单是说，谁都可能落入残疾的罗网。还是说，残疾人 C，他可以有我印象中的每一个人的历史、心绪、欲望和追寻。

因此 C，可以是我写作之夜中的任何一个人。如果残疾被安排在爱情之前等候着一个人，那么不管这个人是谁，他都是 C。

157

童年，C 与 Z，在一个融雪时节的下午重叠。在大片大片灰暗陈旧的房群中，小巷如网，一个男孩儿穿行其中，平生头一回独自去找一个朋友——一个同他一般年龄的女孩儿，九岁的女人。那时这个男孩儿，他可以是 Z，他也可能就是 C。

积雪在路边收缩得枯瘪丑陋，在上百年的房檐上滴淌，在地上砸出一排小水洼。C 怀着隐秘的热情，怀着甚至不为他自己觉察的激动，穿过短短长长的小巷去看他九岁梦中的偶像。双腿正在茁壮成长，离残废还有很多年，还有很多美妙的时光可供消磨。冬天的太阳非常远，淡泊的阳光里传诵着磨刀老头的喇叭声，"呜哇——呜哇——"必是个慈祥的老人。C 走过一道道齐整和残败的老墙,不时焐一焐冻疼的耳朵,再把手揣进袖筒里。东拐西弯绕来绕去,九岁的 C 怀疑到底是走到了哪儿,是不是离家很远了,是不是还能回去?忽然就看见了那座橘黄色的楼房,在密密的灰色房群中灿烂又安稳,冬天的阳光仿佛在那儿尤为温暖明媚。

C 小心翼翼走进那座美丽的房子。逆光的窗棂呈浅灰色,每一块玻璃上都是耀眼而柔和的水雾和冰凌的光芒。太阳透过水雾和冰凌,平整地斜铺在地板上,碰到墙根儿折上去,在浅蓝的墙壁上变成空濛的绿色。这时,C 看见了他的朋友。那个漂亮的女孩儿,她站在窗前,站在冬日的阳光里,正入神地看着一根美丽的羽毛在流动的空气中轻舒漫卷。C 站在门边看着那女孩儿,将终生不忘她的安宁与动荡。

"嘿!你怎么来啦呀?"女孩儿惊喜地转过头来,"嗨!你怎么会来呢?路过我家吗?"C 的漂亮的朋友跳出那洁白羽毛飘动的影子,踩着地上的阳光,迎着他来:"你什么时候来的?喂,你上哪儿去?你本来要去哪儿呀?"九岁的女孩儿一下子抱住九岁的 C,拎了他的手,走过明朗的厅廊,走过刚刚浇过水的盆花,到她自己的房间去……"哎!你想看书吗?这些都是我的书,要看你就自己拿吧。"她把五颜六色的书一摞摞搬出来,摊开在 C 面前,然后双手垫在背后靠墙站着,微笑着喘气:"噢,我真没想到你会来,真的我不骗你。你们家远吗?"C 摇摇头,依旧呆呆地看她……"老看着我干吗呀。要不,咱们玩儿玩具好吗?"女孩儿跳上椅子,再跳上桌子,从柜子上够下玩具,各种各样的布娃娃。她就势坐在桌上,两腿交替着在空中踢,把那些美的和丑的布娃娃们在窗台上摆成一排……"你说话呀,干吗光笑?"窗外,白杨树下,小贩悠长的叫卖声像呼吸一样起落有秩,或者像钟摆一样悠来荡去……"你爱吃糖吗?还是想吃……嗯……面包?"女孩儿跳下桌子,走到 C 跟前:"哎呀,你除了笑就是摇头,傻啦你?"……C 不知道说什么,但眼睛一刻也没离开过那女孩儿,像诗人 L 一样发现了女人的美丽,被那美丽惊扰得口笨舌拙。"几点了?"C 说,"也许我得回家了。"九岁的骚动无以名状,未来才能知道那是什么……整整一个下午就这样过去,北风在高大的玻璃窗外摇晃着光秃秃的树枝,归巢的鸟儿重逢、团聚,兴奋地吵吵嚷嚷……阳光即将消失,在墙上变成颤抖的紫红色,在门前的台阶上变成 C 初次离别的记忆……

158

晚一些,C,也可以是 L。

C 没有一天不想去看看那个可爱的女孩儿,在她的房间里去听窗外的风声。十一或者十二岁,如果 C 想出了一条掩人耳目的妙计,那必定也是:长跑。想像力在一个少年纯洁的狡猾处被限制住,因而我印象里的爱恋初萌的少年,都跑在同一条路上,同一个时间里,同一种心绪。C 与 L 难辨彼此。

以锻炼身体的名义长跑,朝着少年恋人的方向,那时的 L,就是 C。大约三公里,晨风与朝阳,满怀希望地跑。但命运已无可更改,残疾正动身向 C 走来,少年对那可怕的消息还一无所知,他的双腿正逐日地健美。沿着河岸,跑过垂钓的老人,跑过唧啾鸣啭的鸟群,命运还不值得理睬,跑过石桥,跑过那家小油盐店……

女孩儿已经变化:鲜明,文静,苗壮。女孩儿已经不再是女孩儿,正走进少女。她坐在台阶上看书,看得入迷,仿佛周围什么都不存在……她在门廊里独自舞蹈,从门廊的这边飘移到那边,旋转,跳跃,裙子展开又垂落,舞步轻盈……经常,能听见她的琴声和歌声:当我幼年的时候,母亲教我唱歌,在她慈爱的眼里,隐约闪着泪光……

"喂——"少年 C 在楼下喊,"是'当我幼年的时候',还是'在我幼年的时候'?"

"是'当',"少女走出来,站在阳台上,"是'当我幼年的时候',嘿,你这是在干吗?"

"跑步。懂吗?长跑。"

"跑多远?"

"从我家到你家。"

"噢真的!你每天都要跑吗?"

"当然!"

每天都跑。C仿佛知道,能够跑的日子已屈指可数。一辆轮椅正朝向他滚动,以一个青年为终点,在爱情的门前会合。此前都与L一样,此前C就是L。托尔斯泰的那句名言或可引申为:幸福千篇一律,灾难各有千秋。灾难降临的地方,命运分道千条,坐上轮椅的那一个才清晰地是C。

159

与此同时,十一二岁的C如果不是L,他也可能是我。

如果在一个学期之末,中午,C在老师的预备室里写板报,这时有一个少女走来与老师告别,少女的美丽吸引住C的目光,使他再次发现了世界的神奇和美妙,那么C,他也可以就是我。C生来就是个不安分的男孩儿。和我一样,C生来是一个胆怯的男孩儿,胆怯,但又欲念横生。只不过将来,C并不以写作为生,他以等候为生,永远都在等候他的恋人从南方回来。

那个期末的午后,C在街上又碰见过那个少女。C与她面对面走过,C心跳加速甚至步履不稳,时间仿佛密聚起来在耳边噪响,使C什么也听不见。我怕她会发觉我的倾慕之心,因为C还只是一个男孩儿,我怕她会把C看成一个猥琐的男孩儿,我走过她身旁,但她什么也没有发现,甚至没有一点儿迹象表明她是否认出了C。在那个年代或者那个年龄,C可能就是我,我可以就是C。少女带着习以为常的舒展和美丽走过C。C转身看她,她没有回头,她穿一件蓝色的背带裙,飘动的蓝色渐渐变小,只占浩瀚宇宙的一点,但那蓝色的飘动在无限的夏天里永不熄灭……

C一直看着她,看她走进了那座橘黄色如晚霞一般的楼房。C

看着那个地方,那个方向,那一处空间,直到目光在煎熬的时间里变成 F 医生一样的眺望或者诗人 L 一样的远游……

160

直到有一天,镜子里,少男 C 赤裸的身体有了关键的变迁。曾经小小的男人的标志,仿佛忽然想起要尽力表达什么,孤单地狂想并胆怯、惊奇、无措,欣喜又迷茫,激情饱满就像夏日傍晚的茉莉花蕾,让他沉湎其中又让他羞愧不安。C 气喘吁吁一筹莫展地看着它,知道它要在整个夏日里一期期开放,但不知道,那开放中,都是什么,以及都是为什么……

那时他像 L 一样问他的母亲:"妈妈,我是不是很坏?"

"怎么啦?"母亲在窗外洗衣裳。

C 郁郁寡欢,幻梦纷纭。他躺在窗边,闪耀的天空让他睁不开眼睛。

母亲甩甩手上的水,从窗口探进头来:"什么事?"

稚嫩的喉结艰难地滚动了几下:"妈妈,我怎么……我怎么成天在想坏事?"

母亲看着他,双臂抱在胸前。母亲身后,天空中,一只白色的鸟飞得很高。

"没关系,"母亲说,"那不一定是坏事。"

"你知道我想什么啦?"

"你这个年龄的男孩子都会有一些想法,只是这个年龄,你不能着急。"

但是一辆轮椅无情无义地向 C 走来,不可阻挡。如果那时 C 仔细去听,是否能听见那车轮触响的预言?但是听到了又能怎样?

"我很坏吗?"

母亲摇摇头。那只鸟飞得很高,很高又很慢。

也许母亲听见了什么?但那是上帝的事,上帝如果选中了 C,

母亲也救不了她的儿子。

"唉唉……妈妈,你并不知道我想的都是什么。"

"我也许知道。但那并不见得是坏想法,只是你不能着急。"

"为什么?"

"因为……因为你其实还没有长大。喔,也许你真的已经长大了,但你对命运还不了解。等你看见了命运,那时,你才能真正看见爱情。"

母亲望着天上那只像时间一样飞翔的白色鸟,神态像是个预言家。母亲知道命运并不富于善意,但并不知道那具体是什么,不知道命运将折断儿子的下半身,并且殃及他男人的花蕾。不知道命运是什么,才知道什么是命运。母亲久久地望着那只鸟飞去南方……

161

那只鸟像一道光,像梦中的幻影,时隐时现在翻滚的云层中穿行……在它的下面,在细雨笼罩的千篇一律的屋顶下面,任意一个房间里,如果安静,如果父母不在家,隔着高高的书架,从一层层排列的书之间,他的手碰到了少女的手,十八岁的 C 曾经也就是青年 WR。

他们互相避开目光,看着窗外,但那时窗外空无一物。全部感觉都在相互牵着的手上,全部的话语,非凡的语言,罄竹难书。两只手,纠缠在一起的十个手指,就像初生的婴儿在抓挠,在稚气地捕捉眼前的惊讶,在观看,在询问这是何时何地。白昼之光很安静,雨很安静,鸟儿飞翔得也很安静,确实就像初生之时。

C 的目光越过书的上缘,可以看见少女的头顶,头发在那儿分开一条清晰的线,直伸向她白皙的脖颈儿。少女的目光落下,从书的下缘,看着两只扭在一起如诉万语千言的手。我想不起他们是怎样找到这样的形式的,在那间书架林立的屋子里,他们是怎样终于移动成这样的位置的。我只知道,这时候残疾就要来了,这样的位置就要结束,C 就要成为 C,C 就要仅仅是 C 了。即便我的梦想允许,C 也要耐心等待,甚至要等到地球的温度也发生了变化,天体的结构也有所改变,他们才可能再走到现在的位置。

两只年轻的手于是分开,迷惑地蜷缩起来,好像忽然碰到了语言障碍。

是的,因为一种意外的语言闯了进来。在青年 WR,是因为不得不离开故乡去世界的隔壁。在青年 C,是因为残疾到了,残疾到了,使他要去的地方更像是葵林中无边的轰鸣或难以挣脱的寂静。

162

残疾终于到了。

残疾先于爱情,来了。

C 坐进轮椅成为狭义的 C,远远望去像是一个玩笑。他转动轮椅的手柄,轮椅前进、后退、旋转……像是舞蹈,像是谁新近发明的一种游戏,没有背景,没有土地甚至也没有蓝天,轮椅轻捷地移动,灵巧地旋转,仿佛这游戏他准备永远着迷地玩下去。远远地你想喊他:"喂!这是什么呀?这玩意儿是谁给你的?"你想喊他,想跟他说:"嘿,快下来!哪儿来的这玩意儿呀?你快下来让我也玩玩儿……"但是你走近他,走近他于是发现他两条塌瘪的裤筒随风飘动,那时你才会慢慢想到发生了什么。尤其是,如果你见过他赤裸的双腿——曾经那么健壮如今却在枯萎,尤其是如果你见过他赤裸的下半身——那年轻的花朵却忽然要凋谢,那时命运才显露真相。那时渐渐有了背景,他的车轮下有了土地,头顶上有了蓝天,周围野草荒藤蓊蓊郁郁,风声响过老树林,C 坐在轮椅上双腿将永远不能再动一动……毫无疑问,这不是游戏……转动轮椅,用手来转动它,独自在那座冷僻荒疏几近被人遗忘的古园里走,那就是 C，毫无疑问那就是他今后的路途，他不再是别人，别人仅仅是别人……无比真实，不可否认也无以抗拒这就是你今后的路途，C——你的路途……你只是你，只是自己，只是"我"，像 F 医生所说的那样：欲望不会死，而欲望的名字永远叫做"我"，这欲望如果不愧是欲望就还会失恋的，这失恋的痛苦就只有"我"知道……

随后爱情也来了。

有一天，一个年轻的姑娘也走进那古园，她就是 X。X 走进古园，走近 C，走近 C 残疾的躯体并走进他渴望着爱情的心魂。那时，全部背景才轰然完整，熙熙攘攘远远近近无边无际，有了山和海一样的房屋与人群。在我的印象中，在一个残疾人的形象里，才重新有了生命，有了时间。

爱情来了。但是恋人还要离开。

那依然不是权力可及的领域。

WR 终其一生也未必真能懂得：权力之域，权力鞭长莫及。

163

C 那时也不懂得：权力之域，并不像传说得那样美妙。二十几岁，是倾向于美妙传说的年龄。母亲也加入传说者的行列："别总这么憋在屋里，摇着你的轮椅像你没病时那样到处去跑跑吧，你没有什么过错，没理由觉得羞耻，只要你相信你和别人是一样的，别人也就会把你同等看待。"传说也许是必要的。问题可能出在，二十几岁，会把这传说听成一切。

人的本性倾向福音。

但人根本的处境是苦难，或者是残疾。

C 第一次去找 X，我看见在那个夜晚，光阴仿佛退回到多年以前：但不是诗人 L 的仲夏傍晚，而更像是画家 Z 的冬夜。

一排白杨树，小路的尽端堵死着，电线杆上吊着一盏摇摇欲坠的路灯，C 又像是走进了 F 医生的当年。这都无关紧要。

C 在那排白杨树下喊 X。楼梯很高，不能上去找她。C 请一个小男孩儿帮他进去找，小男孩儿快乐地如负圣命。C 仰望高处的窗窗灯火，计算着哪个阳台上应该立刻出现 X，出现她惊喜的喊声（就像童年时代的那个小姑娘）："嘿！你怎么来了？我真没想到会是你。你等一会儿我马上下来！"很久，那阳台上果然出现几个人影，晃动，俯望，没有声音或者那样子必会伴有低语，然后消失。一会儿，那个小男孩儿跑出来说："他们家人说她不在家。"C 再仰头去望那个阳台，灯灭了，但阳台上肯定有人在那儿朝 C 这边看。灯灭了是什么意思？他们要看看 C，但不愿意 C 看见他们。

回家的路并入 Z 的冬夜，混淆进九岁的迷茫。一个人在其一生中并不止一个九岁吧，他不断从现实走进传说、从传说走进现实，每一次迷茫都不比九岁时更轻松。我听见 C 的呼吸又像是小巷中穿旋的风了。

在那风里，C 一个人摇着轮椅走。走走停停，回头张望，传说和现实似乎都还不确定。

穿过一条条小街走过一盏盏街灯，C 停住轮椅，点一支烟。烟缕飘摇。这时幽暗的小街深处忽然响过来一阵脚步，和一个声音："嘿，你怎么一个人在这儿？"

抬头：是 X。

竟是她，C 还是立刻觉得快乐，觉得这夜可以安睡了。

X："你怎么又抽烟！"

好吧，不抽。把烟掐了。

X："我去找你，你妈说你一个人出来了。你到哪儿去了？"

C："我也去找你。他们说，你也不在家。"

"你去我家了？"X 惊诧地问，脸色异常。

这表情暴露了那些传说的真相。C 不回答。X 也不再问。

沉默。这沉默，把现实确定下来。

他们一起沉默着走过小石桥。月下，仍有几支钓竿指向河心。河水响得单调，白天的嘈杂都似透过水面沉入河底。沉默是在说：

那传说原本就不完整。C的沉默是在说：传说原来是这样，原来就是这样吗？X的沉默是在说：是这样，早就是这样，你总有一天会知道是这样。

从那时一直到现在我都不明白，那一次C怎么会如此莽撞，怎么会没想到他是一种危险，残疾对一种美妙传说是恰当的道具，对一个现实中的女儿或姐妹……是真确的灾祸……

但那未必是不可以理解的。未必是不可以理解的——这才是C真正的苦难。

164

是可以理解的，因为这件事，甚至C自己也没有什么信心。在他的小屋里，看着X的美丽和健康、宁静和动荡，涌动的激情会骤然掉进迷茫……深不见底，只有一个希望：时间停下来……或者祈祷：在传说没有走进现实之前，让一切都及时结束。墙上老挂钟的每一次滴答声，窗外的每一串杨花的掉落，都让他多一分对未来的恐怖：传说必定会在某一次滴答声中摔死进现实，像杨花掉落时一样无声无息……及时地亲吻，狂热，但是要悄悄地，亲吻、爱抚……在确信不会有人来的时候，激动又慌张，那都是承认着未来的危险……有人敲门，他们慌忙从激动中跳出来，去接受必要的平静，必要的从容，那都是承认现实的无望……客人进门，久久不去，并不猜疑这可能是C和X专有的时间——一对恋人独有的领地。也许难怪，因为他们没有宣布过，C和X都没有对别人说过。

"我们说吧。"

"怎么说？"

"告诉你的和我的最好的朋友。"

"你已经说过了？"

X点点头："我已经说了……"伏在C的肩上。

C惶然不知将要发生什么，应该反对还是感谢，但心里记住那是一个永远的纪念日,觉得从此去走任何一条寒风穿旋的小巷都会是满怀希望,任何人都不再可能让他嫉妒了。

165

但是,写作之夜中的每一个人,都对 C 的爱情表示忧虑:

"这行吗? C,他行吗?"Z 或者 WR 的声音。O 或者 N 或者 T 的声音。甚至 L 的声音。这声音可以有任意的画面作背景:比如拥挤的公共汽车上;比如灯光幽暗的酒吧一角;比如阳台的门开着,透过阳台的栏杆是一所中学喧闹的球场,一只漂亮的足球飞来飞去……

"C 能结婚吗? 唉,可怜的人他可怎么结婚呢?"很多人都这样叹息,摇头。任意的画面,并不一定与上述声音对应:比如南方的雨,雨里的芭蕉;比如北方的风,风中葵林;比如没有观众的剧场里漏入一缕阳光,阳光里飘动的浮尘,舞台上正在排练一出现代派戏剧……

"C 他,怎样做爱? 他能吗……"男人们这样想。女人们也这样想过。无声的画面:比如成排的阔叶树,满树的叶子在风中摇动,但没有声音;比如湖上的船,桨一下一下掀动着水,也没有声音;比如空山不见人,更无人语声……

"噢 C! 不幸的人,他可怎么办哪?"所有人的表情,都流露着这样的意思。画面中这时尤其不要有人(空镜头),因为每一张脸都可能被怀疑有这样的意思,而每一个人都难免有其不幸因而每一个人都是无辜的。画面上,可以是超级市场出售游戏机的柜台,所有的游戏机都开动着,但没有人,所有的游戏都自动进行……

写作之夜的每一个人,都对 X 的爱情表示怀疑:

"好人 X,你其实仅仅是同情,是怜悯。"她最好的朋友对她说,"你不承认,当然你不会承认,X,你被同情和怜悯蒙蔽着。"T 说。O 和 N 站在 T 一边,O 和 N 沉默不语。画面千万不要对位,对位会破坏我的写作之夜。画面是海,是一盆无花的绿草,或者一匹悠闲的马,马耳朵轻轻弹开一只刚刚降落的苍蝇……

"同情和怜悯,那不是爱情呀。"一句格言,无可挑剔的逻辑。画面是一把吹响着的小号,或者一支咝咝有声的烟斗,都可以。

"你是真的爱他吗? X,你能保证永远不离开 C 吗?"X 是这样希望的,可她为什么要保证? 为什么要向别人保证? 画面消失。

"因为否则,那就不单不是爱他,倒是害他。"画面仍不出现。

"X 迟早会离开 C,看吧,她会让 C 更痛苦的。"这预言胜利时就被人记住,失败时将被人忘记——所有的预言差不多都是这样。画面渐显:那座荒废的古园,老柏树千年一日伸展着枝叶,云在天上走,鸟在云里飞,风踏过草丛,野草一代一代落籽生根。寂静悠久。围墙残败但仍坚固,墙上有青润的和干枯的苔藓,有蜘蛛细巧的网,死在半路的蜗牛身后拖一行鳞片似的脚印,有无名少年在那儿一遍遍记下的 3.1415926……

写作之夜,我印象中的每一个人都说过:

C,你太自私了。C,你不要把一个好姑娘的青春也毁掉。

X,你太自私了。X,别为了满足你的同情和怜悯,让一个痛苦的人更痛苦吧。

X,你不如只把 C 当做朋友吧,一般的朋友,哪怕是最亲密的朋友。

C,你让 X 离开吧,你仍然可以做她的朋友,一般的但是最亲密的朋友。

166

无论白昼还是黑夜,他心里都在哭号。我知道。我知道 C 有多么软弱,在他貌似坚强的表情后面都是眼泪。

回到你的位置上去。你被判定的那个位置叫做"朋友",叫做"一般的朋友",也叫做"但是最亲密的朋友"。从"爱情"退回到那儿去,退回去,把门关上。爱情,以最珍贵的名义在到处传扬,但在你的生命里,C,你要把它抹去。

为什么不可以只做朋友呢？C,你为什么不能就回到那个位置上去呢？那条被强调的界线,很明白:放弃性爱。为什么不能呢？为什么这样固执,C,你为什么这样为性而哭泣？

不能放弃吗？

C的泪水里没有声音,很多年中,那古园的围墙下坐着一个不被神明过问的人。但心里早有回答,在漫长的岁月里被羞耻和恐惧掩埋着。很多年后我再到那古园的墙下去,墙根儿下的腐叶里和野花膨胀的花蕾里,C遗留在那儿的绝望才发出声音:"不能。"声音里还带着当年的啜泣:"可以剥夺,但不能放弃。"那声音比现在要年轻得多:"要么是全部,要么是放弃。""爱情所以不同于其他,就在于那是全部。""全部的我,在全部的她中,找回自由和平安。"

动人的裸体,那是因为她说:好吧。她允许你的眼睛…… 颤抖着,脱去尘世的衣裳,孤独的心不再掩盖。那是说:是呀,自由和平安,全在这里。……做爱,在没有别人的任何地方,所有可能的姿态是所有可能的语言。"做爱"好极了,这个词儿准确……不是"要","要"在另外一些地方也可以要到,不知道人们为什么常常会选中了这个"要"字,而C在那时,心魂仿佛悬浮,仿佛坠落,只是去投奔和收留。……冷漠的服装脱落了,戒备掉在她光光的脚丫旁边,温热的腿从那里面迈出来,把危险踢开……主要是:那一刻,没了差别。是说:好呀你这个坏蛋你这个疯子,你原来是这样软弱,这样不知羞吗？好哇你,你从来就是这样要跪倒要乞求吗……那就是全部:你的一切自由都被判定为可爱,你的,和我的,一切愿望都得到承认,一切自由都找到了平安。……闭上眼睛,感觉一个赤裸的人一向都在另一个赤裸的人怀中,中间是不能有一条界线的……

不能放弃。也无法放弃。

可是 C,你不应该。你只应该是一个谈笑风生或道貌岸然的"朋友"。

C 泪流满面。

C 的心没有停止过哭号。命定的残疾,C 知道,那是不可删改的。可爱欲也是不可删改的。是谁想出这折磨的?是爱。那个先知一样的老人,他必定知道:命运在删改 C 的肉体时,忘记了删改他的心魂。

167

但未必是这样,C 与 X 的离别,并不是仅仅因为肉体的残疾。很多年以后的写作之夜我才渐渐明白,那是因为害怕。说到底是因为:害怕。

也是两个字,但这一次不是"叛徒",是"害怕"。

害怕什么?C 害怕自己不是一个好人。

所以还有两个字:好人。(非常有趣,"叛徒"可怕,"好人"也可怕;你怕成为"叛徒"和你怕不能成为"好人"。)

什么是好人?由谁来判定你是不是个好人,以及,怎样才是好人?这是个艰深的问题。较为简单的逻辑是:由他人来判定。"好人",只在他人的目光或语言中才能生成。独身于孤岛,如果从来独身于孤岛永远独身于孤岛,就不会有"好人"这个词,只是在如山如海的他人之中"好人"才诞生。

C 曾问过他的恋人:"我还……是不是一个好人?"

"你……"X 说,"为什么会怀疑这个?"

"如果我爱你,如果我不想让你离开,如果我要你做我的妻子永远和我在一起……我还是不是一个好人?"

"为什么不是?"

"因为……如果一个男人,他再也站不起来,他永远都要坐在轮椅上,可他还要他所爱的女人做他的妻子,要那女人抛弃她自己的幸福走进这个男人的苦难,那么这个男人他,不是太自私吗? 他还能算一个好人吗?"

"那个女人,怎么是抛弃自己的幸福呢? 她觉得这样幸福,她才来了,要是她觉得不幸她就不会来,要是有一天她觉得不幸,她就会走开。"

"如果这个男人,他的腿就像两根枯干的树枝,如果他的下身……你知道……并不轻易就能昂扬,要是他连做爱的方式也与众不同,那他……"

"噢,别说得这么粗鲁……与众不同不是坏事……别怀疑你是不是一个好人。你是。在我看来你是一个好男人。"

"为什么?"

"因为我爱你。"

爱,或许是判定的根源。如果人需要爱,那就说明,人需要他人的判定。可是如果你需要,你就会害怕。他人,并不止于你的恋人,如山如海的他人都要给你判定。你躲不开。(这很像我多年后的一种遭遇:记者敲开了你的门,或者接通了你的电话,那么你只有被采访,你无路可逃,不论你说你接受采访,还是你说你拒绝采访,你都已经被采访。)

害怕由此而来。

很多年前当 X 走进 C 的渴望,那时 C 的害怕,并不在于他自己是不是一个好人,而在于他自己的渴望能否被众人承认,如果他跟随着自己的渴望,那么他,是否还能被众人看做好人。

C 的忧虑将被证明绝非多余。

多年以前,当我途经一个截瘫者的热恋史,我听见了,响在四面八方也响在 C 自己的心里的声音:

"你爱她,你就不应该爱她。"

"她爱你,你就更不应该爱她。"

为什么?

"你爱她,你就不应该损害她。"

"她爱你,难道你反而要损害她?"

损害她? 怎么会是损害她?

"你可以爱她,但是你真的要拖累她一生吗?"

"你已经残废,你还要再把她的青春也毁掉吗?"

"你要是真的爱她,你就不应该再追求她,就不要再纠缠她……否则你岂不是害了她?"

残疾,在漫长时间里的一段路上,曾是一种瘟疫。C,你爱谁你最好是远远地离开谁,放了她吧,那样你就像是一个好人了。

这让我重新想起"叛徒"的逻辑:你被杀死了,你就是一个应该活着的好人;你活下来了,你就是一个应该被杀死的坏蛋。这一次不是"叛徒",这一次是"残疾"。这一次生或者死的,不是生命,是爱情;让你的爱情死去,你就是一个可敬可爱的人;让你的爱情活着,你就是一个可悲可怕的人。

C,你要么放弃爱情的权利,做一个众口皆碑的"好人",要么别怕,跟随你的渴望,做一个被指责的"自私鬼"。非此即彼,我们看着呢 C,你来选择。

168

如果 C 选择了前者,C,可以就是 F。

我说过,我写作之夜中的每一个人,都可以是 C,一个残疾人。

在 C 选定与 X 最终分手的那个夜晚,C 不说话,几乎一言不发,如同 F 医生,只是无声地把泪流进一个"好人"苦难的心里。不管 X 说什么,怎么说,求他无论如何开开口,都无济于事。

……你什么都别怕,X 说,不管别人说什么,不管他们怎么看,X 说,都不怕……X 从夜风吹响着的树林边走来,走出幽暗,走进一盏路灯下的明亮,走到 C 的轮椅旁……只要我们不怕,只要我们坚持,X 说我们没有错,如果我们是真心相爱,她说,我们就什么都不用怕……老柏树飘漫着均匀的脂香,满地铺散着白杨树的落叶,X 走开又走来,走远又走近……她说,如果你曾经说你爱我那是真的,如果现在这还是真的,X 说我记得我们互相说过,只有爱,是从来不会错的,她说,如果爱是真的爱就不会错,如果它错了它根本就不是爱……轮椅声和脚步声,一盏和一盏路灯相距很远,一段段明亮与明亮之间是一段段黑暗与黑暗,有一棵老柏树正在死去,光秃秃的树枝徒劳地伸在夜空里……现在我想听听你怎么想,X 对 C 说,你真实的想法是什么,至少那要是真实的,至少人不能欺骗自己,劳驾你,开开口行吗……

C 像 F 一样已经明白,世间的话并不都是能够说的,并不都是为了说的,甚至泪水流进心里也被那无以诉说的苦难熬干。X 恨不能揍他,X 说:"你的骨头,你的男人的骨头呢?"C 仍旧无言,让爱,在"好人"的心里早早死干净吧……

C 离开他的恋人,沿着掌起了路灯的条条小巷,回家。阵阵秋风吹动老墙上的枯草,吹起路上的尘土和败叶,孤独的轮椅声在如网的小巷里响了一宿。天明时,C 回到家,如果像 F 医生一样满头乌发已如霜染,那也没有什么不可能的。

169

如果爱情活下来,终于不可阻挡,爱欲泛滥过"好人"的堤坝,那情形,C,甚至很像是 N 了。如果离别已经注定,在注定离别的那个夜晚或者那些夜晚,恋人 C 与恋人 N 虽然性别不同,也会在迷茫的命运中重叠、混淆。X 呢,重叠、混淆进 F。形象模糊,但世界上这样的消息不曾须臾间断。

……脚步声和车轮声,惊起古园里的鸽子,白色的鸟群漫天飞起在祭坛的上空……C 说我什么都不怕,不管别人说我什么,不管他们怎么看我,C 说,我不再害怕……X 走向祭坛的石门,走进落日,又一声不响地转身回来,站在落日里看着 C,茫然若失……只要你也不怕,C 说,只要你坚持,C 对他的恋人说,我相信我没有什么不应该,我不再像过去那样相信我不应该,我不再相信别人的指责……我现在相信,如果我们是真心相爱,C 说这残疾就不能阻挡我……

　　……C 转动轮椅,走过那盏路灯,走过明亮的灯光下秋风翻动着的落叶,走过那棵老柏树,抓住 X 的胳膊,摇撼她,看她愁苦的面容……我不想指责别人我尤其不愿意伤害他们,你懂吗? 我是说所有你的亲人和朋友,你的兄弟姐妹,你的同学同事,以及所有不赞成你爱我的人,我不恨他们,至少我不想恨他们,但是……但是我不再放弃……

　　……C 的车轮声,和 X 的脚步声,响彻寂暗的小街,雨停了,收起伞,但是风把树上的雨水一阵阵吹落,落在脸上没感觉……我知道我没有错,我们的心愿和我们的欲望都没有错,如果你曾经说你爱我那是真的,如果现在这还是真的,我们怎么会错呢……

　　……X 没有来,在车站上等她但是总不见她来……在那座古园里走遍找遍也没有她的踪影……她的窗口黑着,她到哪儿去了呢……半夜回到家,C 埋头灯下,给 X 写信,一封封并不见得都会发出的信:要是我不知道我错在了哪儿,要是我们并没错,我为什么要放弃? 我们凭什么要分离……

　　……X 走在前面,沿着那座古园荒圮的围墙走在前面,走在月光和墙影之间,淡蓝色的头巾以及跳动的肩膀时隐时现……C 追上来,跟在 X 身边,目光追随着她肩头上的那块凄迷的月光……C 说请你告诉我,是不是残疾可以使爱成为错误? 是不是有什么人本来就不应该爱,就不应该希望爱情? C 说我不是指现实,我是指逻辑……现实,也许就随它去吧,我只是想知道我的梦想是不是也错了……

　　……C 转动轮椅,走进星空下清冷的草地。远处有一座被人遗弃的大铜钟,一人多高,底部陷进了土里身上爬满铜绿,铭文已经锈蚀不清。C 望着那座大钟在午夜中的影子,等着 X 走来,等到听见她在他身后站下,很久……C 说,我能够承认现实,我也许不得不接受现实,C 说,如果残疾注定要剥夺我,至少我不想让它们再剥夺你……C 对他的恋人说,你就走吧,去吧,到南方去吧,到爱情一向是正当的地方去吧……但是我必须得知道这仅仅是现实,这并不就是一切……

　　……X 站起身,走开,走进祭坛的石门,走进祭坛上的星空……祭坛上下全是 C 暴烈的叫喊:现在我只想听听你是怎么想,你真实的想法是什么,你总得有一句确定的回答,总得把你真实的心愿告诉我……我不再奢望其他,我只想证实这个世界上除了现实之外还有没有另外的什么是真的,有还是没有,另外的,我不要求它是现实,我只想看见现实之外你的真实,我求你无论如何开开口好吗……

　　……X,C 的恋人,站在祭坛上,泪水犹如星光……那星光中全是她的诉说:就让我们永远做朋友吧,好吗……只做朋友好吗……我们还是朋友,行吗……是一般的但是是最好的、永生永世的朋友……

　　……不,不不! C 喊,为什么? 凭什么我被判定在那个位置上? 告诉我,你是不是真的爱我……

　　……原谅我,饶恕我,我是个软弱的人,我害怕……X 在那祭坛上说,我害怕那些山和海一样的屋顶和人群,害怕那些比星光还要稠密的灯火,害怕所有不说话的嘴和总在说话的眼睛……在那样的躲躲闪闪的表情后面,我好像是一个不正常的人……我害怕我总要解释,我害怕其实我并没有解释的机会,我害怕无边无际的目光的猜测和探询,我们的爱情好像是不正常的,在那无尽无休的猜测和探询的目光之下,我们的爱情慌慌张张就像是偷来的……我害怕,也许我们永远就是这样……

　　……嫁给我,好吗? 做我的妻子……

　　……我害怕我的父母,他们会气疯的,他们会气死的……我害怕别人的谴责,我的兄弟姐妹,还有别人,我害怕他们谴责的面孔……我也害怕你的追问,害怕你这样不肯放弃……我害怕我不能嫁给你,我害怕别人说我只是怜悯,说我只是为了满足自己的怜悯却让你痛苦,这些都让我害怕……人们曾经说我是一个好人,这样的称赞让我害怕,我害怕因此我得永远当这样的好人,我害怕我并不是人们所认为的那样的好人,我并不是为了做一个好人才走近你的,我害怕有一天我想离开你我就不再是一个好人……让我们分开吧,我是个软弱的人,不管别人说什么我都害怕,每时每刻我都感到恐惧……就让我们永远只做朋友吧,好吗……天涯海角永生永世的朋友……

……星光渐渐寥落,祭坛空空独对苍天……不,不!为什么?这是为什么?这毫无道理!不,回来,你回来,你回来呀……但是X已经离去,恋人已在遥远的南方,让男人翘首终生的南方呀……

170

C独自走出那古园,只剩下沉默属于他。

喧嚣的城市,走到哪儿都是沉默。雨,仿佛落进无人的荒野……树在风中摇,树叶疯狂地翻动着但失去声响……阳光循规蹈矩,冷漠地铺展……颤抖的空气无孔不入……所有的沉默都讲述着同一件事:命运。命运并不是合情合理的,否则不是命运。C,你不要妄想向命运要求一个合情合理的回答。就像你的病,那个小小的肿物从哪儿来?从什么时候来?为什么来到了你的脊髓里?

F医生曾经切开C的脊椎,看见一条年轻平凡的脊髓,像众人的一样,细巧、精致、神秘又娇嫩,在它的某一段,颜色和形状微微地改变;微微的,是指与命运的复杂相比,但对于这娇嫩的脊髓可是不得了哇。F医生心怀敬畏地看了一会儿,知道这个青年还蒙在鼓里,他求救般的眼睛还梦想着回到过去,他不知道这确实就像时间一样不可逆转,C,你的命运已经被这个不明由来的小小肿物决定了。F 医生小心翼翼地试图把那可恶的肿物尽量剥离,但那肿物的顽固或者那命运的坚决,并不是医生能够摘除的。

C 走出古园。在喧嚣和沉默的人间,C 与诗人 L 的不同之处在于,他不能走遍世界去寻找他的不知所在的恋人。C 的手上也有一幅 1:40000000 的地图,C 像诗人一样明白,他的恋人肯定就在巴掌大的这块地方。但那儿,有他过不去的千山万水,尤其那儿还有他过不去的如山如海的房屋和人群,目光和语言……

残疾和爱情,C,那就是你的命运。活着,就是这喧嚣中的沉默,就是这拥挤中的孤独,活着就是没有道理的苦难。死呢?

当然你可以去死,因为海里有一条美妙的小鱼,有很多条那样美妙而有毒的小鱼。你完全可以去死,把一条小鱼买来(也许捉来,也许捡来),晾干或者焙干,研碎,装在一只小玻璃瓶里,在冬天或者夏天,秋天或者春天,在人间一如既往的某一时刻,享用它……当 F 医生赶来的时候,你的形神已隐遁进另一个时空、另一种存在。C 可以是 O。当 F 医生发现那条美妙小鱼的残渣之时,一切都已经晚了,肯定,C 已经把他想做的事做成了。O 已经把她想做的事做成了,C 也可以。C 可以是 O,可以已经死了。一个活着的残疾人可以去死,F 医生会知道你是真的想死,你的赴死之心由来已久。但是,世上还有很多很多活着的残疾人,其中的一个仍然可以是 C。这样的 C 是不死的。某一个不死的残疾人仍然是 C,仍然有着和 C 一样的命运。这样的命运是不死的:残疾和爱情。

在我的写作之夜,C 是一个活着的残疾人,还是一个活着的残疾人是 C,那都一样。

因而 C 的寻找,就会是像 F 医生一样的眺望……

171

C 似乎早曾走进过未来那个不同寻常的夏天。在他并不接受的那个位置上，在 X 远去南方的那些日子里，C 一次次看见，往日里喧嚣不息的这座城市在沉默中变得空空洞洞……

……条条街道上都没有人，也没有车，雨水未干的路面上映着洪荒时代的天，和云。好像世界上只剩了他的车轮声。高楼如无声排立的荒岗，门窗都关着，血色的夕阳从这块玻璃跳到那块玻璃。阳台上没有晾晒物，没有女人鲜艳的衣裳，没有孩子飘扬的尿布，唯坚硬的水泥和它们灰色的影子，甚至没有了生命的迹象……C 沿着河边走，落日涂染着河边砖砌的护栏，孩子画下的鸟儿和波浪还在上面。立交桥如同一个巨型玩具摊开在那里无人问津，游戏的孩子都已离开，跟随他们的父母逃出了历史。而 C 独自走来，仿佛他被缩小了千万倍走进了这个被弃置的玩具。河面上晚霞渐渐灿烂，飘浮的雾霭牵牵连连。也许是这条河，还有 C，一起流入了一段奇怪的时间通道，流入远古，神秘的玛雅人刚刚离开，不知什么原因，繁荣兴旺的玛雅人忽然觉得厌倦、彻骨的无聊，抛弃灿烂的文明一齐离去，留下这一群群奇异的建筑给一个"朋友"去猜想……扑啦啦飞起一群鸽子，在死寂的城里或死寂的心中响起往日的哨音。白色的鸟群似乎在那儿等待 C，久久地在河上盘桓。等 C 仰起脸把目光投向它们，它们便忽然一齐转身，都朝一个方向飞去，似乎是提醒 C，引导他，都朝那座美丽房子的方向飞去……

……那儿，有一条小路，有一排白杨。白杨树岁岁枯荣，逐年高大起来，此外一切都还是老样子。满天垂挂着杨花，满地铺散着杨花，C 又望见那个久违的窗口了，窗上是一片凄艳的斜阳……C 从没有进去过，这是他不比 L、F 以及 Z 的地方。只在一个夏夜，X 要他看看她的小屋，"你不是想看看我独处的样子吗？"C 跟着 X 一起走到她窗口对面土岗上，"看见了吗？三层，挂绿色窗帘的那一个！""绿色？啊，天太黑了。"X 转身跑去："记住，绿色的窗帘。"X 跑进那楼门，不久，那绿色的窗帘亮了。接着，绿色的窗帘拉开了，X 冲窗外的黑暗招手，在屋子里来回走，像是替 C 在那儿走，在那儿看遍 C 常常梦见的每一个角落……那是 C 的目光第一次走进 X 的窗口，C 躲进白杨的树阴里去，久久地屏息伫望……现在，C 又在鸽群的引导下来到这儿，躲进白杨的树阴，躲到白杨粗壮的树干后面，远远地朝那儿眺望。像当年一样，甚至，C 眺望那个窗口的姿势都没有改变。从午后眺望到黄昏，那窗口里和那阳台上都不见人，唯夕阳慢慢走过，唯栉风沐雨的一只箩筐移转着影子，X 好像不在家，好像她仅仅是出去一会儿马上就会回来，还没有下班，要么去看电影了，一会儿就回来，好像她并没有到遥远的南方去……或者南方就在这儿，就在此刻，这样的眺望既是时间也是空间因而这就是南方……白色鸟群在昏暗了的暮天之中，雪白，闪亮，时远时近盲目地盘旋，一圈又一圈地飞，飞得很快但一点儿声音都没有，轻灵得似乎并不与空气摩擦。C 不时地仰望它们，心想：这群白色的鸟儿是不是真的……

待那鸽群消失，等那群白色的鸟又不知落向哪里，C 的目光缓缓降落。这时他看见阳台上的门开了，一个陌生的男人走出来，继而一个陌生的女人走出来，最后，一个孩子蹦蹦跳跳地出来。像一幕剧，换了演员，像一个舞台换了剧目。太阳从东到西，南方和北方都笼罩在它的光照里。男人深深地呼吸，做几下操，扩胸运动或者体转运动……女人晾衣服，一件又一件，浇花，一盆又一盆……那个孩子捧着一钵草莓，往年轻母亲的嘴里放一颗，往年轻父亲的嘴里也放一颗，尖声笑着跑回去……太阳落了，万家灯火展开沉沉夜幕……

因而 C 的寻找，只能是满怀梦想地眺望。因而 C 也可以是 F。

月亮升起来，照亮着现在和过去、眺望和梦想。

如果这月光照亮你，如果我们相距得足够近，你的影像映入我的眼帘，这就是：现实/如果这月光照亮过你，如今我们相距已足够远，但你的影像仍飘留在茫茫宇宙，这就是：过去/如果这北方的月光中只剩下我，但我的意识超越光速，我以心灵的目光向沉沉夜空追踪你南方的影像，这就是：眺望/如果现实已成过去，如果过去永远现实,一个被忽略的欲望在没有地点的时间或在抹杀了时间的地点,如果追上了你飘离的影像那就是:梦。

172

梦中永远的眺望,会把 L 的远寻变成 C 的梦景。

C 曾经梦见,L 到了一个不知名的小车站。或者是未来,L 把 C 的梦想带到过一个不知名的小车站。

列车"咔哒哒——咔哒哒——咔哒哒——"奔驰在黑夜的大山里。"空通通——空通通——空通通——"驶过一座座桥梁。"轧轧轧——轧轧轧——轧轧轧——"穿过长长短短的隧道。L 裹着大衣,坐在 C 梦见的那列火车上。旅客蒙头或闭目,昏昏地熬着旅程。断续的鼾声,含混不清的梦呓,悄悄打开的收音机低声报告着世界上的战争和明天的风雪。过道的门开了,瑟缩地摆来摆去,随着车厢一阵剧烈的晃动砰的一声关上。婴儿从睡梦中惊醒,年轻的母亲把沉甸甸的奶头送进孩子啼哭着的嘴里,孩子呜咽几声又香甜地睡去。母亲在自己缤纷的梦里轻轻地哼唱着,摇着,安慰着还不会做梦的孩子。"咔—哒哒—— 咔—哒哒——"列车奔驰的声音小下去,漫散开去,走出了大山,走上了平原。L 坐在 C 梦见的那个座位上,不断擦去玻璃上的哈气,看着窗外的黑夜,看 C 梦中见过的冬夜的原野。葵花早已收获,裸露的土地和月光一样,浩瀚又安静。过道的门忽地又开了,一阵寒风溜进车厢,过道的门醉汉似的摆来摆去。一个失眠的老人走到车厢尽端,把门关上,再拧一拧门把手,低头看看,希望它关得牢靠。老人回到座位,看见满车厢的人只有 L 睁着眼睛,老人冲 L 笑笑说:"要下雪了。"窗外没有了月光,也许是 L 看见也许是 C 梦见,原野漆黑如墨。

列车渐渐减速,开进葵林中的一个小站。站台的前沿铺上了一层薄雪,很像月光。旅客们都揉着眼睛看窗外:这是哪儿呀……到哪儿了……怎么又停了? 这要晚点到什么时候去呀……哎,越晚点就越要晚点嘛……前面也许出了什么事……看,在这儿等着的并不止咱们这一列呢……

C的梦,或者L的旅程。

L乘坐的那列火车停下来,停在C梦见的另一列灯火辉煌的列车旁。两列火车平行着停在那个不知名的小站上,一列头朝东,一列头朝西,紧挨着。寒冷的冬夜,风雪越来越紧了。两列火车的窗都关着,但相对的窗口距离很近,可以看见另一列火车上的人,看见他们在抽烟,在喝茶,看报,发呆,聊天……但听不见那边的声音。那边也有人在擦去玻璃上的哈气朝窗外看,朝这边看。

这时C的梦想重叠进L的现实:看见了找遍万里而不见的他的恋人。

她就在对面的车厢里,坐在他对面远端的那个窗口旁。隔着两列车的车窗,隔着对面车厢里晃来晃去的旅客,他看见了他的恋人就在那儿,坐在窗边,一个陌生人的旁边和一个陌生人的对面,她扭过脸去,对着车窗的玻璃梳头,咬开一个发卡,推进鬓边……

"喂!喂!"C或者L敲着玻璃喊她的名字,她听不见。他急忙打开车窗,喊她,挥着手喊她,她还是听不见。对面车厢里的一两个旅客莫名其妙地朝这边看,又回过头去四处寻找,弄不清这个人在喊谁或者要干什么。

"喂喂……"他喊着,心想是不是跳出窗去?又怕列车就要开走,不是怕自己的这列开走,而是怕她的那列开走。

"嘿,嘿!"有人冲他嚷了,"关上窗户嘿,这么冷的天!"

风吹进来,夹着细碎的雪花。

"对不起,对不起,就一会儿。"

这时一列风驰电掣的火车从另一条轨道上开过来了,隆隆的声音淹没了他的喊声,半天半天那列火车才走完,才远去了。

"喂!喂喂!这儿,在这儿!是我!喂……"他喊她,声嘶力竭地喊她,但那边,她埋下头去开始看一本杂志。

"嘿,有完没完嘿,凉快够了吧那位?"

"关上,关上嘿,本来就够冷的了,说你呢,关上窗户行不行?"

"对不起,谢谢,谢谢,我看见了我的……一个熟人。"

"熟人?哼,疯子!"

"喂!喂!喂……"他喊她的名字。也许那不是她?

但是,现实会弄错,梦不会弄错。

列车动了,不知道是那一列还是这一列,平稳地开动了,两个相对的窗口缓缓错开,错开,错开……远了,飞速地离开,看不见了,窗外只是风雪,冬夜中慢慢变白的原野。关上窗,再不关也毫无意义。L 在 C 的梦中颓然坐倒,坐在旅客们纷纷的怨声里,愣愣地甚至弄不清发生了什么,两眼空空。很久,他才想起忘了一件最重要的事。L 忘了看看那列火车是开向哪里的了。也许不是 L 忘了,而是因为 C 没有梦见这一点。因为 C 不知道他的恋人去向何方,所以从来梦不见。

173

谁都可以是 C,以及,谁都可能是 C。但是没有谁愿意是他,没有谁愿意终生坐进轮椅,那恐惧,仅仅是不能用腿走路吗?

人们闭口不言 C 的爱情。不管是他追求还是他放弃,都没有反响。不管是他被追求还是他被放弃,都没有反响。都像在梦里,无声,有时甚至没有色彩,黑白的沉寂。没有赞美,也没有惋惜,当他追求或被追求的时候甚至没有人开他的玩笑,当他放弃或被放弃的时候也没有责难,曾经没有现在也还是没有。喧嚣中的沉寂从过去到现在……

很像是走进了他人的聚会。C 总是梦见我走进了一个他人的聚会,人们看看你或者毫不理会你,看你一眼很快转过脸去,都不认识你。我怀疑是不是走错了地方,定神想一想,确信我正是被邀请到这儿来的(活着就是被邀请到这儿来)。你被邀请来,但又不知是谁邀请你来的,我也没问问是谁邀请我来的我就兴高采烈地来了。现在你只好找一个位子坐下来,谨慎地喝一杯饮料,东张西望想发现一个熟人,但是没有,一张桌上在热烈地赞美什么,另一张桌上在痛心地惋惜什么,再一张桌上是愤怒地谴责什么,我悄悄把椅子挪近无论哪一张桌试着插两句嘴,但是风马牛不相及,赞美、惋惜和谴责我都在行,但哪边你也参加不进去。尴尬地坐一会儿我就想走了,你想不如快快地离开这儿吧,你必然会离开,你不可能还愿意在那儿待下去,继续待下去是无比的重负,终于会让你喘不过气来。C 于是懂了,X 就是这样离开的。X:到温润的南方去吧,这儿确实不好待了,这儿让你不寒而栗,让你受尽苦难,你去吧,离开吧,你走吧,到南方去,我能懂了……

　　童年中那个可怕的孩子,在我漫长的写作之夜,早已经走出那座庙院改做的校园。那个可怕的孩子,他已经长大,神秘莫测,无处不在,幽灵一般千变万化。当诗人成为这个世界的消息之时,那可怕的孩子,也成为这个世界的消息,处处都能听见他,看见他,听见和看见他天赋的力量。

　　来自远方的预言:如果你到这里来,/ 不论走哪条路,从哪里出发。/ 那都一样…… 来自远方的预言:在编织非人力所能解脱的/ 无法忍受的火焰之衫的那双手后面。/ 我们只是活着,只是叹息/ 不是让这样的火就是让那样的火耗去我们的生命……来自远方的预言:是谁想出这种折磨的呢? / 是爱……

　　来自远方的预言在写作之夜得到验证:C 无论是谁那都一样。残疾和爱情——命运和梦想的密码随时随地显露端倪:无论对谁,那都一样。

十八　孤单与孤独

174

一个道听途说的故事：

浴室的门上有一个用纸糊上的小洞，三个沐浴的女人忽然看见那纸被轻轻地捅破，露出一只色欲难耐的眼睛。浴女1惊叫一声，抓起浴巾慌忙遮挡自己的身体。浴女2没有遮挡身体，而是赶紧捂住自己的脸。浴女3既没遮挡身体也没捂住脸，她冲洞中的那只眼睛喊：嘿，你这个傻瓜，滚，滚开！

"谁遭受了侮辱？谁让门外那家伙得了逞？1、2、3，哪一个？"

"1。恰恰是慌忙遮挡身体的那一个。她承认了那侮辱，她的躲藏和羞恐，满足了门外那个流氓的欲望。"

"2保护了自己。那个下流的家伙不知道她是谁，遭受侮辱的是一个没有所属的裸体，2已从中逃离。"

"3使那个流氓的企图破灭。那家伙，看见了3的裸体，但不能看到她的受侮。3的表情，她的态度，把那猥琐的欲念限定在其故有的意淫里。因此门上那只眼睛，如果看不到一个美丽裸体的不可侵犯，他就什么也没看到。"

一件真实的事：

我的朋友G，初到国外，走进裸体浴场。那儿，男女老少完全赤裸着身体，在沙滩上躺着，坐着，走和跑，谈笑，嬉戏，坦然自在地享受阳光和海浪。只有 G 穿着泳裤。他说：可是，那感觉却好像别人都穿着衣服，唯独我是光着身子。G 在信上说：你穿着衣服走进裸体的人群，就跟你光着身子走上大街一样，羞愧、猥琐、无地自容。G 说：这时你只有两种选择，要么你也脱光，要么赶快逃跑。

"看来，当众裸体，并不一定就意味着羞耻。比如还有裸体模特。"

"那么，羞耻是什么？"

"是与群体通行的规则相悖，与群体树立的禁忌相违。是群体的不予接受。"

"你是独特的，但你必须向统一让步。你是自由的，但你必须向禁忌妥协。因为你渴望亲近群体，渴望他们的接受。你害怕被群体驱逐。"

"因而你是孤独的，你是独特但孤独的心魂。生来如此。生，就是这样。永远都是这样。"

"孤独引诱你走向群体——否则那不是孤独，你要妥协，你要知道羞耻。"

"亚当和夏娃何时走出伊甸园的？知道了羞耻的时候。穿上衣服和脱去衣服那都一样，需要遮挡的，是你孤独的心魂。"

"自由何时结束？'妈妈我不要再露着屁股啦，妈妈，别的孩子要笑我的'，那时你走进人间。不是你要穿上衣服的时候，是你害怕别人笑话你的时候，你走进人间。"

"你在哪儿？你的脸，你的名字——你就在这儿。你被他人识别被他人评价，从而你才感到了存在，你才存在了。你，我，他，都是这样。"

一个戏剧（电影）片断：

男演员甲，饰男主角 A。女演员乙，饰女主角 B。剧中有男女主角做爱的情节。

"那么,做爱者,是 A 和 B 呢,还是甲和乙?"

"实际上是甲和乙。"

"但是甲和乙不会承认。正常的观众谁也不这样看。"

"不不,那实际上是 A 和 B。"

"两个'实际上',一个是指肉体,一个是指心魂。"

"是肉体间的性行为。是心魂在做爱。因而做爱者是 A 和 B。"

"如果剧中的情节是 A 强奸了 B,没人会认为甲是强奸犯。"

"甚至不能说是甲和乙发生了性行为。甲和乙仅仅在演戏。"

"两个无名的肉体发生了性行为,借此,甲和乙在演戏,A 和 B 在做爱。"

175

写作之夜,再次传来诗人的消息:在 1∶40000000 的地图所标出和无法标出的那些路上,L 在写一部长诗。凭空而来的风掀动满地落叶,掀动写作之夜纷纭的思绪,对两个孩子来说已不复存在的那个夜晚,L 在路上,用笔,用身心,写他的诗。用梦想,写他的希望。

古老的梦想,和悠久的希望。

同那梦想和希望一样古老悠久的,还有一个陷阱。

"你能告诉我吗?我与许许多多那些女人的区别是什么?"

"我爱你。我只爱你一个。"

"但那是偶然。在所有你喜欢的那些女人中,非常偶然,我先推开了那扇门。你说过,吸引你的女人不止一个,不止十个,你否认你说过吗?和她们在一起,你说过你也会感到快乐,感到生活有了希望,这你否认吗?你幻想走进她们的独处,她们的美丽动人,幻想与她们谈情做爱,这幻想一分钟都不停止,你这欲望一秒钟都不衰竭,这些你说过的话你都要否认吗?"

"你没有宽恕我。"

"不是这个问题。也许我比你自己还想宽恕你。可你得告诉我,我与她们的区别是什么?"

"我爱你,我才把这些都对你说。"

"是吗?你爱我你才能对我说你其实也爱别人?那么你与我做爱,你为什么不能也与她们做爱呢?只是因为法律,你才不能,是吗?"

"不不,那些不是爱。我只爱你一个,这不一样。"

"什么不一样?我和她们什么不一样?不一样的只是,你幻想与她们做爱,而你与我实现了做爱,因为法律只允许你实现一个,这一个是我,很偶然地是我。"

"不不不,你把我看成了什么?你把我看成了淫乱之徒。"

"可你说过,你怀疑自己是个淫荡的人。你自己说的。"

"我不是那样的人,我从来相信,只有爱了才会有那样的欲望,只有对所爱的人才会有……那样的欲望……"

但要诚实。诗人,你崇尚诚实:真的是这样吗?

诗人信誓旦旦,却忽然语塞,感到自己掉进了一个陷阱:要么你确凿就是一个淫乱之徒,要么你就不单是爱一个,你可能爱很多个。证明其实简单:你还没有看见一个之时你已经看见了很多,你被她们的可爱惊扰、吸引,你才去寻找一个。你在寻找事先并不确定的一个,你在很多的可能中选择。在很多性的吸引和爱的可能中你只能实现一个,也许是因为法律,也许不仅是因为法律。总之是因为你心愿之外的什么,不是因为你的独特和自由,是因为通行的规则和禁忌。L走在路上,坐在路边,看心里和心外的那个陷阱。这一次不是别人把你推下陷阱的,不像多年以前的那个夏天,不像那一次是别人把你贴在了墙上。这陷阱,是你生命固有的,它就是你的心魂,就是你的存在。原欲,和原罪。而且,掉进这陷阱的似乎也不仅仅是你一个,好像有一个什么根本的东西掉了进去,好像世上所有纯洁的爱情都掉了进去,在诚实的崖岸上一脚踩空,掉进一个"阴谋"的峡谷里去了,深不见底。

176

L开始写一部长诗。写他在南方和北方,芭蕉树下或者葵林深处,城市浩瀚的楼群,大山里,湖岸上,遥远的林莽和荒原……写他在那儿创造一块净土,诗人与不止一个也许不止十个女人,在那儿相爱无猜。

美好的爱情,为什么只对一个?自由和平安,为什么只能一个和一个?虔诚地看你不尽不衰的爱欲吧,跳出那个陷阱。承认这梦想,并且供奉这希望,说你爱她也爱她们,说你会爱所有可爱的女人吧,你便填埋了那个陷阱。苦而卑琐的那个陷阱,把"纯洁"搞得多么慌张、狼狈。

诗人的长诗——古老的梦想和悠久的希望,写他爱所有的她们,写所有的她们爱他,写所有的她们相爱:

> 漂亮的肉体和不那么漂亮的肉体,不单是肉体。心魂在敞开的肉体上敞开,不尽的诉说不期而至,敞开在敞开的欲望里。我的脸,我的名字,把一个具体的历史和永不结束的渴望,敞开给你。你也这样。你和他,也这样。我们之间要这样,天赐的差别是为了能够亲近。我们都曾在隔壁,流放在墙与墙之间。飘着炊烟的屋顶下,亮了灯光的窗口里,千篇一律因而编了号码的方格中间,是一个又一个:一天的二十四小时,一年的春夏秋冬,一生的渴望。但渴望与渴望互不相见。各不相同的面庞、愿望和秘密,都来这净土找到自由和平安吧。战争的目光,在这儿熄灭。表达和倾听。屋门在暴雨里安闲地悠荡,雨中蜿蜒的小路就是为了你能够走来。距离是为了这个,陌生也是,为了团聚的别离。为此我们活着。我们得去耕种,采矿,纺织,印刷,叫卖和表演……然后回到这儿。

我们还得走去街上,在商店里相遇,在公共汽车上丢了东西,在喧嚣的地铁站旁站在树阴里,看熙来攘往的人群……然后回到这儿。我们不得不去作报告,按照别人的意图讲述我们并不了解的事,慢吞吞地念着讲稿度过没有生命的时间……祈祷窗外的太阳快落吧,我们要回去。或者我们是昏昏欲睡的听众中的一个,坐在角落,灯光幽暗的地方,闭上眼,熟悉的词汇和陌生的语言走过耳边,疲惫的掌声如逢不测……然后我们回去。时光流逝,有人以年龄的名义给我们安排约会,在公园的长椅上,躲闪着的眼睛相互刺探,警察在果皮箱那边巡逻,所有的情报都已不是新闻……唯一的惊喜,是想起这儿,想起我们能够回来。幸亏如此,幸亏是这样。如果你们在大山里,我们宁愿都回到大山里。如果我们在寂静的湖岸上,他们都想回到这湖岸来。如果他们去林莽和荒原,我也去,你也去,我们也要回到那儿。清晰的脸庞是我的标志,赤裸的肉体是我走到你的仪式,我们的表情自由平安,我们的表情放浪又纯洁。湖水涨了。森林盘根错节。白色的鸟,在山顶上栖息,转动它天真无邪的眼睛,谛听祈祷的钟声。如果你回来,看见我们在葵林里谈情说爱,你不要躲开,你只管轻轻地走来,毫无疑问,这恰恰是你应该回到的地方。如果我进来,走进你独处的时间,你只管你的沉思默想,不不,你不要慌忙起来,对,你想怎样待着就怎样待着,我只是来给你的窗上装好玻璃,冬天的风就要来了。落叶就像死去的蝴蝶。密密的树枝间有数不清的鸟巢。樵夫的斧声响进白色的太阳,大树轰然倒下,让人心疼。我们都有残疾。别害怕,别让羞愧弄得你黯然神伤,我们的心上都有一些黑暗。那年我的秘密被人贴在了墙上,从那时起我就想到这儿来,我知道你们会在这儿等我。是的,我们一向都在等你来呀,放心地哭吧为了那个夏天,这儿没有叛徒,没这个字眼儿,"叛徒"是什么?一种新型的大便器吗?我告诉你的,你可以记住也可以遗忘。我告诉你的,你也可以去告诉别人。秋风吹散秘密。如果你就是浴室门上那只荒唐的眼睛,别再抬不起头来,是秘密把你害了,是秘密把"叛徒"那两个字给害了,它把"欲望"也害了。"秘密",它在净土如在地狱。我们和你一同悔恨,这样你快乐些了吗? 抽泣的心能舒展些了吗? 不是宽恕。我们都是罪人,秘密隔断我们的向往时,我们一同经历过罪恶。一个信徒仇视另一个信徒,一种信徒消灭另一种信徒。那些受害的光芒和英雄。因而我们来到这儿。当我们穿行于罪恶时我们不知道是在往哪里去。就是这儿,想起来了就是这儿,背负着沉重的罪恶我们就是想到这儿来的呀。是谁,在一个冬天的午后刺伤过你的自尊? 她或者还没来,她或者已经来了,但在这儿,你从她孩子一般惊奇的眼睛里再认不出那个夜晚的寒冷。渗入你一生的寒冷,冰消雪释。那只白色的鸟给我们测量的路线:夏天去北方,冬天去南方。或者,那座如梦如幻的房子就在:盛夏里的北方,严冬时的南方。那只白色的鸟不歇地飞翔,在头顶上巨大的天穹里,不歇地穿云破雨。因此,如果你丢弃了谁,你在这儿可以重新找到他。谁如果离开了你,你到这儿来等他,他一定要来的……

长诗中断。

我们跟随诗人,远远地眺望那片净土。但当我们激动着走近前去,诗人却停住脚步。L跪倒在那片梦想和希望的边缘,很久很久地像是祈祷,然后慢慢地回过头来,眼中全是迷茫。那样子仿佛一个回家的孩子发现家园已经不见,满目废墟和荒岗;又像个年长的向导,引领一群饱受磨难的游民走出了沼泽却又走到了沙漠,天上,饥饿的秃鹫尾随而来。

因为WR说:"嘿,游手好闲的诗人,祝贺你的'人间乐园'。"

因为F说:"没有矛盾,那只能是沙漠,是虚无。L,那不可能是别的。"

因为Z说:"可怜的诗人,你的净土,无非一个弱者的自娱。"

因为 O 或者 N,也垂下了那双热烈的眼睛,默然赞许的眼睛。

因为 C,他有你一样的渴望,但他害怕,不敢说出像你一样的声音。

L 的长诗无以为继。

177

裸体浴场是一个戏剧。

戏剧,可以要舞台,也可以不要。戏剧是设法实现的梦想。戏剧,是实现梦想的设法。设法,于是戏剧诞生。设法,就是戏剧。设法之所在,就是舞台,因此戏剧又必是在舞台上。

譬如在那浴场中,每一个人都是编剧、导演、演员和舞台监督。那儿上演《自由平安》。一个梦想已经设法在那儿实现。但这"自由平安"不能走出那个浴场舞台,不能走出戏剧规则,不能走进"设法"之外的现实,每个剧中人都懂得这一点。

浴场以外必须遵守现实规则。

进入浴场脱下衣服,进入现实穿上衣服,不可颠倒。戏剧和现实不能混淆。

戏剧的特征不是舞台,而是非现实。而非现实就是舞台,只能是舞台,不拘一格但那仍然是舞台。只要你意识到那不是现实你就逃不脱表演。

还说什么梦想的实现呢?

那不过是:把梦想乔装成现实。裸体,在这样的现实中变成了裸体之衣。(有个名叫罗兰·巴特的人最先看出了个中奥妙,发现了裸体之衣。)

人人都知道那远不是现实,人人都知道那是约定的表演,人人都看见一条不可逾越的界线,因而在那个浴场舞台上,你并没有真正地裸露,你的心魂已藏进了裸体之衣。(就像 2 的心魂已从其裸体上逃离。就像甲和乙,穿上了名为 A 和 B 的裸体之衣。)不可违背的戏剧规则把"自由平安"限制为一场演出,人们穿着裸体之衣在表演。

那就是说,自由平安远未到来。人们穿着裸体之衣模仿梦想,祈祷自由平安。那是梦想的叠加,是梦想着梦想的实现,以及,梦想着的梦想依旧不得实现。每一场演出都是这样。每一场演出都在试图消灭这虚伪的戏剧,逃脱这强制的舞台。

哪儿才能逃脱这舞台呢?

爱情。唯有在那儿。

那儿不要表演,因而不是舞台,那儿是梦想也是现实。那儿唯一的规则是爱情。爱情是不能强制的,爱情是自由。爱情是不要遮掩的,爱情是平安。那时,裸体脱去裸体之衣,作为心魂走向心魂的仪式。

但是爱情,能够走出两个人去吗? 能够走进我和你,也走进我和他吗? 能够走出一个限定的时空,走进那个纷纭的世界去,走进所有赞美和祈祷着爱情的我、你、他吗? 不能。

不能,爱情岂不仍像是一个约定的戏剧? 我们不是表演,但我们还是在围定的舞台上。我们是现实,但我们必须与他人保持距离和隔断。我们是梦想,但我们的梦想被现实限制在现实中。我们是亲近、是团聚,但我们仍然是孤独、是疏离……那么爱情是什么? 爱情,到底是什么?

178

在长诗未完成的部分里,L做了一个噩梦:所有诗人爱恋着的女人,都要离开长诗已经完成的部分。

她们说:"为什么只是我们大家爱你一个? 为什么不是很多男人都爱我们? 为什么不是? 为什么不能是我们去爱很多男人?"L在梦中痛苦地喊:"但是你们仍旧要爱我! 你们仍旧爱我,是吗?"她们漫不经心地说:"好吧,我们也爱你。"L大声喊:"不,不是也爱,是最爱！ 你们最爱我,至少你们中的一个要最爱我！"
她们冷笑着问:"最爱？ 可你,最爱我们之中的谁呢？"L无言以对,
心焦如焚,手指在土地上抓出了血。她们嬉笑着走开:"行了行
了,我们爱的都是我们最爱的,我们像爱他们一样地爱你就是
了。"她们转身去了,走出长诗已经完成的部分,走进万头攒动的
人间。L看着喧嚣涌动的滚滚人群,心神恍惚地问自己:"像爱他
们一样地爱我,可哪一个是我呢？ 人山人海中的哪一个是我？ 我
在哪儿？ 我与他们有什么区别？ 是呀,区别！ 否则我可怎么能感
到哪一个是我呢？ 都是最爱？ 这真可笑。没有区别,怎么会有
'最'和'不最'呢？"

　　我们从未在没有别人的时间里看见过自己。就像我们从未在
没有距离的地方走过路。我知道诗人想要说什么:有区别才有自
己,自己就是区别;有距离才有路,路就是距离。

　　L看着那片空空的土地,朝女人们走去的方向喊:"告诉我,我
与他们的区别是什么？ 喂,你们告诉我！ 否则你们就是在欺骗
我！"恍惚中,诗人仿佛看见,他久寻不见的恋人从人群中走来,若
隐若现地向他走来,也是这样朝他喊着……

　　于是,在长诗未完成的部分里,诗人继续做着噩梦。他梦见他
久寻不见的恋人已经爱上了别人。

　　那个人的脸,L在梦里一时看不清楚。L与他们相距不远,但
中间隔着一片沼泽,L看见他久寻不见的恋人在与那个人狂热地
亲吻。那个人,他是谁呢？ L在梦里竟一时弄不清楚:那个人就是
我自己呢,还是别人？ L想:喔,那就是我吧？ 那就是我！ 他不是
别人,他就是我！ L隔着那片沼泽喊:"那是我吗？ 喂喂！ 他就是
我吗？"

　　(第一次同恋人做爱时,L就是这样在心里问的:这是我吗？
那时他甚至有点儿不相信这巨大的幸福已经真的降临,他一边吻
遍她一边在心里问:这是我吗？ 她所爱的这个男人真的是我吗？
处在如此令人羡慕的爱情中的一个男人,竟会是我吗？ 他不由得

问出声音:"这真的是我吗?"她抱紧他,吻他,让他看镜子里的一个女人和一个男人,说:"是,是你,是我们。你看,那个赤裸的女人就是我呀,她坐在那个赤裸的男人怀里,那个男人就是你,你就是这个样子,一副欲火中烧的样子……我喜欢你这样,我爱你,你还不信吗?那一对肌肤相贴的男女就是我们呀……")

现在 L 还是这样问。L 在梦里想起来了,他必须还要这样问:"那是我吗?那真的是我吗?"但是没有回答。隔着并不太远的距离诗人喊他的恋人,但是她听不见,仿佛 L 已不复存在。L 的心一沉,疼极了。于是他明白了,那个人不是他。L 在喊她,渴望她,而那个人在与她窃窃私语在得到她的爱,截然不同的两种命运。因此那个人不是 L,是别人。L 喊:"那么我呢,我呢?难道你没看见我?难道你没看出那不是我吗?我在这儿呀!你没有想起我吗?你已经忘记我了?可我还在,我还在呀,我一直在等你回来……"

接下来,在长诗中断的地方,诗人一丝不差地又梦见了那个可怕的夏天:他最珍贵的那个小本子,被人撕开贴到了墙上……他挣脱出人群,低着头跟在临时革命委员会负责人的身后走,一路上翻着书包,指望仍然可以在那儿找到那些初恋的书信,那些牵魂动命的诗作……

179

无奈的诗人,回到长诗已完成的部分,希望就在中断的地方把它结束,在 L 快乐的地方和诗人满意的地方,把它结束。但是,同他一起回来的女人们,却没有忘记带回了长诗未完成部分中的那些噩梦。

现实在梦想中流行,一如梦想在现实中传诵。

她们都对他说:"你到底最爱谁?"每一个他的情人,都对他说:"你可以爱别人,但是你要最爱我。"她们众口一词:"最爱我,或者离开我。否则,你应该已经懂了,我怎么能感到哪一个是我呢?"在不同的时间,不同的地点,在四壁围住的两个人的自由和平安里,每一个与他相爱的女人都对他这样说。诗人理解她们不同的声音所表达的同一个意思:"你只爱我一个,否则就没有自由和平安。我害怕你会把我的秘密告诉别人,我害怕,别人会把我的秘密贴在墙上。"

L向她们保证:不会这样,真的,不会这样的。L向她们每一个人发誓:在我们中间,不会再有那个可怕的夏天。

但是谁都知道,这保证是没有用的。你若抛弃我,你就会推翻誓言。保证和誓言恰恰说明危险无时不在。而且,就算这保证是可靠的,在你保证不泄露某种秘密的时候你还是自由的吗?你或者自由但不平安,或者平安但不自由,就像葵花林里的那个"叛徒"。

L在长诗中断的地方继续逗留很久,与不止一个乃至不止十个女人相爱。但是他曾对F医生说过,那是他过得最为紧张、小心、惶恐的一段时间。他同1在一起时要瞒着2和3,同3一起走在街上生怕碰上1和2,同2约会的时间到了只好找一个借口告别3和1,还有4和5和6和7……他要写信给她们说我最近很忙很忙,打电话给她们,说我现在要去开会实在是没时间了请千万原谅……无论何时何地他都像是一个贼、一个小人、说谎者、阴谋家、流氓、骗子、猥亵的家伙、一个潜在的"叛徒"、惶惶不可终日的没头苍蝇。

有一年秋天,诗人L从路途上短暂地回来,在那座荒废的古园里对F医生说:"我从来就只有两个信条,爱和诚实。其实多么简单哪:爱,和诚实。可是怎么回事呢?我却走进了无尽无休的骗与瞒。"

秋雨之后,古园里处处飘漫着草木和泥土的芬芳,F医生正专心地追踪着草丛中一群迁徙的蚂蚁。

"嘿,"L说,"你听见我说什么了吗?"

"我听着呢,"F医生说,"不过,大概我帮不了你什么忙。"

成千上万只蚂蚁排成队,浩浩荡荡绵延百米,抱着它们积存的食物和未出世的儿女到别的地方去,开创新的家园。

"你又开始研究蚂蚁了吗?"L问。

"偶尔看看。"F医生说,"我们的大脑就像一个蚁群。这样一个群,才是欲望。"

"什么意思?"

"你不能到任何一只蚂蚁那儿去了解蚂蚁的欲望。每一只,它都不知道它要到哪儿去,它只是本能,是蚁群的一个细胞。就像我们的每一个脑细胞其实都是靠着盲目的本能在活动,任何一个细胞都没有灵魂,但它们联系起来就有了灵魂,有了欲望。"

"我还是不知道你要说什么。"

"你知道'我'在哪儿吗?"

"你在哪儿?"

"嗯,也可以这么问。你在哪儿?"

"你没病吧,大夫?"

"我打开过多少个大脑数也数不清了,每次我都不由得要想,灵魂在哪儿,欲望在哪儿?"

"在哪儿?"

"不在某一处。找遍每一个脑细胞你也找不到灵魂在哪儿。它在群里,就像这个蚁群,在每一只蚂蚁与每一只蚂蚁的联系之中。我记得你说过,那是一个结构。这个结构一旦破坏,灵魂也就不在了。"

"还有呢?"

"没有了。没什么别的意思,我只是在说一个事实。我们每个人,大概也只是一只蚂蚁。"

L笑笑:"不再研究你的人工智能了? 还有,永动机?"

F医生停住脚步:"要是我说,我已经找到了永动机。你还笑吗?"

"是吗? 恭喜你。在哪儿?"

F 医生的手指在空中画了一圈："存在。存在就是一架永动机。"

"你越来越玄了。"

"一点儿都不玄。是你提醒了我。有一次我问你，你是否相信人工可以制造出跟人有同样智能的生物，你还记得你是怎么回答的吗？"

"性交。"L 大笑起来，"是是，是我说过，你当真了吗？"

"那是真的。那是上帝给我们的方法。所以我又从上帝那儿找到了永动机。"

"你最好再找一找爱情。上帝告诉你爱情是什么了吗？"

"孤独。"

"孤独？"

"这一次是 C 提醒我的。C 说，没有什么能证明爱情，爱情是孤独的证明。"

"C，他好吗？"

"你指什么？"

"嗯……他的病，真的不能治好了？"

"不能。至少在他的有生之年不能。"

"孤独？"L 看着 F。

"对，孤独。"F 医生说，"但不是孤单。他说那并不是孤单。"

秋天的古园，鸟儿在树上做巢，昆虫在草叶上产卵，随时有果实落地的声音，游人的脚步变轻了。夕阳西垂直到皓月初升，那群蚂蚁仍有条不紊地行进，一个跟随着一个，抱紧它们的食物和孩子日夜兼程……

F 医生说："在这颗星球上，最像人的东西怕就是蚂蚁了。有一年夏天，也是在这园子里，我看见了一场真正的战争……那是一个下午，太阳将落未落的时候，在那边，一棵枯死的老柏树下，我看见了一片尸横遍野的战场，几十米的一条狭长地带，到处都是阵亡蚂蚁的尸体……在石子和沙砾（它们的山吧）旁，在水洼（它们的湖)边,在乱草丛(它们的森林)里,蜷缩着,一动不动,在夕阳残照中投下小小的影子……我原以为是蚁群遭了什么天灾,细看却不是,是战争,战争已近尾声,正式的战役已经结束,但零星的战斗还在进行,大片的战场已经沉寂,几千几万亡灵已经升天,但在局部仍有三五成群或七八成群的蚂蚁在进攻,在抵抗,在侵略,或者在保卫领地或者在坚守信念……"

"我听不出你是悲叹还是赞美?"诗人 L 说。

"是悲叹,也是赞美。"F 医生说,"当我们死去的时候,我们那娇嫩的脑细胞大概也是这样'尸横一地',蜷缩着一动不动,欲望全消。"

"精神病你!"L 说。

180

诗人又上路途。诗人的消息又在远方,远离城市和人群。

在山里,山脚下开阔的坡地上野花年年开放,准时无误。在沼泽,在清澈纯净的河的源头,蝴蝶悠然飞舞,蜻蜓和豆娘时而点破如镜的水面,黑色的森林仿佛屏障隔断尘世的嘈杂。森林那边有猛禽在盘旋,有纺织鸟精心缝制的窝,有各色各样的产房,一些湿漉漉的幼雏悄然出世。在荒原,太阳升起又落下,茂密的草丛里蹲着年轻的狼,风吹草低,它们热切的目光不离开美丽的鹿群,柔软的脚步跟随在鹿群周围……诗人可能就在那儿。在遥远的罕为人知的远方,诗人在路途上,伫望和冥想。

远方的鹿群也是一样,为了期待的团聚,披星戴月赶着路程。我想,诗人应该能听见它们排山倒海般的脚步。我曾在那篇题为《礼拜日》的小说中谛听过它们的行踪,如今,在诗人的冥想和伫望中,我又听见了那些美丽动物亘古不变的消息:

> 冬天未尽,鹿群就动身北上,赶往夏栖地。沿途,它们要
> 涉过宽阔的冰河。

冰河刚刚解冻，巨大的冰块在蓝色的激流中漂浮旋转、翻滚、碰撞，轰鸣声响彻荒原，一直推广到远方的大森林，在那儿激起回声。鹿群惊呆了，踌躇着，在河岸上乱作一团，试探，嘶鸣……但徒劳无益，眼前和耳边全是浪声，浮冰的挤压声和爆裂声……

太阳的角度又变了一下。不能等了，不能再犹豫，鹿群慢慢镇定下来，随即一头接一头跳入寒冷刺骨的冰河。在河的那边有整整一个夏天的好梦在等待它们。它们游泳的姿态健美而善良，心焦，又认命。但巨浪和浮冰不怜悯任何一点点疏忽，连偶尔的意外也不饶过。每年这个时候在这河上，都会有些美丽的尸体漂散在白冰碧浪之间，有的已经年老，有的正年轻，有的尚在童年……

我想，诗人就在那儿，他会去的。只身徒步，背着行囊，露宿或者支起帐篷，点起篝火，也许身边还有枪……这都不重要，重要的是在我的印象里他要去那儿，追随美丽的动物，继续他的梦想。

美丽的夏栖地，渐渐延长的白昼为荒原提供了充足的阳光。雪水融成的溪流在新草下漫展开，四处闪光。鹿群自在徜徉，偶尔踏入溪中便似拨响了原野的琴弦，金属似的震颤声久久不息。

鹿群贪婪地吃着青草和嫩枝，一心一意准备着强壮的体魄，夜里也在咀嚼。但是狼也来了，狼群追踪而来，不断嗅着暖风里飘来的诱人的消息。

公鹿的犄角剥落着柔软的表皮，变得坚韧了。它们有一种预感：生命中有什么神秘的东西将要降临。是什么东西还不知道，只觉得焦躁又兴奋。听从冥冥中神秘的指使，它们一有工夫就在带刺的矮树丛上磨砺自己的双角。母鹿悄悄观察着公鹿的举动，安详地等待那一时刻……

诗人可能就在那儿。对长诗难以为继的失望，会把他送到那儿,送进对自然和野性的亲近。诗人早在我的那篇《礼拜日》里,就到过那儿。

荒原变成黄色,变黄的速度非常之快。公鹿猝不及想,一夜之间领悟了那神秘的安排,赞叹并感恩于上苍的旨意,在秋天的太阳里它们引吭高歌。嗅觉忽然百倍地敏锐,母鹿身上浓烈的气味赋予它们灵感,启发着想像力,弄得它们激情满怀夜不能寐。公鹿一遍又一遍地唱着情歌,请求母鹿的允诺,渴望她们的收留,放弃往日的威严、高傲和矜持,拜倒在情人脚下,像回头的浪子皈依了柔情,终于敞开遮蔽已久的心愿。

纤巧的母鹿狡黠地躲避着公鹿的祈求,但只要发现公鹿稍有怠顿,母鹿们又及时展示自己的魅力,引诱得公鹿欲罢不能。把它们的欲火烧得更旺些,上苍要求母鹿们在这黄金的季节里卖弄风情,造就真诚的情人、热情不衰的丈夫和坚忍不拔的父亲……

诗人就在那儿。从春天到秋天诗人都在那儿,像是信徒步入了圣地,彻日彻夜地注目在山林、河流、天空阔野之间,羡慕甚或是嫉妒着那自然的欢聚。诗人看见难以为继的他的长诗,在那儿早已存在,自古如此。袒露的真情,袒露的欲望,袒露的孤独走进袒露的亲近,没有屈辱。角斗,那也只是为了种族强健的未来。

溪流和钢琴。山谷和圆号,无边的原野和小号。落叶与长笛。月光与提琴。太阳与铜钹与定音鼓。公鹿的角斗声仿佛众神的舞步,时而稍停时而爆发,开天辟地。

远处的狼群也在谛听,识别着山和溪流的色彩,识别着原野的风,盼望着自己的节日到来。

开阔的角斗场四周,母鹿们显得不安,不时遥望太阳,白昼越来越短了。公鹿也注意到了这一点,大地再偏斜一点儿的话极地的寒风就将到来,那时一切就都来不及了,它们必须尽快战胜对手和自己的情人欢聚一堂。以往的艰辛的迁徙和跋涉都是为了现在,它们记得留在冰河上的那些美丽灵魂的嘱托。鹿族的未来将嘲笑任何胆怯,谴责哪怕一秒钟的松懈和怠惰。公鹿使劲用前蹄刨土,把土扬得满身都是,舞动着华丽威武的双角如同舞着祭典的仪仗。跪倒,祈求苍天再多赐给它一些智慧和力量。苍天不语只让秋风一遍一遍扫荡一丝一缕的愚昧。于是公鹿翻然醒悟,抖擞着站起来,迎候那些优秀的对手……

不不,那绝不是杀戮,角斗只是雄性的风流,从没有过置同类于死命的记载。诗人倾倒于这光明豪勇的较量:没有阴谋,没有记恨的目光,没有假面恭维、乔装的体面或纯洁。因为那儿,没有谁鄙视你的爱欲,没有谁嘲笑一个灵魂对另一个灵魂的渴求,没有谁把你的心愿贴在墙上然后往上面吐痰。没有秘密和出卖,只有上苍传达的神秘律令。

　　小号轻柔地吹响,母鹿以百般温存报答公鹿的骁勇,用舌尖舔平它铁一样胸脯上的伤痕。
　　圆号镇定如山,得胜的公鹿甚至傲视苍天。
　　母鹿并不急于满足它。要让它平静下来平静下来,听一听落叶中的长笛,再次领悟那天籁之声。
　　失败的公鹿等待来年,大提琴并不奏出恨怨。
　　年幼的鹿子在溪流边饮水,在钢琴声中它对未来浮想翩翩……

诗人必定是在那儿,心醉神痴,流连忘返。他一定会想起他夭折的长诗,泪流满面。在那无人之域诗人痛哭但无声:为什么人不能这样?从什么时候,和为了什么,人离开了这伊甸乐园?

　　直到傲慢的得胜者有些惭愧,母鹿这才授予他权利。寒冷到来之前,鹿族的营地上开遍最后一期野花。公鹿终于博得母鹿的赞许,日月轮流做它们的媒人……

毫无疑问,诗人就在那儿。渺无人烟,静得能听见水的呢喃、草的梦语。诗人想到:这儿可能就是 WR 的"世界的隔壁";可能就是那个失去记忆的老人曾经的流放地;长河落日,大漠孤烟,这可能就是 Z 的生父的漂泊之域。

在草地上在溪水边,情侣们度着蜜月,厮守交欢,并不离开鹿群,并不需要四壁的隔挡,天下地上处处都是它们的婚床。健美的身体随心所欲地贴近,吻着,舔着,嗅着那销魂的音讯,穷尽爱的想像追随在恋人身旁。鹿群静静地羡慕它们,平和善良的目光偶尔投向它们,祝福甚或是寄予厚望。它们便肆无忌惮地挺起和敞开天赐的性器,魂魄凝聚在那最富感受的部位,感谢苍天,走进梦境,进入和容纳,喷涌和流淌,倾诉和聆听,胸腔里、喉咙里发出阵阵如鼓之声构成四季的最强音,在阳光下和月光里虔诚而忘死地交欢,交欢,交欢……在秋风和细雨里,日日夜夜,享尽生命的自由和平安。

但是母鹿,在这喜庆的日子里不禁忧伤,它们知道这奉献对公鹿来说意味着什么,母鹿凭本能觉察到不远处狼群的期待,欢乐的交响之中闪烁着不祥的梆声……

诗人必定也看见了狼群,因为他在那儿,我的印象或者诗人的消息曾在荒原的处处。诗人摸一摸身边的枪,想到:这是人的武器,杀敌的武器。但这是杀敌也杀人的东西呀,因为人与人会成为仇敌! 枪声,枪声和枪声,但在那之前是什么? 只是手指扣动了扳机吗?

终于,狼的日子来了。荒原的寒风一阵紧似一阵,传播着公鹿疲惫的喘息。狼群欣喜若狂,眼睛里焕发出绿色的光彩,展臂舒腰,向公鹿靠近,敏捷的脚步富于弹性……

公鹿迅速地衰老了,精疲力竭,步履维艰。鹿群要往南方迁移了,到越冬地去。公鹿跟在浩荡的队伍后边蹒跚而行,距离越拉越大。母鹿回过头来看它,恋恋地,但自己的腹中寄托着鹿族的未来,心被撕成两半。公鹿用视死如归的泰然来安慰伴侣,以和解的目光拜托它往日的情敌。它确信自己绝无气力在冰封雪冻之前回到南方了,便停下脚步,目送亲朋好友渐渐远去。它知道狼已经准备好了,它还记得父亲当年的壮烈牺牲,现在轮到它自己了。公鹿都有一天要做那样的父亲,正如母鹿都有一天要把心撕开两半,这不值得抱怨,这是神赐的光荣。公鹿望一望山腰上等了它一夏天的狼,不免钦佩敌人的韧性和毅力。

狼群一秒钟之前都还蹲着,一秒钟之后已如脱弦之箭飞下山冈。精力充沛的狼们一呼而起,从四面八方向老鹿包围,漫山遍野回荡起狼的气息和豪情……

那毕竟是敌人对敌人的战争呀,毕竟是异类间的生死争夺,自然的选择,与生同来的死的归宿。诗人坐在山顶上,浪浪长风中目睹这可畏可敬的天演轮回。人也会这样,跟随自然造化的命途,让岁月耗尽精华,让病老引你去天国去来世的。这不是悲哀。只要那时你能恋恋不舍你的人群也就够了,在这自然淘汰的时刻,能像这老鹿一样祝福你的群类,独自安然赴命也就心满意足,那样,他的长诗也就能有一个朝向梦想的继续了。但是,我们竟会有"敌人"这个词!我们竟会说狼是鹿的敌人!我们竟会说水是火的敌人!我们竟会说困苦和灾难是我们的敌人!也许最后这句话是说对了,人才是人的困苦和灾难吧?因此我们有枪,还有枪林弹雨一般的目光。我们就是那目光,但我们害怕那目光就像鹿害怕狼,就像火害怕水。那目光比死还要可怕。我们抵挡那目光的办法是"以眼还眼"。我们扣动枪机,不是用手指,是用那目光。

老鹿明白,末日已来临。但它仍旧飞跑,它要引领狼群到一个它愿意死在那儿的地方去。它朝鹿群远去的相反方向跑,它要在最后的时刻尝够骄傲……

诗人在荒原和在我的写作之夜,再次听见 F 或者 C 的声音:

"孤独。""孤独,但不是孤单。"

他看见了一头鹿的孤单,看见了整个人群的孤独。离开群类,那些美丽的动物面临危险,人呢,倒可能平安。离开群类对那头老鹿和对诗人 L 都是孤单,但回归群类,对动物是安全,对人却仍难免孤独。无论离开还是回去,人的孤独都不能消灭。

> 就快要结冰的溪流中,殷红的鹿血洇开,散漫到远方,连接起夕阳。鹰群在天上盘旋,那是上苍派下的死亡使者,满天的叫声如唱圣诗,迎接老鹿的灵魂回去……

老鹿的灵魂独自走在回去的路上,坦然从命,诗人相信没有比这更美的结束了。它不是被逐出群类的,这至关重要。诗人在那儿,他看得见。他和我在沉默的荒原,想起白皮松下那个可怕的孩子,想起我们从童年就曾被逐出过群类,不是孤单,那已是孤独。我们一同想起女教师 O 的死,那还是一个疑案,但比死更不堪忍受的一定就是 C 所说的孤独,一定。而画家 Z,童年那个寒冷孤独的夜晚扎根进他的心里,在那儿长大,不能"以牙还牙"但可以"以眼还眼"。Z 走出人山人海,以及他走进低矮的画室、走进那根羽毛的孤傲中去,都是在"以眼还眼"。那羽毛敏感的丝丝缕缕,冷峻、飘逸、动荡甚或疯狂,无不是在喊叫着"尊严",要洗去久远的屈辱。还有 WR,他要消灭的是孤单,还是孤独?在 O 飘逝的心魂里,以及在那条美妙而有毒的小鱼的残渣中,不光能看见 Z 的寒冷。在一座美如幻梦的房子和一片芜杂的楼区之间,悠然流淌的钢琴声与小酒店昏暗的醉唱之间,冬天比荒原上来得还早,万木萧疏的季节比这荒原上还要漫长……

181

时间和孤独都不结束。无以为继的长诗,流进过一段性乱的历史。

L有这样一段历史,为世人皆知。

Z可能也有那样一段历史,不过少为人知。

性乱的历史,除去细节各异,无非两种:人所皆知的,和少为人知的。

182

诗人同一个又一个萍水相逢的女人上床,孤独的时间里从来就有这样的消息。如果长诗无以为继,而时间和孤独却不结束,这样的消息就会传来。

路途的喧嚣,都似在心里沉寂了。

L躺在陌生但是温热的女人身旁。城市抑或荒原的风,吹进阳光和月色,吹进均匀的光明或黑暗,掠过明暗中喘息的身体。是你,或者是她。来了,然后走了。再见,以及再也不见。疲惫的心,躺进从未有过的轻松里去。

别说爱。

嘘——别说,好吗?

别说那个累人的字。

别说那个黑洞洞的不见底的字。还没让它折磨够吗?

就这样。什么都别说。

高兴吗?那就好。

现在我需要你,你也需要我。对,现在。

我需要你的肩膀,你的皮肤,你的温度……

明天你在哪儿是你自己的事。

明天我也许还在这儿,也许不在。你们这些累人的家伙其实你们什么都不懂。

你只有现在。

懂了吗?其实就这么简单。什么都让你们给弄乱了。

这样有什么不好?

这样有一个好处：不必再问"我与他（她）们有什么区别"了。没有那样的焦虑和麻烦了。负疚和悲伤，都不必。诘问，和解释不清的解释，都没有。那些徒劳的解释真的是多么累人哪！

什么也都别想。

别人并不存在，如果你不想。

只要你不说，当然我也不说。

甚至不要记住。

让现在结束在现在。不要记住。

过去和未来之间多出一个快乐的现在，不好么？

一个又一个无劳牵挂的现在……相似的肉体，相似的激动和快乐……赤裸着，白色的浪一样，呼啸和死去，温润而茂密，相互吞噬……一次，一次……

但要有一种默契：不要弄清我的名字。

183

诗人在一个个没有名字的女人身边睡去，在那儿醒来。远处的歌在窗帘上飘。一只小甲虫在窗台上困倦地爬呀……时而嗡嗡地飞，嗵嗵地撞着玻璃。窗棂和树的影子随着窗帘的鼓落，大起来又小下去。他并不太挑剔，妓女也好，有夫之妇也好，像他一样的独身者也好，这无关紧要。只要有一个不太讨厌的肉体和他在一起就行了，只要有些性的轻松快乐就行了，那时他会忘记痛苦，像麻醉剂一样使痛苦暂时轻些。他不见得一定要与她们说什么，快合快散好合好散，并不为散而有丝毫痛苦，因为事先并不抱有长久的希望。他真是没有想到会是这样，和很多女人，一个又一个女人做爱竟会是这样，这样平静，你的是你的，我的还是我的，分手时并不去想再见也不去想再也不见。他有时甚至并不与她们做爱，如果她们会说话他就借此听听女人的声音——别人的声音；如果她们尽说些千篇一律的话，他就不让她们出声，只是看看她们确实投在灯光下的影子,或在心里玩赏她们不同的趣味和习惯。

诗人有时轻声问:"你叫什么名字?"他会听见两个至三个字,连接起来很像一个名字,但里面空空洞洞什么也没有。身旁赤裸的女人,没有过去也没有未来。纤柔的肩头、腿和脚、旺盛的臀和幽深的缝隙……都没有历史。

L问:"你的家,在哪儿呢?"

L又会听见两个至三个字,看见一缕微笑,或者得到一篇谎言。

犯规。L知道,这是对这一种"自由"的威胁。因为一旦恢复历史,你就又要走进别人,走进目光的枪林弹雨,又要焦虑:我和别人有什么不同。

L就像浴室门上那只窥视的眼睛。而她们,都像那浴室中的2,捂住了脸,捂住了姓名和历史。唯一只无名的手沿着光滑而没有历史的皮肤走遍,走过隆起和跌落,走过茂密、幽深,走过一个世界的边缘,L知道,心魂非但不在这儿团聚,且已从这裸体上逃离。

你自己呢? 也是一样。你到这儿来,是为了团聚还是逃离?

诗人不再问,看着阳光下一个男人和一个女人的身体。但他和她都不在那儿。他和她的裸体在模仿团聚,他和她的心魂在相互躲避、逃离。他和她的历史在另外的时空里,平行着,永不相交。就像多年前在那列"大串联"的火车上,黑暗遮住了那个成熟女人的历史,然后永远消失在人山人海里,很多年后那个少年才知道:这才安全。百叶窗在一个男人和一个女人的裸体上投下的影子,一道一道,黑白相间,随着呼吸起伏,像是荒原上两匹正在歇息的动物……

荒原上那些自由的动物,孤独未曾进入它们的心魂。它们来晚了,没能偷吃到禁果。没有善恶。那果子让人吃了。人先到一步,救了它们。让它们没有孤独,让它们安魂守命,听凭上苍和跟随神秘而已,生和死而已,繁殖,延续……是人救了你们,你们知道吗?

人替你们承受了爱的折磨：

人替你们焦灼，你们才是安详。

人替你们忧虑，你们才是逍遥。

人替你们思念，你们才是团圆。

人替你们走进苦难，走进罪恶和"枪林弹雨"，你们才是纯洁与和平。

人在你们的乐园外面眺望，你们的自由才在那羡慕中成为美丽。

你们不知道。或者像上帝一样，不理睬。

以至床上这两匹走出了乐园的动物，要逃离心魂，逃离历史，逃进没有过去和未来的现在。要把那条蛇的礼物呕吐出来。在交媾的迷狂和忘却中，把那果子还给上帝，回到荒莽的乐园去。

但是办不到。

184

办不到。写作之夜是其证明。

所有的写作之夜，雨雪风霜，我都在想：写作何用？

写作，就是为了生命的重量不被轻轻抹去。让过去和未来沉沉地存在，肩上和心里感到它们的重量，甚至压迫，甚至刺痛。现在才能存在。现在才能往来于过去和未来，成为梦想。

（F医生终有一天会发现，人比"机器人"所多的，唯有欲望。过去未来无穷地相连、组合、演变……那就是梦想，就是人的独特，以及每一个人的独特。）

我们常常不得不向统一让步：同样的步伐和言辞，同样的衣着装扮，同样的姿态、威严、风度、微笑、寒暄、礼貌、举止、分寸，同样的功能、指标、效率、交配、姿势、程序、繁殖、睡去和醒来、进食和排泄、生存和死亡……不越雷池，循规蹈矩。我们被统一得就像一批批刚出厂的或已经报废的器材，被简化得就像钟表，亿万只钟表，缺了哪一只也不影响一天注定是二十四小时。我们已无异于"机器人",可 F 医生他还在寻找制造它们的方法。

什么才能使我们成为人？什么才能使我们的生命得以扩展？什么才能使我们独特？使我们不是一批中的一个，而是独特的一个，不可顶替的一个，因而是不可抹杀的一个？唯有欲望和梦想！

欲望和梦想，把我们引领进一片虚幻、空白，和不确定的真实，一片自由的无限可能之域。

看重我们的独特吧，看重它，感谢它，爱戴它乃至崇拜它吧。在"独特"不可能被"统一"接受的地方，在"独特"不甘就范之时，"独特"开辟出梦想之门。无数的可能之门，和无数的可能之路。"独特"走进这些门，走上这些门里的这些路。这些路可能永远互不再相交。可是倘其一旦相交，我们便走进爱情，唯其一旦相交我们才可能真正得到爱情。

是谁想出这种折磨的？

因而焦灼，忧虑，思念，祈祷，在黑夜里写作。从罪恶和"枪林弹雨"，眺望自由平安。

眺望乐园。

乐园里阳光明媚。写作却是黑夜。

如果你看我的书，一本名叫做《务虚笔记》的书，你也就走进了写作之夜。你谈论它，指责它，轻蔑它，嘲笑它，唾弃它……你都是在写作之夜，不能逃脱。因为，荒原上那些令你羡慕的美丽动物，它们从不走进这样的夜晚。

185

在任何可以设想的、不是团聚而是逃离的床上，诗人不止一次梦见他的恋人回来：也许是从北方风雪之夜的那列火车上，也许是在南方流萤飞舞的夏夜。但是在这样的好梦里，往日的性乱使诗人丢失了性命攸关的语言。

铁轨上隆隆的震响渐渐小下去,消失进漆黑的风雪,这时,车站四周呈现南方静谧的夏夜。雨后一轮清白的月亮,四处虫鸣唧啾,微醺的夜风吹人魂魄,L看见,他的恋人站在小小的月台上向他招手,形单影只。"是你吗?""是我呀。"魂魄飘离肉体,飘散开,昏昏眩眩又聚拢成诗人L,在芭蕉叶下走,跟随着恋人婷婷的背影。

月光亘古不衰地照耀的,就是她。

芭蕉叶上,透黑晶亮的水滴沿着齐齐楚楚的叶脉滚动。恋人的裙裾飘飘摆摆,动而无声,便在梦里L也觉得若虚若幻。恋人走进南方那座宅院,站下来,观望良久。木结构的老屋高挑飞檐,门开着,窗也开着。恋人走上台阶,步履轻捷,走过回廊,走过廊柱的道道黑影,走进老屋的幽暗。在幽暗的这儿和那儿,都亮起烛光。

是你吗?

恋人转过身,激动地看着L。

是她:冷漠的纺织物沿着热烈的身体慢慢滑落……点点烛光轻轻跳动,在镜子里扩大,照亮她的容颜,照亮她的裸体,照亮她的丰盈、光洁和动荡……

盼望已久,若寻千年。诗人满怀感激,知道是命运之神怜恤了他的思念,使她回来,使她允诺。但是,看着她,诗人千年的渴望竟似无法诉说。

性命攸关的语言丢在了"荒原"。

L颤抖着跪倒,手足无措,唯苦苦地看她。任何动作都已司空见惯,任何方式都似在往日的性乱中耗去精华,任何放浪都已平庸,再难找到一种销魂荡魄、卓尔不群的语言能够单单给予她了。

写作之夜,我理解诗人的困苦:独特的心愿,必要依靠独特的表达。

(写作之夜,为了给爱的语言找到性的词汇,或者是为了使性的激动回到爱的家园,我常处于同诗人L一样的困境。比如"行房"或"房事"，古板腐朽得如同两具僵尸；"性行为"和"性生活"呢，又庸常无奇得尽失激情。怎样描写恋人的身体呢？"臀部"？简直一无生气；"屁股"？又失虔敬。用什么声音去呼唤男人和女人那天赋的花朵呢？想尽了人间已有的词汇，不是过分冷漠，就是流于猥狎，"花朵"二字总又嫌雕琢，总又像躲闪。"做爱"原是个好词儿，曾经是，但又已经用滥。）

诗人由衷地发现：上帝留给爱情的语言，已被性乱埋没，都在性乱中耗散了。

赤裸，和放浪，都让他想起"荒原"。想起在简陋或豪华的房间里，在肮脏或干净的床上，两匹喘息着的随遇而欢的动物，一个个逃离着心魂的姿势，一次一次无劳牵挂的喊叫。他看着久别的恋人，不知孰真孰假，觉得她的裸体也似空空洞洞一幅临时的幻景。他要走近她，又觉得自己没有姓名，没有历史，是一个任意的别人，而过去的 L 已经丢在了"荒原"未来的 L 已经预支给了"荒原"。他和她只是：过去和未来之间多余出来的现在，冷漠的人山人海里一次偶然的碰撞，随后仍要在人山人海里隐没，或许在时空里平行，但永不相遇，互相并不存在。

镜子里，烛光照亮着诗人沉垂的花朵。L 在梦中，无能地成为 C。

恋人走来，在镜子里在烛光中，搂住他，像是搂住一个受伤的孩子。"没关系，这没关系。"她轻声说。她温存地偎依在他肩上，吻他，炽热的手抚遍他的全身，触动那沉垂的花朵。但是像 C 一样，触摸竟不能让他开放。

"不要紧。"她说。

他焦急地看她。

"真的，这没什么。"

他推开她，要她走开。

她走开，从烛光中慢慢走进幽暗，远远地坐下。

时钟滴滴答答，步履依旧。夜行列车远远的长鸣，依然如旧。

拉紧的窗帘外面,世界想必一如既往。

诗人的花朵还是沉睡。那花朵必要找到一种语言才能开放。一种独特的语言,仅属于爱情的语言,才能使逃离的心魂重归肉体。

找回这语言,在 C 要靠凝望,在 L,要靠诉说。

这可怜的肉体已经空乏,唯有让诉说着的心魂回来。

你一定要听我说出我的一切历史,我才能回来。你要听我告诉你,我是一个真诚的恋人又是一个好色之徒,我才能回到我的肉体。你要听我说,我美丽的梦想和我罪恶的欲望,我的花朵才能开放。哪怕在我的长诗之外,听我的长诗,我才能走出"荒原"。这是招魂的唯一咒语呀,你在听吗?

"我在听。"

但诗人 L 犹豫着。他不敢说。只怕一说,南方的夏夜就会消散,风雪中小小的月台上,又会是空无一人。

186

如果他在梦里终于说了,L 便从梦中惊醒,发觉他依然浪迹荒原。

鹿群远远地行进在地平线上,浩浩荡荡,涉过尚未封冻的长河回南方去。每一只鹿都紧追着大队,不敢离群。掉队者将死在北方。

它们只有对死的恐惧,害怕的唯有孤单、衰老,衰老而致掉队的危险。没有别的忧虑。它们没有孤独,那儿没有心魂对心魂的伤害、阻隔、防范,也没有依恋和思念,没有爱情。性欲和爱情在它们是一回事。其实没有爱情。性欲是与生俱来的一种性质,繁衍所必要的倾向。它们活着和繁衍着,自古至今从南方到北方,从北方到南方。就像河水,就像季风,就像寒暑的变动。随遇而安,没有梦想,无需问爱情是什么,不必受那份折磨。它们就是一条流动的山脉,就是这荒原的一块会动、会叫、会复制的部分,生死相继如岁月更替,永远是那一群,大些和小些而已,都是这荒原和森林的影子,大地上固有的色彩。

人,是否也应该如此,也不过如此呢?

<h1 style="text-align:center">187</h1>

写到这儿诗人 L 忽发奇想,说起浴室门上的那只眼睛,他的思路与众不同:

"你真的认为那个人一定很坏吗?"

当然。那个流氓!

"可他,真的就是想要侮辱她们吗?"

他已经侮辱了她们。

"那是因为他被她们发现了,她们才感到受了侮辱。要是她们并没有发现呢,他可怎么侮辱她们? 他必须让她们发现,才能够侮辱她们。可他是藏起来的,就是说他不想让她们发现,他并不想让她们感受侮辱。"

无论怎么说,他是在侵犯别人的自由。

"他真的就是为了侵犯吗? 这样的侵犯能让他得到什么呢?"

低级的快乐。

"即便那是低级的。可是,他的快乐由何而来呢?"

侵犯。由侵犯而得的快乐。所以那是罪恶的快乐。

"之所以说他是侵犯,是因为他被发现了。如果他没有被发现,侵犯也就没有发生。这不像偷窃、诽谤和暗杀,那样的事即便不知道是谁干的,但只要干了就会留下被侵犯的后果。但是,一只窥望浴室的眼睛如果没有被发现,侵犯也就没有发生,那又怎么会有侵犯和侵犯的快乐呢?"

是不是未遂的暗杀就不是犯罪呢?

"首先,要是仅有一个不为人知的暗杀的欲望,而没有任何暗杀的后果(包括威吓),你又怎知道已遂还是未遂呢?其次,这两件事不一样。暗杀,是明显要伤害别人,而门上那只眼睛并不想伤害谁。"

他不想么?不,他想!他至少有侵犯的企图,只是他不想被发现。

"如果他不想被发现,又怎么能说他有侵犯的企图呢?他不想侵犯,但是他知道那是冒了侵犯的危险,所以他把自己藏起来。有时候,说不定侵犯倒是由防范造就的。"

你说他不想?那么他想干吗?他总是有所图吧?

"他想看看她们,看看没有别人的时候她们自由自在的样子。仅此而已。"

这就是侵犯!他侵犯了别人的自由!你还能说他不想侵犯吗?

"啊,这被认为是侵犯吗?!是呀是呀,这确实这一向被认为是侵犯……一向,而且处处,都是这样认为的……"

诗人摇摇头,苦笑着,在荒原或是在人群里走。在荒原或是在人群里,在寂静的时候或是在嘈杂的地方,总会有诗人的消息。也是一向,而且处处,都有这样的消息,这样的难为众人接受的奇思怪想:

"可自由,为什么是怕看的呢?怕看的自由可还是自由?自由是多么美丽呀,她们是那么稀少、罕见,那么难得,所以偷看自由才是这么诱人,所以一向和处处都有那样胆大包天的眼睛,为了偷看自由而不惜被唾骂,甚至舍生忘死。难道他的快乐不是因为见了人的自由,而是因为侵犯?不不不,他冒了侵犯的危险,是为了看一看平素不能看见的自由,看一看平素不能自由的人此时可能会怎样地自由。这个被耻骂为'流氓'的人,也许他心底倒是有着非常美好的愿望,恰恰相反他不是为了'侵犯',而倒是为了'和平'。他梦想拆除人间的遮掩,但是不能,于是他去模仿这样的拆除,但是那又很危险,他当然知道一旦被人发现的后果,所以他把自己藏起来,在危险中窥望自由。他未必没有见过女人的裸体,他并不单是要去再见一回,那不值得冒这样的危险,他是要去谒见她们的自由啊！平素她们是多么傲慢、矜持、封闭、猜疑、胆怯、拘谨、严厉、小题大做、歇斯底里……现在他要看看人可以是怎样的坦荡、轻松、宽容、自然……看看人在没有设防的时候是多么可爱多么迷人。"

可是他却使她们不能不防范！

"啊,这是个奇妙的逻辑,这里面也许包含着我们人间全部的悲剧。不过,先让我来补充一下这个故事好吗？如果……如果有一个浴女4,她不遮身也不掩面,如果也不骂人,她发现了门上那只眼睛,但她相信那不是'侵犯',恰恰那是如囚徒一样对自由的窥望,她会怎样呢？她知道自己不见得会爱他,但她能理解他。她又知道人间的'囚室'不可能如愿拆除,她没有那个力量,谁也没有那个力量。她便只好装着并没有发现门上的小洞,继续洗浴,原来怎样现在就还是怎样。开始她不免有些紧张,但她很快就明白了,紧张反会使坦然变成猥琐,反会使自由变成防范,反会使和平变成战争,她便恢复起自由自在的心情,舒身展臂、蹦跳、微笑、饱享着温柔水流的抚爱……我想,那么多名画都在描画浴女、裸女、睡美人,不单单是赞美他们的身体,更是在渴望人的自由吧？把人间的目光都引向平安——不必再偷看自由,大胆地欣赏自由吧,站到那自由面前去赞美她吧,那时她就是一个自由的女神了……"

诗人,你就安心做你的无用的诗人吧,千万别让我们有一天发现您就是个窥视癖者,或者裸露癖者。而且,与其像你希望的那样,4,她为什么不能走出来呢,或者把门上那只眼睛迎接进去？

诗人说:"我觉得,你们就快要说到问题的根子上了……"

但同样是在写作之夜,有一个声音打断了他:"不过你们要知道,自由,不可能这样实现。如果人们不能保护自己的隐私和独处,一个人的自由也就可以被控制,被捆绑,被贴到墙上,被送到世界的隔壁去……"

我和L听见,这话必是WR说的。在梦想之外,也许他常常是对的。

十九 差别

188

可是,"窥望"这个词总让我想起 Z。

窥望并不都是朝向自由。窥望,并非都要把眼睛贴近类似门上那样的小孔。窥望可以在心底深藏,可以远离被窥望物,可以背转身去讳莫如深,甚至经年隔世,但窥望依旧是窥望,窥望着的心思会在不经意的一瞬间全部泄露。这么多年,Z 把自己藏起来,不管是藏进一间简陋的画室还是藏进他清高的艺术,我知道,他一直都在朝那座美如梦幻的房子窥望。像若干年前的那个冬夜一样,他一路离开却又一路回头,惊讶和羡慕,屈辱和怨恨,寒冷、自责和愤怒一齐刻骨铭心……从那时到现在,他心里的目光一直没有改变方向。

189

自从二十多年前的那个初夏时节,Z 咬紧双唇躲开狂呼滥叫的人群,便躲进画室,躲到他的油彩和画布里去了。不过他并不像 F 医生那样,对世间的纷争不闻不问。Z 只是渐渐轻蔑了那些纷争,看不起所有卷入其中的人,称他们为"傀儡"为"木偶",当然这是文雅之称,粗鲁的说法是"一群群被愚弄的傻×"。画家先是更习惯用这句粗鲁的,后来则一律改用那句文雅的,再后来又间或用一用那句粗鲁的,尤其更把末尾两个最不好听的字念得沉着并清晰。由此可见他心境的改变。就像他习画的过程:先是不能脱俗,然后不能弃雅,再后雅不避俗、俗亦能雅了。自惭的俗人常要效雅,自负的雅士倒去仿俗,是一条规律。由此可见Z已经渐渐对自己有了信心。认识他的人,不管是喜欢他的还是不喜欢他的,都承认他的艺术天赋。

但是Z,多年中仍是痴迷地画着那根白色的大鸟的羽毛,一遍又一遍,百遍至千遍。给那洁白的羽毛以各种姿态,以各色背景:高旷的,阴郁的,狂躁的,或如烽烟满目,或似混沌初开……Z在各色的背景前看它,有时中魔似的沉默不动热泪盈眶,有时坐立不安焦躁得仿佛末日临头,发疯似的把一幅幅画作扯碎。

那是他的痛苦,也是他的快乐。

那就是,他又在窥望。

望见那座美丽的房子,望见很多门。

要望透那些门。

Z对那些门里的景象、声音、气息和气氛,抱着焦灼的期待,欲罢不能。但期待的是什么他自己也说不清,不过肯定有什么东西,肯定在他的心里或在茫茫宇宙的什么地方有着令他不能拒斥的东西,只是抓不住,在他的画布上也抓它不来。譬如地下的矿藏,譬如飘摇在天边的一缕游魂,唯有挨近它时才能看清它,唯有得到它时才能知道它究竟是什么。

似乎,一切都在于那根羽毛可能的姿态和背景。

那羽毛应该是洁白的,这确定无疑。但它的姿态和背景却朦胧飘忽,看似渐渐近了,好像伸手就能抓到了,却又一下子跑掉,无限地远去。蓬勃、飘逸、孤傲……它一刻不停地抓挠着他的心,他却不能让它显现,不能为它找到一个恰如其分的形象和位置。

　　Z的画室,和继父的家隔了几条街。继父的家就是继父的家,Z从来不认为那是母亲和自己的家。所谓画室,其实是Z所在的一家小工厂的仓库。在官方认可的档案上,Z只有两个身份:高中毕业生和仓库保管员。

　　十九岁,Z就到了这家专门生产帆布的小厂。两三年内他像个流浪汉似的在全厂所有的车间都待了一遍,所有的工种也都试了一下,但没有哪个工种让他感兴趣,也没有哪个车间愿意再收留他。一听见织布机震耳且单调的"轧轧"声,他就困倦得睁不开眼,无论什么工种也无论师傅怎么教,他一概听不大懂,笨手笨脚的什么也干不好。他得了个外号:老困。Z对此不大介意,甚至希望全厂职工都能知道这个外号,相信它确凿意味着一种医学尚难理解的病症,以便各级领导对他的出勤率置若罔闻。

　　厂领导屡次建议他另谋高就,但他却不肯离开。Z看中了这个工厂的产品,那是作画必不可少的材料,若自己花钱去买实在是其微薄的工资所难承受的,而只要能在这个厂里混着,没人要的帆布头儿比比皆是,他一辈子所需的画布就都不愁了。困倦只发生在八小时以内,下班铃声一响便没有人再能弄懂Z何以会有那样一个外号了,他卷起碎布头儿回家,其敏捷和神速都像一头猎豹,风似的刮出厂门转瞬消失进密如罗网的小巷,给现代医学留下一项疑难。

　　两三年后,Z谋到了仓库保管员的职位。这工作他很满意,不大费神也不大费力,尤其八小时之内也不受人监视,有很多时间可供自由瞌睡,以便夜间能够精力充沛地挥毫涂抹。碎布头儿当然源源不断,而且这儿还有木料,可顺手牵羊做些画框,还有厂里用于宣传的水粉油彩,引一些为己用亦无伤大局。最让Z兴奋的是,仓库很大,存放的物品散乱无序,倘下力整治一番,肯定能腾出一间来作为自己的画室和家。

画家遂向厂长建议：两个仓库保管员实在是人浮于事，只他一人即可胜任；而且他只要花上一个星期时间，就可让这个仓库面貌一新。条件是，若能腾出一间半间的，得允许他把他的床和书都搬来，并且在这儿画画，当然是在业余，绝不妨碍工作。"否则嘛，"画家对厂长说，"就这么乱着吧，而且肯定会越来越乱。"厂长歪着头想了一刻钟，深信治厂之妙在于人尽其用，这个 Z 很可能天生是仓库保管方面的人才。于是此后的一个星期，人们听见仓库那边叮叮哐哐地从早乱到晚，甚嚣且尘上。人们跑去看时，只见滚滚尘烟中 Z 一个人钻进钻出，汗和土在他的脸上合而为泥，仓库中的物品尽数挪在太阳底下晾晒，霉味飞扬，百步之外即需捂鼻。待霉味消散尘埃落尽，不仅所有物品各归其位，井然有序，而且还空出一大间库房。人们猝不及争时，那间空屋里已多出一张单人床和一张破旧的小桌，四壁五彩缤纷挂满了 Z 的画作。很多天之后全厂职工才纷纷悟到：此厂虽小，但藏着一位大画家。

画家终于有了自己的家，不必每天去看继父那张老酒浸糟的脸了。

仓库原也是一排庙堂，离我的小学不远，因此我有时猜想，说不定它与那座庙院原为一体，为同一座大庙之不同的部分。仓库是正殿，两厢的庙堂早已改做民居，院内终日嘈杂，仓库便开辟后门直面小街。Z 十九岁来此谋生时，街旁尚未有树，但当女教师 O 来此发现了天赋非凡的画家 Z 时，小街两旁已是白杨钻天浓阴匝地了，时逢春暖，满天满地都是杨花。杨树长得真是快。世道变化得也真是快，小街过去安静又寂寞，现在则从头至尾排满售货摊位，是方圆几里内最负盛名的街市。

满街的叫卖声，日出而喧，日落不歇。在这样一条商浪拍天的"河流"里，在顾客如潮的寸金之地，有一间四角歪斜的老屋，尘灰满面，门可罗雀，檐头荒草经年，那情景会让急着发财的人咋舌顿足惋惜不已。若走进老屋，瞳孔会一下子适应不了突来的昏暗，景物模糊不清。但慢慢看一会儿，周围渐渐亮起来，到处都是画，水彩画、水粉画、国画、油画，大大小小来不及看清都是画的什么，但总有一缕洁而不染的白色于中飘荡。定睛再看：一个浑身油彩的人正在屋中央挥动画笔，调色板上的轻响仿佛震耳，墙外高亢的叫卖声却似不能侵入，那情景又会让进来的人感动。当然，要看进来的是谁，是什么人。

<h1 style="text-align:center">191</h1>

　　女教师 O 从吵嚷的街市上走进安静的画室，那时，Z 正坐在屋当中的地上，朝一面绷紧的、未落油彩的画布呆望。O 闻见满屋都是油彩味，看见墙上乃至屋顶上都挂满了画，听着墙外如沸的叫卖，再看看屋里简陋得不能再简陋的陈设、用物，仿佛从泥沼一下子踏进神殿，立刻感动得热泪盈眶。

　　至于最初，是怎样的机缘引领 O 走来这画室的，我毫无印象。我不知道女教师是怎样与画家相识的。这是命运，或许可以去问上帝。关于他们俩的相见，我能想起来的最早的情景就是在这个杨花盛开的下午，O 走进这条繁荣昌盛的街市，绕过层层叠叠的货摊，推开一扇常闭的木门，走进了 Z 的画室。我只知道，她走进了那间画室的沉静，走进了油彩的包围，从此走进了她终生不得平静的爱情。从她走进那儿直到她死去，她都说，她是爱着画家的。

　　我有时设想，倘有机会用电影来展现这一幕情景，应当怎样拍摄。

　　应当从 Z 开始，俯拍：他跪坐在屋子当中的地上，面对画架上空白的画布。他的身影显得小，因为屋子很大。光线虽暗，但地上隐约可见他的影子。影子很长，不动。很静。街上的叫卖声和讨价声嗡嗡嘤嘤的不清晰，因为老庙堂的墙很厚。

　　其实屋子并不大，事实与印象恰恰相反。但要根据我抑或 O

的印象来拍。因此要选一间非常大而且又相当高的屋子。不妨夸张。

随后镜头贴近五彩斑斓的地面推拍：空阔，空空荡荡，没有一块干净的地方，都被颜料渍染了，几乎看不出地面原本的颜色。某一处有一块耀眼的明亮，是窗外漏进来的一线斜阳，一只早到的苍蝇在那儿暖和着身子。

摇拍：床下一摞一摞的都是书，有一只旧皮箱。床上又脏又乱，有几本画册和速写本，有几盒磁带和几只袜子，一根筷子。另一根筷子在桌上。桌上有一个饭盒、两只碗、一只杯子，有一台录音机。桌下有一个暖水瓶和两个干蔫的萝卜。窗台上摆着一架老式留声机（父亲留下的），其余的地方被一个自制书架占据，排满了书，中间有几本精装的画册。书架把玻璃窗遮去大半。

那几本精装画册很可能是《世界美术全集》中的几本，我记不清了，但记得都是一式装帧，很漂亮；从中我曾第一次见了达·芬奇、拉斐尔、米开朗琪罗、列宾、凡·高、毕加索等大师的名字。记得我曾问过Z："毕加索的画到底要说明什么？"Z显得不耐烦，说："你不懂。我告诉你你也不会懂。因为你这样问，所以你不可能懂。"

摇拍或仰拍：墙上和屋顶上都是Z的画作，一幅挨一幅，大的有一两平方米，小的只有一本书大。

这时应该有音乐，古典的，比如巴尔托克或舒曼的作品，最好是舒曼的《童年情景》。我希望这样，是因为有一段时期我常常到Z的画室去，那时他总放这两个人的作品，以至这旋律已同那间画室的气氛、气味、光线融为一体，在我的印象里互不可分。而且那样的节奏，与目光在一幅幅画作上移动的速度非常合拍。尤其是《童年情景》。我总感到，Z无论画什么和怎么画，画中都藏着他的"童年情景"。

音乐由弱渐强，湮灭了街上的嘈杂。继续摇拍和仰拍：这屋子未挂灰顶，直接可见黑黢黢的梁、柱和条条木椽，但上面几乎被画作盖满,缝隙间垂吊着一些木雕或泥塑。慢慢地你会感到,有一缕冷烈的白色在处处飘动。都是那根羽毛,都是它。开始你还弄不清是怎么回事,但当镜头最终停在一幅很大的画中的一根很大的羽毛上时,你会猛然醒悟其实都是它,整个画室里不断闪烁着的一缕白色都是那根羽毛,渗透在老屋每一个角落每一条缝隙里的冷烈都是由于它。

我希望能拍出那羽毛的姿态万种。

镜头的焦距不准,使画面稍稍模糊:眼前都是那羽毛的冷色,洁白闪亮,丝丝缕缕舒卷飘摇。屋外的斜阳几乎是横射进来,凄艳得由红而近乎于紫,渐渐暗淡时近乎于蓝。音乐并不要因此而改变,还是那样,悠缓的漫漫的。最好还是那首《童年情景》。因为在他作画时,构思时,我想他心里需要童年,需要记住童年的很多种期盼和迷想,同时就会引向很多次失望、哀怨和屈辱。他需要这样,这里面有一种力量。

这时门响了,随之街上的叫卖声一下子大起来,但很快又小下去。就是说有人进来了,开了门又关了门。

镜头急速摇向门:虚虚的一个姑娘的身影。焦距调准:是女教师 O 站在门边。对,她很漂亮,还年轻。这时的 O 和 Z 都还年轻。O 的头上或肩上落了一串杨花,她的身材尤其美,衣着朴素、文雅。她握住门把儿的手慢慢松开,慢慢垂下,眼睛直直地看着屋子中央。镜头卡定,对着 O,画面中只有门和 O:她站在门边,很久,一声不响,连步子也不敢挪,就那么站着看 Z,或者看 Z 面前的空白画布,唯一的动作是摘去身上的那串杨花,把杨花在手里轻轻捻碎……我真希望就这么拍摄半小时,将来也这么放映半小时。

但是作为电影,这不可能。在银幕上只好靠剪接来表现这半小时。镜头可以切到街上,可以切到城市的处处,潮涌似的下班的人群……甚至可以切到诗人 L 所在的荒原,落日如盘在地平线那儿沉没,光线变暗的速度非常之快……

再切回画室。屋里已经昏暗不清。

Z终于动了一下,叹了口气。

O才向前挪了两步。

Z的声音:"嘿,刚下课?坐。"

O:"我打断你了吧?"

Z摇摇头:"没有。我这么看着这块画布,已经三天了。"

O:"开灯吗?"

Z点点头:"开吧。"

看来他们已不陌生,已经互有了解。但这个下午,是我能记起的他们最早的相见。听话头,这个下午Z知道O会来。

192

Z,正是O从少女时代就幻想着的那种男人。家境贫寒、经历坎坷、勤奋简朴、不入俗流、轻物利、重精神……Z正是能让O着迷的那种男人。

这样的男人曾经是少年WR,在他消失的那些年月里,O毫不怀疑这样的男人唯有青年WR,她等他回来,从十六岁等到二十八岁。这十二年里,O完全不知能否再见到WR,但正因为有此未知,她简直不能认真去想结婚的事。

O终于等来了什么,我在前面已经写过。此后WR在电话里对O说:"我们仍然还是朋友,好吗……一般的但是最好的,永远,永远的朋友……"这样的话似曾相识。对,残疾人C曾经听到过。O也像C一样能听懂:这"朋友"二字,不再是意味了由远而近,而是划出了一道界线,宣布了一种距离,是为了由近而远。"为什么?"O也像C那样问,"告诉我,为什么?"但是O,却未能像C那样至少得到了一份回答。WR不回答。但以后的事实做了回答,不久之后WR与一位显赫人物的女儿结了婚。

O见了WR的婚礼。是见了,不是参加。那完全是巧遇。

一天,O与一群大学时的同学在一家餐馆里聚会。席间自然是互相询问着毕业后的经历,询问着未能与会的同学都在何方,在干什么,结婚了没有或是有了儿子还是有了女儿,自然很是热闹。但隔壁似乎更热闹,哄笑声不断,一浪高过一浪总是压倒这边。

"那边在干吗哪?"

"结婚的,这你还听不出来吗?"

"不是新郎就是新娘,家里一定非比寻常。"

"何以见得?"

"你们没看见门外的轿车?一队!'皇冠''宝马''奔驰'。"

"没准儿是租来的呢!"

"租来的?你去看看车牌子吧。"

有人真的出去看了看车牌,回来说:"咱们能与高官富贾的儿女们隔壁而饮,也该算是三生有幸了吧?咱们要不要一块儿去敬酒?"

"谁要去谁去,我们还不至于那么贱。"

"是呀是呀,哪有'主人'给'公仆'的儿女敬酒一说,岂不是乱了纲常?"

"你们别他妈一副臭秀才腔儿,你们以为你们是什么?'工农兵大学生'!现在'黑五类'没了,就属你们见不得人!"

…………

大伙儿都对新郎新娘的模样发生兴趣,轮流出去看,在那婚宴的门前走个来回。

只有 O 一言不发,呆坐不动。自打一入席 O 就听见隔壁的喧闹中有个非常熟悉的嗓音,不久她就听出,那不仅是 WR 而且是新郎 WR。

出去的人有的看清了,有的没看清。看清了的人回来调侃说,新娘容貌平平,唯个子高壮,有望在投掷项目上拿奖牌;新郎嘛,体重远不能及新娘,万务好生调养,否则朝朝暮暮难免都是要受气的。O 的味觉几近麻痹,嘴里机械地嚼着和咽着,耳朵里则塞满了隔壁的阵阵哄笑。

终于,她还是借口去方便一下而离席。

　　她不敢在隔壁的门前停留,走过那儿时竟不敢侧目。她走到院中,在一棵大树的影子里独自站了一会儿,舒一口气,不想回去但还是得回去,总不能就这样不辞而别。回来时她不经意地走进盥洗间,在那儿发现了一个极恰当的角度:盥洗间的门半开着,穿衣镜里刚好映见那扇贴了喜字的门。她在那儿磨蹭了很久,终于等见新郎和新娘从那门里出来送客。那当然是他,当然是 WR,O 可以在镜子里仔细地看一看他了,也看看那个女人。上次分手的时候过于匆忙,竟至事后回忆起来,WR 的样子还是停止在十七八岁上。O 一动不动站在那面穿衣镜前,看着那对新郎新娘,看着他们与客人不疼不痒地道别,满脸堆笑着送客人出去。O 以为 WR 不可能发现她,但是在镜子里,送客回来的 WR 忽然停住脚步,神色惊诧。新娘并未发觉,从他身旁走过独自回屋去了。走廊里只剩下 WR 愣愣地站着,朝 O 这边伫望,那表情无疑是发现了 O。O 低下头摆弄一会儿衣裳,再抬头,WR 仍然站在原地朝她这边望,镜子里四目相对。O 和 WR,他们就在那镜子里互相望着,都不说话,很久,也都没有表情。那情景就像是在美术馆里,他或者她,面对一幅画,一幅写真的肖像,写真的他或者她,看得忘记了自己也忘记了那幅画。直到新娘出来对新郎说了句什么,WR 才快步离去……

　　就我的记忆所及,这是 O 与 WR 的最后相见。

　　O 相信那个女人是会爱 WR 的,会像自己曾经那样地崇拜他、爱他,但是 O 不相信 WR 会爱那个女人,不相信他与那个女人结婚是出于爱情。

　　不久 O 也结了婚。我只知道此后 O 也很快就结了婚,至于她的那次婚姻以及她的第一个丈夫,我毫无了解。因而在我的记忆里,O 的第一次婚姻是一块空白。因而说起 O 的第一次婚姻,在我的印象里,便与 N 的第一次婚姻发生混淆。就是说,一说到 O 的那次婚姻,N 出嫁时的形象便要出现,同样,一说起 N 的那次婚姻,O 的形象便也就叠附在 N 的形象上去,拆解不开。她们穿着相同的婚礼服走进同一时空,同一命运。就是说,在这样的命运中,或在我对这样命运的印象里,O 和 N 是不可分的,她们俩在同一个可爱女人的初婚之中合而为一。只有在这以后,我的记忆才能把她们俩分开。在这以后,随着 O 的离婚和第二次结婚,随着 N 的离婚和漂泊海外,我才得以把她们区分开。

O 像 N 一样,相信自己今生今世不会再有爱情了,结婚嘛仅仅就是结婚,不过是因为并不打算永远不结婚罢了。可是婚后不久,Z 走进了 O 的视野,这时她才知道,真正的爱情也可能发生两次。

但绝不会超过两次。O 在那次毫无准备的远行中想,如果这次仍然不是,那,她就真的是再也不会爱了。当然她相信这一次是!像上一次一样,她可以为之等上十几年,或者更久。第一次是梦,第二次能不能成真呢?在那趟夜行列车里,和在那个北方陌生的小镇上,白天和黑夜,O 想得痴迷,但又清醒地告诉自己:这是想入非非。你已经三十岁,不能再像过去那样幼稚了——这可贺还是可悲?无论可贺还是可悲,事实是,爱情可以有第二次,十六岁或者二十八岁却不可能有第二次。她在那小镇上三天三夜,醒也如梦,梦也如醒,终于明白:第一次是梦,第二次大约仍然是梦;第一次梦已在真实中破碎,第二次梦如果不想破碎,唯一的办法是不要奢望它可以成真。据说历史上有过永远埋在心里的爱情,仅仅属于你一个人,至死不露。(我希望这能够给 O 以宽慰。但是,我唯不懂:至死不露的爱情是怎样为后人所知而万古流芳的。)

O 从小城回来,一路上除去想到死,感到死的温存,听见死神在快乐地扑打翅膀之外,还为自己留下一线生机:她总还是可以到 Z 的画室去的,不表白,什么都不说,只去看,只要能看见他在那间充溢着油彩味的老屋里作画也就够了。

193

我很想写一写 O 的前夫,但是关于这个人,可以说我一无所知。我只听说,当 O 相信自己爱上了 Z 以后,虽然感到深深地负疚于他,但是再也没有去亲近过他,再没有真正与他同床。然后——我在前面已经写过了——O 便跟他离了婚。

O 的前夫从此消失,从人们的关注和记忆里,也就是从历史或存在之中,消失,不知去向,销声匿迹,乃至化为乌有。因此在写作之夜他被称为"O 的前夫",似乎仅仅是因为 O,他曾经才得以存在。

我不知道他有什么朋友。因而在写作之夜他是一个没有什么朋友的人,或者在写作之夜,世上一个没有什么朋友的人就是他。

而所有 O 的朋友都相信,O 离开他是必然之举。

"为什么?"

"他们俩完全不相配。真不明白 O 当初怎么会嫁给了他。"

"还有呢?"

没有了。关于这个人似乎再没有什么可说了。

"他的人品呢?"

"不不,他并不坏,他不是个坏人。"

"还有呢?"

又没有了。所有知道他的人事后想起他,意识里不约而同都现出一块空白。好像这个人来到这个世界上,除了错误地与 O 结过婚之外,再无其他值得让人关注之处了。

但是现在,此时此刻,某些被忽略的心魂,必定也在这艰难的世界上漂泊。

当我们关注着 O 和 Z 的爱情,关注着 F 和 N 的离别,关注着 L 的梦想,关注着浮现于写作之夜的每一个人的命运之时,那个被称为"O 的前夫"的人他在哪儿? 在哪儿和在干什么? 在我们的视野和听域中都没有他的时间里,他在怎样活着？这似乎是不重要的。

世界上总有一些人是不重要的。任何历史中,总有一些人被关注,一些人被忽略。

其实是历史在模仿戏剧,而不是相反,不可能所有的人都登场,也不可能给每一个角色以同样多的发言权。一个被埋没的演员就像一个被忽略的"O的前夫",在观众的目光里或在舞台的灯光中,化为乌有。观众的目光集中在主角身上,忽略配角,忽略幕后的更为丰富的梦想。人们坐进剧场里如同走进生活中,相信这样的关注和这样的忽略都是天经地义。

O将在其第二次婚后的生活中发现:画家念念不忘的只是,在那个寒冷的冬夜里被忽略的男孩儿,绝不能再被忽略。

194

O从那个陌生的小镇上回来,直到她与前夫离了婚,这段时间里她一次也没有去看过 Z。虽然她频繁地想起画家,平均每隔十分钟眼前就要出现一次那间简陋的画室,看见画室中央那个超凡脱俗的背影,以及闻见无处不在的油彩的气味,但是她没有去。一次也没有去并不是出于理智,或许只是因为莫名的迷茫。这段时间差不多是三个月。

这三个月里 Z 画了两幅油画,一幅是《母亲》,另一幅是《冬夜》。

三个月后,很可能就是拿到了离婚判决书的那天,O 又像在那个四月的午后一样,心神恍惚,独自在街上无目的地走。只是到了现在,O 才满心想的都是她的前夫,眼前总晃动着那个无辜的人。"那个无辜的人,那个被你坑害的人……"O 的脑子里不停地响着这样的声音。她唯有为他祈祷,希望他因祸得福终于能够找到一个好女人,一个贤妻良母,一心一意守护着他、爱他、给他温情为他生儿育女的妻子,那样他就会忘记 O(一个坏女人,不忠实又毫不负责任的女人)给他的伤害了。O 当然知道她的前夫盼望的是什么样的日子,她不能给他,想到这一点 O 稍稍地松一口气。那样的日子会很快抚平或湮没他现在的痛苦。那么自己呢? 随便吧,不管是什么命运在前面等着她那都是自作自受,"性格即命运"真是天底下最简单也最伟大的发现。七月的骄阳蒸烤着城市,连河边的石凳都烫得没人去坐。O 一路上不停地吃着冰棍。所有的店铺都似昏昏欲睡,唯卖冰棍的老太太们生意兴隆。光是渴,一点儿都不饿。几乎是一整天,O 并没有很清楚地要到哪儿去的念头,但是太阳掉在杨树后面的时候,她发现那排杨树下面就是 Z 的画室。

盛夏的蝉族在茂密的树冠上疯狂地叫着:知了……知了……知了……

195

O 一走进那间老屋,Z 就从床上跳下来把她抱住了。眼睛甚至来不及适应屋里的昏暗,女教师就被两条有力的胳膊箍紧在画家怀里,脸颊贴在男性的、急喘着的胸脯上了。

O 心里轰的一声,闭上眼睛,只觉得那一幕又凄惨又辉煌。

O 闭着眼睛。不用看。单是那身体的颤抖、炽热、喘息以及气味,就让 O 唯有服从。尤其那气味,当 O 离他很近地看他作画时,就曾感到过它的难以抗拒。并不见得是多么值得赞美的气味,但在 O,那是一个男人全部魅力的凝聚。

只是没想到会这么快,这么简单,这样地不由分说。仿佛一切序幕都是多余,或者序幕早已拉开几十年乃至千百年,命运早就安排好了,唯等待其发生,等你走到这儿,在茫茫渺渺的光阴中走进这一时刻。O 不能动也不能说,只有喘息应答着喘息,任他狂吻,任他隔着单薄的衣裙把她吻遍。寂静中,粗重的喘息和纤柔的喘息渐渐合拍,男人的和女人的喘息声合成同一节奏……再就是墙外嘈杂的叫卖和盛夏里浩大的蝉鸣。

寂静和喘息中,O已开始回忆那一进门时的情景了:Z好像是躺在床上,好像是从未有过的颓唐无助的样子……那样子就像是个孤单迷茫的少年,在萧疏的季节里怅然不知所往……那时床上和靠床的墙上正有一缕斜阳,她推门进来时仿佛震动了那空寂的光芒,使它颤动得尤为凄艳,Z便从那里跳起来……他从那里跳起来就像个孩子,激动又急切,像个没有朋友的孩子听见母亲回来了,没有朋友也没有兄弟姐妹的孩子看见母亲回来时才会有那样的激动和急切……(都是"好像",因为回忆一经开始,真实就已消散,幻化为更多的可能,衍变成O抑或我的印象。)然后是张开的双臂,像那片光芒一样地颤动,随即一团炽热的气息扑来瞬间就把她围紧了,粗野甚至强暴,不容分说,好像她必定是他的,前生前世就已注定她必不会拒绝,昏暗中只有他的眼睛一闪,那里面,决定早已大过请求,或者结论并不需要原因……不要说什么甚至也不要想,O,你来了就好了,待在这个盼望你的男人怀里就是了,不要问也不要动,闭上眼睛让画家吻遍你,让他不停地吻遍你就对了……因为,那未必只是Z的欲望或者画家的诱惑,那可能正是命运的要求……

那一刻牢牢地录入女教师的记忆,未来的任何时候,她一闭眼就能看见画家向她奔来的样子,看见他的孤单,动人的蛮横,看见他的坚强甚或冷峻后面竟藏着那么令人心酸的软弱,看见那样一个卓尔不群的人竟如此急切地渴盼她、需要她……

很久以来我都在想,征服了O的,到底是Z身上的什么?似乎已经有了答案。

女教师感到画家颤抖的身体在一点点儿滑下去,感到他的脸在寻找她的手,然后感到手上有了他的泪水。O睁开眼睛,看见Z跪在她跟前、脸埋进她手里。O不敢更多地看他,无措地抬起眼睛。

那缕斜阳已经非常淡薄,此刻移到那幅题为"母亲"的画上了。

画中的母亲穿着旗袍,还是三十年前的样子,优雅文静,乌发高高地绾成髻,白皙的脖颈纤柔且挺拔,身上或是头上有一点儿饰物的闪光。背景是南方的老屋:考究的木质墙裙,硬木书架上有一函函(可能是父亲留下的)古旧的线装书,银烛台上的蜡烛灭了,尚余一缕细细的残烟,料必是黎明时候,处处浮动着一层青光。母亲的脸色因而显得苍白……

母亲的相貌似乎有点儿熟悉。

像谁呢?她肯定像一个我见过的人。

噢!O心里又一震:画中年轻的母亲,神形确与O有相近之处。

196

翌日,天又蒙蒙地亮起来时,O才看见另一幅画《冬夜》:

很多门和很多走廊,门多关着,开着的门里又是很多走廊,很多走廊仍然通向很多门,很多门和很多走廊相互交错、重叠,仿佛迷宫或者城堡的内部。似乎有一只猫,但并不确定是猫。确定的是有一些盆花,但盆与花又多分离,盆在地上,花却扎根在墙上和天花板上,泼泼洒洒开得自由。除了花的色彩明朗、热烈,画面大部是冷调:灰色或蓝色。门里和廊内空间似乎很大,光线从四面八方来,但光线很快都被阻断。墙很厚,门也很重,声音大约也难从那里传出去,声音会被那样的沉重轻易地吸收掉。比如琴声,或者喊声,会在那里变得缓慢、细微,然后消失,如同渗进凝滞的空气里去……

"你到过这样的地方?"

"嗯?噢……是吧。"

屋里屋外都还很静,以至两个人的声音都带起回声,也许是因为刚刚醒来,鼻音很重。

"为什么一定是'冬夜'？能给我讲讲吗什么意思?"

"这不是能讲的。只是看。"

"可,我看不大懂。"

"嗯……也许,你就当它是一个梦。"

"唔,一个梦……"

"或者很多梦。"

"是吗？噢……对了……"

"什么？什么对了？你想到了什么？"

"不,不知道。我只是觉得……可是……说不清。"

"这么说,你倒像真的看懂了。"

"嗯？我说什么了？我什么也没说呀?"

Z 不再回答她。

两个人都不再说话。

O 趴在床上,仍旧认真地看那幅画。Z 坐在地上,坐在离 O 最远的地方,同样专注地看着 O,一只手支着下巴,那样子容易让人想起罗丹的"思想者"。

很久。天渐渐地大亮了。不知何时,墙外的人声已经热闹,树上的蝉们也一声一声地吊开嗓子了。又是个炎热的天气。

O 开始穿衣。

Z 坐在墙角,不动,一味地注视 O,像要把她每一个细微的动作都记住到未来,或者连接起过去。

O 有些不自在,但她要求自己坦然。要坦然些,不要躲躲闪闪,她从来讨厌装腔作势。让他躲开或者让他闭上眼睛？那可真没意思,太假。但她可以不去看 Z。虽然她知道 Z 在看她。她背过身去慢慢穿起衣裳,像平素那样,像从小到大的每一个早晨,像在自己独处的时间。这时候 O 听见背后画家低声说:

"你曾经,住在哪儿?"

O 慢慢转回身,见 Z 的目光虽然朝向她,但视点却似穿过她而在更远的地方。

"什么,你说?"

Z的视点,仿佛越飘越远。

O向Z走去,走近他,问他为什么爱她?

Z一下子抓紧O,身上一阵发冷似的抖,视点回来,定定地望着O:"告诉我,告诉我你曾经……曾经住在哪儿?"O惶茫地搂住他,轻抚他的头发。待那阵颤抖平息了,O听见Z自言自语似的说:"你总能给我,创作的欲望。"

O不知道这算不算Z给她的回答,这是不是Z爱她的原因,也不知道这与她曾经住在哪儿有什么关系。

"真的吗?"O说。

他捏起她的薄薄的裙袖,捻着,说:"脱掉它。"

O愣着,看他。

"脱掉。"

"可现在……会有人来。"

"不会。"

"也许会的……"

"杀了他们。不管是谁。"

"我怕也许会……啊,还是别……"

"脱掉。"

"别……别吧……啊,让我自己……让我自己好吗……"

…………

"不,我是说全脱掉。"

…………

"全都脱掉。对,就这样。"

窗帘飘动起热浪,以及阳光、树影、浩大的蝉鸣和远处的一首流行歌曲……

"你知道吗你可真是美,真的……并不是标致,你绝不是那样的,绝不是……'标致'是为了他妈的给广告上用的,是画报的封面,是时装设计师的走狗,你是美,只能用美这个字。那些细腰细腿光光亮亮的,要不就是些奶牛似的乳房,真不明白怎么会有人觉得那样的东西漂亮?简直就像一群不同品种的动物,供人观赏,也许是品尝……满脸涂抹得让人看不出她们原本有多丑,半遮半掩,存心扭着贫乏又下贱的屁股……"

"哦你……别说得这么难听。"

"唔……你不知道你的样子有多高贵。对了,高贵。美就是高贵。虽然看得出来,你并不是很年轻了……"

"是吗,怎么?"

"嘘—— 别这么惊慌。春天并不是最美的。春天其实是枯疏的,生涩的,小气的。夏天才真正是美的,充沛、丰厚、浩大,全都盛开不惜接近死亡,那才是高贵呢。就像你,乳头儿已经深暗了,不再是那种矫揉造作的颜色了,那种颜色里没有历史你懂吗?……你的肚腹,你的屁股,都已经宽展了,那里面有光阴,有很多日子,岁月,因而她们都开始有一点儿松垂了。不不,别伤心,只是有那么一点点儿。你走动起来,虽然也还是那么轻捷但是多了沉静,沉静得更加目不旁顾。高贵……高贵,你知道吗就是这样,我知道,我知道就是这样……你肚腹下的毛儿多么茂盛,一点儿也不吝啬也不委琐,多么狂妄,助长你的高傲……你的肌肤你的神态就像一条有灵性的河,在盛夏,在去秋天的路上,平稳地流动,自信,富足,傲慢,不管你是走着是站着是坐着你都是这样,并不需要炫耀,目不旁顾,并不叫喊着要离开什么,而是……"

"也许,我并不像你说的那么好……"

"听着!并不那么卑俗地夸张、吵嚷,而是……傲视一切征服一切,带动起一切,带动起空气和阳光,空间和时间,让人想起过去,想起一切存在过的东西,比如光线,比如声音和一种气息,比如……啊,你最好走到那幅画的前面去。"

"哪幅?"

"冬夜。"

410

"干吗?"

"去。"

"这儿?"

"对,坐下。"

"在地上?"

"对。靠住门。"

"门?"

"画上的那些门。"

"这样吗?"

"不,不对。嗯……还是站起来。"

"哎呀,你到底要干吗呀……"

"要不……对了,背过身去,对,面对那些门……不不,也许还是坐下来的好……或者跪起来,跪着……啊,太棒了就是这样……头低下,对对……棒极了……只是那些花太多了,太实了,有点儿过分……我要重新画它,我要为你画一幅最了不起的人体,最伟大的……喂,你怎么了?"

O 站起来,转过身,流着眼泪。

"怎么了你?什么事?啊,你这是怎么啦?"

"你把我弄得太,太可笑……啊没事儿……我只是觉得,我的样子太滑稽,太丢人了。没关系……我还要背过身去吗?真的没事儿,我还是跪下吗……"

Z 快步走过去,抱住 O,吻她。

"啊,你也会这样吗?你也会……显得这么下贱吗……"Z 颤抖着说,"你是多么……多么高贵又是多么……多么下贱哪……"

然后,当然,是做爱。

很可能是这样。

做爱。

在盛夏的明朗和浩大的蝉歌中,在那些"门"的前面。

197

这样的时候,Z 会有施虐倾向。

O 难免惊讶,但并不反感。

她感到自己心甘情愿。O,甚至于激动,喜欢。她喜欢他在这样的时候有一点儿粗野,有一点儿蛮横,蛮横地贴近她得到她,她喜欢他无所顾忌。她相信她懂得这倾向:这不是强暴,这恰恰是他的软弱、孤单,也许还是创伤……是他对她的渴望和需要。她愿意在自己的丢弃中使他得到。丢弃和得到什么呢?一切。对,一切……和永远……都给他……不再让他孤独和受伤害……

198

早在他们的第一次亲吻,第一次肌肤相依时,O 就感到了:这在画家,也不是第一次。这不奇怪,意料之中的,画家已过而立之年。而且,这很好。

"可你,怎么一直都没结婚?"后来 O 问他。

那时他们一起走出家门(那间画室,在以后的好几年中就是他们的家)。外面刚刚下过雨,夕阳很干净,就像初生的孩子头一次发现这个世界时的目光,干净而且略带一点儿惊讶。

"你怎么终于想起来要结婚了呢?"

O 对这个几十年中不知其所在而忽然之间离她这么近的男人,不免还是好奇,对 Z 竟然接受她还是觉得不可思议,她猜想在这个卓尔不群的男人心底,会有更令人感动的东西。

盛夏,蝉声时时处处都在,依然浩大。

"干吗你不说话?"O 仰脸看他,"我不该这么问吗?"

他的手,绕过她后背,轻轻地捏她的肩膀。

他们沿那条河走。河边砖砌的护栏上有孩子画下的鸟儿和波浪。落日的红光在楼群的窗上跳跃,从这扇窗跳到那扇窗,仿佛在朝每一个家里窥望。

Z一直沉默不语。也许那是深重的痛苦,O不该去触动的?

他们在离桥不远的地方坐下。

Z眯起眼睛,朝桥那边望,灰压压一大片矮房自他落生以来就没变过,那儿,那条他住过多年的小街(母亲还在那儿),从那儿出发,走过很多条长长短短的小巷,就会看见一家小油盐店,然后就是那座晚霞似的楼房……他已经很多年不去走那条路了,不知那座楼房是不是仍然那么让人吃惊,或许早已黯然失色?不过Z宁愿保留住对它最早的印象……

O不敢再说什么,只是看他,不看他的时候也在听着他,听得见他的呼吸。

很久,Z向O轻轻笑了一下。

O立刻欢快起来:"别想那些事了,没关系,真的,我并不想知道……没什么,我不会在意那些事的。"

"哪些事?"他问。

O反被问得慌张:"没什么……啊,什么事都没关系……"

"你要听真话吗?"

"不。啊不是不是,我是说……要是这会让你不愉快……就别说了。"

"我只是问,你要不要听真话?"

"当然……不过要是……"

"听着,"他说,"那只是性的问题。"

"我知道,我懂……"

"那与爱情,毫不相关。"

"啊,是吗……"

"要是她们愿意,我也需要,我不认为那有什么不可以。"

"可是……她们呢?"

"那是她们自己的事。我并没有允诺什么。"

"那……现在呢？"

"现在？"

O并不看着Z，把目光躲开他。

"现在也不允诺，我讨厌那些下贱的海誓山盟。我爱你这跟允诺无关。爱情不是允诺。那是崇拜，和……和……"

"和什么？"

天色昏暗下来。不知从哪儿飞起一群鸽子，雪白，甚至闪亮，时远时近盲目地盘旋，一圈又一圈，飞得很快，但一点儿声音都没有，虚幻得如同一群影子，似乎并不与空气摩擦。画家望着它们，处心积虑地在寻找一个恰当的词。

很久，他说："也许，那就跟我要画什么一样。"

他说："画什么，那是因为我崇拜它。我要把它画出来那是因为……因为我要找到它，让它从一片模糊中跳出来，从虚幻中凝聚成真，让它看着我就像……就像我曾经看着它，让它向我走来就像我一直都在寻找它。就是这么回事。我就是这样。画画，还有爱情，在我看就是这样。艺术和爱情在我看是一回事。"

他说："艺术，可不是变着戏法儿去取媚那些评论家、收藏家，什么教授、专家、学者，又是什么主席呀顾问啦，还有洋人，跟土特产收购商似的那些家伙……一群附庸风雅的笨蛋。他们怎么会知道什么是艺术！艺术可不是像他们想得那么下贱，寒酸地向他们求一个小钱儿，要不，哄得他们高兴他们就赏赐你一点儿光荣或者叫做名气，那些流氓！你肯定弄不清那些流氓都是怎么发的财，或者写了点儿什么滥文章就成了专家，那些臭理论狗都懒得去闻。因为……因为他们压根儿就不懂得什么是高贵。"

他说："那群流氓，为了评级半夜去敲领导家的门，为了得奖去给评委的老丈母娘拜寿，为了出名请记者吃饭，把自己的画标上高价自己再悄悄地买回来……你能指望他们知道什么是高贵吗？"

停了一会儿他又说："艺术是高贵的，是这世界上最高贵的东西。什么是艺术？高贵就是艺术，那是唯一不朽的事情，是贝多芬说的，'爵爷有的是，可贝多芬只有一个'。什么王族贵胄，都是一时的飞扬，过眼烟云，那不是高贵。我说的是精神的高贵。那不是谁都能懂的，就像珠穆朗玛峰并不是谁都能去登的。就比如珠穆朗玛峰，它寒冷、孤独、空气稀薄人迹罕至，不管历史怎么沉浮变换，人间怎么吵嚷得鸡零狗碎，它都还是那么高贵地矗立着，不为所动，低头看着和听着这个可笑的人间。人们有时会忘记它，庸人也许永远都不能发现它，但是，任什么君王权贵都得仰望它，任什么污泥浊水都休想诋毁它、埋没它，它一片洁白，只有天色是它的衬照，只有阳光和风能挨近它，阳光和风使它更加灿烂、威严。它低头看着你，谁让你混在这个庸俗的人群里了呢？你只好向它那儿走吧。你就向它那儿爬吧，或者是它征服你或者是你征服它，那都是高贵的……去征服它，不管会怎样，用你高贵的精神去征服它们，不管会怎样你都是一个高贵的征服者……"

画家目光痴滞，沉在他自己的梦境里。

好一会儿他才似醒来："你刚才问我什么来？"

"没有，我什么也没问。"

"刚才，刚才我们是说起了什么？"

"爱情。"

"对了，爱情。爱情也是这样，得是崇拜，崇拜和……和……"

"征服。"O说，声音显得过于平板。

"怎么，你累了吗？"

"啊不……"

幸好天黑了，Z看不清O的表情。

"你是不是有点儿冷？"

"也许是吧……咱们该回去了。"

他们一起往回走。河水的波光也暗下去，只有汩汩不断的声响听得清楚。

"对，征服。"画家继续说着，"不过，不过那不是靠权势和武力……而是靠你内在的力量,用你高贵的精神去……去征服……嘿,你听没听过鲍罗丁的那首曲子?那部关于伊格尔王远征的歌剧?"

"哪国的?"

"别管哪国的。这不像你问的,你不像个不懂艺术的人。也别管是什么时代的,这不重要。"

"歌剧?"

"对,你只要记住,那是一个王者远征的故事。"

"那个人,"Z说,"那个伊格尔王,他战败被俘。敌人说可以放了他,条件是他得答应不再与他们为敌。但是这不能答应,伊格尔王拒绝了这屈辱的条件。"

"他的神情,你懂吗,"Z说,"或者是他的姿态,震撼了敌人。你懂吗?那并不是简单的宁死不屈,并不是你在电影里看到的那种歇斯底里似的狂喊,或者毫无尊严地叫骂,或者强摆出一副僵硬的姿势,用冷笑为自己壮胆。不,绝对不是那样。在我想来,那个王者他只是说:'不,这不行。'就像对他的部下说话一样,就像告诉他的随从说'不,这件事不能办'一样。因为他生来就是这样,他生来就不懂除了高贵还能怎样的人,他不幸被俘,但这并不说明有谁能够侮辱他,他根本就不知道战败者应该有什么特别的语言,他生就一副王者的习惯。他唯一遗憾的是,因为征战的疲劳,嗓音已不如往日浑厚圆朗,他可能会抱歉地整理一下自己的衣冠。至于敌人的条件嘛,那就像一个不懂事的孩子提出的要求,对他说'不,不行'就够了,就算看得起他们了。"

"你看过吗?"

"什么?"

"这歌剧?"

"我是听见的。从那音乐里你能听见全部他的形象,高贵的神态、高贵的习惯和历史。他以他高贵的意志赢得了敌人的敬佩,于是,波罗维茨可汗命令他的臣民为伊格尔王歌舞。我说的就是那时的乐曲。在蛮荒的草原上,夕阳辉照,伊格尔王这个尘世的战败者,享受着看似比他强大的敌人的尊敬,享受着敌国臣民献上的歌舞……"

Z停了一会儿,也许是为了沉稳一下情绪,也许是在听那遥远空阔、扬扬浪浪的乐曲或者天籁之声。

满天里都是夏夜的星光。

"伊格尔王,"Z说,"他是真正的征服者、高贵者,他才是真正的王者。"

"当然,"Z又说,"那个波罗维茨可汗也不错,也是个高贵的人,因为……因为他懂得崇拜什么。这就是我说的崇拜和……和征服……"

199

这天晚上,市场街上的画室里,一遍一遍地放响着那部歌剧。

伊格尔王远征的故事。

当然,正在转动着的已经不是留声机上的那张老唱片,而是录音机里的磁带。父亲留下的那张老唱片没能逃过"文革"的劫难。Z对这出歌剧的喜爱近乎偏执、无理,它的唱片和磁带的各种版本,Z都收藏至少有三份。苦闷和得意时,首要之事是要让它响起来。冥思苦想而不得的时候,偶然放笔而恰中心思的时候,都要让它响起来,让那乐曲沉沉地或是热烈地响彻他的画室。这样的时候,我记得画家就像个虔诚的信徒那样闭目危坐,在染满了画彩的地上,很久很久,无论深夜还是清晨,他都可能忽然从那铿锵飞扬的节奏中跳起来,或者,就在那沉浑辽阔的旋律里睡去。

这夜那旋律又在市场街上传扬,流过一个个空空的货摊,仿佛从蛮荒的草原踏进这枯萎的城市,从生气勃勃的远古傲视这蝇营狗苟的现代。

O听着,在灯下然后是在月光中,不时地看看Z。

Z还是坐得离O很远,靠墙角的地方。身旁放一杯酒,但他几乎不去动。灯光或者月光都照不见他的脸。

我想那时,就是 Z 的窥望。

Z 的目光肯定不在这间简陋的画室里,甚至不在这个尘世。

也不在他新婚的妻子身上。

也许是女教师 O,也许是我,从那苍凉又灿烂的旋律中,从画家 Z 沉醉的呼吸里,听出了:你的崇拜要变成崇拜你,你要高贵地去征服你曾经崇拜的高贵……

Z 呢?我想 Z 可能会听见另一条街上曾有过的二胡声,因而我和 Z 都会看见一个少年从他烂醉的继父身旁羞愧地走开,从他苦难、屈辱的母亲身边悄悄躲开,从他可爱的异父母姐姐身旁跑开,走向一座美丽的房子,走近一扇扇关闭着的高贵的门前。但是由于 O 的到来,画家 Z 看见一扇扇关闭着的门正在打开,由于 O 对他的仰望,由于 O 走进这简陋的画室,由于 O 的委身于他,Z 听见,随着那乐曲的渐渐辉煌所有的门正在纷纷打开,打开,打开,越来越快地打开,无穷无尽……

也许 O 就是当年的那个小姑娘。

更晚的时候,如果他们再次做爱,O 肯定会从画家独特的性爱倾向里再次听见一个征服者的激情。

但是 O 爱他,这毫无疑问。

甚至爱他的征服。甚至爱自己的被征服。

让他的崇拜变成崇拜他吧,O 是愿意的。让他眼中的高贵委身于他吧,O 喜欢。

只要是他喜欢的,她都喜欢。只要是他需要的,她都心甘情愿。

O,也许就是美丽房子里的那个小姑娘,因为我听见,她在心里对自己说(我听见所有非凡的女人都在心里对自己这样说过):我不会再伤害他,我不会再让他受伤害,绝不会再让他高贵的心里积存痛苦和寒冷,绝不让这颗天才的心再增添……仇恨……

O 心里一惊,最后这两个字始料未及。

但是她爱他,爱这个男人,绝无动摇。

200

做爱,最放浪的时候,也是最无可怀疑的时候,O 曾听见 Z 在她耳边说:"记住,在这间简陋画室里的,恰恰是世界上最伟大的画家。"

有些喘息,声音有些急迫。

这声音将在 Z 不知所终的窥望中蔓延、扩展、膨胀,在 O 的记忆里或者我的印象中喋喋不休:……记住,这世界上只有艺术是最高贵的,什么王侯显贵都不过是他妈的过眼烟云,只有艺术是永恒,记住……对,我的艺术! 并不是所有的画室里都有艺术,并不是所有的书斋里和所有的舞台上都有艺术,并不是所有自称艺术家的人都懂得艺术,我的艺术将打败他们,打败他们所有的人……他们将从这间简陋的画室里认识什么是艺术,将从你面前的这个人的身上看见什么是高贵,这个庸卑的世界因此才能懂得什么是神圣,那些被污辱和被损害的人因此才能找到他们精神的追随,对了我的艺术! 如果他们学会了看见我,他们就会发现我并不在这条污秽媚俗的市场街上,而是在旷野,在荒漠,在雪原,在林莽轰鸣的无人之域,在寂静的时间里,在只有阳光和风暴可以触及的那儿,对了,雪线之上,空气稀薄的地方,珠穆朗玛峰顶,人迹罕至,自有人类以来只有不多的几个人到达过那儿……你们要学会仰望,从一个"野孩子"的身上学会仰望,从一条芜杂的小街上,从一个寒冷的冬夜,从一个还不懂事因而不断回过头去张望你们的孩子的脚下学会仰望……

201

Z 重新画那幅《冬夜》,把 O 的裸体逼真地画进重叠纷乱的

"门"中。

　　各种姿势：倚靠在门上；跪在门旁；背身或侧身坐着，远远地，弹琴；孑然而立，阳光迷蒙，空阔的地板上投下影子；翩然如舞，身后是幽深的走廊，花，和坚厚的墙壁；迎面走来的样子，在门与门之间，阳光和阴影相交的地方……但都不满意。

　　O一声不响地看他作画。很多个夜晚都是这样。

　　但是，O的形象逐日在那"门"中演变，而成一种写意的律动、抽象的洁白，一缕不安的飘摇，渐渐地O的裸体从中消失，那根羽毛又现端倪，又看出它丝丝缕缕地舒卷飞扬了。

　　还得是它。

　　Z像当年第一次走近那根美丽孤傲、飘逸蓬勃的羽毛时一样，发现他要寻找的正是它，依旧是它，必得是它。这羽毛中间，埋藏着什么呢？

　　我，而且我想画家也是一样，都未必说得清楚。

　　但是它让Z痴迷，仿佛一见到它就必然地要跟随它去。Z的窥望，千回万转，终归要到达它。

　　很多个夜晚都是这样。Z要让它在那些门中如风如浪地飘展，甚或是扫荡。因而那些"门"也都随之消失。那一团动荡的洁白后面，色彩，时而是山岩似的青灰僵冷，时而是死水一样地波澜不惊，或阴云般地晦暗，或是大漠、高天一样的空寂幽冥……但仍然都不能满意。

　　很多个夜晚，O都是这样屏息注目，看着她的丈夫作画。

　　有一天O未假思索地脱口问他："你认为，爱情和事业，哪个更要紧？"

　　Z随口应道："当然是事业。"

　　O笑笑，等着，以为他会改口。但是没有，Z依然全神贯注在他的笔端。

　　很久，O又低声问："为什么？"

　　"嗯？"Z退到墙角，眯起眼远远地望着他的《冬夜》，漫不经意地问,"什么?你问什么?"

O不言声,觉得有些扫兴。

"噢,还是那个问题吗?"Z放下画笔,"你以为有谁会去爱一个傻瓜吗?"

这句话令女教师默然自问,半晌无言。

直到临睡之前O才又说:"我们最好除开生理的弱智不说,因为,因为……"

"因为什么?"

"因为那是特殊情况。"

"特殊?"Z轻轻地摇头说,"可是我倒认为这特殊最能说明问题。白痴、弱智、低能、庸才、凡夫俗子,那不过是量的差别,是同一种价值坐标下的量的不同而已。你别以为我没有注意到你刚才的问题,别以为我是信口开河。告诉你,我敢说,我的回答是世界上最诚实的回答。要是换一个场合,我也会说爱情更重要,我完全懂得怎么赢得喝彩。'爱情就是爱情','爱情是没有前提的',这样的话我也会说,可这是放屁。你为什么不会爱上一个白痴?不,我不是说同情和怜悯,咱们不是在讨论慈善事业,是说的爱情。爱情必得包含崇拜,或者叫做钦佩。是什么东西能够让你崇拜、钦佩呢?简单地说,就是事业。"

"那倒不一定,"O说,"还有善良。善良也许是更重要的。"

"白痴不善良吗?你见过白痴吗?我见过。我见过一个白痴少女,不用多看,你只要看一下她的眼神你就会相信世界上没有谁比她更纯洁更善良了。她的哭和笑都毫无杂念。你不可能找到有谁能像她那样,一心一意为别人的快乐而欢笑,一心一意为别人的风筝挂破在树枝上而痛哭。我看着她,从来没有那样感动过,可是,就在那一刻我也知道我绝不会爱上她。我可以怜惜她,同情她,要是我有多余的时间和钱财我也可以帮助她,但我不可能爱上她。道理非常简单,你不可能崇拜她,钦佩她,还有倾慕,不可能,可爱情必要包含这些,甚至包含嫉妒。你只要问问自己你可不可能嫉妒她就够了。就在你帮助她的时候,如果你诚实你也会发现,你心里一直都在庆幸呢,谢天谢地你不是她,谢天谢地幸亏她不是我。愿意帮助她的人多得要命,可愿意是她的人一个也没有。"

"干吗一定得愿意是她呢?"

"是呀,帮助也就够了。我并没反对。我从来不呼吁艾斯米拉达去爱那个丑陋的敲钟人。那不是弱者的祈求,就是强者的卖弄。我一点儿都不欣赏雨果式的悲天悯人……"

"那是因为她的精神残缺了……"

"雨果?"

"不是。我是说那个少女。那是一种例外。"

"例外吗?可是,你怎么知道她的精神残缺了?为什么不是你的精神残缺了?用什么来衡量精神的残缺还是健全?你能告诉我用什么吗?"

O一时语塞。

"我可以告诉你,"Z说,"用智力,用能力,用成就,过去叫功名,现在叫事业。你试试反驳我吧,你怎么也跑不出这个逻辑去。"

O不说话,也许是在寻找驳倒Z的事例,也许是陷入了迷茫。

Z说:"因为健全和残缺的标准,恰恰就是用这样的逻辑制订出来的。这个世界遵循的就是这样的价值标准。在这样的价值标准下,你的精神,你的魅力,你的可爱甚至你的善良,都得依靠你事业的成功。"

"那你,成功了吗?"

"我会成功的。况且成功与否,也不单是靠那些掌着权的人怎么说,至少很多真正理解艺术的人是承认我的。有一时炙手可热的成功,有永远魅力不衰的成功。那些苍蝇蚊子一样的记者和评论家,现在他们看不见你,可有一天你轰他们都轰不走。"

"我不知道你原来是这么……"

"这么狂妄,是不是?不,是自信。"

O无言地点点头,低头避开 Z 的目光。她感到,Z 的自信后面有另一种东西,到底是什么她一时说不清,也许恰恰是与自信相反的什么东西。

"那,"过了一会儿 O 说,"那个伊格尔王不是失败了吗? 他为什么受到尊敬呢?"

Z 沉吟片刻,说:"这说起来挺复杂。首先他是王,他已经是成功者,不信换一个小卒试试看,换个一文不名的人试试,早一刀砍了,正因为他是伊格尔王,他才可以在战败的时候仍然有被尊敬的机会。其次嘛,说到底,真正的成功者并不是伊格尔王……"

"是那个波罗维茨可汗?"

"不,不。真正成功的,是这部歌剧的作曲者。"

O 抬起头,惊讶地看着 Z。那惊讶之深重,甚至连我也没有料到。就是说,在此之前我也没料到 Z 会这样说,只是当我写出了他的这句回答我才懂得,他必须是这样说,只能是这样说的。

Z 却没有注意到 O 的惊讶,顾自说下去:"真正不朽的,是他而不是那个伊格尔王。因为……因为人们不会说是'伊格尔王'的鲍罗丁,而是说鲍罗丁的'伊格尔王',正如人们不是说《欢乐颂》的贝多芬,而是说贝多芬的《欢乐颂》……"

202

某个冬天的晚上,中学历史教师 O 坐在家里备课(可能是婚后不久,也可能是婚后几年了,这都无所谓,反正在写作之夜时间这些事从来就不清楚)。第二天要讲的课题是:历史是谁创造的? 对这个问题,教科书上历来只给出三种观点:英雄创造了历史;奴隶创造了历史;英雄和奴隶共同创造了历史。三种观点当中,唯第二种被教科书肯定,所谓"奴隶史观",受到推崇。

另一间屋里响着音乐,我仍然倾向于认为是那部歌剧中的某个段落,最雄浑豪迈的部分。

说到"另一间屋里",那么显然,这是在他们搬进新居之后了,因而可以推算这是在他们婚后至少六年的时候。

O埋头灯下,认认真真密密麻麻地写着教案。

这时Z从另一间屋里走来,端着酒杯,说:"你去看看,看我画出了什么。"

O抬头看他,见他手上的酒杯在簌簌发抖。

另一间屋里,即Z的新画室里,整整一面墙上都动荡着那根白色的羽毛。背景完全是铁灰色,像山,像山的局部抑或仅仅是山岩的色彩,又像是阴霾笼罩得无边无隙,呆滞、僵硬、压抑。背景前,那根大鸟的羽毛跃然夺目,深浅不一的白色画出了它飘卷屈伸的轨迹,一丝一缕细小的纤维都白得静寂、优雅,但柔韧、骄傲,舒展摇撼如风如浪,断裂和飘离的部分也挥挥洒洒依然生气蓬勃。应该说这是一次成功的创作。O站在另一面墙根儿下睁大眼睛被震撼得久久无言,不知所思。但她觉得一阵阵地冷,甚至裹紧衣服抱紧双臂,甚至想把整个身体蜷缩起来,那并不是冷透骨髓,而是冷进心底,那白色钻进心里仿佛要在那儿冻成冰凌以至冻成巨大的冰川。O觉得,如果冰川可以像火焰一样燃烧起来的话,必就是这样。

厨房里的水壶"呜呜"地响了。O赶忙去关了炉灶,灌了暖水瓶。

卫生间里的洗衣机又"嘀嘀嘀"地叫起来。O又去把洗净的衣服晾到阳台上。

接着又有人敲门。

"谁?"

"查电表。"

送走了查电表的,历史教师回到自己的桌前,见画家正翻看着她的教案。

"你还要讲这样的课吗?"Z指着那些教案对O说,"这除了浪费你的生命,还有什么用?"

O默默地又看了看那个题目，突如其来地问道："那你，在这三种观点中更赞成哪一种？"

"第四种。"Z说，"但如果一定要我在这三种之中选择一种的话，我选择第一种。"

"为什么？"

"很简单，另外两种完全是废话。那等于是说历史就是历史创造的。等于是说存在创造了存在，事实创造了事实，昨天创造了昨天，未来将创造未来。关键在于这不光是废话，而且不光是谎言，这是最可恨的虚伪和狡诈！"

"为什么？"

Z说："因为那是英雄颁发给奴隶的一只奖杯。"

Z说："但光荣，是谁的呢？真正的光荣，究竟是谁拿去了？奴隶只拿到了奖杯，而与此同时英雄拿走了光荣。这逻辑不必我再解释了吧？奴隶永远是奴隶，捧着奖杯也还是奴隶，那奖杯的含金量再高也还是有幸从英雄手里领来的奖赏。"

Z说："是谁创造了历史？你以为奴隶有能力提出这样的问题吗？各种各样的历史观，还不都是由英雄来圈定、来宣布的？奴隶们只有接受。英雄创造了历史吗？好，奴隶磕头并且感激。奴隶创造了历史吗？好，奴隶欢呼并且感激。可是，那个信誓旦旦地宣布'奴隶创造了历史'的人，他自己是不是愿意待在奴隶的位置上？他这样宣布的时候不是一心要创造一种不同凡响的历史么？对了，他要创造历史，但他绝不待在奴隶的位置上，可他又要说'是奴隶创造了历史'。看似滑稽是不是？其实很正常，只有在奴隶的欢呼声中他才能成为英雄，而且这是一个更为聪明的英雄，他知道欢呼之后的感激比磕头之后的感激要自愿得多因而牢固得多。"

在我的印象里，O走到窗边，背靠着暖气坐下，也许这样要暖和些。

在我的想像中，Z在屋里来回走，不断地喝着酒，在这个冬夜里醉了似的大发宏论。也许是因为一幅作品完成了使他兴奋。

"历史从来就不是芸芸众生的历史,"Z接着说下去,"这世界从来就不是亿万愚氓的天堂。这世界是胜者的世界,是少数精英的天堂。所谓献身所谓牺牲,所谓拯救世界、普度众生,自由民主博爱,还有什么'奴隶创造了历史',那不过是少数精英获取价值的方法和途径。真能普度众生吗?我不信。受益的只是拯救者的英名,而被拯救已经是被拯救者的羞辱,已经意味着被拯救者必然要有的苦难——否则他凭什么被拯救?佛祖说'我不入地狱,谁入地狱',地藏菩萨说'地狱未空,誓不成佛',但当他们这样说的时候他们已经脱离苦海慈悲安详了,他们已经脱离凡俗赢得圣名,可地狱呢,还是地狱,苦海呢,还不是苦海?芸芸众生永远只是这个世界的陪衬,是垫底的,没有地狱和苦海可怎么支撑着天堂和圣地?地狱和苦海是牢固的基石,上面才好建造天堂和圣地。"

O瑟缩地坐在窗边:"你真的是这样看?"

"太残酷了是吗?"Z说,"可你要听什么?忍辱负重,救世救民,我可以比WR说得还要漂亮。"

Z溜一眼O。不小心提到了WR的名字,Z以为这会触动O的伤痛,以为她会回避这个话题。但是不,她好像只是陷在刚才问题里,沉沉地想了一会儿然后抬头看着Z,把头发掠向脑后。

O:"你觉得他是那样的人?"

Z倒是一时不知怎样回答了。"哦,"他看着杯中的酒,"我宁愿相信他是真诚的……"

O:"但是,但是呢?你没把话说完。"

Z:"但是事实上,那是扯淡。那不是虚伪就肯定是幼稚。"

O:"你是说他不可能成功,是吗?"

Z:"也许这能够使他自己成功,但他的宏伟目标永远不过是动听的梦话。"

O:"我没懂。如果他的愿望不能实现,他自己怎么会成功?"

Z:"O,这世界上只有你纯洁得让我感动。恕我直言,虽然他并不能拯救什么,但是他也许可以成为万众拥戴的拯救者。这样的人历史上不断地有过,以后也还要有,永远有,但是历史的本质永远都不会变。人世间不可能不是一个宝塔式结构,由尖顶上少数的英雄、圣人、高贵、荣耀、幸福和垫底的多数奴隶、凡人、低贱、平庸、苦难构成。怎么说呢?世界压根儿是一个大市场,最新最好的商品总会是稀罕的,而且总是被少数人占有。"

O:"其实你还是说,他是虚伪。"

Z:"只能是这样。也许他自己并不觉察。"

O:"那你呢?你做的事又是为什么?"

Z:"我和他唯一的区别就是我并不妄称我要拯救谁。我不拯救谁。对,不拯救。但是我和那个宣布'奴隶创造了历史'的人一样,也不想做奴隶。"

这句话,把我的思绪一下子又牵回到Z九岁时那个冬天的晚上。我想,这句话在那条回家的路上就已经有了,只是那时还发不出声音,还找不到恰当的词句。后来他回到自己的卧室,让那张唱片转起来,让那悲怆雄浑的乐曲在黑暗中响起来,那时九岁的少年默默不语,料必就是在为心里的怨愤寻找着表达……天苍苍,野茫茫,落日如盘异地风烟,那激荡的歌舞中响彻着那个君王的高傲抑或Z的雪耻的欲望……Z终于找到了什么?也许正是那根羽毛吧,它的孤独和寂静里有Z要寻找的全部声音,它敏感的丝丝缕缕之中埋藏着Z的全部表达。

在我的印象里,那一刻O的脸上一无表情,很久她才抬起头来看着Z,突如其来地问道:"你,恨谁?"

女人的直觉真是敏锐得让人惊服,我感到画家一下子被击中了要害。

"我?恨谁?"Z愣着想了一会儿,但我感到他似乎想了很久,一生中所有深刻的记忆纷纷聚来。

"你一向都在恨着什么?"O又说。但她的目光却充满了怜惜,甚至是歉意。

"啊不,"那些记忆又纷纷隐蔽起来之后,Z说,"也许,也许一个人应该恨的只是……"

O盯着他问:"谁?"

Z说:"他自己。"

这时我记得,O和Z的目光互相碰了一下,很快又各自闪开,相碰和闪开得都很默契。这样,Z又来得及把自己隐藏起来了。但是,我想那一刻两个人心里都明白,Z的话并未说完,Z的话后面,源远流长。

日光灯嗡嗡地响。老座钟滴滴答答地走,两支镂花的指针正要并拢一处。O掀开一角窗帘:冬天的河岸上没有虫鸣,冬天的河完全冻死在那儿,泛着月光,托负着楼群的影子。河的那边,数十年中没有大的变化,大片大片灰暗陈旧的房群中小巷如网。

十二下沉稳的钟声。O回过头来。两支镂花的指针渐渐错开。

Z的嘴角露出一丝冷笑,说:"不错,我承认我曾经恨别人,但是后来我发现这不对。弱者恨强者,没有比这更滑稽的事了,这除了说明弱者之弱再没有任何用处。你甚至可以根据这个逻辑去判别谁是弱者。两只狗面对面时,喊叫得最欢的那一只就是马上要逃跑的那一只。我说过了,这个世界原本就只有两种人——英雄和奴隶。你不是英雄你就不如甘心做你的奴隶别埋怨别人,要么,你就去使自己成为英雄。"

O:"那你,当然是要成为英雄了?"

Z喝着酒:"毫无疑问。"

Z:"不过,真正的英雄,并不是用狡诈谋取了权力的人,也不是依仗着老子而飞黄腾达的人,更不是靠阿谀逢迎换取了虚名的人,那样的人并不真正被人尊敬,他们仍然可能是庸人、傻瓜,仍然可能有一天被人所不屑一顾。真正的胜利者是一个精神高贵的人,一个通过自己的力量而使自己被承认为高贵的人,连他的敌人也不得不承认他的高贵,连那些豪门富贾也会在他的高贵面前自惭形秽。"

　　我相信,这时候,至少有一秒钟,在 Z 的脑海里又出现了他九岁时走进过的那座晚霞一般的房子,有很多很多门,很多很多门又都关闭起来,或者是,很多很多敞开了的门中又出现了很多很多关闭着的门,一个美而且冷的声音在那儿飘绕不散。

　　O:"我不知道你说的高贵究竟指什么。"

　　Z:"艺术。"

　　O:"仅仅是艺术?"

　　Z:"一个高贵的人就是一个孤独的攀登者。他有天赋的自信。当这个庸卑的人为实利和虚名争夺不休的时候,他向着一个众人所不敢想像的山峰走去,在黑夜里开始攀登。那时候,在温暖的小窝里的人和在灯红酒绿的舞场上的人,都不知道他到哪儿去了。有那么一会儿,庸人们会以为高贵的人并不存在。但是,终有一天人们会看见他在世界屋脊,他的脚印遍布喜马拉雅山,他的声音响彻珠穆朗玛峰,他站在那灿烂的雪峰上,站在太阳里,那时众人就会看见什么是高贵和美丽。这情景,这一切,本身就是艺术。"

　　O:"可是……"

　　Z:"可这是自私。我知道你会这么说。如果没有人种麦子,你怎么可能去攀登呢? 是不是?"Z 的声音高亢起来,就像一个拳击手感到已经躲过了对手最致命的打击,现在兴奋起来,已经闪开了自己最柔软的部位,现在可是得心应手了。"但是有人种麦子。这个世界的组成方式我已经说过了。还有人吃不上麦子呢。但这并不影响有人已经吃腻了麦子。有英雄就有奴隶,有高贵就有低贱,这不是问题。问题是,你,做什么,你是什么。"

　　O:"问题是,这样的自私到底高贵在哪儿?"

　　Z:"肯定,我们马上又要说到拯救了。那是另一座山峰,你放心,有不少人正争着往那上面爬呢。他们歌颂着人民但心里想的是做人民的救星;他们赞美着信徒因为信徒会反过来赞美他们;他们声称要拯救……比如说穷人,其实那还不是他们自己的事业还不是为了实现他们自己的价值么? 这事业是不是真的能够拯救穷人并不重要,重要的是穷人们因此而承认他们在拯救穷人,这就够了,不信就试试,要是有个穷人反对他们,他们就会骂娘,他们就会说那个穷人正是穷人的敌人,不信你就去看看历史吧,为了他们的'穷人事业',他们宁可让穷人们互相打起来。"

又是一阵长久的沉默。

O:"那么你的高贵呢? 就是谁也不管了?"

Z:"每个人都只应该管他自己,他是奴隶还是英雄那完全是他自己的事,没有谁能救得了谁。"

O默默地想了一会儿,似乎这很符合一句最著名的歌词。

O:"那,你的第四种历史观,是什么?"

Z:"历史就是历史,没有谁能创造它。是历史在创造英雄。宇宙的意义就在于创造出一些伟大高贵的灵魂。或者说,存在,就是借助他们来显示意义。"

O:"我不这么看。我不认为人有高低贵贱之分,一切人都是平等的。"

Z:"那么你认为,人,应该有其价值么?"

O:"当然。"

Z:"但是价值,这本身就是在论人的高低。当然你可以认为一个乞丐比马克思更有价值,这取决于你的价值观,但这仍然是论高低,不过是换了个位置,换汤不换药而已。但你要是说一个乞丐和马克思有一样的价值,这是虚伪,是强词夺辩,而实际上是取消价值。对了,除非你取消价值不论价值,人才都是一样的,世界才是和平的,才是'四海之内皆兄弟',才能重归伊甸园。但可惜世界不是这样,要求价值不仅正当,而且被认为是神圣的。在这样的世界上,一个不论价值的人就被认为是最没有价值的人。如果你硬要说不论价值的人是最有价值的人,那我也没办法,但是这本身就是对不论价值的嘲笑。"

"但是在爱情中,人是不论价值的。爱是无价的。"

"喔,老天爷!拿你们女人可真是没有办法,怎么一说到爱情你们就一点儿智力都没有了呢?简直就像个最……最蹩脚的诗人。噢算了算了,何苦这么认真呢?你的逻辑已经乱了。嘿,咱们该睡觉了。"

Z说罢摸摸O的头,笑笑,去卫生间了。

O坐在原地不动,听着Z在卫生间里洗漱,气得脸通红。一会儿,她仿佛一下子想明白了什么,跳起来,冲进卫生间。

O:"逻辑混乱的是你,不是我!你一会儿说事业一会儿说价值,是你混乱着呢!你说的价值不过是社会的、功利的价值,其实不如说那是价格,交换价格,可我说的是人的终极价值!"

Z:"有吗,那玩意儿?"

O:"怎么能没有?"

Z:"你能告诉我都是什么吗?"

O:"比如,你终归是为什么活着?"

Z:"为什么?你为什么活着?"

O:"你真的还要问我吗?"

Z:"我诚心诚意地请教。"

O:"这一下子很难说得全面,嗯……比如说平等,比如说爱。"

Z:"你以为人真的能平等吗?你看见人什么时候平等过?人生来就不可能平等!因为人生来就有差别,比如身体,比如智力,比如机会,根本就不可能一样。你这念过大学的,总承认这个世界是矛盾的是运动的吧?可平等就是没有差别,没有差别怎么能有矛盾,怎么能运动?"

O:"我不是说这个,我是说人的权利!所有的人都有平等的权利!"

Z:"那是一句哄小孩儿的空话!谁给你兑现那份权利?要是事实上人就不可能平等,这个权利除了能拿来说一说还有什么用处?说的人,只是比不说的人多得些虚伪的光荣罢了。至于爱嘛,就更不可能是平等的,最明显的一个事实——如果你能平等地爱每一个人,你为什么偏要离开你的前夫,而爱上我?"

这句话太欠考虑,一出口,Z就后悔了,但已不能收回。

果然,O立刻闭口无言,愣愣地坐着,很久,泪水在她眼眶里慢慢涨满。

"喂,我没有别的意思,"Z说。

O一动不动,泪滴脱眶而出。

"真的,我不是那个意思。"

"不,我听懂了。"

"你听懂了什么?"

"也许是你说对了……人总是有差别的。"

203

夜里O睡不着,听着老挂钟敲响了三点,听见Z睡得安静。她起来,披上Z的棉大衣,轻轻走进画室,再去看那幅画。

巨大的白色羽毛仿佛一炬冲天的火焰,那是一种奇怪的燃烧,火焰越是猛烈越是让人感到寒冷。好像铁灰色的画面上有一种相反的物质:冷,才能使它燃烧,冷才能使它飞舞,越冷,它就越具活力,越有激情和灵感似的。

这真是奇怪。真是画如其人吧,O想。

O坐在地上,裹紧棉大衣倚在墙角,大衣上有着浓烈的Z的味。头靠在墙上,她继续看那幅画。

她想起一只白色的鸟,在巨大的天空或在厚重的云层里飞翔。久违了,白色的鸟,这么多年中世事沧桑,它其实一直都在这样飞着吧,一下一下扇动翅膀,又优雅又自由,在南方也在北方……但是,一个恶作剧般的念头跳进O心里——但是如果它被一枪射中呢……"嘣!"O仿佛真的听见了一声枪响,随即眼前出现了一幅幻景:白色的羽毛纷纷飘落,像炸开的一团雪,像抛撒开的一团飞絮,漫天飞落……其中一根最大的在气流中久久悬浮,不甘坠落似的在空中飘舞,一丝一缕就像无数触角,伸展、挣扎,用它的洁白和无辜在竭力嘶喊……那喊声必定是寒冷的,又必定是燃烧着的,因为,寒冷不能使它甘于沉寂,燃烧呢,它却又没有热度……

O睁开眼,恍惚像是做了个梦。她如果就是美丽房子里的那个小姑娘,她会想:那个寒冷的冬夜给Z造成的伤害竟会这么大这么深吗? 如果O不是那个小姑娘,她必定会猜测:在画家的早年,到底遭遇过什么?

差别,这人生注定的差别可真正是个严重的问题。忽然,O的脑际有一个非常清晰的思想闪现,但是Z进来了,一闪的清晰又掉进模糊里去……

Z走进画室。Z把战栗的O抱住,吻她。

"是我把你吵醒了?"O问。

Z显得很兴奋:"不,是这幅作品,它终于有个眉目了。"

两个人一同看那幅画。

O想起很久以前,她曾经问过Z,他为什么爱她? 那是当O从陌生的小镇上回来,当她离开了前夫再次走进Z的画室,是在那间老屋里他们头一次拥抱并且匆忙而放浪地做爱之后。那时画室外面市声喧嚣,画室里一时很静,窗帘飘动起阳光、树影和远处的一首流行歌曲。O慢慢穿起衣裳,Z坐在画室一角久久地看着O,那样子容易让人想起罗丹的"思想者"。O向他走去,走近他,问他:"你为什么爱我?"Z却浑身一阵痉挛似的抖动:"告诉我,告诉我你曾经住在哪儿?"

Z为什么这样问呢? O曾对我说,以后她问过Z,是不是觉得她就是当年那个九岁的小姑娘。

如果O这样问过,是在什么时候呢?

Z走进画室把战栗的O抱住,兴奋于他梦寐以求的作品终于有个眉目了——可能就是在这时候。

他把她抱起来,放在一块染满了画彩的地毯上,如果O那样问过,料必就是在这个夜里。他们俩都从卧室来到画室,继而做爱。他把她的衣裳扔得到处都是,肆意地让那些傲慢的衣裳沾染上他的画彩。他捧起她,看遍她洁白的肌肤上的每一个毛孔,酒气未消,在那洁白上面留下他的齿痕。他让她看镜子里面,让她看他怎样拥有她,让她看她怎样成为他的。但无论在镜子里还是在镜子外,O 总能看见那根巨大的羽毛在墙上、或者在山上或者在阴霾的天空里,飘摇跳跃风飞浪涌。像往常一样,Z 有些施虐倾向,每一回都是这样,这夜更加猛烈。O 不反感,最初她曾惊讶,现在她甚至喜欢。他能够使她放浪起来,让她丢弃一切,丢弃她素有的矜持、淑雅、端庄……O 甚至愿意为他丢弃得更多。她知道她甘愿如此,这是 O 之命运的一个关键。可能就是这夜就是这样的时刻,O 抑或我,终于看懂了墙上的那幅画。在性爱的欢乐之中,刚才一闪而过的那个清晰的念头再次不招而至:Z,他的全部愿望,就是要在这人间注定的差别中居于强端。

就是在这时候,O 迷迷离离地问道:"你是不是觉得,我曾经就住在那座美丽的房子里?"

"哪座?"

"你不曾料想到的那座。"

Z 停止了动作。

"你是不是感到我就是那个小姑娘?你是不是认为,我就是他们……"

O 感到 Z 的头埋进了她的怀里。

过了很久很久,O 听见 Z 喃喃地说:"杀了他,杀了他,杀了他们……"

O 相信这绝不是对着他的继父,从童年,这就不仅仅是对着那个酒鬼。O 把画家搂得更紧些,如同搂着一个受了委屈的孩子,就差在他耳边轻声说"对不起"了。

那句可怕的话在 O 温暖的怀中渐渐消失,但喃喃自语并未结束:"啊你们!你们……你们为什么,为什么那样美,而又那样冷啊……"

但 O 听不清 Z 到底爱谁,或者恨谁,是那个九岁的小姑娘,还是她的姐姐、她的哥哥、她的家人……或者是那座房子里的一切。但 O 在那夜之后却听清了两个字:雪耻。Z 没有这样说,但 O 听到了。O 相信这两个字才应该是那幅画的题目。

很久之后,Z 终于清醒过来了,听着深夜的寂静,深深地看着 O。

O 搂着 Z,看墙上那根羽毛。

"你原谅我了吗?"Z 问。

"原谅什么?"

"你忘了? 啊,忘了就好,别再说他了。"

O 的头里又像是砰地响了一声,心想:真的,我又把那个人忘了,真是让 Z 说对了,什么平等平等平等,我怎么这么容易忽视他呀……那个无辜的人他现在在哪儿,在干什么,在想什么……他是爱我的,我知道……可是为什么我不能像爱 Z 一样地爱他呢? 为什么? 价值吗……

然后他们做爱。一边做爱,O 一边又流泪。

"怎么了你?"Z 可能感到了,O 在敷衍他,O 第一次在这样的时候失去热情。

O 不回答他。O 在心里自问:是不是我又让一个人,积下了对这个世界的深重的怨恨……

二十 无极之维

204

　　F 医生对我说过：O 的死或许有什么更直接的原因，但不管是什么，那都不是根本原因。她绝不是一时想不开，她的赴死之心由来已久。

　　"你还是说那条鱼吗？那条有毒的鱼，是吗？"

　　"不光这个。恐怕主要是她心里……有个解不开的结……一个看来没有答案的问题。"

　　"什么问题？"

　　"很复杂。不过要说简单也非常简单，就是差别问题。"

　　"你是说在上一章里，画家给她留下的那个问题吗？"我问。

　　"什么上一章？"F 医生捋一捋他雪白晶莹的头发，莫名其妙地看着我，"我不知道什么上一章，再说我也不认识那个画家。"

　　对了，我想起来了，迄今为止 F 医生只匆匆见过画家 Z 一面，那时 Z 正沉陷于深深的迷茫中并未注意到 F。而且我隐隐感到，在这部小说里，恐怕他们也很难再有相识的机会了。

　　"你留意过蜜蜂吗？一群蜜蜂成百上千只，但是分成三个等级：工蜂、雄蜂和蜂王。蜂王只有一个，雄蜂要多一点儿但也只有几个，剩下的都是工蜂。所有的工作都是工蜂的事，采蜜、筑巢、御敌，是他们供养着雄蜂、蜂王和这个家族，但工蜂的寿命最短而且也最不受重视，没有谁认得它们，它们死了也就死了，新出生的工

436

蜂再来代替它们就是了。可是蜂王不能死,它最受重视,最好的食物由它独享,因为蜂王要是死了这一群蜂也就完了。而且蜂王是天生的,它唯一的艰险是被另外的可能成为蜂王的家伙处死,可能成为蜂王的家伙们一出生就要做拼死的斗争,只能有一个活下来,其他的必须死……"

"这就是 O 的问题吗?"

"差不多。比如你认为,人真应该是平等的吗?"

"当然。"

"那,你能告诉我在什么时候什么地方,人曾经是平等的吗?你能告诉我,在什么时候什么情况下,人可以是平等的,是一样被重视、被尊敬、被热爱的吗?"

"平等是一种理想,你不必要求那一定得是事实。"

"可如果那永远也不能是事实,你不觉得这很滑稽吗?你不觉得这理想的宣传者们有点儿什么可疑的动机吗?"

"这是 Z 的逻辑。"

"我不了解那个画家,"F 说,"但我想这就是 O 的死因。她早就找到了那么难得的一条鱼,我不知道她是什么时候到海边去找到的那条鱼,也许在那条鱼成为一条鱼之前 O 就到海边去看望过它了。但是现在我知道了,她在那座古园里想的全是这件事……"

"什么事?"

"死。"

205

我在写第三章"死亡序幕"的时候,我和 F 夫人都还不知道,其实 F 医生是认识 O 的,在那座古园里曾与 O 有过几次交谈。当 F 夫人喋喋不休地说起女教师和画家的事、说起在那古园里见到 O 的情景时,F 医生不太插嘴甚至不大耐烦,就是因为,关于 O 的所思所想 F 医生比他的夫人知道得多。

只是到了第十八章我才知道，F 医生每天不独往来于家与医院之间，他有时也到那座古园里去；那时诗人 L 发现他忽然又对蚁群有了浓厚的兴趣。

但是 F 医生不认识画家。F 也不知道 O 的职业和住址，只是觉得她住得应该离那座古园不太远。

在离开这个世界之前的很长一段时间里，O 常常独自到那古园里去，总是在傍晚，太阳低垂得挨近西边园墙的时候。O 在那里读书、默坐或呆想，天黑透的时候离开。

"她从来都是一个人来，"F 说，"在她去世之前，我一直以为她还是独身。"

那片杨柏杂陈的树林，那座古祭坛的旁边，女教师 O 一度是那儿的常客。那是个享受清静的好去处，有老柏树飘漫均匀的脂香，有满地杨树落叶浓厚的气味，难得城市的喧嚣都退避到远处。

"她第一次进到那园子，我就注意到了她。"F 说。

"怎么？"

"她问在那园子里放蜂的一个老人：这是什么地方？ 那个老人一年三季都在那园子里放蜂，那园子里到处散布着他的蜂箱，各种花蜜一年能收成几百斤……"

"我是问，怎么你就单单注意到了 O？"

F 笑笑，不答。

我知道，那是因为在写作之夜，在这部书中，O 与 N 极为相像，在我的印象里她们也常常混淆，何况 F 医生呢，他不可能不发现这一点，但是回避不谈。

园子很大，草木茂盛，有几座近乎坍圮的殿堂，有各种鸟儿晨出晚归，夏天有彻夜的虫鸣，冬天里啄木鸟的啄木声清晰可辨。那时太阳很大，很红，满园里都是它深稳、沉静的光芒，O 沿着小路走向祭坛，拾级而上，身影很长，身影扑倒在层层石阶上，雨燕正成群地在祭坛上空喊叫、飞旋。那时，F 医生正举着望远镜在观察一个鸟巢,鸟儿飞去飞来地忙着筑巢,衔来树枝和草叶把窝做得无懈可击。料必是望远镜的视野里忽然出现了O——F以为是N。

F医生又对鸟儿产生了兴趣。迄今为止他的兴趣至少可以画出这样一条线路:大脑的构造与功能→灵魂在哪儿,善或恶,喜或悲,都藏在大脑的沟沟回回的什么地方→人工智能,以及复制或者繁殖→部分与整体的关系→蚂蚁,蚁群的迁徙、战争或者说蚁群的欲望→欲望,"永动机",以及存在就是无穷动→蜜蜂,蜂群的等级,因而涉及差别或平等的问题→鸟儿,尤其是鸟儿筑巢时不容忽视的智力……

F医生的论文至今没有进展,虽然一直在写,但是越写似乎离结束越远,甚至离医学也越远。他仍然不是教授或副教授,不是主任或副主任。

诗人L有时候嘲笑F医生不务正业。F医生恰恰认为,这样嘲笑他的最不应该是诗人。

"L,你怎么也不懂呢? 每一棵树,每一棵草,每一片叶子,你仔细看过它们吗? 它们的结构之精致之美妙,肯定会让你惊叹。还有蚂蚁,鸟儿,蜂群,你留意过它们吗? 它们的聪明和灵性真是让人迷惑。你不得不猜想,那里面有着最神秘的意志,那是整个宇宙共有的欲望。共有的欲望啊,你明白吗? 说不定那就是爱因斯坦想要寻找的那个统一场吧……磁力呀、引力呀,人们迷恋着各种力,怎么不注意一下欲望呢,欲望是多么伟大神奇的力量呀,它才是无处不在的呢……"

L肃然地望着F,很久才说:"我一直都把你看错了,你的梦想一点儿都不比谁少,你的梦想一点儿也没有衰减啊……可是,可是你为什么要把自己限制得这么严格,这么古板这么僵死呢? 你为什么不去找N? 干吗就不能去看看她呢?"

F呆愣了片刻,给诗人一句模棱不清的回答:"你以为你什么都能找到吗? 诗人,要是有一天你能发现有什么东西,只要你一碰它它就没了、它就不再是它,那时你才能懂得什么是美的位置。那样,你的诗或许才能写得更好一点儿。"

<h1 style="text-align:center">206</h1>

F从望远镜里看见了O——他以为是N,脑袋"嗡"的一响,便又像被什么魔法拿住了,两腿想迈也迈不开,呆呆地望着祭坛的方向,甚至浑身僵硬,只感到空旷的阳光一会儿比一会儿更红、更静,老柏树的影子越来越长,一派荒凉之中雨燕在祭坛上空凄长地叫喊了起来……

直到O又走下祭坛,向F走来,走近他,慢慢走近他时那魔法才似收敛——医生看清了走来的是一个陌生的女人。

"是您的望远镜吗?"O对F说,"掉在地上了。"

幸好是掉在了草地上,F捡起来看看,镜片没坏。

"能借我看看吗?"

"当然。"

O举起望远镜,转着圈把那园子看了很久。

"谢谢。您是医生?"

"噢? 怎么,您找我看过病?"

O摇头,笑笑:"连您的望远镜上也有医院的味儿。"

F也笑笑:"是吗?"

"您用它看什么?"

"啊,随便,随便看看。"

F不住地打量O,心里问自己:N有妹妹吗,或者姐姐? 又一遍一遍地回答自己:不,没有,N没有妹妹,她既没有妹妹也没有姐姐,兄弟姐妹她都没有。但是他不由得很想多和这个陌生的女人攀谈几句——毕竟,就连她的声音也挺像N。

"您呢? 看的什么书?"

F从O手里接过一本书,翻翻,是谈佛论道的。

"您不会感兴趣,"O抱歉地笑笑说,"医生当然都是无神论者。"

"那倒也不一定。"

"是吗?"O 的眼睛亮了一下。

"嗯……比如:要是你仔细观察过各种各样的物种,植物、动物、微生物,还有人,人体精美的构造,你简直很难相信那是碰巧的演变。那么聪明、合理、漂亮,环环相扣天衣无缝,就是你存心设计你也很难考虑得那么周到、美妙、和谐,你不由得要想,很可能我们都是更高智慧的造物。"

"那又怎样呢?"

"什么怎样? 你指什么?"

太阳正在西边园墙上沉没,园子里昏暗下来,O 的目光在苍茫的黄昏中显得忧郁、惶茫。

"还不是有那么多苦难吗?"她说。

"有那么多不幸,不幸又酿出仇恨。"她说。

"您说,普度众生是可能的吗?"她问。

她久久无言地望着树林,两眼空空,旁若无人。然后忽然说一声"哦,我得回去了"。好像完全没有注意到 F 医生一直在陪着她,便转身走去,出了园门。

所有 O 的朋友都记得,O 在生命的最后一段时光,曾以百倍的虔诚参禅悟道,沉思玄想,仰望佛门。

207

为了那个无辜的人,O 曾深深地自责。尤其是在婚后,感到无比幸福的时候,她常常想起那个人,想起他此时此刻的境遇和心绪,想起过去,想起一些毕竟美好的时光,也想起她忽然冷淡了他时他那迷惑不解的样子,想起她决意要离开他时他那顿失光彩的眼神,还有那天早晨他独自下楼去的脚步声……善良? 他不善良吗? O 甚至重新去想像:我可不可能爱他? 但几乎就在这个念头出现的同时答案就已确定:不,不可能。一俟他和 Z 的形象同时出现,O 便知道那绝不可能,她倾向于谁非常清楚,无可争辩。O 这时就更加明白:对他,我一直也不是爱。是什么呢,那场婚姻是因为什么呢?可能是孤单,是绝望,是因为那时 O 的心正在死去,那颗将死的心本能地需要随便一个什么人来安慰她,一个男人,来给她一点儿依托,一点儿支戗……可是,当我不再需要他的时候就顾不上他会怎样了……

　　这自责曾借默默地为他祝福而消解、淡忘,可现在,当 Z 说出了"如果你能平等地爱每一个人,你为什么偏要离开你的前夫而爱上我"时,淡忘的一切重又泛起,汹涌地袭来,无以逃避。

　　平等吗?那你为什么苦苦地抛弃这一个,又苦苦地追求那一个?价值,可不是吗?否则你根据的是什么?你的爱与不爱,根据的是什么东西?或者,源于什么?

　　Z 为什么这样吸引我?Z 的坚强?机智?才华?奇特,不入俗流?男子汉的气质?孤独却又自信,把软弱藏起来从不诉苦?甚至做爱时天赋的野性,狂浪,甚至他的征服?是吗?是,又不是,说不清,那是说不清的,只能说是魅力……但是他善良吗?——O 没有回答。她愣着,她不想摇头,又不能点头。

　　但不管是什么吧,不管你的取舍多么正当,甚至正义吧(你爱坚强的不爱怯懦的,爱美丽的不爱丑陋的,爱聪明的不爱愚蠢的,爱性感的不爱委顿的,爱善良的不爱邪恶的……),那取舍都意味了差别,价值的或价格的差别,而非平等,绝非平等!可人是多么渴望被爱呀,每个人、每一颗心都是多么需要爱呀!任何人都是一样、都是多么期待被爱呀!怎么办呢?你要爱你要被爱你就要变得可爱,你就不能是个白痴,不能是个傻瓜,不能是个无能的人或者不会做人的人,不能在那注定的差别中居于弱端,所以你就必须得像 Z 说的那样实现你的价值,尽管你喊着累呀累呀活得是多么多么累呀,可是还得去落实你的价值——打起精神、硬着头皮、不畏艰险地去展示你的价值。公鹿展示它们犄角的威武,雄鸟展示羽毛的艳丽。在人,那就叫做事业、成就、功名、才能、男子汉,当然不是直接地炫耀,而是迂回着表现于你的性格、相貌、风度、意志和智慧。你不会爱一个白痴,尤其谁也不愿意做一个白痴,这里面有人们不愿深问的东西,人们更习惯躲闪开这里面的问题,但每一个人都会暗自庆幸他不是那个白痴。

这又让我想起"叛徒",想起人们对一个叛徒的态度,和对其中深埋的问题的回避。

O 很可能在那座古园里问过 F:"是不是,医生?是不是这样?"

F 能说什么呢?如果他在写作之夜是一个我所希望的老实人,在那座古园里他又是一个我所指靠的智者,他能怎样回答 O 呢?

F 肯定会说:"不错,这是事实。"

他可能还会说:"不这样又怎样呢?否则物种就会退化,人类就会怠惰,创造可能就要停止了。不过幸好有母鹿在,有雌鸟在,它们展示素朴、温情和爱恋。幸好有女人在,她们证明爱情的重要,她们把男人召唤回来,把价值从市场和战场上牵回人的内心。威武和艳丽都是需要的,男人创造的空间的壮丽,和女人创造的时间的悠久,那都是需要的,都是宇宙不息的欲望所要求的。"

但如果,O 是那座古园里的问题,O 是我写作之夜所见的迷茫,O 必定不能满意这样的回答。

白杨树在高处"哗哗"地响,老柏树摇落着数不尽的柏子,柏子埋进土里,野草疯狂地长大了,星星点点的小花朵——蓝的紫的黄的,簇拥着铺开去,在园墙那儿开得尤为茂盛、蓬勃,仿佛要破墙而出要穿墙而去,但终于不能……O 问:"可是人能够是平等的吗?人可能都得到尊敬,都不被歧视、轻蔑和抛弃吗?F 医生,您说能吗?"……古祭坛伸展开它巨大的影子,石门中走过晚风,走过暮鸟的声声鸣叫,石柱指向苍天,柱尖上留一抹最后的光芒……O 问:"普度众生是可能的吗?人,亘古至今,这么煞有介事地活着到底为的什么?"……太阳走了,月亮悄悄地来,月亮怡然升起在朦胧的祭坛上,唯闻荒草中的虫鸣此起彼落……O问:"这欲望兴冲冲地走着跑着,医生,他们究竟是要去哪儿?就是为了爬到耻辱之上的光荣,或者掉进光荣之下的耻辱吗?就是为了这两个地方?"……走上祭坛,四周喧嚣的城市点亮了万盏灯火,O知道,就在不远的那座楼里,画家又在挥动他的画笔了,又是那根羽毛,自负甚至狂傲……Z在等她回来吗?Z知道她必定回来,Z对此尤为自信……O想:"但是另一个人在哪儿?以及另一些人,在怎么活着?光荣和耻辱各自在怎么活着?"……星汉迢迢,天风浪浪,O在荒凉的祭坛上或者在我的心里喃喃自语:"可是,每一个人都是一个百分之百的世界……不过他不会想到他的,他不会有这样的问题,从来没有……"

"什么你说?你说谁?"F问。

O已经下了祭坛,走向园门,走进万家灯火。

那最后一句话,我或者F医生唯在O死后才能听清:两个他,一个是指她的丈夫,一个是指她的前夫。或者:一个是指光荣,一个是指耻辱。

208

那园子里有好多练气功的人。开始时只是几个老人,在树下默立吐纳,或逍遥漫步,期待着健康、长寿、自在和快乐。后来人就多起来,十几人而至几十人,几十人而至上百人,散布在树林和草丛里,或手舞足蹈,或轻吟低诵嗡嗡有声,继而又成群成片地在祭坛上和祭坛周围坐下或者躺倒,也有低头含笑的,也有捶胸号啕的,也有仰天长叹的,也有呼号若癫的……传说有人在那时见到了死去的亲人,有人听见了古代圣贤的教诲,有人在那一刻看破红尘顿悟了大道,有人魂飞出壳刹那间游历了极乐世界抑或外星文明……也有人疯了,疯言疯语地说出了一些罕为人知的秘密。

一度,这座城市里到处飞扬着神奇或怪异的传闻。书摊上,介绍气功和特异功能的书,谈神言怪的书,乃至各路神医奇士的宏著、延年益寿的验方新编、消灾免祸的咒语集成,大为走俏。书商们发了横财,买了汽车和别墅。"信徒"们心痒难熬夜不能寐,恨不能一步成仙。于是乎各门"大师"层出叠涌,设场布道,指点迷津。修性修命逃离苦海的途径原来很多,以至于几天就有一种最新的功法问世。记者们忙得团团转。老弱病残者更是奔走相告如见救星。寺庙的香火为之大盛,令寂寞多年的老僧人瞠目不已,因为各路功法无不争相与佛门混为一谈。

　　F医生说:"不过气功确有其神奇之处,很可能为现代医学开出新路。"

　　诗人不以为然:"怎么神奇? 能治百病,长生不老,是吗?"

　　"那倒不是,"F说,"但确实治好了很多我们治不了的疑难病症。"

　　那时诗人L又不知是从哪儿刚刚回来,风尘仆仆地就来这园子里看望F。

　　F医生说,在那园子里还有几个有特异功能的人。F说有个人能把一个铁球装进玻璃瓶里去,铁球明显比瓶口大,他轻易就把它装进去,轻易又能把它拿出来。

　　诗人L大笑不止:"老兄,你的研究就快要出成果啦,你马上就可以得一个魔术大师的职称了! 总不至于下次我回来,正见你在街上练杂耍吧?"

　　"我是亲眼见的。"F医生平静地说。

　　L不怀疑F的诚实。"但是,那个变戏法儿的家伙一共有两个瓶子,和两个铁球。"L说。

　　"可瓶子里那个铁球是我的,"F说,"我临时在那上面锉了个'F'。"

　　L愣住:"是吗? 那家伙,他怎么解释?"

　　"他说他也不知道是怎么回事。"

"你呢？你怎么想？"

"那是发生在另一种时空里的事，只能这样猜想。那铁球是从另一种维度里进到那瓶子里去的。就像你从三维的空中，可以轻而易举地移动二维平面的一个什么东西，但是如果你的观察只限于二维平面，你当然就看不出那是怎么一回事。"

"你是说另一个世界吗，可敬可爱的医生？"

"确切地说是另一种维度的存在。因为那一种维度的存在并不与我们这个世界截然分离，所以是同一个世界。另一种维度的存在，它就在我们身边，就在我们周围，或者在我们之中，只不过以我们的观察方式永远发现不了它罢了，正因为我们发现不了它所以它是另一种维度的存在。一个有限的维度，比如说一维、二维、三维，都是抽象的。你想吧，一维如果不占有面积，它必是抽象的，二维要是不占有空间，三维要是不占有时间，那都只能是抽象的，不可能真正存在。一个真实的存在必是多维的。"

"多少维？"

"无穷多。无极之维。"

"医生，你不做手术的时候就这么胡思乱想吗？"

"你一定见过一种捕蝇器吧？一个纱网做成的笼子，下面有一个筒状开口，好比一间屋子，屋顶上有个烟筒，但这'烟筒'不是在顶面而是在底面，不是伸向屋外而是伸进屋内，'筒'的一端连着底面的纱网，另一端开放在笼子里，笼子架起来底面悬空，下面放些能招引来苍蝇的东西，苍蝇来了就会从那筒道中稀里糊涂地飞进笼子。可是，它之所以是一种聪明的捕蝇器就在于，苍蝇能从那儿飞进来，却不能飞出去。"

"你又喜欢上苍蝇了？"

"它为什么不能飞出去，你想过吗？"

"我不是苍蝇。真的。"

"因为，虽然它处在三维空间，在我们看来它也是做着三维运动，但是它自己感受不到三维，三维对它来说是一团混沌或者就是不存在,在苍蝇看来它一直都是飞着直线,它不能把横的和竖的直线联系起来看,它拐来拐去飞进了笼子但它并不知道那是拐来拐去的结果,所以再让它拐来拐去地飞出笼子它可是束手无策,它只好仍以直线的飞行东撞西撞……就像我们莫名其妙地来到了这个世界,在这个世界上东撞西撞怎么也撞不出去一样。"

"你想撞出到哪儿去呢?"

"比如说笼子以外。我们也是在一种笼子里,比如说我们是否可以出去呢?"

L愣住了,脸上的嘲笑慢慢消失。他必是想起了他未完成的长诗。我们都会由此想起L渴望的那一种乐土,和他东撞西撞也没有撞出去的诗人的困苦。

F说:"如果你没找到另一种存在,并不说明它没有。就像苍蝇,它就在三维之中但是它不识三维,因而它不能参与三维,对它来说也就等于没有三维,它就只能在二维中乱撞。也许,只要你换一种思维方式你立刻就能进入另一种存在了。"

F又说:"看着那只遇难的苍蝇,你真为它着急,出去的路明明就在它眼前可它就是看不到。"

L:"你的呢,你看到了?"

F笑笑:"但它很可能就在我们眼前,司空见惯的地方,但视而不见。"

L:"找到了,请你也告诉我。"

F:"就怕我不能告诉你。就怕那是只能找到而不能告诉的。"

L:"那么依你想,外面是什么?出去了又能怎样?"

F不答。

209

"就算那是天堂,"O也是这样问,"又怎样呢?"

O对气功,对各式各样的功法毫无兴趣,对那个铁球和那个瓶子更是嗤之以鼻。

"要是我看不出活七十岁到底是为了什么，"O对F说，"我也看不出活一千岁有什么意思。"

"要是有些人可以去天堂，有些人只好留在人间，有些人必要去下地狱，"O说，"医生，这倒很像是有些人可以爬到光荣的位置，有些人只好留在平庸的地方，另一些人呢，随他去受罪。"

"这天堂可有什么新奇之处呢？神仙们想必也要在那儿争来夺去吧？"

"我没说那是天堂，"F说，"我只是说那是另一种存在，有一种我们并不知道的存在……"

"新大陆。'阿波罗'飞船。阿姆斯特朗的太空行走。还有'黑洞'。是吗医生？"

"不过可能和这些都不一样，根本的不同。"

"那儿有矛盾吗？那儿有差别吗？有意识吗？除非没有。"

F看着O，惊讶着这个女人的思路，这个女人或者这个园子里，似乎问题总是多于答案，迷茫永远多于清晰。

"不过这也许可能，"O说，"什么都没有也许就可能了。"

"你是说……"F担心地看着O，心里有一个字没说出口。

O苦笑一下，打断他："你相信有天堂吗？或者叫净土，乐土，你相信吗？"

"我不知道。也许那与'天'和'土'都没什么关系，那只是人的梦想。也许它并不在这个世界之外，只不过在我们心中，在我们的希望里。比如说爱，她能在哪儿呢？并不在时空里，而是在……另一种维度里……"

O的目光亮起来，看着F。那目光总是让F想起N。

"可是有人认为那是征服，是在征服里，"O的目光又暗淡下去，"我不信，我真不能相信是他说得对，可是，可是……"

"谁？"F医生问，"你说的'他'，是谁？"

O不回答，走进老柏树林，打着伞在迷蒙的雨中坐下，坐在一条长石上,展开手里的书,细雨在她的伞顶上沙沙作响。F 再次没有听清那个"他"是谁。只好等到 O 离开这个世界之后,F 才能记起:那才是 O 最深重的迷茫,那才是 O 赴死之心的由来。

正如 F 夫人所说:女教师老是一个人在那片老柏树林子里,老是坐在那棵枯死的老柏树下。那儿的草很深,很旺。那儿,树很高树冠很大,树叶稠密,但即使这样也还是能看出来有一棵老柏树已经死了,O 常常就是坐在那棵枯死的老柏树下。正如 F 夫人所说:那儿晚上有灯,四周很暗但那盏灯划出一块明亮的圆区,雨天或者雪天女教师也要去那儿坐一会儿,看书,或者呆望。正如 F 夫人所说:不管 O 是埋头看书,还是瞪大眼睛张望,她的眼睛里都是空的,祭坛、树林、荒草、小路都似没有,不管是古殿檐头的风铃声,还是落日里鸟儿的吵闹,还是走过她面前的游人都似没有,太阳或者月亮都似没有。

F 常常远远地望她,不轻易去打扰她。F 感到,她两眼空空之际,就是她正在期望另一种存在。F 怎么也没料到那会是死。

正如 F 夫人所说:她心里有事。

F 最后一次走近她时,下着那个冬天的第一场雪,树林里只有两种颜色——白和黑。F 在 O 身边站住,看见她膝头翻开的书上盖满了雪——只有白没有黑。

"天堂又怎样呢?另一种存在里,可以没有差别吗?"她仰脸看一下 F。

F 不说话。

"要是你说的多维是对的,存在是无极之维,"O 重又低下头去,"是不是等于说,每一维都是一样的,在一条无极的链条中每一环都一样,都是这个光荣和屈辱各有所属的人间?普度,可以度到哪儿去呢?"

F 不说话。

"比如说疾病。医生,你作为医生,相信所有的病都能治好吗?"

"我想，不管什么病，将来都是应该有办法治的。"

"可将来不过是将来的现在，就像现在不过是过去的将来，现在不过是将来的过去。但人总是在现在，现在总有不治之症。你能想像有一种没有疾病的现在吗？你想像过那样的存在吗？没有疾病，没有困苦、丑陋、怯懦、卑贱、抛弃和蔑视、屈辱和仇恨、孤单和孤独……总之没有差别，那会是什么你想过吗？彻底的平等是什么，你都想过吗？"

"是，你说得不错。"

"那就是说，人间就是天堂的地狱，人间就是地狱的天堂，天堂和地狱也都是人间……我们永远都是一样在哪儿都是一样，差别是不变的，就看谁幸运了，谁能抓来一手好牌……爱嘛，不过是一种说法、一幅幻景，真实呢，就看谁能处在这差别的强端。"

F 说："在这儿坐的时间长了可不行，要生病的。"

"也许真是他说对了，可我……真不希望是他对了，我真不想看见他那么得意那么狂妄，因为他，我知道……因为他其实谁也不爱，他只爱他的艺术——其实也不见得，他只爱他的高贵和……和……和征服！"

这是 F 听到 O 说的最后一句话，这时他才想了一下，"他"可能是她的爱人。

F 医生离开 O 时，O 仍坐在那棵树下。F 在园门那儿回头看她，这时雪下得又紧又密，天地苍茫，一派混沌未开似的静寂。

二十一 猜测

210

F 医生的判断只是一家之言,对 O 的赴死之因仍是众说纷纭。不过,几乎所有认识她的人都相信:O 已经不爱 Z 了。人们在这一点上毫不费力地取得共识:七年中,从崇拜到失望,从失望到不堪忍受,O 对 Z 的爱情已不复存在。而且这样的共识,或是从语气里或是从表情上,似乎常常流露出一点儿先见之明的自得,不能说是快意——毕竟那是一件让人痛惜的事,但却很像是一道难题终于有了解,虽然是出乎意料的残酷。

但是迷雾远未消散。雨是停了,可天仍然阴着,云层很沉很厚。

比如 O 的遗书,谎言吗?"在这个世界上我只爱你,要是我有力量再爱一回,我还是要选择你。"O 不是能说谎的人,尤其是在这样的时候。或者只是为了给 Z 一点儿安慰?还有,如果她不爱画家了,如果仅仅是不堪忍受那"征服"以及"寒冷的燃烧"了,她为什么不离婚?O 绝不是那种被传统妇道(从一而终)束缚的女性,以往的离婚是最有力的证明。如果她还爱着 Z,那个死亡的序幕又怎么理解?而且在那序幕与死亡之间,O 几乎没说什么话,从始至终不做辩解。或者,以死来表明自己的清白?可那显然不是仓促的举措——那条漂亮的鱼早就准备好了,已经晾干或焙干装在一个小玻璃瓶里了。

211

Z 的同母异父的弟弟 HJ 说:"别人很难想像 O 曾经对我哥有多崇拜,简直……简直就像信徒对上帝。是不是 T,我没夸张吧?"HJ 笑着问身旁的 T,同时指指 T:"反正她从来没对我那样过。"

那是 O 去世不久,HJ 和 T 从国外回来,据说是要在国内投资办一家欧洲风格餐馆。T 还是出国前那么年轻,领着儿子。男孩儿会说汉语,但是一着急就是满口的外国话。

HJ 说:O 给 HJ 写信时不止一次说起,像 Z 这样才华、毅力兼备的人实在不可多得,才华毅力兼备而又贫寒不移、俗风不染的人就更少,至少在 O 的视野里没有第二个。

T 说:有一次 O 给 T 写信说,她做梦也没想她会得到这么完美的爱情,她引了一句古诗"金风玉露一相逢,便胜却人间无数",她说"金风玉露"是有点儿俗,但"胜却人间无数"真是千古绝唱,她说诗人一定有过跟我现在一样的感受,否则不可能写出这样的诗来。当然那不光是性爱,不光是快乐,那是爱情是幸福,这时候你能想到的就只剩了这两个词:爱情,幸福。不过,"两情若是久长时,又岂在朝朝暮暮"这两句固然也不错,但是她说她真是希望"朝朝暮暮",既是"两情长久",又能朝夕不离。她说只要能每天看着 Z 画画,生命之于她也就足够了,只要能一辈子都在 Z 身旁,听着他的声音,看着他的举动,闻着他的气味,照顾他的生活,对命运就绝不敢再有什么奢望了,否则简直就是不识上帝的恩情,简直就是虐待上天的厚赠。不过这是否已经是奢望了呢? 她说,她幸福得有时候竟害怕起来,凭什么命运会一味地这样厚待我呢?

"我哥那个人,唉,怎么说他呢?"HJ 摇头叹气,再说不出什么。

"他们两个的责任,依我看是他们两个人的责任,"T 说,"其实他们俩谁也不大懂爱情。"

"T 现在是爱情专家,我常常聆听教诲。"HJ 变得比以前诙谐了。

T 说:"他们俩,一个需要崇拜,一个需要被崇拜,需要崇拜的那一个忽然发现她的偶像不大对劲儿了……另一个呢,看吧,他或者再找到一个崇拜者,或者在自恋中发疯吧。"

"你们呢,很平等?"我问。

"岂止平等?"HJ 说,"我们俩志同道合,都是女权主义者。"

T 也笑了:"我不过是比他泼辣……"

"岂止岂止,您太谦虚了,是厉害!"HJ 又转而问我,"您可能听说过我的长跑史吧?"

"曾有耳闻。"

"在第十五章,您可以翻回去再看一下。到现在我还是那么跑着呢,威信已经全盘出卖,可一直也没从追求者的位置上跑出来。不不,别误会,这是我的自由选择。"

"那是因为你太窝囊了,"T 大笑着说,"不过你一直都有你的自由,你不承认?我强迫你了吗?"

"当然没有。我已经强调过了,我是一个自愿的女权主义之男性信徒。"

"您还是那么相信平等吗?"T 问我,"您不如相信自由。"

这时他们的小儿子问我:"你会武术吗?"

"他觉得在中国,人人都必定会武术,"T 说,脸上掠过一缕伤感,"唉,他也许注定是个外国人了,我们俩还是常常想回来,总有一天要彻底回来。"

"可是,是从什么时候,O 对 Z 的崇拜变成了失望?"我问。

"是从什么时候大概谁也说不清。最明显的是上一次我们回来,O 跟我们说起了一件事……嘿,还是你说吧。"T 让她的先生说。

"O 也是从我爸那儿听来的,本来我妈不许我爸告诉别人,可是有一天我爸又喝醉了,我妈不在家,正好 O 去了,正听见我爸坐在屋里大骂我哥,说他竟然对人说我妈是我们家的保姆。"

"怎么会呢?"我说。

HJ:"这事你最好别去问我爸,你除了听他大骂一场也听不到别的。是这么回事:我们的一个英国朋友来中国,这个英国人差不多算个画商,本人也是个艺术家,我希望他能去看看我哥的画。我跟他说起过我哥,他很感兴趣。我觉得我哥的画真是挺棒的,要是能拿到欧洲去说不定一下子就能成名。说真的,我哥确实是在用心血画画,我没见过谁像他那样的,或者说是用生命在画,这得公平,确实 O 说得不错,像我哥那样又执著又有天赋的人不多,每画好一幅他就能大病一场,就能瘦下一圈去。他没上过美术学院,也没拜过什么名师,就是自己画,我从小就见他整天在画画,把我妈给他的饭钱省下来买画彩买画具,从小我就总听我姐姐说他是天才,他肯定能成功……"

HJ:"可是那次,Z,我哥,竟向我的那个英国朋友用英语介绍我妈说……说她是我们家的仆人……可我爸是懂英语的,尤其听得懂 servant 这个词,我爸几十年前就是在一个英国牧师家里当仆人的呀!"

HJ:"那天,那个英国人正在我哥那儿看他的作品,我妈去了,给我哥送去刚蒸好的包子,因为那几天 O 不在家,好像是去了南方。真是难得那天我爸随后也去了。我爸刚要进门就听见屋里我哥的那句介绍,声音不大,但是那样的介绍对我爸来说真是太熟悉了。就像人家叫你的名字,声音再小你也立刻就会有反应。我爸立刻站在门外不动了,听见我妈还在向那个英国人道歉,说是不知道有客人来,包子拿来的太少了。我爸跳进屋去,一句话不说揪着我妈就往外走……"

T:"O 对我们说这件事的时候,脸上毫无表情,一副疲惫的样子。"

HJ:"我相信那是真的,我哥他干得出来。他这么个'高贵的伟人',怎么能有那样一个又老又邋遢光会蒸包子的母亲呢?尤其是在一位英国绅士面前。我妈早已经不是年轻时的样子了,几十年的磨难,她完全像个没有文化的老太太了。你见过我哥画的一幅题为'母亲'的画吗?对,那才是他要的。他希望母亲永远是那样,他梦里的母亲永远是那样,这我懂,这其实挺让我感动。可是,'他希望母亲永远是那样'和'他的母亲必得是那样',这之间的不同你能明白吧?微妙的但是根本的不同!他爱的不是母亲,他爱的是他自己!他当然也希望母亲幸福,可主要是,他希望他的母亲不要损害了他的'高贵的形象'。他小时候不是这样,小时候他只恨我爸。可后来也不知道从什么时候,我看得出来,他也嫌弃我妈,他嫌弃我们这个家。"

T:"我先生还是去找Z说了这件事,骂了他,Z一言不发。"

HJ:"别难为他,一言不发在他已经是极限了,他就是哭也绝不会让别人看见。这辈子我就骂过他这一回,从来都是他骂我。"

T:"听说他后来给你妈道过歉,没有别人的时候,给你妈跪下了。"

HJ:"是吗,我怎么不知道?"

T:"O不让我跟人说,O哭着要我保证不跟任何人说。O说否则Z要恨死她的。当然,妈是原谅他了,妈肯定会原谅他的。"

"O也原谅他了吗?"我问。

T摇摇头:"O什么也没说。我问O,你原谅Z吗?O毫无表示,一动不动坐了有半个钟头,然后就走了。"

HJ:"可能就是这件事,让O对Z失望透了。就是从这以后,O给我们的信里常常谈起佛教。然后,在她死前的很长一段时间,我们再没收到过她的信。"

212

Z的继父仍然是那家小酒店里的常客,不过不拉二胡了,醉了就骂Z,似乎这比拉二胡要省事,而且过瘾。

"别跟我提 Z，提他我就来气！"其实是他自己要提。

"那个混蛋，虽说不是我亲生的可是他妈的倒是像我一样坏，也像我一样娶了个好媳妇儿，可是他可不像我这么懂得自个儿的福气，放着好日子不过，作！——"

小酒店的门窗都换成了铝合金的，桌椅摆布得像是一节火车车厢，灯比过去亮得多，墙上贴了壁纸。常来喝酒的人里 Z 的继父当属元老，元老渐渐地少下去，少壮的正逐步老起来。戏也还是唱，"样板戏"与"帝王将相才子佳人"一并成了古董，被怀念。唱戏之外是发牢骚，什么都还是过去的好，现在的东西里唯不骂电视机，但骂电视里的节目，从新闻到广告，直骂得屏幕上只剩一片"雪花"。Z 的继父仍然受欢迎，过去人们爱听他的二胡，现在以同样的热情赞赏他的畅骂。

"我死都对不起 Z 他妈，这我明白。可她那个混蛋儿子，什么样的女人能跟他过得下去？我不过是喝喝酒，他呢？整天什么也不干光是画他那些神仙也看不懂的玩意儿，看得懂的东西他就会画光屁股的女人，真人那么大一丝儿不挂，瞅着都冷。黄色？顶他黄！我就纳闷儿扫黄怎么就不扫他？小摊儿上的黄色挂历都给扫了，可也邪了——怎么他那些玩意儿就能挂到美术馆去呢？男的女的还都去瞧，要我说还不如逛窑子去呢，画得再像也是假的不是？"

酒还是"二锅头"好，还是不紧不慢地喝，酒和骂都要有恰当的停顿，利于品味。下酒的菜呢，仍是花生米、松花蛋、猪头肉而已，但无论哪样都不如过去，日子总是他妈的一天不如一天。这里边似乎隐含了这样一种心理准备：倘日子一天比一天好，就怕死的时候更劳牵挂。

"这下子踏实了吧？老婆走了，一甩手，走个干净。我早瞧他没那个福分！多好的媳妇儿呀，家里家外什么事儿不得靠她？眼瞅着她这几年都累老了。Z 那小子什么也不干，厂子里的职位也给弄没了，几年都不上一天班，谁还侍候他这么个大爷？一个钱都不挣,倒让老婆养活着,他哪点儿像个男人?他妈的他高雅了,倒让个女人受苦受累供着他,除了画画就是听音乐,酒喝得比我的好,衣裳穿得比我讲究,总这么着什么样的女人受得了哇?我要是让女人养着,我就没脸不让她去上别人的床!你们没瞧呢,一盒磁带十来块,还不都是 O 挣来的钱买的?可他呢,'刺儿——'一声剥下上面的玻璃纸来,说是有多么潇洒,'刺儿——'一声又剥开一个,说是有一种快感。他妈了个×快感,这又不是脱女人的裤子……"

城墙早就没了,拆了,城墙的位置现在是环城路,终日车流如潮。那条小街盼望着拆迁,盼得更加苍老了,所有的房子都已残破不堪甚至歪斜欲倾,拆迁的消息不断,唯其不断,实现的日子便总也不来。不过也有好处,一座座老房现在都面朝大道,装修一下门面便可做买卖,于是小食品店、小饭馆、小修理部、小发廊……纷纷开张。但是买卖不能做大,投资不宜太多,真要是拆迁呢?

HJ 要我别太听他爸爸的话。"他又醉了。不过他现在老了,倒是总说起对不起我妈的话,一喝醉了就这么说,O 死后他更是说得多,说我们家的女人都是好女人,我们家的男人没一个像男人。"

213

O,不管是因为 Z 令她过于失望,还是因为所谓"生命的终极意义"让她掉进了不解的迷茫,看来 F 医生的判断都是对的,她的赴死之心由来已久,只是在等待一个时机。但是,为什么会有那样一个赴死的序幕呢?

诗人 L 说:是的,O 已经不爱 Z 了,但她不愿意承认。她不愿意承认她为之付出全部心血的爱情不过是自己的虚拟。她不仅是口头上不愿意承认,她的意识里也拒绝承认,但是在梦里她会承认,在梦里她能看见一切真实。所以在第十九章她看着 Z 的那幅画时她感到无比的寒冷,因为,她孤独的心一无所依。

L说:"我想她一定常常做噩梦,当然这已经无从证实,O死了,只有Z知道,但是Z绝不会说。"

L说:"关于O的死因,绝不要全听F的,这个医生中了哲学的魔,满脑子形而上。爱和死都不是那么形而上的,都是再情感化不过的事情,再有血有肉不过的东西,再真实、具体不过的感受和处境。生,其实是非常有力量的。只要还有爱情,我是说具体的爱情,你就不会去死。博爱可能是我们的理想,它的可望而不可即有时候会让我们觉得活得荒唐,但是在这个世界上只要还有一块让我们感到亲近和坦诚的地方,我们就不会去死。你会为一个形而上的推理去死吗?你可能会因此想到死,但你不可能因此就去死。想死和去死之间,其实遥远得很哪。"

诗人说:O的这一次爱情其实早已经完结了,但是她不愿承认,她被Z的某种所谓魅力拿住了——你得承认Z的魅力,就像一个君王,一个君王他总是有其魅力的,但那不是爱情,那儿并没有心的贴近和心与心之间的自由。说O不愿承认,不如说她无能承认。可是,她是一个人,一个真确无比的人,一个感受到寒冷和孤独的人,像所有的人一样,她本能地渴望着温暖的依靠,她的心和肌肤都需要一个温暖而实在的怀抱。

诗人说:"我说过,梦不骗人,梦是承认一切真实的。我记得在第三章,在O的死亡序幕中她是喝了酒的,酒是不顾现世逻辑的,酒是直指人心的,是梦想的催化剂。因此她投入了另一个男人的怀抱,那是必然的趋向,虽然那可能是一个偶然的机会。那不是她的意志所使,而是情感的流泻,是酒神的作用,是梦想的驱动。"

L说:但当那件事发生了之后,O发现,死的机会不期而至,她感到一切都可以结束了,一切都是这样荒唐,这么的说不清,唯有死变得诱人。死是多么好多么轻松呀,它不再像一头怪鸟那样聒噪,它就像节日,就像一个安静爽朗的清晨送来的一个假期,一切都用不着解释,那是别人听不懂的。她之所以说她还是爱Z的,或者是为了安慰 Z,或者是因为那一个逃之夭夭的男人更是让她轻蔑,或者干脆是对所有男人——当然也包括 WR——的失望。如果爱情不过是一种安慰人的技术,不过是解决肌肤之渴的途径,如果连她自己也逃不出这样的魔掌,没有自由也没有重量,一切都是虚假的、临时的,她还能指望什么呢?那时候,就只有死是温馨的。

L 说:"这就是那个死亡序幕的原因。O 真是一个勇者,为我所不及。"

<h2 style="text-align:center">214</h2>

女导演 N 说:"关于 O 自杀的具体原因,我一点儿也不知道。不过我倾向于诗人 L 的推测。"

N 说:一个那么狂热、果敢地爱过的女人,一个把爱情看得那么纯洁、崇高的女人,如果要去死,肯定,她是对男人失望透了。一个对她的爱人那么依重、那么崇拜、那么信任的女人,如果自杀了,原因是明摆着的。像 F 那么冷静,那么懂得进退之道的人很少,那样的女人就更少。女人一般不像男人那么理性,这是她们的优点也是缺陷,所以她们爱也爱得刻骨铭心,死也死得不明不白,她们天生不会解释,没有那么多逻辑依仗。

N 说:"我注意到,在第十八章里有这么几句话:'性乱的历史,除去细节各异,无非两种——人所皆知的,和人所不知的','L 有这样一段历史,为世人皆知,Z 可能也有那样一段历史,不过少为人知'。"

"不过在第十九章,Z 已经向 O 解释了这一点。"我说,"那不可能成为 O 自杀的原因。"

N 说:"但是 Z 说,'那只是性的问题,与爱情无关',说他'不曾向她们允诺过什么',还说他'现在也不允诺'。"

"这有什么值得怀疑的吗?"我问。

"Z 的两个不允诺是不一样的。"N 说,"先是对'她们'不允诺,就是说对'她们'仅止于性,不允诺爱情。后是对 O 不允诺,可是对 O 不允诺什么呢?"

　　"你是说,他可能仍然有什么其他的性关系? 不不,不会,Z 那时已经很有些名气了,他对自己的形象非常重视。"

　　"他过去也很重视,所以是'少为人知',不是吗? 可 O 不是那么狭隘的人,她不会对 Z 过去的行为耿耿于怀,至于他们婚后嘛……好吧,先不说这个。但是,你认为,性——当然除去嫖娼——真的仅仅是性吗? 不,绝不。在这一点上我同意 C,也许还有 L——性是爱的仪式。性,尤其对已婚者来说,或者是爱的表达,或者是相反的告白,没办法,这是一种既定的语言逻辑,能够打破这个逻辑的人我还没见过。O 可能会容忍,很多女人都可能会容忍,但是正像 L 长诗中的那些女人一样,她不可能无动于衷,她在梦里不可能还会那样容忍。就是说女人并不太看重男人的性的贞操,但是她看重那个爱的仪式,看重那个仪式的重量。除非她是神仙,可是神仙会自杀吗?"

　　"你有什么确凿的证据吗? 关于 Z,你都知道什么?"

　　"不,我什么也不知道。我只知道,爱情的根本愿望就是,在陌生的人山人海中寻找一种自由的盟约。我还知道一种虚伪。那种事先声明的'不允诺'我很熟悉……我知道有一个人也是这样说。不,别问他是谁……是的,他们真是很像,都把自己的形象看得非常重要……"

215

　　N 当然不是指 F,F 医生是对 N 允诺过的,但是"山盟虽在,锦书难托",N 已经很久没有 F 的音信了。

　　那么 N 指的是谁呢?

　　写作之夜,与 Z 很像的人只能是 WR。童年时代他们就曾在我的印象里重叠,现在,他们又要在"很重视自己的形象"上重叠了。写作之夜的原则依旧:谁一定就是谁,在此并不重要,因为说到底,写作之夜的男人和女人都不过是我的思绪。

那么就是说:很可能,N 与 WR 有过一段恋情。而在写作之夜,一切可能都是真实,一切可能都与真实等量齐观。

WR 的官运曾一度受阻,他好像是碰到过一个悖论:你是坚持你的政见而不惜遭到贬谪呢?还是为了升迁而放弃你(认为正确)的政见?任何一个高中生都能义正辞严地给你一个光彩的回答。可实际并不那么简单,WR 的实际的悖论是:如果你被贬谪,你就无法推行你的政见;你若放弃你的政见呢,升迁了又有什么用处?

这悖论让 WR 苦恼不堪,甚至心灰意冷。这时候他才发现,并不是什么事都可以依仗权力的,权力首先就要有所依仗。这时候他才发现这个城市之大,以及其中的生活之纷繁丰富,他好像才回到人间,才从世界的隔壁回到人间的生活里来。他心里有了一种莫名的悲哀或者荒诞感。这时候他才看见,在这喧嚣的城市边缘,在离他家不远的地方,有一座寂静的古园。

有一天傍晚,他心事重重地走出家门。落日又红又大的时候,他漫不经心地走进了那园子,一下子便呆愣住不动了。不,树林他见得多了,比这更高更大;寂静和荒芜他也见得多了,比这更深更广。他望着祭坛,他看见了祭坛上的 O。

O 正走上祭坛,步履悠缓,衣裙飘动,长长的影子倒在祭坛的石阶上。

WR 的心一阵抖:怎么偏就碰上了她呢?好几年不见了,怎么偏偏在这时候她就来了?是她来了,还是我来了?于是 WR 明白,在悲哀和荒诞的这些日子里,他一直都在想念着什么了。而且,悲哀和荒诞未必全是因为那个悖论,在那个悖论之外他还听见一个声音在问他:你真的回来了吗?你是仍然在世界的隔壁,还是已经回到了人间?

他向那祭坛走去,拾级而上,直走到 O 的影子里才站下。这时他心里一凉:原来不是她,不是 O,是一个陌生的女人。

这是 N,WR 以为是 O。

N 向他转过身来,定睛看了他一会儿。"您是……WR 同志吗?"

WR 感到一阵眩晕:她怎么认识我?真的是 O 吗?她变得这么厉害了么?

N 做了自我介绍,然后说:"真是巧极了,在这儿碰上您。我去找过您,您很忙,都是您的秘书接待的。"

"噢,"WR 这才想起了自己的身份,"您找我有什么事?"

"您现在有空吗?"N 问,"您要是有别的事,我能不能跟您另约个时间?"

"啊,没事儿,我随便走走。"

WR 不住地打量 N,心里问自己:O 有姐姐吗,或者妹妹?又一遍一遍地回答自己:不,没有,O 是独生女,兄弟姐妹都没有。但是 WR 不由得很想多和这个陌生的女人攀谈几句,因为……因为毕竟连她的声音也这么像 O。

"有什么事,您说吧。"

"是关于一个剧本,嗯……我想拍的一部电影,我认为本子很不错,但是厂领导那儿通不过。我想请您看看。"

"为什么?什么原因通不过?"

"也许,仅仅就因为这个题材本身。"

"什么题材?写的什么呢?"

"写一个女知青,对,所谓'老插',她现在已经回到城市了,可是她有一个孩子留在了她当年插队的地方。"

"为什么?"

"是个私生子。"

"噢,是吗?孩子的父亲呢?"

"不知道。据说也是个老知青。不过,现在就连他的母亲也不知道这个父亲在哪儿。"

"那,这个孩子现在跟着谁呢?"

"当地的一个老人。孩子生下来就交给了当地一个养蜂的老人抚养。不久他的亲生父母就都离开了那儿。"

"他的母亲呢,为什么不把他接来?"

"她不承认有这么个孩子。"

"有谁能证明这个孩子是她的吗?"

"剧本作者。她是以第一人称写的。她也是个老知青,当年和孩子的母亲一起插队,两个人同住一间屋子。孩子的母亲——就叫她 A 吧——当年带头上山下乡,被报纸宣传为'知青典型',在农村又是'接受再教育的模范',当过饲养员,当过妇女队长,当过民办小学教师,都当得好,多次被评为'学毛选积极分子'。A 的家里大概经济上不宽裕,从不给她寄钱来,一切都要靠她自己,她很俭朴,攒下钱还给家里寄。A 平时不大说笑,但是在'学毛选讲用会'上却是滔滔不绝,尤其对一些知青谈恋爱嗤之以鼻,您可以想像,当然会说那是资产阶级的什么什么,那时候就是这样,'爱情'这个字眼儿差不多等于黄色。谁也想不到 A 会有什么恋情。别说异性朋友,A 连同性朋友也几乎没有,勉强算得上朋友的也就是这剧本的作者了。可是,一个雪夜,剧本作者——叫她 B 吧——睡下了很久还不见 A 回来,睡醒一觉还是不见 A 回来,B 不放心,提着马灯出去找 A。伸手不见五指,远处是大山、森林,近处是荒旷的原野,下着大雪……B 在一块巨石旁边找到了 A,那石头很高很大,暗红色,有四五层楼高,在背风的这一面 B 先看见了一片血迹,然后看见了 A,听见 A 在呻吟。B 吓坏了,以为 A 被野兽咬伤了,举灯细看,才发现 A 正在生产……您想想看,同在一间屋里住着,B 竟一点儿也没发觉 A 早已怀了孕。可能因为是在冬天,人穿的衣服很厚,那地方的冬天很长。B 把 A 和孩子都拖了回来。A 本想不要那个孩子的,以为那个风雪之夜会立刻把他带走的,可那孩子竟活下来,不哭不闹光是笑,招人喜爱……人的生命力之强常常出人意料。B帮A瞒着这件事,瞒过众人,但孩子的爸爸是谁A到底不说。几天后,深夜,来了个男知青,长得高高大大,他来看孩子,显然他就是孩子的父亲;B不知道他的名字。过了几天,仍然是个大雪纷飞的晚上,这男知青和A一起抱着孩子走了,据A说是交给了一个好心人——一个养蜂的独身老人。此后不久就开始招工了,A应招去了很远的南方,再没回来过。又过了一些日子,听说那个男知青也走了,不知道去了哪儿。他们走后,B在那个养蜂老人那儿见过一个男孩儿。再后来,B也离开了那儿。几年后B回去看望插队的那个地方,又见过那孩子,已经三四岁了,跟着那个养蜂的老人住在树林中的小木屋里。B有一天在城里碰见了A,这又是几年后了,A和B都回到了故乡。B对A说起她见过那个孩子,说起那孩子已经长得有多高了,长得有多么漂亮,有多么讨人喜欢,但是A一声不响,从头到尾一句话也不说,好像根本没听见。当然,她肯定是听见了,她一个字都不说恰恰说明她是听见了。"

"我可以去找这个A,她叫什么?"WR问。

"找她?"

"对,让她认这个孩子!"WR说,"她应该把孩子接来,户口我可以帮助解决。"

N惊讶地看着WR,笑出声来:"这是电影啊,WR同志。"N没想到这个WR同志竟这么天真、可爱,竟有这么一副女人似的软心肠。

216

这个A走进写作之夜,让我想起了Z的异父异母的姐姐M。M已经回到了这个城市,而且已经回到了天国。

这些年里M走过了很多地方,在很多地方居住,调换过很多次工作,最后终于回到家乡,回来时是独身一人。就像一首流行歌曲里唱的那样,"我曾经豪情万丈,归来却空空的行囊"。M回来了,快四十岁了,费了很多周折才在一所小学校里有了职位,托人送礼又有了属于自己的一间小平房,看来可以安居乐业了。但是,好日子似乎刚刚来了,癌症也紧跟着来了。世界上就有这么苦命的人。或者是,世界上有很多这样的人,他们以 M 的形象走进了我的写作之夜。

M 会不会就是那个 A 呢?也许是,也许不是。但无论如何,那个出生在荒原的孩子在我的印象里与 M 联系在一起了。是与不是都不值得猜想,因为这写作之夜,M 便有了同 A 一样的插队史。我有时想,M 之所以不认远方的那个孩子,就是因为她的癌症提前到了。她听 B 说起那个孩子时之所以一言不发,是因为她知道自己活不久了,而一个在荒原上长大的孩子到这城市里来未必就是一件好事——她可能是这样想,而且她相信,那个养蜂的老人是她平生所见的最善良可靠的人。

不过 N 并不像我这样看,N 相信那个剧本里讲的并不都是如此善良的人性。她的电影如果能开拍,她说,你会看到比善与恶要复杂得多的问题。

都是什么问题呢?不知道。那部电影终于没能开拍。

M 死的时候,Z 和 Z 的母亲一直守在她身旁。她含泪对 Z 说:"我早就知道你能做成大事。"她又含笑对 Z 的母亲说:"妈,您看我没说错吧?"画家 Z 痛哭失声。女教师 O 后来说过:Z 如果真心爱过谁,那就是 M。O 还说过:所以,Z 很少向人说起他的这个姐姐。

对此,女导演 N 说:"不不,绝不这么简单。Z 有可能爱着 M,但是他很少说起 M,那更可能是因为 M 并不能为这位自命不凡的画家增添光彩,反而会有损 Z 的形象。想想真是很可笑,男人都是这样重视他们的形象,以为他们的事业必要配备一种虚伪的形象。"

N 当然又是在指 WR。

217

WR 对 N 是不是爱情，WR 从未明确说过，是的，他不允诺。但是 WR 并不爱他的妻子——就是 O 在 WR 的婚礼上见过的那个女人。O 在那一瞬间的判断丝毫不错。因为，在与 N 同居的某个夜晚，WR 说：他现在好像才回到了人间，才从世界的隔壁回来，才有了人的生活。

那是在北方的葵林里。

WR 瞒着他的妻子，与 N 一起到了北方的那个小城镇，正是葵花盛开的时节，小镇上昼夜飘扬着葵花的香风。他们在小旅馆里住下，一同过夜。白天，他们走出小城，走进葵林深处，蜂飞蝶舞，他们在那儿享受着暂短的欢乐与自由。那时 N 问过他："可是你，爱她吗？" N 是指他的妻子。WR 没有回答。N 也问过他："你爱我吗？" WR 说："我很不喜欢这样的允诺。"那是热烈而疯狂的季节，不息的虫鸣浩瀚无边，葵花转动着花盘追随太阳，WR 一时忘记了他的身份，或者他的使命。

当他们从葵林回到这座城市，热烈而疯狂的季节骤然结束。很多天，也许有两个多月，N 一直找不到 WR。他又忙起来，形势有了转机，那个悖论不再那么迫近了，仿佛有可能就此放弃 WR 了。

N 终于又见到 WR 的时候，WR 虽然变得冷静了，但还是希望 N 能经常来陪伴他，偶尔把他困苦的白天带进销魂的夜晚。WR 说："就这样，好吗？" WR 说："我们互相都不必允诺什么，不必想得太多太远，也许我们永远就这样，永远就这样倒是很好。"就是说，他不能与那个女人离婚。为什么不能，他没说，他只是说他不能放弃他的工作。不能离婚和不能放弃他的工作，这之间有什么逻辑关系吗？

N 却狂热地爱上了 WR，给他打电话，写信，去他办公和开会的地方等他……飞短流长，必定是这样，WR 所在的机关里开始传说"WR 同志迷上了一个漂亮的女导演"。WR 开始躲着 N。最终让 N 清醒了并且轻蔑了 WR 的，是 WR 的一个小小的计谋：

WR 邀请 N 赴一个晚会，N 去了，但 WR 是与他的妻子同去的，晚会上 WR 同志不断向别人介绍他的妻子，并且当着他的妻子向别人介绍 N——"我的朋友，电影导演……"——神态坦然磊落，语气不亲不疏极具分寸。舞曲响起来的时候，他一次又一次地跟他的妻子跳舞，众目之下完全是一副相敬相爱的样子，没人怀疑这不是一对令人羡慕的夫妻。N 明白，WR 指望所有的流言蜚语就此失去证据。N 随便跟什么人跳了几下舞，就离开会场，不辞而别。第二天 WR 打来电话。

"N，我知道你会多么看不起我，我知道我的行为有多么丑陋，我不是要请你原谅，但是我想让你知道，我自己的一切几十年前就已经被诚实出卖了，我早就不属于我自己了……"

"我猜，"N 说，"你一定是要提醒我'注意影响'，还有，你是打的公用电话，对不对？"

"毫无疑问，"WR 在电话里苦笑了一下，"你当然是把我看透了。这很好，也算是我没有欺骗你……"

"说得真妙，永远都是光明正大！"

"可是我骗过的人还有一个，她……她很像你，你们连声音都很像……而且我没办法告诉她那都是因为什么，她白等了我十几年……"

"谁？ 她是谁？"

"但是我可以告诉你，我唯一的希望就是，不要再有什么人像我一样，因为我，他们不会再像我一样……"

"你太伟大了！"N 挂掉了电话。

N 和 WR 的故事到此结束，或者是 N 对某一个男人的暂短而疯狂的恋情到此结束。猜想在这儿结束。这样的猜想，在写作之夜走向 O 和 Z，在我的印象里走向 Z 的少为人知的某一个女人，以及 Z 婚后少为人知的外遇……

218

N 说:O 错了,她大错了,她可以对一个男人失望,但不必对爱情失望。不管你对多少个男人失望了,你都没有理由对爱情失望。因为爱情本身就是希望,永远是生命的一种希望。爱情是你自己的品质,是你自己的心魂,是你自己的处境,与别人无关。爱情不是一个名词,而是动词,永远的动词,无穷动。

"你怀疑 Z 在婚后,仍然跟其他的什么人有性关系吗?"

N 说:"这我可不敢说。不过,那个死亡序幕真是令人费解。如果是个以牙还牙式的报复,那可真糟透了,我是说 O。我总想不通,那个序幕,为什么发生在那么容易被 Z 发现的时间和地点? O 应该知道,没有谁比她更应该知道,Z 绝不是那种宽容的人呀。"

219

F 说:"不不,也可能 O 和那个男人之间什么事都没有。所谓的越轨行为,那只是 Z 的猜疑,是他的愤怒所衍生出来的幻觉。"

那个男人是谁? F 说:有两种可能。一种可能是 O 以前的恋人,另一种可能,是 O 的前夫。无论是谁,O 与他并不见得有什么越轨行为。那不过是一次礼节性的会面。只不过酒桌上的气氛过于客气,拘谨,言谈举止都精心把握着分寸,仿佛这聚会不是为了别的只是为了来确定一种距离,关系不宜太近也不好太远。远了吧,有失气度,显得卑琐、心胸狭窄、不近人情;近了呢,又像对别人(画家 Z)不够尊重,没有规矩,或者居心叵测。所以这个人,他可能好几次想走却又没走,直到很晚。虽然是聚会,可在酒桌上他们就像是在市场上、大街上、陌生的人山人海中,彬彬有礼心存戒备……肯定,这让 O 与那个男人心里都很不是滋味,往日的一切好像都已无足轻重,形同儿戏,似乎早该忘记,心血枯焦也是枉然,心血枯焦也终会轻得随风飘逝。酒喝得很久而且毫无生气,时间太晚了,末班车过了,那个男人只好在那儿住下。但在夜里,往日会浮上心头,沉沉的往事会在夜深人静时统统跑出来,喧嚣不息也挥之不去。O睡不着,那个男人也睡不着,他们都有些话想单独说说,酒桌上的气氛是不宜说那些话的,但是往事总应该有一个庄重的结尾,总该让痴痴旧情保留住一点儿重量。这可能也是那个男人几次想走而终于没走的一个重要原因。那个男人一会儿躺下,一会儿坐起来,一会儿走进厅廊、走上阳台,一会儿又回到屋里……O听见了,知道有些话是到了该说一说的时候了,就走去敲那男人的门。他们把门关上没有别的目的,仅仅是为了单独谈谈,不要打扰画家。但Z生了疑心。Z醒了,见O不在身边,他出去看一看,听见O和那个男人在一起,门关着,说话的声音很小,这情景确实也太容易让人生疑了。他们在说什么?为什么声音这么低?说了多久了?为什么刚才不说,现在两个人把门关起来说?确实,这情景谁见了也可能要多想一点儿什么的。尤其是Z,深入他心底的戒备就是不能再蒙屈辱,不能再受侵犯,不能被人俯视,别忘了他是要让人仰望的呀。这情景他不堪忍受,让他的联想疯狂地膨胀。之后的事,所谓那个死亡序幕,所谓O与那个男人的越轨行为……其实都是Z的幻觉,戒备和忌恨所生的幻景……

但O不愿解释,她厌恶解释,解释是肮脏的,辩白是不洁的,这样猜疑已经是不堪忍受的了还要再说什么吗?而且她知道无论是Z,还是那个男人——不管是她以前的恋人还是她的前夫,他们听不懂她。

O不解释,这在无论三个男人中的哪一个看来都等于默认。我想,如果是她的前恋人,她的前恋人一定会使劲解释,他为O的不解释而气愤,然后他一走了之。正像N所说的那样,他不能为这样的事影响了他的前程,他的形象已经受了损害,他知道碰上了两个不明事理的人了,再说什么也没用,不如一走了之。如果是她的前夫呢,她的前夫就可能是仓皇而逃,因为"跳进黄河也洗不清",但也许,这正是他的报复吧。啊——但愿不是这样,但愿不要是这样吧。Z呢?画家当然是气疯了,再难保持平素的高贵举止,这放在谁身上也是一样,更何况是他呢。Z一定是感到受了绝大的侮辱,于是暴怒,疯狂,不能自制……就在这一刻O看见了死的契机,她发现她很久以来就是在等这一天,这样的时刻,她可以了无牵挂地去死了。

O不解释可能还有一个原因:使她的死与Z无关,使世人理所当然地认为是她有罪,是她的不贞,一切都是因为她,她死有余辜,那样很快Z就可以找到充足的理由摆脱开这件事了。她之所以等待一个有别人在场的时机才去享用那条鱼,也是为了不给Z带来麻烦。而在她,一切蜚短流长都无所谓了,她早就想死了。唯一让她担心的是Z,是Z能不能从中摆脱,这就是为什么她最后说"你不要,你千万不要……"她希望Z不要怎样呢?Z,你不要因为这件事而毁掉,死是我自己的事与你无关,Z你要好好地活下去……O也许想把一切都说个清楚:赴死之心为什么由来已久。但是晚了,来不及了,她的心魂已经走进另一种存在,来不及说清了,何况那是需要整整一生也许才能说得清的呀……

220

不过,T又说:"很可能O心里还是爱Z的。又爱他,又受不了他,O只是觉得自己没有力气了。"

N也说:"是的,尤其是像O这样的女人,即便她会恨他,她也还是爱他。"

T和N都提醒我们注意O给Z的那句遗言:在这世界上我只爱你,要是我有力量再爱一回,我还是要选择你。

T说:O在给她的信中曾经说过,"我常常问自己,Z爱我吗?他到底是不是真的爱我这个人?每一次我都得到同样的回答,每一次我都相信,他是爱我的,Z还是爱我的。"

N说:这是女人们典型的自欺,其实O只是每一次都相信她还是爱Z罢了。至于Z是不是爱她,O要是不怀疑,又何必这样问自己呢?尤其她问的是"他到底爱不爱我这个人",这里面有着明显的潜台词。其实在第十九章里O已经感觉到了,Z爱的是那座美丽房子里的女孩儿,甚至不是那女孩儿本人,而是由那女孩儿所能联想的一切,正像他说的,是崇拜和征服。Z希望那座美丽房子里的人承认:是那个女孩儿爱上了他,是他们的女儿追求了他们所看不起的那个"野孩子"。O呢,有时甚至觉得自己真的就是那个女孩儿。

N说得不错,在我的印象里O好像一直对Z有着负罪感,好像Z不幸的童年都是因为O优越的童年造成的,Z的寒冷的那个冬夜,正是由于与此同时O的那个温暖的周末所致。O觉得那颗被冻僵的心就是由于她,由于那座美丽的房子(仿佛O真的就是那个女孩儿),是那个女孩儿的家人,是包括她在内的人们把一颗清洁的孩子的心弄伤的……是的,在赤裸的夜晚,最难设防的时刻,Z不是终于问过O了吗:"你曾经住在哪儿?"在他要她的时候,昏眩的幻觉中,他的欲望也是在进入那座美丽的房子而不仅仅是在进入O。有一次O似醒似梦地回答他:"是的是的,我就是住在那儿,就住在那座美丽的房子里,住在那个冬天的夜晚。"Z泪流满面,唯一一次忘记了他的尊严和征服,抽咽着说:"你们不要再把他轰走,别再让他一个人走进那个又黑又冷的夜里去好吗?那天你们把他轰走了你们说他是野孩子,现在你去告诉他们我是什么人,去呀去呀去告诉他们你爱我!"那一次O真是多么爱他呀,觉得Z那颗心很久很久以前就是被她所伤,现在她要抚平那心上的伤疤,补偿他,加倍地偿还他,O甚至有了受虐的快感……但是这样的坦诚只此一次,Z不习惯这样,太多的信任让他发慌,害怕有谁会把他的秘密贴到墙上去,他要把屈辱和雪耻都重新埋藏起来,埋得深深的,让那些屈辱在黑暗的地方发酵,酿制他所需要的雪耻的力量。

221

HJ 说:"不不,我要为我哥说句公道话,他并不是像别人想像的那样,只爱他自己。"

HJ 说:他很小的时候,Z 就给他听 Z 的父亲留下的那些唱片,听那个伊格尔王远征的故事。Z 说:"你听,这就是我父亲的声音,是他走在无人之地时的脚步声。"HJ 问:"那是哪儿?"Z 说:"北方的流放地。"HJ 永远记得 Z 那时的目光,望着窗外纷纷扬扬的大雪,眼睛里的颜色和那落雪的天空是一样的。Z 说:"他肯定要回来的,因为这儿有咱妈。我要是他,我死也要回来的。"

HJ 说:"他恨我爸,不光是因为我爸是他的继父,而是因为我爸对我妈和我姐都太坏了。他恨我爸恨得毫无余地,本来他是最想出国的,但是他不去,因为那是我爸的关系,凡我爸爸的东西他碰也不碰。"

HJ 说:"Z 有一次对他说:'我再长大一点儿,我就要把你爸赶出去!'"HJ 问:"为什么?"Z 拍拍他的肩膀说:"等你再长大一点儿你就会明白。"

HJ 说:"他爱我妈。但是他讨厌那些张张扬扬地赞美着'贫贱者'的画家。他说:'他们真的是在赞美贫贱者吗?他们是借贫贱者来赞美他们自己!他们把贫贱者画得那么饱经磨难又贫贱不屈,好像贫贱者只是比别人多了一点儿皱纹和皮肉上的伤痕,他们倒是自己去做做那样的人看看是怎么一回事呀,不,他们不会去做的!他们不去做可他们又要摆出一副神圣的样子来歌颂贫贱者。'他说:'这个世界上只有凡·高和罗丹有资格去描画贫贱者。凡·高本人就是被侮辱被损害的,罗丹他真正理解了贫贱者,你看他的《老娼妇》,那是歌颂吗?不,那才是爱呀!'"

HJ 说:Z 也是爱 M 的,不是姐弟之爱,其实 Z 是可以娶 M 的,他们没有血缘关系,青梅竹马,一直非常要好……是呀,屈辱和雪耻,是雪耻这两个字把 Z 的心咬伤了,就像 Z 总在画的那根羽毛一样。HJ 说:那是一只被猎人打伤的大鸟掉落的羽毛,那自由的鸟曾经纯洁地飞着,想要飞向南方,飞向温暖,但是随着一声枪响那洁白的羽毛便失去了温度,飘落进阴晦和寒冷,但是它不能屈服,丝丝缕缕都在奋力挣扎……

N 说:肯定,O 非常希望 Z 能像那唯一的一次那样,把那个冬天的晚上向她诉说,把他受伤的心向她敞开,那样的话 O 相信——女人总是这样天真——她就能医治好他的创伤,使那雪耻的欲望慢慢消散,Z 的火焰就会热起来,冰凌就会在他心里融化。

N 和 T 都说:所以,O 说她仍然爱 Z,那是真的。但是她觉得她已经没有这个力量了,如果她有,她还会爱他,把他温暖过来。

至于死之序幕,N 和 T 同意这样的猜想:O 赴死之心久已有之,但那件事是偶然的,无论发生了什么没有,死机不期而至。

222

WR 说:"不不不,如果她仍然爱着,她是不会去死的。毫无疑问 O 已经不爱那个画家了,但她是不敢承认。因为她全部的生活内容差不多就是爱情,这爱情几乎成了她的一切,否定这爱情就等于否定了她自己的生命和历史,否定这爱情她就再也找不到精神依赖了。这种失落,或者绝望,是人最难以承受的……"

WR 说:很少有人能具备这样的勇气。不仅敢于追求,而且敢于放弃,敢于否定以往的迷途,即便那是你曾经全身心投入的——无论是爱情,还是事业,还是理想或者主义——如果你发现它错了,你也敢于背叛它。这其实并不容易,并不像看起来那么容易。敢于杀死自己肉体的人并不少,但是很少有人能够杀死自己的心魂迷途,关键是杀死了旧的又没有新的,那时他们就要欺骗自己了,就要像抓住救命草一样抓住原有的东西,自欺欺人地说仍然爱那东西,仍然坚信那东西。WR 说:这是最可怕的怯懦,是生命力的萎缩,是自新能力的丧失。O 就是这样,她也许看不见,但更可能是不愿意看见——她实际已经不爱那个画家了。虽然她说她仍然爱他,但那是不可信的。她并不是有意欺骗谁,而是她自己也受着自己的欺骗,她不明白自己的真相。

WR 说:"O,她不敢承认旧的已经消逝,正如她不敢承认新的正已经到来。那序幕,无论发生了没有,无论发生了什么和到了什么程度,她的死都说明她不能摆脱旧的束缚,而且无力迎接新的生活。"

WR 说:"我相信那个序幕是真的,并非偶然,那是人需要爱情和希望未来的本性注定的。不管在那个序幕里发生了什么,其实都是一样,都是证明旧的已经完结,新的正在召唤。O 是处在这种'忠于'和'开创'之间,这是最艰难最痛苦的境地,她找不到出路于是心被撕成两半,她不敢面对必须的选择。无力选择爱的人必定选择死。这才是她赴死之心真正的由来。"

WR 说:"最可耻、可恨、可悲的是那个第三者。他如果不知道自己要干什么他就是个十足的傻瓜,他要是知道自己想干什么他就应该大胆地干,别怕被世人唾骂,否则他就十足是个坏蛋。是他的逃跑,最终把 O 送上了死路。与他相比,至少在这一点上,那个画家当初做的要漂亮得多,这正是 O 爱 Z 的原因之一,或许也是 O '仍然爱 Z'的原因之一,也正是 O 轻蔑那个逃跑的家伙的原因。"

对 WR 的话,女导演 N 只是从鼻子里轻轻"哼"了一声,不说什么。

223

残疾人 C 倒是同意 WR 的某些看法,他说:"是的,爱着的人是不会自杀的,包括只爱自己的人。"

残疾人 C 又说:"F 医生在古园里的那些想法不容忽视,真的,我想 F 医生说对了,对爱和对生命意义的彻底绝望,那才是 O 根本的死因。"

C 说:那样的绝望,绝不会是因为一次具体的失恋。有些人,会因为一次具体的失恋去死,但 O 不会,她以往的经历可以证明她不会那样。能让 O 去死的,一定是对爱的形而上的绝望。如果爱的逻辑也不能战胜 Z 的理论,如果爱仍然是功利性的取舍,仍然是择优而取,仍然意味着某些心魂的被蔑视、被歧视、被抛弃,爱就在根本上陷入了绝望。

C 说:不管 O 愿不愿意承认,她分明是看见了这种根本的绝望。因为,不愿意承认的东西往往是确凿存在的,理智不愿意看见的东西,本性早已清晰地看见了,意识受着欺骗,但潜意识不受束缚。实际上,O,她的潜意识一直在寻找着死的契机,或者是在等待赴死的勇气。理智不断告诉她"应该怎样和不应该怎样",这让她犹豫不决;但本性却一直在对她说"真实是什么",因而本性执着地要宣布这真实:她已经不爱 Z 了,或者,爱也是枉然,爱本身也是毫无意义。这样的宣布不管是对她自己还是对别人,都需要一种语言或仪式。这语言和仪式能是什么呢? 性! 爱的告白要靠它,不爱的告白还是要靠它。

C 认为:性,可以是爱的仪式,也可以是不爱的仪式,也可以是蔑视爱的仪式,也可以是毁掉貌似神圣实则虚伪之爱情的仪式,也可以是迷途中对爱的绝望之仪式。

那个死亡序幕,是哪一种呢?

C 说:"我想,那个序幕一定来得非常突然。但是它一出现,O 就感到了,她宣布那种真实的机会来了。她曾胆怯地设想过这样的机会,现在它不期而至,它激起了 O 嘲笑爱情的欲望。我猜 O 绝不会爱序幕中的那个男人,O 在那整个序幕中并不动情,而是怀着一种轻蔑的心理,要毁掉这一向被奉为神圣的仪式。这心理是:爱情原来也并不是什么圣洁的东西——不管是因为画家的少为人知的性乱,还是因为女教师对爱情的绝望,O 都可能这样想。什么爱情,与这肮脏的占有是一样的! 为什么要给它一个圣洁的仪式呢? 不,应该还给它一种肮脏的语言。"

C说:O在走向那个男人的时候,借着酒意,潜意识指引她去毁掉一个神圣的仪式,O的心里有一种毁掉那仪式的冲动,毁掉那虚假的宣告,毁掉那并不为Z所看重的爱,毁掉那依然是"优胜劣汰"的虚假的"圣洁",毁掉那依然是有些心魂被供奉有些心魂被抛弃的爱情,毁掉一切,因为存在注定是荒唐的心灵战争,光荣在欺骗,光荣在卑贱搭筑起的圣台上唱着圣歌,毁掉这谎言是何等快慰!

C说:那便是死期的到来。当Z还没有发狂地举起拳头时,O已看见了死期的到来。在O的眼睛里,那也许是假期的到来,是平等的到来,是自由的到来。在那个世界里,不再有功利的纷争,不再有光荣和屈辱,不再有被轻视和被抛弃的心,不再有差别,那儿如果有爱,必是均匀地漫展,不要酬报,不要诉说,不要呐喊,不要崇拜也不要征服,她默默地存在着,真切而坦然,无处不在……那才是爱情,才称得上是爱情,才配有一种神圣的仪式。

C说:"当然,也可能是F医生说得对,那序幕中什么越轨的事情也没有。但是不管有没有,只要Z认为有那就等于有,只要种种迹象使Z相信有,那就是有。Z质问O的时候O并不解释,O的不解释在Z看来就是有,这样,O就仍然是做到了她所要做的告白。有和没有都并不重要,重要的是O希望Z认为有,那样,O就终于等来了赴死的时机。"

C说:但是当O看到Z那双迷茫的眼睛时,她又想到Z将会怎样? 想到一个心灵伤残的人,难道不是一个更需要爱的人吗? 难道我应该就这样抛弃他吗? 而且这时O才发现,她是恨着Z的。那个序幕之所以发生在那样的时间和地点,正是O下意识的报复,她下意识想让Z的高傲遭受打击,让他的理论遭到他的理论的打击。所以她说:"你不要,你千万不要……"她不要他怎样呢? 她希望他不要再次受到伤害,像他童年的那个冬夜一样。O

躺在那里,灵魂正在走去另一个世界,她已经无力多说,但是她在想:我为什么恨他?我曾经那样爱他,现在为什么已经不爱了呢?因为他不好。可是,这还不是择优而取吗?优取劣弃,那么又与Z的理论有什么不同?不不,爱,不能是对美好的人或物的占有欲,而应该是对丑恶的拯救!但是,爱,难道不包含对丑恶的拒斥么?可这拒斥,这样的取与舍,不又意味了高低之分和心灵战争的酿成么?那么爱,到底是什么?她能够像死亡一样平等、自由、均匀地漫展、无处不在么?——这便是O至死的爱的疑问。

所以C猜想:"可惜O已经死了,她那么急着就去死了。要是她没死,如果她被救活过来,也许她终于能看见,那永恒的爱的疑问即是爱的答案,那永恒的爱的追寻即是爱的归宿,那永恒的爱的欲望正是均匀地在这宇宙中漫展,漫展,无处不在……"

224

F也请我们注意O的那句遗言:在这个世界上我只爱你,要是我有力量再爱一回,我还是选择你。

F强调的是"在这个世界上",强调的是"这个世界",强调的是"这个"。

所以F说:"O是说,在这个世界上她没有力量爱了,但在另外的存在中她仍然在爱,仍然要爱。"

C感动地看看F:"谢谢你,谢谢你F医生,谢谢你的这个解释。"

F医生沉思良久,说:"可是,也许,并没有两个截然分离的世界。O,她就在我们周围,在我们不能发现的地方,司空见惯的地方……"

C说:"爱,也是在这样的地方。"

二十二　结束或开始

225

　　落叶飘零的夜晚,游人差不多散尽的时候,我独自到那座古园里去。走过幽静的小路,走进杨柏杂陈的树林,走到那座古祭坛的近旁,我看见 C 还在那儿。一盏路灯在夜色里划出一块明亮的圆区,我看见他正坐在那儿,坐在轮椅上读书。

　　我有时候怀疑:他会不会就是我?

　　四周的幽暗遮掩了其余的景物,世界一时变得非常小,只是一团小小的明亮,C 看书看得累了,伸一个懒腰,转动轮椅,地上的落叶被碾碎了,发出唧唧吱吱的声音。

　　我有时想:我就是这个残疾人 C 吗?

　　我问他:"我就是你吗?"

　　C 冲我笑笑:"你愿意是我吗?"

　　于是他又转动轮椅,前进、后退、原地转圈,一百八十度、三百六十度、七百二十度……像是舞蹈,像是一种新近发明的游戏。

　　"你写作之夜的每一个角色,有谁愿意永远来玩这个游戏吗?"

　　我无言答对。

　　他认真地看着我:"可是,所有的人都玩着相似的游戏呀,你不知道?"

　　"对不起,"我说,"也许我伤害了你的自尊心……"

"不不，"他摇摇头，"不是那么回事儿。"

C转动起轮椅在小路上慢慢走。一盏盏路灯相距很远，一段段明亮与明亮之间是一段段黑暗与黑暗，他的影子时而在明亮中显现，时而在黑暗中隐没。明亮与黑暗中我听见他说：

"其实你在第一章中写得很好——我只是你写作之夜的一部分，你所有的写作之夜才是你，因为你也一样，你也只是你写作之夜的一部分。"

我于是想起了第一章。我问："你再没碰见那两个孩子吗？"

"不，"他说，"我总是碰见他们。"

"在哪儿？"

"在所有的地方和所有的时间。我有时候碰见他们俩，有时候碰见他们之中的一个。"

"我不想开玩笑。"

"我也不想。玩笑那么多，还用得着麻烦我们开吗？"

"我跟你说正经的呢。"

"我也是。说正经的，此时此地你没看见他们中的一个吗？"

我四处张望，但四周幽暗不见别人。

"他们在哪儿？"

"现在吗？就在这条小路上。"

"你是说我？你是说我还是说你？"

"不光是你，也不光是我。他们还是所有的人。在另外的地方和另外的时间，他们可以是任何人。因为所有的人都曾经是他们。因为所有的人，都曾经是一个男孩儿和一个女孩儿。"

那个老人的预言：如果你到这里来，/不论走哪条路，从哪里出发，/那都是一样……

C说："你还记得女导演N的那两个年轻的演员吗？"

"是，"我说，"我懂了，他们在所有的地方和所有的时间里。"

"他们不也是那两个孩子吗？"

"是。他们是所有的角色。他们是所有的角色，也是所有的演员。"

226

终于有一天,N 在她曾经拍摄的那些胶片上认出了 F:一头白发,那就是他吗?

那时 N 在国外,具体是哪儿并不重要,N 在异国他乡。

孤独的礼拜日早晨,她醒来,但不动,躺在床上,睁大眼睛很久很久地听着窗外的鸟叫。到处的鸟儿都是这样叫,她感到就像是小时候赖在床上不想起来,晨光在窗帘上慢慢壮大,慢慢地一片灿烂,她仿佛又听见母亲或者父亲一遍遍地喊她:"嘿,懒姑娘,还不快起吗,太阳都晒到屁股啦!""快,快呀,快起来吧,你看人家 F 多懂事,F 跑步都回来啦!""喂,小 F,下次你去跑步时也叫着我们家这个懒丫头好吗?"……N 猛坐起来,但是到处都很安静,没有母亲和父亲喊她的声音,异国他乡,只有鸟儿的声声啼啭。到处的鸟儿都是一样。她坐在床上,甚至想喊——"妈妈快来呀,我的裙子在阳台上呢,快给我拿来呀……"但是到处都很安静,没有也不可能有母亲的应答。她愣愣地看着房门,几乎要落泪,知道一拉开房门这感觉就会立刻消失,门外是别人的祖国和故乡,没有她的童年和历史。

N 抱拢双膝独自呆坐了很久,目光走遍房间的各个角落。忽然,她注意到了那几本胶片。它们规规矩矩耐心地躺在书柜里,除了洗印时草草看过一下,一直忙得没顾上再去看它们。多久了呀,它们躺在那儿,就是在等她有一天又想起故乡吧。她跳下床,搬出那几个胶片盒走到窗前,拉开窗帘,抻出胶片,对着太阳,一尺一尺细细地看。就是这时她看见了 F。

N 并没有立刻认出 F,她只是发现在那两个青年演员左右常常出现一头白发,那头白发白得那么彻底那么纯粹,在炽烈的阳光下熠熠生辉。N 一边看一边赞叹这老人的激情与执着,便想看清他的模样。她一尺一尺地寻找,用放大镜一格一格地看,可还是看不大清他的相貌,这个满头白发的人总是微微地低着头,那样子仿佛祈祷、仿佛冥思、仿佛困惑不解。但是 N 恍惚觉得,这个白发的男人似曾相识,他的一举一动都非常熟悉,他低头冥思不解的样子好像是在演算一道难题,那神情仿佛见过,肯定是在哪儿见过……啊,N 恍然大悟:这是 F 呀,这不就是他吗?就是他呀!

晚上,N 借到了一架放映机,把窗帘都拉起来,关了灯,在墙上放映那几本胶片。是的,是 F,那就是她少年时的朋友、青年时的恋人呀!多少年不见了却在这异国他乡见到了你!早就听说你一夜白了头,可是自那以后再没能见到你……曾经的那一头乌发哪儿去了?一夜之间真的会踪影不留吗?满头银丝如霜如雪晶莹闪亮,真的是你吗?为了什么呀……是呀是呀我现在才知道了,有些话是不能说的,是没有办法说的,只能收藏在心里,如果不在心里死去它就会爬上你的发梢变成一团燃烧的冰凌……可你为什么不来找我?多少年里你为什么不来?现在你为什么来了?为什么总在我的四周,不离我的左右?你仍然在躲闪着我,所以那时我没有发现你,我看得出你一直在躲闪着我的镜头,但是你躲闪不开,你还是被留在了我的胶片上……你是来找我吗?是,肯定是,可你为什么不早点儿来?我等了你多久哇!直到你结了婚,直到我也结了婚,我还是以为你会来的……我没有想错,你到底是来了,到这动荡的夏天里找你的恋人来了……

墙上,画面摇晃起来——那会儿乱起来了,摄影机摇摇晃晃颠上颠下,镜头里一下是天,一下是地,一下是拥挤的人群,一下是数不清的腿和纷乱的脚步……然后胶片断了,没有了,墙上一片漆黑,心里和房间里一团漆黑。

漆黑之中,N 想起了她曾在那摄影机旁说过的话:"情节非常简单:第一,男女主人公正在初恋的狂热之中。第二,他们不小心在这动荡的人群中互相丢失了。"……"没有剧本,甚至连故事和更多的情节都还没有。现在除了这对恋人在互相寻找之外,什么都还来不及想。"……"因为我相信，不管在什么时候，我们可能丢失和我们正在寻找的都是——爱情！就是现在，我也敢说，在我们视野所及的范围里，有几千几万对恋人正在互相寻找，正在为爱情祈祷上苍。"……

漆黑中 N 想：真是让我说对了，那些寻找着的人中就有 F。他听见我说的那些话了吗？他应该听见了。N 想：我应该回去看看他了，是呀，"对爱情来说，什么年龄都合适……"

但是 N 还不知道，那时 F 医生已不在人世。

227

F 医生死在那架摄影机停止转动之后不久。关于他的死，众说纷纭莫衷一是。有一种说法是：他在那时犯了心脏病，从来没发现过他有心脏病，但是一发却不可收拾。

N 从国外回来才听说这件事，才明白，多年前的分手竟是她与 F 的永别。

冬天的末尾，融雪时节，N 走过正在解冻的那条河，走过河上的桥，走进那片灰压压的房群。小巷如网。积雪在路边收缩融化得丑陋不堪，在上百年的老房的房檐上滴淌得悠闲自得。空气中散布着煤烟味、油烟味、谁家正在煎鱼的味儿——多么熟悉的味儿呀！风吹在脸上并不冷，全球的气候都变得不可捉摸。N 独自一人穿过短短长长的窄巷，走过高高矮矮的老房，注意着路上的每一个行人和每一个院门中进出的人，希望能碰上一个她认识的，或者仅仅是一张熟悉的脸……这是她少年时常常走的路呀，每一个院门她都熟悉，甚至每一根电线杆和每一面残破的老墙她都认得，一切都还是那样，像一首歌中唱的"从前是这样，如今你还是这样"，只是人比过去多了，而且都是陌生的面孔。除了气候在变暖，就是人在变多，N 记得小时候，尤其午后，在这小巷里走半天也碰不见一个人……啊，那家小油盐店也还在呢，只是门窗都换成了铝合金

482

的……那么家呢,那座橘黄色的楼房在哪儿?唔,那儿,还在那儿,只是有点儿认不出了,它曾经是多么醒目多么漂亮呀,现在却显得陈旧、苍老、满面尘灰无精打采的样子,风吹雨打已把那美丽的颜色冲剥殆尽了……

院子里堆得乱七八糟:砖瓦灰沙、木料、铁管、自行车和板车……而在这一团芜杂中竟停着一辆崭新的"林肯"牌轿车。

N敲了敲F家的门,没有人应,一推,门开了。轻轻走进去,厅廊里一股明显的霉味,地毯上污渍斑斑,走在上面甚至踏起尘土,墙上没有饰物只有尘灰,很多处脱落了灰皮,很多处,尘灰在那儿结起了网,屋顶上有一圈圈锈黄的水迹。很多门,但都锁着。慢慢往深处走,只有一扇门开着,从中可见一个老人的背影。

N在那门口站住,认出了那老人正是F的父亲——坐在写字台前。房间很大,很空旷,冬日的阳光从落地窗中透进来,一方一方落在地毯上,落在桌上和床上变了形,落在那老人弯驼的背上。

F的父亲转过头来:"您是?"

"我是N呀,您还记得我吗?"

"啊……啊,当然。"

老人定定地把N看了好一会儿,不说什么,就走出去。回来的时候,他拖着一个麻袋。

"这是F要我给你的。"F的父亲说。

"什么?"

"不知道。他放在我这儿的,我没看过。后来,有个叫L的人来跟我说,F要我有一天见到你,把这些东西给你。"

N打开麻袋,只朝里面一望就知道了:那都是F写给她的信。一式的信封(他给她写信从来都是用这种信封),都封着,都贴好了邮票,但都没有邮戳。N掏出几封看看,单从不同时期的邮票上就都明白了:这么多年他一直在给她写信——并不发出的信。

F的父亲坐在阳光里,一动不动一声不响。冬天的阳光抚摸着他弯驼的背。

"伯母呢？还有……家里别的人呢？"

"在国外。"

"哪儿？"

"具体是哪儿并不重要。"

"那……就您一个人了吗？"

"听说,你不是也去了国外吗？"

"是。是在……"

"不不,我不问这个。我只想问,你们,以及比你们更年轻的人,对叛徒怎么看？"

"叛徒？"

"对,叛徒。一个因为怕死和怕折磨的人,并不是为了想升官和发财的人,成了叛徒,你们对这样的人怎么看？对这样的叛徒,你们怎么想？"

"我……我没想过……"

"行了,我知道了。"

"但是我想……也许……"

"好了我知道了,我没有别的事要问了。"

228

事实上,时隔二十多年,自打 F 一看见 N,他就开始觉得心脏不舒服了,气短气闷,心动过速。

二十多年了,他不知多少次设想过与 N 重逢时的情景,设想 N 的样子,设想她的变化,但就在他那样设想的时候他也明白,无论怎样设想也不会跟实际的情景一样的。就是说,尽管设想可以很多却总是有限的,不大可能与实际一致。对死的设想也是这样,你知道你肯定会在某一天死去,你有时候设想你终归会怎样死去,在什么样的时间和地点以及什么样的情境中死去,但这设想很少可能与实际一致,死真的来了的时候你还是猝不及防。

二十多年了,人山人海中远远看去,N竟没有什么大的改变,还是那么漂亮、健美、生气勃勃激情满怀。

F站在人群中,从身旁一个小女孩儿的镜子里看了一下自己。那个小女孩儿玩着一面小镜子,用那镜子反射的阳光晃她母亲的眼睛、晃她父亲的眼睛,晃到了便笑着跑开,换一个角度再重复这样的游戏。F问她:"你几岁了?""五岁半!"小女孩儿说,同时伸出五个小巧的手指,但是把十个手指都看了一遍却不知道那半岁应该怎样表示。F便乘机从她的小镜子里看了看自己,他看见的差不多是一个老人:满头白发,满脸皱纹,而且——最让他吃惊的是——脸色晦暗、皮肉松弛,一副惶茫、疲惫的样子。他的心脏紧紧地疼了一下:我确实是永远也配不上N的……

那时正有一个记者问N:"如果那时这两个演员已经不合适了呢? 比如说,他们已经老了呢?"N站在摄影机旁回答:"对爱情来说,什么年龄都合适。只要我那时还活着,我还是要把他们请来,我将拍摄两个白发苍苍的老人互相亲吻着回忆往昔,互相亲吻着,回忆他们几十年中乃至一生一世历尽艰辛的寻找。"……

心脏一下下发紧、发闷,炽烈的太阳让F头昏眼花。他找到一处人少些的地方坐下,深呼吸,闭一会儿眼,静一静……周围的喧嚣似乎沉落下去,他可能是瞌睡了一会儿,甚至做了一个梦。F从没到过南方却梦见了南方流萤飞舞的夏夜:雨后一轮清白的月亮,四处虫鸣唧啾,微醺的夜风吹人魂魄,魂魄似乎飘离肉体,飘散开飘散开,却又迷迷蒙蒙聚拢在芭蕉叶下……这时就见N走在前面,形单影只却依旧年轻、生气勃勃,淡蓝色的裙裾飘飘摆摆,动而无声……"喂,是你吗,N?"他冲她喊。但是N不回答。芭蕉叶上,透黑晶亮的水滴沿着齐齐楚楚的叶脉滚动。他跟随着N婷婷的背影,走进一座老式宅院……N站住,他也站住,他们一同观望良久:木结构的老屋高挑飞檐,月在檐端,满地清白,一扇门开着,几扇窗也都开着。N走向老屋,走上台阶,步履轻捷,走过回廊,走过廊柱的道道黑影,走进幽暗的老屋去,不久,幽暗的这儿、那儿便都亮起点点烛光……"N,是你吗?"仍无人应。F也便走上台阶,走进老屋,但这儿、那儿却只有烛光,没有N,烛光摇摇闪闪却哪儿也不见N的影子。"N,你在吗?""你在哪儿,N?""是我呀,喂,你听不出是我吗?""我来了,喂,我一直都跟在你身旁你不知道吗?"没有回答,只有院子里风吹草响,只有老屋里烛光跳动。他站在那儿觉得一阵彻骨抑或透心的寒冷。忽然,所有的烛光一下子都灭了,一片漆黑……

F被惊醒了,大喊一声坐起来。他左右看看,怕还是自己的噩梦未醒,但是他身旁已经没人。再举目朝N刚才所在的地方看,N已不见,所有的人都不见了,都藏到哪儿去了呢?F慌忙爬起来,往东跑一会儿不见N,往西跑一会儿仍不见N的影子,到处都没有她,没有人,就像C在思念着X的日子里所见过的那种情景,到处都是空空洞洞……F医生惊愕地揉揉眼睛,心脏一阵发闷,浑身发软,天旋地转……

F躺倒在一棵老树下,静静地躺在那儿,没有人发现他。唯那老树枝繁叶茂,每一片叶子都在摇动,但没有声音。有一只鸟在那枝叶间筑巢,衔来一根草,魔魔道道地摆弄一会儿,飞走了,没有声音,过了一会儿又飞回来,又衔来一团泥继续魔魔道道地摆弄,不管人间发生了什么,它只管飞来飞去安顿着家园。F医生看着那只鸟,看着老树浓密的枝叶,看着那枝叶上面的天空,云和风都没有声音……他觉得自己的灵魂正在飘起来,飘离肉体,无遮无拦地飘散开去,像在刚才的梦中那样,但不再聚拢,聚拢可真讨厌,他不愿意聚拢,他高兴就这样飘……他想起了女教师O,O大概就是这样飘的吧?O大约一直还在这样自由自在地飘着吧?进入另一种存在就是这样吗?我正在进入另一种存在吗……他再去看那棵老树,非常奇怪他竟像是在低头看那棵老树,他不仅看见了下面那棵老树而且看见了下面发生的一切……

F医生喘息着,睁大着眼睛。弥留之际他可能在想些什么呢?

他一定会想起女教师O的问题:我们活着,走着,到底是要走去哪儿?

因而在我的印象里,F医生一定又会想起他一向感兴趣的那个问题:灵魂是什么?灵魂在哪儿,也就是说"我"一向都在哪儿?

他一定会想起他曾经对诗人说过的话:我在我的身体里吗?可是找遍我身体的每一部分都找不到我,找遍我的大脑的每一条沟回也都找不到我,是的诗人你说对了,那是一个结构,灵魂在哪儿也找不到但灵魂又是无处不在,因为灵魂是一种结构。就像音乐,它并不在哪一个音符里,但它在每一个音符里,它是所有的音符构成的一种消息。就像绘画,单一的色彩和线条里并没有它,但如果色彩和线条构成过去和未来的消息,构成动静和欲望,构成思念和召唤,绘画才出生……

我想这时F医生一定又有了新的想法。他喘息着、睁大眼睛盼诗人来,要告诉诗人L:可是,灵魂或者"我",只在身体和大脑的结构里吗?L你想想看吧,灵魂可能离开身体以外的世界而存在吗?"我"能离开别人而还是"我"吗?"我"可以离开这土地、天空、日月星辰而还是"我"吗?"我"可能离开远古的消息和未来的呼唤而依然是"我"吗?"我"怎么可能离开造就"我"的一切而孤独地是"我"呢……

F医生喘息着,眼睛里露出快乐的光彩,我知道他在想念诗人:L你在哪儿?你快来呀听我说,我不光在我的身体之中,我还在这整个世界所有的消息里,在所有的已知和所有的未知里,在所有的人所有的欲望里,因而那是不灭不死的呀……L你看那蚁群,也许每一只孤独的蚂蚁都像你我一样,回答不出女教师O的问题,但是它们全体却领悟着一个方向而不舍昼夜地朝那儿行进……你看那些蜜蜂啊,它们各司其职,每一只蜂儿都知道是为了什么吗?不。但是,蜂群知道,蜂族生生不息永远在那创造的路上……你再看那只筑巢的鸟呀,它把窝造得多么聪明、精巧、合理!可那是因为它的智力呢,还是因为那是它的本能?是因为它的理智呢,还是因为它的欲望?是后者,必定是那天赋的欲望。就像我们的肠胃,L你懂了吗？肠胃的工作不聪明、不精巧、不合理么？它们把有用的营养吸收把多余的东西排除,可曾用着智力么？肠胃知道这都是为了什么吗？它不知道。但是我知道。但是我回答不了O的问题。但无处不在的我的灵魂早已知道答案。我只是这世界的一部分,所以我不知道。可是这世界的所有部分才是我,所以这个世界的欲望它知道,所以这个世界的运动它知道,所以这个世界的艰辛与危惧它们知道,所以这个世界的祈祷它一定知道……

还有那个被命名为艾略特的预言者,他知道:你到这里来/是到祈祷一向是正当的地方来/俯首下跪。祈祷不只是/一种话语,祈祷者头脑的/清醒的活动,或者是祈求呼告的声音。/死者活着的时候,无法以语言表达的,/他们作为死者能告诉你:死者的交流思想/超乎生者的语言之外是用火表达的。/……

当诗人L赶来的时候,F医生已经奄奄一息。L把耳朵贴近F颤动的嘴唇,感到他还在微弱地呼吸,听见他喃喃地说着:"至于……至于我自己嘛,L,我多年来只有……只有一个心愿,那就是在来生,如果……如果真的有来生,不管是在哪儿,不管是在……是在天堂还是在……还是在地狱,我都要……要找到N,回答她……回答她一直希望……希望我回答的:在现实之外,爱,仍然是真的……"

那时,L从F的眼睛里看见,天上正飞着一只白色的鸟。

F睁大着眼睛,一眨不眨,望着那只鸟:雪白闪亮,飞得很高,飞得很慢,在巨大的天穹里一下一下地扇动翅膀,舒畅且优雅,没有声音,穿过云,穿过风,穿过太阳,飞向南方……但也许,那就是F的灵魂正在飞去来世。

229

那时,在我的印象里,是所有的恋人们重逢的季节。

230

那时,如果恋人从远方回来,在我的印象里有很多种方式。属于 C 的方式已经在第二章里写过了。还有一种方式,属于诗人 L。

如果恋人在信上说"一俟那边的事可以脱身,我立刻就启程回来,不再走了,永远不再走了,不再分离……"这便是 C 的恋人,这就是属于残疾人 C 与恋人重逢的方式。如果恋人在电话里说"喂,你还好吗……是,我回来了……还有我的先生,我先生他也问你好……"那么,这就是 L 日思夜梦的那个人了,这就是属于诗人 L 与昔日恋人重逢的方式。

"喂,是你吗 L?"

电话里她的声音有些改变了,但诗人还是一下子就听出来是她。

"你在哪儿?喂,你现在在哪儿?"L 的声音依旧急切,像几年前在那个风雪之夜的小车站上一样。

"我在家里。喂,你还好吗?"她的声音却非常平静——或者是故作平静。

"啊,还……还可以。你什么时候回来的?"

"不久。对,还住在那儿,还是那座楼。你呢,也还是住在那儿?"

"也还是那儿。"

停顿。好像一下子都不知道再说什么。

"我……"L 的声音不由得发抖,"我想现在就去找你,也许……也许还是有些话要说……"

"我也是想看看你。我想请你晚上来,行吗?"

行吗,为什么是行吗?"当然,你要是现在有事我就晚上去。"

"好,我们等你。"

我们——虽然早已料到,但诗人还是浑身一阵紧,心跳仿佛停顿了一下。

"我先生,他也问你好。"

"啊……谢谢。"

很长的一段停顿,两边的电话里都只剩下呼吸声。

"我想,我们还是朋友,我们都是朋友……喂,L,L你听着吗?"

"啊对,是朋友……"

"我相信我们还可以是朋友,还应该是朋友。"

朋友? L想:这是拉近呢,还是推远? 抑或是从远处拉近,再从近处推远?

"喂,喂——!"

"啊,我听着呢。"

"我觉得,我们仍然可以做非常好的朋友。"

但是一般的朋友——这样似乎才完整。L想:不远也不近,一个恰当的距离。

"喂,行吗? 我想请你晚上来,行吗?"

又是行吗,可若不是行吗又应该是什么呢?

"啊,当然。"

"太好了,谢谢。"

谢谢? 怎么会是谢谢?

"晚上七点,好吗? 我们都准备好了。"

准备好了?

"好吧,七点。"似乎别无选择。

…………

多年的期盼,屡屡设想的重逢,就要在七点钟实现呢还是就要在七点钟破灭? 朋友 行吗 谢谢 准备好了——这几个字让L有一种世事无常、命若尘灰之感。整整一个下午,L心神恍惚什么也不能想。

231

七点钟,诗人 L 走进了 F 医生的恐惧。

透过白杨树浓密的枝叶,眺望昔日恋人的窗口,于是 L 走进了 F 对于重逢的第五种设想:她恰好在阳台上,站在淡淡的夕阳里,看见了他,呆愣了几秒钟然后冲他招招手,很快迎下楼来。

"哎—— 你好。"

"你好。"

流行的问候,语气也无特殊,仿佛仅仅是两个偶遇的熟人。

"你真准时。"

"哦,是吗?"

要不要握握手呢? 没有,犹豫了一下但都没有伸出手来——谢天谢地,就是说往日还没有磨光。

"那就,上去吧?"

已无退路。

走过无比熟悉的楼门、楼梯、甬道,走进无比熟悉的厅廊,看见的是完全陌生的装饰和陈设。

"我介绍一下,这是我先生……这是 L……"

"你好。"

"你好。"

"久闻大名,我读过你的诗。"

"咳,不值一读……"

"哎哎,那儿是卫生间,这边,这边,不认识了?"

不认识了。一旦走进屋里就一切都不认识了,连茶杯也不认识了,连说话的语气也不认识了,连空气的味道也不认识了……这时候 L 开始明白:还是 F 医生说得对——空冥的猜想可以负载任意的梦景,实在的答案便要限定出真实的痛苦。

"茶呢,还是咖啡?"她问。

"哦,茶,还是茶吧。"

"抽烟吗?"她递过烟来。

"哦,我自己来。"

"嘿,你还是别抽了,好吗?"——不,这不是说 L,是在说另一个男人。

"啊,他的心脏不太好。"她客气地解释,然后脸上掠过一丝不易觉察的嗔怒,对着另一个男人:"喂,你听见没有? 你的心脏,我说错了吗?"

没错没错,那个男人的心脏不太好,而这个男人的心脏你已无权干涉。F 还说什么来——美丽的位置?

"可诗人也在抽呀,"另一个男人说,"我总该陪诗人抽一支吧?"

嗔怒很懂礼貌地退却,换上微笑:"那好,就这一支……"

三个人都笑,虽然并不可笑,虽然 L 心里一阵钝痛。

"L,你的身体还好吗?"

"还好,嗯……还算凑合吧。"

"还长跑吗?"

"偶尔,偶尔跑一跑。"

"嘿,听听人家! 可你一动也不动……"

谁一动也不动? 噢,还是说的另一个男人。而这一个已经是人家。

另一个男人不说什么,靠那支香烟维持着脸上的笑容。

天慢慢黑了。打开灯,拉起窗帘,窗帘轻轻飘动,搅起一缕花香。

窗外很热闹,一团喊声热烈或是愤怒,在吵架,五六条高亢的喉咙在对骂。屋里却很安静,一时找不到话题了。不是准备好了吗? 看来怎么准备也不会太好。F 的原话是这样说的:如果上帝不允许一个人把他的梦统统忘得干净,就让梦停留在最美丽的位置……所谓最美丽的位置,并不一定是最快乐的位置,最痛苦的位置也行,最忧伤最熬煎的位置也可以,只是排除……只是排除什么来?

"忙吗?这一向都在忙什么?"

终于抓来一个应急的话题。

"噢,一般,自己也不知道瞎忙什么,你呢?你们呢?"

"都一样,还能怎么样呢?"

"喝茶呀,别客气,这茶不错……"

"哎哎,好,好……"

"真正的'龙井',今年的新茶,怎么样?"

"嗯,不错……"

又找不到话题了。远处,那几个人的架却还没吵完。不是找不到话题,是在小心地躲避着一些话题,一些禁区,在这样的场合、这样的时间、这样的世界上、这样的世界所建立的规则中、这样的距离和这样的微笑里,埋藏着的或者标明着的禁区……又让F医生说对了:世间的话并不都是能够说的……但这样的场合又必须得说点儿什么。说什么呢?切记不要犯规,主要是不能犯规,其次才是不要冷场。

酒菜上桌了。真是车到山前必有路,至少眼下没有冷场的威胁了。大家都像是松了一口气,话题一下子变得无限多了:可以说鱼,可以说肉,可以说多吃青菜对血压以及对心脏的好处,可以褒贬烹调的手艺,可以举杯祝酒,祝什么呢?一切顺利,对,万事如意……可以对自己的食欲表示自信但对自己的食量表示谦虚,可以针砭铺张浪费的时弊,可以摇头不满时下的物价,可以回忆孩提时的过年,可以怀恋青年时胃口的博大……但这是一种有限的无限(注意不要犯规):可以说的可以无限地说,不可以说的要囚禁在心里,可以说的并不一定是想说的,想说的呢,却大半是不宜说的。还有分寸,还有小心,还有戒备、掩饰、故作的幽默、必要的微笑、不卑不亢、不冷不热、不远不近、彬彬有礼……对了,F是说:只排除平庸。F是说:只排除不失礼数地把你标明在一个客人的位置上,把你推开在一个距离外,又把你限定在一种距离内——对了,朋友。这位置,这距离,是一条魔谷,是一道鬼墙,是一个丑恶凶残食人魂魄的老妖,它能点金成石、化血为水、把你舍命的珍藏"刷啦"一下翻转成一块丑陋的浮云,轻飘飘随风而散……

日光灯嗡嗡地轻响,一刻不停。现在窗里和窗外都很安静了。

L觉得非常累,一支接一支地抽着烟——反正他是一个无人管束的男人。脸上微笑的肌肉非常累,测定着距离的目光非常累,躲避着禁区的神经非常累……我想大家都是一样,都很累,包括刚才那几个吵架的人一定也是累了,这会儿正躺在哪儿喘气呢……

"哎,你知道张亮现在在哪儿吗?"

好极了,又想起一种可说而不犯规的话题了。

"噢,他嘛,还是在银行……"

"会计?"

"不,出纳。每天点钞票,不过都是别人的。"

"喂,喝呀,别光说。"

"唔——不行不行,我可没什么酒量。"

"开玩笑,你才喝了多少? 来来,来……"

"李大明呢,在干什么?"

"练摊儿呢,租了个铺面房。"

"卖什么?"

"服装,中药,家具,火腿。逮着什么卖什么。"

"啊别,他可不能再喝了,他的心脏。这虾不太新鲜,凑合吃吧。"

"唔,挺好的,真的……"

"怎么样,你最近又写什么呢?"

"没有,什么也没写,嗯……"

"嘿,我刚发现,你这双鞋不错嘛,多少钱?"

"你给开个价?"

"二百……嗯……二百五!"

"卖给你。"

"一百九?"

"五折卖给你。"

"什么?!"

"八十。"

"胡说,不可能!"

"处理的,最后的两只都让我买来了,一只四十二号,一只四十三号。"

这回可以多笑一会儿了。

L想:是不是可以告辞了? 不行,这么快就走,好像不大合适……

"不不不,我也不能再喝了,真的。"

"要不要点儿汤?"

"汤? 好吧汤……唔——够了够了。"

"据说今年夏天会更热,你们没装个空调?"

"是,是打算装一个。"

"听说何迪已经是局长了,是吗?"

"不错,那家伙是个当官的料。"

"楚严呢,最近你见过他没有?"

"没有,没有,这么多年一点儿他的消息都没有,怎么样,他?"

"几年前在街上碰见过他一回,他和几个人一起办了个心理咨询中心。"

"是吗! 他不是学兽医的吗?"

"改行了,他说他早就改行了。嘿,你怎么又抽? 第几支了?"

"最后一支。"

"楚严那家伙净歪的,有一阵子老给人家算命,见谁给谁算。"

远处车站的钟声又响了。可以了吧? 也许可以告辞了吧?

"吃点儿水果吧,L?"

"啊不,厕所在哪儿?"

....

诗人在厕所里磨磨蹭蹭待了很久,心想是不是可以走了? 无论如何还是走吧,否则非累死不可。诗人在镜子里看看自己,表情倒是没什么不当的地方:但是这个人是我吗? 你是谁呢? 是那个找遍世界痛不欲生的人吗? 是那个从荒原里走过来从死的诱惑里走过来的人吗? 你千里迢迢到这儿来,就是为了这样一场客客气气的相见? 等了多少年了呀,昼思夜梦的重逢,就是为了说这些话和听这些话吗? 是呀是呀,F 医生早就对你说过:这么看重实现,L,你还不是个诗人……

"怎么,你要走?"

"真抱歉,我还有些事。"

"那怎么行,你才吃了多少?"

"噢,饱了,真的饱了。"

"那,再坐一会儿总可以吧?"

"是呀,别吃饱了就走哇。"

好像没有推托的理由。虽然是玩笑,但吃饱了就走总归不大合适,这儿毕竟不是饭馆。

L 只好又坐下。大家只好重新寻找话题。

从刚才的算命说起,说到手相和生辰,说到中国的"河图"和"洛书",说到外国一个叫做诺查丹玛斯的大预言家,说到外星人,说到宇宙的有限或无限……L 几次想走但还是没有走,又说到一些不可思议的传闻,说到人体特异功能,说到有人可以隔墙取物,有人能够穿门入室,说到二维世界、三维世界、四维世界,说到空间和时间……L 想,不走就是为了说这些事吗? 又说到另一个世界,另一种存在,说到天堂,说到宇宙中是否存在更高级的智慧……

"更高级的智慧又怎样呢?"这时候女主人说,表情忽然认真起来,"无所不能吗? 在他们那儿,就没有差别了吗?"

两个男人都摇头,无以作答。

"啊,我真的得走了,跟一个朋友约好了,我得去……"

"真的吗?"

"真的。他们在等我呢,已经有点儿晚了……"

可是三个人一同看表,才发现已经很晚了,末班车的时间已经过了。

L苦笑一下。很明显,并没有谁在等他,这是一个借口。但是谁也不想揭穿这个谎言。

"要不,今晚你就别走了。"她推开另一个房间的门说,"住这儿。"

L朝那间屋里看了一眼,犹豫了一下。在那犹豫里面可能发生了很多事。

"太晚了,就住下吧。这间屋子没有别人。"

"不了,我走。"

"可是没有车了呀?"

"用不着车,"L故作轻松地笑笑,"我不是擅长长跑吗?"

"那……好吧。"

"好,认识你真高兴,以后有时间来吧。"

"谢谢,我也是真……真高兴。"

…………

她送他出来。在楼梯最后的一个拐角处,只剩了他们俩的时候,L认真地看了一下她的眼睛——从七点到现在他还没有真正看一看她。灯光昏暗,L看她,也可能只是一瞥,也可能竟是很久,她的目光像被烫了似的躲开去,躲开诗人。还好,这样还好,诗人一直不敢看她的眼睛就是害怕会看见一双若无其事的眼睛。还好,她躲开了,就是说往日并未完全消散。继续走下楼梯,谁也不说话,走出楼门,走上那条小路,走过那排白杨树,两个人一直都没有说话。这样好,否则说什么呢?还是不说话的好——这是从七点到现在,从若干年前的分手直到现在,也许还是从现在直到永远,诗人所得的唯一安慰。

"好了,再见吧。"

"再见。"

又都恢复起平静,整理好各自的表情,符合了流行的告别,符合了这个世界舞台的规则。L终于听懂了F心底的固执和苦难:如果自由但不平安,如果平安却不自由,就让往日保存在一个美丽的位置上吧,不要苛求重逢,不要独钟实现,不要怨甚至不要说……那美丽的位置也许只好在心里,在想像里,在梦里,只好在永远不能完成的你的长诗里……

L独自走在寂静的夏夜里。当然,没有谁在等他,没有什么约会。然后他跑起来,长跑,真正的长跑……

可惜F医生已不在人世,否则可以去找F,在F那儿过夜,F会彻夜倾听诗人的诉说。

这样,诗人只能在沉睡的城市里独自跑到黎明,跑来找我,惊醒我的好梦,对我说:一个美丽的位置才可能是一个幸福的位置,它不排除苦难,它只排除平庸。

美丽的位置?

对了,那必不能是一个从赤诚相见退回到彬彬有礼的位置。

一个美丽的位置?

对了,那必不能是一个心血枯焦却被轻描淡写的位置。

232

恋人们重逢的季节,在我的印象里,诸多重逢的方式中有一种属于葵林中的那个女人。

如果从一代人到又一代人,一代又一代的人群中"叛徒"这个词仍不熄灭,仍然伺机发散出它固有的声音,它就会在这样的季节里搅扰得一个老人不能安枕。如果在沸沸扬扬的那些日子,六月不平静的白天和夜晚,这可怕的声音又一次涌动、喧嚣起来,传进一个老人晚年的梦中,他必定会愕然惊醒,拥衾呆坐,在孤独的月光里喃喃地叫着一个纤柔的名字,一连数夜不能成眠。

这个老人，这样的老人，无疑就是 Z 的叔叔。

果真如此，这个老人——Z 的叔叔或者并不限于 Z 的叔叔，就终于会在我的写作之夜作出决定：回到北方的葵林去，到他多年前的恋人身边去，同她一起去度过最后的生命。

那样的话，在诸多的重逢方式中，便有了属于葵林中那个女人的一种：

星稀月淡，百里虫鸣，葵林依旧，风过葵叶似阵阵涛声，那女人忽然听见 Z 的叔叔穿过葵林，向她来了。

女人点亮灯，烧好水，铺好床，沏好茶，静静地等着。

年年月月，她能分辨出这葵林里的一切声音，能听出是狐狸还是黄鼬在哭，是狗还是獾在笑，是蜻蜓还是蝴蝶在飞，是蛐蛐还是蚂蚱在跳……她当然能知道是他来了，她已经听见他衰老的喘息和蹒跚的脚步。

她梳理一下自己灰白的头发，听见他已经走到了院门前。

院门开着。

她再从镜子里看一看自己被岁月磨损的容颜，听见他已经站在了屋门外。

"进来吧，门没插。"

他进来，简单的行李扔在地上，看着她。

"渴了，先喝点儿茶吧。"

他坐下来喝茶，看着她。

"我去给你煮一碗面来。"

他呆呆地坐着。好像从年轻时入梦，醒来已是暮年。

一会儿，她端了一碗热腾腾的汤面进来。

"吃吧。"

他就吃。

"慢慢儿吃。"

他就吃得慢一点儿。

好像几十年都不存在。好像他们早已是老夫老妻。好像他娶她的时光因为遥远已经记不清是在何年何月了。好像他只是出了一趟门刚刚回来。好像她从来就是这样在等他回家,等他从那混乱的世界上回到这儿来。

"我,"他说,"这次来就不走了。"

她点点头:"我知道。"

"你知道?"

"嗯。我知道,要么你再也不会来了,要是你又来了你就再也不会走了。"

"你知道我会再来?"

她摇摇头,看着窗外的月光。

"那你怎么知道,我就再也不会走了?"

"因为,我一生一世只是在等待这一天。"

233

这样的季节,如果有一个男人去寻 O 的坟茔,他会是谁呢?

我看着他默立的背影,竟认不出。

只有猜想。

WR 吗?或者,Z?不,都不是。

在满山落日的红光里,在祈祷一向是正当的地方,他更像是 O 的前夫,更像是写作之夜所忽略的那个人。

只是一块一尺多高的小碑,普通的青石,简单地刻了 O 的名字,被荒草遮掩得难以发现。四周的坟茔,星罗棋布,墓碑高低错落,都比她的漂亮、高大、庄严或辉煌……似乎仍在宣布一个不可或缺的消息,仍在争抢着告诉这一个世界关于另一个世界里的差别。

O 的前夫,或者我猜想中的那个男人,把一蓬素朴的野花捧在碑前,拆开,一朵一朵让它们散落在 O 的坟上。那样,O 就仍然是一个蹲在草丛中的孩子,在夕阳的深远和宁静里,执拗于一个美丽的梦想了。

当然我们还会想到一个被忽略的人:F 夫人。在这样的忽略里,她走近 F 医生如女教师 O 一样的坟前,或者正从那儿走开……怀念他或者从此忘记他。

234

在这季节,WR 独自一人,走进那片黑压压拥挤不堪的老屋群。

走过条条狭窄的小巷,走过道道残破的老墙,走过一个个依稀相识的院门……WR 发现,有很多辆搬家公司的卡车往来于如网的小巷中,这儿那儿,人们都在呼喊着把家具搬出院子搬上卡车,这儿那儿都有老人们惜别的目光和青年人兴奋的笑闹。怎么回事?WR 驻步打听,人们告诉他:这一片老屋都要拆了,这一带的居民都要迁往别处了,噢,盼了多少年了呀……

WR 愣愣地站了一会儿,忽然跑起来。当然,必定是朝着那座美丽房子的方向。

是呀,很多院子都已经搬空了……可不是吗,有些老墙已经推倒了,很多地方已是一片瓦砾……是呀是呀,远处正传来推土机和吊车的隆隆声……他一路跑一路担心着,那座楼房呢,它还在吗?O 的家还在吗?他加快脚步,耽误了这么多年他忽然觉得时间是如此的紧迫了,慢一点儿就怕再也见不着它了……东拐西弯小巷深深……唔,那排白杨树还在,只是比过去明显地高大了,夏天的蝉声依旧热烈……唔,那个小油盐店也还在,但门窗紧闭已经停业了……噢——

红色的院墙,绿色的院门,那座漂亮的楼房还在!

WR 站下,激喘着,久久伫望。

肯定,他会想起过去的日子,所有已经过去的岁月。

但是,那是它吗?这么普通、陈旧、苍老?唔,是的,是它,凭位置判断应该就是它！只是认不出了。它曾经灿烂得就像一道雨后初晴的晚霞，可现在却是满面尘灰无精打采，风吹雨打已把昔日美丽的颜色冲剥殆尽了……

WR 轻轻地走过去，走近它，一步步迈上台阶，走进去……沉寂得让人一阵阵晕眩，好像仍是在远方的噩梦里。在这世界的隔壁，远方，罕为人知的地方，他屡屡梦见过它，梦中的它就是现在这样子：空空的甬道，空空的走廊，空空的墙上没有任何装饰，冷漠的灰皮一块块剥落，脚步声震动了墙角上尘灰结成的网，门都开着，所有的门都失魂落魄般地随风摇摆，厅回廊绕不见一个人，仿佛远古遗留下的一处残迹……

"喂，有人吗？"

没人应。

"喂——，还有人住在这儿吗？"

只有回声。

WR 一间屋一间屋地看，快走或者慢走，踢开被丢弃的塑料瓶或罐头盒，在明亮和幽暗中快走或者慢走，找 O 的家。

就是这儿。不错，就是这儿。地上满是尘灰，平坦的细土上有老鼠的脚印。没有人。当然也没有钢琴声。所有的东西都搬走了。厨房里没有了烟火味。卫生间的龙头里拧不出一滴水。客厅里没有花也没有猫。四周环顾，从一个敞开的门中可以望见另一个敞开的门，从一个敞开的门里可以望见所有敞开的门……

走进那间他最常去的房间，也没有了林立的书架。他回忆着那些书架的位置，在回忆中的那些书架之间走，走到当年与 O 面对面站着和望着的地方。伸出手去，仿佛隔着书架他伸过手去，但是那边，O 的位置，是一片虚空……

转身走到窗前，夏天的阳光都退在窗外，抬头仰望，万里晴空中也没有了那只白色的鸟。

靠着窗台默默地站着。不知他在想什么，不知道他怎么想起要在这样的季节里到这儿来。我想，很可能，WR 又与那个曾经袭扰过他的悖论遭遇了吧,很可能他终于明白:他将要不断地与那个讨厌的悖论遭遇,这就是他的命……

站在那儿,一声不响,直到夜幕降临。

这时,远处的一个门的缝隙里闪出一缕灯光。

朝那缕灯光走去。敲敲门,没有人应。轻轻一推,门开了。

门里的房间并不大,到处堆满了一捆捆一摞摞的稿纸,山一样重重叠叠。山一样的环绕之中,闪现一盏台灯,灯下一个脊背弯驼的老头。

"请问……"

老头转过身来,看着WR。

"请问,O家搬到哪儿去了?"

老头摇摇头:"对不起,我不大清楚。"

"这一带不是都要拆迁了吗?这儿的人都要迁到哪儿去,您不知道吗?"

"不知道,我昨天才回来。"

"您呢?您的家要迁到哪儿去呢?"

"啊,我哪儿也不去。不写完我的书,我哪儿也不去。"

"那……"

老头已经回过身去继续写他的书了。

"对不起,打扰了。"WR退步出来。

退步出来的过程中碰倒了一座纸山,稿纸散落一地。WR慌忙去捡时,看见了纸上奇怪的文字……啊,这写的是什么呀?这是哪国的文字?这是哪一个世界的文字?门外来风把地上的稿纸吹开,吹得在地上跑,吹得在空中飘。随手接住一张,再看,仍然没有一个认识的字,而且可以肯定:这不是文字,这只是任意地走笔、毫无规律的线条,随心所欲的涂画。WR呆愣在那儿,想起女导演N曾经对他说起过这样一个老头……

这时一个老太太进来了,惊慌地看着WR。

"哦,您别怕,"WR赶紧解释,"我是来找人,我只是来问问O

家搬到哪儿去了。您知道吗,O家搬到哪儿去了?"

老太太捉住 WR 的手腕,拉着他走到旁边的屋里,低声说:"请你别告诉他,好吗?什么也别告诉他。"

"您指什么?"

老太太指指 WR 手里的稿纸,又指指隔壁:"随便他写什么吧,随便他怎么写去吧,别告诉他真相,行吗?因为……因为要是告诉了他,他倒活不成了。"

WR 望着屋顶屏息细听:走笔声、掀纸声一刻不断,墙那边正是"文思如涌"。

"就让他这么写下去?"

"嘘——小声点儿。反正他也活不久了。这不碍谁的事。有我陪着他,有纸和笔陪着他,他就足够了。"

"他要写什么?"

"一部真正的童话。"

"他不是早晚也要拿去发表的吗?那时还不是要揭穿吗?"

"不,不会。他永远也写不完的。死之前,看样子他不会停下来。这样,他就永远都在那些快乐的童话里了。"

"就让他,死也不明真相?"

"这也是一个悖论。"

"悖论?"

"两难。"

"噢?"

"是对他隐瞒真相,以使他快乐地活着呢,还是对他说出真相,而让他痛苦地去死?"

…………

WR 告辞那老太太,走出曾经美丽的那座房子时,已是繁星满天。这让我想起在童年,也是在这样浩渺的星空下,我们曾一路同行,朝世界透露了危险和疑问的那个方向,张望未来。那时我们都还幼小,前途莫测。现在也是一样,前途莫测。我写下了 WR,或者我创造了他,或者他走进和走在我的一种思绪里,但是在这样的季节,在生命的很多种悖论面前,我仍不清楚他以后的路途。他只好就在这写作之夜将尽时消失,或者隐遁,或者在我的希望里重新启程——无论从哪儿启程都是一样,去走以后的(并非比以前更为简单的)路……但那是我还不能知道的事。现在还不能知道。

235

与此同时母亲又到南方。WR 或者 Z 的母亲,或者并不限于他们的母亲,在我的希望里终于回到南方。

七十岁也并不晚,八十岁也埋没不了她的梦想。这样母亲必然与她并不爱的那个男人离了婚,去南方,去迎接她一向所爱的那个人的骨灰,并在月色或细雨中,把爱人的骨灰葬在那老宅院里,葬在芭蕉树下,葬在她自己也将走尽人生的地方。

我在第七章写过:所有可敬可爱的女人,她们应该来自南方又回到南方,她们由那块魅人的水土生成又化入那块水土的神秘……我在第七章里写过:我大约难免要在这本书中,用我的纸和笔,把那些美丽的可敬可爱的女人最终都送得远远的,送回她们的南方。现在这一心愿已经完成。

236

画家 Z 呢? O 死后,再也没有见到 Z。谁也不知道他去了哪儿。

如果在北方,苍穹如盖阔野连天的一处地方,碎石遍布,所有的石头上都画着白色的羽毛,我想那就是 Z 唯一的踪迹。

暗红色的石头,小如斗,大如屋,形态嵯峨,散布数里。石头上,白色的羽毛寂静、飘展、优雅、傲慢、动荡……千姿百态。若从高空(比如飞机上)俯看,黄色的土地上,暗红色的石头就像凝结的血,根根雪白的羽毛清晰可辨,仿佛很久以前有一只大鸟在这天空中被击中,挣扎着、哀叫着、扑打着翅膀依然飞翔数里,羽毛纷纷飘落在地上……

我猜想那必是 Z 之所为,Z 曾经到过那儿。

但是没有人见到过他。

或者没有人知道,Z 画下那些羽毛之后又去了哪儿。

237

那么,我又在哪儿呢?

如今我常常还能听见 F 医生对我说:是差别推动了欲望,是欲望不息地去寻找平等,这样上帝就造就了一个永动的轮回,或者,这永动的轮回就使"我"诞生。

我就在这样的消息里。

不不,我梦中的 F 医生会纠正我:并不是"我"就在这样的消息里,而是,这样的消息就是"我"。

1995 年 5 月 18 日完稿

6 月 26 日修改完成

2000 年 5 月再次修订